TASTE ME

CHIARA CAVINI BENEDETTI

TASTE ME

Tutti i personaggi e gli eventi descritti in questo libro sono frutto dell'immaginazione dell'autrice e qualsiasi somiglianza con persone reali, viventi e non, è puramente casuale.

A chi sorride ogni giorno,
anche se piangere sarebbe più facile.
Non smettete mai di ridere.

"Io credo nel baciare, baciare tanto.
Credo che ridere sia il modo migliore per bruciare calorie.
Credo nell'essere forti quando tutto sembra andare male.
Credo che le ragazze felici siano le più belle.
Credo che domani sarà un altro giorno.
E credo nei miracoli."

Audrey Hepburn

Nota dell'autrice

Tutte le informazioni culinarie presenti all'interno del libro sono il risultato di uno studio approfondito sul mondo delle cucine stellate.

Gli orari di apertura e chiusura dell'*Ambroisie* sono gli stessi del *Jean-Georges*, un ristorante con due stelle Michelin situato a New York.

Gli insegnamenti culinari citati da Rayden sono gli stessi impartiti da chef stellati attraverso i loro video e i loro articoli. Tra questi, i principali sono Gordon Ramsay, Jean-Georges Vongerichten e Fredrik Berselius.

La cucina descritta da Rayden è la stessa cucina che Gordon Ramsey ha appositamente progettato per il *Flagship Restaurant*, uno dei suoi ristoranti di Londra, che detiene le tre stelle Michelin dal 2001. È possibile vedere la cucina nel video "Behind the Scenes at Restaurant Gordon Ramsay".

Niente è stato lasciato al caso, neanche la preparazione dei piatti o i loro ingredienti. E spero che vi facciano venire l'acquolina in bocca!

sublime

[su-blì-me] n.m.
Il sentimento che nasce alla vista di
qualsiasi spettacolo grandioso.

Secondo la Treccani, "il sublime ha lo scopo di indurre, per le sue connotazioni di mistero e di ineffabilità, a uno stato di estasi".

Si tratta di uno stato dell'animo in cui l'uomo si sente completamente rapito e affascinato da uno spettacolo incredibile e violento. Per quanto esso sia pericoloso, l'uomo ne è del tutto ipnotizzato, e viene attirato da quella forza travolgente.

Il sublime turba, commuove, spaventa. Lascia senza fiato. E, per Edmond Burke, "produce la più forte emozione che l'animo sia capace di sentire".

Più intenso dell'amore, della passione, della felicità… c'è il sublime.

Prologo

Tre mesi prima

Avery

«*A*ncora?» chiesi divertita a mio padre, quando fece ripartire la stessa canzone per l'ennesima volta.

Lui rimise la mano sul volante, mentre Peter Gabriel cominciava a cantare. «Non è colpa mia.»

Inarcai un sopracciglio. «E di chi?»

«Tua», rispose, come se fosse ovvio. «Sei tu che hai deciso di compiere diciotto anni. Sono nostalgico.»

Il prosecco che mi aveva fatto bere di nascosto a cena mi scaldò le vene. «Deciso?»

«Sì. Quindi, per punizione, ascoltiamo la tua ninna nanna preferita. Questa era la sola canzone che…»

«Che mi faceva dormire quando ero piccola», conclusi al suo posto. Avevo sentito quella storia migliaia di volte. Di come io piangevo, e di come a lui bastava intonare *Solsbury Hill* per farmi calmare.

«Eri una peste», mi accusò.

Feci un sorrisetto. «Non lo sono più?»

Lui rise. «Sei molto peggio.»

13

«Ehi», protestai, ridendo a mia volta. Era fin troppo facile farlo, quella sera. Ed ero felice di aver scelto di passare il mio compleanno con mio padre e non con dei compagni di scuola che conoscevo a malapena.

«Non fingere di non saperlo», rispose ironico, lanciandomi un'occhiata di traverso.

«Sono una figlia modello», ribattei.

«Tranne quando ti fai convincere da Mandy a colorarti i capelli.»

Sbuffai. «Una ciocca, papà. Ho fatto solo una ciocca rosa, che sta già sbiadendo.» La cercai in mezzo alla massa di capelli castani e la rigirai tra le dita. Il rosa semipermanente ormai era sparito quasi del tutto. «Era il suo regalo di compleanno per me. Non potevo rifiutare.»

Lui scosse la testa, attivando i tergicristalli per scacciare le gocce di pioggia che si accumulavano sul parabrezza. «Non dirle che te l'ho detto», aggiunse, abbassando il tono della voce. «Ma così ti stanno bene.»

Spalancai la bocca. «Sul serio?»

Si strinse nelle spalle. «Staresti bene in qualunque modo, peste.»

«Lo sai che l'unico motivo per cui mi ha proposto di farmi una ciocca colorata è perché voleva farti arrabbiare, vero?»

Mio padre aggrottò la fronte, confuso.

«Era il suo modo per vendicarsi del fatto che non avrei passato la serata con lei, ma con te», spiegai. Quando avevo detto alla mia migliore amica che non avrei dato alcuna festa per il mio diciottesimo compleanno, lei aveva fatto una scenata. E ancora non le era passata.

«Mandy mi adora», replicò.

«Sì. Ma questo non cambia il fatto che tu l'abbia privata della mia fantastica compagnia», finsi di vantarmi, facendolo ridere.

Ricordavo bene tutti i mesi che aveva passato senza neanche accennare un sorriso, quando andavo ancora alle elementari, dopo

14

la morte della mamma. Da allora, ogni suo sorriso mi sembrava una specie di dono divino. Un tesoro che avrei conservato e messo da parte per i giorni in cui ridere gli risultava ancora difficile.

«*Il mio cuore fa boom boom boom...*» canticchiò sovrappensiero, tamburellando le dita sul volante.

«Grazie per stasera, papà», dissi dopo qualche minuto.

Lui smise di cantare e mi rivolse un'espressione dolce.

«Non avresti dovuto fare tutto questo, davvero», continuai. «Non era...»

«Smettila, peste. Te lo sei meritata.» Mi mise una mano sul ginocchio e lo strinse leggermente, prima di spostarla di nuovo sul volante.

Ancora non riuscivo a credere che mi avesse portata a cena al *Geranium*. In tutta la mia vita, non avevo mai assaggiato una cucina più buona. Quello nei piatti non era stato solo cibo, era stata arte. Un'arte dal sapore incredibile, che riuscivo ancora a percepire sulla lingua. Ma era anche il ristorante più costoso di tutto il Massachusetts, e mio padre doveva aver risparmiato per mesi per permettersi di andare lì.

«E poi, quando diventerai una chef di fama mondiale, mi saprai ripagare con pasti gratis tutti i giorni della settimana.»

«Ah», mi mostrai offesa, «quindi lo hai fatto solo per un tornaconto personale?»

Lui si appoggiò un palmo sul cuore. «Vuoi dire che non ospiteresti nel tuo ristorante il tuo povero vecchio?»

«Dipende.»

«Da cosa?»

«Se mi chiamerai *chef* invece di *peste*.»

Rifletté un istante. Alla fine, fece cenno di no. «Non importa quante stelle Michelin ti assegnano.» Si voltò verso di me. «Tu sarai sempre la mia peste.»

«Papà...» cominciai a ridere. Ma non finii la frase. Perché due grandi luci abbaglianti trafissero la notte e squarciarono la penombra dell'abitacolo.

Le gocce di pioggia sui vetri cominciarono a risplendere, diffondendo quella luce in modo accecante, e furono quattro le cose che sentii.

Sentii degli pneumatici stridere sull'asfalto bagnato.

Sentii la mia risata morirmi sulle labbra.

Sentii mio padre sussultare e cercare di deviare la sua traiettoria.

Poi, sentii un frastuono. Metallo contro metallo. Vetro rotto. Scoppio di gomme. Urla.

Non sapevo chi stesse urlando. Forse era mio padre, forse ero io. Non riuscivo a capirlo. Riuscivo solo a tenere gli occhi serrati, mentre la nostra auto ruotava su sé stessa, ancora e ancora.

Qualcosa mi colpì il viso, qualcos'altro si conficcò nella mia tempia. Ma io non aprii gli occhi, il panico che provavo me lo stava impedendo.

Continuai ad aspettare che quel momento passasse, che il veicolo si fermasse.

Alla fine, lo fece. E tutto divenne immobile.

Il mio cuore non batteva nel petto, il respiro non mi distendeva i polmoni, la mente non elaborava ciò che era successo. Ogni cosa era confusa, annebbiata... e dolorosa.

Spasmi violenti mi scuotevano il corpo, e scosse improvvise si diffondevano sotto la mia pelle.

Piano, aprii gli occhi.

Ero distesa su un fianco. *L'auto* era distesa su un fianco. Ma sembrava che la mia mente fosse incapace di darmi una spiegazione. O forse, semplicemente, non voleva farlo.

«P... pa... papà?» cercai di chiamarlo. La mia voce tremava.

Lui non rispose. E il panico che già provavo non fece che aumentare. Stringendo i denti, tentai di voltare la testa nella sua direzione, ma una fitta lancinante al cranio mi fece quasi svenire.

Macchie nere e rosse si accavallarono davanti alla mia visione, rendendomi impossibile mettere a fuoco ciò che mi circondava. Ma dovevo farlo. Dovevo riuscirci.

Mi imposi di calmarmi, poi deglutii con forza. E subito avvertii il sapore ferroso del sangue nella gola.

«Papà...» gemetti. Quella volta, la mia era una supplica. Una richiesta di aiuto.

Se lui rispose, però, io non lo sentii.

Mi sforzai di concentrarmi sui suoni che si levavano nell'aria.

Le gocce di pioggia che si abbattevano su di noi. Il mio respiro strozzato. E le strofe malinconiche di Peter Gabriel, mentre la sua voce continuava a uscire dalla radio, spezzata e crepitante. O magari la stavo solo immaginando. Magari stavo immaginando tutto.

Avrei voluto che fosse così. Ma presto capii che quello non era un sogno. Un *incubo*. Era tutto dolorosamente vero.

«Chiamate un'ambulanza!» gridò qualcuno, dalla strada.

«Ci sono tre feriti.»

Il freddo pungente che mi copriva la pelle aumentò, e cominciai a sbattere le palpebre con più insistenza, nel vano tentativo di tornare a vedere chiaramente.

Tre feriti? Ero una di loro? E mio padre...

«Ditegli di fare presto!» continuarono le voci.

«Serve aiuto!»

Iniziai ad agitarmi, senza sapere esattamente cosa stessi facendo. O cosa dovessi fare. Ma la cintura di sicurezza mi stava intrappolando, ed era come se si stringesse di più dopo ogni mio movimento. Mi soffocava. Mi immobilizzava.

«Papà...» provai ancora, in preda a una paura così intensa che mi scuoteva fin dentro le ossa. «Per... favore... Rispondimi...»

Finalmente, riuscii a voltare la testa nella sua direzione. E mentre i miei occhi assorbivano a fatica l'immagine che avevo davanti, un grido disperato rischiò di squarciarmi il petto.

Il corpo di mio padre era accasciato in modo innaturale, e il suo viso era completamente ricoperto di un liquido denso e scuro. Era sangue. Un sangue che, goccia dopo goccia, abbandonava il suo corpo e si infrangeva contro gli interni rovinati dell'auto.

Lacrime pesanti presero a solcarmi le guance, mentre ogni singola parte di me tremava.

«No…» cominciai a singhiozzare, con la gola serrata e il cuore che non era più in grado di battere. «No, no, no…»

Tentai di avvicinarmi a lui, di allungare le braccia, ma non ci riuscivo. I miei muscoli non seguivano i miei comandi, erano troppo scossi da tremiti scomposti.

«Papà», lo chiamai per l'ennesima volta, e quella parola scivolò dalle mie labbra in un singhiozzo strozzato. «Papà…»

Le mie dita cercarono l'attacco della cintura di sicurezza. Volevo sganciarla, liberarmi da quella morsa e andare da lui. Prima che potessi farlo, però, mio padre si mosse.

Lentamente, il suo viso si girò verso di me e i suoi occhi mi trovarono. Erano pieni di lacrime, pieni di sangue… e pieni di paura.

Schiuse la bocca, ma nessun suono ne uscì fuori. O forse fu solo coperto dai troppi rumori che ancora si alzavano attorno a noi.

I tuoni, le urla, le sirene in lontananza… e Peter Gabriel, che continuava a ripetere le stesse frasi, come se volesse che le ascoltassi. Che ne capissi il significato. Ma io non volevo farlo.

Volevo mio padre. Volevo che stesse bene, che lo aiutassero… che lo salvassero.

Le sue palpebre, però, cominciarono a vibrare. E a calare sui suoi occhi.

«No.» Mi dimenai con più forza, ignorando il rivolo caldo che mi scorreva sulla guancia. «Papà, ti prego… ti prego…»

Lo chiamai con tutta l'aria che avevo, cercai di tenerlo sveglio. Ma Peter Gabriel sovrastava la mia voce, impedendo a mio padre di sentire le mie suppliche.

"Il mio cuore fa boom boom boom."

«Papà, guardami… Per favore…»

Sangue e lacrime si mescolavano sulla mia pelle. E anche sulla sua. Ma non c'era niente che potessi fare per fermarli.

«Resta sveglio… per me… fallo per me…»

"Ehi, ho detto io, puoi tenerti le mie cose."

Lui mi guardò un'ultima volta. Poi, i suoi occhi diventarono opachi. Spenti.

«No… No, papà… Devi resistere…»

"Sono venuti a prendermi per portarmi a casa."

«No…»

Mio padre chiuse le palpebre. E quel gesto cambiò ogni cosa. Il mio presente. Il mio futuro. E tutta la mia vita.

1

Avery

«*A*ncora niente?» chiese Mandy, sedendosi davanti a me sulla nicchia della finestra, nella mensa.

«È ufficiale», dissi, continuando a scrollare lo schermo, «sono finita.»

Lei sbuffò. «Smetti di fare la persona tragica. Lo sai che le soluzioni ci sono.»

Scossi la testa. «Non sono soluzioni che vanno bene a me.»

«Quando sei diventata così testarda?»

Inarcai un sopracciglio e puntai lo sguardo sulla mia migliore amica, prendendo una carota dal mio vassoio del pranzo e dando un morso.

«Okay, okay.» Alzò i palmi. «Fammi vedere.» Mi tolse il telefono di mano e cominciò a controllare. «Che ne dici di questo?»

Raddrizzai la schiena, mentre lei cliccava sull'annuncio e lo leggeva ad alta voce.

«Commessa al *Pink Ribbon*, part time, paga settimanale.»

Sbuffai, delusa. «No, Dy.»

«Assistente manager da *Starbucks*?»

«Primo, non sono qualificata. Secondo, no.»

Lei storse la bocca. «Oh, questo? Cercano un aiuto all'*Apple Store*.»

«Dy, ti prego.»

Lei mi rivolse un'occhiata perplessa. «Per una che sta disperatamente cercando un lavoro, sei piuttosto schizzinosa, lo sai?»

Sgranai le palpebre. «Non è vero. Mi andrebbe bene qualsiasi cosa, anche solo qualche ora come donna delle pulizie.»

«E questi che hanno che non va, allora?» Indicò il telefono.

«Sul serio, Dy?» Mi massaggiai una tempia, sentendo la fine cicatrice sotto le dita. Subito, allontanai la mano. «Sono tutti lavori da fare di giorno. E forse lo hai dimenticato, ma durante la mattina e nel pomeriggio sono leggermente impegnata.»

Mi guardai attorno nella mensa, dove tutti i nostri compagni pranzavano e chiacchieravano spensierati.

Una fitta mi colpì lo stomaco, ma la ignorai. Come facevo ogni volta.

«Oh», fu tutto ciò che rispose la mia migliore amica.

«Già… Mi serve qualcosa da poter fare la sera. Ho mandato il curriculum al *Savoy Cinema* e al *Boston Bowl*, ma non mi hanno risposto.»

«Un lavoro come cameriera?»

«Sarebbe stupendo. Ma non c'è nessuno che cerca. Non qui vicino, comunque.»

Lei mi rivolse un sorriso triste. «Potrei darti io un passaggio in macchina.»

Al solo pensiero, sentii la mia pelle accapponarsi. «Dy, lo sai che non posso…» Sospirai. «E poi, andata e ritorno ogni sera? Trent mi ucciderebbe.»

«Perché ti ucciderei?» chiese lui, comparendo dal nulla.

«Cavolo», esclamai. «Perché appari alle spalle delle persone e fai venire degli infarti.»

Lui rise, mentre faceva alzare Mandy e si sedeva al suo posto, per poi sistemarla sulle sue ginocchia.

«Ry sta cercando lavoro», spiegò lei al suo ragazzo.

«Ancora?»

«A quanto pare trovarne uno non è così facile come sembra», dissi sconfitta, riprendendo il telefono per controllare gli annunci sull'app. «Oh, ecco. Cercano una *cameriera* allo *Slutcracker*.»

Trent si accigliò. «Il locale di spogliarelliste?»

Io annuii, mentre Mandy lo fulminava. «E tu perché lo conosci?»

«Dai, piccola, tutti lo conoscono», rispose, grattandosi la nuca.

«Ha ragione», lo assecondò il suo migliore amico, appoggiandosi con una spalla alla parete al mio fianco. «Il giovedì è la serata cheerleader.» Abbassò lo sguardo su di me. «Ti ci vedrei bene con i pompon, Ry.»

Feci un sorrisetto, stando al suo gioco. «Non credi che Trent si sentirebbe a disagio, vedendomi al palo?»

«Può sempre concentrarsi sulle altre, di solito gli piacciono», rispose Weston, fingendo un'espressione indifferente. E Mandy diventò scarlatta.

«Stronzi», sibilò Trent, prima di rivolgersi alla sua ragazza. «Sai che ti stanno prendendo in giro. Non ho mai messo piede in quel posto.»

Mandy socchiuse gli occhi, e lui le scostò un ricciolo biondo dalla fronte, accarezzandole una guancia.

«Tu sei l'unica cheerleader che voglio», le sussurrò.

«Io non sono una cheerleader.»

Trent scrollò le spalle. «Possiamo andare a rubare un'uniforme e dei pompon...» Si fermò un istante.

«Che c'è?»

«Ti stavo solo immaginando con...» Deglutì. «Cazzo, dobbiamo *assolutamente* rubare una divisa.»

Mandy scoppiò a ridere, poi strinse in un pugno la felpa sportiva di Trent. «Sei un idiota.»

«Lo dici solo perché non hai visto ciò che ho visto io.» Annullò la distanza tra di loro e incollò le labbra a quelle di Mandy,

23

dandole un bacio talmente appassionato che mi sentii in imbarazzo.

«Non avevamo messo una regola sulle effusioni in pubblico?» chiesi a Wes, alzando lo sguardo su di lui.

«Da quando quei due rispettano le regole?»

Storsi il naso. «Dal quarterback mi aspetterei un minimo di disciplina in più.»

Continuando a baciare Mandy, Trent mi mostrò il dito medio.

Lo ignorai, divertita, e tornai a guardare il telefono.

«Nessuna novità?» domandò Wes, prendendo una sedia da un tavolo vuoto e avvicinandola a me, per sedersi a gambe aperte, con le braccia appoggiate sullo schienale.

Feci cenno di no. «Dovrà pur esserci qualcosa», mormorai, più a me stessa che a lui.

Weston esitò, e i suoi grandi occhi verdi mi studiarono per alcuni secondi. «So che non è l'ideale, ma i miei stanno cercando una nuova babysitter per il fine settimana. Loro lavorano, e io ho gli allenamenti e le partite…» Si massaggiò il retro del collo. «Serve qualcuno che stia con le mie sorelle.»

«Oh.» Sbattei le palpebre un paio di volte. Lavorare per la famiglia di Weston sarebbe stato… strano. Ma non ero nella posizione di poter rifiutare un lavoro. «Beh, è…»

Il mio telefono emise uno squillo, e spostai la mia attenzione sullo schermo. Per un istante, mi sembrò che tutta la mensa cadesse nel silenzio, mentre leggevo la notifica. E il cuore mi schizzò in gola.

Scattai in piedi così velocemente che mi girò la testa.

«Tutto bene?» chiese Weston.

Perfino Trent e Mandy tornarono alla realtà, e mi rivolsero uno sguardo confuso.

«L'*Ambroisie*… hanno… loro…» iniziai a boccheggiare.

Mandy aggrottò la fronte. «Non avevano chiuso le selezioni due mesi fa?»

24

Annuii. «Sì, ma… non…» Ripresi a guardare lo schermo, con mille pensieri che mi vorticavano nella mente. «Devo andare. Ora. Puoi coprirmi, Dy?»

«Certo», rispose, esitante. «Ma non basta mandare il curriculum tramite l'app?»

Scossi la testa. «Non possono rifiutarmi. Non di nuovo.» Infilai il telefono in tasca. «Coprimi, okay?»

«Sì, ti ho già detto che…»

«Auguratemi buona fortuna», gridai, correndo fuori dalla mensa.

Non mi fermai all'armadietto per prendere la giacca, non volevo sprecare tempo prezioso. Uscii dalla scuola e mi precipitai alla bici, togliendo il lucchetto e cominciando a pedalare più velocemente che potevo.

L'*Ambroisie* distava meno di quindici minuti dal mio liceo, e io avevo bisogno di arrivarci il prima possibile. Ma, a circa metà del tragitto, iniziò a piovere.

«No, ti prego», gemetti, alzando lo sguardo verso le grosse nuvole scure sopra di me. C'era un temporale in arrivo, ma non potevo fermarmi, né rallentare.

Così, con la pioggia che aumentava e il vento che mi faceva tremare, continuai a pedalare.

Il mio respiro era sempre più affannato, i miei capelli si attaccavano alla pelle bagnata del viso e del collo. Ma, alla fine, raggiunsi la mia destinazione.

Scesi dal sellino mentre la bici era ancora in moto e la appoggiai a un palo della luce. Poi, spostai l'attenzione sull'edificio che avevo davanti.

Piastrelle nere con venature dorate lucide coprivano tutta la parete, intervallata solo da enormi finestre in vetro fumé. Sopra all'ingresso principale, in semplici lettere dorate, c'era scritto "Ambroisie".

Quel ristorante trasudava eleganza, e mi aveva incantata fin da quando era stata diffusa la notizia della sua apertura.

Avevo mandato il mio curriculum tre volte. Mi ero proposta come cameriera, come addetta alle pulizie e perfino come plongeur. Non mi sarebbe importato spaccarmi la schiena a pulire piatti e pentole, mi sarebbe bastato stare in quella cucina e imparare anche solo il minimo indispensabile dallo chef stellato che la dirigeva. Ma loro non mi avevano mai risposto, e io avevo tutta l'intenzione di costringerli a farlo.

Con le farfalle nello stomaco e la gola serrata, mi avvicinai all'ingresso. E scorsi il mio riflesso nella vetrata.

«Oh, no», esclamai, sgranando gli occhi.

Il mascara mi era colato sulle guance, e i capelli umidi erano una massa informe e disordinata che si annodava sulle mie spalle.

Cercai di sistemarmi, di migliorarmi... ma non c'era molto che potessi fare. Non lì, ancora sotto la pioggia.

«Okay, non importa», tentai di convincere me stessa, una volta che il vetro mi restituì un'immagine quantomeno decente. «Poteva andare peggio.»

Presi un respiro profondo e mi obbligai a credere alle mie parole, anche se l'agitazione mi stava divorando.

Alla fine, strinsi le maniglie dorate tra le dita e spinsi le porte, pronta ad affrontare qualsiasi cosa avessi trovato dall'altra parte. Quelle, però, non si aprirono.

«No. No, no, no...» Le scossi più volte, facendole tintinnare, ma il ristorante restò chiuso. Irraggiungibile. «No...»

Frustrata e delusa, appoggiai la fronte al vetro. E fu in quel momento che, in lontananza, vidi delle luci accese.

C'era qualcuno, dentro. Sapevo che era così.

Con una nuova speranza che mi riempiva lo stomaco, provai a bussare, ma non ottenni alcuna risposta.

«Maledizione», sbottai, sbattendo un palmo contro la parete dura dell'edificio. Ma non mi sarei arresa facilmente.

Feci alcuni passi indietro, guardandomi attorno. Poi, cominciai a camminare. Forse con l'entrata sul retro avrei avuto più fortuna.

Svoltai in un vicolo e, quando la vidi, ansia e felicità si mescolarono dentro di me. Perché non solo avevo trovato la porta, ma era socchiusa.

Più mi avvicinavo, più sentivo delle voci provenire dall'interno.

«Non me ne frega un cazzo, Courtney. Trova qualcuno», stava tuonando una voce profonda.

«Possiamo riavere lei», rispose una donna. «Se solo tu...»

«Se io... che cosa?»

Un brivido mi risalì la schiena. Chiunque avesse parlato, non dava l'idea di voler accettare delle repliche.

«Dico solo che siamo tutti stressati. Dovresti respirare.»

«Respirare?» Il suo tono era così granitico che mi gelò il sangue. «Cosa cazzo...»

Per qualche motivo che non riuscii a capire, mi ritrovai a bussare alla porta. Forse volevo salvare Courtney, chiunque fosse, dall'ira dell'uomo. Forse ero solo estremamente incosciente, in quel momento.

La porta socchiusa si spalancò del tutto, e comparve una donna dai lunghi capelli ramati e il corpo che avrebbe fatto invidia a quello di una modella.

Mi squadrò da capo a piedi, prima di inarcare un sopracciglio.

In confronto a lei, perfettamente curata e vestita in modo impeccabile, io dovevo sembrare una specie di fenomeno da baraccone. Ma in quel momento non mi importava. Per quel lavoro non era l'aspetto che contava, era il carattere. La determinazione. La preparazione. E io sapevo di averli tutti.

«Sì?»

Raddrizzai la schiena. «Salve. Mi dispiace disturbarvi.» Sbirciai oltre le sue spalle, cercando di intravedere l'uomo con cui l'avevo sentita parlare, ma non lo trovai. «Ho visto l'annuncio di lavoro. Cercate una cameriera.»

La donna, Courtney, si accigliò. «Lo abbiamo postato dieci minuti fa.»

Annuii. «Lo so.»

Un tuono rimbombò sopra la mia testa, e lo scroscio della pioggia aumentò.

«Maledizione», imprecò lei in un soffio. «Entra.»

Feci come mi aveva detto e mi passai i palmi sulle braccia, per scacciare il freddo che mi stava penetrando nelle ossa. Ma, non appena mi guardai attorno, ogni altra sensazione che non fosse puro stupore mi abbandonò all'istante.

«Oh Dio», sospirai, incapace di trattenermi.

Non mi trovavo sul retro buio di un ristorante, ero nella cucina. Una cucina che sembrava estremamente simile a come immaginavo fosse il paradiso.

L'acciaio inossidabile risplendeva di luce propria, e ogni pentola, ogni attrezzo, ogni piatto era sistemato in modo intuitivo e ottimale. Ma la cosa più incredibile era l'aria, che profumava di pulito e perfezione. Perché, sì, la perfezione aveva un profumo. E io lo stavo respirando a pieni polmoni.

«Per quale motivo c'è una ragazza che gocciola nella mia cucina?» ringhiò la stessa voce di prima.

Mi girai di scatto e le mie palpebre si spalancarono così tanto che avvertii una fitta agli occhi.

Oh mio Dio.

Rayden Wade.

Non era possibile. Era lì, a pochi passi da me, ed era… *Oh. Mio. Dio.*

I capelli scuri gli ricadevano sulla fronte, la mascella serrata rendeva i suoi lineamenti ancora più marcati, e i suoi occhi chiari mi stavano fulminando. Erano dello stesso colore della pioggia che imperversava fuori dalla cucina, e mi fecero sentire ancora più freddo di quanto non ne avessi avuto poco prima.

Sulla mia pelle presero a scivolare brividi gelidi, ed ero abbastanza sicura che loro potessero notarlo. Ma non potevo farne a meno, perché quello era *Rayden Wade*. Era stato nominato chef de cuisine a soli diciassette anni, aveva aperto il suo primo ristorante a ventuno, aveva ottenuto il *James Beard Award* a ventitré e poi due stelle Michelin a venticinque. E ora, a ventotto anni, aveva lasciato per la prima volta il suo ristorante stellato negli Hamptons per aprire l'*Ambroisie* a Boston.

Seguivo il suo lavoro da anni. *Ammiravo* il suo lavoro da anni.

Quando si era ritirato dalla scena pubblica, sei mesi prima, tutti si erano chiesti cosa gli fosse successo. E quando aveva annunciato all'improvviso la nuova apertura... Beh, era stato uno shock, almeno per me. Soprattutto visto che il ristorante si trovava proprio nella mia città. Ma non mi sarei mai aspettata di riuscire a incontrarlo davvero. Eppure, Rayden Wade era lì, a pochi metri da me, e mi osservava con fare talmente tagliente che sembrava avesse affilato anche il suo sguardo, oltre ai coltelli dall'aspetto letale sistemati nelle loro postazioni.

Stava ancora aspettando una risposta, e mi affrettai a tornare al presente. «Ehm, io...»

«Ha visto l'annuncio per il nuovo posto di lavoro», concluse Courtney, chiudendo la porta e avvicinandosi allo chef.

Lui inarcò un sopracciglio, continuando a rivolgere a me la sua attenzione. «E perché sei qui?»

Okay. Era la mia occasione. «Perché voglio quel posto.»

«Sì, questo lo avevo capito, ragazzina», disse. «Intendevo, perché sei venuta qui, nel mio ristorante, invece di mandare il tuo curriculum.»

Mi ritrovai a raddrizzare ancora di più la schiena. «Ho mandato il mio curriculum ogni volta che si è aperta una posizione. Non ho mai ricevuto risposta.»

Courtney scosse la testa. «Questo vuol dire che non fai per noi. Mi dispiace, puoi andare.»

«No.» Quella parola lasciò le mie labbra prima che potessi fermarla. «Non mi conoscete neanche.» Deglutii. «Fatemi un colloquio. Non chiedo altro.» Sapevo che il mio sguardo era implorante, così cercai di controllarmi e di mostrarmi sicura di me.

«Senti, tesoro, non abbiamo...»

«Dov'eri?» chiese lo chef, interrompendola.

Sbattei le palpebre. «Come?»

Lui incrociò le braccia al petto, sopra alla giacca nera da cuoco, e i suoi bicipiti si gonfiarono in modo quasi ipnotico. «Quando hai visto la notifica della nuova posizione. Dov'eri?»

Aggrottai la fronte. «Perché?»

«Ti do un consiglio, ragazzina. Se il tuo possibile datore di lavoro ti fa una domanda, tu rispondi.» Fece un passo verso di me. «Voglio sapere se hai lasciato il lavoro che stavi svolgendo per venire qui, se eri a lezione, o se ti trovavi nei dintorni per puro caso.»

Sostenni i suoi occhi e decisi di essere onesta. Perché non sapevo quale fosse la risposta giusta. «Ero a lezione.»

«Ha importanza?» chiese Courtney.

«Sì», disse secco Wade. «Se avesse lasciato a metà il lavoro, avrebbe denotato inaffidabilità. Ma aver lasciato le lezioni...» Mi studiò. «O non ti interessa avere una buona educazione, oppure vuoi davvero questo lavoro. Tanto da essere corsa fino a qui sotto la pioggia.»

«Voglio davvero questo lavoro.»

Qualcosa brillò nel suo sguardo. «In quali ristoranti stellati hai lavorato?»

Cavolo.

«Nessuno», ammisi.

«Nessuno?» la voce derisoria di Courtney mi infastidì. Ma Wade la ignorò.

«In quali ristoranti non stellati, allora?»

Scossi piano la testa. «Nessuno, ma...»

«Basta così.» Courtney alzò un palmo. «Sai quante richieste abbiamo già ricevuto da quando abbiamo postato l'annuncio? Più di cinquanta. Persone con esperienza pluriennale che sanno come funzionano le cose in una cucina di questo livello.»

Serrai un pugno lungo la coscia. «So di non avere esperienza, però...»

«Stai sprecando il nostro tempo. Lo capisci?»

Strinsi i denti, mentre la donna mi guardava come se le facessi pena. E un fuoco che non sentivo da molto tempo prese ad ardere nel mio petto.

«Non troverete qualcuno migliore di me per questo lavoro. Imparo in fretta, so ascoltare, e *so* come funzionano le cose in una cucina di questo livello.» Rivolsi a Courtney uno sguardo di sfida, prima di concentrarmi sullo chef. «Seguo il suo lavoro da anni. Conosco i suoi piatti, le sue specialità, e cosa…»

«Hai mai mangiato nel mio ristorante?» mi interruppe.

Per un secondo, le mie labbra restarono socchiuse. «No.»

Courtney rise, e il sangue mi ribollì nelle vene.

«Il fatto che io non abbia mai potuto permettermi di spendere quattrocento dollari per una cena non vuol dire che non so di cosa parlo.» Non me ne vergognavo, era la verità. E quella frase sembrò smuovere qualcosa in Wade. «Le sto solo chiedendo un'occasione. Niente di più.»

«Perché?» domandò. «Perché dovrei assumere te?»

«Perché, se non lo fa, sarà il suo ristorante a rimetterci.»

2

Rayden

Quella ragazzina bruciava. Anche se era quasi completamente bagnata, aveva un fuoco, dentro. Lo vedevo nei suoi occhi. Riuscivo quasi a sentirlo. E io non lo sentivo da tanto tempo.

«Rayden, non starai davvero…» cominciò Courtney, ma io alzai una mano.

«Hai detto di conoscere i miei piatti e di sapere come muoverti in un ristorante», dissi, rivolto alla ragazza. «Dimostralo.»

Lei annuì e irrigidì le spalle, pronta ad affrontare qualunque sfida stessi per lanciarle.

«Un cliente si siede al nostro tavolo. Da bere ordina dell'acqua minerale. Poi, di antipasto prende le ostriche su crema dolce, di primo le linguine in salsa di vongole, di secondo l'aragosta alle cinque spezie con fichi e foie gras. Tu cosa fai?»

Per un secondo, i suoi occhi color caramello scuro si offuscarono, mentre rifletteva sulle mie parole. Riuscivo già a sentire il senso di trionfo di Courtney, al mio fianco. Finché la ragazzina non strinse entrambi i pugni.

33

«Proporrei al cliente la lista dei vini, consigliando i migliori da abbinare a ogni piatto.»

«Ti ho detto che ha ordinato dell'acqua.»

Lei annuì. «Lo so. Ma un uomo che è disposto a spendere tutti quei soldi per un pasto, difficilmente lesina sull'alcol. Quindi, se rifiutasse i vini, avrei la conferma che sto cercando.»

In modo involontario, alzai un angolo della bocca. «Ovvero?»

«Che è astemio.»

Una vaga ammirazione mi sfiorò lo stomaco. «E perché è importante che tu lo sappia?»

«Perché tutti i piatti che ha ordinato vengono cucinati con l'alcol», rispose, completamente sicura di sé. «Nelle ostriche c'è la salsa al Vermouth. Nelle linguine il Sauvignon Blanc. E, nell'aragosta, ci sono i fichi imbevuti nel porto.»

Il mio sorriso sghembo si ampliò ancora di più. Ma Courtney non sembrava pensarla come me.

«Da quale lato si porgono i piatti al cliente?» le chiese.

«Da destra», rispose subito lei.

«E da quale si ritirano?»

«Da sinistra.»

«In un solo tragitto, quanti piatti si possono portare via?»

«Non più di quattro.»

«Da quale lato si versa il vino?»

«Da destra. E il calice va tenuto dallo stelo, per non sporcare il vetro.»

«E che…»

«Basta.» Alzai due dita, interrompendo Courtney. «Come fai a sapere tutte queste cose?»

«Ho sempre voluto lavorare in un ristorante. Il mio sogno è la cucina, ma sono disposta a iniziare da qualsiasi parte.»

La sua sincerità era disarmante.

Mi passai una mano sul mento, continuando ad analizzare la ragazzina minuta davanti a me.

Per alcuni secondi, un silenzio elettrico aleggiò tra di noi.

34

Anche se si stava sforzando di mostrarsi impassibile, riuscii a leggere l'agitazione nei suoi occhi. Eppure, non abbassò lo sguardo. Lo tenne puntato nel mio, lasciando che la studiassi. E, alla fine, annuii.

«Domani ci sarà l'inaugurazione», la informai. «Tutto lo staff deve presentarsi qui nel primo pomeriggio per prepararsi alla serata, che terminerà verso le undici. Dopo quel giorno, la cucina chiuderà alle nove e trenta, o comunque quando viene mandato in sala l'ultimo ticket. La domenica e il lunedì siamo chiusi», elencai, e le scintille che già ardevano nei suoi occhi aumentarono. «Tutti gli altri giorni dovrai arrivare alle tre, puntuale e pronta a lavorare. L'università sarà un problema?»

Il suo sorriso vacillò, e la sua espressione si fece confusa. «L'università?»

«Le lezioni. Quelle che hai saltato per venire qui.» Non nascosi l'irritazione nella mia voce.

«Oh.» Le sue guance diventarono rosate. «No, i miei studi non saranno un problema.»

«Bene. I primi due giorni sono di prova.» Le rivolsi un'occhiata intensa. «Hai la tua occasione. Non sprecarla.»

Il sorriso che tornò a distendersi sulle sue labbra fu fottutamente bello, e mi stupii di averlo notato.

«Oh mio Dio.» Si passò una mano tra i capelli. «Non so neanche come ringraziarla, signor…»

Scossi la testa. «Primo errore, ragazzina. Quando ti rivolgi a me, devi chiamarmi *chef*.»

I suoi occhi si accesero ancora di più. «Grazie, chef.»

Nel sentirla pronunciare quella parola, avvertii una strana sensazione sottopelle, ma la ignorai. «Cerca di non dimenticarlo.» Mi voltai verso Courtney. «Falle il contratto, poi dalle un'uniforme e un menu. E, prima di mandarla via, falle pulire il pavimento.» Indicai la pozza bagnata ai suoi piedi.

La ragazzina abbassò lo sguardo e fece un passo indietro, imbarazzata.

«Non farmi pentire della mia decisione», la misi in guardia.

«No, certo, non lo farò», disse subito. E, quando inarcai un sopracciglio, si corresse. «No, chef.»

Mi girai prima che potesse vedere l'espressione sul mio volto.

C'era qualcosa, in quella ragazzina. La sua passione era intrigante. La sua determinazione era sexy. E lei... lei era del tutto off limits.

Non solo perché doveva avere almeno cinque anni meno di me, ma perché adesso faceva parte del mio staff. E se c'era una cosa che più di un decennio di esperienza mi aveva insegnato, era di non commettere stronzate del genere. E io stavo già facendo fin troppe eccezioni.

~

Quel pomeriggio, controllai per l'ennesima volta l'inventario, le celle frigo e i piani in acciaio.

Doveva essere tutto pronto. Tutto perfetto. Non avrei mandato di nuovo a puttane quello che ero riuscito a costruirmi.

«Ti serve una pausa.»

Alzai lo sguardo dalle spezie che stavo esaminando e trovai Deelylah appoggiata a un bancone, con le braccia incrociate al petto.

«Non ho tempo per una pausa», risposi.

«Arrivare all'inaugurazione già esaurito non ti sarà d'aiuto», mi fece notare.

«Non sono esaurito.» Lo ero stato, in passato. Sapevo cosa volesse dire esserlo. In quel momento, non mi ci avvicinavo neanche.

La mia sous chef sospirò, poi venne verso di me. «Dico sul serio, Ray. Siamo pronti. Ci hai preparati per mesi, sappiamo cosa dobbiamo fare.»

Aveva ragione. Avevo scelto personalmente la miglior brigata con cui avessi mai lavorato, e nel corso delle ultime settimane avevamo raggiunto un livello di armonia che non avrei creduto possibile. Ma non bastava. In cucina, la sola preparazione non bastava mai.

Tutto si riduceva alle ore di servizio. Al caos degli ordini, agli errori commessi, alle tempistiche strette.

«Essere pronti non è sufficiente», dissi. «Dobbiamo essere perfetti.»

Deelylah mi posò una mano sul braccio. «Lo saremo.» Mi guardò attraverso le ciglia, prima di spostare le dita verso il basso. «Ma abbiamo bisogno che il nostro chef non sia sul punto di avere un esaurimento a causa della pressione.» Trovò il cavallo dei miei pantaloni e prese a stuzzicarmi, per poi alzarsi in punta di piedi e avvicinare le labbra al mio orecchio. «Lascia che ti aiuti a rilassarti», mormorò.

Chiusi gli occhi, mentre scosse di piacere cominciavano a risalirmi il ventre.

Cazzo, avrei voluto che lo facesse. Che alleviasse il mio stress, anche se solo per pochi minuti.

Le bloccai il polso. «Non qui.» La mia voce uscì più brusca di quanto avrei voluto, ma lei sembrò non farci caso. Ci era abituata. E conosceva le regole: non in cucina.

«Okay. Allora andiamo…»

«È confermato.» Courtney si precipitò oltre la soglia, camminando il più velocemente possibile, vista la gonna a sigaretta che le fasciava le gambe lunghe.

Deelylah si staccò da me e io imposi al mio corpo di calmarsi.

«Clarice D'Arnaud sarà presente all'inaugurazione.»

I miei muscoli si irrigidirono. «Ne sei sicura?»

Lei annuì. «Sì.»

«Merda», imprecò Deelylah.

Troppi pensieri esplosero nella mia mente. «Voglio la brigata qui, tra un'ora», istruii la mia sous chef. Poi mi rivolsi alla floor manager. «Tu assicurati che tutti i commis siano puntuali, domani. Voglio vederli in azione prima dell'apertura.»

«Avremmo dovuto fare una pre-inaugurazione», disse Courtney, e vidi un'ombra di rimprovero nei suoi occhi.

«Se tutti fanno il loro cazzo di lavoro, non ci saranno problemi», ringhiai.

«Avete trovato un sostituto per Viola?»

«Vivian», la corresse Courtney, anche se non sembrava convinta. «Credo. Sì, comunque. Ray ha avuto la brillante idea di assumere una ragazza arrogante e presuntuosa, con zero esperienza.»

Inarcai un sopracciglio. «Arrogante e presuntuosa?»

«Oh, ti prego», sbuffò la manager. Poi, si mise una mano sul cuore. «*Se non mi assumete, il ristorante ci rimetterà*», continuò, facendone una pessima imitazione.

Deelylah sgranò le palpebre. «Lo ha detto davvero?»

Courtney annuì. «Sì, dopo aver fatto irruzione qui dentro completamente bagnata e aver preteso un colloquio.» Scosse la testa. «Sul serio, Ray, come ti è venuto in mente? Cosa hai visto in lei?»

«Passione.» Dissi quella parola senza neanche doverci riflettere. *Tutto* di quella ragazzina risplendeva di passione.

Deelylah mi rivolse un'occhiata di sbieco. «Quindi vuoi portartela a letto? C'erano modi più semplici per farlo, senza mettere a rischio il ristorante.»

La fulminai. «Non *quel* tipo di passione. E il ristorante non è a rischio. Lei è in gamba.» O, almeno, lo speravo. «Ma preparati un'alternativa se dovesse andare male», dissi a Courtney.

Lei roteò gli occhi. «Credi che non lo abbia già fatto? Avery non arriverà alla fine del turno senza creare qualche disastro.»

Avery. La ragazzina aveva un nome, finalmente.

«Vedremo.»

Non sapevo cosa sarebbe successo. Lavorare in un ristorante come il mio era stressante. Non solo per la brigata di cucina, ma per tutto lo staff. La perfezione era richiesta in ogni più piccolo gesto, e i commis dovevano mostrarla al meglio. Erano loro a interagire con i clienti, erano loro a rappresentare la facciata dell'*Ambroisie*. Una mossa falsa, e non avrebbero rimesso piede nel mio locale.

Il giorno dopo, avrei scoperto se Avery era all'altezza del compito. Se avrebbe sfruttato l'occasione che le avevo dato. O se l'avrebbe sprecata.

Oh mio Dio.
Rayden Wade.
Era lì, a pochi passi da me,
ed era...
Oh. Mio. Dio.

3
Avery

«Ry?» mi chiamò Mandy dall'ingresso di casa mia.

«In camera», gridai in risposta. Sentii dei passi avvicinarsi, e capii che non era sola.

«Possiamo entrare?» chiese la mia migliore amica e, quando le diedi il via libera, aprì la porta.

Mandy schiuse le labbra. Trent sgranò le palpebre. Weston sbiancò.

«Allora?» domandai, allargando le braccia. «Cosa ne pensate?» Girai su me stessa, permettendo loro di vedere la divisa che avevo indossato.

I pantaloni neri aderivano alle mie gambe, proprio come la camicia in tinta aderiva al mio petto. Il gilet dalle rifiniture dorate accentuava la curva dei fianchi e della vita, e due ciocche castane mi incorniciavano il viso, mentre il resto dei capelli lo avevo raccolto in uno chignon basso, come mi era stato detto.

«Beh, ehm…» cominciò Trent.

«Tu…» tentò Weston.

«Tette», disse di getto Mandy, e io mi accigliai. «Lo stiamo pensando tutti. Ma se lo dice lui», indicò il suo ragazzo, «gli strappo i testicoli a morsi. E Wes è troppo nobile per ammetterlo. Ma, cavolo, Ry… *tette*.»

Mi voltai verso lo specchio e mi portai le braccia a coprirmi il petto. «Okay, forse il gilet le mette un po' in risalto, ma…»

«Un po'?» tossì Trent, distogliendo lo sguardo.

Sentii le guance avvamparmi. «È la divisa del ristorante, non posso farci niente.»

«Come gli è venuto in mente di fare delle divise così? Le altre sono delle tavole da stiro?» chiese Mandy.

Mi strinsi nelle spalle. «Non ho ancora conosciuto nessuno.»

«A parte la manager modella e lo chef da urlo», disse lei con un sorrisetto.

Trent aggrottò la fronte. «Quindi, tu puoi dire certe cose sugli altri ragazzi, ma se io…»

«Primo, sì, certo. Io posso», scherzò lei, senza neanche farlo finire. «Secondo, non sono parole mie, ma di Ry.»

Weston mi fissò più attentamente, e io mi spostai una ciocca dietro l'orecchio.

«Non ho detto niente del genere», mi difesi.

«Stavo parafrasando per il tuo bene», ribatté Mandy, con gli occhi celesti che brillavano.

Era possibile che il giorno prima, dopo essere venuta via dal ristorante, fossi stata leggermente emozionata. Ed era possibile che avessi descritto Wade a Mandy usando dei termini un po' coloriti. Come il fatto che non avevo mai visto qualcuno di più bello in tutta la mia vita, che trasudava fascino e autorità da ogni poro, e che, su di lui, l'uniforme da chef avrebbe dovuto essere illegale, perché nessuno avrebbe mai potuto davvero concentrarsi in cucina mentre Rayden era vestito in quel modo.

Ripensai a quando mi aveva detto di chiamarlo *chef*. E ai brividi che mi avevano attraversato la schiena mentre mi fissava con quella sua gelida intensità.

«Il lato positivo è che avrai successo con le mance», cambiò argomento Trent, riportandomi alla realtà.

«Non so neanche come funziona, con le mance», ammisi. «E comunque sono in prova. Dipende tutto da come andrà il turno di stasera.»

I miei palmi presero a sudare, e tornai a guardarmi allo specchio, cercando di sistemare il gilet in modo che coprisse le mie curve. Più ci provavo, però, più mi sembrava di ottenere l'effetto opposto.

«A che ora devi essere là, oggi?» chiese Wes.

«All'una.»

«Come fai con la scuola?»

Mi morsi il labbro inferiore. «Emergenza?»

«Ry…»

«Lo so, lo so», interruppi la mia migliore amica. «Troverò una soluzione.» Mancava poco più di un mese al diploma, in qualche modo ce l'avrei fatta.

«A loro sta davvero bene che tu salti la scuola?» domandò Wes, che si era messo con una spalla contro lo stipite della porta.

Abbassai lo sguardo. «Ecco, potrebbe esserci stato un fraintendimento da questo punto di vista.»

«Un fraintendimento?» ripeté Mandy.

«Loro credono che io vada all'università», spiegai.

«Perché?»

Mi strinsi nelle spalle. «Non lo so. Lo hanno dato per scontato.»

«E tu non li hai corretti?»

«Mi avevano appena offerto il lavoro. Non volevo rischiare che cambiassero idea.»

Mandy si appoggiò al petto del suo ragazzo. «Perché ho la sensazione che questa cosa non andrà a finire bene?»

«Perché sei pessimista», risposi. «A differenza mia. Posso farcela.» Mi voltai verso lo specchio e passai le dita sul nome del ristorante, ricamato in oro sul gilet.

«Cazzo, sì che puoi», mi sostenne Trent con un sorriso, che io ricambiai subito.

Poi, inaspettatamente, Mandy venne ad abbracciarmi, ed entrambe osservammo il nostro riflesso.

«Sembri felice», disse piano.

Annuii, mentre lo stesso sorriso genuino che non riuscivo a togliermi dal viso si ampliava. «Credo di esserlo.»

Erano passati mesi da quando la mia vita era cambiata. Da quando tutto era stato stravolto. Avevo annaspato, cercando di costruirmi una nuova normalità, un nuovo ordine che rimediasse al caos delle mie giornate. Ma non ero più stata felice, non davvero. Finché non mi ero trovata nella cucina dello chef Wade.

Il mio sorriso vacillò, e guardai Mandy. «Posso esserlo?»

Le lacrime le offuscarono gli occhi. «*Devi*, Ry. Basta sensi di colpa.»

A quelle parole, inspirai a fondo. Erano le stesse che mi rivolgeva dal giorno dell'incidente. «Basta sensi di colpa.»

Probabilmente non sarebbero mai scomparsi davvero. Non del tutto. Ma potevo almeno metterli da parte mentre mi avvicinavo di un piccolo passo a quello che era sempre stato il mio sogno.

«Ti sei esercitata, ieri?» chiese Wes.

«Ci ho provato.» Avevo trascorso l'intera serata a guardare video sui camerieri per capire come si reggessero i vassoi.

«Quanti piatti hai rotto?»

Storsi la bocca. «Cinque.»

Trent trattenne una risata. «E quanti strike hai, al ristorante?»

«Nessuno», risposi. «Meno di nessuno.»

«Dai, è la tua prima volta, sono sicuro che…»

Scossi la testa e Wes si interruppe. «Non è così che funziona, non in questo tipo di ristoranti. Tutto ciò che non rasenta la perfezione non viene neanche ammesso.»

«E perché vuoi lavorare in un posto così?» Weston fece una smorfia. «Sembra stressante.»

Sorrisi. «Lo è. Deve esserlo. Ma ne vale la pena.»

Non ero certa che avesse senso, e forse era la mia ingenuità a parlare. Ma sapevo che era così. Mi sarei spaccata la schiena in quel lavoro, e avrei dato più del mio massimo in ogni secondo. Avrei sbagliato, ma avrei anche trovato le soluzioni ai miei errori. E avrei continuato a servire i tavoli finché non fossi riuscita a varcare la sottile linea del pass, quella che separava gli addetti alla sala dalla brigata di cucina.

«Ancora non riesco a credere che mi abbiano presa», mormorai ai miei amici. «Voglio dire, è…» Mi premetti un palmo sulla fronte, senza sapere come terminare la frase. «E lui è Rayden Wade. Cavolo… *Rayden Wade*.»

«Continui a ripeterlo da ieri, ma ancora non ho capito cosa significa», ammise Trent.

Mandy si rivolse a lui. «È come se tu andassi a fare dei lanci con Lamar Jackson.»

Trent spalancò la bocca e mi fissò. «Cazzo. Sul serio?»

«Non ho idea di chi sia», dissi.

«Un talento naturale del football.»

«Beh, allora sì, credo. Lo chef Wade è un talento naturale della cucina.» Ripensai a lui. Alla sua uniforme, ai suoi occhi. Al modo in cui mi aveva guardata…

Mandy ridacchiò. «Non dimenticare che è il tuo capo, Ry...»

Sbattei le palpebre. «Questo cosa vorrebbe dire?»

«Mmh, niente.» Mi fece l'occhiolino, e io aggrottai la fronte.

«Merda», esclamò Wes. «Avete visto l'ora?»

Cercai subito la sveglia sul comodino. «Cavolo», imprecai. «Devo cambiarmi.» Iniziai a sbottonarmi il gilet, mentre Mandy spingeva i ragazzi in corridoio e li chiudeva fuori.

«Quindi, come pensi di fare, oggi?»

«Vengo a scuola, mi porto dietro la divisa», spiegai, saltellando fuori dai pantaloni. «In pausa pranzo mi do malata, mi cambio in bagno e corro al ristorante.»

«Forse dovresti prendere del deodorante. E del profumo.» Cominciò a riempire il mio zaino, mentre io indossavo dei jeans e una semplice t-shirt celeste. «Dei trucchi. Una spazzola…»

Infilai le scarpe da ginnastica e le sorrisi. «Grazie, Dy.»

«A cosa servono le migliori amiche, sennò?» Mi porse lo zaino e lo presi. Poi, entrambe uscimmo dalla mia camera e raggiungemmo i ragazzi, che ci aspettavano accanto al pick-up di Trent.

Venivano spesso da me, di prima mattina. Avevano iniziato a farlo da dopo l'incidente. Ogni tanto mi portavano la colazione, altre volte volevano solo assicurarsi che stessi bene. Non sarei sopravvissuta in quei mesi, senza di loro. E ancora non ero riuscita a trovare un modo per ringraziarli.

«Vieni con noi?» chiese Wes.

«Conoscete la risposta», dissi, prendendo la bici e salendo sul sellino.

«Ci vediamo tra poco, allora.» Mandy mi sorrise e montò sull'auto del suo ragazzo, mentre io cominciavo a pedalare verso la scuola.

Avevo lo stomaco annodato, ed era come se fin troppe farfalle fossero rimaste intrappolate lì dentro. Ero emozionata e nervosa, e avevo il terrore di mandare tutto a rotoli.

"Se ti ci metti di impegno, puoi raggiungere qualsiasi obiettivo, peste. Non mollare mai e non arrenderti. Non devi mai smettere di lottare."

Una lacrima mi inumidì le ciglia, mentre le parole di mio padre mi riecheggiavano nella testa. Avevo perso il conto di tutte le volte in cui me le aveva rivolte. Ma avevo sempre letto nei suoi occhi quanto ci credesse. Quanto credesse in me. E io non avevo intenzione di deluderlo. Né lui né me stessa.

~

«Ti sembrano freschi?»

La voce dello chef Wade mi raggiunse mentre appoggiavo la bici contro il muro esterno, sul retro del ristorante.

«Beh, sono…»

«Sì o no. Queste sono le uniche risposte che voglio. Quindi, Kenneth, te lo ripeto. Questi peperoni ti sembrano freschi?» Era furioso, e mi avvicinai piano. La porta era aperta.

«Devono essersi rovinati durante il…»

«Stronzate.» Una cassetta venne lanciata sul pavimento proprio mentre entravo. Il legno si spaccò, e peperoni verdi e rossi rotolarono per terra. «Fuori dalla mia cucina. Adesso.»

«Posso portarti un altro carico, dammi venti minuti», disse un uomo sulla cinquantina.

Rayden aveva le narici dilatate e sembrava sul punto di commettere un omicidio. «Se ne trovo anche solo uno rovinato…» lo mise in guardia.

«Li controllerò tutti personalmente», promise l'uomo. Poi si voltò e corse via, superandomi in fretta, prima che lo chef potesse cambiare idea. O che potesse aggredirlo di nuovo.

Fu in quel momento che Rayden mi notò. Per un attimo si accigliò, poi incrociò le braccia al petto. «Sei in ritardo.»

Deglutii. «Di un minuto, io…»

«Non ho chiesto giustificazioni, non mi interessano. Se devi essere qui a un orario, ti voglio qui a quell'orario.»

Strinsi le maniche della giacca tra le dita. «Scusi, chef.»

«Vai a cambiarti. Poi pensa alla *mise en place* insieme agli altri.»

«Sono già pronta», dissi, tirando giù la zip e rivelando la divisa.

Lui abbassò lo sguardo su di me, e io non potei fare a meno di pensare ai commenti che i miei amici avevano fatto quella mattina. Soprattutto quando vidi la sua mascella contrarsi. Ma non riuscii a capire cosa gli stesse passando per la mente.

Wade sembrava avere la capacità di congelare la pioggia nel suo sguardo fino a renderla una lastra impenetrabile che nascondeva i suoi pensieri. E, per qualche motivo, mi ritrovai a chiedermi come sarebbe stato sciogliere quel ghiaccio e vedere ciò che si celava dietro.

49

«La stanza dello staff è in fondo al corridoio.» Fece un cenno verso una porta. «E questo non è l'ingresso che devi usare quando vieni qui. La cucina è off limits per il personale di sala.»

Quelle parole furono come un pugno allo stomaco, visto che non c'era niente che volessi di più di stare tra quelle pareti immacolate.

«D'accordo. Scusi, chef.»

«Vai.» Si girò e tornò a esaminare le cassette di legno che aveva di fronte, piene di tutte le consegne fresche di quel giorno.

Quando lo vidi passarsi una mano tra i capelli, mi resi conto di quanto fosse nervoso. Ogni suo muscolo era in tensione e premeva contro la giacca della sua uniforme, che aderiva al suo corpo in modo incredibile.

Stavo per uscire dalla cucina, ma qualcosa mi spinse a voltarmi. «Chef?»

Lui alzò lo sguardo e lo puntò su di me, senza tradire la minima emozione.

«Buona fortuna. Per stasera.» Accennai un sorriso e mi allontanai prima che potesse rispondere. O prima che potesse licenziarmi. Non ero ancora sicura di come avrei dovuto comportarmi, lì. E non sapevo come avrebbe reagito lui alle mie parole. Avevo superato qualche limite?

Cavolo, stavo diventando paranoica.

Trovai la stanza dello staff, che era piena di persone. Dovevano esserci più di venti camerieri, e tutti si stavano sistemando la divisa.

Andai verso una panca e appesi la giacca, per poi riporre lo zaino in uno degli armadietti con il lucchetto.

«Sei nuova», disse una ragazza dai riccioli mogano, avvicinandosi a me.

«Ehm, sì», risposi, anche se la sua non era stata una domanda.

«Credevo che Dispochef non avrebbe assunto un rimpiazzo per Vicky. Ci ha fatti venire qui tutti i giorni per settimane, per prepararci a oggi.»

Mi strinsi nelle spalle. «Beh, io…»

«Sei la nuova, vero?» Un'altra ragazza si fermò accanto a noi. Doveva avere sui trent'anni, e i suoi capelli scuri erano raccolti in uno chignon perfetto. «Sono Rochel, capocameriera.»

Strinsi la mano che mi stava porgendo. «Avery.»

«Courtney mi ha detto di averti consegnato il menu, la lista dei vini e quella degli speciali.»

Annuii. «Ho imparato tutto a memoria.»

«E sai le regole di base, gli abbinamenti da proporre, conosci il lavoro dello chef Wade…»

Feci cenno di sì.

«Bene. Bene.» Sembrava agitata. «Finisci di prepararti, poi ti faccio fare un giro del ristorante.» Batté una volta le mani. «Avanti, ragazzi, datevi una mossa. Dobbiamo iniziare la *mise en place*. Oggi è il grande giorno.»

«Dieci dollari che ha un esaurimento prima dell'apertura», mormorò la rossa, avvicinandosi a me.

Repressi un sorriso. «Dieci dollari che ne ha già avuto almeno uno.»

Lei rise e mi rivolse un'occhiata divertita. «Talya», si presentò. «Piacere.»

«Allora, come hai convinto Dispochef ad assumerti?»

«Dispochef?» chiesi. Era la seconda volta che usava quel nome.

«Dai, devi aver conosciuto Wade.» Iniziò a raccogliersi i riccioli ribelli per chiuderli in uno chignon. «Arrogante, presuntuoso, testardo e, il mio preferito, *dispotico*», elencò. «Dispochef. Si crede una specie di dio sceso sulla Terra con il solo intento di deliziare il palato di qualche snob, che venera le porzioni minuscole che serve solo perché sono vendute a tre cifre sul menu.»

Provai una punta di fastidio. «Non è proprio così semplice.»

Era vero, i prezzi erano alti, ma quello che molte persone non capivano era che non si trattava mai solo del piatto. C'era tutto

51

un mondo, dietro a una singola portata. Anni di ricerche ed esperimenti, preparazioni che spesso richiedevano giorni interi, una scelta meticolosa degli ingredienti, e una tecnica impeccabile acquisita con anni e anni di lavoro. Quando si mangiava in un ristorante del genere, non si provava solo il cibo. Si provava tutta la storia che racchiudeva.

«Oh, anche tu sei fissata, eh?»

«Fissata?»

«Una di quelle che ambiscono a diventare la nuova dea sulla Terra.»

Sbuffai un sorriso. «Magari fossi così brava.»

«Beh, in questo ristorante non c'è comunque spazio per un altro ego smisurato. È già tanto che ci sia posto per la brigata, in cucina, visto quanto è grande quello di Wade.»

Legai il corto grembiule nero attorno ai fianchi. «Non pensi che se lo possa permettere?»

«Credimi, lui pensa a sé stesso già abbastanza. Non serve che ci pensi anche io.»

Aggrottai la fronte. «Perché lavori qui, se non ti piace?»

«Vuoi scherzare? Hai visto la paga? E ho l'impressione che le mance saranno ancora più incredibili.» Alzò un angolo della bocca.

Stavo per rispondere, quando Courtney richiamò la nostra attenzione, e nella sala del personale cadde il silenzio.

«Buon pomeriggio», ci salutò. «Conoscete tutti il programma, ma ve lo ripeto.» Il suo sguardo si posò un istante su di me, e capii che lo stava facendo unicamente perché io non avevo idea di quale fosse. «Per le prossime ore vi occuperete della *mise en place*. Ogni tavolo deve essere allestito in modo perfetto. Troverete tutto il necessario in sala, insieme ai righelli per il distanziamento di posate e bicchieri.»

Deglutii, sentendo i palmi cominciare a sudarmi.

«Faremo una riunione con lo chef e la brigata esattamente alle tre e trenta. A quel punto, farete una pausa per mangiare, dopo la quale controllerete ancora una volta che sia tutto al suo posto. Alle diciassette aprirà il ristorante, e dalle diciotto cominceremo a servire le portate. Ma lascio che sia lo chef a spiegarvi tutto nel dettaglio. Per il momento, mi limito a dire che dovete dare il massimo. Ognuno di voi. Non saranno ammessi sbagli.» Fissò i suoi occhi chiari nei miei. «Spero di essermi spiegata.»

I miei muscoli ebbero un fremito.

«Sei ancora in tempo a scappare», sussurrò Talya, al mio fianco.

Scappare? Io non volevo scappare. Era l'esatto opposto. Non vedevo l'ora di iniziare.

Tutto di quella ragazzina risplendeva di passione.

4

Rayden

Strinsi le dita attorno al manico del coltello, mentre trituravo le erbe aromatiche. Un profumo di rosmarino, timo e salvia si librò in aria, e tutto il mio corpo rabbrividì.

«Ecco, mamma», dissi correndo verso di lei, seduta sul divano.

«Grazie, piccolo.» Mi sorrise mentre prendeva la bistecca che le stavo porgendo.

Aveva già cominciato a marinarla, e le mie dita restarono sporche di olio ed erbe. Ma lei non se ne preoccupò e la appoggiò sulla guancia destra, dove si stava formando un livido scuro.

Salii sul divano e mi sistemai al suo fianco. «Ti fa male?»

«Sto bene.» Si sforzò di apparire sincera, ma io vedevo il dolore nei suoi occhi. Proprio come vedevo il mascara che le rigava il viso, là dove erano colate le lacrime.

Mi strinsi le ginocchia al petto e mi guardai attorno. Sul pavimento c'erano ancora dei vetri rotti, e l'odore dell'alcol aleggiava nell'aria. Il nostro non sembrava un salotto, sembrava un campo di battaglia. Una di quelle battaglie di cui si leggeva nelle favole, e che avrebbero dovuto appartenere soltanto alle pagine dei libri. Ma se quelle potevano trasformarsi in realtà, forse poteva farlo anche il lieto fine.

«Puoi raccontarmi una storia, mamma?» le chiesi, sentendo la gola stretta.

Lei si accigliò. «Quale storia?»

«Quella del principe che sconfigge l'orco cattivo e salva la principessa.»

Gli occhi di mia madre si oscurarono, e mi domandai se aveva capito a cosa stavo pensando. Se aveva capito cosa avevo intenzione di fare.

Sarei stato il suo principe, prima o poi. L'avrei salvata dall'orco. E avremmo vissuto per sempre felici e contenti.

«Certo, piccolo.» Alzò un braccio e mi fece cenno di avvicinarmi, in modo che mi accoccolassi contro di lei. «C'era una volta…»

Mi accarezzò distrattamente una guancia mentre continuava a raccontare, e l'odore delle spezie sulle sue dita riuscì a sovrastare quello dell'alcol. Era come essere avvolti da una bolla, e sapevo che eravamo al sicuro, lì. Nessuno ci avrebbe trovati. Nessuno ci avrebbe fatto del male. E, finché il profumo delle spezie avesse continuato a proteggerci, saremmo stati bene.

Mi fermai un secondo prima di tagliarmi con il coltello e chiusi le palpebre, scacciando quei ricordi dalla mente. Appoggiai i palmi sul piano di acciaio e inspirai a fondo, ma tutto ciò che sentii fu l'aroma della salvia.

«Chef?»

Mi obbligai a ricompormi e mi voltai verso Mathis, che si stava asciugando le dita con uno strofinaccio.

«Il briefing», mi ricordò.

«Sì.» Mi rivolsi alla brigata. «Briefing in sala», dissi, deciso. «Subito.»

I miei chef de partie lasciarono le proprie postazioni e mi seguirono oltre il pass, dove tutti i camerieri erano già in attesa, allineati in modo ordinato e con le mani unite davanti al corpo.

Mi osservai attorno con calma, esaminando ogni singolo tavolo. Erano stati allestiti nel modo che Courtney ed io avevamo deciso, e sapevo che lei stessa aveva supervisionato ogni singolo cameriere mentre li preparava. Sembravano perfetti. E dovevano esserlo.

«Non abbiamo molto tempo, quindi sarò veloce», iniziai, incrociando le braccia al petto. «Le porte apriranno alle diciassette. Inizialmente serviremo champagne e aperitivi da prendere in piedi. Canapè, amuse bouche, tartare, capesante grigliate. Alle diciotto, faremo accomodare gli ospiti ai loro posti. Oggi sono previsti venti tavoli, sessantadue coperti. Ogni cameriere è affidato a un tavolo.» Li guardai uno a uno. «I tavoli vengono serviti con lo stesso ordine con cui i ticket raggiungono la cucina, quindi tenete il conto e, quando sentite la campana del pass ed è il vostro turno, lasciate ciò che state facendo e venite in cucina. I piatti non devono restare al pass per più di trenta secondi senza essere serviti.»

Loro annuirono, come un'unica macchina ben oliata.

«I bicchieri dei clienti non devono mai restare vuoti, e studiate le loro reazioni. Le espressioni che fanno quando mangiano, i commenti che si scambiano. Alla fine del vostro turno, voglio un resoconto dettagliato da ognuno di voi. Per stasera, non siete solo dei commis. Siete i miei occhi e le mie orecchie. E io voglio sapere tutto quello che succede qui dentro dal momento in cui il primo cliente varca la soglia. Mi sono spiegato?»

Di nuovo, loro annuirono.

«Niente distrazioni, niente errori. Ogni cosa deve scorrere in modo liscio e impeccabile. Non sono ammessi sbagli.» I miei occhi trovarono Avery, che teneva le spalle dritte e non si perdeva una mia sola parola.

Non sapevo cosa aspettarmi, da quella ragazzina. Sapevo solo che vederla vestita in quel modo, con la mia divisa che sembrava essere stata fatta su misura per il suo corpo, era... *giusto*. Indossava i miei colori, il mio marchio. E lo indossava meglio di tutti gli altri camerieri lì dentro.

«Non vi auguro *buona fortuna*», continuai, e la vidi sbattere le palpebre. Aveva capito che mi stavo riferendo a ciò che mi aveva detto lei alcune ore prima. «Vi auguro *buon lavoro*. La fortuna non c'entra niente con come andrà la serata. Potete renderla un successo. Ma dovete fare del vostro meglio, come faccio io ogni singolo giorno, e...»

La ragazza accanto a Avery roteò gli occhi, e io mi interruppi. Avanzai verso di lei. «Qualche problema?»

La rossa deglutì. Non si aspettava che l'avrei notata. «No, chef.»

Mi fermai a meno di un metro da dove si trovava. «Se hai qualcosa da dire, ti consiglio di dirla subito.»

Lei scosse la testa, serrando le labbra. E un misto di rabbia e irritazione prese a scorrermi sottopelle.

«Forse non vi è chiara l'importanza di questa serata. Forse non avete capito dove vi trovate e con chi state lavorando.» Feci un altro passo in avanti. «Da oggi comincia tutto. Gli stessi traguardi che ho raggiunto al *Black Gold* ho intenzione di raggiungerli anche qui. Accoglieremo critici, parteciperemo a premi, e nei prossimi cinque anni questo ristorante si guadagnerà un posto sulla guida Michelin. Se siete in grado di lavorare come vi viene richiesto, sarò felice di condividere con voi il merito del successo. Ma se avete qualche rimostranza», rivolsi alla cameriera il mio sguardo più gelido, «quella è la porta. Non abbiate paura di chiudervela alle spalle.»

Per alcuni istanti, tutta la sala restò in silenzio. La ragazza non osò neanche respirare, e Avery, al suo fianco, abbassò lo sguardo a terra.

«Oggi stesso avremo un'ospite speciale», disse Courtney, e le sue parole tagliarono la tensione che si era creata, come un coltello bollente affondato nel burro. «Clarice D'Arnaud.»

Avery fece scattare la testa in alto, la sua espressione era leggermente allarmata.

Arretrai di alcuni passi. «Sapete chi è?» domandai.

Nessuno rispose. E io fissai i miei occhi in quelli color caramello della nuova arrivata, che annuì.

Inarcai le sopracciglia, facendole cenno di rispondere.

«È una critica gastronomica del *Boston Globe*», spiegò Avery. «Una delle più importanti al momento. Solo la settimana scorsa ha stroncato una nuova apertura a New York. Il posto ha chiuso dopo tre giorni.»

Mentre il mio stomaco si contorceva per l'agitazione, un angolo della mia bocca si alzò. La ragazzina aveva avuto ragione, il giorno prima. Sapeva di cosa parlava, e di come funzionava quel mondo. Il *mio* mondo.

«Pubblicherà la sua recensione domani», li informai. «Quindi, non vi sto chiedendo di dare il meglio. Vi sto chiedendo di dare *tutto*.» Incrociai di nuovo le braccia al petto. «Lo farete?»

Loro annuirono, e io scossi la testa.

«No, voglio sentirlo. Lo farete?»

E mentre un coro di "Sì, chef" riecheggiava nella sala nera e dorata, io puntai gli occhi in quelli di Avery. Bruciavano, proprio come quando l'avevo vista la prima volta.

Quella ragazza era un concentrato di passione, e sperai che non mandasse tutto a puttane. Perché non ero ancora pronto a licenziarla. Non senza averla neanche   conosciuta.

~

In cucina, tutto si basava sul tempo. Il tempo di cottura, il tempo di riposo, il tempo di guarnitura. Era una danza, un tango con il cibo, in cui ogni singola persona doveva muoversi al ritmo giusto in modo da non restare indietro e cadere. Se qualcuno faceva un errore, se metteva male un piede o sbagliava un giro, la danza si interrompeva, e l'armonia del ballo diventava un caos.

Avevo vissuto il caos sulla mia pelle, e lo sentivo ancora, ogni volta che chiudevo gli occhi. Tutte le mosse false che avevo commesso erano lì, come nubi all'orizzonte che aspettavano di schiantarsi su di me. Ma non entravano in cucina.

In cucina c'eravamo solo io, il cibo e il tempo. Nient'altro aveva importanza mentre cucinavo. Nient'altro si meritava le mie energie. Perché lì non c'era spazio per il caos, ma solo per la pace.

Diedi una veloce occhiata ai ticket al pass.

«Mathis, quanto per la salsa del filetto?» domandai al mio chef saucier.

«Un minuto, chef», rispose subito.

«Julian, le capesante?»

«Tre minuti, chef.»

Annuii e mi avvicinai a Deelylah, che stava rifinendo le guarniture dei piatti, prima di portarli al pass per la mia approvazione. Mi accertai che fossero puliti e sistemati nel modo corretto. Erano un tripudio di colori perfettamente equilibrati. Erano arte.

«Mi serve la riduzione di vino rosso», disse lei.

In un solo secondo, Mathis gliela passò, e Deelylah la prese senza neanche guardarlo. Perché era una routine consolidata, ormai. Eravamo tutti ingranaggi di una stessa macchina, e ci muovevamo secondo un unico motore.

«Tavolo sedici pronto, chef», mi avvertì, e io suonai la campanella del pass.

Eravamo quasi a metà del servizio. Courtney veniva in cucina ogni mezz'ora per aggiornarmi sui progressi, e sembrava che i clienti stessero apprezzando il menu. Ma quello era solo il primo turno. Presto ci sarebbe stato il secondo. E Clarice D'Arnaud sarebbe arrivata allora.

Una cameriera dai corti capelli biondi si avvicinò. Aveva la fronte sudata e sembrava nervosa. Ma fu un'altra cosa ad attirare la mia attenzione.

«Che cazzo è quello?»

Lei si fermò un attimo prima di prendere i piatti e sgranò le palpebre, come se l'avessi colta alla sprovvista. Ma non me ne fregava niente di ammorbidire il mio tono.

«La macchia sulla tua camicia.» Appoggiai entrambi i palmi sul bancone, sentendo l'acciaio caldo sotto la pelle e le luci che mi bruciavano i dorsi.

«Ehm, io…» Le sue guance avvamparono. «Mi si è rovesciata addosso della salsa, non…»

«Come? Spiegami come hai fatto.» Sapevo che il mio sguardo era granitico, e lei deglutì.

«M-mi dispiace, chef, non…»

«Ti rendi conto che stasera tu rappresenti questo ristorante, sì? Ti rendi conto che i miei clienti vedono te e si fanno un'idea di com'è questo posto?»

Lei cominciò a torturare tra le dita l'orlo del suo gilet.

«Porta questi in sala. Poi fatti dare il cambio e vai a metterti una camicia pulita. Mi sono spiegato?»

Altri piatti si aggiunsero al pass, e io premetti di nuovo la campanella.

«Vai. Adesso.»

Mentre un'altra cameriera si avvicinava, la biondina prese le portate destinate al suo tavolo, ma le sue mani tremavano. E mi sembrò che succedesse tutto al rallentatore.

Le sue dita si strinsero con forza attorno al bordo del piatto, e il suo pollice, probabilmente sudato, scivolò verso il centro. Le riduzioni delle salse vennero scosse, e il suo polpastrello si immerse in quella di vino rosso.

La biondina sussultò. Trattenne il respiro. Poi, alzò lo sguardo su di me.

Non sapevo neanche come reagire.

«Mi stai prendendo in giro?» sibilai a bassa voce, in un tono così freddo che mi si gelò la gola. «È un cazzo di scherzo?»

Mi mossi senza potermi fermare. Strappai il piatto dalla sua presa e lo scagliai contro la parete alle sue spalle. Salse, guarnizioni e ceramica schizzarono in aria, per poi accasciarsi sul pavimento.

La biondina si portò le dita davanti alla bocca, e l'altra cameriera trasalì. Mi voltai verso di lei. Era Avery.

«C-chef, m-mi dispiace, d-davvero, io…»

«Fuori», ringhiai alla biondina. «Cambiati. Calmati. Poi torna qui e fai il cazzo di lavoro per cui ti pago.»

Le lacrime le arrossarono gli occhi, mentre annuiva e correva via.

«Fanculo», imprecai, prima di rivolgermi alla mia brigata. «Ascoltatemi. Mi serve un altro agnello, il prima possibile.»

«Sì, chef», dissero tutti all'unisono.

«Datemi il tempo.»

«Cinque minuti, chef.»

«Lo voglio perfetto», dissi, come se l'alternativa fosse davvero un'opzione. Poi mi girai di nuovo verso il pass, dietro al quale Avery aspettava mie indicazioni. «Almeno tu credi di riuscire a servire?»

Lei non si scompose. Annuì e, quando le feci un cenno con la mano, prese i piatti. Era rigida, ma non tremò neanche per un secondo, e scomparve in sala senza dire una sola parola.

Mi passai le mani sulla bandana nera che avevo sui capelli e mi impedii di prendere a pugni qualcosa.

«Respira, chef», mormorò Deelylah, in modo da non farsi sentire dagli altri.

«Respirerò quando le persone cominceranno a prendere il proprio lavoro seriamente.»

Lei pulì il bordo di un piatto e lo mise sul bancone, mentre Courtney tornava in cucina.

La fulminai prima ancora che aprisse bocca.«Non venirmi a dire che ho…» cominciai, ma lei mi interruppe.

«È arrivata», annunciò. «Tavolo sette.»

Per un unico istante, la cucina cadde nel silenzio. Sapevamo tutti che la sala era piena di persone influenti, quella sera.

Giornalisti, imprenditori, perfino politici. Ma era lei l'unica che dovevamo convincere. L'unica in grado di decidere davvero del mio futuro. Clarice D'Arnaud.

«D'accordo. Mettiamoci all'opera.»

5

Avery

$\mathscr{I}$ miei piedi gridavano. Era tutto ciò a cui riuscivo a pensare mentre mi muovevo nella sala imbandita, sperando di dare l'impressione di sapere quello che facevo. Ma non era così. Non bastava aver imparato a memoria il menu, non bastava essermi esercitata a portare i piatti. Era come immergersi in una piscina gonfiabile il giorno prima e andare nel bel mezzo dell'oceano il giorno dopo. Una follia. Una follia che io avevo volutamente scelto.

Il nervosismo impregnava l'aria, e continuavo a chiedermi se i clienti se ne accorgevano. Io lo facevo. Vedevo il sussulto dei miei colleghi ogni volta che squillava la campana del pass, vedevo i movimenti controllati con cui si avvicinavano ai tavoli, vedevo gli sguardi attenti mentre versavano il vino. Camminavamo tutti sul filo del rasoio, e dovevamo tenere quattro piatti in equilibrio sulle braccia mentre lo facevamo.

Mi diressi al mio tavolo e mi stampai in faccia un sorriso gentile.

«Astice in doppia salsa», annunciai, appoggiando il piatto di fronte alla signora dal profumo decisamente troppo accentuato. «Filet mignon con foie gras e caviale», proseguii, servendo l'uomo alla sua destra. «E agnello in crosta di erbe con millefoglie di patate», conclusi.

I clienti mi rivolsero a malapena un'occhiata.

Controllai i loro calici. Erano ancora pieni.

«I signori hanno bisogno di qualcos'altro?» domandai.

«No, cara, grazie», mi liquidò la donna, e io annuii, allontanandomi.

«Dispochef ha colpito ancora», sussurrò Talya, quando mi fermai al suo fianco.

Avrei voluto dirle che Wade aveva avuto tutto il diritto di arrabbiarsi. Forse aveva esagerato, ma un errore simile non era accettabile, per nessun tipo di cucina.

«Lane sta ancora piangendo», mi informò. «E solo perché lui si crede una specie di dio.»

«E non lo è?» mi ritrovai a sussurrare, per poi serrare subito le labbra.

Avevo osservato lo chef ogni singola volta in cui mi ero avvicinata al pass. La sua precisione si irradiava dal suo corpo dopo ogni movimento che faceva. Non importava che stesse triturando qualcosa, riducendo una salsa o solo controllando la sua brigata. Non gli sfuggiva niente, e lì, immerso nel suo mondo, sembrava... onnipotente. Invincibile.

Talya non mi sentì. O, se lo fece, decise di non rispondere, mentre la campanella suonava e lei schizzava in cucina.

«Le posso consigliare il croccantino di foie gras in crosta di mandorle?» sentii dire da Rochel. La sua voce tremava leggermente. «Lo chef eccelle nella preparazione del piatto e sono certa che...»

«Sei la capocameriera?» la interruppe la donna. E in quel momento la riconobbi.

Rochel si raddrizzò. «Sì, signora.»

«E hai intenzione di servirmi elogi dello chef Wade per tutta la sera, invece di servirmi i suoi piatti?» Inarcò le sottili sopracciglia scure, in attesa.

La ragazza sgranò le palpebre. «Io non… Mi…»

Clarice D'Arnaud roteò i piccoli occhi acquosi. E li posò su di me. «Tu.»

Quando mi fece cenno di avvicinarmi, i muscoli della mia schiena si irrigidirono. Ma la assecondai lo stesso, mentre Rochel mi osservava come se non avesse la più pallida idea di cosa stesse succedendo.

«Da quanto lavori per Wade?»

Incrociai le mani davanti al corpo, ostentando sicurezza. «Questo è il mio primo giorno, signora.»

«Bene», annuì lei. «Servirai me. E mi parlerai solo dei piatti, non della bravura dello chef. Quella starà a me deciderla.»

L'agitazione mi strinse lo stomaco e guardai Rochel, sperando che mi dicesse cosa dovevo fare.

Anche la D'Arnaud la guardò. «È un problema, forse?»

Lei scosse subito la testa. «No, assolutamente. Tutto quello che preferisce, signora.»

La critica gastronomica sbuffò, e Rochel si allontanò da noi, rivolgendomi uno sguardo intenso e glaciale, in cui lessi esattamente ciò che stava pensando: "Non fare cavolate".

Oh Dio.

La donna scorse il menu più e più volte, analizzando ogni piatto. «È lo stesso del *Black Gold*», constatò.

Io non risposi. La sua non era una domanda, e non ero certa di cosa potevo dire.

«Ostriche in crema dolce, tagliolini allo zafferano con tartufo bianco e agnello in crosta di erbe», ordinò sicura di sé, e io segnai tutto sul taccuino, mentre lei stessa sceglieva il vino da abbinare a ogni portata. Alla fine, chiuse il menu e me lo consegnò.

«La ringrazio di cuore», dissi.

La ringrazio di cuore? Che cavolo vuol dire?

Dio, avevo bisogno che il mio cervello tornasse a lavorare in modo costruttivo.

Le sorrisi e mi allontanai, accelerando il passo non appena mi fui lasciata alle spalle la sala.

Mi avvicinai al pass e consegnai il ticket allo chef, che lo prese subito e lesse ad alta voce l'ordinazione, per poi soffermarsi sul numero riportato nell'angolo in alto.

«Tavolo sette.» I suoi occhi freddi mi trafissero. «Perché lo stai servendo tu?»

«Lo ha richiesto la signora D'Arnaud», spiegai.

Lui sembrò non capire le mie parole. Ma, in fondo, non ero certa di capirle neanche io.

«Cazzo», imprecò.

Non aggiunse altro. Si voltò e cominciò a lavorare. E io, ancora una volta, ne rimasi ipnotizzata.

Si muoveva nella cucina come se fosse nato lì. Come se quello fosse tutto il suo universo, e lui avesse il potere di dominarlo, di riplasmarlo… e di distruggerlo. Era uno spettacolo incredibile e spaventoso allo stesso tempo, e, se solo avessi potuto, avrei continuato ad ammirarlo per ore.

Non passò molto prima che la campanella suonasse. Quando andai a prendere l'antipasto, Wade mi guardò in un modo così intenso che mi sentii girare la testa.

«Studia ogni sua reazione. Ogni. Sua. Reazione.»

«Sì, chef», gli assicurai, prima di tornare in sala.

E lo feci. A ogni nuova portata che servivo alla critica, analizzavo il modo in cui muoveva la bocca, come arricciava il naso, come teneva la penna mentre prendeva i suoi appunti. Cercai di segnarmi tutto mentalmente, per non tralasciare niente. Ma quella donna indossava una maschera simile a quella di Wade. Impassibile e impenetrabile.

«Che cazzo vi prende stasera?» stava ringhiando lui quando tornai in cucina.

«Scusi, chef», disse un cuoco, cercando di rimediare a qualunque errore avesse appena commesso.

Wade lanciò uno strofinaccio bianco sul pass e tornò a concentrarsi sui piatti. «Deelylah, quanto per l'agnello in crosta?»

«Trenta secondi, chef», rispose subito la donna.

«Dovete darvi una svegliata», tuonò lui. Era agitato.

Non mi aveva ancora chiesto niente sulle reazioni di Clarice D'Arnaud, ma forse non voleva che la sua brigata si demoralizzasse nel caso in cui fossero state negative.

La sous chef mise il piatto sul bancone proprio mentre qualcuno, in fondo alla cucina, rompeva un contenitore di vetro.

Vidi Wade serrare un pugno e contrarre la mascella. Ma non disse una parola. Si avvicinò al pass, osservò velocemente la portata e mi fece cenno di andare. Fu solo quando appoggiai il piatto di fronte alla critica che mi resi conto che c'era qualcosa che non andava. Ma forse mi stavo sbagliando. In cucina non avrebbero commesso un errore simile. E lo chef se ne sarebbe accorto. Se quello che pensavo era vero, lui lo avrebbe notato.

Eppure, qualcosa dentro di me mi diceva che avevo ragione. E quando la critica prese il primo morso e fece una smorfia, capii che non mi ero sbagliata.

«Cavolo», imprecai sottovoce, sperando che nessuno mi avesse sentita.

C'era *davvero* qualcosa che non andava. E non ero certa di come avrei potuto dirlo a Wade.

«Come procede?» domandò Rochel, avvicinandosi a me.

Deglutii. «Bene.»

«Grazie a Dio», sospirò lei. «Continua così.» Poi si allontanò e servì il tavolo che io avevo lasciato scoperto per dedicarmi al numero sette.

Clarice D'Arnaud scrisse qualcosa sul suo taccuino. E io, malgrado la distanza, riuscii a distinguere le linee che tracciò. Erano dei punti interrogativi.

No, non andava *bene*. Non andava bene affatto.

La sala era quasi del tutto vuota mentre portavo via il piatto del dessert. E, non appena raggiunsi il pass, avvertii una strana tensione sulla mia stessa pelle. Non avevo idea di cosa fosse successo, sapevo solo che c'erano tracce di crema sul pavimento. E io scivolai.

Ti prego, no...

Tentai di parare la caduta con una mano e di salvare il piatto, ma non ci riuscii, e quello si infranse davanti a me.

No, no, no.

«C'è qualcuno che riesce a fare il suo cazzo di lavoro, stasera?» sentii tuonare Wade.

Mi alzai subito in piedi e repressi l'istinto di massaggiarmi il polso. «Sono scivolata...»

Lui mi fissò. «Ti ho chiesto una spiegazione?»

«Scusi, chef», mi corressi.

Si sistemò la bandana nera. «Pulisci.»

Annuii e mi misi all'opera, mentre lui continuava a lavorare.

«Ultimo ticket fuori», annunciò. Poi, suonò la campana del pass. E tutta la cucina fece un sospiro di sollievo.

Eravamo sopravvissuti alla serata. Quasi tutti, comunque.

Alcuni chef si appoggiarono alle loro postazioni, altri si tolsero le cuffie e le bandane per asciugarsi il sudore, altri ancora mandarono giù bicchieri interi d'acqua.

Continuai a pulire mentre la tensione nell'aria crepitava e scemava, come una tempesta che lentamente lascia spazio al sole.

«È andata», disse la sous chef.

«Non come volevo», rispose Wade, duramente.

«Ray.» Lei abbassò la voce. «È andata alla grande.»

Lo chef non ribatté, ma io lo sentii comunque. Sentii i suoi occhi su di me. Anche senza guardarlo, sapevo che stava uscendo dalla cucina e si stava avvicinando.

«Nel mio ufficio, ragazzina.»

Non mi diede il tempo di dire qualcosa. Semplicemente, mi superò, certo che lo avrei seguito. E io smisi subito di pulire per poterlo fare.

Uscì nel corridoio che conduceva alla sala del personale e aprì la seconda porta sulla destra.

Era una stanza dall'arredamento minimal, in cui c'era solo l'indispensabile: una scrivania, delle mensole piene di raccoglitori e documenti, e alcune prove di menu che uscivano da un cassetto.

«Siediti.»

Mi chiesi se tutto ciò che diceva fosse sempre un ordine.

Presi posto su una delle sedie, mentre lui si appoggiava con il fondoschiena alla scrivania e stendeva le gambe.

Eravamo vicini, tanto che le mie ginocchia rischiavano di sfiorarlo. Ma lui sembrò non farci caso. Proprio come non notò il mio sguardo rapito mentre lo osservavo togliersi la bandana, gettarla da parte e passarsi le dita tra i capelli scuri.

«Dimmi cosa...» Qualcuno bussò, interrompendolo, e lui serrò la mascella. Era infastidito. «Sì?»

La porta si aprì e si affacciò Lane. Il suo viso era pallido. «Oh», esclamò, quando notò che lo chef non era solo. «Scusi, non volevo disturbarla, io...»

«Troppo tardi», disse lui. «Che c'è?»

«Posso tornare dopo...»

Wade incrociò le braccia al petto. «Ti ho chiesto che c'è.»

Lei esitò un istante, poi entrò e si chiuse la porta alle spalle. «Volevo scusarmi per prima, chef. Non credevo che sarebbe stata così dura, ed ero nervosa. So di averla delusa, e ho deluso anche me stessa, ma...»

«C'è un motivo per cui mi stai dicendo questo?»

Lane abbassò lo sguardo. Poi, si tolse il grembiule e lo consegnò a Wade. «Grazie per l'opportunità.»

Non aggiunse altro, non aspettò neanche che lui replicasse. Si girò e andò via.

Sbattei le palpebre un paio di volte, chiedendomi cosa fosse appena successo. Quella ragazza si era licenziata solo perché aveva commesso un errore?

«Grandioso», disse Wade a denti stretti, lanciando per terra il grembiule.

Mi voltai verso di lui e lo vidi premersi due dita sulle palpebre. Sembrava esausto, e non potei fare a meno di chiedermi quanta pressione avesse provato nel corso della serata. Quanta ansia lo avesse divorato, quanto stress avesse pesato sulle sue spalle.

«Se vuoi farlo anche tu, dimmelo subito.»

Mi accigliai. «Fare cosa?»

«Mollare.»

«Perché ho rotto un piatto?» chiesi, spalancando gli occhi.

«Non credi che sia un motivo sufficiente?» mi sfidò.

«Beh… no», ammisi sinceramente. «Ho fatto un solo errore nel corso di tutto il servizio.» E non era neanche stata colpa mia.

«È comunque un errore.»

Qualcosa ribollì dentro di me. «Sì, ma anche i migliori sbagliano, no?» Quelle parole scapparono dalle mie labbra prima che mi fossi resa conto di averle anche solo pensate. Sapevo che avevano una sfumatura di accusa. E lo sapevo perché, mentre le dicevo, avevo rivisto il piatto che avevo servito alla D'Arnaud. E Wade se ne accorse.

«E questo cosa significa?»

Ricacciai indietro le mie repliche e scossi la testa. «Dico solo che ho sbagliato, ma posso fare di meglio. E ho intenzione di farlo. Se vuole licenziarmi, faccia pure, ma io non me ne andrò di mia spontanea volontà.»

Lui mi studiò per alcuni secondi. Sentire i suoi occhi su di me era una sensazione indecifrabile. Stupenda e spaventosa. Proprio come lui. «Bene. Quindi siamo d'accordo.»

Aggrottai la fronte. «Su che cosa?»

«Sul fatto che puoi fare di meglio. E che lo farai.»

Si passò di nuovo le dita tra i capelli e si staccò dalla scrivania, per andare verso un armadio che non avevo ancora notato.

«Adesso dimmi della D'Arnaud. Tutto.» Mi rivolse uno sguardo duro, e io stavo per rispondere, quando mi pietrificai. Perché lui aveva abbassato la mano sul suo petto e aveva iniziato a sbottonarsi la giacca nera da chef.

Rayden Wade si stava spogliando. Davanti a me. Come se fosse una cosa del tutto normale.

«Beh, lei, ehm…» iniziai a farfugliare, mentre lui apriva del tutto la giacca e se la toglieva.

Lo avevo definito un dio in più di un'occasione, ma non mi ero mai resa conto che era molto di più.

Non portava niente sotto la divisa, e il suo petto nudo sembrava una creazione fatta con il solo scopo di ammaliare chiunque lo guardasse. Gli addominali scolpiti erano una successione perfetta di linee dure, i pettorali sembravano essere stati disegnati appositamente su di lui, e un tatuaggio tribale gli si avvolgeva attorno al bicipite e al pettorale destro, mettendo ancora più in evidenza i suoi muscoli perfetti.

Rayden non era un dio solo in cucina. Era un dio sotto ogni punto di vista. E scoprii che una parte di me avrebbe solo voluto continuare a venerarlo.

«So che è difficile, ragazzina, ma devi concentrarti.» La sua voce mi riportò alla realtà e, quando notai l'ombra di un sorriso sulle sue labbra, mi sentii avvampare.

Cavolo.

Deglutii e mi obbligai a guardarlo negli occhi, mentre tirava fuori una t-shirt nera dall'armadio e la indossava.

«Ha detto che il menu è uguale a quello del *Black Gold*», raccontai, impedendomi di tirare un sospiro di sollievo per il fatto che si fosse coperto.

Lui inarcò un sopracciglio e andò a sedersi dietro alla scrivania. «E come lo ha detto?»

Mi strinsi nelle spalle. «Come se non ne fosse felice.»

Rifletté un istante. «Che altro?»

Passai in rassegna l'intera serata. Gli riferii di ogni sua espressione, di ogni appunto, di tutto quello che avevo notato. Tranne per quanto riguardava l'agnello. Non sapevo perché, ma non trovai il coraggio di dirgli ciò che pensavo. Forse speravo di sbagliarmi, e non volevo farlo preoccupare per niente.

Dopo dieci minuti ci raggiunsero Courtney e la sous chef, che mi chiesero di ricominciare da capo il racconto. E io lo feci, anche se sentire lo sguardo di Wade su di me mi distraeva.

«Adesso aspettiamo», disse la manager quando ebbi concluso, sedendosi sulla scrivania.

La sous chef, Deelylah, annuì. Rayden invece continuò solo a osservarmi. Mi chiesi se sapeva che gli stavo nascondendo qualcosa.

«Puoi andare», disse Courtney alla fine.

Annuii e mi alzai, dirigendomi alla porta.

«Ragazzina?» mi chiamò lo chef, e io mi girai di scatto. «Puntuale, domani.»

Per qualche motivo, sorrisi. E per qualche motivo più assurdo, lui ricambiò.

Fu meno di un secondo. Un attimo così fugace che mi parve di averlo sognato. Ma sapevo che era vero. Sapevo che Rayden Wade mi aveva appena sorriso. E le farfalle che avevo tenuto sotto controllo per tutta la giornata esplosero dentro di me, facendomi provare sensazioni che non credevo neanche possibili.

6

Rayden

Indossai la maglia a maniche corte, odiando il modo in cui il tessuto si attaccò al mio corpo, ancora umido dopo la doccia. Senza fare rumore, mi spostai nella mia stanza e infilai le scarpe da corsa.

Le gambe nude di Deelylah erano avvolte dalle lenzuola, e cercai di non svegliarla. Non l'avevo mai invitata nel mio appartamento, ma, quando la sera prima si era offerta di venire a casa con me, avevo accettato senza neanche pensarci. Mi serviva un modo per sfogare lo stress dell'inaugurazione, e quello era sempre stato il metodo più efficace per gestire le mie emozioni. Ma quella volta non era bastato.

Non avevo chiuso occhio per tutta la notte, continuando a rivivere ogni singolo istante del servizio. Avevo ripercorso gli errori di tutti, compresi i miei. Avrei dovuto essere più preciso, e avrei dovuto pretendere quella stessa precisione da ognuno del mio staff.

Entrai nell'ascensore che si apriva direttamente nel mio ingresso e scesi a piano terra, collegando gli auricolari wireless al telefono mentre uscivo dal grattacielo.

Quella mattina l'aria di Boston era frizzante, e mi pizzicò la pelle mentre cominciavo a correre. L'alba era sorta da poco, e le sue sfumature chiare si riflettevano sulle vetrate degli alti edifici. Era un cielo di madreperla, in cui la luna splendeva ancora come un gioiello racchiuso in un'ostrica.

Cercai di sciogliere i muscoli, correndo al ritmo della musica che mi risuonava nelle orecchie, e mi diressi verso il porto, dove il mercato del pesce era già stato allestito.

Come ogni mattina, esaminai a lungo la merce fresca, ordinando ciò che mi serviva per gli speciali della sera e dando indicazioni su dove consegnarli. Ma la mia mente era da un'altra parte, e continuavo a guardare verso il baracchino in cui, presto, avrebbero iniziato a vendere i giornali.

Quando finalmente il proprietario aprì la piccola saracinesca, io mi precipitai in quella direzione.

«Il *Boston Globe*», dissi subito.

Ancora assonnato, l'uomo annuì svogliatamente, prima di consegnarmi il quotidiano, che non aveva neanche avuto il tempo di esporre.

La carta era liscia sotto le mie dita e l'inchiostro sembrava a malapena asciutto. O forse era solo la mia immaginazione. Cazzo, non ne avevo idea, mi sembrava di essere sul punto di perdere la testa.

Lo pagai e lo ringraziai, per poi riprendere a correre. Avrei voluto aprire il giornale e leggere la recensione, ma non potevo farlo. Non ancora. E quando mi ritrovai a imboccare la strada più lunga di ritorno al mio appartamento, capii che stavo volutamente ritardando quel momento il più possibile. Perché, dentro di me, sapevo cosa diceva l'articolo.

«Oh, andiamo», sbottò qualcuno alla mia destra, con una voce talmente alterata che la sentii sopra la musica.

Quando mi voltai, vidi una ragazza che stava scuotendo la sua bici. I lunghi capelli castani continuavano ad andarle davanti al viso, mossi dalla brezza, e lei sembrava irritata e infastidita.

Mi ci volle meno di un secondo per riconoscerla. E ancora di meno per mettere in pausa la musica e avvicinarmi a lei. Anche se non avevo idea del perché lo avessi fatto.

«Ehi, ragazzina.»

Avery fece scattare la testa nella mia direzione, e l'imprecazione che stava per dire le morì sulle labbra morbide. Cazzo, quelle labbra…

«Tutto bene?» le domandai.

Lei sbatté le ciglia, e per un solo istante i suoi occhi scivolarono sul mio corpo. Li sentii passarmi sulla maglia attillata, per poi concentrarsi sul tatuaggio che si estendeva sul mio bicipite. Proprio come aveva fatto la sera prima.

Repressi un sorriso e incrociai le braccia al petto. Sapevo che quella posa metteva in risalto i miei muscoli, e ne ebbi la conferma quando vidi la sua espressione cambiare.

Si schiarì la gola, sforzandosi di guardarmi negli occhi. «Buongiorno, chef.»

«Non ti sei stancata abbastanza, ieri sera?» chiesi. Il fatto che fosse già in piedi voleva dire che quella notte aveva dormito soltanto qualche ora.

Lei si spostò una ciocca dietro l'orecchio, cercando di domare i suoi capelli. «Ho lezione.»

Strinsi le labbra. Se dormiva poco, sarebbe stata meno concentrata durante il servizio. Ma non ero nella posizione di criticare, visto che io stesso mi trovavo fuori, in quel momento.

«O meglio, *avrei* lezione», si corresse, «se solo l'universo non fosse contro di me.» Fece una smorfia e abbassò lo sguardo sulla sua bici.

La esaminai velocemente. «Si è solo allentata la catena.»

«Lo so. Non vedo l'ora di cambiarla.» Rinunciò a tenere a bada i suoi capelli e li legò in una coda disordinata.

Non potei fare a meno di notare che, anche in quel modo, era dannatamente bella.

«Vuoi una mano?»

Avery sgranò le palpebre. «Oh, no, grazie. Sono sicura che è molto…» I suoi occhi trovarono il giornale, che stringevo sotto un braccio. E una scintilla di eccitazione le attraversò lo sguardo. «È uscita la recensione?»

I muscoli della mia schiena si irrigidirono. «Sì.»

Lei sorrise, trepidante. «Cosa dice?»

«Non ne ho idea.»

Avery si accigliò. «Non l'ha letta?»

«Non le leggo mai.»

«Non capisco…»

«Scaramanzia», mi limitai a rispondere. «Non leggo personalmente le recensioni su di me.»

Ricordavo la prima volta in cui era stato pubblicato un articolo sul mio lavoro. Avevo aspettato per due ore, seduto vicino al banco dei giornali. Quando alla fine lo avevo comprato, però, non ero riuscito ad aprirlo. Così, avevo chiesto al giornalaio di leggerlo al mio posto. Quell'uomo probabilmente mi aveva preso per pazzo, mentre camminavo avanti e indietro davanti a lui, ma in quel momento la cosa non mi era importata.

Era stata una recensione incredibile, e da quel giorno avevo seguito quel rituale, come se potesse davvero incidere sulle parole stampate sul giornale.

«Ma allora come fa a sapere cosa dicono?» domandò Avery.

«Chiedo a qualcun altro di leggerle.»

Lei cercò di nuovo il quotidiano. Riuscivo a vedere curiosità ed emozione splendere nelle sue iridi color caramello, come se la recensione fosse su di lei, invece che su di me.

Mi tolsi le cuffie e le passai il giornale. «Tieni.»

Il suo sguardo saettò dai miei occhi al *Boston Globe*. «Io?» chiese. «Vuole che la legga io?»

«Non fa differenza chi la legge. A patto che non lo faccia io.»

Avery si morse un istante il labbro inferiore, osservandomi attraverso le ciglia. E quel gesto mi fece provare un formicolio alla base della schiena.

Annuì, poi prese il giornale dalla mia stretta e lo aprì.

L'agitazione cominciò a infuriare dentro di me, e tornai a incrociare le braccia al petto, immobilizzando ogni mio muscolo. Avevo imparato fin da piccolo a reprimere le mie emozioni. E, da quando lavoravo in cucina, quella pratica era diventata una regola. Un obbligo.

«Okay», sospirò lei, cercando il paragrafo in questione. Mi guardò un'ultima volta, come ad assicurarsi che fossi sicuro, poi si inumidì le labbra.

Cristo, mi stava uccidendo.

«Per mesi, gli habitué del mondo gastronomico hanno parlato del ritiro dalla scena dello chef Rayden Wade. Un ritiro arrivato a ciel sereno, che neanche la sua fedele brigata aveva previsto. Per il *Black Gold*, la perdita è stata incisiva. Infatti, anche se la gestione è passata nelle abili mani dell'ex sous chef Valentin Gauthier, era Wade a costituire le fondamenta su cui si ergeva quella cucina. Eppure, per motivi mai rivelati pubblicamente, lo chef ha abbandonato lo stesso ristorante che ha portato all'eccellenza, lasciandolo alla deriva in un mare che spegne le stelle Michelin come se fossero fiammiferi.»

Inspirai bruscamente, mentre Avery continuava a leggere, guardandomi solo di tanto in tanto.

«Quando Wade ha annunciato l'apertura dell'*Ambroisie* nel cuore di Boston, il fermento non è stato indifferente. Nuova città per il giovane chef de cuisine, che per la prima volta si è trovato lontano dalla sua casa negli Hamptons e dal *Black Gold*. Alcuni hanno ipotizzato che Wade sentisse il bisogno di un nuovo inizio. Ma lo è stato davvero?» Avery si fermò, esitando.

«Continua», dissi a denti stretti.

«L'inventiva ha sempre fatto parte della brillante mente di Wade. Ed era quell'inventiva che mi sarei aspettata ieri sera.

81

Un'inventiva originale e diversa, che rivelasse il percorso portato avanti dallo chef negli ultimi mesi di reclusione. Ma quello a cui ho assistito è stata una brutta copia del *Black Gold*. Stesso menu, stessi piatti, stessi sapori. La sola variazione l'ho riscontrata nell'agnello in crosta di erbe e, se è questa l'unica idea di originalità che ha avuto Wade, avrebbe fatto meglio a continuare a imitare sé stesso.»

Aggrottai la fronte, confuso e sempre più incazzato.

«Consiglio l'*Ambroisie*? Il servizio è stato impeccabile, e il cibo, nel complesso, non è stato da meno. Ma un artista che copia sé stesso dovrebbe lasciare la scena al nuovo. Il ritorno di Wade era atteso, le aspettative erano alte. Ma, per una fotocopia delle portate del *Black Gold*, sarebbe bastato guidare fino agli Hamptons e assaporare i piatti originali, invece di aspettare per mesi l'apertura dell'*Ambroisie* per poi trovare nel suo menu solo il riflesso delle stelle Michelin.»

Serrai i pugni così forte che avvertii una fitta alle nocche.

«In conclusione, la cucina dello chef Wade è quella a cui ci ha abituati fin dall'inizio: delicata e ricca di sapori allo stesso tempo. Ma, se vuole brillare di una nuova costellazione rossa, dovrà affinare il suo talento e smettere di vivere nel suo stesso passato, nascosto all'ombra di stelle che potrebbero perdere presto la propria luce.»

Avery abbassò il giornale e restò a guardarmi. Ma io quasi non la vedevo. Continuavo solo a ripensare alle frasi che aveva letto, alle critiche che mi erano state rivolte.

Dopo alcuni minuti in cui lei sembrava a disagio, si schiarì la gola. «È una recensione positiva.»

La fulminai. «Abbiamo sentito le stesse cose?»

«Il cibo le è piaciuto, lo ha definito impeccabile.»

«No, lo ha definito *nel complesso* impeccabile.» Le mie parole erano taglienti. «E una brutta copia del *Black Gold*.»

Ricordai il commento della D'Arnaud sui menu identici. Eppure, aveva accennato a una variazione.

«I piatti sono gli stessi del *Black Gold*», mormorai. «Non ho apportato modifiche.»

Era stato quel cambiamento a non piacerle. Ma non avevo idea di cosa significasse.

Avery deglutì, la sua espressione sembrava colpevole. E io aggrottai la fronte.

«Tu sai cosa intendeva?»

Si strinse nelle spalle. «Io...» Lasciò la frase in sospeso, e avanzai di un passo.

«Parla, ragazzina.»

«Non ne sono sicura.»

Mi avvicinai ancora. «Parla», ripetei, granitico.

«Credo...» Si morse il labbro inferiore. «Credo che nel piatto sia stata messa la riduzione sbagliata.»

Quella affermazione mi colse del tutto alla sprovvista. «No», dissi subito.

«Con l'agnello doveva andare la riduzione di porto e miele. Ma credo che sia stata messa quella di aceto balsamico.»

Scossi la testa. «Non è possibile. Deelylah non avrebbe sbagliato una cosa simile, e io ho controllato il piatto.»

Cazzo, l'ho fatto?

Le dita di Avery si strinsero attorno al giornale. «C'era confusione in cucina, e non...»

«Lo avrei notato», insistetti. Ma non sapevo più chi stavo cercando di convincere. Lei o me stesso.

Ricercai nella mia mente quel momento. Quando Deelylah aveva messo il piatto finito sul bancone e io avevo suonato il pass.

Lo avevo esaminato. Dovevo averlo esaminato. Solo che non ne ero più molto sicuro.

All'improvviso, un altro ricordo esplose nella mia testa, e feci scattare i miei occhi in quelli di Avery.

«Era questo che intendevi ieri», sibilai duramente. «Hai detto che anche i migliori sbagliano», ripetei le sue parole, e lei si irrigidì. «Tu lo sapevi. Da ieri. E non me lo hai detto.»

Avery fece cenno di no. «Non sono sicura di avere ragione. Non posso saperlo con certezza.»

«Ma pensi che io abbia sbagliato.»

«Penso che gli errori possano capitare.»

Avanzai ancora, annullando quasi del tutto la distanza tra di noi. Lei non arretrò, restò immobile, sostenendo il mio sguardo.

«Perché hai servito il piatto, se avevi un dubbio?»

«Me ne sono accorta troppo tardi», spiegò. «Non potevo riprenderlo. E, davvero, non ne sono sicura.»

Soppesai la cosa, reprimendo tutte le emozioni che mi bruciavano nel petto. Alla fine, inspirai dal naso. «Andiamo.»

Lei spalancò gli occhi. «Dove?»

«Al ristorante.»

«Io devo…» Guardò la sua bici e il fondo della strada.

«Vuoi andare a lezione o vuoi aiutarmi a capire cosa cazzo è successo ieri sera?»

Il mio era un colpo basso, e ne ero consapevole. Perché sapevo quanto fosse profonda la sua passione, e la stavo usando a mio vantaggio. Ma, se non avessi fatto chiarezza il prima possibile, avrei ridotto in pezzi qualcosa. O avrei riversato la mia rabbia su qualcuno, come l'ultima volta. E non potevo permettere che accadesse. Non di nuovo.

«Okay», disse Avery. Poi girò la bici e cominciò a trascinarla sul marciapiede, restando al mio fianco.

C'erano almeno venti minuti a piedi da lì al ristorante, e il suo passo era decisamente troppo lento per come mi sentivo in quel momento. Avevo bisogno di una distrazione. Una qualsiasi.

«Parlami di te.»

Lei inarcò un sopracciglio e mi rivolse un'occhiata di sbieco. Non era più nervosa. Sembrava… divertita. E del tutto a suo agio. «È un ordine?»

Scrollai le spalle. «Sono il tuo capo.»

«Ma io non sono in servizio», mi fece notare.

«Solo per qualche altra ora.»

«Allora dovrà ordinarmi di parlarle di me quando attaccherò il turno.»

La studiai incuriosito. «Vuoi restare in silenzio da qui al ristorante?»

«Non esistono solo gli ordini, chef. Esistono anche le domande.» Alzò un angolo della bocca, continuando a guardare davanti a sé.

Cazzo, doveva sentirsi *davvero* a suo agio per parlarmi così. E scoprii presto che la cosa mi piaceva.

Non aveva paura di me. Non mi trattava come se fosse intimidita. Era semplicemente… sé stessa. Onesta al cento per cento. E non ero certo di aver mai conosciuto qualcuno così.

«Se te le faccio, tu rispondi?» chiesi.

«C'è solo un modo per scoprirlo.»

La sua sfida accese qualcosa nel mio petto. E decisi di accettarla. «Se ho capito bene, vorresti lavorare in cucina.»

Lei rise. «Questa non è una domanda.»

«Sei esasperante, ragazzina», commentai di getto.

Avery rise di nuovo, e quel suono sembrò sciogliere parte della mia rabbia. Che cazzo stava succedendo?

«Me lo dicono spesso», rispose. «In ogni caso, sì. Vorrei lavorare in cucina.»

«Perché?»

Si acigliò. «Che domanda è?»

«La più importante, se vuoi fare questo lavoro.»

Ci rifletté un istante. Alla fine, si voltò nella mia direzione. «Perché non credo che riuscirei a essere felice facendo qualcos'altro.»

Felice. Sapevo cosa voleva dire stare bene solo all'interno di una cucina. Sentirsi al sicuro solo dietro ai fornelli accesi. Come se quella non fosse una semplice stanza, ma un mondo intero in cui potersi rifugiare.

«Hai mai fatto dei corsi?» le chiesi.

Scosse la testa. «Sto mettendo da parte i soldi.»

«Quindi, non hai fatto nessun corso, non hai mai lavorato in cucina, non avevi mai neanche fatto la cameriera prima di ieri... ma pensi comunque che questo sia il tuo futuro?»

«Sì», disse senza esitare. «E non lo penso. Ne sono sicura.»

«Perché?»

«Questa domanda l'ha già fatta, chef.»

«Non puoi sapere se una cosa ti rende felice, senza averla mai provata.»

Un'ombra scura offuscò i suoi occhi, e la vidi esitare, come se stesse decidendo se rivelarmi qualcosa oppure no. Ma io non ebbi il tempo di dirle niente in proposito, perché lei, per qualche motivo, decise di aprirsi.

«Mia madre è morta quando ero piccola. Mio padre faceva due lavori per poterci mantenere. Come secondo lavoro, puliva i piatti in un piccolo ristorante in periferia. Mi portava spesso con sé, perché non poteva permettersi una baby-sitter. Mi metteva su una sedia in un angolo, dove non davo fastidio, e io stavo lì a colorare, o a leggere, o ogni tanto a studiare. Ma, di solito, mi limitavo a osservare.» Aumentò la presa sul manubrio. «Non erano chef stellati, era una gestione familiare, ma sembravano tutti così... non lo so. In sintonia, credo. E felici. Ogni singolo giorno c'era qualcosa che non andava. Qualcuno sbagliava, qualcuno commetteva un errore... ma trovavano sempre una soluzione.» Sorrise. «Credo che sia questo ad affascinarmi di più. Ci sono sempre delle soluzioni, in cucina. Non ci sono limiti. Tutto può essere risolto, in qualche modo.» Mi guardò. «E quando veniva servito l'ultimo tavolo, quando la confusione cessava e la cucina diventava silenziosa... loro sorridevano. Anche mio padre. Erano esausti, erano provati dal lavoro e completamente sudati... ma erano felici. Perché avevano trovato la soluzione di cui avevano bisogno per andare avanti.» Si strinse nelle spalle. «Ha senso?» chiese, con sguardo innocente.

Non mi ero aspettato un discorso del genere. Non mi ero aspettato *una ragazza* del genere.

Mi schiarii la gola e guardai di fronte a me. «Sì. Credo di sì.»

«Da quando sono diventata abbastanza grande per raggiungere i fornelli, ho sempre cucinato io a casa mia», riprese. «Mi piace farlo. E so che può sembrare strano, ma...» Esitò un istante. Io, però, mi resi conto che volevo che continuasse. Che mi svelasse il suo mondo.

«Cosa?»

«Ci sono stati dei periodi in cui abbiamo fatto davvero fatica ad arrivare a fine mese.» Non c'era imbarazzo sul suo viso. Avery era genuina e sincera in ogni cosa che faceva. «C'erano giorni in cui il nostro frigo era quasi completamente vuoto, e mio padre era così stressato che dormiva a malapena. Allora io mi mettevo in cucina e creavo qualcosa. Con gli avanzi, con i pochi resti nella credenza... Una volta ho preparato un piatto a base di spinaci surgelati, noci e cracker sbriciolati.»

Inarcai un sopracciglio. «Sul serio?»

Lei rise e annuì. «Non era male. Avevo anche provato a guarnire il tutto.» Arricciò il naso. Cazzo, era adorabile. «Ma non si trattava del piatto in sé. Il punto era che avevo trovato una soluzione.» I suoi occhi erano lucidi. «E quella sera mio padre ha sorriso.»

Iniziai a capire meglio cosa aveva inteso prima. «C'è sempre una soluzione in cucina.»

«Sempre.»

Imboccammo il vicolo sul lato del ristorante.

«La recensione della D'Arnaud...» tentò di nuovo. «Non era negativa. E se c'è qualcuno che può trovare una soluzione, è *la brillante mente di Wade*», citò la critica, e qualunque cosa di positivo avessi provato fino a quell'istante scomparve.

«Non bastano le soluzioni, nel mio caso. Serve l'eccellenza.»

Aprii la porta della cucina mentre Avery appoggiava la bici al muro, poi lasciai che entrasse per prima.

«Le mani», dissi, andando a un lavello e facendole cenno di fare lo stesso.

Lei venne al mio fianco e si insaponò le dita affusolate, imitandomi. Dopo essermi asciugato, mi avvicinai a uno degli armadi a muro e presi due piatti, per poi dirigermi alla cella frigo.

«Questa cucina è stupenda», la sentii dire.

Mi voltai nella sua direzione e la fissai per alcuni istanti. Si stava guardando attorno, come se stesse provando ad assorbire ogni minimo dettaglio. E, quando i suoi occhi trovarono i miei, arrossì leggermente. Non ero certo che avesse voluto fare quel commento ad alta voce.

Sollevai un angolo della bocca. «L'ho disegnata io.»

«Davvero?»

Annuii. «Volevo una cucina aperta», spiegai. «Niente ostruzioni, niente mensole tra le postazioni. Volevo che ogni chef potesse vedere il lavoro dell'altro. E io volevo essere in grado di controllare ognuno di loro.»

Andai al bancone e scoperchiai i contenitori con le salse.

«Vieni», le dissi, e Avery obbedì subito. Presi due cucchiai e misi della salsa in ogni piatto, creando la forma di una goccia. Poi, glieli mostrai. «Quale hai servito alla D'Arnaud?»

Lei li studiò. La differenza tra i colori era minima, ma ero certo che lei sapesse la risposta alla mia domanda.

«Avanti, ragazzina.»

Avery sospirò. Alla fine, indicò la riduzione di aceto balsamico. «Questa.»

«Cazzo», imprecai, mentre un'ondata di rabbia mi risaliva il corpo.

Afferrai entrambi i piatti e feci per gettarli via. Prima che potessi lasciare la presa, però, Avery mi bloccò. Le sue dita delicate si strinsero attorno ai bordi e la nostra pelle entrò in contatto.

Forse anche lei avvertì le scosse che sentii io. Oppure si era solo resa conto di ciò che aveva fatto. Perché arretrò di scatto, e io alzai uno sguardo stupito su di lei.

«Scusi, chef», disse con tono esitante. «È solo che non credo che la soluzione sia fare a pezzi la cucina.»

Serrai la mascella, sentendo un fastidio ustionante nel petto. «Non sfidarmi, ragazzina», sibilai, prima di appoggiare i piatti sul bancone. Ma non li ruppi. Al contrario, posai i palmi sull'acciaio e chinai la testa. Non avevo idea di cosa fare. Non riuscivo a credere di aver commesso quell'errore. *Io.*

Chiusi le palpebre e inspirai a fondo. Perché quella ragazzina aveva ragione. Fare a pezzi la cucina sarebbe stata una stronzata. Anche se non c'era niente che avrei voluto fare di più, in quel momento.

«Perché ha deciso di diventare uno chef... chef?» chiese all'improvviso.

Voltai la testa nella sua direzione e le rivolsi uno sguardo interrogativo.

Lei si strinse nelle spalle. «Io le ho dato la mia risposta. Tocca a lei.»

«È un ordine?»

Avery accennò un sorriso. «Sto imparando dal migliore.»

Ma c'era qualcosa di più dietro alla sua domanda. Come se avesse capito che ero sul punto di esplodere e avesse deciso di aiutarmi. Di offrirmi una via di fuga da tutto lo schifo che sentivo dentro. E, cazzo, ne avevo bisogno. Così, riflettei su ciò che mi aveva chiesto, accogliendo la distrazione che mi portò.

«Per te la cucina è felicità», dissi dopo qualche secondo. «Per me la cucina è vita.»

«Vita e felicità dovrebbero andare di pari passo, non crede?» Incurvò ancora di più le labbra. «È felice, chef?»

Mi accigliai. Ero abbastanza certo che nessuno mi avesse mai posto quella domanda, prima di allora. Una domanda innocente... e fottutamente complicata. Come Avery.

«Non è così semplice, ragazzina.»

«Ma dovrebbe esserlo», insistette. «Cosa la rende felice?»

«Non hai intenzione di arrenderti, vero?»

I suoi occhi profondi brillarono. «Non sono una che si arrende.»

Annuii, stranamente affascinato da quella ragazzina. «L'ho notato.»

«Allora farebbe prima a rispondermi.»

Un inaspettato divertimento mi fece alzare un angolo della bocca. «Dovresti smetterla di dare ordini al tuo capo.»

La sua espressione si fece furba. «Gliel'ho già detto, sto imparando dal migliore.»

«Quindi, è per questo che volevi lavorare nel mio ristorante? Per imparare da me?»

«Sì», disse senza esitare. E la sua sincerità mi spiazzò ancora una volta.

Incrociai le braccia al petto, fissandola intensamente. E decisi di sfruttare quella situazione. «Okay, allora.»

«Okay?»

«Devi andare a lezione?» le domandai, spostandomi verso l'armadio in cui tenevo i ricambi delle giacche da chef.

Avery seguì i miei movimenti, prima di guardare l'ora. «Ormai è già iniziata. Perché?»

«Perché faremo quello per cui sei qui. Ti insegnerò.»

7

Avery

Sentivo il cuore battere fin nella punta delle dita. Non ero sicura che fosse una cosa normale. Magari stavo per sentirmi male. Eppure, era la sensazione più incredibile che avessi mai provato in tutta la mia vita.

Lo chef si abbottonò la giacca nera, poi prese un grembiule bianco e me lo consegnò.

«Mettilo.»

Con la bocca secca, feci ciò che mi aveva detto. Il più velocemente possibile. Come se avessi paura che potesse cambiare idea.

«Cominciamo dalle basi», proseguì, andando a recuperare qualcosa da un cesto.

«Dice davvero?» domandai, incredula.

Rayden Wade si era appena offerto di farmi da insegnante? Era come farsi spiegare l'arte da Michelangelo. Certe cose non succedevano nella vita reale. Forse stavo sognando. Forse, quando la bici si era rotta, quella mattina, ero finita in mezzo alla strada e in quel momento ero incosciente.

Il solo pensiero di un incidente mi fece rabbrividire, e mi affrettai a scacciare quelle riflessioni.

«Dico davvero», confermò lui, tornando da me. E io dimenticai qualunque cosa avessi pensato fino a un attimo prima, mentre i neon bianchi della cucina si riflettevano su di lui, accentuando i lineamenti marcati del viso e i capelli scuri.

Il mio cuore prese a battere ancora più forte, e lo sentii in ogni parte del corpo. *In ogni singola parte.*

Appoggiò una cipolla sul bancone, poi fece un passo indietro. «Tagliala.»

Mi accigliai. «Vuole che tagli la cipolla?»

«Questa lezione sarà estremamente lunga se ripeti ogni mio ordine.» Incrociò le braccia e mi fissò, in attesa.

Annuii e mi avvicinai al bancone. Tutti gli strumenti di cui avevo bisogno erano lì, in bella vista. Presi un tagliere e lo sistemai sul piano, poi ci misi sopra la cipolla.

«Primo errore.»

Voltai subito la testa verso di lui, confusa.

Rayden venne al mio fianco e posò due dita sul tagliere. Poi le mosse, e il legno si mosse insieme a lui. «Se la base di appoggio non è stabile, il tuo taglio non sarà regolare.» Strappò un pezzo di carta assorbente e lo bagnò, per poi metterlo sotto al tagliere. «Prova a muoverlo ora.»

Imitai lo stesso gesto che aveva fatto lui poco prima. L'attrito adesso era tale che non si spostò di un millimetro.

«Continua.»

Annuii di nuovo e presi un coltello. E sorrisi. Era equilibrato in modo perfetto, e stringerlo tra le dita era… giusto. Come se fosse stato creato apposta per incastrarsi nella mia stretta.

Dio, forse stavo davvero impazzendo.

Deglutii e afferrai la cipolla con la mano libera.

«Secondo errore.»

Mi fermai. «Ma non ho ancora fatto niente.»

«Esatto.»

Mi girai per vederlo.

«Prima di tagliare qualcosa, qualsiasi cosa, devi sempre affilare la lama», spiegò. «Se dovessi disegnare, useresti una matita non appuntata?»

Scossi la testa.

«Per la cucina vale lo stesso ragionamento. Questa è la tua matita», indicò il coltello, «questa la tua tela», fece lo stesso con la cipolla. «Se quello che vuoi fare è arte, tutto deve essere impeccabile, fino al più piccolo attrezzo.» Si sporse in avanti e prese l'affilacoltelli, che mi consegnò.

Chiusi le dita attorno all'impugnatura e mi morsi il labbro inferiore. «Non l'ho mai fatto, prima», ammisi.

Qualcosa attraversò i suoi occhi. Ma non era fastidio, come credevo che sarebbe stato. Era qualcosa di diverso. Di più dolce.

«Stringilo bene», mi istruì. «Ora, passa tutta la lama sullo strumento, dalla base fino alla cima. Devi affilare anche la punta.»

Inspirai a fondo, poi ci provai. E un sibilo metallico si levò nell'aria.

«Più veloce.»

Tentai di fare come mi diceva, ma i miei gesti erano incerti, e lui scosse la testa.

«Ci stai riflettendo troppo.» Si avvicinò a me e si mise alle mie spalle.

Il mio corpo si irrigidì e il respiro restò bloccato nella mia gola, mentre Rayden mi circondava con le braccia e posava le mani sulle mie.

Riuscii a sentire tutte le piccole cicatrici che gli costellavano le dita, e cercai di concentrarmi su di esse.

Preferivo pensare alle volte in cui si era tagliato, piuttosto che al fatto di avere i suoi muscoli duri incollati alla mia schiena, la sua bocca estremamente vicina a me... e il suo respiro caldo che mi scivolava sulla pelle.

«È una cosa naturale», mormorò al mio orecchio. «Come respirare.»

Forse era quello il problema, allora. Io non riuscivo a respirare. Non ora che il suo profumo aveva rimpiazzato ogni particella di ossigeno attorno a noi.

Come potevo prestare attenzione al coltello affilato tra le mie mani, quando tutto ciò a cui riuscivo a pensare era al tocco di Rayden su di me?

«Non devi avere paura.»

Non era quello il motivo per cui stavo tremando, ma fui grata del fatto che lui non lo avesse capito.

Rayden iniziò a guidare i miei gesti. Sotto alle sue mani, le mie si muovevano in modo fluido, e la lama cominciò a danzare sull'affilacoltelli, producendo una sinfonia delicata che fece aumentare i miei brividi. O forse era Rayden.

Sicuramente era Rayden.

«Meglio», disse. «Continua così, non fermarti.»

Lasciò la presa e io mi sentii stranamente vuota. Avrei voluto che non avesse staccato le sue dita dalle mie. Però non si era allontanato. Sentivo ancora il suo corpo premuto contro il mio, il suo tepore che oltrepassava la divisa da chef e filtrava attraverso la mia maglia… E dovetti reprimere l'impulso di spingermi con più forza contro il suo petto.

Cosa diavolo mi stava passando per la testa? Avevo bisogno di riprendere il controllo di me stessa. Subito. Ma non era così facile.

Me ne ero accorta nel momento in cui Rayden ed io avevamo cominciato a camminare verso il ristorante. Io mi sentivo già me stessa. Più di quanto non avessi mai fatto prima.

Come era possibile? Non lo conoscevo neanche. Eppure, ero stata pronta a confessargli cose di me che neanche i miei migliori amici sapevano. Per qualche motivo, mi fidavo di lui. E anche se la cosa non aveva assolutamente senso, mi piaceva. Fin troppo.

Mi fermai e girai la testa. Rayden era lì, a pochi centimetri da me. I suoi occhi erano fissi nei miei, le sue labbra pericolosamente vicine alle mie.

Una marea di brividi mi sommerse, e pregai con tutta la mia forza che lui non se ne accorgesse.

«Non male, ragazzina», disse con voce rauca. Le sue iridi grigie risplendevano.

«Grazie, chef.»

Rayden abbassò lo sguardo sulla mia bocca. Per un istante, restò a fissarla. Proprio come io stavo facendo con la sua. Alla fine, però, lui si tirò indietro.

«Avanti. Continua.» Indicò il bancone e io tornai alla realtà, sentendo emozioni così contrastanti nel petto che non riuscii a distinguerne neanche una.

Ripresi a concentrarmi sul tagliere e strinsi la cipolla, per poi recidere le due estremità. Il coltello affondò come se stessi tagliando della gelatina.

I miei occhi iniziarono a lacrimare, e cominciai a sbattere le palpebre mentre cercavo di muovermi nel modo più preciso possibile. Quando finii, posai il coltello sul tagliere e mi girai nella sua direzione, in attesa del suo verdetto.

Rayden aveva di nuovo incrociato le braccia al petto. «Sai perché stai piangendo?»

«Per la cipolla.»

Lui si avvicinò. «Perché hai tagliato a metà la base della radice.» Fece un cenno verso una delle due estremità che avevo eliminato. «È da lì che vengono sprigionate le sostanze irritanti che fanno lacrimare.» Alzò una mano sul mio viso e io mi pietrificai. Era a pochi centimetri da me. «La prossima volta, lascia quella parte attaccata e rimuovila come ultima cosa.» Passò il pollice sul mio zigomo, scacciando la lacrima che mi bagnava la pelle.

Mio. Dio.

Stavamo parlando di cipolle. *Cipolle.* La cosa meno allettante e seducente del mondo. Eppure, il modo in cui Rayden mi guardava, il tono basso della sua voce…

Tagliare una cipolla poteva essere così incredibile? Così… eccitante?

Annuii, solo per sentire ancora le sue dita sulla guancia. «D'accordo, chef.»

Il suo sguardo diventava più intenso ogni istante che passava, e io sentii un filo partire dal mio petto e attirarmi verso di lui, implorandomi di annullare la poca distanza che ci separava.

«Ray?» disse una voce all'improvviso.

Trasalii e arretrai subito, mentre lui abbassava la mano.

Quando ci voltammo, trovammo la sous chef sulla soglia della cucina.

«Oh», continuò perplessa, scostandosi i corti capelli biondi dal viso. «Interrompo qualcosa?»

Rayden non rispose, ma il suo sguardo diceva tutto. Era lo stesso che gli avevo visto per strada mentre gli riferivo le parole della D'Arnaud. E lo stesso che aveva avuto quando era stato sul punto di scaraventare al muro i piatti.

La pioggia nei suoi occhi si era rabbuiata, e sembrava di osservare un temporale notturno, in cui gocce argentee riflettevano la luce dei lampi che squarciavano l'oscurità.

Mi chiesi se Rayden lo fosse davvero. Oscuro. Pericoloso.

In quel momento, lo sembrava.

«Ho letto la recensione», continuò Deelylah, che non aveva notato ciò che avevo notato io. «Come…»

«Nel mio ufficio», la interruppe Rayden. Perfino nella sua voce erano presenti tracce della bufera che stava infuriando dentro di lui.

La donna sbatté le palpebre. Poi annuì, e i due si diressero fuori dalla cucina. Prima di uscire, però, Rayden si voltò verso di me. E per un secondo, solo uno, mi sembrò che la sua oscurità diventasse leggermente più chiara.

«Ragazzina? Non andare via.»

Mi spostai una ciocca dietro l'orecchio. E, quando loro scomparvero nel corridoio, io buttai fuori il respiro che avevo trattenuto e mi appoggiai con la schiena al bancone, affondando una mano tra i capelli.

Le gambe mi tremavano, il cuore mi batteva all'impazzata…
e sorridevo. Sorridevo così tanto da sentire male alle guance.

«Sta succedendo davvero?» sussurrai a me stessa, come se
sperassi che l'aria attorno a me mi rispondesse. Un'aria che aveva ancora il profumo di Rayden.

Sospirai, poi tirai fuori il telefono dalla tasca posteriore dei
jeans. Non avevo idea del perché lo avessi fatto. Ma, non appena
sbloccai lo schermo, il sorriso mi morì sulle labbra.

Avevo sette chiamate perse da Mandy e due da Weston, oltre
a un'infinità di messaggi.

Aprii la chat della mia migliore amica.

MANDY: *Ry, dove sei?*
MANDY: *La campanella sta per suonare.*
MANDY: *Dove cavolo sei???*
MANDY: *Avery Shaw, dove diavolo sei finita?*
MANDY: *Mi sta per venire un infarto.*
MANDY: *Ry!!!*
MANDY: *Se non mi rispondi entro un minuto chiamo la Polizia.*
MANDY: *Trenta secondi.*
MANDY: *Dieci.*
MANDY: *Uno.*
MANDY: *Trent mi ha proibito di chiamare la Polizia. Ma giuro che se continui a ignorarmi lo faccio!*
MANDY: *Cristo, Ry, dimmi che non ti è successo niente.*
MANDY: *Rispondi.*
MANDY: *Rispondi.*
MANDY: *Rispondi.*

Il senso di colpa mi travolse, e scrissi un messaggio veloce.

Io: *Dy, scusami. Sono all'Ambroisie. Ho incontrato Wade per strada e mi ha chiesto di venire qui.*

Lo inviai, poi passai alla chat successiva, quella con i ragazzi.

TRENT: *Piccola, ti devi calmare. Sento il tuo banco tremare da qui.*
MANDY: *Dove cavolo è???*
WES: *Sono preoccupato anche io.*
TRENT: *Sono sicuro che sta bene. Si sarà fermata a prendere un caffè. Avete visto che occhiaie aveva, stamattina.*
MANDY: *Può scordarsi di continuare a usare la bici. Da lunedì viene in macchina con noi.*
WES: *Sono d'accordo.*
MANDY: *No, ho cambiato idea. Non verrà con noi.*
TRENT: *?*
MANDY: *La uccido prima. Con le mie mani.*

«Cavolo...» mormorai, mentre le mie dita volavano sullo schermo.

Io: *Ragazzi, non odiatemi, vi prego! Sto bene, sono al ristorante. Non vengo a scuola, oggi.*
WES: *Cazzo, Ry, ci hai fatti spaventare a morte.*
Io: *Lo so, scusate.*
WES: *Potevi avvertire.*
Io: *Mi dispiace...*
WES: *Che ci fai al ristorante, comunque? Il turno non inizia nel pomeriggio?*
Io: *Mi si è rotta la bici e ho incontrato lo chef.*
WES: *E quindi?*

IO: *Mi ha chiesto di aiutarlo con una cosa in cucina.*
WES: *Perché uno chef dovrebbe volere l'aiuto di una cameriera?*

Provai un moto di fastidio, mentre pensavo a cosa rispondere.

WES: *Quello non mi piace per niente, Ry.*
IO: *Chi? Wade?*
WES: *Ne parliamo a voce. Sono solo felice che tu stia bene.*
IO: *Mandy mi odia?*
WES: *Sì. Ma non è per questo che non ti risponde.*
IO: *E perché?*
WES: *Gales l'ha beccata a scrivere al telefono, gliel'ha sequestrato.*
IO: *Cavolo... Dy, scusami!*
WES: *Quindi, resti al ristorante tutto il giorno?*
IO: *Non lo so. Forse.*
WES: *La bici?*
IO: *L'ho lasciata qui fuori. La stupida catena continua a incepparsi.*
WES: *Ok. Stai attenta.*

Fissai la sua ultima risposta. Che voleva dire? A cosa dovevo stare attenta? E perché a Wes non piaceva Rayden? Si conoscevano?

Una strana sensazione mi ricoprì le pareti dello stomaco, e mi torturai tra i denti il labbro inferiore, cercando di dare un senso a quei messaggi.

Presto, però, le mie riflessioni vennero interrotte da una voce che filtrava in lontananza. Una voce alterata. Lo chef.

Avrei voluto avvicinarmi e sentire cosa stava succedendo, ma non lo feci. Al contrario, decisi di dimenticare la conversazione con Wes, mi tirai su le maniche della maglia e presi il coltello, ricominciando ad affilarlo.

Se Rayden voleva davvero darmi lezioni, ci avrei messo tutta me stessa. Mi sarei allenata. E avrei tratto il massimo da ogni suo insegnamento.

8

Rayden

La concentrazione negli occhi di Avery sembrava quasi dolorosa. Non staccava lo sguardo dal piatto che aveva di fronte, mentre sistemava il filet mignon al centro della porcellana candida. E io non staccavo gli occhi da lei.

Ogni suo gesto era sicuro, anche se non lo aveva mai fatto prima. Un velo di sudore le imperlava la fronte, alcuni capelli le si erano attaccati alle tempie, eppure non avevo mai visto qualcuno più sexy di quanto lo fosse lei in quel momento. Così innocente, così pura... così fottutamente stupenda.

Non sapevo che cazzo mi prendeva, ma non riuscivo a frenare quei pensieri. E sapevo che in parte era un bene. Ero stato io a volere una distrazione. Ma, per qualche motivo, avevo la sensazione che quella ragazzina solare e determinata fosse molto di più.

Avevo rischiato di perdere la pazienza quando avevo parlato con Deelylah. Continuava a sostenere che Avery si era sbagliata, che lei non aveva messo nel piatto la riduzione all'aceto balsamico, e che non riusciva a capire come fosse possibile che io credessi a una ragazzina che era entrata nel nostro mondo da cinque minuti invece che a lei.

Aveva ragione. Non aveva alcun senso. Eppure, a me sembrava che ce l'avesse perfettamente.

L'avevo mandata via, dicendole di riposarsi e di tornare per il turno di quella sera. E che non avrei accettato altre stronzate da parte sua. Ma sapevo che fare tutto nel modo giusto non era la risposta. Mi serviva qualcosa in più. Una soluzione. Una di quelle in cui Avery credeva profondamente, tanto da basarci sopra la propria felicità.

«Così va bene?» domandò, tirandosi indietro.

Osservai come aveva sistemato il filetto e il foie gras, poi annuii. «Adesso, il tocco finale.»

Le passai il barattolo di vetro pieno di caviale e la sua espressione si illuminò. Mi domandai se lo avesse mai assaggiato.

«Sai come si impiatta?»

Lei annuì. «L'ho visto in alcuni video.»

«Fammi vedere.»

Recuperò due cucchiaini, e io la bloccai prima che ne avvicinasse solo uno al barattolo.

«Prima regola del caviale, ragazzina: mai maneggiarlo con attrezzi di metallo.» Glieli sfilai dalle dita. «Il metallo altera il sapore e rischia di rompere le uova.» Aprii un cassetto e le passai due cucchiai di legno. «Questi.»

«Okay.» Avery li prese e iniziò a rigirare il caviale tra i cucchiai, per poi posarlo sopra al filetto. «Così?»

«Perfetto.» Lo era davvero.

«È finito?»

«Sì, è finito.»

Avery fece un passo indietro e ammirò la sua creazione. I suoi occhi lampeggiarono, il suo sorriso si ampliò. E la sua emozione contagiò anche me.

«L'ho fatto io», sussurrò, prima di cercare il mio sguardo. «L'ho fatto *io*.»

Non riuscii a impedirmi di ridere. «Sì, ragazzina.»

Lei sembrava incapace di contenersi, e cominciò a saltare sul posto. «Il mio primo piatto stellato. Io non… io…» Si portò le dita alla bocca. «*L'ho fatto io!*»

Il petto mi faceva quasi male. Cazzo, non ridevo così tanto da… da una vita.

Si passò una mano tra i capelli, ancora incredula. «E ora?»

«Ora c'è la parte migliore.»

Lei aggrottò la fronte. «Migliore di questo?»

Presi il piatto. «Andiamo.» La portai in sala, poi scostai una sedia da un tavolo. «Siediti.»

Avery obbedì, ma era diventata improvvisamente incerta.

Sistemai delle posate di fronte a lei, per poi fare lo stesso con il piatto. «Buon appetito, ragazzina.»

Schiuse le labbra. «Sul serio?»

Presi posto all'altro capo del tavolo e incrociai le braccia. «Cosa dovremmo farcene di quel filet mignon?»

«Beh, non lo so, ma…»

«Mangia, ragazzina. Te lo sei meritata.»

Il caramello nei suoi occhi assunse un riflesso splendente, come lo zucchero quando viene fuso dalla torcia da cucina.

La osservai attentamente mentre infilava la forchetta in bocca e assaporava il piatto. Le sue palpebre si chiusero, le labbra si tesero, e un lieve mugolio le risalì la gola.

Porca puttana.

Restò in quella posizione per alcuni secondi, finché non deglutì. E il suo seno si mosse in modo incredibile.

Serrai i muscoli delle braccia, impedendomi di pensare a quanto fosse eccitante. «Com'è?»

Avery sorrise, con ancora le palpebre chiuse. «Meglio di un orgasmo.»

Sgranai gli occhi e lei fece lo stesso, subito prima di tapparsi la bocca con una mano. Era scarlatta.

«Oh Dio», esclamò contro il suo palmo. «Scusi, non volevo…»

Scoppiai a ridere. Di nuovo. «Cazzo, ragazzina…» Scossi la testa. «Credo che sia meglio per entrambi se non commento.»

Lei annuì in modo frenetico. «Non so perché l'ho detto…»

Mi finsi serio. «Beh, i motivi possono essere solo due.»

Avery continuò a guardarmi, imbarazzata e in attesa.

«O sei una cuoca davvero eccellente, o non hai mai avuto un vero orgasmo.»

I suoi occhi si spalancarono, le sue guance andarono a fuoco. E Avery, dopo meno di un secondo, cominciò a ridere. Una risata fragorosa e genuina, alla quale io mi unii senza fatica.

Cristo, non sapevo cosa mi stava facendo, ma lo adoravo. Mi sentivo più leggero. Meno incasinato. E meno incazzato.

Avery si asciugò una lacrima all'angolo dell'occhio, per poi posarsi una mano sulla pancia. «Non sono più abituata a ridere così tanto.»

Quella frase mi colse alla sprovvista, e mi chiesi cosa volesse dire. Prima che potessi domandarglielo, però, lei si irrigidì, come se si fosse lasciata sfuggire qualcosa che avrebbe voluto tenere per sé.

Forse si riferiva alla morte della madre. O forse c'era qualcos'altro. Qualcosa che, per qualche motivo, avrei voluto scoprire. Ma non volevo rinunciare a quell'atmosfera.

«Era come immaginavi?» domandai, cambiando argomento. «Cucinare in questo modo», specificai.

«No», rispose. «È stato decisamente meglio.» Si portò la forchetta alle labbra e mise in bocca il caviale. Di nuovo, chiuse gli occhi. E io, di nuovo, la osservai fare le espressioni più sensuali che avessi mai visto. «Ma aveva ragione. Questa è la parte più incredibile.»

«Non siamo in servizio, ragazzina. Puoi smetterla di essere così formale.»

Le sue guance arrossirono ancora, e io provai il folle impulso di accarezzarle. Così, mi appoggiai allo schienale della sedia, allontanandomi dal tavolo. E da lei.

«Quando hai capito che volevi fare lo chef?» mi domandò con fare quasi timido, continuando a mangiare.

Mi strinsi nelle spalle. «A otto, nove anni.»

«Come?»

Alzai un angolo della bocca, sperando che quel sorriso nascondesse la smorfia amara sul mio volto. «Ti ho detto che puoi darmi del tu, non che puoi farmi tutte le domande che vuoi.»

«Non vale. Io ho risposto alle tue domande.»

«Io sono più bravo a prendermi ciò che voglio.»

«Mi insegnerai a fare anche questo?» La sua voce si era fatta più bassa.

«Dipende.»

«Da cosa?»

Mi avvicinai di nuovo. «Posso insegnartelo. A patto che non usi i miei insegnamenti contro di me.»

Un piccolo sorriso le curvò le labbra. «È l'unico motivo per cui voglio imparare.»

Una scossa bollente mi incendiò la base della schiena. L'aria sembrava crepitare, e io mi ritrovai a immobilizzare ogni singolo muscolo del corpo, per evitare di fare stronzate. Tipo gettare per terra il piatto e distenderla lì, sul tavolo. Sotto di me.

Avery mandò giù un altro boccone, poi sospirò. «Devi assaggiarlo.»

Aggrottai la fronte. «È il mio piatto. So di cosa sa.»

«Se lo sapessi davvero, non avresti quell'aria arrabbiata tutto il tempo.» Tagliò un pezzo di filetto, aggiunse un po' di caviale e di foie gras e si alzò, allungandosi sul tavolo.

Non mi porse la forchetta. La avvicinò alla mia bocca. E io usai tutto il mio autocontrollo per guardare la pietanza che mi stava offrendo e non la scollatura della sua maglia.

«Avanti, chef.»

Fissai gli occhi nei suoi. Poi schiusi le labbra e la assecondai. La familiare esplosione di sapori mi colpì il palato, e masticai lentamente, continuando a osservare la ragazza davanti a me, che mi guardava come se fosse ipnotizzata. Proprio come io lo ero da lei.

«Allora?» domandò, tornando a sedersi.

Ingoiai. «È buono.»

«Buono? *Buono?*» Sembrava scioccata. «Sei sicuro che ti funzionino le papille gustative?» chiese, e io inarcai un sopracciglio. «Senza offesa, chef, ma la mia versione di spinaci e cracker era *buona*. Questo è… non lo so, è incredibilmente assurdo.»

Trattenni una risata. «Incredibilmente assurdo?»

«Avrebbe dovuto scrivere questo la D'Arnaud nella sua recensione.» Mi puntò contro la forchetta. «Non credo che le persone si rendano davvero conto di quanto è assurdamente incredibile la tua cucina.»

«Incredibilmente assurda», la corressi, e lei rise. E mi stupii del modo in cui riuscivamo a parlare. Della sintonia che si era instaurata tra di noi fin dall'inizio.

«Sono seria. Questo non è neanche un piatto. La ricerca che hai messo in ogni dettaglio, il perfetto dosaggio delle spezie, la salsa, la cottura… Tutto è calibrato, fino al più piccolo particolare. È pura armonia in un boccone, e…» Arrossì. «E, *oh mio Dio*, qualcuno mi fermi.»

«No. Continua a dirmi quanto sono fantastico.»

«Come se non lo sapessi già.»

«Mi credi così arrogante?»

«Tutti gli chef lo sono. Devono esserlo. Non saresti arrivato dove sei oggi se non sapessi di poter essere il migliore.»

Sbuffai una risata. «Non sono neanche lontanamente il migliore, ragazzina.»

«Ma pensi di poterlo essere», continuò. «Altrimenti non continueresti a sacrificare ogni cosa per tutto questo.» Lanciò un'occhiata al locale elegante attorno a noi.

Era vero, avevo sacrificato tanto nel corso della mia vita. E alcuni sacrifici bruciavano ancora sulla mia anima, come se volessero prepararmi all'inferno che mi aspettava alla fine di tutto.

Perché avrei pagato per le mie colpe, prima o poi. Ma lì, in quel momento, per la prima volta dopo anni, riuscii a scordarlo.

«Non smettere di farlo, ragazzina», dissi di getto.

«Fare cosa?»

«Emozionarti per le piccole cose.»

Avery mi guardò dolcemente. «È uno dei tuoi insegnamenti?»

«Il più importante che possa darti.»

Sorrise. «Farò del mio meglio per ricordarlo. Ma…» Esitò un istante. Era incerta. Non sapeva se dirmi o no ciò che le passava per la mente. Alla fine, si strinse nelle spalle. «Forse dovresti farlo anche tu.»

Aggrottai la fronte, e lei posò la forchetta nel piatto, ormai vuoto.

«Ti ho visto, ieri sera. E ti vedo anche ora. Non posso neanche immaginare quanto sia stressante gestire un posto come questo e avere tutta la responsabilità sulle tue spalle. Ma forse dovresti ricordarti che la cucina è più di un lavoro, per te.» Accennò un piccolo sorriso. «È la tua vita, no? Dovresti viverla divertendoti. Come ti stai divertendo adesso.»

Più passavo del tempo con Avery, più mi chiedevo se fosse davvero così ingenua. O se avesse solo ragione su tutto.

«La vita non sempre è divertente», dissi.

Lei abbassò lo sguardo. «Lo so.»

Imprecai mentalmente. «Non intendevo…»

Avery liquidò la mia frase con un cenno della mano. «No, è vero. Spesso la vita fa schifo, e raramente possiamo avere voce in capitolo su quello che succede. Ma abbiamo sempre voce in capitolo su come vivere quelle situazioni. La scelta spetta solo a noi. E possiamo scegliere di essere felici. Di stare bene.»

«Non è così facile.»

«No», concordò lei. «A volte sorridere è la cosa più difficile che possiamo fare. Più difficile di piangere, di urlare, di fare a pezzi qualcosa… Ma ne vale la pena.» Curvò leggermente le labbra. «Perché abbiamo solo una vita, e non accetterò mai di sprecarla passandola in lacrime. Se proprio devo stare male, voglio farlo dettando le mie regole. E io deciderò sempre di ridere.»

Quelle parole si scavarono un varco dentro di me e cercarono qualcosa nel mio petto. Come se volessero trovare una nicchia in cui imprimersi, in modo che le ricordassi. Che le seguissi. E mi rimangiai subito tutti i pensieri che avevo fatto prima su quella ragazzina.

Avery non era ingenua. Era estremamente matura. Molto più di quanto lo fossi mai stato io.

«Oh Dio, sto di nuovo delirando.» Si posò una mano sulla fronte e chiuse le palpebre.

Scossi la testa. «No.» La mia voce uscì brusca. Eppure, Avery sorrise.

«Grazie, chef.»

«Per cosa?»

«Per tutto», rispose. «Per avermi dato una possibilità. Per la mia prima lezione di cucina. E per questo.» Indicò il piatto.

«È stato un piacere, ragazzina.» La verità nascosta dietro a quelle parole era molto più profonda di quanto potessi anche solo immaginare. «Ma è solo l'inizio.»

Avery schiuse le labbra. «Mi insegnerai ancora?»

La osservai con attenzione. «Se lo vuoi.»

L'emozione le accese le guance. «Sì. Sì, assolutamente sì.» Stava praticamente saltando sulla sedia. «E prometto di prendere una camomilla, la prossima volta.»

Risi ancora. Mi stavo già abituando a quella sensazione. «Bene.» Mi alzai. «Tra poco arriveranno le prime consegne. Arrivano ogni giorno, tra l'una e le due», le spiegai. «Il compito dello chef è assicurarsi che la qualità sia la migliore possibile. Puoi aiutarmi, se vuoi. E, nei giorni in cui il ristorante è chiuso, possiamo continuare con le lezioni.»

Avery si alzò a sua volta, con un'espressione talmente felice che il suo viso sembrava risplendere, e fece una cosa che non mi sarei mai aspettato.

Annullò la distanza tra di noi, incollò il petto al mio e mi gettò le braccia al collo, stringendosi a me.

La mia pelle si scaldò, la mia gola si chiuse. E io mi pietrificai, senza avere la più pallida idea di cosa fare. Perché avrei voluto ricambiare la sua stretta. Modellare il suo corpo e inspirare il suo profumo. Ma, se lo avessi fatto, non ero certo che avrei trovato la forza di lasciarla andare.

«Cavolo.» Arretrò di scatto. «Scusa, io... Giuro che non sono così, di solito. Non so cosa mi prende.» Si passò una mano tra i capelli, di nuovo imbarazzata. «Ti prego, non licenziarmi.»

Le emozioni che aveva scatenato dentro di me si agitarono ancora di più. «Credimi, ragazzina. Mandarti via è l'ultima cosa a cui sto pensando, in questo momento.»

Ma, se avesse saputo ciò che stavo pensando davvero, probabilmente sarebbe stata lei ad andarsene. Perché era troppo innocente per quei pensieri. Troppo innocente per quello che avrei voluto farle. E decisamente troppo innocente per me.

9

Avery

Divertiti, chef.

Quelle parole non avevano fatto che riecheggiarmi nella testa durante tutta la durata del servizio. Erano le stesse che avevo sussurrato a Rayden prima che iniziassimo il turno, attenta a non farmi sentire né vedere da nessuno, tranne che da lui.

Ci avevo ripensato ogni volta che avevo preso gli ordini, che mi ero spostata per la sala, e che mi ero avvicinata al pass e lo avevo visto lì, concentrato, come un dio che controlla l'universo intero.

Divertiti, chef.

Sul serio, cosa mi stava succedendo? Io non ero così. Non mi prendevo mai certe libertà. Soprattutto, non con qualcuno come Rayden Wade.

Ma con lui continuavo a farlo. E insieme avevamo cucinato, parlato, riso…

Dio, la sua risata. Esisteva qualcosa di più incredibile?

Più ripensavo a quella giornata, più avevo la sensazione di essere stata scaraventata in un mondo parallelo in cui realtà e sogno si intrecciavano in un'unione perfetta.

Slacciai il grembiule e lo riposi nell'armadietto, per poi tirare fuori la giacca e lo zaino.

«Dispochef non ha tagliato la testa a nessuno, oggi», disse Talya.

«Piccole vittorie», commentai, divertita.

«Non così piccole», mi fece notare. «Vieni a festeggiare con noi?»

«Festeggiare?»

«Andiamo al pub in fondo alla strada a bere qualcosa.»

«Oh.»

«Non dirmi che domani hai lezione. È sabato.»

No, non era la scuola il problema. Era il fatto che non avevo ventun anni e che quindi non ero ammessa nei locali.

«Credo che per oggi passerò», dissi con l'espressione più innocente possibile. «Ho bisogno di dormire un po'.»

«Come vuoi. Se cambi idea, sai dove trovarci.» Mi fece l'occhiolino, poi uscì dalla saletta del personale insieme ad altri camerieri.

Infilai la giacca e feci per andare verso la porta, finché non mi ricordai di aver lasciato la bici all'altro ingresso.

Misi lo zaino in spalla e tornai in corridoio. Il ristorante era silenzioso. Avevamo già pulito e sistemato la sala, e la brigata aveva riordinato le varie postazioni. Per questo non mi stupii quando, una volta raggiunta la cucina, la trovai del tutto vuota.

Mi fermai un secondo a osservarla. Era incredibile come solo qualche ora prima quel posto fosse stato frenetico, pieno di suoni, voci e movimenti, ma in quel momento fosse estremamente calmo. L'aria stessa era diversa, e la sentivo scivolare sui miei muscoli doloranti.

«Non ne hai ancora abbastanza?»

112

Mi girai di scatto e lì, appoggiato allo stipite della porta, c'era Rayden. Si era tolto la giacca da chef, e portava solo una semplice maglia nera, che mi fece seccare la bocca. Iniziavo a credere che il problema non fosse cosa indossava. Era lui.

«Tu ne hai mai abbastanza?» chiesi.

Rayden alzò un angolo della bocca. «Raramente.»

«Soddisfatto di come è andata la serata?»

Un'ombra di serietà attraversò i suoi occhi. «Poteva andare meglio.»

«E poi sarei io quella esasperante», commentai, scuotendo la testa. «I clienti hanno amato ogni portata, nessuno ha rotto dei piatti, e non ci sono stati altri errori. Giusto?»

Lui infilò una mano in tasca. Sembrava rilassato. Ed era magnifico. «Giusto.»

«L'universo non implode se ammetti che è andata bene, sai?»

Rayden fece un sorrisetto. «Meglio non rischiare.»

Sbuffai. «Più che esasperante», dissi a bassa voce, ma lui mi sentì e accennò una risata.

«Stai andando a casa?»

Annuii. «Ho lasciato la bici qui fuori.»

«Ti apro.» Si staccò dallo stipite e mi superò, prendendo un mazzo di chiavi dalla tasca posteriore dei pantaloni.

Ormai era notte fonda, e la brezza che soffiava nel vicolo era fredda, anche se l'estate era alle porte. Mi strofinai le braccia, poi uscii e presi la bici, prima di voltarmi verso Rayden.

«Grazie, chef.»

Lui mi osservò per alcuni istanti, spostando più volte la sua attenzione da me alla catena rotta. «Dove abiti?»

La sua domanda mi stupì. «Perché?»

«È lontano da qui?»

«Circa venti minuti a piedi. Forse un po' di più.»

Guardò alle mie spalle, la sua espressione era dura. «Aspetta un attimo.» Si voltò e scomparve dentro la cucina. Ne riemerse un minuto dopo, con indosso una giacca di pelle e le chiavi ancora in mano. Spense le luci della sala, poi chiuse la porta e mi fece un cenno. «Andiamo. Ti accompagno.»

Sbattei le palpebre. «Non importa, posso...»

«Non ti lascio andare da sola a quest'ora», mi interruppe. «Forza.» Iniziò a camminare e io lo imitai, roteando gli occhi. Anche se non mi era sfuggita la lieve vena protettiva nel suo tono.

«È incredibile come tu riesca a far passare per un ordine anche una cosa come questa», sbuffai.

«Stai prendendo nota delle mie tecniche?» chiese.

«Dettagliatamente», scherzai. «Prima o poi supererò il maestro.»

Lui finse modestia. «Auguri.»

Svoltammo nella strada principale, continuando a restare l'una accanto all'altro.

«Quindi, chef...»

«Sì?»

«Ti sei divertito, stasera?»

«Ah.» Affondò entrambe le mani in tasca. «Vedi dove hai sbagliato?»

Mi accigliai. «Ho sbagliato qualcosa?»

Annuì. «Mi hai fatto una domanda. Se fai le domande, le persone possono scegliere di non risponderti. Se invece pretendi quelle risposte...»

«Avrei dovuto ordinarti di dirmi se ti sei divertito?»

«Esattamente.»

«È ridicolo», gli feci notare.

«Forse. Ma a quest'ora avresti ottenuto la tua risposta.»

Strinsi le dita attorno al manubrio. Poi, accettai la sua sfida. «Okay. Parlami di te, chef», dissi, ripetendo le stesse parole che lui aveva rivolto a me.

Anche nella notte, vidi i suoi occhi scintillare, come pioggia trafitta dai raggi della luna.

«Cosa vuoi sapere?»

Ogni tuo pensiero. Ogni tuo segreto. Tutto.

«Dolce o salato?»

Per un istante, il suo passo vacillò. «Sul serio? Vuoi sprecare così la tua possibilità?»

«So che non mi riveleresti niente di troppo personale», gli spiegai, come se fosse ovvio. «E voglio scoprire qualcosa di te. Del *vero* te. Non dello chef stellato che rilascia interviste e urla contro cameriere innocenti.»

Rayden inarcò un sopracciglio. «Cameriere innocenti?»

Feci un sorrisetto. «Sto aspettando la risposta, chef.»

Scosse la testa e sospirò, divertito. «Dolce.»

«Davvero?»

«Perché, la cosa ti stupisce?»

Involontariamente, abbassai lo sguardo sul suo corpo. Il suo corpo perfetto, in cui non era presente neanche un grammo di grasso. «Beh, sì.»

Immaginai Rayden da piccolo, che rubava cookies di nascosto dalla credenza o affondava le dita nel barattolo della Nutella.

«Cosa c'è di tanto divertente?» chiese.

«Niente», risposi, mordendomi il labbro inferiore e cercando di tornare seria.

«Vorrei essere nella tua testa, ragazzina», mormorò, studiandomi. E il suo tono basso mi fece scivolare un brivido caldo sulla schiena.

Subito, l'immagine del Rayden bambino nella mia mente scomparve, e al suo posto apparve il Rayden di ora, con il petto nudo e una fragola coperta di cioccolato tra le labbra.

Abbassai la testa, in modo che i capelli mi coprissero il rossore alle guance, e mi schiarii la gola. «Non te lo consiglio, chef.»

Lui restò in silenzio per qualche secondo. Poi, cogliendomi del tutto alla sprovvista, si avvicinò a me e mi spostò i capelli dietro l'orecchio.

I miei occhi scattarono nei suoi mentre le sue dita indugiavano sulla mia pelle, scaldandola in una carezza appena accennata.

115

Rayden mi guardava come se fossi un piatto complicato di cui non riusciva a riconoscere gli ingredienti, e io dovetti usare tutta la mia concentrazione per continuare a camminare e non inciampare. Alla fine, però, abbassò la mano, e io avvertii una strana sensazione fredda alla guancia.

«Tocca a te.»

Mi inumidii le labbra, che si erano seccate. «Fare cosa?»

«Dolce o salato.»

La sua non era una domanda, e io mi ritrovai a sorridere. «No.»

«No, cosa?»

«Non potrei mai scegliere», dissi. «Una delle mie cose preferite è il cioccolato al sale.»

«Giochi sporco», commentò, e io gli rivolsi un'occhiata interrogativa. «Tu mi hai fatto scegliere.»

Un sorrisetto che trasudava trionfo si aprì sul mio viso. «Visto? Sto già superando il maestro.»

«Non mi sfidare, ragazzina.» Il suo tono era scherzoso, ma il mio stomaco si annodò.

«Vorrei farlo, invece.» Non riuscii a fermare quelle parole, che fecero tremare l'aria tra di noi, mentre continuavamo a guardarci negli occhi. E lui capì a cosa mi riferivo.

Era ufficiale. Rayden Wade mi stava facendo perdere la testa. E la cosa peggiore era che ne adoravo ogni istante.

«Sai cosa succede a giocare con il fuoco?» mi domandò con tono più rauco, e io sostenni il suo sguardo.

«Ti bruci. Ma, se continui a bruciarti, alla fine ti abitui e il calore non ti fa più male.»

«All'inizio però soffri.»

La mia voce si affievolì. «Ne vale la pena.»

E mi resi conto di quanto fosse vero.

Volevo bruciarmi. Volevo che fosse *lui* a bruciarmi. Era folle e del tutto inspiegabile, ma non avevo mai voluto niente così intensamente.

Volevo avvicinarmi al fuoco di Rayden e passare le dita tra le sue fiamme, mentre lui plasmava le mie a suo piacimento.

«La cucina ne vale sempre la pena.»

«Solo la cucina?» sussurrai.

Rayden continuò a camminare con entrambe le mani in tasca, e mi chiesi se mi avesse sentita. O se stesse fingendo di non averlo fatto.

Dio, dovevo controllarmi. Quello al mio fianco non era un mio compagno di scuola. Era uno chef riconosciuto a livello mondiale, era il mio capo... e aveva dieci anni più di me.

Cosa cavolo stavo facendo? Dovevo smetterla. Dovevo smettere di pensare a Rayden, o al modo in cui mi faceva sentire. E, soprattutto, dovevo smettere di chiedermi se lui provava le stesse cose ogni volta che eravamo vicini.

Camminammo in silenzio per qualche altro minuto, mentre attorno a noi le luci di Boston scintillavano, e le poche macchine che passavano nella strada abbagliavano la notte.

«Questa è casa mia.» Indicai il piccolo vialetto che conduceva all'edificio annerito dallo smog.

Rayden si fermò e lo osservò. «Vivi con tuo padre?»

Quella domanda si serrò attorno alla mia gola. «È complicato», mi limitai a rispondere, e il suo sguardo curioso passò sul mio viso. Così, mi affrettai a cambiare argomento. «Grazie per avermi accompagnata.»

«È stato un piacere, ragazzina.»

Piacere. Continuava a usare quella parola, e il modo in cui la pronunciava la rendeva vera. Non era solo un insieme di sillabe, ma una vera esplosione di *piacere.*

Mi schiarii la gola. «Ci vediamo domani.»

«È tutto prenotato», mi informò. «Ci sarà molto da lavorare, come ogni sabato.»

«Almeno domenica possiamo riposarci.»

«È questo che vuoi fare? Riposarti? O venire in cucina a imparare?»

Il mio sorriso traboccava trepidazione. «Tornerei in cucina anche adesso.»

Rayden rise, e la luna colpì il suo viso proprio in quel momento, rendendolo incredibile e perfetto. Ancora più del solito. «Buonanotte, ragazzina.»

«Buonanotte, chef.»

Lo superai e, per i pochi metri che mi separavano dall'ingresso principale, sentii il suo sguardo addosso. Avrei voluto girarmi, accertarmi che fosse la verità e non solo la mia immaginazione, ma non lo feci. Perché, se i suoi occhi fossero stati davvero intensi come li stavo percependo, non ero certa di come avrei reagito. Ed era meglio che non lo scoprissi.

Lasciai la bici contro la siepe, poi entrai e mi richiusi la porta alle spalle, accasciandomi contro di essa. E fu un attimo. Tutte le emozioni travolgenti che avevo provato negli ultimi giorni, tutte le sensazioni profonde che avevo sentito e represso, esplosero nel mio petto e si riversarono fuori da me in lacrime calde.

Avanzai nel corridoio buio ed entrai in camera di mio padre, gettandomi sul letto. E, mentre continuavo a piangere, abbracciai il suo cuscino.

Il suo profumo stava svanendo, ma io riuscivo ancora a sentirlo, e avevo bisogno che non andasse via.

«Vorrei raccontarti ogni cosa, papà», dissi in un sussurro. «È tutto così assurdo… Vorrei che fossi qui a dirmi che non è un sogno. Che posso farcela. E che non devo mollare.» Tirai su con il naso. «Però sono felice. Credo di esserlo davvero. Ma non posso esserlo… non è giusto…» Calciai via le scarpe e mi rannicchiai sotto le coperte. «Posso essere felice, papà?»

~

Mi trascinai lungo il corridoio senza neanche sollevare i piedi, mentre i tonfi alla porta continuavano a rimbombare nella casa silenziosa.

«È presto», farfugliai alla mia migliore amica quando aprii il portone, prima di voltarmi e andare verso il soggiorno.

Mandy entrò senza esitare. «Sono le dieci.»

Mi lasciai cadere di pancia sul divano, affondando il viso tra i cuscini. «È prestissimo», mi corressi.

«La divisa dell'*Ambroisie* ti piace così tanto che adesso la usi anche come pigiama?» domandò, sedendosi accanto a me.

«Ero troppo stanca per cambiarmi.»

«Spero che tu non sia troppo stanca per scusarti, perché pretendo che mi implori in ginocchio di perdonarti.»

Mi girai su un fianco e schiusi gli occhi. «Non volevo farti preoccupare.»

«Cosa cavolo è successo?»

«Ieri mattina ho incontrato Rayden per strada, lui stava correndo e…»

Mandy si raddrizzò di scatto. «Stava correndo?»

Annuii. E il solo pensiero della maglia sudata che gli aderiva al corpo, o del tatuaggio che sbucava da sotto la manica…

«Forse dovrei smetterla di andare in macchina con i ragazzi e venire con te.»

«Credimi, non c'è risveglio migliore di quello.»

La mia migliore amica fece un sorrisetto. «Quindi, quanto siamo *cotte* di Sexychef da uno a… *ding*?» Fece finta di suonare la campanella del pass e di servire un piatto appena sfornato.

«Perché continuate tutti a storpiare la parola *chef*?» mormorai.

Ero l'unica a cui venivano i brividi ogni volta che la pronunciava?

Oh Dio, forse era così.

«Prendo la tua risposta come un doppio *ding*.»

Mi morsi il labbro inferiore. «Triplo.»

Lei rise e io mi misi un braccio sugli occhi, sentendo piccole farfalle svolazzare nel mio stomaco.

«Lui è incredibile, Dy. È così… così…»

«Sì, ho visto le sue foto.»

Scossi la testa. «Non è solo quello. Voglio dire, è *anche* quello, ma è tutto di lui, capisci? Il suo modo di muoversi, il suo sorriso, il suo sguardo…» Mi alzai sui gomiti. «Cavolo, Dy, dovresti vederlo quando è furioso.»

Lei si accigliò. «Ti piace quando si arrabbia?»

Mi tirai a sedere. «Ricordi quando abbiamo studiato il sublime, a filosofia?»

Mandy si fece sempre più confusa. «Il sublime?»

Annuii. «La sensazione che si prova di fronte a qualcosa di potente e spaventoso. Dovresti averne paura, invece ne sei affascinato», spiegai. «Anche se sai che potresti farti del male, anche se sai che avvicinarti è rischioso, a te non importa. Non puoi resistere al sublime. Perché ti fa sentire completo, ti fa sentire vivo… ed è tutto ciò di cui hai sempre avuto bisogno.» Mi passai una mano tra i capelli. «Negli occhi di Rayden c'è il sublime.»

Perché era vero, lui era pericoloso. Come se avesse un'oscurità segreta che si agitava in profondità sotto la sua pelle, pronta a liberarsi da un momento all'altro. Eppure, bastava un suo unico sguardo a farmi dimenticare ogni cosa e lasciarmi senza fiato.

«Ma il sublime è una forza distruttrice, no?»

Sospirai. «Mi lascerei distruggere in qualsiasi modo da lui.»

Mandy mi tirò un cuscino addosso e rise. «Quadruplo *ding*.»

«Sono spacciata, vero?»

«Per il fatto di aver perso la testa per il tuo capo? Lo stesso capo al quale hai mentito sulla tua età e che dovrebbe essere off limits? Non vedo cosa potrebbe andare storto.»

«Non ho mentito sulla mia età. L'ho solo omessa», precisai.

«Molto meglio», sbuffò.

«Questo è il momento in cui mi dici di riprendermi e tornare a pensare in modo lucido», le ricordai.

«Col cavolo.»

Inarcai le sopracciglia, rivolgendole un'aria interrogativa.

«Quando ti sei presa una cotta l'ultima volta? E il ragazzo dello scambio culturale che hai baciato al secondo anno non conta.»

«Avevo completamente dimenticato Manuel», riflettei.

«Il punto, Ry, è che te lo meriti. Devi scioglierti e smetterla di essere quella sempre precisa e responsabile. Vuoi il sublime? Bene, prenditi il sublime.» Fece un sorriso furbo. «E poi raccontami tutto nei dettagli.»

«Il fatto che io voglia il sublime non vuol dire che il sublime voglia me», le feci notare.

«Ti ha vista in divisa?» Abbassò lo sguardo sul mio petto con espressione ammiccante.

«Mi ha vista anche completamente bagnata, sudata e in lacrime.»

«Cosa?» sgranò le palpebre. «Hai pianto? Davanti a lui?»

«Quando mi ha insegnato a tagliare le cipolle, sì.»

«Ah», commentò. «No, aspetta, eh?»

Sospirai e le raccontai tutto del giorno precedente. Noi due soli in cucina, le sue mani sulle mie, il suo corpo muscoloso premuto contro la mia schiena…

«Quindi, direi che sulla parte *preliminari* siamo a posto.»

Diventai paonazza e strinsi tra le braccia il cuscino che mi aveva tirato. «Non so cosa mi sta prendendo, Dy», ammisi.

«Io lo so.» Alzò un angolo della bocca e i suoi occhi brillarono.

«Promettimi che non racconterai niente a Trent.»

«Vuoi scherzare? Lui andrebbe a dirlo a Wes, e Wes odia già abbastanza Sexychef senza sapere i dettagli.»

Aggrottai la fronte. «Che problemi ha Wes con Rayden?»

«Intendi, oltre al fatto che tu lo veneri?»

«Io non…» Mi interruppi quando vidi lo sguardo che mi stava rivolgendo.

«Sai cosa prova Wes per te.»

Mi sentii subito in colpa. «E lui sa che siamo solo amici.»

Lo avevo messo in chiaro molti anni prima. Wes era stupendo. Era dolce, premuroso, divertente. Ma non avevo mai provato niente per lui. Non avevo mai sentito la scintilla.

A essere onesta, però, non sentivo nessuna *scintilla* neanche per Rayden. Per lui sentivo una vera e propria tempesta di lampi.

«Questo non vuol dire che lui abbia smesso di sperarci», continuò Mandy.

Sospirai e restai in silenzio per alcuni istanti, riflettendo sulle sue parole.

«Oggi lavori?»

Annuii. «E domani Rayden mi darà delle lezioni private.»

La malizia distese la sua espressione. «Non vedo l'ora di sapere quale attrezzo ti insegnerà a maneggiare questa volta.» Mi fece l'occhiolino e io scoppiai a ridere, subito prima di cominciare a fantasticare su quello che aveva detto. E su quello che avremmo fatto Rayden ed io.

10

Rayden

Il suo respiro era tutto ciò che sentivo. L'unico rumore nella cucina, oltre al lieve tintinnio delle pinze con cui Avery stava guarnendo il piatto.

Per tutto il giorno, aveva seguito alla lettera le mie indicazioni, facendo esattamente ciò che le dicevo, quando glielo dicevo. Non aveva obiettato su niente, né si era mai lamentata, neanche quando avevo criticato in modo duro quello che faceva. Al contrario, aveva cercato di impegnarsi sempre di più.

Pulì una goccia di coulis ai lamponi che aveva sporcato il bordo del piatto e fece un passo indietro, per ammirare il semifreddo di cioccolato e pistacchi.

«Sono ancora in tempo a cambiare la mia risposta?» chiese.

«Quale risposta?»

«Dolce o salato», specificò. «Perché, se è questo il dolce... sì, scelgo dolce tutta la vita.»

Presi un cucchiaio. «Ancora non l'hai neanche assaggiato.»

Lei mi rivolse un'espressione quasi allarmata. «Non voglio farlo.»

Confuso, aggrottai la fronte.

«Guarda quanto è venuto bene», disse, indicando il dessert. «Non posso rovinarlo.»

Accennai una risata e Avery si illuminò.

«Finalmente, chef.»

«Cosa?»

«Hai sorriso. Iniziavo a chiedermi se ne fossi ancora in grado.»

Incrociai le braccia al petto. «Stavamo lavorando.»

«E le due cose si escludono a vicenda?» Sorrise in modo volutamente esagerato, prima di avvicinarsi alla ciotola con la coulis di lamponi che aveva preparato. «Posso?»

Feci cenno di sì, poi la osservai intingere la punta dell'indice nella salsa e portarsela alle labbra.

Porca. Puttana.

«Mio Dio… come fa a essere tutto così buono?» Ripeté lo stesso gesto che aveva già fatto, e i miei muscoli diventarono duri come l'acciaio che ci circondava.

Quella ragazzina mi stava uccidendo. Ogni suo mugolio, ogni suo sguardo, ogni suo movimento… Cristo, mi sentivo uno stupido liceale pieno di ormoni. E non sapevo quanto ancora sarei riuscito a controllarmi.

Era il motivo per cui ero stato più freddo, quel giorno. Più distaccato. Ma lei me lo stava rendendo fottutamente difficile.

«Devi assaggiarla, chef.» Si avvicinò e mi porse la ciotola. E io riuscii solo a pensare che avrei voluto immergere di nuovo il suo dito e leccare via la coulis dalla sua pelle. O ricoprirla completamente e assaporare il contrasto tra il suo sapore e quello dei lamponi.

«Sto bene così.»

Avery storse la bocca. Sembrava che volesse dire qualcosa e stesse cercando di trattenersi.

«Che c'è, ragazzina?»

«Niente», si affrettò a rispondere, posando la ciotola sul bancone.

«Parla.» Il mio ordine uscì brusco, perché volevo sapere a cosa stava pensando. Volevo sapere ogni cosa che la riguardava. Anche se non avrei dovuto.

«È solo che…» Esitò un istante. «Mi hai detto che non devo smettere di emozionarmi per le piccole cose. Tu hai smesso di farlo?»

Quella domanda mi fece contorcere lo stomaco, e mi appoggiai al bancone opposto al suo. «Ne abbiamo già parlato, ragazzina, non è così semplice.»

«Ma non è neanche così complicato», mormorò. «Forse è stupido emozionarsi per una coulis», proseguì, più timida. «Però, cavolo, è la cosa più buona che io abbia mai mangiato.»

«Lo dici di tutte le cose che assaggi», le feci presente.

«Sì, esatto», esclamò. «Ed è questo il punto, no? Tu quando l'hai detto l'ultima volta?»

Non riuscii a trovare una risposta da darle. Ma lei doveva aspettarsi che non l'avrei fatto, perché riprese presto a parlare.

«So che sei sotto pressione. Che gestire due ristoranti, i critici e le recensioni è stressante. Forse per questo lo hai dimenticato.»

«Dimenticato cosa?»

«Perché vale la pena di emozionarsi per le piccole cose. E perché la cucina ti rende felice.» Prese di nuovo la ciotola e si avvicinò a me. «Ricordi la tua prima coulis?»

Un sorriso dal retrogusto amaro cercò di incurvarmi la bocca, e io lo bloccai. «Sì.»

«Racconta.»

Strinsi con più forza le braccia al petto, come se cercassi di mettere una barriera tra noi due. Ma non sapevo se era per tenere lontana lei o per proteggere me. «Avevo nove anni. Mia madre aveva comprato dei lamponi surgelati, ma aveva scordato di metterli in freezer.» Non appena mi tornò in mente il motivo per cui lo aveva scordato, non appena rividi il sangue scorrerle sotto lo zigomo, repressi la nausea. «Allora ho provato a fare la coulis. Ci avevo messo troppo limone, e decisamente troppo zucchero.»

«Ma era buona?»

Mi specchiai nei suoi intensi occhi caramello. «Era buonissima.» Io e mia madre l'avevamo mangiata a cucchiaiate direttamente dalla pentola.

Avery sorrise. Poi, sprofondò l'indice nella salsa. E quella volta, quando lo tirò fuori, lo avvicinò alle mie labbra. «Questa è stata la mia prima coulis, chef. Ed è molto più che *buonissima*.»

Cercai di trattenermi. Di fermarmi. Di fare l'adulto e non cedere a quella ragazzina così travolgente. Ma non ci riuscii.

Chinai la testa e chiusi le labbra attorno al suo indice.

Avery rabbrividì. E io… cazzo, io mi sentii andare a fuoco. Come se lo stesso incendio che infuriava costantemente dentro di lei avesse iniziato a divampare anche in me. Avevo scordato il suo calore. Avery aveva ragione, mi ero bruciato così tante volte che avevo smesso di sentire quanto fosse caldo. Ma lei me lo stava facendo ricordare.

Sentii sulla lingua l'acidità della salsa e la dolcezza della sua pelle. Se solo avessi potuto ricreare qualcosa con quegli stessi sapori, lo avrei fatto. E nessuna recensione al mondo avrebbe potuto dire qualcosa di negativo.

Lasciai andare il suo dito e Avery deglutì, mentre una sfumatura calda le risaliva il collo.

«Cosa cazzo mi stai facendo, ragazzina?» mormorai, e lei sbatté le ciglia, colta alla sprovvista da quella domanda.

«Lo stesso che tu fai a me, chef.»

Serrai entrambe le mani attorno al bancone alle mie spalle. Se non lo avessi fatto, l'avrei toccata. L'avrei presa, proprio lì. E non potevo farlo.

«Dovresti stare lontana da me.»

«È un ordine?»

«Se lo fosse, lo seguiresti?»

Avery si morse il labbro inferiore. Poi, lentamente, scosse la testa. «Non credo di esserne in grado. E non credo di volerlo.»

«E cosa vuoi?»

Abbassò lo sguardo sulla mia bocca, e il mio incendio non fece che aumentare. «Mi stai facendo tante domande, chef. E sei stato tu a insegnarmi a non rispondere.»

«Ti avevo detto di non usare i miei insegnamenti contro di me.»

Gli occhi di Avery risalirono fino ai miei. «E io ti avevo detto che lo avrei fatto.»

«Quindi, è davvero questo che vuoi?» Feci un passo verso di lei. «Sfidarmi?»

Il suo corpo tremò, e io avrei solo voluto stringerla a me e sentire quel brivido sulla mia stessa pelle. Ma non riuscivo a staccarmi dai suoi occhi, dove i suoi desideri brillavano come foglie d'oro su una glassa al caramello.

«Continui a non rispondere, ragazzina.»

Avery deglutì. «Non credo che dovrei farlo», ammise.

«Perché no?»

«Perché ci sono troppe cose che voglio, in questo momento.»

Avanzai ancora. «Dimmene una.»

Al mio ordine, le sue labbra si incurvarono. «Una?»

Annuii. E lei, inaspettatamente, si tirò indietro.

Appoggiò la ciotola con la coulis sul bancone e si passò le mani sul grembiule, prima di tornare a guardarmi.

«Gli ultimi mesi sono stati... difficili, per me», iniziò a raccontare, e l'atmosfera tra di noi cambiò in modo così improvviso che mi sentii disorientato. «Ma questi giorni, essere qui, lavorare con te... non sono mai stata così bene in tutta la mia vita. Così felice.» Le sue guance assunsero una sfumatura calda. «Una delle cose che voglio fare è trovare un modo per ringraziarti per aver reso tutto questo possibile. Perché non hai la minima idea di quanto conti per me.»

Aggrottai la fronte, cercando di seguire il suo discorso. «Non devi ringraziarmi, ragazzina.»

«Ma voglio farlo. E so come.» Mi sorrise. «Sei impegnato, adesso?»

«Perché?»

127

«Ti vorrei portare in un posto.»

La realtà di quella situazione mi colpì con la forza di uno schiaffo. «Non è una buona idea.»

Lei si rabbuiò. «Non sai neanche dove voglio portarti.»

Feci un passo indietro. «Non ha importanza. Non esco con il mio personale.»

Avery arrossì. «Non ti ho chiesto di uscire. E non stavo pensando a un appuntamento, o a qualcosa del genere. In realtà, è esattamente l'opposto. E non saremmo soli.»

Quella risposta mi confuse, e un moto di curiosità cominciò a vibrarmi sottopelle. «Dove?»

Lei scosse la testa. «Se vuoi scoprirlo, devi venire con me.» Si voltò verso il semifreddo. «Ma, prima... posso incartare questo e portarlo via?»

Non avevo la più pallida idea di cosa avesse in mente, e lo odiavo. Ma odiavo ancora di più l'idea di non seguirla. Di allontanarmi da lei.

Sapevo che sarebbe stato un problema. Sapevo che stavo facendo una stronzata. Ma, per una volta, decisi di non pensare alle conseguenze e di farmi travolgere dal presente. Da Avery. Qualunque cosa significasse.

~

Il sole stava tramontando quando ci fermammo davanti a un grande edificio dall'aspetto trasandato, nella periferia di Boston.

Avery non mi aveva rivelato niente durante il tragitto, e per tutto il tempo aveva cercato di parlare di argomenti innocui e spensierati.

«Siamo arrivati», disse.

Alzai lo sguardo sull'insegna scrostata che indicava le parole "Kitchen Soup House" e mi accigliai. «Cosa ci facciamo qui?»

«Devi capirlo da solo, chef.» Fece un cenno verso l'ingresso e io la seguii. Dentro, il posto era pieno. Alle lunghe tavolate di legno erano sedute decine e decine di persone, che chiacchieravano e ridevano, e su un lato della sala erano stati allestiti dei banconi pieni di cibo, dietro ai quali dei volontari servivano le porzioni ai senzatetto.

«Ragazzina…» cominciai, ma lei si era già diretta da un uomo sui sessant'anni, che si illuminò non appena la vide.

«Avery», esclamò, avanzando verso di noi.

«Ciao, Leon.»

«Speravo che saresti venuta. Sarah è malata, abbiamo bisogno di una mano in cucina.»

«Nessun problema», rispose lei.

«Hai portato un amico?» chiese l'uomo, osservandomi. Mi sentivo del tutto fuori posto.

Avery mi lanciò un'occhiata di sbieco. «Sì, qualcosa del genere.»

«Apprezziamo sempre un aiuto in più.» Fece un sorriso solare. «Sa cucinare?»

Lei represse il divertimento. «Se la cava.»

«Beh, se seguirà le tue indicazioni non avremo problemi.»

Notai che Avery stava contenendo a malapena una risata. Io, invece, ero ancora spiazzato da quella situazione.

«Julia c'è?» domandò lei.

Leon annuì e indicò un tavolo in fondo alla sala. «È al solito posto.»

«Vado a salutarla e poi mi metto al lavoro.»

«Grazie, Avery.» Leon rivolse un cenno a entrambi, prima di tornare dietro a uno dei banconi pieni di cibo.

«Vieni con me, chef», disse lei, riprendendo a camminare.

La afferrai per un braccio e la avvicinai a me. «Ragazzina, che ci facciamo qui?»

«Te l'ho già detto. Devi arrivarci da solo.»

«Questo è il tuo modo di ringraziarmi? Giocare agli indovinelli?»

«Non è un indovinello. È una cosa molto più ovvia di quanto tu creda. Prova solo a toglierti il caviale dagli occhi.»

Le persone ai tavoli ci osservavano incuriosite e, quando li superammo, in molti salutarono Avery con sorrisi e grida. Sembrava che tutti la amassero, lì. E anche se riuscivo a capirne il motivo, continuavo a non capire perché avesse sentito il bisogno di portarci anche me.

Era una specie di lezione?

Quante volte avevo sentito dire che il cibo nei ristoranti di lusso aveva dei prezzi esagerati, quando c'erano persone che morivano di fame? Quante volte mi era stato detto che, invece di sprecare soldi su un filetto pregiato, avrei potuto comprare solo del pollo e sfamare molte più persone?

Se era questo che voleva farmi capire, aveva sbagliato di gran lunga.

«Avery!» gridò una bambina dai lunghi capelli biondi, che si staccò da quella che sembrava la madre per correre verso di noi.

«Ciao, Julia», la salutò lei a sua volta. «Nancy», sorrise poi alla donna.

«Julia sperava di vederti.»

«Sono felice di essere riuscita a venire.» Si avvicinò al tavolo e mi fece cenno di sedermi al suo fianco, mentre la bambina riprendeva il suo posto.

«Lui è il tuo fidanzato?» chiese Julia, e Avery sgranò gli occhi.

«No», rispose subito, arrossendo.

«E chi è?»

«Julia, comportati bene», la ammonì la madre.

Avery rise. «È un mio amico. E ti ha portato una cosa.»

La bambina si illuminò e rivolse a me tutta la sua attenzione.

Di che stava parlando Avery?

Senza farsi vedere, mi passò da sotto il tavolo la scatola che aveva portato via dall'*Ambroisie*, e io la presi, interdetto. Poi, indicò Julia, adesso emozionata.

«Cosa, cosa, cosa?»

Misi la scatola sopra il tavolo e la spinsi verso di lei. Non sapevo cosa dire. Ero del tutto fuori dal mio elemento e non avevo idea di come comportarmi.

«Aprila», la spronò Avery, e Julia non esitò neanche per un secondo.

Schiuse le alette di carta e quasi strappò il contenitore, mentre rivelava il semifreddo al cioccolato. Si era leggermente sciolto, la decorazione era rovinata, e la coulis era sparsa su tutto il vassoio. Eppure, lo sguardo della bambina era talmente luminoso che mi chiesi se riuscisse a vedere davvero.

«È per me?» mi domandò lei.

Guardai Avery con la coda dell'occhio, poi annuii. «Sì.»

«È bellissimo», commentò piano. «Hai visto, mamma?»

Nancy sembrava senza parole. «Ho visto.»

«Ed è ancora più buono di quello che sembra», le assicurò Avery.

«Ma sembra già buonissimo.»

«Appunto. Quindi, immagina com'è davvero.»

La bambina afferrò un cucchiaio di plastica, lo pulì su un pezzo di carta e lo affondò nel semifreddo. Quando lo mise in bocca, sporcandosi gli angoli delle labbra, sgranò le palpebre. «Porco cacchio.»

«Julia», la rimproverò la madre.

«Mamma, ma è vero. Assaggia.»

Nancy lo fece, e anche i suoi occhi si spostarono su di me. «Lo hai davvero fatto tu?»

«È uno chef», spiegò Avery, prima che potessi dire che, no, non ero stato io a fare il semifreddo. Era stata lei.

«È troppo super buono», continuò Julia, mandando giù un'altra cucchiaiata. E io non potei impedirmi di sorridere. «Non voglio mangiare mai più nient'altro.»

Noi ridemmo, mentre la bambina cercava di prendere tutta la crema sul vassoio. E, quando non ci riuscì, mise da parte il cucchiaio e iniziò a usare il dito.

«Ce n'è ancora?» mi domandò Julia, passandosi la lingua sulle labbra.

Sentii una fitta al petto. «Mi dispiace, no.»

«Oh.» Tornò a fissare il vassoio, completamente pulito. «Non importa.» Mi sorrise. «Grazie.»

Il ginocchio di Avery sfiorò il mio e, quando mi voltai verso di lei, vidi che stava studiando la mia espressione. Il mio sorriso. E sembrava soddisfatta.

Improvvisamente, mi sentii sopraffatto.

Lo sguardo della bambina, quello della madre, quello di Avery... erano così felici. Così grati. E tutto solo per un semifreddo sciolto e rovinato.

«Sono contenta che ti sia piaciuto», le disse Avery. «Adesso però dobbiamo andare ad aiutare Leon.»

Julia si mise in piedi. «Posso aiutare anche io?»

Avery aspettò un cenno di Nancy e, quando la donna annuì, lei sorrise. «Assolutamente.»

La bambina batté le mani e si avvicinò a noi, venendo al mio fianco, mentre cominciavamo ad avviarci verso la cucina.

«Puoi insegnarmi a preparare quel dolce?» mi chiese, alzando due grandi occhi verdi su di me.

«Non credo che ci siano gli ingredienti necessari», risposi in modo sincero, e lei si imbronciò per un istante.

«Può insegnarti qualcos'altro», propose allora Avery dolcemente, per poi cercare il mio sguardo. «È un ottimo insegnante.»

Tutta quella situazione la divertiva, lo vedevo nella sua espressione. E stavo iniziando a divertirmi anche io.

Curvai un angolo della bocca. «Me la cavo», ripetei le stesse parole che aveva usato lei. «Giusto?»

Avery annuì ridendo, ed entrammo in cucina. Era una stanza modesta, in cui molti aromi si mescolavano nell'aria e i banconi erano pieni di vassoi in attesa di essere serviti.

«Avery», disse un uomo di mezza età, asciugandosi le mani sul grande grembiule che copriva la pancia prominente.

«Ciao, Jack», lo salutò lei, prima di sporgersi verso una donna alle prese con il forno. «Ciao, Joan. Ho portato dei rinforzi.» Indicò me e la bambina.

«Chi…» Joan si girò e, quando mi vide, sgranò le palpebre, mentre le sue guance paffute diventavano ancora più rosse. «Beh, viva i rinforzi.»

Avery si spostò dei capelli dietro l'orecchio e si schiarì la gola. Sembrava… imbarazzata?

«Di cosa avete bisogno?»

«Il sugo per la carne.» Jack indicò una pentola ancora vuota sui fornelli.

«Ci pensiamo noi», confermò Avery. Poi, si voltò verso di me. «Mani.»

Risi piano mentre andavo al lavello, insieme a lei e alla bambina. Dopo esserci asciugati, Julia prese un piccolo sgabello di plastica e lo avvicinò al bancone, in modo da essere più alta.

«Tenete.» Avery ci porse dei grembiuli di plastica bianca, che noi indossammo.

«Cosa facciamo?» domandò la bambina.

«Cuociamo il pomodoro», la informò Avery, passandomi della passata in tetrapak. Doveva essere la qualità più economica esistente sul pianeta.

Avery sbucciò l'aglio e lo mise nella pentola con un fondo d'olio, poi io aprii il sugo e lasciai che Julia rovesciasse tutto, facendolo sfrigolare.

Più osservavo la salsa, più mi chiedevo quanto di quel rosso fosse colorante e quanti fossero veri pomodori.

«Cerca di non svenire, chef», mi prese in giro Avery, dandomi un mestolo di legno.

«Stai male?» mi chiese Julia, e io sorrisi.

«No.»

«Non è abituato a questo tipo di cucina, tutto qui», le spiegò Avery.

Lei si accigliò. «Che vuol dire?»

133

«Che questo è un lavoro nuovo, per lui. Devi aiutarlo.»

La bambina si illuminò. «Okay. Dobbiamo mettere il sale e il pepe nel sugo. Vero, Avery?»

Lei rise. «Vero.»

Continuai a fissare la pentola. «Avete dello zucchero?»

«Zucchero?» ripeté Julia, sgranando gli occhi. «Ma non è un dolce!»

Recuperai un cucchiaio di plastica e lo affondai nella salsa, prima di passarglielo. «Assaggia.»

Lei fece come le avevo detto, e una smorfia si disegnò sul suo viso. «È acido.»

«Esatto.» Più era bassa la qualità della passata, più l'acidità del pomodoro veniva fuori.

Avery si avvicinò a una mensola e tirò fuori un barattolo ermetico pieno di zucchero semolato. Quando me lo porse, lo aprii e lo avvicinai alla bambina.

«Prendine un pizzico, poi mettilo nel sugo.»

Julia esitò e guardò Avery, come a chiederle se dovesse ascoltarmi davvero, e la vidi trattenere una risata mentre annuiva.

«Okay.» Julia fece come le avevo detto, gettando qualche granello bianco in mezzo alla pentola.

«Di più», la istruii, e lei obbedì. «Ancora», continuai. «Un po' di...»

Julia prese un grosso pugno di zucchero e io le afferrai il polso prima che lo rovesciasse nella salsa.

«Troppo», dissi in un soffio.

«Ops.» Ridacchiò e svuotò la mano nel barattolo, per poi aggiungerne solo un altro pizzico.

Aggiustammo tutto di sale e pepe, poi le passai il mestolo.

«Adesso gira bene.» La controllai mentre seguiva le mie istruzioni e, alla fine, ripresi il cucchiaio di plastica. «Assaggia ora.»

Julia lo fece, e la sua testa scattò verso di me. «Non è dolce. Ma non è più neanche acido.»

Annuii. «Serve a questo lo zucchero.»

«Avery, è buonissimo!»

Lo sguardo che mi stava rivolgendo lei era profondo e intenso. «Non ho dubbi.»

«Possiamo mettere lo zucchero anche in qualcos'altro?» domandò, e noi ridemmo. *Io* risi. Di gusto.

Non ricordavo di aver mai riso così tanto in cucina come da quando Avery era con me. E, cazzo, mi era mancato.

«Julia?» disse una voce femminile alle nostre spalle, dopo qualche minuto.

Quando ci voltammo, vedemmo Nancy in piedi sulla soglia. «Dobbiamo andare.»

La bambina si rabbuiò, ma annuì subito. «D'accordo, mamma.» Si tolse il grembiule e abbracciò Avery. «Buonanotte.»

Lei la accarezzò. «Buonanotte, Julia.»

Quando si staccò da Avery, spostò lo sguardo nel mio. «Tornerai a cucinare qui?»

Emozioni che non riuscii a definire si chiusero attorno alla mia gola. «Mi piacerebbe.»

Julia mi mostrò un sorriso a pieni denti, poi abbracciò anche me. «E mi riporterai il dolce?»

Le passai una mano sui capelli, incerto su cosa dovessi fare. «Assolutamente.»

«Buonanotte, Rayden.» Si allontanò e uscì dalla cucina insieme alla madre.

Per qualche secondo, osservai il punto in cui erano scomparse, con troppi pensieri che mi attraversavano la testa.

Avery si avvicinò a me. «Tutto bene, chef?»

«Perché vengono qui?» le chiesi.

Lei aggrottò la fronte. «Perché ne hanno bisogno», si limitò a rispondere. E una domanda che mi ero rifiutato di pormi fino ad allora mi apparve nella mente.

Avery ne aveva mai avuto bisogno?

Mi aveva raccontato qualcosa della sua infanzia, delle difficoltà della sua famiglia. Ma era mai stata seduta a quei tavoli?

Era mai stata lei la bambina che si emozionava per un dolce e che chiedeva di poter aiutare in cucina?

Una strana matassa di emozioni mi annodò lo stomaco, e continuai a provare una pressione fastidiosa al petto mentre finivo di coprire il pollo con il sugo.

«Mi aiuti?» chiese Avery dopo un po', e io annuii, prendendo uno dei vassoi e seguendola fuori dalla cucina.

Li appoggiammo sui banconi a cui erano presenti altri volontari, che riempivano i piatti di tutti quelli che si avvicinavano.

«Ha un aspetto ottimo, ragazzi», si complimentò Leon.

Avery gli sorrise e io feci per tornare in cucina. Ma lei, cogliendomi del tutto alla sprovvista, mi fermò. La sua mano si chiuse attorno al mio polso, le sue dita mi sfiorarono il palmo.

«Aspetta.»

Dove mi stava toccando, la mia pelle si stava facendo più calda. Ma non mi tirai indietro, e pregai che non lo facesse neanche lei.

«Guarda», disse piano.

Indicò la fila di persone che erano venute a prendere il pollo, per poi riportarlo al tavolo. Quando lo tagliavano e lo mettevano in bocca, le espressioni sui loro visi si rilassavano. Diventavano più felici.

«*Questa* è la parte migliore.» Avery si voltò verso di me. «Non cucinare, non mangiare… ma vedere l'effetto dei piatti sulle altre persone.» Le sue dita scivolarono via dalla mia mano. «Hai creato una cucina in cui puoi tenere d'occhio tutto, tranne la cosa più importante. I tuoi clienti. Tu non vedi la loro reazione, al ristorante. Non vedi come chiudono gli occhi quando prendono il primo boccone, o come sorridono quando arriva una nuova portata. Ma io sì.» Si strinse nelle spalle. «Tu vuoi l'eccellenza e la perfezione, e lo capisco. Vuoi recensioni strepitose e stelle Michelin, e te le meriti. Ma puoi essere felice anche senza. Perché i tuoi piatti fanno stare bene i clienti a prescindere da cosa dicono i giornali. Non sempre è necessario usare ingredienti speciali e ricette complicate per migliorare la serata di qualcuno. A volte basta solo un pizzico di zucchero a fare la differenza. E se possono essere felici loro, se possono *emozionarsi* loro… allora puoi farlo anche tu, chef.»

11
Avery

Non appena Rayden uscì dalla cucina per andare a prendere gli ultimi vassoi vuoti, Joan si precipitò da me.

«Allora, Avery.» Un sorriso malizioso brillava sul suo volto. «Quello chi è?»

«Ve l'ho detto, è il mio capo.» Bagnai la spugna e cominciai a passarla sul bancone.

«No, io voglio sapere chi è *davvero*», precisò la donna, e anche Jack si avvicinò, per sentire meglio.

«È *davvero* il mio capo.»

«E basta?» insistette Jack.

Roteai gli occhi. «E basta.»

Giusto?

La punta delle dita prese a formicolarmi, e ripensai a quando aveva assaggiato la coulis di lamponi direttamente dalla mia mano. Mi ritrovai a deglutire e a stringere tra di loro le cosce, mentre spruzzavo lo spray detergente sul piano e strofinavo con più forza del necessario.

139

«Beh, è un peccato», commentò la donna.

Subito, il marito la fulminò. «E questo cosa vorrebbe dire?»

«Che Avery non dovrebbe lasciarsi scappare un ragazzo del genere.»

«Un ragazzo del genere?»

«Sì, caro. Di quelli che hanno ancora la tartaruga ribaltata nel modo giusto.» Gli diede una pacca sulla pancia, e io trattenni una risata.

«Lo hai guardato parecchio il ragazzino, eh?» Jack si mise le grandi mani callose sui fianchi. «Ma è la quantità che conta, lo sanno tutti. Più ce n'è, meglio è. Se dovessi scegliere tra poter avere una misera fetta di torta e una teglia intera, cosa sceglieresti?»

«Beh, sappiamo cosa sceglieresti tu», continuò a prenderlo in giro la moglie.

Leon entrò in cucina. «Come procede qui?»

«Bene», risposi io.

«C'è stata più affluenza del solito, stasera», commentò lui, stanco. «Ma sono andati via tutti.»

Jack si asciugò il sudore dalla fronte e Joan si appoggiò al bancone, mentre Rayden tornava con gli ultimi vassoi.

«Vi serve una mano a pulire?» domandò Leon.

Guardai un istante Rayden, poi scossi la testa. «Possiamo pensarci noi. Voi siete stati qui tutto il giorno, dovreste andare a riposarvi.»

L'espressione di Rayden mi fece capire che era d'accordo con me, e provai una punta di sollievo.

Joan si massaggiò la schiena. «Sei sicura, piccola?»

Annuii. «Certo. Andate pure.»

«Grazie, ragazzi.» Lei e Jack si tolsero i grembiuli prima di recuperare le loro cose. «Buonanotte», ci salutarono.

«Io vado a riordinare le sedie», disse Leon, e Rayden venne al mio fianco, mettendo i vassoi nel lavello.

Ripresi la spugna e mi accigliai. «Wow.»

«Cosa?» chiese lui.

«Non ho mai visto i vassoi così puliti. Il tuo sugo è andato a ruba.»

Un sorrisetto arrogante gli alzò un angolo della bocca, e brividi caldi mi risalirono le braccia. «Me la cavo.»

Sbuffai. «Continuerai a rinfacciarmi quella frase ancora per molto?»

Lui si finse serio. «Sì.»

Gli diedi una gomitata sul braccio e risi, mentre il sapone mi scivolava sulle dita strette attorno alla spugna. «Beh, ne è comunque valsa la pena. Anche se non mi crederà nessuno.»

Rayden aggrottò la fronte. «Di cosa stai parlando?»

«Sono riuscita a far sorridere lo chef Wade per una serata intera. *Mentre cucinava*. Era più probabile che Bigfoot entrasse all'*Ambroisie* e pensasse al servizio, piuttosto che si verificasse qualcosa del genere.»

Lui inarcò un sopracciglio. «Io sorrido spesso.»

La spugna cadde dalla mia presa. «Non sei serio, vero?»

«Solo perché faccio rispettare la disciplina non vuol dire che io sia una specie di stronzo perennemente incazzato.»

Mi morsi l'interno della guancia per non scoppiare a ridere. «Giusto. Infatti, uno dei tuoi soprannomi al ristorante non è assolutamente Dispochef.»

Rayden sbatté le palpebre. «Dispochef?»

«Chef dispotico.»

«Mi chiamano così?»

Annuii divertita, e lui incrociò le braccia al petto.

«Chi?»

«No», scossi la testa, «non sperarci neanche.»

«Ragazzina.» Fece un passo verso di me. «Parla.»

«Vedi?» Alzai una mano per indicarlo. «Dispotico.»

«Non mi sfidare.» Si stava sforzando di restare serio e impassibile, ma la cortina di pioggia nei suoi occhi brillava, come se fosse una tempesta di stelle.

Inclinai il viso verso il suo. «Altrimenti?»

Si avvicinò ancora, finché tutto ciò che riuscii a sentire fu il suo profumo. «Altrimenti dovrò trovare un modo per costringerti a parlare.»

La mia bocca si seccò. «Costringimi, chef.»

Rayden soppesò le mie parole. Poi, nel giro di un secondo, allungò una mano sotto l'acqua corrente, si bagnò le dita e mi schizzò.

Arretrai di scatto, sbattendo le palpebre. «Wow, molto maturo.»

Lui non rispose. Al contrario, si bagnò di nuovo la mano, e io mi allontanai velocemente, prima che potesse raggiungermi. Ma Rayden cominciò subito a inseguirmi.

La mia risata vibrò nell'aria, mentre mi fermavo davanti a un bancone. Lì afferrai una manciata di farina rimasta sul piano e, quando mi voltai, gliela lanciai addosso.

«Oh, no», sibilò, con uno sguardo letale. «Questa me la paghi.»

Ricominciai a ridere e a scappare, ma lui si lanciò in avanti. E, alla fine, mi prese.

Mi ritrovai con la schiena attaccata al muro e Rayden davanti a me. Stringeva i miei polsi in una mano e li aveva inchiodati sopra la mia testa. I nostri corpi si sfioravano, i nostri visi erano a pochi centimetri di distanza.

Tutto il divertimento svanì dalla mia espressione e venne rimpiazzato da un incendio che aveva il sapore intenso del desiderio.

«Non puoi sfuggirmi, ragazzina.»

Deglutii. «Non ho mai voluto farlo.»

Rayden abbassò la mano libera sul mio viso. Lentamente, fece scivolare le dita sulla mia guancia, fino al collo, scostandomi una ciocca di capelli e liberando la clavicola.

«Continui a giocare con il fuoco», mormorò in un sussurro.

«Perché voglio bruciarmi.» Fissai gli occhi nei suoi. «Bruciami, chef.»

La mia era una supplica. E lui la accolse.

Le sue labbra si avventarono sulle mie, decise e morbide allo stesso tempo. Ma Rayden non si limitò a bruciarmi. Mi ridusse del tutto in cenere.

La sua bocca riplasmò la mia, come se fossi una delle sue creazioni. E io lasciai che lo facesse. Che mi trasformasse, rendendomi perfetta per incastrarmi a lui. Ma scoprimmo presto che lo ero già.

«Cazzo, ragazzina…»

Il suo corpo muscoloso si incollò al mio, togliendomi il respiro. E, quando Rayden mi sfiorò il labbro inferiore con la lingua, il gemito rauco che vibrò nel suo petto mi fece tremare.

Avevo bisogno che la testa smettesse di girarmi. Avevo bisogno di aria. Ma, più di qualsiasi altra cosa, avevo bisogno di Rayden. Così, aprii la bocca e permisi alle nostre lingue di incontrarsi. E al nostro bacio di distruggerci.

Rayden chiuse una mano attorno al mio fianco, stringendolo fino a farmi male, e io tentai di liberare i polsi dalla sua presa.

Quando alla fine mi lasciò andare, annullai tutte le mie curve contro le sue linee dure e gli circondai il collo con le braccia, affondando le dita tra i suoi capelli scuri.

Lui mi schiacciò contro il muro, rendendo quel bacio sempre più profondo, disperato… travolgente.

I suoi palmi presero a scorrere verso il basso e, quando le sue dita mi sollevarono leggermente la maglia e affondarono nella pelle nuda dei miei fianchi, il mio cuore perse del tutto il controllo dei suoi battiti.

«Non…» tentai di dire sulle sue labbra. «Non riesco a… respirare…»

Rayden si irrigidì un istante, come se stesse cercando di controllarsi. Di fermarsi. E, quando la pressione del suo corpo sul mio si fece meno intensa, io chiusi i pugni attorno alla sua maglia e lo tirai di nuovo verso di me.

«No», ansimai tra i baci. «Non voglio respirare, chef.»

Gli angoli delle sue labbra si alzarono, e lo sentii sulla mia bocca: il sapore di quella curva, la dolcezza di quel gesto... Era quella la creazione migliore di Rayden. Il suo sorriso. E sapevo che non avrei mai assaporato niente di più buono.

La sua lingua si intrecciò alla mia, le sue mani si spostarono sulla mia schiena. E il mio cuore smise di battere, sopraffatto dalle sensazioni che Rayden mi stava facendo provare.

«Ragazzi, poss...»

Rayden si staccò da me in modo brusco, e io premetti i palmi contro la parete alle mie spalle, cercando di mantenere l'equilibrio.

Leon aveva gli occhi sgranati. «Scusate, io...»

«No.» Scossi la testa e mi sistemai i capelli dietro le orecchie, certa che il mio viso stesse andando a fuoco. «Scusaci tu. Noi... ehm...» Guardai velocemente Rayden, che si era portato un pugno davanti alla bocca e si stava schiarendo la voce.

«Posso finire io qui, se volete», si offrì Leon, ancora imbarazzato. «Andate pure.»

«Oh, okay. Grazie.» Feci un piccolo sorriso.

«Grazie a voi per averci aiutati.»

Rayden gli rivolse un cenno con la testa, mentre io lo prendevo per un braccio e lo portavo verso l'uscita sul retro.

Non appena ci trovammo fuori, ci scambiammo un'occhiata. E scoppiammo a ridere.

«Dici che abbiamo appena traumatizzato Leon?» chiesi, guardando l'edificio alle mie spalle.

Rayden si avvicinò a me. «Si riprenderà.»

Mi accarezzò una guancia, sfiorando il rossore della mia pelle, e io rabbrividii sotto il suo tocco. Le sue labbra erano ancora curvate in modo incredibile.

«Dovresti farlo più spesso», sussurrai, prima di potermi fermare.

«Traumatizzare le persone?»

Risi, poi passai la punta dell'indice sulla sua bocca. «Sorridere.»

144

«Se lo facessi, la mia reputazione crollerebbe, a quanto pare.»

Finsi di riflettere. «Mmh, forse hai ragione.» Gli misi le braccia attorno al collo. «Sarebbe un peccato dover rinunciare a Dispochef.»

Lui scosse la testa, reprimendo il divertimento, e si chinò su di me. Ma, prima che le sue labbra potessero anche solo sfiorare le mie, un tuono riecheggiò nel cielo oscuro sopra di noi.

Alzai gli occhi e scoprii che non si vedevano le stelle, né la luna. Tutto era coperto da grandi nuvole dense, che sembravano vibrare, cariche della stessa elettricità nelle iridi di Rayden.

«Sta per piovere», commentò lui. «Andiamo. Casa tua è abbastanza lontana da qui.»

Annuii e lui si staccò da me, venendo al mio fianco.

«Mi avevi detto di non aver mai lavorato in una cucina», disse mentre uscivamo dal vicolo buio e svoltavamo sul marciapiede.

«Non era questo il tipo di cucina a cui ti riferivi tu», gli feci notare.

«No, suppongo di no.» Si infilò le mani in tasca e si guardò alle spalle.

«A cosa pensi, chef?»

Il suo sguardo divenne sincero. Per la prima volta, la cortina di pioggia nei suoi occhi non mi stava tenendo a distanza. «Erano anni che non mi divertivo così, in cucina. E fuori.»

Non potei trattenere il sorriso. «Era questo lo scopo della serata.»

Dal cielo cominciarono a cadere grosse gocce fredde, che rimbalzarono sulla nostra pelle e impregnarono i vestiti.

«Merda», imprecò Rayden, prendendomi per un gomito e portandomi sotto una tettoia di plastica, fuori da quello che sembrava un piccolo bistrot.

I nostri corpi erano di nuovo incollati. E sperai che continuasse a piovere per sempre, solo per poter restare lì, con lui.

Tirò fuori il telefono dalla tasca posteriore dei jeans. «Chiamo un taxi.»

I miei muscoli diventarono di ghiaccio. «Oh, ehm... io posso andare a piedi. Non mi dispiace camminare sotto la pioggia.»

Rayden inarcò un sopracciglio. «Sono quaranta minuti da qui a casa tua. E voglio evitare che la mia cameriera si ammali.» Sbloccò lo schermo. «Lo pago io, se è questo il problema.»

«No, davvero, non...» Sentii l'agitazione crepitarmi nella gola. E Rayden se ne accorse.

«Che ti prende, ragazzina?»

Mi strinsi le braccia con le mani. «Non salgo sulle macchine.» Quella verità risuonò come la cosa più stupida che avessi mai detto.

«Mai?»

«È... è complicato. Sul serio, preferisco camminare.» Distolsi lo sguardo. «Tu però dovresti chiamare il taxi. La cameriera può ammalarsi, lo chef no.»

Rayden mi studiò a lungo. Stava cercando di trovare delle risposte. Risposte che io non gli avrei dato, e che lui decise di non pretendere. Mi prese il mento tra le dita e mi obbligò a guardarlo. «Hai lezione, domani?»

Sbattei le ciglia un paio di volte. Sì, era lunedì, avevo scuola. Eppure, per qualche assurdo motivo, mi ritrovai a scuotere la testa. «No.»

«È un problema se non torni a dormire a casa tua?»

Il mio stomaco si ribaltò su sé stesso. Di nuovo, scossi la testa.

«Okay. Pronta a correre?»

Mi accigliai. «Corr...»

Rayden non mi fece finire. Intrecciò le dita alle mie e mi trascinò sotto la pioggia, sfrecciando lungo il marciapiede. E io lo seguii, con un misto di confusione e divertimento che mi scaldava il petto.

Dopo dieci minuti, eravamo completamente bagnati e senza fiato. Ma eravamo al riparo.

Rayden spalancò due grandi porte di vetro e mi fece entrare in un edificio lussuoso ed elegante, in cui tutto sembrava risplendere: il marmo bianco sul pavimento, i cristalli dei lampadari, le rifiniture argentee sulle pareti...

«Buonasera, signor Wade», disse il concierge al bancone.

Rayden gli fece un cenno con la testa mentre lo superavamo, e io continuai a guardarmi attorno. Mi sembrava di essere stata catapultata nel Paese delle Meraviglie.

Senza lasciarmi la mano, mi portò a uno degli ascensori, che si aprì non appena lui premette il pulsante.

«Wow», sussurrai. Era fatto di vetro e, più si alzava, più Boston si delineava sotto di noi, in un insieme di luci abbaglianti e ombre squadrate.

Restai girata verso il panorama notturno, cercando di assorbire ogni più minimo dettaglio. Il porto in lontananza, lo scintillio del mare, la pioggia fine che bagnava l'aria. Ma tutto quello splendore venne offuscato quando Rayden si sistemò dietro di me.

Il vetro adesso rifletteva le nostre figure, che si stagliavano contro la notte scura.

Sentii le sue dita sul mio collo prima ancora di vederlo muoversi. Mi spostò i capelli bagnati su una spalla, scoprendo la pelle sensibile. Poi si chinò, posandoci un bacio delicato, e le mie ginocchia presero a tremare, mentre tenevo gli occhi puntati in quelli del suo riflesso.

Proprio come faceva lui con me.

Era come se fossimo incatenati l'una all'altro. E non ero certa di voler spezzare quelle catene.

Lentamente, mi girai verso di lui, finché non mi ritrovai con il seno incollato al suo petto.

Lo sguardo di Rayden bruciò su di me. Mi scavò le guance, mi marchiò le labbra. Non mi stava toccando, ma io lo sentivo. Lo sentivo ovunque.

La campanella dell'ascensore tagliò la tensione che si stava creando, e le porte si aprirono.

«Andiamo, ragazzina.» Intrecciò di nuovo le dita alle mie e uscimmo fuori.

Non eravamo su un pianerottolo, però. Eravamo in un appartamento. Un attico in cima al grattacielo, che era almeno quattro volte più grande di casa mia.

Il design open space rendeva tutto arioso, e i mobili semplici e moderni facevano sì che sembrasse ancora più ampio, mentre le vetrate alle pareti davano l'idea di essere sospesi nel cielo.

«Vivi qui?» mormorai, incantata da quella visione.

Rayden accese le luci, poi annuì. «Mi sono trasferito qualche mese fa.»

Feci un passo nell'atrio, ma mi bloccai subito. Senza smettere di osservarmi attorno, mi tolsi le scarpe e le sistemai sul tappetino, attenta a non bagnare il parquet lucido. Ma i miei occhi continuavano a studiare l'ambiente, e provai il desiderio irrefrenabile di cercare la cucina. Perché ero sicura che fosse qualcosa che andava al di fuori della mia più reconadita immaginazione.

Invece di seguire i miei pensieri, però, mi avvicinai a una delle immense finestre e, ancora una volta, ammirai la pioggia riversarsi su Boston, che si stendeva sotto di noi come un tappeto di notte e cemento.

«Questo posto è… è…»

Le braccia di Rayden mi cinsero la vita. «Cosa, ragazzina?»

Trovai il suo riflesso. «Incredibilmente assurdo.»

Non feci in tempo a vedere il suo sorriso, perché le sue labbra tornarono sul mio collo, tracciando una scia di baci che si fermò sotto al lobo dell'orecchio.

Il suo naso mi sfiorava i capelli, la punta della sua lingua scacciava le gocce di pioggia che ancora mi punteggiavano la pelle. E quando inclinai la testa di lato, permettendogli di mordermi piano, lo stesso brivido che mi percorse il corpo scivolò su di lui.

«Cristo, ragazzina…» Mi cinse i fianchi con le mani e mi attirò a sé. La mia schiena era attaccata al suo petto, le sue dita mi tenevano immobile. «Cosa cazzo mi stai facendo?»

Mi aveva già fatto quella domanda, e non avevo idea di quale fosse la risposta.

«Non lo so», sospirai, mordendomi il labbro inferiore per reprimere un gemito, mentre lui continuava a baciarmi. «Ma non voglio smettere.»

Rayden mi fece girare tra le sue braccia, spingendomi contro la parete di vetro.

Il mio cuore saltò un battito, il mio respiro restò bloccato in gola. Dietro di me c'era il vuoto. Davanti a me c'era… *tutto*.

«Sei ancora sicura di volerti bruciare?» mormorò a un soffio dalla mia bocca.

«Sì.» La mia voce uscì quasi strozzata. «Sì, chef.»

Rayden non se lo fece ripetere. Trovò le mie labbra e le rese sue. E io glielo permisi. Poteva avere ogni cosa di me, fino al più lieve brivido che mi increspava la pelle. Fino al più flebile battito del mio cuore. Fino all'ultima fiamma.

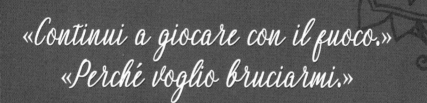

«Continui a giocare con il fuoco.»
«Perché voglio bruciarmi.»

12
Rayden

"*Prima vengono gli occhi.*"

Quelle parole continuavano a rieccheggiarmi nella mente in un'eco incessante, facendo contrarre ogni mio muscolo. Me le avevano ripetute tutti gli chef con cui avevo lavorato, e parlavano dell'apparenza in cucina. Del fatto che non bisogna mai sottovalutare l'importanza di uno sguardo, perché tutto si riduce sempre a quello: un'occhiata da lontano, un'overture che determina il livello dell'opera.

Erano sempre gli occhi i primi a provare il piatto, e gli attimi in cui lo osservavano valevano tanto quanto tutto il resto. E lo rendevano completo.

In quel momento, io stavo vivendo la mia overture. Il mio primo assaggio di Avery. E non avevo la più pallida idea di come fossi ancora in grado di controllarmi e non gettarmi su di lei, per assaggiare ogni singolo centimetro della sua pelle.

Ma lo sapevo. Prima venivano gli occhi. E la verità era che io non riuscivo a smettere di guardarla.

Lasciai cadere a terra la maglia che le avevo sfilato e percorsi con lo sguardo ogni sua curva. Il ventre piatto e liscio. La vita stretta e affusolata. Il seno morbido e invitante. E il pizzo nero che lo copriva.

Avrei solo voluto strapparle via tutto e ammirare il suo corpo perfetto modellarsi al mio.

«Sei fottutamente bella», mormorai.

Avery abbassò gli occhi e arrossì, mentre le lunghe ciglia scure le facevano ombra sugli zigomi. Cazzo, sembrava così innocente...

Misi due dita sotto al suo mento e le feci sollevare la testa. «Guardami, ragazzina.»

«È un ordine, chef?»

Dio, adoravo quando faceva così. Quando mi sfidava. E quando mi chiamava *chef*. «No. È quello che dovresti volere anche tu.»

Un sorriso provocante le curvò le labbra gonfie. «Io voglio molto di più.»

Una scossa elettrica mi attraversò. «Esiste solo un modo per ottenere le cose che vuoi», dissi piano, posandole una mano alla base della schiena e attirandola a me.

«Quale?»

«Prendersele.»

Una scintilla abbagliò i suoi occhi caldi, e Avery non esitò neanche un istante. Si alzò in punta di piedi e premette le labbra sulle mie, stringendo le dita attorno all'orlo della mia maglia.

La aiutai a sfilarmela, rimanendo a petto nudo. E poi aspettai, mentre Avery mi guardava nello stesso modo con cui io continuavo a guardare lei.

Riuscii a sentire fisicamente i suoi occhi risalirmi gli addominali, seguire ogni linea del tribale che mi oscurava il petto e tracciare le curve dei bicipiti. Dove mi guardava, il mio corpo bruciava. Era come se Avery stesse riversando su di me il caramello che invadeva le sue iridi, e io non sapevo cosa volessi fare di più: assaporare i brividi dolci che stava creando sulla mia pelle o usare quello zucchero fuso per incollarci in modo irreversibile.

Lei si morse il labbro inferiore, alzando una mano. Mi osservò attraverso le ciglia in modo sensuale, come se mi stesse chiedendo il permesso. E, quando non la fermai, mi sfiorò gli addominali con la punta delle dita, disegnando su di me nuove linee.

Non appena mi toccò il tatuaggio, io persi il controllo. Perché, cazzo, non riuscivo più a trattenermi. E non sapevo come ci stesse riuscendo lei.

Un suono basso ed eccitante le scivolò sulla lingua, mentre la schiacciavo contro la vetrata fredda e facevo scorrere le mani sul suo corpo, ancora umido per la pioggia.

«Mi stai facendo impazzire, ragazzina», mormorai in un ringhio, stringendole la vita e sollevandola, in modo che avvolgesse i miei fianchi con le gambe.

Staccai la bocca dalla sua e iniziai a scendere sul collo, fino alla clavicola.

Lei gettò la testa all'indietro, reprimendo gemiti rauchi, e io le slacciai il reggiseno per disfarmi del pizzo, prima di riprendere a baciarla. A morderla. A leccarla.

Avery sapeva di pioggia. Di sale e zucchero. Di un equilibrio talmente perfetto che neanche io sarei riuscito a ricrearlo.

Tracciai con la lingua le sue curve, succhiando piano la pelle sensibile e stuzzicandole un capezzolo.

«Chef...» Le sue dita sottili affondarono nei miei capelli e li tirarono, obbligandomi a staccarmi e a riprendere a baciarla.

E io lo feci. La baciai con tutta la forza che avevo, con tutto il fuoco che lei aveva riacceso in me.

Abbassai i palmi sul suo fondoschiena, e provai un moto di irritazione quando trovai il tessuto ruvido dei jeans. Avevo bisogno di sentirla. Di scoprire tutto di lei.

Mentre Avery mi accarezzava il collo e le spalle, io arretrai e cominciai a camminare nell'appartamento silenzioso, fino a raggiungere la camera da letto.

Dopo aver appoggiato un ginocchio sul materasso, la feci distendere sotto di me, senza staccare le nostre labbra neanche per un istante.

Le sue cosce tremavano, il corpo era bollente. E i gemiti che si sforzava di soffocare rischiarono di farmi esplodere proprio lì, in quel momento.

Le strinsi un seno in una mano, strappandole un sussulto, poi iniziai a posarle dei baci sul collo, in mezzo ai seni, attorno all'ombelico. Più scendevo, più brividi la scuotevano.

Con gesti sicuri, le slacciai il bottone dei jeans e glieli sfilai, finché non restò del tutto nuda sul mio letto. E io non potei fare a meno di osservarla. Di imprimere nella mia mente ogni suo millimetro di perfezione.

Cristo santo.

«Come fai a essere vera, ragazzina?»

La sfumatura rosea sulle guance di Avery divenne più scura e, di nuovo, lei abbassò lo sguardo.

«No.» La mia voce era brusca. «Occhi nei miei.»

Subito, fece come le avevo ordinato. «Scusa, Dispochef.»

Avvertii un sorriso pericoloso tendersi sul mio viso. «Se credi che io sia dispotico adesso, ancora non hai visto niente.»

Lei si morse il labbro inferiore, in modo sensuale e provocante. «Allora mostramelo.»

Serrai i pugni. «Non tentarmi, ragazzina.»

«È esattamente quello che vorrei fare.»

Il mio autocontrollo si infranse in un milione di schegge. Afferrai le ginocchia di Avery e la tirai verso il bordo del letto, aprendole le gambe e chinandomi su di lei.

Sentii i suoi muscoli irrigidirsi sotto le mie dita, il suo battito aumentare. E il suo respiro farsi breve e affannato, in un perfetto mix di ansia ed eccitazione.

«Dovresti stare attenta a ciò che desideri», mormorai contro la sua pelle, sfiorandole l'interno della coscia con le labbra.

«È un po' tardi per dirmi di stare attenta a te.»

156

Il mio sangue diventò bollente e un sorriso soddisfatto mi curvò un angolo della bocca. «Puoi ancora fermarmi, ragazzina. Puoi ancora andare via.»

«Prima hai detto che non posso sfuggirti…»

Mi bloccai e alzai gli occhi su di lei, solo per vedere che mi stava fissando, con le guance arrossate e lo sguardo ardente.

«E non voglio farlo», continuò. «Non voglio allontanarmi da te, chef. Voglio esattamente l'opposto.»

Il ringhio che mi vibrò nel petto fu quasi doloroso, e lo soffocai contro di lei, gettandomi tra le sue gambe.

Avery rabbrividì, le sue dita mi strinsero alcune ciocche di capelli. «Oh Dio…»

Iniziai a stuzzicarla. Piano. Con baci appena accennati. La mia bocca la accarezzava, la mia lingua la sfiorava. E lei si dimenava sotto di me, come la vittima di una tortura. E sapevo che lo era. Perché non le stavo dando quello che voleva. Quello di cui aveva bisogno.

«Ti prego…» mugolò, quando aumentai leggermente la pressione. «Ti prego…»

Si inarcò contro di me, cercando di rendere più intenso quel contatto. Non glielo permisi.

«Mmh… per favore…» Affondò la punta dei piedi nel materasso. «Rayden…»

Cazzo.

Quella era la prima volta. La prima volta in cui mi chiamava in quel modo. La prima volta in cui le sue labbra mormoravano il mio nome. Ma non mi bastava. Volevo di più. Volevo che lo ripetesse fino a non avere più fiato, che lo urlasse fino a scordare qualsiasi altra parola.

Le mie dita strinsero così tanto le sue cosce che sperai non le causassero dei lividi, mentre io cedevo e affondavo la lingua dentro di lei.

Il grido di Avery riecheggiò tra le pareti, vibrando nell'aria e su di noi.

«Quanto cazzo sei buona, ragazzina...» sussurrai, assaporandola esattamente come avevo voluto fare da quando l'avevo conosciuta.

Tra i gemiti, Avery rise. «Solo tu... potevi dire... una cosa del genere...»

Scossi la testa e mi staccai, per risalire il suo corpo. Mi fermai a pochi millimetri dal suo viso. «Non mi credi?»

I suoi occhi caldi brillavano di passione e desiderio, le sue guance erano scarlatte. Avery era una perfetta combinazione di caramello e fragole.

«Senti.» Annullai la distanza che ci separava e premetti le labbra sulle sue, intrecciando le nostre lingue. «Questa.»

«Questa... cosa?» ansimò, a corto di fiato.

Feci scivolare una mano tra di noi, poi le passai il pollice sulla bocca. «Questa è la cosa più buona che io abbia mai assaggiato.»

Quella volta, Avery non rise. Al contrario, i suoi occhi si fecero scuri, il suo corpo tremò. E mi attirò di nuovo a sé, riprendendo a baciarmi, come se la sua intera vita dipendesse da quello.

La feci sistemare più in alto sul letto, poi mi allungai verso il comodino e presi un preservativo dal cassetto, mentre Avery mi slacciava i jeans e li abbassava sui miei fianchi. E quando le sue dita delicate sfiorarono la mia erezione, provai una scossa così intensa che mi ritrovai a serrare le palpebre.

Cazzo, non ce la facevo più. L'effetto che mi provocava quella ragazzina era troppo... Era *tutto*.

«Oh Dio», sospirò, quando affondai dentro di lei.

Non cercai di essere delicato. Non ci sarei riuscito. La voglia che avevo di Avery aveva mandato a puttane tutto il mio autocontrollo. E se ci teneva tanto a bruciarsi, io sarei stato il suo incendio.

Con una mano mi reggevo sul materasso, con l'altra le massaggiavo il seno. E quando le stuzzicai un capezzolo tra le dita, Avery si aggrappò alle mie braccia, appoggiando la fronte alla mia spalla.

Con ogni spinta, andavo più veloce. Più a fondo. Finché nessuno dei due riuscì più a respirare.

Avery strinse le gambe attorno ai miei fianchi, permettendomi di sprofondare ancora di più dentro di lei, e io repressi un ringhio contro la sua bocca.

«Rayden...»

E poi, lo sentii. Sentii il suo corpo irrigidirsi. I suoi muscoli tremare. Il suo respiro bloccarsi. E il suo calore divampare, avvolgendoci entrambi.

Le sue unghie mi graffiarono le spalle, e Avery gettò la testa all'indietro, liberando un grido così dolce che offuscò il mondo intero. E tutto divenne incandescente, mentre la seguivo oltre lo stesso limite che aveva appena superato.

«Dio, ragazzina...»

Continuai a muovermi piano, mentre i nostri corpi tremavano all'unisono, completando l'uno i brividi dell'altro.

Alla fine, appoggiai la fronte alla sua e tentai di stabilizzare il respiro, chiudendo le palpebre.

Restammo così per alcuni minuti, ancora assorti dal desiderio che ci aveva bruciati. Quando riaprii gli occhi, vidi che Avery mi stava guardando.

Mi alzai su un gomito e la osservai a mia volta, scostandole alcune ciocche dal viso sudato. E lei sorrise. Un sorriso dolce e innocente.

Come ci riusciva? Come faceva a essere così pura anche mentre era sdraiata sotto di me, completamente nuda e con l'eco del suo orgasmo che ancora riecheggiava nella stanza?

«Hai una vaga idea di quanto sei bella?»

Le guance già arrossate di Avery diventarono più scure.

«Cazzo, ragazzina, devi smetterla», la implorai. Ma il mio corpo si era già irrigidito di nuovo. E lei lo sentì. Perché i suoi occhi si spalancarono leggermente e sulle sue labbra si creò un piccolo sussulto.

«Devo smettere di fare cosa, chef?»

159

«Di farmi impazzire in questo modo.»

Non mi era mai successo, prima. Con nessuna. Non avevo mai desiderato qualcuno tanto quanto desideravo lei. E non importava se l'avevo appena avuta. La volevo ancora. E ancora. E ancora.

Avery deglutì, e il suo seno si mosse sotto al mio petto. «Non voglio smettere», ammise piano.

«Lo spero.» Stampai di nuovo la bocca sulla sua, rubandole ogni respiro, ogni preghiera, ogni gemito. E offrendole i miei.

Avery si inarcò contro di me, poi fece forza da un lato e io lasciai che mi ribaltasse, venendo sopra il mio corpo. Le sue ginocchia mi cingevano le gambe, il suo naso sfiorava il mio. E io, subito, le strinsi tra le mani i fianchi morbidi, fino a scendere sul suo fondoschiena e inchiodarla a me.

«Devo chiederti una cosa, ragazzina.»

Di fronte alla mia improvvisa serietà, lei sbatté le ciglia. «Quello che vuoi, chef.»

«Sei ancora convinta di ciò che mi hai detto ieri?» Le spostai i capelli, che le ricadevano su una guancia e mi sfioravano il petto. «Credi ancora che il mio filet mignon sia meglio di… questo?» Alzai il bacino e lei trasalì, chiudendo un istante le palpebre. Quando riprese a guardarmi, divertimento e passione si erano mescolati nelle sue iridi.

Un sorriso maledettamente sensuale tese la sua bocca. «Non lo so, chef.» Si chinò su di me e mi prese il labbro inferiore tra i denti. «Dovrei riprovarli. Entrambi.»

La scintilla che attraversò i miei occhi si riflesse nei suoi.

La feci distendere e incollai i nostri corpi. «Okay. Riproviamo, ragazzina.»

13

Avery

$\mathcal{L}$a luce dell'alba si infranse sulle finestre e accese le piccole gocce di pioggia che ancora punteggiavano i vetri, creando un effetto quasi stroboscopico.

Mi passai una mano tra i capelli e mi tirai a sedere, attenta a non fare rumore e non smuovere il materasso.

Ero rimasta a occhi chiusi, ferma immobile, per molti minuti. Avevo avuto paura che fosse stato tutto un sogno. Un incredibile viaggio della mia immaginazione, che mi aveva portata in luoghi che non credevo fosse possibile raggiungere. Poi, però, lo avevo sentito. Il ritmo lento del suo respiro. E il tepore invitante del suo corpo.

Rayden non era stato un sogno. Era stato la mia realtà.

Trattenni un sospiro mentre mi voltavo verso di lui. Le lenzuola bianche gli coprivano i fianchi e parte delle gambe, lasciando nudo tutto il petto. I suoi muscoli erano rilassati, eppure continuava a sembrare scolpito nel marmo più pregiato.

Dio, quanto era bello. Troppo per essere vero. Ma mi proibii di allungare una mano e passare le dita sulla sua pelle, solo per accertarmi che fosse davvero lì, accanto a me.

Così, feci con gli occhi quello che non potevo fare con le mani. Accarezzai ogni parte di lui. Ogni rilievo muscoloso, ogni millimetro di pelle abbronzata, ogni linea del tribale. Volevo impararlo a memoria. Volevo poter chiudere le palpebre e trovarlo proprio lì, nella mia mente. In tutta la sua perfezione.

Mi torturai il labbro inferiore tra i denti, continuando a studiarlo e ad analizzare il tatuaggio intricato che si estendeva su di lui. E fu in quel momento che notai qualcosa di strano. Sotto l'inchiostro, là dove le linee si incontravano e si arrotolavano su sé stesse, sembrava che ci fosse qualcosa. Piccoli cerchi più infossati, come se mancasse uno strato di pelle.

Una sensazione acida mi strisciò sulle pareti dello stomaco, e mi chinai per poter vedere meglio. Ma, non appena il materasso affondò, Rayden si girò, mettendo un braccio sotto il cuscino e mostrandomi solo la schiena.

Non volevo svegliarlo. Volevo che si riposasse. Soprattutto dopo la notte che avevamo appena trascorso.

Le farfalle tornarono a volare nel mio stomaco, e mi ritrovai a sorridere. Anche io avrei voluto continuare a riposarmi, visto che mi sentivo esausta. Ma c'era un motivo se mi ero alzata così presto.

Facendo più attenzione possibile, scesi dal letto e mi avviai in punta di piedi verso il bagno, scavalcando i nostri vestiti, ancora ammucchiati sul pavimento.

Mi rinfrescai velocemente, rubai un goccio di collutorio e mi pettinai i capelli con le dita, cercando di dare un senso alle onde scure che mi aleggiavano attorno al viso. E, mentre mi guardavo allo specchio, notai una cosa nel riflesso. Una giacca nera appesa a un gancio dietro la porta.

Senza riuscire a trattenermi, mi girai e mi avvicinai. E, quando vidi che era quello che pensavo, sorrisi.

162

Era una giacca da chef. Una delle tante che doveva avere Rayden.

Accarezzai il tessuto liscio, quasi fosse una reliquia preziosa, e alla fine la indossai. Mi arrivava a metà coscia, e le maniche mi sfioravano le nocche. Eppure, la adoravo. Perché aveva il suo profumo. E perché era come avere ancora lui su di me.

Rabbrividii, guardandomi di nuovo allo specchio. Poi, tenendo addosso la giacca, uscii e cercai i miei jeans. Non appena li trovai, sfilai il telefono dalla tasca e li riappoggiai per terra.

Lanciai un'ultima occhiata a Rayden, che continuava a dormire, e mi lasciai alle spalle la sua stanza, per andare in cucina.

«Wow», mormorai, osservandomi attorno.

Avevo avuto ragione, la sera prima. Quel posto era incredibile. E quella cucina era… era come Rayden. Precisa, piena di linee dure. E assolutamente stupenda.

Mi obbligai a riprendermi e sbloccai il telefono. Poi chiamai la mia migliore amica, che rispose al terzo squillo.

«Ry?»

«Ehi», dissi, tenendo il tono basso.

«Va tutto bene?» chiese subito. «Siamo quasi arrivati da te.»

«No, ecco…» Mi schiarii la gola. «Non vengo, oggi.»

«Cosa? Perché no?»

«Non dare di matto», la implorai.

«Ferma la macchina.»

Mi accigliai, mentre delle voci si levavano in sottofondo.

«Trent, ferma la macchina», ripeté Mandy. Dopo un secondo, sentii uno sportello che si chiudeva. «Okay, ci sono. Spiega.»

Presi un respiro profondo. «Sono a casa di Rayden.»

«*Tu che cosa?*»

«Ti avevo detto di non dare di matto», sbuffai.

«Ma come… cosa… quando…»

«Ti racconterò tutto, okay?» promisi. «Ma non posso venire, oggi.»

«Ry… non puoi continuare a saltare la scuola.»

163

Sospirai. «Lo so. Troverò una soluzione.»

«Tipo, dire a Sexychef che vai ancora al liceo?»

Iniziai a rigirarmi l'orlo della giacca tra le dita, esitando.

«Sento i tuoi neuroni arrancare da qui», mi prese in giro. Dopo poco, però, tornò seria. «Dovrai dirglielo, prima o poi.»

«Lo so. Lo so. Ma…»

«Non è che sei minorenne», mi fece notare. «È tutto legale.»

«Non è per questo. Ho solo paura che possa cambiare idea, credo.»

«Sarebbe un idiota a farlo.»

Mi appoggiai al bancone. Come potevo dirle che non ero pronta a correre quel rischio? Che non ero pronta a rinunciare a quello che stava appena iniziando a crearsi?

«Piccola, che succede?» sentii dire da Trent.

«Un minuto», rispose lei. «Okay, ascolta. Facciamo finta che la parte in cui faccio l'amica responsabile si sia dilungata a sufficienza. Ti ho dato i consigli giusti, tu hai promesso di seguirli, parlerai con Sexychef e andrà tutto alla grande», elencò. «Ma adesso ho bisogno di qualche dettaglio, perché *devo sapere tutto.*»

Risi piano, scuotendo la testa. «Ieri l'ho portato alla *Kitchen Soup House.* Quando siamo usciti pioveva, quindi siamo venuti a casa sua.»

«Fingerò che la cosa abbia perfettamente senso. Continua.»

«Dy, è stato…» Strinsi le palpebre, incapace di trattenere il sorriso. «È stato stupendo.»

«Da uno a *ding*?»

«No, la campanella si è ufficialmente rotta.»

Lei scoppiò a ridere. «Dopo devi raccontarmi ogni singolo particolare. Hai capito?»

«Non credo che tu voglia davvero…»

«*Ogni singolo particolare.* Altrimenti non ti copro a scuola.»

«Okay, okay, va bene», cedetti, divertita.

«Dimmi solo un'ultima cosa.»

«Cosa?»

«È meglio in cucina o in camera da letto?»

Sgranai gli occhi. «Dy!»

«Oh, andiamo, so che hai fatto il paragone anche tu.»

Mi sentii avvampare. «Credo che si stia svegliando. Devo andare», mentii. E lei se ne accorse.

«Sei una pessima bugiarda, Avery Shaw.»

«A più tardi, Mandy Moore.»

Riattaccai prima che potesse aggiungere altro. Ma, dopo solo dieci secondi, mi arrivò un suo messaggio.

MANDY: *Sappiamo entrambe che la risposta corretta era "a letto".*

Poi, mi inviò la gif di una mano che continuava a suonare la campanella del pass, e io mi morsi l'interno della guancia per evitare di ridere.

Ma aveva ragione. Dio, aveva ragione su tutto.

Spensi il telefono e lo appoggiai sull'isola di marmo al centro della cucina, accanto ad alcuni fogli. Curiosa, mi avvicinai per poterli vedere. Erano appunti, schizzi di ricette, disegni di piatti guarniti… Erano le nuove idee di Rayden.

Passai la punta delle dita sulla lista degli ingredienti, e poi sui disegni che aveva tracciato a mano libera, in cui aveva indicato ogni singola componente. Alcune parole erano barrate, altre avevano dei punti interrogativi di fianco.

Non riuscivo a smettere di leggerle. Era come aver appena vinto un pass per il backstage. Solo che lui era lo spettacolo, e le quinte erano la sua mente. Un posto nel quale avrei voluto disperatamente addentrarmi.

Come riusciva a immaginarsi quelle composizioni? Come riusciva a visualizzare gli abbinamenti giusti senza averli davanti per sentirne il sapore?

Solo la vista dei suoi disegni mi fece brontolare lo stomaco.

Mi legai i capelli in uno chignon disordinato, poi mi voltai e andai al frigo. Rimasi sorpresa di scoprire che era quasi vuoto, ma Rayden probabilmente passava tutto il suo tempo libero al ristorante, quindi non aveva bisogno di avere il suo appartamento ben fornito.

Tirai fuori del burro, le uova e il latte, poi cercai lo zucchero e la farina. Quella cucina era sistemata in un ordine così intuitivo che non faticai a trovare tutto ciò che mi serviva.

Preparai velocemente il composto per i pancake, poi scaldai una pentola antiaderente e cominciai a cucinare, sprigionando un profumo caldo e invitante nell'appartamento.

Quando li ebbi impilati tutti in un piatto, mi voltai per metterli sull'isola. E quasi mi venne un infarto.

«Dio», esclamai, portandomi una mano al petto.

«Preferivo quando mi chiamavi *chef*», disse Rayden, appoggiato al muro con le braccia incrociate. «Ma anche *dio* non è male.»

Risi. «Il tuo ego non si prende mai una pausa?»

Lui finse di rifletterci. Poi, scosse la testa. «Mai.» Si staccò dalla parete e iniziò a camminare verso di me.

Il suo petto era ancora nudo, ma aveva indossato dei pantaloni morbidi, che gli stavano bassi sui fianchi. Abbastanza bassi da farmi capire che non portava i boxer.

Deglutii e mi imposi di non fissare con insistenza il suo corpo, mentre annullava la distanza tra di noi.

Circondò l'isola e venne dietro di me, stringendomi le braccia attorno alla vita e attirandomi contro il suo petto.

«Buongiorno, ragazzina», mormorò sulla mia tempia, prima di darmi un bacio sulla guancia.

Appoggiai il piatto e mi girai, finché le nostre labbra non si sfiorarono. «Buongiorno, chef.»

«È presto. Cosa ci fai già in piedi?»

Aggrottai la fronte. «Hai visto cosa ci faccio in piedi. Mi stavi spiando.»

«Primo, non ti stavo spiando. Questa è casa mia. Secondo, non sono riuscito a concentrarmi su quello che stavi facendo.» Alzò un angolo della bocca. «Mi hai distratto.»

«Come?»

Una scintilla incendiò i suoi occhi, poi le sue mani scivolarono sui miei fianchi e continuarono a scendere, fino ad accarezzarmi il fondoschiena nudo, coperto solo dalla sua giacca.

Mi irrigidii e rabbrividii contro di lui, serrando le labbra per non sussultare.

«Ho una cattiva notizia per te, ragazzina», sussurrò. «Non penso che potrai mai lavorare in una cucina.» Abbassò lo sguardo sulla giacca e sganciò i primi bottoni. «Nessuno riuscirebbe a concentrarsi.»

Le mie guance avvamparono. «Indosserei dei pantaloni, in quel caso.»

«Non sarebbe sufficiente.» Mi posò un bacio sulla bocca, e io mi sciolsi contro il suo petto caldo, proprio come il burro sui pancake.

«La colazione...» mormorai debolmente. «Si fredda.»

Rayden si staccò e guardò oltre le mie spalle, verso l'isola. «Hai cucinato?»

Inclinai la testa di lato. «Ti hanno mai detto che sei un po' lento, di prima mattina?»

Lui restò serio. «No, è...» Si schiarì la gola. «Non importa.»

Mi tirai indietro. «Cosa?»

Mille pensieri mi attraversarono la mente. Sapevo che, in cucina, Rayden voleva che venisse fatto tutto a modo suo. Forse non era stata la scelta migliore mettermi a cucinare nel suo appartamento, la prima volta in cui ci ero venuta.

«Non volevo darti fastidio, ho solo pensato che...»

«Ragazzina.» Mi prese il mento tra due dita e mi guardò intensamente. «Nessuno aveva mai cucinato per me, tutto qui.»

Quella confessione mi fece sbattere le palpebre un paio di volte. «Sul serio?»

Si strinse nelle spalle. «Di solito le persone si sentono in soggezione a farlo. Come se avessero paura che potrei criticare o giudicare i loro piatti.»

Cercai di decifrare le emozioni che gli causava quella situazione. Era triste che nessuno avesse mai cucinato per lui. «Quindi, devo avere paura di come reagirai?»

Rayden ammiccò. «Vedrò di fare il bravo.»

Sentii la malizia incurvare il mio sorriso. «Tu? E credi di riuscirci?»

Il suo sguardo si fece ardente e Rayden mi spinse con la schiena contro l'isola, incollando il corpo al mio. Sentivo la sua erezione contro la pancia.

«No, se continui a sfidarmi.» Le sue labbra iniziarono a imprimere baci caldi sul mio collo.

«Allora cercherò di fare la brava anche io», promisi, chiudendo le palpebre.

«È proprio quello il problema, ragazzina.»

Affondai le dita nelle sue spalle, beandomi di ogni singolo bacio con cui mi marchiava. «Non hai il diritto di criticare i miei pancake, se si freddano per colpa tua.»

Lui rise contro la mia pelle e mi sbottonò ancora di più la giacca, tracciando un sentiero tra i miei seni. «In realtà, la colpa è comunque tua.»

«Io sto cercando di fare la persona responsabile», mormorai. «La colazione è il pasto più importante della giornata.»

Rayden scosse la testa e la alzò. «Non sono d'accordo.» Mi guardò negli occhi. «Tu sei il pasto più importante della giornata.»

Prima che potessi anche solo capire cosa intendeva, le sue labbra si stamparono sulle mie, reclamando un bacio intenso e disperato.

Rayden sapeva di menta… e di me. E mi chiesi se io sapevo di lui.

«Lo ricorderò per la prossima volta», sussurrai sulla sua bocca. «Invece dei pancake, mi coprirò io di sciroppo e ti aspetterò qui.»

Lui si tirò indietro così velocemente che mi girò la testa. I suoi occhi brillavano.

«Cosa…» iniziai, ma Rayden si allontanò e aprì un'anta della cucina. «No.»

Fece un sorrisetto provocante mentre tornava da me, ma io arretrai.

«Stavo scherzando», dissi, guardando lo sciroppo d'acero che aveva in mano.

«Troppo tardi, ragazzina.»

«No, Rayden…»

Senza darmi il tempo di scappare, annullò la distanza tra di noi, mi cinse la vita e mi sollevò, mettendomi sulla sua spalla.

Un piccolo grido mi risalì la gola, mentre cominciavo a ridere.

«Scherzavo», dissi ancora, cercando di liberarmi. Ma lui era troppo forte e, dopo un secondo, mi lasciò cadere sul letto.

«Vuoi fare la persona responsabile, giusto?» Il suo sguardo era infuocato e divertito. «Vuoi che io faccia colazione?» Con una mano, sbottonò del tutto la giacca, lasciandomi praticamente nuda. Poi svitò il tappo dello sciroppo. «Ho intenzione di accontentarti.»

Lente gocce di sciroppo dorato cominciarono a colare sui miei seni. Subito seguite dalle sue labbra.

14

Rayden

«Ho bisogno di una doccia», sospirò Avery, senza fiato.

Voltai il viso nella sua direzione. «Mi piace l'idea.»

Lei rise e scosse la testa, passandosi le dita tra i capelli disordinati. «Dico davvero. Sono tutta appiccicosa.»

Mi rivolse un'occhiata di rimprovero. Ma, cazzo, non mi pentivo di aver rovesciato su di lei tutto lo sciroppo che avevo. E non mi importava se adesso ce lo avevamo sulla pelle, tra i capelli, o se avrei dovuto buttare via le lenzuola. Ne era valsa la pena.

Quando l'avevo trovata in cucina, quella mattina, con nient'altro addosso se non la mia giacca… Dio, non avevo idea di come avessi fatto a non piegarla sul bancone e prenderla lì, subito.

«Ti avevo avvertita. Non dovresti tentarmi.» La attirai a me, in modo che appoggiasse la testa sul mio petto, e le accarezzai distrattamente la schiena nuda.

Le sue dita cominciarono a tracciare cerchi morbidi sui miei addominali. «Mi piace farlo.» Mi guardò attraverso le ciglia e mi rivolse un sorriso malizioso.

«Cazzo, ragazzina, se continui così mi ucciderai.»

«Spero di no.» Abbassò lo sguardo su di me e riprese a toccarmi, seguendo le linee del tatuaggio. E io mi resi conto troppo tardi di cosa stava succedendo. «Cos'hai fatto, qui?»

I suoi polpastrelli stavano sfiorando una delle quattro cicatrici che avevo tentato di coprire.

Tutto il mio corpo si irrigidì e le afferrai il polso, allontanando da me la sua mano.

«Niente.» La mia voce uscì brusca, e mi tirai a sedere, cogliendola alla sprovvista.

«Scusa», disse subito, avvicinandosi a me.

Mi passai una mano tra i capelli. «Ti do le cose per farti la doccia.»

Mi alzai, infilai i pantaloni e andai in bagno, prendendo degli asciugamani puliti. Poi tornai in camera e recuperai una t-shirt dall'armadio.

Per tutto il tempo, Avery restò sul letto, con le ginocchia strette al petto e uno sguardo dispiaciuto sul viso.

«Tieni. Nella doccia trovi bagnoschiuma e shampoo.»

«Non volevo essere invadente», si scusò ancora, e io le rivolsi un piccolo cenno con la testa.

«Lo so, ragazzina.»

Non era colpa sua. Non era colpa di nessuno. Se non di una persona.

«Ti aspetto di là. Fai con calma.»

Avery annuì e io tornai in cucina. Ma ormai era troppo tardi. Ormai, i ricordi mi stavano vorticando nella mente. E io feci appena in tempo a serrare le dita attorno al bancone e impedirmi di rompere qualcosa, mentre il mio passato mi sommergeva.

Sentivo le lancette dell'orologio scorrere. Lente e regolari. Inesorabili e spietate. Sapevo che il tempo sarebbe stato inclemente. Più ne passava, più sarebbero state gravi le conseguenze. Era sempre così.

Le palpebre continuavano a calarmi sugli occhi, gonfie e pesanti, ma dovevo resistere. Lo avrei fatto per lei.

Appoggiai la nuca alla porta chiusa alle mie spalle e allungai le gambe nel corridoio, avvertendo il freddo del pavimento filtrare attraverso i pantaloni. Era fastidioso, ma speravo che mi aiutasse a restare sveglio.

Erano passate le tre, ormai, e l'intera casa era sprofondata nel buio. Nel buio e nel silenzio. A eccezione dei ticchettii dell'orologio.

Mi premetti la base delle mani sulle palpebre, cercando di riscuotermi. E fu in quel momento che lo sentii.

Il tempo si fermò. Il silenzio venne infranto. E il portone di casa si spalancò, sbattendo con forza contro il muro.

I suoi passi pesanti erano irregolari, e avvertii il tanfo che emanava prima ancora che svoltasse l'angolo.

Mi alzai in piedi, continuando a tenere la schiena incollata alla porta. Magari sarebbe svenuto prima di raggiungermi. Magari, quella sera, l'alcol avrebbe portato sollievo, invece che distruzione.

Ma non fu così.

«Cosa cazzo stai facendo qui?» farfugliò mio padre, avanzando in modo incerto. I suoi occhi erano lucidi e arrossati, e aveva tracce di vomito sull'uniforme nera che indossava. Non aveva neanche avuto la decenza di togliersi la divisa da poliziotto prima di andare in qualche locale a riempirsi il fegato di liquore.

«Sei ubriaco.» Mi costrinsi a mantenere la voce stabile, anche se le mie gambe avevano già preso a tremare.

«E tu sei tra i piedi.» Si fermò davanti alla porta e io aprii le braccia. Come se potessi davvero impedirgli di passare. Come se un ragazzino di dodici anni avesse davvero qualche speranza contro un uomo delle sue dimensioni.

«Non andare da lei.» Il mio avrebbe dovuto essere un ordine, ma mi uscì come una supplica. Come ogni volta.

173

Lo pregavo di non avvicinarsi alla mamma. Di non toccarla. Di non farle del male. Ma lui non mi ascoltava mai.

«No?» Si chinò per portare il viso al livello del mio. Il suo alito rancido mi fece contorcere lo stomaco. «E chi mi fermerà? Tu?»

Mi obbligai a raddrizzare le spalle. «Sì.»

Quando rise, gocce della sua saliva mi colpirono il viso. Finché quella risata non lasciò il posto a un'espressione crudele. «Spostati.»

Deglutii con forza. Ma non mi mossi.

«Mi hai sentito? Levati.» Le sue dita si serrarono attorno al mio braccio in una morsa tanto stretta che dovetti trattenere un grido.

Mio padre mi scaraventò di lato, allontanandomi dalla camera da letto in cui mia madre stava dormendo. Poi fece per prendere la maniglia.

Mi lanciai in avanti senza neanche riflettere e lo afferrai per il polso, costringendolo ad arretrare.

«Sta male», dissi in quello che sembrava un lamento. «Lasciala stare.»

I suoi occhi divennero spietati mentre si scrollava di dosso la mia presa. «Stanne fuori.»

Di nuovo, mi spinse via, e quella volta caddi a terra, senza riuscire a impedirgli di prendere la maniglia.

Cominciai ad arretrare sul pavimento, strisciando lontano da lui. Perché sapevo cosa sarebbe successo. Mio padre avrebbe cercato di aprire la porta. E avrebbe scoperto che era chiusa a chiave.

«No», ringhiò piano, continuando a scuotere la maniglia. «Brutto piccolo...» La sua testa scattò nella mia direzione.

Mi girai e tentai di alzarmi, pronto a tornare nella mia stanza. Ma lui mi afferrò per i capelli, facendomi gemere di dolore.

«Dov'è?» Mi sollevò davanti a sé. «Dove cazzo hai messo la chiave, questa volta?»

174

Mi aggrappai al suo polso, provando a fare forza sulla punta dei piedi. «*Sta male...*» *dissi ancora.* «*Lasciala dormire... ti prego...*»

«*La chiave. Adesso.*»

«*Non... non ce l'ho io...*» *Mi pentii di quelle parole non appena le pronunciai. Perché lui le capì. Non importava quanto fosse ubriaco, quanto la sua mente fosse annebbiata dall'alcol. Era abbastanza viscido da riuscire a pensare lucidamente, quando si trattava di violentare la sua stessa moglie.*

«*L'hai buttata dentro la stanza dopo averla chiusa, vero?*» *I suoi denti erano talmente stretti che le parole uscirono storpiate.* «*Credi che questo mi fermerà? Credi davvero che sia sufficiente?*»

Mi gettò contro il muro e io sentii le ossa del mio braccio scricchiolare sotto quell'impatto, mentre mio padre si avventava contro la porta.

La colpiva con i pugni, con i calci, con tutta la sua forza. Ma non l'avrebbe buttata giù. Non glielo avrei permesso.

Arrancai verso di lui e cercai di allontanarlo.

«*La sveglierai*», *dissi, anche se sapevo perfettamente che era quello il suo intento. Voleva svegliarla. E farle molto di peggio. Sperai solo che i sonniferi che le avevo dato insieme agli antidolorifici continuassero a fare effetto.*

Finché lei non apriva la porta, c'era speranza. Speranza che lui non la spezzasse ancora di più di quanto non avesse fatto alcune ore prima.

Continuai a lottare, ma il suo corpo massiccio non si spostava neanche di un centimetro.

«*Non ti permetterò di farle del male... Devi lasciarla stare... Lasciala stare!*» *Iniziai a colpirgli la schiena, riversando su di lui tutta la rabbia e la frustrazione che ogni giorno minacciavano di soffocarmi.*

E lui reagì.

«*Vuoi fare il duro?*» *Bruscamente, mi prese e mi attaccò con le spalle alla parete.* «*Vuoi fare l'uomo che protegge le altre*

175

persone?» Il suo corpo tremava. «So cosa si prova. So cosa vuol dire credere di essere in grado di salvare qualcuno. Ma pensi davvero di riuscirci? Pensi di essere migliore di me?» Mi schiacciò contro il muro. «Dimostralo. Tira fuori le palle. Liberati. Difendi tua madre.» Mi afferrò di nuovo per i capelli. E, di nuovo, mi sollevò da terra, mandandomi scosse pungenti giù per la spina dorsale. «Avanti, figliolo. Combatti. Fammi vedere cosa sai fare.»

Tentai di colpirlo, ma non ci riuscii. Il dolore che provavo era insopportabile. «Basta... ti prego...»

«Basta? Ora vuoi che mi fermi?» Fece una smorfia disgustata. «Sei già disposto ad arrenderti. Stai già scegliendo te stesso invece di lei.»

Le lacrime mi annegarono gli occhi, e le sentii colarmi sulle ciglia. Ma serrai le labbra. Se era quella la mia scelta, se l'unica opzione possibile era soffrire al posto di mia madre... lo avrei fatto. Ogni singolo giorno. Avrei sempre scelto lei.

Repressi i singhiozzi che mi stavano lacerando la gola e continuai a far oscillare le gambe in aria, mentre mio padre sembrava sul punto di strapparmi lo scalpo.

«Lei se lo merita. Tu te lo meriti. Quindi puoi smetterla con queste stronzate da finto eroe del cazzo», continuò. «Nessuno può essere salvato. E tu non cambierai le cose. Perché non è possibile cambiarle.» Mi guardò con tutto l'odio che provava nei miei confronti. «Andrà sempre a finire nello stesso modo, a prescindere da quello che fai.»

Il panico mi gelò le vene. «Ma lei non ti aprirà.»

«Cosa...» Emise un ringhio basso. «Cosa hai fatto?»

Ricacciai indietro un lamento. «Non ti aprirà», mi limitai a ripetere.

La sua furia era diventata incontrollabile. «Vuoi sapere la cosa più incredibile di tua madre? Anche se sa che nessuno può essere salvato, continua a sperare nel contrario. Cerca di salvare me. E cerca di salvare te... ogni volta.»

Non capii cosa intendesse. Almeno finché non abbassò una mano alla sua cintura.

I miei occhi si spalancarono, la mia bocca si seccò. E mio padre estrasse un dispositivo nero dalla sua fondina.

«No...» Mi dibattei con tutta la forza che avevo, ma non riuscii a liberarmi. «No, per favore, non...»

«Urla. Avanti.» Accese il taser e lo avvicinò al mio petto. «Svegliala. Fai in modo che venga a salvarti.»

Il taser si schiantò su di me. Sentii la maglia lacerarsi, la pelle bruciarsi. E sentii un dolore così intenso che mi sembrò di venire strappato fuori dal mio stesso corpo.

Cercai di non urlare, ma non ci riuscivo. Le lacrime mi scendevano in gola, e sembravano solo rendere le mie urla più forti, mentre i miei muscoli si contorcevano e le ossa tremavano.

L'elettricità si stava scavando una strada dentro di me, e avvertivo le ferite che mi stava causando sul petto.

Era straziante. Era insopportabile. Ma quello che successe dopo fu anche peggio. Perché, mentre io lottavo invano contro quella tortura, la porta di mia madre si spalancò. E sapevo che presto le sue urla avrebbero rimpiazzato le mie.

Sarebbero state le sue lacrime quelle versate. La sua anima quella spezzata. E io sarei stato del tutto impotente, in ginocchio nel corridoio, a battere i pugni contro una porta chiusa. Una porta che non avrebbe mai dovuto aprirsi.

Una mano mi toccò la schiena, e trasalii con tanta forza che l'aria uscì del tutto dai miei polmoni.

Mi girai di scatto, e Avery si allontanò di un passo, come se la mia reazione l'avesse spaventata.

«Scusa, non...» Le parole morirono sulle sue labbra, mentre notava la mia espressione. E lo sguardo che assunsero i suoi occhi fu impossibile da definire.

Non sapevo cosa stava vedendo, perché non mi permettevo mai di mostrare ciò che avevo dentro. Neanche a me stesso.

Soprattutto a me stesso.

«Rayden…» Si avvicinò cauta, quasi avesse paura di commettere qualche errore.

Non la fermai, non arretrai. Al contrario, continuai a osservare tutte le domande che vorticavano nei suoi occhi, aspettando di vedere quale mi avrebbe posto per prima.

Che ti è successo?

Cos'hai?

Ti senti bene?

Qual è il problema?

Ma Avery non trasformò nessuna di esse in parole. E ciò che mi chiese invece mi lasciò del tutto spiazzato.

Alzò il viso verso il mio, con i nostri corpi che si sfioravano. «Posso fare qualcosa per aiutarti?»

Aggrottai la fronte, incerto su cosa avrei dovuto provare in quel momento. Non era ciò che mi aspettavo. Mi aspettavo che mi interrogasse, che pretendesse delle risposte. O che si rendesse conto di quanto ero incasinato e instabile e se ne andasse.

Ma lei mi aveva sorpreso, ancora una volta. Era come se non facesse altro. Fin da quando l'avevo conosciuta, Avery si comportava in modo diverso da chiunque avessi mai incontrato.

Mi distraeva. Mi faceva scordare l'oscurità nel mio petto. Mi aiutava a sentirmi leggero. E io avevo bisogno che continuasse a farlo, che mi facesse stare bene.

Avevo bisogno di lei.

Le cinsi la vita con un braccio e la tirai contro di me. Poi, con un movimento lento e delicato, le accarezzai una guancia, dandole tutto il tempo di respingermi. Di scappare. Ma non lo fece. Anzi, non staccò gli occhi dai miei, anche se stava trattenendo il fiato.

Mi chinai su di lei, strofinando il naso al suo. Poi la baciai, assaporando le sue labbra.

Il corpo rigido di Avery si sciolse tra le mie braccia, e lei mi permise di modellare piano la sua bocca, rendendola ancora più perfetta per incastrarsi alla mia.

Il nostro petto si sollevava allo stesso ritmo, la nostra pelle formicolava con gli stessi brividi. E mentre io davo a lei i respiri che non riusciva a prendere, Avery dava a me la forza di esiliare il mio passato dalla mente. E di ricominciare a fingere di stare bene.

Quando alla fine mi tirai indietro e appoggiai la fronte alla sua, vidi che le sue guance erano accaldate e le sue labbra gonfie.

Deglutì. «Questo ha aiutato?»

Chiusi le palpebre e, inavvertitamente, mi ritrovai ad annuire. «Sì, ragazzina. Ha aiutato.»

Il suo sospiro mi scivolò sulla pelle. Ma, quando tornai a guardarla, mi resi conto che non era convinta della mia risposta. Vedevo la preoccupazione nei suoi occhi, il dubbio nei suoi lineamenti. Eppure, non insistette. Al contrario, mi posò una mano sulla guancia e mi accarezzò dolcemente, strofinando il pollice contro il mio zigomo.

Chiunque altro avrebbe chiesto spiegazioni. Ma lo stavo imparando in fretta: Avery non era *chiunque altro*.

«Vuoi…» Si schiarì la gola. «Vuoi che vada via?»

Quella possibilità bastò a far contrarre qualcosa nel mio petto. Qualcosa che non ero ancora pronto a riconoscere.

Feci cenno di no. «Voglio che tu faccia colazione con me.»

Un sollievo incredibile le accese lo sguardo. «Agli ordini, chef.»

15
Avery

$\mathcal{M}$i sedetti sullo sgabello accanto a quello di Rayden, mentre lui divideva i pancake tra i nostri piatti.

Stavo facendo ricorso a tutta la mia forza di volontà per non chiedergli come stava. O solo per non abbracciarlo e basta. Perché qualcosa non andava. Lo avevo visto non appena si era voltato verso di me.

Rabbia. Tristezza. Rimpianto. Senso di colpa.

La pioggia nei suoi occhi si era trasformata in un uragano, che lo aveva lasciato completamente distrutto. Ma lui non mi avrebbe rivelato niente.

Rayden era un libro chiuso che non voleva farsi leggere. Un insieme di capitoli e parole che si rifiutava di condividere con il mondo. E anche se io avrei solo voluto tuffarmi tra le sue pagine e scoprire ogni più piccola sfaccettatura della sua storia, sapevo che non me lo avrebbe permesso. Avrebbe continuato a proteggersi. Dal resto del mondo e da me.

Non pretendevo di sapere cosa gli fosse successo. Avrei solo voluto trovare un modo per aiutarlo. Per farlo tornare a sorridere, come aveva fatto prima che gli chiedessi delle cicatrici.

Era colpa mia. Se adesso lui stava male, era colpa mia. E dovevo cercare di rimediare.

Tagliai un pezzo di pancake e lo misi in bocca. Poi feci una smorfia, e Rayden lo notò.

«Sono buoni», disse lui, prendendone un altro boccone.

«Sai come sarebbero stati più buoni?» chiesi, indicandolo con la forchetta. «Se fossero stati caldi. E ricoperti di sciroppo.»

I suoi lineamenti duri si ammorbidirono, e io provai un moto di sollievo.

«Preferisco di gran lunga l'utilizzo dello sciroppo che abbiamo fatto prima.» Abbassò gli occhi sul mio seno, coperto dalla t-shirt che mi aveva prestato.

Era strano continuare a indossare i suoi vestiti. Ed era strano proprio perché non era strano per niente. Era familiare. Bello. Quasi naturale.

«Le tue lenzuola non la pensano allo stesso modo. Non so se riuscirai a lavarle.»

Rayden incurvò appena un angolo della bocca e i muscoli delle sue spalle si rilassarono. «Ne è valsa la pena.»

Mi spostai una ciocca di capelli dietro l'orecchio, soddisfatta di come stavo riuscendo a cambiare argomento. Finché non lo vidi aggrottare la fronte e alzare una mano verso il mio viso.

Quando mi sfiorò la tempia, il mio cuore si fermò.

«Non l'avevo mai notata, prima», mormorò a bassa voce, passandomi un dito sulla cicatrice.

Prima che potesse chiedere spiegazioni, mi allontanai dalla sua mano e rimisi i capelli davanti al viso. Poi accennai un piccolo sorriso. «Abbiamo tutti le nostre cicatrici.» Ferite che avremmo voluto dimenticare e che non sarebbero mai scomparse. Non del tutto.

Non sapevo se avrebbe insistito oppure no, ma cercai velocemente un altro spunto di conversazione. Qualsiasi cosa, purché ci
allontanasse da territori in cui nessuno dei due voleva addentrarsi.

«Ho visto i tuoi schizzi.» Indicai i fogli dall'altra parte del
bancone. «Stai ideando dei nuovi piatti?»

Rayden li osservò, poi sospirò. «Ci sto provando.»

«Sembrano buonissimi.»

«Sono noiosi.»

Sbattei le palpebre. «Hai uno strano concetto di noia.»

Un sorrisetto si dipinse sulle sue labbra, e spostò l'attenzione
su di me. «Forse ho solo un concetto troppo elevato di divertimento.»

«Oh», commentai, fingendomi seria. «Quindi, hai paura che
quelli non siano al livello dell'orgasmo del filet mignon?»

Rayden rise. *Rise.* Stava tornando felice. «Ho una certa qualità da mantenere.»

«Non credo che da quel punto di vista tu debba preoccuparti.»

«No?» Si avvicinò a me e mi posò una mano sul ginocchio.

«No, chef.» Scossi la testa. «Ma, se hai bisogno di conferme,
mi offro volontaria.»

«Per provare i nuovi piatti o gli orgasmi?»

Gli rivolsi la mia miglior espressione maliziosa. «Entrambi.»

Le sue dita si strinsero attorno alla mia gamba, ma io lo ignorai e, senza dargli il tempo di rispondere, feci forza sull'appog-
giapiedi dello sgabello e mi sporsi in avanti, allungandomi sul
bancone.

Sentii Rayden deglutire. Proprio come sentii i suoi occhi sul
mio fondoschiena nudo.

«Certe posizioni dovrebbero essere illegali per te, ragazzina.»

Risi e tornai a sedere, dopo aver preso i fogli. «Ero seria.»

Rayden mi stava guardando in modo intenso ed eccitato. «Anche io.»

«Sui piatti», precisai, indicando gli schizzi. «Sembrano fan-
tastici.»

La sua espressione divenne più rigida. «Non lo sono.»

«Hai provato a farli, almeno?»

«No.»

«Allora come fai a sapere se sono buoni o no?»

«Lo so e basta.» Fissò i bozzetti. «Non sto dicendo che sono cattivi. Ma non sono abbastanza. Manca qualcosa.»

«Cosa?»

«Se lo sapessi, non mancherebbe.»

Mi sentii improvvisamente stupida per aver fatto quella domanda.

Rayden si passò una mano tra i capelli scuri, scompigliando le ciocche in modo talmente perfetto che sembrava fatto apposta. «Non lo so, ragazzina... Non riesco a capire cosa non va.» Alzò leggermente le spalle. «È il motivo per cui ho usato lo stesso menu del *Black Gold* per l'*Ambroisie*. Non sono riuscito a crearne un altro che fosse all'altezza. Di solito mi riusciva facilmente. Creare nuovi piatti, sperimentare... Ma adesso è...» Scosse la testa. «Diverso.»

Riflettei in silenzio per alcuni secondi, e mi chiesi cosa avesse comportato quel cambiamento. Cosa gli fosse successo che avesse reso la sua realtà *diversa*. Ma, ancora una volta, decisi di non porgli le domande che avrei voluto fargli. Perché avevo paura che si allontanasse, e non potevo permetterlo.

«È perché sei troppo serio», dissi invece, e non avevo idea di come mi fosse uscita quella frase. Però, attirò la sua attenzione.

Le sue sopracciglia si inarcarono in modo perplesso. «Troppo serio?»

Annuii, convinta. «Lo sei sempre. Sia in cucina che fuori.» Mi voltai verso di lui. «L'ho studiato qualche settimana fa. Ci sono delle ricerche che dicono che giocare, e quindi divertirsi, influisce sulla creatività di una persona. Perché ridere rende liberi, ed è solo così che si possono creare cose nuove», spiegai, sperando che le mie parole avessero un senso. «Prima la cucina ti divertiva. E sono sicura che provavi a cucinare davvero i piatti, che facevi

184

mille esperimenti differenti. Adesso invece tratti la tua passione come se fosse solo un lavoro. Un obbligo. Ti limiti a scrivere o disegnare, senza lasciarti guidare dall'ispirazione.» Mi strinsi nelle spalle. «Credo che dovresti tornare a cucinare e divertirti. Divertirti *davvero*. Potresti trovare il tuo ingrediente mancante.»

Rayden mi stava guardando come se avessi del tutto perso la testa. «La tua soluzione è… giocare?»

«Puoi almeno fare un tentativo. Non hai niente da perdere, no? Voglio dire, i tuoi piatti sono già *noiosi*.»

Una scintilla attraversò le sue iridi. «Grazie tante.»

Alzai i palmi. «Sei stato tu a definirli così.»

Rayden mi studiò per qualche secondo. «Ti invidio, ragazzina.»

Sbattei le ciglia. «*Tu* invidi *me*?»

«Fai sembrare sempre tutto così semplice.»

«A volte la semplicità è la cosa più complicata da realizzare.» La mia voce si era fatta bassa. «Ma funziona. Come lo zucchero nel pomodoro.»

Lui sorrise. Un sorriso incredibile. «Come lo zucchero nel pomodoro», ripeté, scuotendo la testa. «Quindi, è questo che studi all'università? Psicologia?»

La mia gola si serrò. Non potevo mentirgli, e non avevo intenzione di farlo. Ma dirgli la verità…

Ripensai alle parole di Mandy. Forse aveva ragione. Forse non sarebbe stato un problema il fatto che andassi ancora al liceo. O che avessi dieci anni meno di lui. Un numero non cambiava chi ero.

Strinsi tra le dita l'orlo della maglia e presi tutto il coraggio che avevo. «In realtà, io…»

Uno squillo mi interruppe, e Rayden spostò l'attenzione verso la sua camera. «Torno subito.»

Sparì fuori dalla cucina. Dopo alcuni secondi, lo sentii rispondere al telefono.

«Dimmi.»

Silenzio.

«Cosa?»

Altro silenzio.

«Ne sei sicura?»

Repressi l'impulso di avvicinarmi alla soglia.

«Cazzo.»

Ancora silenzio.

«No, Courtney, è un casino.»

La voce di Rayden era granitica.

«Mi prendi per il culo? Sai perché.»

Mi alzai dallo sgabello, ma restai ferma sul posto.

«Non siamo pronti.» Stava quasi gridando. «Dimmi ancora di calmarmi», la sfidò in un sibilo.

Silenzio.

«Non lo so. Cazzo. Non lo so.»

Sentii un tonfo, come se Rayden avesse colpito il muro con un palmo.

«No. Fammi riflettere. Ti chiamo più tardi.»

Rayden non parlò più, ma lo sentii camminare avanti e indietro sul pavimento, scandendo il ritmo concitato dei suoi pensieri.

Esitai per un minuto. E per un altro. Alla fine, mi avviai verso la camera e lo trovai lì, in piedi, con una mano sul fianco e l'altra sulle tempie, mentre percorreva la stanza a grandi falcate.

«Va tutto bene?» domandai piano.

Rayden si fermò, i suoi occhi trovarono i miei. Strinse la mascella per un istante, come se non volesse rivelarmi la verità. Alla fine, però, sospirò. «Stanno valutando l'*Ambroisie*.»

Mi accigliai. «Chi lo sta valutando?»

Si premette due dita sulle palpebre. «La guida Michelin.»

Schiusi le labbra. «Oh mio Dio… davvero?»

«No, scherzo tutti i giorni su cose di questo tipo», sbottò, e io sussultai appena. Ma lui non lo notò e lasciò andare un lungo respiro, prima di sedersi sul letto.

Mi avvicinai e mi sistemai al suo fianco. «Qual è il problema?»

«Che l'*Ambroisie* non è pronto per le stelle. Neanche lontanamente.»

Riflettei un istante. «Come fate a sapere che lo stanno valutando? Credevo che fosse una cosa del tutto anonima.»

«Lo è, in teoria. Courtney ha avuto dei sospetti sabato, durante il secondo turno. Ed è riuscita a confermarlo.»

«Quindi lo hanno già valutato? Quando daranno la risposta?» Provai a scavare nella mia memoria e a rivedere tutti i tavoli di quella sera, sperando di individuare chi fossero gli inviati della guida Michelin.

Rayden scosse la testa. «Non è così che funziona. Gli ispettori visitano il ristorante più e più volte prima di decidere se affidare o meno delle stelle. Per averne due, servono almeno dieci visite. E ognuna di esse deve rasentare l'eccellenza. Per averne tre...» Si passò una mano tra i capelli. «A volte neanche l'eccellenza è sufficiente.»

Cercai di seguire la sua spiegazione. «Quindi, sappiamo che gli ispettori hanno fatto una prima visita.»

«Sì. E adesso ci sono due opzioni», proseguì. «O hanno già deciso che l'*Ambroisie* non si merita nessuna stella, oppure continueranno a venire nuovi ispettori a testarci, finché non decideranno quante stelle dare.» Appoggiò i gomiti sulle ginocchia e si strinse la fronte. «Non pensavo che sarebbe successo così presto. Al *Black Gold* ci sono voluti anni prima di riuscire ad avere un'occasione simile. E ora... cazzo, non siamo all'altezza.»

Posai una mano sul suo braccio e lo costrinsi ad abbassare la mano, intrecciando le dita alle sue. «Non è umanamente possibile che si fermino a una visita. Non dopo aver assaggiato i tuoi piatti.»

Lui non sorrise al mio complimento. Il suo sguardo era serio. Serio e preoccupato.

«Quali sono i requisiti per ottenere le stelle?» chiesi.

«Sono cinque in tutto», cominciò a spiegare. «Gli ingredienti sono il primo. Non solo devono essere della migliore qualità

187

possibile, ma devono anche essere acquistati nella zona. Non è obbligatorio, ma far vedere che si è parte della comunità aiuta.» Sospirò. «Poi c'è la tecnica. I piatti devono essere sempre perfetti a ogni visita, non può esserci un abbassamento della qualità, non sono ammessi errori. Poi, la presentazione», continuò. «Il modo in cui i piatti vengono guarniti e consegnati al cliente. Perché prima vengono sempre gli occhi.» Mi guardò in un modo che non riuscii a decifrare. «Poi c'è il servizio. Il lavoro di squadra è importante, e il ristorante deve apparire come una macchina fluida e armoniosa. Questo vuol dire che ogni singolo membro dello staff viene valutato. Ogni mossa falsa, ogni risposta scortese, ogni occhiata… tutto.»

Mi sentii irrigidire, e ricordai la sera dell'inaugurazione, di come Rayden aveva reagito di fronte allo sbaglio di Lane.

«E poi…» Rayden puntò lo sguardo di fronte a sé. «Il lavoro dello chef. Il suo menu. La sua preparazione. E la sua creatività.»

«Oh.»

«Già, ragazzina. *Oh.*»

«È troppo tardi per apportare delle modifiche al menu?» domandai.

«No. Ma non ho nessuna modifica da apportare.»

Strinsi più forte le sue dita. «Per ora.»

Lui si voltò verso di me, le sopracciglia aggrottate.

«Dico solo che puoi arrenderti e accettare le cose come stanno… oppure puoi provare a trovare una soluzione.»

«Tu credi sul serio che sia possibile, vero?»

Annuii. «C'è sempre una soluzione in cucina», gli ricordai.

La sua espressione restò impassibile per molti secondi, e la pioggia nei suoi occhi sembrò cristallizzarsi in schegge fredde e affilate. Alla fine, però, Rayden si alzò in piedi, portandomi con sé.

«D'accordo, ragazzina. Ti concedo un giorno.»

Mi accigliai. «Un giorno per fare cosa?»

«Per farmi vedere come si trovano le soluzioni. Per ricordarmi come ci si diverte», spiegò. «Un giorno per giocare.»

16

Rayden

Le mie dita continuavano ad accarezzarle i fianchi, mentre Avery controllava che l'acqua fosse a bollore.

«Smettila di distrarmi», protestò, provando ad allontanarsi. Ma io non glielo permisi e la tenni stretta a me, incollandole la schiena al mio petto.

«Sto cercando di insegnarti», dissi, spostandole i capelli su una spalla e dandole un bacio lento sul collo.

Avery represse un brivido. «Insegnarmi cosa?»

«In cucina devi saper lavorare in qualsiasi circostanza», mormorai sulla sua pelle. «Sotto pressione. In mezzo alla confusione…» La sfiorai con la lingua. «Devi imparare a non distrarti. Mai.»

«Lo scopo di tutto questo era che ti distraessi tu», mi ricordò.

«È quello che sto facendo, ragazzina.» Le morsi il lobo dell'orecchio e il mestolo di metallo che stava reggendo cadde sul piano, facendomi ridere.

Avery voltò la testa verso di me e mi fulminò. «A questo gioco possiamo giocarci in due, sai?» La sfida nei suoi occhi era incredibilmente sexy.

«È proprio per questo che siamo qui, no?» Infilai una mano sotto alla sua maglia e iniziai a risalirle il corpo. «Per giocare.»

Avery serrò le labbra, le sue guance diventarono più rosse. Poi, sorrise. «D'accordo, chef.»

Mi afferrò il polso e mi costrinse ad abbassare il braccio, in modo che smettessi di toccarla. Poi si girò di nuovo verso la pentola e prese le foglie di basilico che aveva già preparato. Ma, nel farlo, tese completamente le gambe e spinse il bacino verso di me, strofinandosi contro il mio inguine. Contro la mia erezione.

Strinsi i suoi fianchi con forza. «Ragazzina…»

«Non distrarti, chef», mi mise in guardia, buttando il basilico nell'acqua. «Questo è un lavoro delicato.» Voltò leggermente il viso e mi mostrò un sorriso sensuale, mentre io cercavo di controllarmi.

«Due minuti», dissi, e lei mi guardò in modo interrogativo. «Devi sbollentare il basilico per due minuti.» La feci raddrizzare e la girai tra le mie braccia. «E possono succedere tante cose in due minuti.»

«Sì», rispose lei, cominciando ad abbassare una mano sul mio petto, fino a trovare l'elastico dei pantaloni. Lì si fermò, mordendosi il labbro inferiore. «Per esempio, preparare il ghiaccio.»

Si allontanò dalla mia presa prima che potessi impedirglielo, poi andò al freezer e tirò fuori il sacchetto pieno di cubetti, che rovesciò in una ciotola di acciaio.

Arretrai e mi appoggiai all'isola alle mie spalle. «E poi sarei io quello troppo serio.»

Avery riempì la ciotola d'acqua, prima di tornare a rivolgermi la sua attenzione. «Lo sei, chef.» Si avvicinò piano, con un'espressione innocente. «Dovresti rilassarti un po'. E ridere.»

«C'è un'altra cosa che preferirei fare, in questo momento.»

Lei sbatté le ciglia in modo lento. «Sì?»

La attirai a me. «Sì, ragazzina.»

Di nuovo, trovò l'elastico dei miei pantaloni e passò la punta delle dita sulla V che scompariva sotto il tessuto, mandandomi scosse bollenti in ogni parte del corpo.

«Tipo questo?» sussurrò, infilando un dito dentro l'elastico. Subito prima di sorridere in modo furbo.

Qualcosa di gelato mi scivolò sulle gambe, e io mi spostai di scatto, mentre lei scoppiava a ridere.

«Cosa cazzo...» imprecai, scuotendo i pantaloni. E dal fondo uscirono due cubetti di ghiaccio, che si riversarono sul parquet lucido.

Avery si teneva la pancia, mentre la sua risata vibrava nell'aria, infettando anche me.

«Questa me la paghi, ragazzina.» Mi lanciai verso di lei, che si tirò indietro.

«No, aspetta...» continuò a ridere, sollevando i palmi. «Aspetta, sono passati due minuti.»

«Credi che me ne freghi qualcosa?»

Avery però non mi ascoltò e corse alla pentola, dove scolò il basilico e lo mise dentro la ciotola con il ghiaccio. Poi si voltò nella mia direzione. «Cosa devo montare, adesso?»

Alzai un angolo della bocca. «Me.»

Il divertimento nei suoi occhi brillava di luce dorata. «Intendevo per l'emulsione, chef. Quali ingredienti devo usare?»

Camminai verso di lei. «L'emulsione può aspettare.»

«No, non è vero.» Sistemò le foglie scolate in un recipiente alto e ci aggiunse l'olio. «Così basta?»

«Stai mettendo a dura prova la mia pazienza, ragazzina.» E il mio autocontrollo. *Soprattutto* il mio autocontrollo.

«Credevo che gli chef stellati avessero molta più disciplina», commentò prendendomi in giro, mentre cercava di terminare la salsa in modo volutamente più lento del necessario.

«D'accordo. Basta così.» Andai al bancone e la feci spostare. Poi, muovendomi con fare veloce e sicuro, presi il frullatore a

191

immersione, aggiunsi al contenitore qualche altra goccia d'olio e cominciai a montare il tutto, assicurandomi che l'aria gonfiasse l'emulsione correttamente. «Fatto. Felice adesso, ragazzina?»

«Sì», rispose con un sorrisetto. «Adesso manca solo…»

Le strinsi la vita e, nel giro di un secondo, la feci sedere sul bancone, entrando tra le sue gambe. «Manchi solo tu.»

Avery rise e appoggiò la fronte alla mia. «In realtà, volevo assaggiare l'emulsione.»

Qualcosa si smosse dentro di me. «Okay.»

Senza rifletterci, presi il contenitore e ci affondai dentro l'indice. Avrei potuto porgerglielo, come aveva fatto lei con la coulis di lamponi. Ma non lo feci. Al contrario, alzai il dito e mi sporcai le labbra. Poi, mi avvicinai a lei.

«Avanti, ragazzina. Assaggiami.»

Le gambe di Avery tremarono e si serrarono attorno alla mia vita.

Osservandomi, si chinò e tracciò con la lingua il contorno della mia bocca. E io scattai.

Affondai una mano tra i suoi capelli e la incollai a me, mentre il nostro bacio si tingeva di sapori freschi e incredibili. Era tutto lì, sulle sue labbra. Gli anni che avevo passato in cucina, gli studi sugli equilibri migliori, gli abbinamenti più particolari. Avery era un piatto stellato di cui non avrei mai avuto abbastanza.

«Ti piace, ragazzina?» mormorai contro di lei.

«È meglio del filet mignon, chef.»

Risi, e Avery mi accarezzò una guancia, senza smettere di baciarmi. E lì, secondo dopo secondo, sentii qualcosa crescere nel mio petto. Non era solo la voglia che avevo di lei. Era qualcos'altro. Un calore che negli ultimi mesi si era raffreddato. Una luce che credevo fosse stata annientata molto tempo prima. Ma Avery stava cambiando le cose. Le stava migliorando. E io volevo solo continuare a baciarla e lasciare che si addentrasse nella mia oscurità, in modo che accendesse il suo fuoco e mi illuminasse.

~

«Cosa succederà domani?» chiese Avery mentre riprendevamo fiato, seduti sul divano.

Le accarezzai le gambe, appoggiate sulle mie. «Cosa intendi?»

«Al lavoro.»

«Beh, questo…» spostai le dita nell'interno del suo ginocchio e cominciai a risalirle la coscia, «non deve venire fuori.»

Mi fermò la mano e iniziò a tracciare piccoli cerchi sulla mia pelle, seguendo le cicatrici che mi avevano lasciato gli anni passati in cucina. «Sì, lo immaginavo», rispose.

Aggrottai la fronte. «Che c'è, ragazzina?»

I suoi grandi occhi caramello si spostarono nei miei. «Puoi raccontarmi qualcosa di te? Anche soltanto una cosa. Una cosa vera, solo tua.»

Quella richiesta mi confuse. «Perché?»

Esitò un istante, poi passò il pollice sul mio dorso. «Perché domani mi chiederò se questo è stato solo un sogno, e mi servirà qualcosa per ricordarmi che invece è tutto vero.»

Provai emozioni contrastanti nel petto. Alla fine, però, sentii la mia mascella contrarsi. «Non mi piace parlare di me.»

La delusione scavò i suoi lineamenti, e Avery abbassò la testa. «Okay. Non importa.»

Sospirai, riflettendo sulle sue parole e sulla sua reazione. Credeva che per me si trattasse solo di sesso? Credeva che non avrei più voluto rivederla, una volta tornati al lavoro?

«Vieni qui, ragazzina.» La tirai verso di me, fino a farla sistemare a cavalcioni sulle mie gambe.

Avery mi guardò sorpresa, appoggiando i palmi sul mio collo e puntando lo sguardo nel mio.

«Non sono bravo in queste cose», confessai.

Lei si sforzò di sorridere. «Non credevo che fossi capace di ammettere qualcosa del genere.»

Non reagii alla sua battuta, ma le scostai una ciocca di capelli dietro l'orecchio. «Cosa vuoi sapere?»

Si strinse nelle spalle. «Qualunque cosa tu voglia dirmi.»

Annuii, impedendo alla mia gola di chiudersi. «Sono cresciuto a Hartford. Mia madre faceva la casalinga, mio padre», la mia voce si tese, «era il capo della Polizia.» Cazzo. Non volevo spingermi in quella direzione. «Andavo malissimo a scuola», cambiai argomento.

Lei sorrise divertita, e quel gesto bastò ad alleviare la tensione che si stava creando.

«A volte saltavo le lezioni e mi intrufolavo in cucina per vedere come lavoravano i cuochi.» Repressi una smorfia. «E, credimi, non vuoi sapere cosa succede nelle mense scolastiche.»

Avery si morse il labbro per non ridere.

«Ho lasciato il liceo a sedici anni e sono andato via di casa.» *Scappato* sarebbe stato il termine giusto, ma quelli erano dettagli che non ero ancora pronto a condividere. «Ho iniziato a lavorare come lavapiatti a Long Island. Dopo una settimana, sono stato licenziato. Avevo detto allo chef che non era in grado di fare il suo lavoro.»

Lei schiuse la bocca per dire qualcosa, ma ci ripensò. Non voleva interrompermi. Non voleva che mi fermassi. E io decisi di non farlo.

«Ho continuato a cambiare ristorante e a imparare tutto quello che mi serviva sapere, finché non ho trovato qualcuno che credesse in me. Alla fine, dopo anni come capo chef in una cucina abbastanza famosa, ho aperto il mio ristorante.»

Annuì piano. Conosceva il resto della storia. La parte che avevo rilasciato durante le interviste, comunque. Ma lei mi aveva chiesto qualcosa di personale. Qualcosa di mio.

«Il mio colore preferito è il nero. Non sopporto la musica disco. Corro quasi tutte le mattine. A volte lascio cadere i penny sul marciapiede per portare fortuna a chi li trova. Detesto l'estate», cominciai a elencare, e Avery appoggiò la fronte alla mia, ridendo.

194

«Non smettere», mi pregò, mentre le avvolgevo la vita con le braccia.

«La prima volta che ho provato a cucinare flambé, mi sono quasi bruciato le sopracciglia. Non preparo mai astici né aragoste fresche, odio il fatto di doverle bollire vive. Sono un campione a giocare a bowling. Se potessi, al ristorante servirei popcorn al burro come ogni portata.»

«Adoro i popcorn al burro», commentò lei.

«Chi non li adora?»

«Continua.»

«Il giorno in cui sei entrata nella mia cucina, completamente bagnata e spettinata, ho pensato che fossi fottutamente bella.»

Le gambe di Avery si strinsero attorno alle mie, le sue dita aumentarono la pressione sul mio collo.

«Ogni volta che arrossisci, vorrei solo prenderti e baciarti. E, quando mi chiami *chef*, vorrei farti molto di più.» La mia voce era un sussurro rauco. «Se fossi mia, ti impedirei di uscire dal mio appartamento e ti terrei qui tutto il tempo.» La spinsi più in basso su di me. «E, se domani crederai ancora che questo sia stato un sogno, ci saranno due cose che potrai fare.»

Avery deglutì con forza. «Cosa?»

«La prima, venire al pass e guardare me. Troverò il modo di convincerti che è tutto reale.»

Lei si leccò le labbra. «E la seconda?»

«Andare in bagno. Sbottonarti la camicia. E guardarti allo specchio.»

Un cipiglio si formò sulla sua fronte. «Perché…»

Non la feci finire. Le abbassai il colletto della maglia fino a scoprirle il petto, poi posai le labbra su di lei e iniziai a succhiare.

Avery affondò le dita tra i miei capelli, gettando la testa all'indietro, e io continuai a marchiarla con la mia bocca, mentre lei sospirava.

Quando mi staccai, sfiorai il cerchio rosso e scuro che le era comparso sulla pelle.

«Ora hai la prova che non è stato un sogno.»

«Grazie, chef.» Tornò ad appoggiare la fronte alla mia e sorrise, guardandomi negli occhi. E lì vidi che c'era qualcosa che non mi stava dicendo. Qualcosa che stava cercando di nascondermi.

«Che c'è, ragazzina?»

«Io…» lasciò la frase in sospeso.

«Parla.»

«È solo… quello che hai detto prima.» Arrossì e abbassò lo sguardo, tracciando delle spirali sulla mia clavicola. «Io lo sono.»

La costrinsi a rialzare il viso. «Cosa?»

«Tua.»

17

Avery

Repressi uno sbadiglio mentre scendevo dalla bici, nel parcheggio della scuola. Mi sentivo esausta. Ma avrei passato gli ultimi giorni esattamente nello stesso modo, se avessi potuto tornare indietro. E Dio solo sapeva quanto avrei voluto farlo. Rivivere tutto... rivivere Rayden.

«Non sapevo se saresti venuta davvero», disse Mandy, comparendo al mio fianco.

Sistemai lo zaino su una spalla. «Ti ho promesso che sarei stata responsabile. Credo.» Ripensai alla conversazione che avevamo avuto il giorno prima. «Dove sono i ragazzi?»

«Stamattina avevano un allenamento con il coach, penso che siano al campo.» Indicò lo stadio sul retro della scuola. «Ma non voglio parlare di loro.» Fece un sorrisetto. «Allora?»

«Allora...»

«I dettagli!»

Appoggiai la bici alla rastrelliera e cercai il lucchetto nello zaino. «Non ho intenzione di raccontarteli qui, Dy», dissi, guardandomi attorno.

Lei sbuffò. «Sei insopportabile, Shaw.»

«Eppure mi adori, Moore.»

«Hai dormito da lui anche stanotte?»

«No, mi ha riaccompagnata a casa dopo cena. Voleva che restassi, ma…» Sospirai. «Avevo bisogno di andare al *Pilgrim*.»

La sua espressione si rabbuiò. «Come…»

«Al solito», risposi, prima ancora che terminasse la domanda. «Sexychef lo sa?»

Feci cenno di no. «L'argomento non è venuto fuori.» Non era del tutto vero. Era *quasi* venuto fuori, e io lo avevo deviato.

«E invece del liceo?»

Le rivolsi uno sguardo colpevole.

«Ry!» mi rimproverò.

«Lo so, lo so, avrei dovuto dirglielo. E glielo dirò. Davvero.»

«Certo, come no», commentò lei scuotendo la testa, e i suoi fini riccioli biondi le sferzarono le guance. «Tutte le relazioni che si rispettino si basano su omissioni e bugie.»

Iniziammo a camminare verso l'ingresso della scuola.

«Non abbiamo una relazione, Dy.» Era decisamente troppo presto per mettere etichette simili. O, almeno, credevo che lo fosse per lui. Io non avevo dubbi.

«Dillo alla tua espressione sognante», mi prese in giro.

Prima che potessi rispondere, sentii il telefono vibrare nella tasca posteriore dei jeans. Quando lo tirai fuori, vidi che mi era arrivato un messaggio.

CHEF: *Credimi, ragazzina, l'ho immaginata in modo fin troppo dettagliato.*

Le mie guance avvamparono e mi sentii bollire fino alla punta delle orecchie.

«Cosa… Oh Dio, è lui?» Mandy mi strappò il telefono di mano.

«Ehi», protestai, cercando di riprenderlo, ma lei mi tenne a distanza mentre scorreva la nostra chat e leggeva i messaggi che ci eravamo inviati quella mattina.

CHEF: *Non è stata una buona idea.*

IO: *Cosa?*

CHEF: *Lasciarti andare via. Avrei dovuto obbligarti a rimanere.*

IO: *Lo dici solo perché così ti avrei di nuovo preparato la colazione.*

CHEF: *Mi piacciono le tue colazioni.*

IO: *Grazie. Me la cavo bene con i pancake.*

CHEF: *Non è ai pancake che stavo pensando.*

IO: *E a cosa stavi pensando, chef?*

CHEF: *Solo allo sciroppo.*

IO: *Un peccato che sia finito.*

CHEF: *Farò in modo di comprarne ancora. E la prossima volta non uscirai da qui.*

IO: *Quindi, è questo il tuo piano?*

CHEF: *Piano?*

IO: *Usare lo sciroppo per incollarmi al tuo letto. Letteralmente.*

CHEF: *7*

IO: *7?*

CHEF: *Ho premuto lo schermo per sbaglio.*

IO: *Ammettilo, stavi ridendo.*

CHEF: *No, stavo immaginando la scena. E non c'è niente di divertente nell'averti incollata al mio letto.*

IO: *Forse non te la sei immaginata bene.*

CHEF: *Credimi, ragazzina, l'ho immaginata in modo fin troppo dettagliato.*

«Oh. Mio. Dio.» Mandy sgranò le palpebre e continuò a spostare gli occhi da me al telefono.

«Ridammelo, Dy.» Lo presi, bloccai lo schermo e lo infilai in tasca, ma la mia migliore amica mi stava ancora fissando.

«*Oh. Mio. Dio.*»

«L'hai già detto.»

«Non so che altro dire.»

«Non devi necessariamente dire qualcosa. Non avresti neanche dovuto leggere.»

«Vuoi scherzare?» esclamò a voce un po' troppo alta. «Queste sono *esattamente* le cose che voglio sapere. E devi raccontarmi dello sciroppo. No, riformulo: devi raccontarmi *tutto*.» Sembrava quasi più emozionata di me. Ma solo perché io stavo lottando contro l'imbarazzo.

«Dy, è…» Mi fermai quando notai una massa di studenti subito fuori dall'ingresso principale. «Che succede?»

La mia migliore amica si accigliò, dimenticando la nostra conversazione. «Non ne ho idea.»

Cominciammo a farci largo tra la folla.

«Ehi», disse Mandy a una ragazza del penultimo anno, «sai che…»

«È arrivata!» gridò lei, e subito tutti si voltarono verso di noi, iniziando a farsi da parte per liberare la soglia.

«Cosa…» mormorai piano, continuando ad avanzare insieme a Mandy. E, non appena entrammo a scuola, sgranai gli occhi.

Ai lati del corridoio, su due file parallele, c'era tutta la squadra di football in divisa. Ognuno di loro aveva in mano una rosa, e il primo la porse a Mandy, che la prese esitante.

«Che sta succedendo?» mi chiese, e io mi portai una mano davanti alla bocca. Perché avevo capito.

«Prendi le rose, Dy.»

Titubante, lei fece come le avevo detto, fino ad arrivare in fondo al corridoio, dove c'erano cinque ragazzi messi uno accanto all'altro.

Incrociai lo sguardo di Wes, che mi fece l'occhiolino, prima di girarsi insieme agli altri quattro. Sulla schiena, dove avrebbe dovuto esserci il loro numero, c'erano delle lettere che formavano una domanda: PROM?

«Oh Dio», disse Mandy, che ormai stringeva tra le mani un vero e proprio mazzo di rose.

I ragazzi si fecero da parte e lì, nella sua divisa da quarterback, c'era Trent, con un ultimo bellissimo stelo tra le dita.

«Allora, piccola?» chiese, aprendo le braccia. «Vieni al ballo di fine anno con me?»

Mandy iniziò ad annuire in modo concitato, prima di gettarsi sul suo ragazzo e cingergli la vita con le gambe.

«Sì. Certo che sì», gridò, cominciando a baciarlo. E dimenticandosi completamente che erano nel bel mezzo della scuola, circondati da studenti che stavano riprendendo la scena.

Un applauso si levò attorno a noi, e grida di assenso fecero vibrare l'aria.

Trent aveva sempre avuto un debole per fare le cose in grande. E, quando si trattava di Mandy, raramente sapeva trattenersi.

«Se fa questo ora, chissà cosa organizzerà quando le chiederà di sposarlo», disse una ragazzina a una sua amica, con fare sognante.

«Trent è perfetto», sospirò l'altra.

«Odio un po' la sua ragazza.»

«Sì, anche io.»

Repressi una risata e scossi la testa, mentre Weston si avvicinava a me.

«Ciao, straniera.»

«Ehi», gli sorrisi. «Questo è stato…»

«Esagerato?» concluse al mio posto.

«Stavo per dire *da Trent*.»

«Quindi, esagerato», ripeté lui, e io annuii.

«Dovremmo fermarli?» gli domandai, indicando i nostri migliori amici, ancora abbracciati e intenti a baciarsi.

«Quando i video verranno caricati su internet, magari capiranno perché dovrebbero evitare certe cose in pubblico.»

Storsi il naso. «Non credo che gli importi qualcosa degli altri.» Mandy e Trent avevano l'abilità di dimenticarsi del resto del mondo, quando stavano insieme.

Weston si appoggiò alla parete del corridoio e si scostò una ciocca bionda dalla fronte. «Allora…» Si schiarì la gola. «Tu hai già qualche programma per il ballo?»

La mia schiena si irrigidì. «In realtà, no.»

«Stavo pensando che…»

«Probabilmente lavoro, quella sera», dissi di getto, impedendogli di finire la frase. Perché sapevo cosa stava per fare. Cosa stava per chiedermi.

«Oh. Certo, giusto.» Annuì distrattamente. «E ti sta bene saltarlo solo per lavorare in uno stupido ristorante?»

Aggrottai la fronte.

«Voglio dire, è una serata importante. Sei una senior, e questo sarà il tuo ultimo ballo prima del diploma… È un rito di passaggio. Davvero vuoi saltarlo per fare la cameriera?»

«Ho bisogno di lavorare, Wes.»

«Non per forza in quel posto.» Il suo tono era diventato duro, e mi voltai verso di lui.

«Si può sapere cos'hai contro Rayden?»

Quando pronunciai il suo nome, Wes contrasse la mascella. «Non credo che dovresti fidarti di lui, tutto qui.»

Una strana agitazione mi pizzicò lo stomaco. «Perché no?»

«Perché lui è…»

«Signorina Shaw?» Una voce profonda mi fece trasalire e mi voltai di scatto. Lì, davanti a me, c'era il preside Penn.

«Ho bisogno di parlarle nel mio ufficio.»

«C'è qualche problema?» domandò Wes, con una vena protettiva che traspariva dal suo tono.

«La cosa non la riguarda, signor Hudson.» Il preside mi fece un cenno con la mano. «Andiamo.»

Lo seguii nel suo ufficio con il cuore che mi batteva in gola. E la cosa non fece che peggiorare quando mi sedetti di fronte alla sua scrivania.

«Qualcosa non va, preside?» chiesi tutto d'un fiato, in modo da andare dritta al punto.

«Come si sente, signorina Shaw?»

Mi sistemai i capelli dietro le orecchie. «Bene», risposi subito. Finché non ricordai che Mandy mi aveva coperta, negli ultimi giorni. Non le avevo neanche chiesto cosa aveva detto. «Meglio», mi corressi.

Il preside incrociò le dita sopra la scrivania. «Ha fatto molte assenze, ultimamente.»

«Sì, ho avuto bisogno di un po' di riposo.»

«È comprensibile, vista la situazione.» Il suo sorriso si fece cupo. «Ma non può continuare a saltare le lezioni.»

Deglutii piano. «Lo so, mi dispiace.»

«Se le serve una mano, Miss Vaughn è più che felice di aiutarla.»

Mi costrinsi a non roteare gli occhi. Fin dal giorno dopo l'incidente, la scuola aveva iniziato a spingere perché andassi in terapia dalla psicologa scolastica. E ci ero andata, qualche volta. Ma non era servito a granché.

«La ringrazio, ma sto bene.»

Mi rivolse uno sguardo scettico. «Non credo che...»

«Ho trovato un lavoro», lo interruppi. «È il motivo per cui sono stata impegnata negli ultimi giorni. Mi servono i soldi e non potevo permettermi di rifiutare quei turni.»

La mia ammissione lo colse del tutto alla sprovvista. «Oh. Beh, allora le cose sono diverse. Ma, per quanto possa capire le sue necessità, saltare la scuola non può essere un'opzione.»

«No, certo», annuii, fingendomi più dispiaciuta di quanto non fossi realmente. «Parlerò con il mio capo. Troverò un modo per far funzionare le cose.»

«Bene», rispose lui, facendo un cenno secco con la testa. «Mancano solo quattro settimane alla fine della scuola. Poi sarà libera di lavorare a tempo pieno. Nel frattempo, seguirà regolarmente ogni lezione.»

«Sì, signore.»

Il preside Penn mi sorrise. «Siamo d'accordo, allora. Può andare.»

Mi alzai e uscii dal suo ufficio, continuando a riflettere.

Quattro settimane. Quattro settimane in cui avrei dovuto lavorare e studiare. Quattro settimane in cui la scuola finiva alle tre del pomeriggio. Lo stesso orario in cui io avrei dovuto presentarmi al ristorante.

Mi serviva una soluzione. E, per qualche motivo, ammettere la verità con Rayden mi sembrava la cosa peggiore che potessi fare.

18

Rayden

«Ultimo ticket», annunciai, suonando la campanella del pass.

Subito, Avery attraversò la soglia e venne a prendere i piatti che avevo posato sul bancone. Per tutta la sera, aveva mantenuto un comportamento serio e professionale. Ma la vedevo, quando si avvicinava alla cucina. Indugiava con lo sguardo su di me, e allo stesso tempo si sforzava di non farlo. Era dannatamente adorabile.

Stando attento a non farmi vedere dalla mia brigata, le feci l'occhiolino, e le sue guance diventarono più calde, mentre deglutiva e portava i dessert in sala.

«Sono a pezzi», commentò Deelylah, appoggiandosi al bancone e stirandosi le braccia.

Mi voltai verso la cucina, dove i miei chef de partie stavano già pulendo le loro postazioni. «Ottimo lavoro, ragazzi.»

«Grazie, chef», risposero.

«Vi anticipo che questa domenica faremo una riunione.»

Immediatamente, mi rivolsero la loro attenzione. Mi ero domandato se parlarne di già oppure no. Avevo pensato di accennarlo durante il briefing che avevamo fatto quel giorno, ma avevo preferito che si concentrassero sul turno.

«C'è qualche problema?» chiese subito Deelylah.

«No. Sto solo pensando di apportare delle modifiche al menu. Domenica ve le esporrò.»

Mathis si avvicinò. «Delle modifiche?»

Annuii. «Per renderlo più vario. E diverso dal *Black Gold*.»

Quel giorno, finalmente, mi erano venute delle idee. Idee che potevano funzionare. E tutte avevano in comune un'unica fonte di ispirazione. Una musa dagli occhi color caramello e la pelle di zucchero.

«Ma abbiamo appena inaugurato *questo* menu», disse Deelylah. «Ci abbiamo lavorato per mesi.»

Incrociai le braccia al petto e le rivolsi un'occhiata dura. Non stavo chiedendo la sua opinione. Le stavo comunicando le mie intenzioni. «Faremo un re-opening, se necessario. Ma i piatti verranno cambiati.»

«Courtney lo…»

«Se hai delle domande da fare, ne possiamo discutere alla riunione», la interruppi, granitico. E lei strinse le labbra. «Nel frattempo», mi rivolsi agli altri, «continuate come avete fatto stasera.»

Loro annuirono e ripresero a occuparsi delle postazioni, mentre io facevo lo stesso. Era la parte più dura, quella. Dopo un turno intero passato a cucinare e a muoversi su e giù in una cucina bollente, l'unica cosa che ognuno di noi voleva era farsi una doccia e riposarsi. Ma era essenziale pulire a fondo ogni singola superficie prima di andare via.

Presi i ticket che avevo messo da parte e cominciai a esaminarli, quando Deelylah si avvicinò a me.

«Ray, che succede?»

Inarcai un sopracciglio. «A cosa ti riferisci?»

«Il menu… È ancora per la recensione della D'Arnaud?» Sospirò. «C'è un motivo se hai scelto di tenere gli stessi piatti del *Black Gold*. Perché funzionano.»

«No. Ho tenuto quei piatti perché non ne avevo altri che li superassero.»

Lei sembrò stupita. «E ora la cosa è cambiata?»

«Sì.» Non aggiunsi spiegazioni. Non gliele dovevo.

Annuì un paio di volte. «Okay. Beh, avresti potuto dirmelo.»

Mi accigliai. «Perché?»

«Cristo, Ray», sbuffò piano. «Lo capisco, sei arrabbiato. Pensi che io abbia fatto una stronzata all'inaugurazione e…»

«*Penso?*»

«Sì, *pensi*. Perché non puoi saperlo con certezza. Per quanto ne sai, stai dando credito a una cameriera che si crede talmente arrogante da venire a fare la spia su di me, come se fossimo dei maledetti ragazzini al liceo, e…»

La presi per il gomito e la portai fuori dalla cucina, dove tutti potevano sentirci, per condurla nel mio ufficio. Solo quando mi fui richiuso la porta alle spalle la lasciai andare.

«Ne abbiamo già parlato, Dee.»

«Da quanto mi conosci, Ray? Quanto abbiamo lavorato insieme?» Aprì le braccia. «Ti è davvero più facile credere che io abbia sbagliato, piuttosto che la stronzetta si sia inventata tutto solo per avere la tua attenzione?»

Un moto di irritazione mi risalì la gola. «Non ho intenzione di affrontare di nuovo questo argomento. Qualunque cosa sia successa giovedì, ormai è acqua passata.»

«Allora perché non mi hai parlato dell'idea del nuovo menu? Sono la tua sous chef, ho…»

«Esatto.» Avanzai nella sua direzione. «Sei la mia sous chef. Ti dico le cose quando voglio dirtele.»

Vidi un lampo attraversare i suoi occhi, ma si riprese subito. «Senti, Ray…» La sua voce era più bassa, e anche lei fece un passo avanti, finché non ci trovammo solo a pochi centimetri di distanza. «Che ne dici se stasera vengo da te? Possiamo chiarire e domani puoi parlarmi dei nuovi piatti.» Mi sorrise.

Prima che potessi anche solo pensare a cosa rispondere, qualcuno bussò alla porta, subito prima di aprirla.

«Oh, ehi, ragazzi», disse Courtney, varcando la soglia.

Dietro di lei, nel corridoio, stavano passando dei camerieri, diretti alla sala del personale. Tra loro vidi Avery, che mi rivolse un'occhiata veloce, per poi spostare la sua attenzione su Deelylah, ancora estremamente vicina a me.

«Va tutto bene?» Courtney richiuse la porta.

Mi allontanai dalla sous chef. «Sì.»

Lei ci guardò sospettosa, ma non insistette. «Sono solo venuta a lasciare qui questi.» Fece un cenno verso i registri che aveva in mano.

«Fai con calma», le dissi, mentre si avvicinava alla scrivania e apriva i cassetti. «Qui abbiamo finito.»

Senza rivolgere un'altra occhiata alle due donne, uscii nel corridoio e tornai in cucina. Passarono pochi minuti prima che Deelylah facesse lo stesso. E il fatto che non mi rivolse più la parola mi fece capire che aveva recepito il messaggio.

Non la volevo da me. Ma, a differenza di ciò che credeva lei, l'errore che aveva commesso con la riduzione all'aceto balsamico non c'entrava niente.

«Buonanotte, chef», disse Julian, aprendo la porta sul retro e portando fuori gli ultimi sacchi di spazzatura, insieme a Mathis e Ruben.

«A domani, ragazzi», li salutai.

«Vado anche io.» Deelylah iniziò a sbottonarsi la giacca bianca che portava.

Annuii brusco. «Buonanotte.»

Lei sospirò, poi scosse la testa e andò verso l'uscita.

Finalmente, la cucina cadde nel silenzio, e io mi concessi di appoggiare i palmi sul bancone, chiudere gli occhi e respirare. Era la parte del turno che preferivo. Quando tutto diventava silenzioso, ma l'aria tremava ancora per l'agitazione che l'aveva scossa per tutta la serata. Un'agitazione che sentivo dentro di me, e che avrei disperatamente voluto sfogare.

«È strano vedere questo posto così vuoto», disse una voce alle mie spalle.

Quando mi voltai, scoprii che Avery si era avvicinata, con un piccolo sorriso incerto sul viso.

«Non dovresti essere qui, ragazzina.»

La durezza delle mie parole le fece sbattere le ciglia più volte. «Scusa, non...»

Senza darle il tempo di finire, la attirai a me e mi gettai sulle sue labbra.

Cazzo, quanto era buona. Il suo sapore stava velocemente diventando una droga, e volevo solo continuare a sentirla. Ad assaggiarla. A divorarla.

Le schiusi la bocca con la lingua e la intrecciai alla sua, mentre Avery si aggrappava alle mie spalle. Le sue gambe stavano tremando, il suo corpo bruciava.

«Dio, ragazzina», gemetti su di lei, spostandola in modo che la sua schiena fosse attaccata alla parete.

Feci scorrere un palmo sulla sua vita, sul fianco, fino a scendere sulla sua coscia morbida. Stringendola tra le dita, le feci alzare il ginocchio e mi spinsi contro di lei, strappandole un sussulto.

«Devi fermarmi», ordinai, mentre la mia bocca imprimeva baci caldi e umidi sul suo collo.

«Non voglio fermarti, chef.» Le sue mani trovarono la mia bandana e la sfilarono, prima di affondare tra i miei capelli.

«Cristo.» La schiacciai contro il muro, certo che nessuno dei due potesse più respirare. «Non possiamo. Non qui.»

«Okay», mormorò Avery. Ma non si allontanò. E non lo feci neanche io.

«Fermami», dissi ancora, sollevandole la camicia e accarezzandole la pelle nuda.

«Non ci riesco», mugolò, inarcandosi contro di me.

Le sue dita scesero sul mio corpo, fino a trovare i miei pantaloni. E lì rallentarono, affondando solo con la punta dentro la cintura.

Le bloccai i polsi e mi obbligai a recuperare il mio autocontrollo. Non potevo permettermi di perderlo. Non importava quanto lo volessi.

Appoggiai la fronte alla sua e rubai i suoi respiri, per riprendere fiato.

«Non in cucina.» La mia voce rauca la fece rabbrividire.

«D'accordo, chef.»

Un rumore di tacchi riecheggiò nel corridoio, e io mi tirai subito indietro, mettendo distanza tra me e la ragazza che minacciava di mandarmi fuori di testa ogni volta che mi guardava.

«Ho chiuso l'ingresso principale, puoi…» Courtney si interruppe quando notò Avery. «Che ci fai ancora qui?»

«Oh.» Si schiarì la gola. «Avevo bisogno di chiedere una cosa allo chef», spiegò, cercando di essere disinvolta. E io la imitai, appoggiandomi al bancone alle mie spalle e incrociando le braccia al petto.

«Cosa?» domandò la manager, dura.

Avery si spostò una ciocca dietro l'orecchio. «Se fosse possibile attaccare il mio turno dieci minuti dopo.»

Courtney camminò verso di noi, e sperai che non si accorgesse del fatto che la mia bandana era per terra, ai piedi di Avery. «Queste non sono cose per cui devi disturbare lo chef. Dopo una serata come questa, l'ultima cosa di cui ha bisogno sono i camerieri che avanzano le loro pretese. Devi fare queste domande a me o a Rochel. E la risposta è…»

«Le ho detto che va bene», la interruppi. Poi guardai Avery duramente. «Ma ha ragione, non mi occupo io di queste cose.»

Lei annuì. «Scusi, chef.»

«C'è altro?» chiese Courtney.

Avery scosse la testa.

«Bene, allora vai, così possiamo chiudere.»

Osservai Avery varcare la soglia della cucina e tornare verso la sala del personale.

«Questo è quello che ottieni per aver assunto qualcuno che non ha idea di come funzionino posti come questo», disse Courtney, spostandosi i capelli rossi dietro la schiena.

«Me lo ricorderò per la prossima volta.» Mi staccai dal bancone e mi guardai attorno. «Ho scordato una cosa in ufficio. Ci pensi tu a chiudere qui?»

«Certo.» Si infilò la giacca che teneva su un braccio e si avviò verso la porta. «A domani, Ray.»

«A domani.»

Uscii in corridoio, poi aspettai di sentire la serratura scattare. Non appena fui certo che Courtney fosse andata via, mi diressi alla stanza del personale. Avery era lì, al suo armadietto. Si stava infilando il telefono nella tasca posteriore dei jeans, e notai che si era slacciata i primi due bottoni della camicia.

Mi avvicinai senza esitare, le posai le mani sui fianchi e la girai verso di me. Avery sussultò, e io abbassai lo sguardo sul suo seno, reso ancora più invitante dal gilet stretto, e la sfiorai con la punta delle dita, fino a spostare di lato un lembo della camicia.

«Quante volte lo hai guardato, stasera?»

Lei represse l'imbarazzo. «Nessuna.»

Inarcai un sopracciglio.

«Tre», ammise.

Tracciai il contorno del cerchio rosso con cui l'avevo marchiata. «E ti ha aiutata?»

«Mi ha ricordato che non mi sono sognata tutto. Il problema è che poi non sono più riuscita a pensare ad altro.»

La capivo. La capivo fin troppo bene. «E a cosa hai pensato, ragazzina?»

Le sue guance si fecero rosse, e un ringhio vibrò nel mio petto.

«Te l'ho detto che effetto mi fai quando arrossisci.» Le misi il palmo davanti al collo, e con le dita inclinai il suo viso verso il mio.

211

La malizia le accese lo sguardo. «Sì… *chef*.» Disse quell'ultima parola lentamente, articolando in modo sensuale ogni singola lettera.

Trovai la sua bocca prima ancora di darle il tempo di prendere un respiro. Non mi importava che potesse avere l'ossigeno. Volevo che avesse solo me.

Le strinsi le cosce e la sollevai, facendole avvolgere le gambe attorno alla mia vita.

«Credi che… sia una buona idea…» ansimò tra i baci.

«Sì, ragazzina. Tu sei un'idea fottutamente buona.» Le passai la lingua sul labbro inferiore e lei mugolò.

«Ma se qualcuno… ci…»

Mi tirai indietro. «Smettila di preoccuparti.» La mia voce era dura. «Devo ordinartelo?»

Fece un sorriso timido. «Mi piace quando mi dai degli ordini, chef.»

Una scossa bollente mi attraversò il ventre. «Davvero?»

Avery annuì, guardandomi attraverso le ciglia.

«Come vuoi, ragazzina.»

La staccai dalla parete e mi avviai verso il mio ufficio, rimettendola a terra solo una volta che ebbi superato la soglia.

«Chiudi la porta. A chiave.»

Lei obbedì subito, mentre io andavo ad appoggiarmi contro la scrivania. Quando si voltò verso di me, tutta la sua innocenza era lì, sulle sue guance, come due metà succose di un melograno.

«Via il gilet.»

Piano, Avery lo sbottonò, lasciandolo cadere sul pavimento.

«E la camicia.»

Di nuovo, seguì i miei comandi, senza smettere di guardarmi negli occhi. La osservai rivelare centimetro dopo centimetro il suo seno, mostrando la sua pelle liscia e perfetta. Una pelle che non vedevo l'ora di coprire con il mio corpo.

«E adesso, chef?»

«Adesso vieni qui.»

Si avvicinò con passi misurati, e io serrai le dita attorno al bordo della scrivania, per impedirmi di afferrarla e incollarla al mio petto.

«I capelli. Sciogliili.»

Una cascata di onde castane le circondò il viso, dandole un aspetto quasi selvaggio.

Cazzo.

«Girati.»

Un lampo di sorpresa attraversò la sua espressione, ma non chiese spiegazioni. Semplicemente, mi diede le spalle. E, non appena lo fece, io la presi per i fianchi e la tirai contro di me, in modo che il suo fondoschiena premesse sulla mia erezione.

«Ho un ultimo ordine, ragazzina», mormorai al suo orecchio.

«Qualunque cosa, chef.»

Le mie dita tracciarono un sentiero tra i suoi seni, fino a raggiungere il bottone dei suoi jeans. «Non ti è concesso urlare. Non finché non te lo dico io.»

Senza darle il tempo di rispondere, aprii il bottone e infilai la mano dentro i suoi slip, sentendo il pizzo ruvido contro il dorso.

Avery strinse le labbra e gettò la testa all'indietro, appoggiandola sulla mia spalla, mentre io iniziavo a toccarla con movimenti decisi. E quando affondai un dito dentro di lei, tutto il suo corpo tremò.

«Rayden...»

«Shh, ragazzina.»

Avery si portò una mano alla bocca, reprimendo ogni meraviglioso suono che le risaliva la gola, e io la torturai a un ritmo sempre più veloce.

Le baciai il collo, facendola fremere. Le morsi l'orecchio, facendola gemere. E poi aggiunsi un secondo dito, mandandola a fuoco.

Un mugolio strozzato filtrò dalle sue labbra serrate, e Avery si schiacciò del tutto contro di me, cercando un supporto che ero più che felice di darle.

«Non… non ci riesco…» Alzò un braccio e lo mise attorno al mio collo, come se non fosse più in grado di stare in piedi. E la cosa mi faceva impazzire. Tutto di lei mi faceva impazzire.

Le sue grida soffocate, le sue preghiere sussurrate. E il mio nome sulle sue labbra morbide.

«Ti prego», mormorò contro il suo palmo. «Per favore… Rayden…»

Una scossa mi incendiò, e ritrassi la mano con un gesto brusco. Senza aspettare neanche un secondo, la feci spostare, in modo che le sue ginocchia si scontrassero con la scrivania.

La ammirai come se fosse l'opera d'arte più pregiata al mondo, mentre la facevo chinare in avanti. Ma non mi sarei fermato a guardarla a lungo, quella volta. Avevo bisogno di avere di più. Ne avevamo bisogno entrambi.

Le accarezzai il fondoschiena e le abbassai i jeans, poi slacciai i miei. E, senza darle alcun preavviso, sprofondai dentro di lei, che trattenne il respiro e si irrigidì. E, cazzo, era la sensazione più incredibile che avessi mai provato.

«D'accordo, ragazzina. Urla.»

19
Avery

«Che ne dici?» mi chiese Mandy, uscendo dal camerino.

Un abito argento le avvolgeva il corpo in modo estremamente aderente, fasciando e accentuando ogni curva.

Spostai più volte lo sguardo dallo scollo profondo agli occhi della mia migliore amica. «Hai intenzione di ballare con Trent o di ucciderlo?»

Lei fece un sorrisetto e si voltò verso lo specchio. «Dici che è troppo?»

«Dico che, se non vuoi che lui prenda a pugni tutti quelli che si metteranno a sbavare vedendoti così, magari dovresti prendere in considerazione qualcosa di un po' più sobrio.»

«Non è giusto, però», sbuffò, scostandosi un ricciolo biondo dal viso. «E, a proposito di cose ingiuste...» Si girò nella mia direzione. «Perché hai detto a Wes che non verrai al ballo?»

«Perché stava per invitarmi.»

Non avevo avuto la possibilità di chiacchierare molto con Mandy, nel corso della settimana. Durante le lezioni prendevo

215

appunti, durante le pause studiavo, e dopo la scuola andavo al ristorante. Finalmente, però, era sabato, e quella mattina sarebbe stata dedicata interamente a noi due.

«Quindi non vuoi andarci con lui, okay. Ma verrai. Vero?»

«No, se devo lavorare.»

«Oh, scusa, ho formulato male la frase.» Si batté un palmo sulla fronte. «Tu verrai. *Punto.*»

«Dy…»

«Hai due scelte. Confermare subito la tua presenza o lasciare che sia io a parlare con Sexychef perché ti dia la serata libera.»

La fulminai. «Come fai a essere la mia migliore amica?»

«Perché ti impedisco di perderti eventi importanti che poi rimpiangeresti.»

Mi appoggiai allo schienale del divanetto e mi presi le ginocchia tra le braccia. «Mettiamo che chieda di avere quel sabato libero. Con chi dovrei andarci, esattamente?»

Lei si strinse nelle spalle. «Non devi per forza andarci con qualcuno. E posso dire a Trent di obbligare la squadra a ballare con te tutta la sera, a turno.»

Mi portai un palmo al petto e mi finsi commossa. «Proprio quello che sognano tutte. Giocatori costretti a lasciare in disparte le loro stupende ragazze per ballare svogliatamente con te.»

Mandy si mise le mani sui fianchi. «Senti, non mi importa se te ne starai tutto il tempo in un angolo a bere punch di sottomarca, tu verrai e ci divertiremo.»

Sospirai, ma evitai di replicare. La verità era che mi sarebbe piaciuto partecipare. Solo che c'era un'unica persona che avrei voluto al mio fianco. Un'unica persona da cui avrei voluto farmi stringere e cullare tutta la sera. Ma non sarebbe stato possibile. E non solo perché non aveva ancora idea del fatto che io andassi al liceo, ma perché al ballo erano ammessi solo gli studenti della scuola.

«Vado a provare quello rosso», mi informò Mandy. «E tu potresti approfittarne per cercare qualcosa per te.»

216

«Qui? Hai visto i cartellini?» Quella boutique aveva prezzi esorbitanti, che io non potevo permettermi neanche lontanamente.

Un lampo di senso di colpa attraversò gli occhi celesti della mia migliore amica. «Ry, scusa... Sai che ti dico? Fammi togliere questo vestito e cambiamo negozio.»

«Non devi...»

«No, davvero. Al diavolo. Al massimo ci tornerò un altro giorno.» Scomparve dentro il camerino e ne uscì qualche minuto dopo, di nuovo in jeans e maglietta.

Iniziammo a camminare senza meta nel centro commerciale, guardando le vetrine e criticando la maggior parte degli abiti in vendita.

«Oh, entriamo qui», disse Mandy, prendendomi per mano e portandomi dentro a un piccolo negozietto vintage.

Le basse luci rosa e blu donavano all'ambiente un'aria retrò, e manichini in giacche di pelle e gonne svasate ci osservavano dalle pareti.

Mandy si avvicinò a un'asta piena di vestiti di tulle e seta e cominciò ad accarezzarli, fino a tirarne fuori uno color rosa antico, in cui un pizzo elegante avvolgeva tutto il corsetto.

«Okay, sono innamorata.»

«Se lasciassi Trent per questo vestito, lo capirei», dissi, e lei sorrise, prima di fiondarsi verso un camerino.

Continuai a passare la punta delle dita sulle stoffe, finché un abito non mi spinse a fermarmi.

Attenta a non sgualcirlo, lo tirai fuori e schiusi le labbra. Un'ampia gonna nera e lucida si estendeva morbida fino a terra. Niente decorazioni, niente fronzoli. L'esatto opposto della parte superiore. Dalla vita in su, delicati ricami dorati si estendevano sul materiale scuro, creando disegni raffinati e catturando la luce.

Subito, i miei pensieri andarono a Rayden. Al *Black Gold*, all'*Ambroisie*. Oro e nero erano la sua firma. Luce e buio. Chiarore e oscurità.

217

Mi immaginai con addosso quel vestito… e con le sue mani su di me.

«Ry, devi provarlo.» Mandy corse al mio fianco, gli occhi puntati sull'abito.

«Non credo che…» Mi interruppi e sgranai le palpebre. «Dy, sei stupenda!»

Lei sorrise e si lisciò il corsetto. Era bellissima. «Penso che sia quello giusto.»

Riappesi il vestito che avevo preso e annuii. «Lo è. Anche se c'è una buona probabilità che Trent svenga lo stesso.»

Lei ammiccò. «O che me lo strappi.»

Feci una smorfia. «Mi dispiacerà per il vestito, allora.»

«Ne varrà la pena.» I suoi occhi brillarono. «Ma tu devi provare quello. Subito.»

«Dy, non…»

Dei colpi secchi risuonarono dietro di noi, ed entrambe ci voltammo, confuse. Lì, al di là della vetrina, Trent e Wes ci stavano salutando.

Un urlo acuto risalì la gola di Mandy, che si gettò nel camerino. «Non può vedermi con il vestito», gridò da dietro la tenda, e io scoppiai a ridere.

«È un ballo, Dy, non il vostro matrimonio.»

«Non fa nessuna differenza. Credi che lo abbia visto?»

Osservai Trent, che aveva un cipiglio sulla fronte. «Beh, è ancora cosciente, quindi non credo.»

«Okay. Bene.» Mandy si vestì e tornò da me. «Vado a pagare, tu aspettami pure fuori.»

Annuii e mi diressi verso l'uscita.

«Che cavolo le è preso?» chiese Trent, raggiungendomi.

«Ha trovato il vestito per il ballo, non voleva che la vedessi.»

«Oh», commentò, come se la cosa avesse perfettamente senso.

«Sa che non si stanno per sposare, vero?» domandò Wes, e io risi.

«È esattamente la stessa cosa che ho detto io.»

Mi fece l'occhiolino. «Le grandi menti pensano allo stesso modo.»

Trent si rivolse a me. «Dovrai aiutarmi con il… il coso di fiori, hai presente?» chiese in modo quasi implorante.

«Il corsage», risi. «O rosa o bianco», gli dissi.

«Rosa o bianco. Ricevuto.» Si passò una mano tra i capelli. «Tu non hai trovato niente?»

Lo sguardo che mi rivolse Wes fu cupo, e io mi schiarii la gola.

«In realtà…»

«Eccomi!» Mandy si avvicinò a noi, con un enorme sacchetto di carta in mano. Lo aveva fatto chiudere, in modo che la stoffa non fosse visibile, e io repressi il divertimento.

«Vi va di andare a mangiare qualcosa?» chiesi, infilando i pollici in tasca. «Devo essere al ristorante tra due ore e ho bisogno di energie. E caffeina.»

Mandy mi prese a braccetto. «Muoio di fame anche io.»

Cinque minuti dopo, stavamo entrando in caffetteria.

«Noi ordiniamo, voi prendete un tavolo», ci disse Trent, e noi annuimmo, elencandogli cosa volevamo.

Ci accomodammo a un divanetto in un angolo del locale, e Mandy si sedette di fronte a me, mettendo la busta per terra, al suo fianco.

«Allora?»

Mi accigliai. «Cosa?»

«Trent ha visto il vestito?»

Scossi la testa, esasperata. «No, Dy…» Mi bloccai. Perché qualcosa aveva catturato la mia attenzione. O meglio, *qualcuno*.

Dall'altra parte della caffetteria, due occhi grigi mi stavano fissando così intensamente che l'aria stessa parve assumere un colore argenteo.

Rayden.

Era seduto a un tavolo, con alcuni fogli davanti a sé e una tazza di caffè vicino. Ma non era solo. Era con Deelylah.

219

«Capisci?»

Sbattei le palpebre e tornai a concentrarmi sulla mia migliore amica. «Mmh?»

Lei aggrottò la fronte, mentre cercava qualcosa nella sua borsa. «Mi stai ascoltando?»

Mi schiarii la gola. «Scusa, sì, certo…» Il mio telefono vibrò, e lo tirai fuori dalla tasca.

CHEF: *Quella maglia starebbe meglio sul pavimento di casa mia.*

Arrossii e abbassai lo sguardo su di me, lanciando una veloce occhiata alla maglia nera che portavo.

IO: *Vuoi che la tolga e ti faccia vedere come sta sul pavimento della caffetteria, chef?*

Alzai subito gli occhi e lo vidi irrigidirsi.

CHEF: *Non provocarmi, ragazzina.*
IO: *Altrimenti tu cosa fai?*

Rayden mi rivolse un'espressione che non riuscii a decifrare. Prima che potesse rispondermi, però, Deelylah reclamò la sua attenzione. E io avvertii una fitta alla bocca dello stomaco.

«Ecco qui, ragazze.»

Trent posò un frappè agli Oreo davanti a Mandy e Wes mi passò il caramel latte ghiacciato e un sandwich.

«Grazie», gli dissi, mentre si sedeva accanto a me.

Mossi la cannuccia su e giù nel bicchiere, mescolando il liquido, poi me la portai alla bocca e mandai giù un sorso freddo e dolce, assaporando la caffeina.

«Avete finito con lo shopping?» chiese Trent, addentando il suo panino.

Mandy annuì. «Tranquillo, non ti porterò per negozi tutto il pomeriggio.»

Lui fece un sospiro di sollievo. «Grazie a Dio.»

«Oggi fino a quando lavori, Ry?» mi domandò Wes, voltandosi verso di me.

«È sabato, quindi credo che ci sarà più lavoro», risposi.

«Kelly dà una festa a casa sua», continuò. «Potresti passare, quando stacchi.»

Mandy sbuffò una risata. Sapeva che, per tutta la settimana, ero sempre rimasta con Rayden dopo il lavoro. Così, la fulminai prima che potesse dire qualcosa. Qualsiasi cosa. E non solo perché non avevo alcuna intenzione di affrontare quel discorso con i ragazzi presenti, ma perché Rayden era seduto a pochi metri da noi.

Mi domandai se potesse sentirci, ma feci del mio meglio per non guardare nella sua direzione e scoprirlo.

«Tu oggi non esci a cena con tuo padre?» chiese Trent a Wes.

«Sì, ma non penso che staremo fuori molto a lungo. Vi raggiungo direttamente da Kelly.»

«Odio Kelly», disse piano Mandy.

Wes mi diede una gomitata e ammiccò, facendo un piccolo cenno verso i nostri amici. «Strano, Trent la adora.»

Stavo per dargli spago e stare al gioco, quando Mandy si strozzò con il sorso che stava prendendo. Cominciò a tossire, e la panna sul suo frappè schizzò in aria, colpendomi il viso e bagnandomi le guance.

Wes scoppiò a ridere e io mi unii a lui, mentre Trent dava delle pacche sulla schiena a Mandy e ci rivolgeva un'occhiata truce.

«Va' a farti fottere, Hudson», sibilò.

«Mi serve un fazzoletto», dissi divertita, passandomi le dita su uno zigomo.

Wes ne prese subito uno e me lo passò. «Tieni.»

«Siete degli stronzi», ci accusò Mandy, riprendendo fiato.

«Io che ho fatto?» protestai.

221

«Non dicevo a te, ma a questi due.»

«*Io* che ho fatto?» chiese allora Trent.

La sua ragazza socchiuse le palpebre. «Sei amico suo.» Indicò Weston.

«Dai, Mandy», sbuffò lui. «Ti stavo solo prendendo in giro. Sai che lo tieni per le palle.»

Lei fece un sorrisetto. «Lo so.»

«Ehi.» Trent puntò un indice contro il suo migliore amico. «Non mi tiene per le palle.»

Mandy finse il broncio e gli posò una mano sulla coscia, salendo sempre più in alto. «Credevo che ti piacesse.»

«Possiamo mantenere la cosa adatta a un pubblico minorenne, per favore?» domandai. «Ci sono dei bambini in questo bar.»

«Oh, ti prego», sbuffò Mandy. «Tu non hai più alcun diritto di fare la santarellina.»

Le mie guance avvamparono, mentre i ragazzi mi guardavano.

«Questo cosa vorrebbe dire?» chiese Trent, accigliato.

«Niente», dissi a denti stretti, e Mandy sorrise.

«Niente», confermò. Poi si indicò la tempia destra. «Hai un po' di panna tra i capelli.»

Alzai una mano e cercai di pulirmi, ma lei scosse la testa.

«No, dall'altra parte», mi istruì.

«Aspetta.» Wes si avvicinò e portò le dita tra le mie ciocche. Il suo sembrava un gesto naturale, ma il suo sguardo era diventato più intenso, e per un istante si posò sulle mie labbra. «Ecco», mormorò, estremamente vicino a me.

Deglutii e arretrai. «Grazie.»

In quel momento, il mio telefono vibrò, e lo girai subito, tenendolo in modo che solo io potessi leggere il messaggio.

CHEF: *Se lo stronzo ti tocca di nuovo, perde la mano.*

Una sensazione calda si agitò dentro di me.

Rayden era... geloso?

«Chi è?» chiese Wes, con tono stranamente duro.

«Chi, secondo te?» esclamò subito Mandy, e io sbiancai. «Sexychef!»

«Dy», sibilai.

«Oh, andiamo, conosco quell'espressione. La usi solo per Sex...»

Le tirai un calcio sotto il tavolo, e lei trasalì.

«Ahi», si lamentò, e io sgranai le palpebre, cercando di comunicarle con lo sguardo di stare zitta.

Il mio telefono vibrò di nuovo.

CHEF: *Sexychef?*

Oh Dio. L'aveva sentita. E io cominciai a pregare affinché il pavimento sotto di me si aprisse e mi risucchiasse in una voragine dalla quale non sarei più potuta riemergere.

«Wade?» Wes era confuso. «Da quando vi sentite per messaggio?»

Mi spostai una ciocca dietro l'orecchio. «Non è lui. Ignora Dy, sta solo cercando di vendicarsi per Kelly.» Quello che avevo detto non aveva alcun senso, e Wes lo notò.

«Perché dovrebbe...»

Il mio telefono vibrò per l'ennesima volta, e io mi alzai di scatto. «Scusate, devo andare in bagno.»

Prima che potessero chiedere qualcosa, passai oltre il tavolo e mi diressi verso il fondo del locale, sbloccando lo schermo.

CHEF: *Sto aspettando, ragazzina.*

Mi passai una mano tra i capelli e svoltai l'angolo, avviandomi nel corridoio in cui si trovavano le toilette. Prima che potessi entrare nel bagno, però, qualcuno mi afferrò per un braccio.

Mi ritrovai con la schiena attaccata alla parete, e con Rayden davanti a me. Il suo viso era a un soffio dal mio, la sua mano appoggiata accanto alla mia testa.

Non provocarmi, ragazzina.

«Sto ancora aspettando.»

Deglutii e mi sforzai di sorridere. «Ciao anche a te.»

«Non so se sentirmi lusingato per il fatto di essere passato da Dispochef a Sexychef, o incazzato perché quello stronzo ti ha toccata per tutto il tempo.»

«Tecnicamente, non sei passato da Dispochef a Sexychef. Hai solo due soprannomi.»

La mia risposta non sembrò interessare Rayden. La pioggia nei suoi occhi era incandescente. «Chi cazzo è quello?»

Mi strinsi nelle spalle. «Un mio amico.»

«E tutti i tuoi amici ti guardano come se ti volessero scopare?»

Aprii la bocca. «Wes non...»

«*Wes* farà meglio a capire una cosa, prima che io perda del tutto la pazienza.» Mi prese il viso in una mano e lo inclinò verso il suo. Poi mi baciò. Un bacio così intenso e violento che mi lasciò tremante e senza fiato. «Tu sei mia, ragazzina.»

~

Ridevo così forte che la pancia mi faceva male.

Dopo avermi baciata, Rayden era tornato nel locale senza aggiungere altro. Quando alla fine mi ero ripresa e avevo trovato un modo per stabilizzare le gambe, mi ero riunita ai miei amici, ma a quel punto lui se ne era andato, e anche Deelylah.

I ragazzi non mi avevano chiesto cosa fosse successo, e io avevo silenziato il telefono, per concentrarmi su di loro. Avevamo chiacchierato, preso in giro Trent e riso fino a ricevere delle occhiatacce da parte delle cameriere dietro al bancone.

«È bello vederti così», disse Wes, con espressione dolce.

«Come?»

Lui scrollò le spalle. «Felice.»

Subito, qualcosa si mosse dentro di me. Un senso di colpa lontano, che stavo lottando per dimenticare.

«Ottima mossa, Hudson», lo rimproverò Mandy.

«Cavolo, Ry, scusami, non...»

«No», lo interruppi. «Lo sono.» Sorrisi a ognuno di loro. «Sono felice.»

«Ho solo una domanda per te.» Trent appoggiò entrambi i gomiti sul tavolo, fingendosi estremamente serio, e io lo imitai.

«Spara», dissi con tono basso.

«A che ora inizia il tuo turno?»

Quella frase mi confuse. «Alle tre. Perché?»

«Perché mancano solo due minuti.» Mi mostrò il suo telefono e, quando vidi l'ora, mi tirai in piedi così velocemente che rischiai di ribaltare il tavolo.

«Cavolo», imprecai, raccogliendo da terra lo zaino e iniziando a correre tra i divanetti. «Cavolo, cavolo, cavolo», continuai a gridare.

«Buon lavoro, Ry», disse Mandy alle mie spalle, e io alzai una mano in segno di saluto, schizzando fuori dalla caffetteria e precipitandomi all'uscita del centro commerciale.

Le persone per strada probabilmente mi presero per pazza, mentre facevo lo slalom e urlavo loro di farsi da parte, in modo da non investirle con la bici.

La scaraventai per terra non appena raggiunsi il vicolo dietro al ristorante, poi cominciai a sfilarmi la maglia, facendo letteralmente irruzione nella sala del personale. Era già vuota, a eccezione di Talya, che stava sistemando il suo chignon.

«Quanto sono licenziata da uno a dieci?» le domandai, aprendo l'anta del mio armadietto e tirando fuori una camicia pulita.

Lei rise. «Non hai notato quanto è stato rilassato Dispochef nell'ultima settimana? Se anche oggi si è portato a letto Deelylah prima di iniziare il turno, dovresti essere a posto.»

Le mie dita si congelarono mentre cercavo di chiudere i bottoni. «Come?»

Talya mi rivolse un'occhiata perplessa. «Che c'è, non lo sapevi?»

227

Scossi la testa, mentre schegge di ghiaccio appuntite cominciavano a trafiggermi lo stomaco.

«Non credo che abbiano una vera relazione, ma sono mesi che vanno a letto insieme. Pearl li ha anche quasi beccati nel suo ufficio, una volta.» Fece una smorfia. «Beh, in ogni caso, meglio per noi, no?» Si avviò verso l'uscita della sala, del tutto inconsapevole di ciò che mi avevano causato le sue parole.

Restai immobile, con mezza camicia aperta e le dita che si rifiutavano di funzionare.

Ripensai a qualche giorno prima, quando li avevo visti nell'ufficio di Rayden, estremamente vicini. E poi a quel giorno, in caffetteria.

Mi ero chiesta cosa ci facessero lì insieme, ma avevo dato per scontato che si trattasse di lavoro, o che fossero amici. E mi domandai se una parte di me si fosse rifiutata di vedere la verità. Se, mentre ero impegnata a pensare che Rayden era geloso di Wes, avrei dovuto essere io quella gelosa di Deelylah.

20

Rayden

*E*ra in ritardo. Dove cazzo era stata per tutto quel tempo?

Nella mia mente continuavano a scorrere le immagini di quel coglione. Il modo in cui l'aveva guardata, in cui l'aveva toccata... Quando si era avvicinato a lei, la rabbia che fermentava nascosta sotto alla mia pelle aveva cominciato a ribollire, e avevo dovuto fare ricorso a tutto il mio autocontrollo per non andare al suo tavolo e spaccare la faccia di quello stronzo.

«Grazie per esserti unita a noi», disse infastidita Courtney quando Avery si sistemò accanto agli altri camerieri, in attesa che iniziasse la riunione del personale.

«Scusate.» La sua voce era bassa. Dura.

Che cazzo le prendeva?

«Se hai di meglio da fare, invece che stare qui...»

«Ho detto che mi dispiace.» Lo sguardo negli occhi di Avery era livido. Non l'avevo mai vista in quel modo, prima.

«Come, pre...»

«Courtney», la richiamai. «Potete discuterne dopo. Adesso, il servizio.»

La sua espressione irritata non vacillò, ma annuì e aprì il registro che aveva in mano. «Serata piena. Venti tavoli, cinquantanove coperti, come al solito divisi in due turni.» Continuò elencando gli speciali del giorno e alcune modifiche che aveva apportato al servizio, mentre io incrociavo le braccia e studiavo Avery.

Sembrava tesa, il suo viso era pallido e le dita delicate erano chiuse a pugno. Avrei solo voluto prenderla, portarla nel mio ufficio e pretendere una spiegazione. Ma sapevo di non poterlo fare. Non ancora.

«Vi è tutto chiaro?» chiese Courtney, e i camerieri annuirono. «Bene. Chef, ho tralasciato qualcosa?»

Scossi la testa, ma in quel momento Deelylah si avvicinò a me e mi mise una mano sul braccio.

«Vuoi accennare alla guida Michelin?» sussurrò al mio orecchio.

Aggrottai la fronte, poi mi rivolsi ai commis. Avery aveva incollato lo sguardo al pavimento. «Se vedete qualcuno con un quaderno, un bloc notes, o anche solo dei fogli su cui prende appunti, dovete riferirmelo immediatamente.»

«D'accordo, chef», dissero alcuni, e gli altri annuirono.

«Buon lavoro a tutti.»

Tornai in cucina, mentre loro si occupavano della *mise en place*, e iniziai a preparare le postazioni per quella sera insieme alla mia brigata.

«Dovresti licenziarla», disse Deelylah, triturando alcune spezie.

«Chi?»

«La nuova. È arrivata in ritardo, spettinata, ed è chiaro che non ha nessun rispetto per questo posto.»

Invece di rispondere, presi un coltello e cominciai ad affilarlo. E non potei impedirmi di pensare a quando lo avevo insegnato a Avery.

«Puoi trovare camerieri migliori. E hai mandato via il personale per molto meno.»

Serrai i denti, aumentando la velocità della lama. «Pensa alle erbe, Dee.»

Lei fece per replicare, ma si fermò quando notò la mia espressione, e per le ore successive non accennò più all'argomento, mentre lavorava al mio fianco.

Ci trovavamo quasi alla fine del primo turno quando le cose iniziarono ad andare a puttane.

Eravamo in ritardo, e premetti la campanella del pass prima ancora che Deelylah appoggiasse l'ultimo piatto sotto alle luci. Non appena lo fece, però, ci scontrammo per sbaglio, e lei si aggrappò alle mie braccia per non cadere.

«Ehi», le dissi, sostenendola per la vita. «Stai bene?»

«Sì, grazie.» Mi sorrise e si tirò indietro.

«Okay.»

Tornai al pass e lì, con uno sguardo gelido e infuocato allo stesso tempo, c'era Avery.

«Tavolo dodici», le dissi, facendo un cenno verso il bancone. Era l'unico che restava da servire. Poi, finalmente, avremmo avuto qualche minuto di respiro prima dell'inizio del turno successivo.

«L'ultimo piatto è corretto?» chiese con voce fredda, indicando la portata che Deelylah aveva appoggiato prima di perdere l'equilibrio.

Io inarcai le sopracciglia, mentre la mia sous chef si voltava nella sua direzione.

«Scusami?»

Avery restò impassibile. «Lo chef non lo ha controllato. Ho solo chiesto se posso portarlo in sala.» Un lampo le attraversò le iridi. «Non vorrei servire di nuovo il piatto sbagliato.»

Non stava dicendo davvero quelle cose. Non stava usando davvero quel tono. Non era davvero così stupida, cazzo.

Deelylah fece un passo avanti, e sapevo che gran parte della brigata si era fermata a guardare la scena.

«Cosa stai insinuando, esattamente, tesoro?» Il suo tono acido era un sibilo tagliente. Ma, di nuovo, Avery non si scompose. Al contrario, fece l'ultima cosa che avrebbe dovuto fare. Sorrise.

«Non credo che si possa definire *insinuazione*, quando si tratta della verità.»

Deelylah era furiosa. «Se hai qualcosa da...»

Premetti la campanella del pass, interrompendola. Quando una brunetta si avvicinò al bancone, la sua espressione divenne confusa.

«Tavolo dodici», le dissi bruscamente. «Deelylah, ti lascio la cucina.» Superai il pass. «Tu, con me.» Presi Avery per un gomito e la trascinai in corridoio, fino a spingerla dentro il mio ufficio e chiudere la porta.

Lei si sottrasse alla mia stretta e fece alcuni passi indietro, ma il suo sguardo restò di pietra.

«Cosa cazzo stai facendo?» sbottai.

«Il mio lavoro», rispose subito.

«Il tuo lavoro è servire, non mancare di rispetto al tuo capo.»

«Non ho mancato di rispetto a te», ribatté. «E non ho mancato di rispetto a nessun altro.»

Strinsi un pugno lungo la coscia. «Ragazzina, cosa ti sta succedendo?»

«Niente.»

«Stronzate.» Avanzai verso di lei. «Parla. Adesso.»

Qualcosa tremò nel suo sguardo. E, in quel momento, mi resi conto di cosa si trattava. Non c'era rabbia, nei suoi occhi. Non c'era disprezzo, non c'era sfida.

C'era insicurezza.

«Cosa c'è tra te e Deelylah?»

Quella domanda mi colse del tutto alla sprovvista. «E questo che cazzo c'entra?»

«Eravate insieme, oggi. E a quanto pare sono mesi che andate a letto insieme. Perfino qui dentro. Vero?» Si guardò attorno e una smorfia disgustata le oscurò il viso.

«Chi ti ha detto queste cose?»

«Non importa chi me le ha dette. Importa se sono vere.»

«Mi dispiace che ti sconvolga così tanto, ragazzina, ma non credo di dovermi giustificare con te.»

Le mie parole sembrarono colpirla al petto. «No, io...» Chiuse un istante le palpebre. «Quindi, è così? Se un mio amico, solo un *amico*, mi sfiora, tu dai di matto. Ma se io vengo a sapere che non sono l'unica del tuo personale con cui vai a letto, allora sono irrispettosa?» Annuì piano. «Perfetto. Okay.»

Mi superò, andando verso la porta. E io la fermai, girandola e inchiodandola contro il legno.

«È di questo che si tratta, allora?» ringhiai a pochi centimetri dalla sua bocca. «Ti stai comportando così perché sei gelosa?»

«Che c'è, vuoi ordinarmi di non esserlo?»

Premetti con forza una mano sulla porta, accanto alla sua testa. «Non è il momento migliore per sfidarmi.»

«No, infatti. Lasciami andare.»

Fece per voltarsi, e io, ancora una volta, la fermai. Le afferrai un polso, costringendola ad abbassare il braccio. E le feci appoggiare il palmo sul cavallo dei miei pantaloni.

Avery sussultò, mentre la spingevo contro la mia erezione.

«Lo senti, ragazzina?» chiesi in un sibilo rauco. «Senti quello che mi fai? Ogni volta che mi guardi, ogni volta che mi tocchi. Ogni volta che mi sei vicina.»

Lei deglutì, e il suo petto si mosse in modo sensuale.

«Quando sono con te, penso solo al fatto che vorrei attaccarti contro ogni singola parete e renderti mia in qualsiasi modo possibile. E dovermi controllare è una cazzo di tortura.»

Iniziai a farle muovere la mano, perché volevo che sentisse come cresceva il mio desiderio. La voglia disperata che avevo di lei.

«Anche quando non ci sei, penso comunque a te. Tutto il fottutissimo tempo.» Aumentai il ritmo. «Ed è questo il punto, ragazzina. Penso a *te*.» Incatenai i nostri occhi. «*Solo* a te.»

Le guance di Avery si tinsero di una sfumatura sempre più scura, ed era uno spettacolo incredibilmente eccitante.

«Quindi, puoi essere gelosa di tutte le donne che vuoi. Ma nessuna, *nessuna* è in grado di fare questo.» Le feci stringere le dita attorno alla mia erezione, che premeva contro i pantaloni in modo doloroso. «E, no, ragazzina», aggiunsi a un soffio dalle sue labbra. «Sono troppo impegnato a immaginare di avere te per andare a scopare con qualcun'altra.»

Un brivido la fece tremare, e il caramello nelle sue iridi si sciolse, diventando un turbinio caldo e stupendo.

Lei non disse niente. Al contrario, si alzò in punta di piedi e cercò di annullare la distanza tra di noi, per baciarmi. Ma io mi tirai indietro, posando un pollice sulla sua bocca.

«No.»

Avery sbatté le palpebre. «Perché no?» La sua voce era bassa.

«Perché, a prescindere dalle tue motivazioni, hai mancato di rispetto a me, alla mia sous chef e alla manager. E questo è inaccettabile.»

Paura e confusione le tesero i lineamenti. «Mi stai licenziando?»

Scossi la testa. «No. Ma non ho neanche intenzione di premiarti.»

Avery si accigliò, cercando di capire ciò che intendevo. E, dopo alcuni secondi, una fiamma ardente prese a splendere sul fondo dei suoi occhi. «E cosa hai intenzione di farmi, chef?»

Un fremito mi risalì il ventre. La guardai intensamente, accarezzandole le labbra. Poi la spostai, in modo che fossi io quello appoggiato contro la porta. «Inginocchiati.»

Di fronte a quella richiesta, la sua espressione si fece carica di desiderio. «Sì, chef.»

Avery fece come le avevo detto e mi osservò dal basso, sbattendo le ciglia. E quella era la cosa più sensuale che avessi mai visto. Mi sganciai i pantaloni, e lei seguì ogni mio movimento, quasi ne fosse ipnotizzata.

«Apri la bocca.»

Quella volta obbedì senza rispondere, per poi chiudere le labbra attorno alla mia erezione, passando la lingua sulla punta.

Scosse bollenti si irradiarono nel mio corpo, e serrai un istante le palpebre, solo per riaprirle subito dopo. Non volevo perdermi neanche un secondo di quella scena.

Lo sguardo dolce e innocente di Avery era puntato nel mio, mentre si muoveva in modo lento.

Ma non mi bastava.

Le affondai una mano tra i capelli e le feci aumentare il ritmo, spingendomi a fondo nella sua bocca. Volevo avere di più. Volevo avere tutto di lei.

Le sue dita si strinsero attorno alla base e cominciarono a massaggiarla piano, mentre io serravo in un pugno le sue ciocche morbide, sciogliendole la pettinatura.

«Cazzo, ragazzina», gemetti con voce spezzata, andando ancora più in profondità. E quando un mugolio sensuale le risalì la gola, un insieme di fiamme prese a divorarmi, mentre esplodevo dentro di lei.

Mi accasciai contro la porta e chiusi gli occhi, cercando di contenere le vampate di piacere che mi attraversavano il ventre.

Non sentii Avery rimettersi in piedi. Ma la sentii avvicinarsi a me e appoggiare la fronte al mio petto, che si alzava a intervalli irregolari.

Istintivamente, strinsi le braccia attorno a lei e posai il mento sui suoi capelli, recuperando tutta l'aria che mi aveva tolto.

Dopo qualche secondo, la allontanai in modo impercettibile e le feci inclinare la testa verso di me.

«Non ti è più concesso metterlo in discussione», ordinai con voce ferrea.

«Cosa?»

«Il fatto che sono tuo.»

I suoi occhi diventarono così abbaglianti che riuscii quasi a percepirne il calore. «Sei mio?» sussurrò in un soffio.

235

Le spostai una ciocca di capelli dietro l'orecchio. «Sono tuo, ragazzina.»

Un sorriso lento le tese le labbra, e non era mai stata più bella di quanto lo fosse in quel momento, con i capelli disordinati, le guance scarlatte e lo sguardo splendente.

Fece per dire qualcosa, poi ci ripensò. «Sono perdonata?»

Alzai un angolo della bocca. «Sei perdonata.»

Avery si avvicinò a me. «Allora baciami, chef.»

21

Avery

$\mathcal{M}$i passai l'acqua fredda sulle guance, poi mi guardai allo specchio. Mi ero rifatta lo chignon e avevo sistemato la divisa, ma continuavo a domandarmi se si vedeva. Se dal mio viso, o dalla mia espressione, era possibile capire cosa avevamo appena fatto Rayden ed io.

Sono tuo, ragazzina.

Quelle parole mi erano entrate nel petto e avevano cambiato frequenza al mio cuore, che adesso le ripeteva a ogni singolo battito.

Sono tuo. Sono tuo. Sono tuo.

Non tentai neanche di nascondere il mio sorriso, o il fatto che ogni centimetro del mio corpo tremava. Non ci sarei riuscita lo stesso.

Presi un respiro profondo, poi mi avviai verso la porta del bagno e uscii fuori, pronta a tornare a servire. Il primo turno ormai era finito, e in sala si stavano accomodando i nuovi clienti.

Mi avvicinai al tavolo di cui ero incaricata e mi resi conto che i coperti sporchi erano già stati rimpiazzati da quelli puliti.

«Ehi.» Talya venne al mio fianco. «Tutto bene?»

Annuii. «Sì, tutto bene.»

«Deelylah era furiosa. Come hai fatto a convincere Wade a non licenziarti?»

Mi schiarii velocemente la voce. «Non ho dovuto farlo. Non mi voleva licenziare.»

Lei sgranò le palpebre. «Wow. Il suo umore deve essere ancora migliore di quanto pensassi.»

Repressi un sorriso. «A quanto pare.»

«Beh, approfittiamone finché dura.»

La campanella del pass suonò, e Talya scomparve al di là della sala, mentre due nuovi clienti prendevano posto al mio tavolo.

Recuperai dei menu e, quando fui certa che si fossero messi comodi, andai da loro. E li riconobbi.

«Wes?» esclamai, vedendo uno dei miei migliori amici seduto di fronte a me. Indossava una camicia bianca e una giacca elegante, che metteva in risalto l'ampiezza delle sue spalle.

«Ehi, Ry.»

«Cosa ci fai qui?»

«Mio padre voleva portarmi a cena fuori», rispose. «Te l'avevo detto, ricordi?»

«Io...» Scossi la testa. Mi aveva detto che avrebbero cenato insieme. Non *dove*.

«Ci serviva una serata tra uomini», scherzò suo padre, e io mi obbligai a ricordarmi che stavo lavorando.

«È un piacere avervi qui», dissi in tono cordiale, e Wes mi rivolse un'occhiata divertita. «Signor Hudson.» Gli porsi un menu.

«Grazie, cara», mi sorrise, mentre io offrivo il secondo menu a suo figlio. «Come stai?»

Quella domanda mi fece irrigidire la schiena, e strinsi le dita attorno al taccuino che avevo appena tirato fuori dalla tasca del grembiule.

«Papà, sta lavorando», disse piano Wes.

«Oh, certo. Scusami.»

Gli sorrisi. «Nessun problema, signor Hudson. E sto bene, comunque.»

«Ah, mi fa molto piacere sentirlo.» Vidi un'ombra di compassione nel suo sguardo, e pregai che non mi facesse la domanda successiva. Quella a cui sapevo che stava pensando.

Non chiederlo. Non chiederlo. Non chiederlo.

«Come ti trovi a lavorare in questo ristorante?»

Il sollievo mi invase. «Benissimo. È un posto fantastico.»

«Su questo sono assolutamente d'accordo», rispose convinto.

Aggrottai la fronte. «Ha già cenato qui?» Cercai di ricordare se lo avevo visto dopo l'inaugurazione, ma ero abbastanza sicura che non fosse così.

«No, ma sono stato spesso al *Black Gold*. Conosco bene la cucina dello chef Wade.»

«Oh», dissi, spostando l'attenzione su Wes.

Lui aveva serrato i denti e stava tentando di evitare il mio sguardo. Prima o poi avrei dovuto parlarci e affrontare l'argomento che continuavo a evitare.

«Beh, il menu è lo stesso del ristorante negli Hamptons», proseguii. «Ma abbiamo degli speciali molto interessanti, oggi. Li volete sentire?»

«Sì, grazie», rispose subito l'uomo.

E mentre elencavo i piatti a base di filetti di trota, capesante marinate e pesto al dente di leone, provai a studiare Wes. Le sue reazioni, le sue espressioni. Tutto.

Segnai le loro ordinazioni, poi tesi le mani per riprendere i menu.

«È strano che sia tu a servirci», commentò Wes, che si stava sforzando di tornare rilassato.

«Sei stato tu a chiedere alla maître di affidarci al suo tavolo», disse suo padre, e vidi Weston arrossire leggermente sotto il fine velo di barba.

«Sì, perché sarebbe stato ancora più strano se fosse stata costretta a ignorarci per tutta la sera.»

Risi piano e strinsi i menu con un braccio. «Prometto di non ignorarvi», dissi, poi mi voltai e andai a consegnare i ticket in cucina.

Non appena mi avvicinai al pass, sentii molti sguardi su di me. Soprattutto, avvertii quello di Deelylah.

Non ero certa di cosa fare. Scusarmi? Dirle che mi dispiaceva? Sbatterle in faccia il fatto che Rayden volesse me?

Dio, quanto avrei voluto poter fare l'ultima cosa e strapparle dalla faccia l'aria di supponenza che continuava a ostentare. Ovviamente, però, non lo feci. Non feci niente. Mi limitai a consegnare i ticket e uscii, tornando in sala.

Per qualche motivo, avevo la sensazione che sarebbe stata una lunga notte. Ma ancora non avevo idea che la mia non era solo una sensazione. Era una premonizione. E le cose avrebbero cominciato a peggiorare molto velocemente.

~

Servii il dessert al signor Hudson, e dopo feci lo stesso con Weston.

«Spero che la cena sia stata di vostro gradimento.»

«Oh, sì», rispose entusiasta il signor Hudson. «Perfino migliore del *Black Gold*.»

Gli sorrisi, poi mi girai verso il figlio. «A te è piaciuta, Wes?»

Lui si mostrò indifferente. «Non era male.»

Suo padre sbuffò. «Non era male?» ripeté, prima di rivolgersi a me. «Lo vedi con chi mi tocca avere a che fare? Lo porto a cena da un cuoco stellato, e lui lo definisce *non male*.»

Risi, ma notai che Weston aveva stretto un pugno sotto il tavolo.

«Abbiamo capito, papà, Wade è fantastico, non serve che continuiate a ripeterlo tutti», sbottò, e noi due ci accigliammo.

«Che ti prende, figliolo?»

Lui deglutì. «Niente.»

«Probabilmente lo champagne gli ha dato alla testa. Non avrei dovuto farlo bere», disse il signor Hudson, e io lanciai un'occhiata a Wes.

Lo avevo visto bere in così tante occasioni che avevo perso il conto. Ed entrambi sapevamo che non era l'alcol il suo problema. Era Rayden.

«In ogni caso, era tutto impeccabile, cara. Grazie», mi sorrise, e io ricambiai.

«Lo farò sapere allo chef.»

«Oh, credi che potrei fargli i complimenti di persona?»

Weston si raddrizzò sulla sedia e io mi pietrificai.

«Se non è un problema, naturalmente.»

«Ehm, no, certo che no. Vado a vedere se è libero.»

Posai i menu sul mobile, poi mi avviai verso la cucina.

Ti prego, fa' che sia impegnato.

Quando arrivai al pass, però, vidi che la brigata aveva già cominciato a pulire. Gli ordini della serata erano terminati.

Mi schiarii la gola e Rayden incrociò il mio sguardo.

«C'è un cliente che vorrebbe complimentarsi con lo chef», annunciai.

Deelylah sorrise a Rayden. «Vai a prenderti gli elogi, Ray.»

«Odio questa parte», mormorò lui, sistemandosi la bandana e avvicinandosi a me.

Mi torturai le dita, chiedendomi se dirgli che si trattava di Wes. Ma forse non lo avrebbe riconosciuto. Forse, se fossi stata abbastanza fortunata, avrebbe ascoltato i complimenti del signor Hudson e sarebbe tornato subito in cucina.

Lo affiancai mentre ci dirigevamo in sala, per fermarci al mio tavolo.

«Signor Hudson, questo è lo chef Wade.»

Senza esitare, l'uomo si alzò in piedi e porse una mano a Rayden. «È un piacere conoscerla.»

Lui gliela strinse, prima di mettere entrambe le braccia dietro la schiena. Aveva una postura così dritta e rigida che ricordava un comandante militare. «Piacere mio.»

Il signor Hudson tornò a sedersi. «Stavo giusto raccontando a Avery che ho cenato spesso al *Black Gold*, ma la serata di oggi ha battuto tutte quelle precedenti.»

Rayden fece un cenno di riconoscenza con la testa. «Mi fa piacere.»

«Era tutto squisito, davvero», continuò. «Ma mentirei se non dicessi che parte del merito è dovuto al servizio impeccabile.» Mi sorrise. «Non credi anche tu, Wes?»

Per la prima volta, Rayden spostò lo sguardo su Weston. E vidi la sua mascella contrarsi in modo quasi impercettibile. Lo aveva riconosciuto.

«Su Ry non ci sono dubbi», rispose lui, con un sorrisetto arrogante.

Oh Dio.

«Ry?» ripeté piano Rayden, guardandomi di sbieco.

«Oh, Weston e Avery sono amici.»

Wes puntò la sua attenzione su Rayden. «Andiamo a scuola insieme.»

Oh. Dio. No.

Il mio stomaco sprofondò, e fulminai Weston, in preda al panico. Lo avrei ucciso. Con le mie mani.

«Lo dicevo a mio figlio proprio mentre venivamo qui», riprese l'uomo. «Non è affatto facile frequentare il liceo e lavorare a tempo pieno. Ma da una ragazza come Avery non ci saremmo aspettati niente di diverso.»

Vi prego, smettetela.

Non sapevo più chi guardare. L'amico che mi aveva appena tradita. L'uomo che, complimentandosi con me, mi stava stravolgendo la vita. O lo chef che sembrava diventato una statua di pietra, mentre assimilava delle notizie che io gli avevo nascosto per tutto quel tempo.

«Ma non serve che dica a lei, chef, quanto è speciale Avery, no?» continuò, posando lo sguardo su di me. «Wes mi ha raccontato dei problemi che hai avuto con il preside per il fatto di aver saltato delle lezioni.»

Non riuscivo a crederci. Non era possibile che stesse succedendo davvero.

«È stato molto generoso da parte sua venirle incontro», concluse, rivolto a Rayden.

Lui era così rigido che, quando si mosse, ne rimasi stupita. «Cerco sempre di mettere al primo posto i miei dipendenti.»

Il mio cuore si fermò. Non lo avevo mai sentito usare una voce tanto fredda. Avrei preferito che gridasse, che rompesse un piatto, che facesse una scenata. Tutto, purché non usasse mai più quel tono.

Ma i due uomini al tavolo non lo notarono.

«Non è scontato», commentò ancora il signor Hudson, lisciando il tovagliolo accanto al suo piatto. «Beh, non voglio rubarle altro tempo. Ci tenevo solo a complimentarmi personalmente. Quando ho saputo che non avrebbe più gestito lei il *Black Gold*, ammetto di esserci rimasto male», rise.

E avvenne in quel momento. Wes sferrò il colpo finale. Come se non avesse già causato abbastanza problemi per una sola serata.

«Tu eri presente, vero, papà?» domandò con tono innocente. Un'innocenza a cui non credetti neanche per un istante. «La sera in cui lo chef Wade è stato allontanato dal suo ristorante.»

Il signor Hudson fulminò il figlio, e le mani di Rayden, strette dietro alla sua schiena, cominciarono a tremare.

«Quando lo hanno arrestato.»

I miei muscoli si serrarono attorno alle ossa, e la mia bocca si seccò. Del tutto.

«È per questo motivo che ha dovuto lasciare gli Hamptons?» gli chiese, come se fosse genuinamente curioso.

«Weston», lo rimproverò suo padre.

Rayden deglutì. «Se volete scusarmi.» Arretrò di un passo, poi cominciò a camminare verso la cucina. Non mi guardò. Non mostrò una singola emozione.

«Cosa accidenti ti prende, Weston?» La voce del signor Hudson era alterata e stupita. «Da quando sei diventato così maleducato?»

Io ero ancora immobile, accanto al tavolo, mentre mille pensieri attraversavano la mia mente, come una cascata di proiettili dalla quale non sapevo come mettermi al riparo.

Rayden sapeva che gli avevo nascosto la verità su di me. E lui… lui era andato in prigione?

Non avevo idea di come reagire. Cosa credere. Come comportarmi.

Non poteva essere vero.

Non era possibile.

Arrestato? Rayden era stato arrestato? Per cosa?

«Ry?» Qualcuno mi chiamò, e ci misi fin troppo tempo a rendermi conto che era la voce di Weston.

"Non credo che dovresti fidarti di lui."

Mi aveva detto quelle parole più volte, e io non gli avevo mai chiesto spiegazioni. E non sapevo se era perché una parte di me aveva paura di ciò che mi avrebbe rivelato, o se era perché io invece mi fidavo ciecamente di Rayden. Lo avevo fatto fin dall'inizio.

Ripensai a ogni momento che avevamo trascorso insieme. Ai suoi baci, alle sue carezze, al modo in cui mi incastravo alla perfezione tra le sue braccia. Ripensai all'oscurità nei suoi occhi, al dolore che si portava dentro, alla rabbia che gli vibrava sottopelle. E ripensai a tutto quello che mi aveva raccontato su di sé, mentre mi sfiorava come se avesse paura che solo il suo tocco potesse farmi male.

Io mi fidavo di Rayden. A prescindere da cosa gli fosse successo. E in quel momento mi resi conto che non avrei smesso di farlo.

244

«Ry...»

Feci scattare la testa verso quello che avevo sempre considerato uno dei miei migliori amici, e sperai che l'occhiata che gli stavo rivolgendo fosse tanto furiosa quanto mi sentivo dentro.

«Che cavolo di problemi hai, Wes?» sbottai, prima di iniziare ad allontanarmi. Ma lui si alzò in fretta dalla sedia e mi prese per un braccio, costringendomi a girarmi e avvicinarmi al suo petto.

«Ho cercato di dirtelo, ma non hai voluto ascoltarmi», tentò invano di giustificarsi, abbassando il viso verso il mio.

Mi scrollai di dosso la sua mano e feci un passo indietro. «Quindi hai pensato di risolvere la cosa in questo modo? Rischiando di farmi licenziare e accusando il mio capo di una cosa del genere? Oltre al fatto di aver tradito la mia fiducia.»

«Tradito la tua fiducia?» ripeté, accigliato. «Tutto quello che ho detto era la verità.»

Avanzai di nuovo verso di lui. «Sì, solo che non stava a te dirla.»

«Tu non lo avresti fatto.»

«E a te che importa?» inveii, a voce troppo alta. «Stiamo parlando del *mio* lavoro, della *mia* vita, delle *mie* decisioni. Chi sei tu per venire qui e incasinare tutto?»

«Stavo cercando di aiutarti, io...» Wes si passò le dita tremanti tra i capelli, scompigliando le ciocche bionde. «Come cazzo fai a preferire lui a me?» Si pentì di quella domanda non appena lasciò le sue labbra. Lo vidi nel suo sguardo. Nel dolore che riempiva i suoi occhi verdi.

«Va tutto bene, signori?» Courtney, con un sorriso finto sulla faccia, si avvicinò a noi. E io tornai improvvisamente consapevole del luogo in cui ci trovavamo.

La maggior parte dei clienti era girata nella nostra direzione, curiosa di sapere cosa stava succedendo. Alcuni parlavano tra di loro, altri si limitavano a sporgersi per poter sentire meglio. Il clima solitamente calmo e rilassato dell'*Ambroisie* era stato scosso, e ne ero io la causa.

Nuovi pensieri esplosero nella mia mente. C'erano critici in sala, quella sera? O, peggio... c'erano degli ispettori della guida Michelin? Quello che era appena successo avrebbe aggravato il loro giudizio?

Oh Dio. Oh Dio. Oh Dio.

Sapevo che anche Courtney stava facendo le mie stesse riflessioni, eppure non smise di sorridere per un solo istante. «Posso aiutarvi in qualche modo?»

«Mi dispiace, non so cosa sia preso a mio figlio.» Il signor Hudson lo afferrò per una spalla e, finalmente, Wes si allontanò da me. «Fuori. Vai ad aspettarmi in macchina.» Stava cercando di mantenere la calma, ma i suoi occhi erano furenti. Anche se, quando tornò a rivolgersi alla manager, fece del suo meglio per mostrarsi cordiale. «Posso avere il conto, per favore?»

Lei annuì. «Subito, signore.» Poi, il suo sguardo gelido trovò me, e il suo sorriso si trasformò in una curva affilata. «Vieni.»

Un senso di panico mi risalì il collo e si strinse in spire velenose attorno alla mia gola.

«Ry...» Weston cercò di nuovo di fermarmi, ma quella volta mi tirai indietro prima che potesse prendermi.

«Vattene, Wes», dissi. La mia voce bassa e dura lo fece sussultare, ma non avevo né il tempo né le energie di prestarci davvero attenzione.

Mi girai e seguii Courtney verso quella che probabilmente sarebbe stata la fine del mio lavoro. E della mia storia con Rayden.

Avevo appena attraversato la soglia che separava la sala dal pass, quando sentii la tasca posteriore dei miei pantaloni vibrare.

Aggrottando la fronte, toccai quel punto con la mano. Avevo lasciato il telefono lì per tutta la sera. Per la fretta, mi ero scordata di metterlo nell'armadietto.

Fantastico. Un'altra infrazione alle regole che si aggiungeva alla lista infinita di quelle che avevo commesso nelle ultime ore.

«Ascoltami attentamente.» Courtney si voltò verso di me, e io mi sentii improvvisamente piccola... e sbagliata. «Io adesso preparo il conto del tavolo, mentre tu vai nell'ufficio dello chef. Non dirai una sola parola finché non sarò presente anche io. Quindi, ti consiglio di sfruttare questo tempo per inventarti una scusa plausibile a tutto quello che è successo. Mi sono spiegata?»

Non ero certa di riuscire a parlare, così mi limitai ad annuire.

Courtney restò a guardarmi per un istante, impassibile. Alla fine, mi diede le spalle e andò alla cassa.

Mi passai entrambe le mani tra i capelli e presi un respiro profondo, sperando che mi aiutasse in qualche modo. Poi feci come mi aveva detto, mentre il mio telefono continuava a vibrare.

Ero quasi arrivata alla porta dell'ufficio di Rayden quando mi resi conto che sarebbe stato meglio spegnerlo. L'ultima cosa di cui avevo bisogno era che la vibrazione interrompesse le urla che stavano per rivolgermi.

Mi fermai davanti alla soglia e tirai fuori il cellulare. E mi bastò un unico istante per riconoscere il numero che mi stava chiamando.

Quando Weston aveva rivelato che andavo ancora al liceo, la prima cosa a cui avevo pensato era che la serata non sarebbe potuta andare peggio di così. Poi mi ero ricreduta, quando aveva accusato Rayden di essere stato arrestato. Ma, nel giro di un secondo, mi sarei accorta che quelle cose non erano niente in confronto alla notizia che stavo per ricevere. Nel giro di un secondo, tutto il resto avrebbe perso di importanza. Il ristorante, il mio lavoro… perfino Rayden.

Premetti il verde e, con le dita che tremavano in modo doloroso, mi portai il telefono all'orecchio. «Pronto?»

22

Rayden

Liceo.

Quella parola mi stava scavando la testa, come una vite arrugginita che continuava a girarsi e rigirarsi nel mio cervello.

Liceo.

Avery andava al liceo. Era una bambina. E la cosa peggiore era che non sapevo cosa mi facesse incazzare di più: il fatto che lei mi avesse mentito o che quel figlio di puttana geloso avesse volutamente gettato merda su entrambi.

"Tu eri presente, vero, papà? La sera in cui lo chef Wade è stato allontanato dal suo ristorante. Quando lo hanno arrestato."

Afferrai il portapenne di vetro dalla scrivania e lo scaraventai contro il muro. Ma non era abbastanza. Avevo bisogno di fare a pezzi qualcosa. O di prendere a pugni qualcuno. Possibilmente, lo stesso stronzo che aveva causato tutto quel casino.

Mi diressi a grandi falcate verso la porta e la spalancai. Lì, in piedi, c'era Avery. Mi dava le spalle, ma quella posizione non fu sufficiente a nascondermi il fatto che era al telefono.

Non solo aveva tenuto il cellulare con sé durante il servizio, ma a quanto pareva quello le sembrava il momento perfetto per farsi i cazzi suoi.

Non le importava di ciò che era appena successo? Non aveva neanche la decenza di apparire dispiaciuta? Di darmi una spiegazione?

«Mi stai prendendo per il culo?» ringhiai.

Lei trasalì, ma non si voltò. Al contrario, si premette un dito contro l'orecchio libero.

Una risata amara mi strisciò in gola e mi passai le mani tra i capelli. «È un cazzo di scherzo?»

Alcuni camerieri erano fermi in fondo al corridoio, osservavano la scena. In lontananza, vidi Courtney avvicinarsi e Deelylah uscire dalla cucina, insieme ad altri membri della brigata.

Erano lì, pronti ad assistere alla sfuriata del secolo. Trattenevano il respiro, avevano gli occhi spalancati. Tutti, tranne l'unica ragazza che avrebbe dovuto sentirsi agitata ed essere in ginocchio a implorare il mio perdono.

«Sì, io…» la sentii dire. E la mia pazienza evaporò come il vino sfumato dal fuoco.

Avanzai e le afferrai il polso, deciso a strapparle di mano il cellulare e lanciarlo contro la parete.

«No!» gridò Avery, con voce piena di panico.

Io mi pietrificai e lei scattò di lato, stringendo con più forza le dita attorno al telefono.

«Sì, sì, ci sono», disse trafelata.

Non sapevo più che cazzo stava succedendo. Che cazzo dovessi fare.

«Cosa… No…» Abbassò la mano dall'orecchio e se la portò davanti al viso. Si stava tappando la bocca? «No…» ripeté ancora. «O-Okay. Sì. Io…» La sua voce si incrinò. «Arrivo.»

Arrivo?

Se credeva che l'avrei lasciata andare, si sbagliava di grosso.

Riattaccò il telefono e, per un istante, restò del tutto immobile.

Mi avvicinai a lei. «Nel mio ufficio. Subito.»

Avery sussultò. Poi, lentamente, si voltò nella mia direzione. E io trattenni il respiro, mentre una fitta che non riuscii a fermare mi attraversava il petto.

I suoi occhi erano pieni di lacrime, il viso pallido, le labbra tremanti. E il suo sguardo... il suo sguardo era un misto di panico e dolore.

«Cosa cazzo...»

«Mi dispiace», sussurrò, scuotendo la testa. «Mi dispiace...»

In meno di un secondo, si tolse il grembiule e me lo porse. Poi cominciò a correre, precipitandosi nella sala del personale e sparendo del tutto alla mia vista.

In me stava infuriando una tempesta di emozioni così violenta che mi sembrava di soffocare.

Rabbia, confusione, incredulità, preoccupazione... quelle emozioni erano tutte lì, come lampi che squarciano le nuvole. Solo che stavano squarciando il mio petto.

Una parte di me avrebbe voluto seguirla e pretendere una maledetta spiegazione. Un'altra ancora voleva stringerla tra le braccia e chiederle se stava bene. Ma l'ultima parte, quella che mi sforzavo di tenere sotto controllo, quella che alimentava l'oscurità che speravo di aver sconfitto, venne fuori con prepotenza e prese il controllo del mio corpo.

Il mio pugno si scagliò contro il muro prima che potessi anche solo rendermene conto. Sentii l'intonaco affondare sotto il mio colpo, la pelle sulle nocche squarciarsi, le ossa tremare. E il sangue bagnarmi.

«Rayden», esclamò la voce di Deelylah, allarmata.

Mi voltai di scatto verso i miei dipendenti, e molti di loro sussultarono e fecero un passo indietro. Non avevo idea di cosa stessero vedendo sul mio viso, o nei miei occhi, ma non mi importava.

«Fuori», sibilai piano. E, quando nessuno si mosse, gridai. *«Fuori. Tutti. Subito!»*

251

Camerieri e chef si azionarono all'istante. In tanti mi superarono, altri tornarono in cucina, e io marciai nel mio ufficio, determinato a prendere a pugni qualcos'altro.

«Ray, calmati.»

Courtney e Deelylah entrarono nella stanza e chiusero la porta. Avevo bisogno di pensare lucidamente. Di essere razionale. Di placare il caos dentro di me e ristabilire l'ordine.

«I clienti?» chiesi a denti stretti a Courtney. Dovevo salvaguardare il ristorante. Perché sapevo che quello che era appena successo lo avrebbe danneggiato, in un modo o nell'altro.

Scosse la testa. «Sono già andati via tutti.»

«Ray, che diavolo è successo?» domandò Deelylah, preoccupata.

«Vorrei saperlo.»

«Chi è quella ragazza?» Courtney indicò il corridoio, dove fino a poco prima si era trovata Avery.

«Nessuno.» La mia voce era un sibilo tagliente.

«Come no», sbottò Deelylah. «È da quando ha cominciato a lavorare qui che ti comporti in modo strano nei suoi confronti.»

I miei muscoli fremevano. «Non è una buona idea farmi incazzare ancora di più, in questo momento.»

«Altrimenti? Fai a pezzi l'ufficio?» mi sfidò lei, e io la fulminai. «O cerchi di romperti anche l'altra mano?»

«Cristo, Ray», sussultò Courtney, abbassando lo sguardo e notando solo allora il sangue che mi macchiava le nocche.

«Cosa c'è tra te e la cameriera?» proseguì Deelylah.

Courtney si accigliò. «State insieme?»

Strinsi il pugno martoriato, sentendo fitte pungenti risalirmi il dorso. «No», continuai a mentire. Perché non avevo alcuna intenzione di ammettere la verità su Avery. Soprattutto, ora che non ero certo di chi fosse in realtà.

«Dovremmo crederci?» chiese Deelylah, con un tono derisorio che riuscì ad aumentare ancora di più la mia collera.

«Non me ne frega niente di quello che credete.»

252

La mia sous chef continuò a insistere. «Ci devi una spiegazione, Ray.»

Ormai non controllavo più il mio corpo. Né la mia mente.

«Io non vi devo un cazzo!» Le mie dita afferrarono il fermacarte posto sui documenti e lo fecero volare attraverso la stanza. Si schiantò al muro, creando un incavo dal quale le crepe si estesero come i filamenti di una ragnatela.

Deelylah e Courtney trasalirono e si spostarono di scatto. E il respiro affannato che stavo per prendere mi si bloccò nella gola.

Conoscevo lo sguardo che avevano. Conoscevo quell'espressione. L'avevo vista quasi ogni giorno, per anni interi. Solo che, quella volta, era rivolta a me. Avevano paura di *me*.

Cazzo... no. No.

Strinsi entrambe le mani lungo i fianchi e arretrai di un passo. Dovevo calmarmi. Dovevo controllarmi.

Deglutii con forza, poi guardai Courtney e Deelylah. Sperai che leggessero le scuse nei miei occhi, o che capissero che non avevo alcuna intenzione di fare loro del male. Ma non dissi niente. Al contrario, serrai la mascella e cominciai a camminare, lasciandomi l'ufficio alle spalle.

«Ray», mi chiamò Deelylah.

Sentii i suoi passi dietro di me, ma non mi fermai. Continuai ad avanzare, fino a uscire dal ristorante e immergermi nella notte.

Avevo bisogno di respirare. Di trovare un modo per mettere fine alla tempesta nel mio petto. Ma quella non fece che peggiorare.

"Hai preso da me, dopotutto."

Affondai le dita tra i capelli e li tirai con forza, mentre svoltavo nella strada principale. La sua voce era lì, nella mia mente. E alimentava la tempesta. Una tempesta che non aveva altro scopo se non riportarmi al passato.

I suoi fulmini erano scene lontane. Le sue gocce erano una pioggia di ricordi. E presto, troppo presto, la tempesta vinse.

Le mie palpebre tremarono, e io rividi tutto.

253

Quel giorno di dodici anni prima.

Le urla. Il sangue. Le lacrime.

E quel giorno di sei mesi prima.

Altre urla. Altro sangue. Altre lacrime.

Sentii il rumore della pelle che si dilaniava sotto le percosse. Le mie, le sue.

Sentii le ossa che si spezzavano con tonfi secchi. Le mie, le sue.

Sentii le suppliche che invadevano l'aria. Le sue. Solo le sue.

E poi, il viso di lei. La sconfitta nei suoi occhi. Le crepe nella sua anima. E il dolore sul suo corpo.

Appoggiai un palmo al muro e mi chinai in avanti, cercando un sostegno mentre usavo tutta la mia forza per contrastare quei ricordi.

Ma la mia mente non aveva ancora finito con me. E nuove scene sovrastarono quelle vecchie.

L'espressione spaventata di Courtney e Deelylah quando avevo lanciato il fermacarte. L'urlo terrorizzato di Avery quando l'avevo toccata. E la paura che si era agitata nei suoi occhi quando si era girata a guardarmi.

"Hai preso da me, dopotutto."

«Cazzo», imprecai, tirando un pugno alla parete. «Cazzo!»

L'aria non riusciva a distendere i miei polmoni, il mio cuore batteva in modo troppo accelerato. E non sapevo di cosa avevo più bisogno in quel momento.

Calmarmi. Esiliare il mio passato. Capire perché Avery mi aveva mentito. Sapere cosa l'aveva ridotta in quello stato. Aiutarla.

Tutte quelle cose avevano in comune lei.

Con il respiro che mi risaliva la gola in sbuffi taglienti, ripresi a camminare. Finché non mi ritrovai di fronte a casa sua.

Non mi fermai a riflettere. Avanzai nel vialetto, chiusi un pugno e cominciai a bussare. Poi, aspettai. E aspettai ancora. Ma la casa restò silenziosa.

Non mi diedi per vinto. Bussai di nuovo, con forza, finché il legno non iniziò a tremare. Ma nessuno venne ad aprire.

Dove cazzo era? Cosa le era successo? Stava bene?

Sbattei il palmo aperto contro la porta. «Fanculo!»

Mi sedetti sui gradini fuori dall'edificio e mi presi la testa tra le mani, concentrandomi sul mio respiro.

Non avevo idea di dove cercarla. Ma sarebbe tornata a casa, prima o poi. E io sarei stato lì, ad aspettarla. Chiedendomi chi di noi due si sarebbe spezzato per primo.

Io, per colpa della mia oscurità.

Lei, per colpa del suo dolore.

Non sapevo quanto tempo fosse passato quando sentii una macchina fermarsi di fronte al vialetto. Le ruote stridettero sull'asfalto, il motore si fermò in modo improvviso. E, dopo meno di un secondo, una ragazza scese dal veicolo, correndo verso la casa. Per fermarsi di scatto non appena mi vide.

I suoi occhi si spalancarono, la sua bocca si socchiuse. «Tu?» domandò, confusa. «Cosa ci fai qui?»

23

Avery

La mia gamba sinistra continuava a oscillare. Avevo stretto le ginocchia al petto, rannicchiata sulla poltrona imbottita, ma non era bastato. Quella gamba non faceva che muoversi su e giù, seguendo lo stesso ritmo concitato del mio cuore.

Provai a bloccarla, a tenerla ferma con le mani, ma non ci riuscii. Sapevo che era un modo per scaricare la tensione. Sapevo che era un modo che aveva il mio corpo per alleviare l'agitazione nelle mie vene. Solo che non stava funzionando. Niente mi stava facendo sentire meno in ansia.

Chinai la testa in avanti e mi strofinai i palmi sulle braccia. Stavo congelando. Mi sembrava di avere la pelle coperta di ghiaccio, e avrei solo voluto trovare un modo per scaldarmi. Per stare meglio. Anche solo un po'.

Affondai le dita tra le ciocche, sospirando. Forse bere qualcosa di caldo mi avrebbe aiutata, ma non avevo con me il portafoglio. Non avevo niente. Era rimasto tutto al ristorante, nel mio armadietto.

Dio, il ristorante…

Serrai le palpebre e strinsi le labbra. Non riuscivo a credere a quello che era successo. E a quello che stava succedendo in quel momento.

Come era possibile che si fossero verificate tutte quelle cose in un'unica sera?

Mi serviva una tregua. Una tregua dal mio mondo… e da tutto ciò che minacciava costantemente di distruggerlo.

L'ennesimo singhiozzo mi fece vibrare il petto, ma gli impedii di uscire e mi obbligai a riprendermi, aprendo di nuovo gli occhi. E, non appena lo feci, qualcosa nel corridoio catturò la mia attenzione.

Il mio corpo si irrigidì in modo doloroso, e mi ritrovai in piedi prima ancora di riuscire a produrre un solo pensiero sensato.

«R-Rayden?» La mia voce era un sussurro rauco, e mi affrettai ad asciugare le lacrime che mi bagnavano le guance.

Era ancora vestito con la divisa nera da chef dell'*Ambroisie*, e nella mano destra stringeva uno zaino. Il *mio* zaino. Quello che avrebbe dovuto trovarsi nella mia camera, a casa.

Scossi la testa. «C-cosa…»

«Ho conosciuto la tua amica», disse lui, freddo, fermandosi davanti a me.

«Mandy?» domandai, anche se sapevo che era quella la risposta.

L'avevo chiamata non appena ero arrivata al *Pilgrim Hospital*, dicendole cosa era successo e pregandola di portarmi dei cambi da indossare. Qualcosa che mi scaldasse. Perché io non avevo alcuna intenzione di lasciare quel posto.

«Come l'hai conosciuta?» chiesi con tono flebile.

«Sono andato a casa tua.» Appoggiò lo zaino sulla poltrona accanto a quella in cui ero stata seduta io. «Volevo una spiegazione.» Fissò gli occhi nei miei, e io cercai disperatamente di decifrare il suo sguardo. Ma era impossibile. «Cosa cazzo sta succedendo, ragazzina?»

Cominciai a sbattere le palpebre velocemente, scacciando le lacrime che mi stavano offuscando la vista. Ma quelle presero a sgorgare sulle mie guance, bagnandomi le labbra tremanti.

L'espressione di Rayden cambiò, e la preoccupazione ammorbidì i suoi lineamenti. Schiuse la bocca per dire qualcosa, ma io lo precedetti. E mi gettai tra le sue braccia.

Affondai il viso nella sua spalla e mi strinsi a lui, liberando il pianto che avevo cercato di combattere con tutta me stessa.

Il corpo di Rayden si irrigidì, ma lui non esitò neanche per un istante e mi cinse nel suo abbraccio, come se stesse cercando di farmi da scudo. Di proteggermi da ciò che ci circondava. Ed era esattamente quello di cui avevo bisogno.

«Ehi», mormorò dolcemente, accarezzandomi i capelli. «Va tutto bene.» Mi strinse più forte.

I miei muscoli vennero percorsi da uno spasmo, e un singhiozzo più doloroso degli altri mi graffiò la gola. «Non è vero…»

Rayden restò in silenzio per qualche secondo. Alla fine però si mosse, portandomi con sé. Si sedette sulla poltrona che avevo occupato io solo un minuto prima e mi fece sistemare sulle sue gambe, senza smettere di circondarmi con le sue braccia forti. Poi mise due dita sotto al mio mento e mi fece inclinare la testa verso di lui. Lo vidi studiare i miei occhi, seguire il flusso delle mie lacrime.

«Cosa sta succedendo?» Mi passò un pollice sullo zigomo. «La verità, ragazzina.»

La verità.

L'avevo nascosta per tanto tempo, la verità. Soprattutto a lui. Ma non potevo più farlo.

Annuii piano e mi asciugai le guance con i palmi, tirandomi indietro in modo da poterlo vedere meglio.

«Mandy non ti ha detto niente?» domandai.

Lui scosse la testa. «Mi ha solo chiesto di portarti questo», indicò lo zaino, «e di venire qui.»

Iniziai a giocare con la punta triangolare del mio gilet. «Perché non è venuta anche lei?»

«Ha detto che puoi chiamarla, se vuoi che venga adesso. Ma ha pensato che avresti preferito potermi parlare da sola.» Il suo sguardo si fece di nuovo duro. «Parlami, ragazzina.» Per la prima volta, però, quello di Rayden non era un ordine. Era una supplica.

Chiusi un istante le palpebre. Quando le riaprii, decisi che non mi sarei più nascosta. Non da lui.

«Tre mesi fa, il giorno del mio compleanno, io e mio padre siamo andati a cena fuori», cominciai a raccontare, sperando che la voce non mi tremasse troppo e rendesse incomprensibile il mio racconto. Non avrei avuto la forza di ripeterlo. «Mentre tornavamo a casa, noi… abbiamo avuto un incidente.»

Sotto di me, Rayden si irrigidì.

«Un furgone ci è venuto addosso e ci ha mandati fuori strada. Il conducente è morto sul colpo.» Rabbrividii, mentre ricordi fin troppo vividi mi bruciavano gli occhi. «Anche mio padre ha rischiato di non farcela. Quando sono arrivati i soccorsi…» Tirai su con il naso. «Non riuscivano a liberarlo. Era incastrato, e… e…»

Le carezze di Rayden cercarono di placare il mio tremore. «Non devi raccontarmi i dettagli.»

Deglutii a fatica. «Quando siamo arrivati in ospedale, lo hanno operato. Ma lui non… non si è mai risvegliato. È entrato in coma.»

Il suo sguardo si riempì di una serie di emozioni che non riuscii a distinguere. «Mi dispiace.»

Mi strinsi nelle spalle, avvolgendomi la vita con le braccia.

«Perché non mi hai mai detto niente di tutto questo?»

Il senso di colpa mi invase. «È… complicato», ammisi.

Rayden continuò a osservarmi, in attesa. Voleva una spiegazione. E io gliela dovevo.

«Da dopo l'incidente, le persone hanno cominciato a trattarmi in modo diverso. I miei compagni, i miei insegnanti… perfino i miei amici. E io lo odio. Mi guardano sempre come se gli facessi pena, come se non ci fosse speranza, ma…» Scossi la testa. «C'è speranza. C'è. Lui può ancora svegliarsi. Mi ha sempre detto di non mollare, mi ha sempre insegnato a rialzarmi…»

Le parole di mio padre mi accarezzarono la mente in un soffio delicato.

"Non devi mai smettere di lottare."

«Si sveglierà. So che lo farà», proseguii. «E tu… tu sei la prima persona che non ho dovuto cercare di convincere.»

Rayden si accigliò, confuso.

«Non mi hai mai guardata come se fossi da compatire, come se fossi solo una ragazzina ingenua che spera nell'impossibile. O, ancora peggio, come se fossi una persona orribile. E io, per la prima volta dopo mesi, sono riuscita a essere me stessa», tentai di spiegarmi. «Quando a scuola sorrido, o dico di stare bene, o rido… le persone mi giudicano. Si chiedono come sia possibile che non mi disperi in un angolo, o perché non sono costantemente a piangere in silenzio. Sanno che ho perso mia madre da piccola, che mio padre è in coma, e che io mi sono ritrovata improvvisamente sola a gestire una cosa molto più grande di me. Quindi, secondo loro, è impossibile che io stia bene. Non è *giusto* che io stia bene», confessai, con voce incrinata. «Come se non avessi il diritto di essere felice perché mio padre è qui dentro, e ridere fosse una mancanza di rispetto nei suoi confronti.» Sospirai. «Mi fanno sentire in colpa ogni singolo giorno.»

Altre lacrime mi inumidirono le ciglia, e Rayden le asciugò subito.

«Ma l'unico motivo per cui io sto bene e riesco a essere felice è perché non ho mai smesso di sperare, neanche per un secondo. Mio padre si sveglierà», dissi ancora, con tutta la convinzione che mi riempiva il petto. «So che questo folle periodo finirà e che tutto tornerà alla normalità. Io non ne ho mai dubitato, *mai*. Per questo non mi dispero in un angolo, come vorrebbero loro. Per questo non piango e non mi do per vinta. Perché so che tutto andrà a finire bene. Deve essere così. Ma loro non lo capiscono…»

261

Abbassai gli occhi sul suo petto, concentrandomi sui bottoni della sua divisa.

«Ricordi quando siamo andati al ristorante, il giorno dopo l'inaugurazione? Quando mi hai insegnato a preparare il filet mignon e lo abbiamo mangiato in sala?» chiesi in un sussurro.

Rayden annuì.

«Ho riso, quel giorno. Ho riso tanto. Per la prima volta da dopo l'incidente.» Alzai uno sguardo timido su di lui. «Tu non mi hai giudicata. Non mi hai chiesto come fosse possibile che stessi ridendo. Hai riso con me.» Mi strinsi nelle spalle. «Sei diventato l'unica persona con cui potessi farlo davvero. Ridere, senza dover dare spiegazioni. Ridere, senza dovermi sentire in colpa. Ridere, potendo essere me stessa. Quella che sa che le cose si risolveranno.» Le mie labbra tremarono. «Ho bisogno di continuare a crederlo, di continuare a ridere. Ho... ho bisogno di te, chef.»

Gli occhi di Rayden si fecero così dolci che l'aria sembrò assumere il profumo dello zucchero fuso. Mi accarezzò delicatamente, poi mi attirò contro il suo petto, finché non appoggiai la guancia contro la sua spalla. «Sono qui, ragazzina.»

Posai un palmo su di lui e cercai il punto in cui riuscivo a sentire i suoi battiti.

«È successo qualcosa, stasera», continuai, con tono così flebile che non ero certa mi potesse sentire. «Non mi hanno ancora spiegato cosa, ma... il suo cuore si è fermato, credo. Lo stanno di nuovo operando.» Panico, paura e disperazione iniziarono a strofinarsi come carta vetrata sulle mie corde vocali. «Ma ce la farà. Si rimetterà. Noi non ci arrendiamo...» Premetti il viso contro di lui. «Non molliamo mai.»

Il mio pianto gli bagnò la giacca, ma Rayden non se ne preoccupò. Continuò solo a stringermi, a cullarmi, a baciarmi i capelli. E non mi disse che avevo ragione, né mi assicurò che l'operazione sarebbe andata bene. Fece qualcosa di meglio.

«Tornerai a ridere, ragazzina», sussurrò contro la mia tempia.

La sua era una promessa. L'unica che avrebbe potuto farmi. L'unica che avrebbe potuto diventare realtà. E io sperai solo che sarebbe stato lui a realizzarla. A farmi tornare a ridere.

«Mi dispiace per stasera», mormorai. «Per tutto.»

«Non parliamone adesso.»

Il suo tono duro mi spinse ad alzare la testa, in modo da poterlo vedere. «Sono licenziata, vero?»

Non disse niente, ma la risposta nei suoi occhi era chiara. Annuii. «Okay. Lo capisco.»

«Non adesso, ragazzina», ripeté. Poi, però, notai qualcosa nella sua espressione. Qualcosa che sembrava fargli male. «Perché mi hai mentito sulla tua età?»

Mi accigliai. «Non l'ho fatto.»

«Sì, invece.»

«No. Non ti ho mai mentito, neanche una volta.»

Un senso di irritazione smosse la pioggia nelle sue iridi. «Mi hai detto che andavi all'università.»

Scossi la testa. «Sei stato tu a darlo per scontato. Io ho solo detto che studiavo ancora.» Deglutii. «So che non è una scusa, avrei dovuto correggerti. E ho cercato di dirtelo, davvero, ma…»

«Ma?»

«Ho avuto paura», ammisi. «Non volevo perderti.» Sentii le mie guance diventare più calde. «Ti saresti comportato allo stesso modo, se avessi saputo che sono all'ultimo anno di liceo?»

Ripensai alle cose che mi aveva detto. Al modo in cui mi aveva toccata. E sapevo che ci stava ripensando anche lui, perché il suo viso si irrigidì.

«Ma non ti ho mentito, chef. Sul contratto del ristorante c'è la mia data di nascita, Courtney ha visto i miei documenti… Non ho mai finto. Devi credermi.»

Rayden rifletté per alcuni istanti, e i suoi occhi accarezzarono ogni centimetro del mio viso. Alla fine, sospirò e scacciò l'ennesima lacrima che ancora mi inumidiva le guance. «Ci sono altre cose che devo sapere? Cose che hai omesso?»

Feci subito cenno di no, e lui lasciò andare un sospiro.

«D'accordo.»

Quella parola fece sciogliere il mio cuore, che aveva smesso di battere per la paura che Rayden mi respingesse. E non avrei retto anche a quel dolore.

Mi strinse di nuovo a sé, e io cercai il calore del suo abbraccio. Ma brividi irregolari continuavano a risalirmi la schiena.

«Hai freddo?» chiese, e io annuii, ricordandomi solo in quel momento dello zaino.

Mi staccai da lui e lo presi, aprendo la zip. Restando seduta sulle sue gambe, tolsi il gilet dell'*Ambroisie*, poi tirai fuori il maglioncino beige che Mandy aveva preso dal mio armadio e lo infilai, sentendomi subito più calda.

«Grazie», dissi, rivolgendomi a Rayden.

«Per cosa?»

Lo guardai negli occhi. «Per avermi cercata a casa mia. E per essere venuto qui.»

Lui mi scostò alcune ciocche che si erano attaccate alle guance e accennò un sorriso. Ma non era abbastanza. Mi serviva un'altra conferma. La certezza che non fosse cambiato niente.

Mi avvicinai esitante, appoggiando la fronte alla sua e chiudendo le palpebre. Forse non volevo vedere la reazione che avrebbe avuto alla mia domanda. Forse avevo troppa paura di scoprire che, in fondo, avevo rovinato ogni cosa.

«Lo sei ancora, chef?» sussurrai.

«Cosa?»

«Mio.»

Rayden restò in silenzio per un secondo. Poi per due. E per tre. Finché le sue dita non si strinsero attorno al mio mento, convincendomi ad aprire gli occhi. E, quando lo feci, venni sommersa dalla pioggia bollente del suo sguardo.

«Credevo di essere stato chiaro, ragazzina.» Passò il pollice sulle mie labbra. «Non ti è permesso avere dubbi su questo.»

24

Rayden

*A*very sembrava minuscola. Rannicchiata sulle mie gambe, con la testa sulla mia spalla e le mani sul mio petto, sembrava minuscola. E fragile. Come se fosse sul punto di spezzarsi. O come se lo avesse già fatto, e quello tra le mie braccia fosse solo un pezzo di lei. Minuscolo e fragile.

Poche ore prima, avrei fatto di tutto pur di distruggere qualcosa. Adesso, invece, avrei solo voluto ricomporre i suoi pezzi e aiutarla a stare meglio. A tornare a ridere.

Continuai ad accarezzarle lentamente la schiena, senza interrompere il ritmo che l'aveva fatta addormentare.

Non mi ero ancora ripreso da tutto quello che mi aveva raccontato, e non ero certo di come avrei dovuto reagire. Ma avrei rimandato quelle riflessioni al giorno successivo. In quel momento, volevo solo esserci per quella ragazzina, che era più forte e coraggiosa di chiunque avessi mai conosciuto.

Aveva detto che spesso si sentiva in colpa per il fatto di stare bene. Ma, cazzo, non potevo biasimare le altre persone. Non perché la giudicassero, ma perché quelle domande venivano spontanee.

Come faceva a ridere? A essere ottimista e positiva tutto il tempo?

L'avevo sempre vista sorridere, in qualsiasi occasione.

Perché non era divorata da una rabbia cieca per quello che le era successo?

Abbassai lo sguardo su di lei e le scostai una ciocca dal viso, scoprendo la cicatrice che aveva sulla tempia.

"Non salgo sulle macchine."

Erano quelle le parole che mi aveva detto la sera in cui mi aveva portato a fare volontariato alla *Kitchen Soup House*. Non avevano avuto senso, allora. Ma ce l'avevano adesso.

La mia mente prese a torturarmi, e la immaginai nell'auto con suo padre. Il veicolo che si ribaltava. La paura nelle sue grida. Il sangue sulla sua pelle.

Serrai i muscoli, stringendola con più forza al mio petto, come se avessi bisogno di accertarmi che fosse lì, che stesse bene.

Le ciglia di Avery tremarono, un piccolo sospiro le scivolò tra le labbra socchiuse, ma non si svegliò. E ne fui felice. Aveva bisogno di riposarsi, per quanto fosse possibile.

Chinai la testa sulla sua e inspirai il profumo dei suoi capelli, prima di tornare ad accarezzarle la schiena. E fu in quel momento che un medico svoltò l'angolo, venendo nella nostra direzione.

«Ehi», sussurrai al suo orecchio, scuotendola piano.

Avery aprì lentamente le palpebre, ma la confusione che le offuscava lo sguardo durò meno di un secondo. Si allontanò da me di scatto e si guardò attorno, improvvisamente sveglia e lucida. E, non appena vide il chirurgo, si lanciò in piedi, mentre io la imitavo.

«Signorina Shaw?» chiese lui, fermandosi ad alcuni passi da dove si trovava lei.

«Come sta?»

«È stabile.»

266

Avery si portò le mani ai capelli, e vidi l'attimo esatto in cui il peso del mondo, lo stesso che ogni giorno minacciava di schiacciarla, scivolò via dalle sue spalle. Per tutto quel tempo, Avery lo aveva contrastato. Ma ora che aveva vinto, sembrava che non avesse più energie. Quella lotta gliele aveva tolte tutte.

Mi avvicinai e le cinsi la vita con un braccio, dandole il sostegno di cui aveva bisogno.

«Non ci sono state altre complicazioni», proseguì il chirurgo.

«Oh Dio», sospirò Avery, con la voce di nuovo incrinata dal pianto. «Ma è… voglio dire, è ancora…»

L'uomo annuì in modo greve. «È ancora in coma, sì. Temo di sì.»

Studiai Avery. Il suo sguardo, la sua reazione. Il più minimo cambiamento nella sua espressione. Ma non vi trovai sconfitta, né delusione. C'era solo l'immensa forza racchiusa dentro di lei.

«Okay. Quindi, adesso che facciamo?»

Il chirurgo accennò un sorriso stanco, e mi chiesi se anche lui vedesse in Avery quello che vedevo io. «Niente di diverso dal solito. Lo monitoriamo e speriamo in un miglioramento.»

«Continuiamo ad aspettare», concluse lei.

«Continuiamo ad aspettare», confermò il medico. «Ma, nel frattempo, può andare da lui, se vuole.»

Avery raddrizzò la schiena. «Posso?»

«Sì. Lo abbiamo già riportato nella sua stanza.»

Un sorriso sincero le tese le labbra. «Grazie.»

L'uomo rivolse un cenno a entrambi, poi si girò e scomparve in fondo al corridoio.

Subito, Avery si voltò verso di me e premette la fronte contro il mio petto, liberando nuove lacrime. Ma quella volta non erano di dolore, né di paura. Erano di felicità. Perché suo padre era stabile, e lei poteva riprendere a sperare che tutto si risolvesse.

Come ci riesci, ragazzina?

Mi costrinsi a non dirlo. Non lì, non in quel momento.

Le accarezzai i capelli. «Dovresti andare da lui.»

Lei alzò lo sguardo e annuì. «Sì.» Poi, esitò. Come se non volesse allontanarsi.

«Vuoi che resti qui?» le domandai, passandole il pollice su una guancia.

«No, è tardi, e domani è il tuo giorno libero. Dovresti…»

«Non ti ho chiesto cosa credi che dovrei fare», la interruppi. «Ti ho chiesto cosa vuoi tu. Vuoi che vada via o mi vuoi con te?»

Non ebbe neanche bisogno di pensarci. «Ti voglio con me, chef.»

~

«Grazie.» Infilai il portafoglio nella tasca posteriore dei pantaloni e presi i due caffè che mi stava porgendo la barista, prima di uscire dalla caffetteria dell'ospedale e tornare nella stanza del signor Shaw. Mi sentivo ancora a disagio a trovarmi lì. Ma Avery era voluta rimanere il più possibile e, quando alla fine si era addormentata, non ero riuscito a svegliarla per portarla via. Voleva stare con suo padre, e aveva il diritto di farlo.

Ignorai l'uomo privo di sensi sul letto, attaccato a dei macchinari che ne monitoravano i parametri vitali, e mi abbassai davanti al divanetto addossato a una parete della camera.

Con una mano ressi entrambi i bicchieri di caffè, con l'altra scostai alcune ciocche dal viso di Avery.

«Ehi, ragazzina», sussurrai.

Lei arricciò il naso in modo adorabile, prima di schiudere le palpebre. I suoi occhi caramello mi guardarono per alcuni istanti, e alla fine le sue labbra si tesero in un sorriso assonnato.

«Sei un bel sogno, chef», mormorò.

Alzai un angolo della bocca, dandole un bacio delicato. «Non sono un sogno.»

Avery mise una mano sulla mia guancia e scosse la testa. «Sì, invece. Lo sei.» Posò di nuovo le labbra sulle mie, poi si tirò a sedere. «Che ore sono?»

Le passai il caffè che le avevo preso e controllai l'ora. «Le otto e mezzo.»

Quando mi sistemai al suo fianco, lei appoggiò la testa sulla mia spalla. «Alle nove viene il medico. Poi possiamo andare.»

Annuii e mandai giù un sorso di caffè. «Come vuoi tu, ragazzina.»

La vidi esitare, come se volesse dire qualcosa.

«Che c'è?»

Scosse la testa. «Niente.»

Inarcai un sopracciglio e la spronai a continuare.

«Alcuni pensano che le persone in coma riescano a sentire cosa succede attorno a loro», iniziò incerta, prima di sorridere. «Quando mi hai assunta all'*Ambroisie*, sono corsa qui e gliel'ho detto subito.» Rifletté un istante. «Beh, no, gliel'ho urlato, in realtà. E poi gli ho raccontato di ogni singolo turno fatto al ristorante. Mi stavo chiedendo se lo ricorderà, quando si sveglierà. O se potrò raccontargli tutto da capo.»

La studiai per qualche secondo, mentre si portava il bicchiere alle labbra e prendeva un sorso di caffè.

«Quale delle due cose preferiresti?» domandai.

«Mmh… la seconda. Voglio poter vedere la sua espressione quando gli dirò che ho cucinato in un ristorante stellato.»

«L'*Ambroisie* non è stellato.»

Lei liquidò la questione con un cenno della mano. «Non ancora.» Poi, le sue guance diventarono rosse e cominciò a tracciare delle linee sul tappo di plastica del bicchiere. «Gli ho parlato anche di te.»

«Davvero?»

Annuì. «Del fatto che mi hai insegnato. E che l'ultimo periodo è stato il più assurdo e stupendo della mia vita.» Non appena disse quelle parole, si pietrificò e alzò gli occhi nei miei. Ma, quando vide che avevo accennato un sorriso, sospirò. Era sollevata. «Grazie.»

Mi accigliai. «Per cosa?»

269

«Per non avermi giudicata una persona orribile per quello che ho appena detto.» Lanciò un'occhiata a suo padre.

«Non credo che tu sia una persona orribile, ragazzina.» Mi chinai e le posai un piccolo bacio sulle labbra.

E, in quel momento, un pensiero che mi ero vietato di fare per tutta la notte prese a martellare nella mia testa.

Tra i due, era lei quella che avrebbe dovuto chiedersi se l'altro era una persona orribile.

Per ore, avevo aspettato che mi facesse delle domande sul mio arresto. Che pretendesse le stesse spiegazioni che io avevo richiesto a lei. Ma non aveva neanche tirato fuori l'argomento.

Sapevo che era solo una questione di tempo, però.

Adesso Avery aveva altro a cui pensare. Ma non appena le acque si fossero calmate, non appena fosse tornata a riflettere in modo lucido, avrebbe ricordato cosa era successo al ristorante. Quale accusa mi era stata mossa contro.

Avrebbe voluto sapere tutta la storia. E io non potevo raccontargliela.

I suoi occhi mi guardarono pieni di dolcezza, mentre portava una mano sul mio collo e mi sfiorava la mascella con il pollice, prima di darmi un altro bacio.

Non potei fare a meno di domandarmi se lo avrebbe fatto lo stesso, se avesse saputo la verità su di me. Se avesse saputo quanta oscurità mi portavo dentro.

Non volevo scoprirlo. Perché sapevo che si sarebbe allontanata, e non ero disposto a perderla.

«Permesso?»

Una voce femminile ci fece voltare e lì, sulla soglia, c'era l'amica di Avery, insieme a due ragazzi. Quando riconobbi il biondino che aveva cenato al mio ristorante la sera prima, tutto il mio corpo si irrigidì.

«Ehi», li salutò Avery, ma anche il suo tono era sorpreso.

«Disturbiamo?» L'espressione di Mandy era tesa, il suo sguardo passò più volte tra me e Avery.

Lei scosse la testa. «No, certo che no.»

«Come sta?» le chiese, avvicinandosi.

«Stabile», rispose subito Avery.

«Grazie a Dio.» Mandy tirò un sospiro di sollievo.

Il ragazzo che la abbracciava porse un sacchetto di carta a Avery. «Ci siamo fermati a prenderti la colazione. Anche se a quanto pare non serviva.»

Lei guardò il caffè che reggeva tra le dita, ma accettò lo stesso la busta che le stava offrendo l'amico. «Grazie, ragazzi.»

Il biondino avanzò di un passo, con entrambe le mani sprofondate nelle tasche della felpa sportiva. E io provai di nuovo l'impulso di prenderlo e attaccarlo al muro. Solo che adesso sapevo quanti anni aveva davvero. E prendere a pugni un ragazzino del liceo, per quanto mi sarebbe piaciuto, era una cosa che non avrei potuto fare. Così, mi limitai a posare un palmo sul ginocchio di Avery.

«Ry?» la chiamò lui. E, cazzo, quanto odiavo che usasse quel nomignolo. «Posso parlarti un attimo?»

Strinsi con più forza la sua gamba.

«Non è il momento migliore, Wes», rispose lei, con voce dura. «Per favore.»

Avery alzò lo sguardo in quello del suo amico, prima di spostarlo velocemente nel mio. Vidi indecisione e incertezza vorticare nei suoi occhi, e sperai che leggesse i miei. Che capisse che non volevo che parlasse con quello stronzo. Non volevo neanche che gli si avvicinasse. Ma lei non lo capì. O, se lo capì, decise di ignorarlo.

Annuì e si tirò in piedi. «Torno subito», mi disse, per poi sparire fuori dalla porta con il biondino. E la mia mano si serrò con tanta forza attorno al caffè che per poco non lo feci rovesciare.

«Che cavolo è successo tra quei due?» chiese Mandy, con la fronte aggrottata.

Il suo ragazzo si strinse nelle spalle. «Non ne ho idea.» Poi si concentrò su di me. «Quindi, tu sei il Lamar Jackson di Avery.»

«Il che cosa?» domandai, mentre Mandy gli tirava una gomitata alle costole.

«Trent», lo rimproverò piano.

«Che c'è?» protestò lui.

«Ignoralo», mi disse Mandy. Poi storse la bocca. «Possiamo darti del tu, giusto? O dobbiamo chiamarti signor Wade? Perché credo che farlo sarebbe strano.»

Scossi la testa. «Rayden va bene.»

«Allora, *Rayden*... Ry come sta?»

Mi voltai verso la porta, sperando di vederla. O di sentire cosa le stava dicendo il biondino. Ma da quella prospettiva intravedevo solo un angolo vuoto di corridoio, e questo mi stava facendo impazzire.

Cosa sapeva davvero lui di me? Di ciò che era successo? Suo padre era stato veramente presente, quella sera? Mi aveva visto?

Cazzo.

«Bene», mi sforzai di rispondere, anche se non riuscivo a concentrarmi sulla conversazione.

«E voi due avete chiarito?»

Inarcai un sopracciglio. «A te cosa sembra?»

«Ehi, amico, ti ha solo fatto una domanda. Calmati», disse duramente il suo ragazzo.

«Lascia stare, Trent, è solo stanco. È stata una notte lunga.» Mandy mi sorrise, ma io restai impassibile.

«Non ha comunque il diritto di mancarti di rispetto.»

Mandy sbuffò. «Non l'ha fatto. Smetti di fare l'orso iperprotettivo.»

Lui la attirò al suo fianco. «Mai, piccola.»

«Ne è sicuro?» La voce di Avery ci riscosse e, dopo un secondo, tornò nella stanza, insieme allo stronzo biondo e a un medico.

«Sì», rispose quest'ultimo, mentre mi alzavo in piedi. «Non ci sono più pericoli.»

Avery si passò le mani tra i capelli e per un istante strinse le palpebre. «Okay. Quindi, non avrà altri scompensi cardiaci?»

272

«Se tutto va come speriamo, no.»

Un sorriso morbido le fece alzare gli zigomi. «Fantastico.»

Il medico controllò alcune cose, segnò dei numeri sulla cartella e alla fine si rivolse a Avery. «È tutto regolare. Se dovessero esserci dei cambiamenti, la avvertiremo.»

«Grazie, dottor Morris. Grazie mille.» Gli porse una mano, che l'uomo strinse senza esitare, prima di voltarsi verso di noi.

«So che il signor Shaw è incosciente, ma non è un bene che ci siano così tante persone, qui.»

«Oh, no, certo», disse subito Avery. «Adesso andiamo via.»

Il medico annuì, poi ci superò e uscì dalla stanza.

Per un secondo, una strana tensione fece vibrare l'aria. Avrei voluto analizzare l'espressione di Avery, capire cosa si era detta con il suo amico. Ma lei si era già avvicinata al padre e lo stava baciando sulla fronte.

Ancora una volta, ebbi l'impressione di essere di troppo. Così, quando il mio telefono cominciò a vibrare, colsi l'occasione per trovare una via di fuga.

Senza dire niente, lo tirai fuori dalla tasca e uscii. Non appena fui in corridoio, però, riattaccai. Non volevo parlare con nessuno. Ma non riuscivo neanche più a stare lì dentro, con Avery e i suoi amici. I suoi amici *liceali*.

In cosa mi ero invischiato?

Mi appoggiai alla parete e mi premetti due dita sulle palpebre. Forse quella era stata solo un'enorme, pessima idea. Perché Avery apparteneva a loro, non a me. Apparteneva ai banchi di una scuola, non alla mia cucina.

Il telefono riprese a vibrare, e io lo silenziai. Avevo decine di messaggi e chiamate perse da parte di Deelylah, Courtney e altri membri della brigata. Ma avrei risposto più tardi. In quel momento, avevo bisogno di capire cosa dovevo fare. Come avrei dovuto comportarmi.

Io volevo Avery. Ma ero pronto ad accettare anche tutto il suo mondo?

E, soprattutto, se lo stronzo le aveva raccontato la verità su quella sera... lei voleva ancora me?

«Non sai quanto sono sollevata, Ry», sospirò Mandy, mentre il gruppetto usciva in corridoio.

«Non dirlo a me», rispose Avery.

«Noi pensavamo di andare al *Maple* a fare una colazione decente», le disse Trent. «Vieni con noi?»

Avery guardò i suoi amici, soffermandosi sul biondino, e io chiusi una mano a pugno. Alla fine, però, scosse la testa. «In realtà, vorrei andare a casa. Ho davvero bisogno di fare una doccia e di riposarmi.»

«D'accordo, Ry.»

«Magari passiamo da te nel pomeriggio, che ne dici?» domandò Trent.

Lei si strinse nelle spalle. «Vi faccio sapere.»

«Okay. E, conosco la risposta, ma te lo chiedo lo stesso», continuò lui. «Vuoi un passaggio a casa?»

Avery sorrise. «No, grazie.»

Lo stronzo si avvicinò a lei. «Sei venuta in bici?»

«Sì, ma la catena si è rotta a metà strada. L'ho lasciata da qualche parte sul marciapiede, non so neanche dove.»

«Possiamo venire a piedi con te, se vuoi», si offrì, e io serrai i denti con tutta la forza che avevo.

«Certo, possiamo...» cominciò Trent, e Mandy sbuffò.

«Mio Dio, siete così... *maschi*.»

«E questo cosa vorrebbe dire?» le chiese il suo ragazzo.

«Che non sareste in grado di leggere tra le righe neanche se la scritta fosse al neon.» Fece una smorfia esasperata e prese i due ragazzi per le braccia. «Ry non ci vuole qui. Ha altro a cui pensare, in questo momento.»

Subito, loro puntarono lo sguardo su di me, mentre Avery abbassava il suo a terra e si spostava una ciocca dietro l'orecchio.

«Ti scrivo dopo, Ry», le disse la sua migliore amica, per poi cominciare a trascinare gli altri due verso la fine del corridoio.

Lei li osservò in silenzio finché non sparirono dietro l'angolo. Solo a quel punto rivolse la sua attenzione a me.

Tentai di leggere la sua espressione e di capire cosa le stesse passando per la mente. Avevo bisogno di un indizio, di sapere cosa stava pensando.

Cercai nei suoi occhi il disgusto, l'orrore, la paura che avrebbe provato se adesso fosse stata a conoscenza di tutta la verità. Ma non riuscii a trovare niente. O forse non volevo farlo davvero.

Avery continuò a guardarmi, ferma in mezzo al corridoio.

Volevo chiederle come stava. Cosa le aveva detto lo stronzo. Se si sentiva meglio dopo aver parlato con il medico. *Cosa le aveva detto lo stronzo.* Invece, la domanda che lasciò le mie labbra fu del tutto diversa.

«Vuoi andare a casa, ragazzina?»

Lei si passò un palmo sul braccio e annuì. «Sì.»

La sua voce era stranamente dura, e avvertii una fitta alla bocca dello stomaco. O forse era solo stanca e io stavo fraintendendo tutto. Perché, quando i suoi occhi si intrecciarono ai miei, trovai in essi il solito calore con cui brillavano sempre.

Incerta, avanzò nella mia direzione. E il sollievo che provai fu tanto intenso che mi fece male.

«Vuoi venire con me, chef?»

25
Avery

Chiusi il portone d'ingresso e appoggiai le chiavi sulla mensola.

Per tutto il tragitto, Rayden ed io eravamo stati in silenzio. Lui non aveva parlato, e neanche io. Ma sapevo a cosa stava pensando, e sentivo il nervosismo vibrare dietro alla sua armatura impenetrabile.

«Vuoi qualcosa da bere?» gli domandai.

«Sono a posto.» Era freddo. Distaccato. Come se stesse cercando di proteggersi. E lo odiavo.

«Okay.» Mi avviai lungo il corridoio e lui mi seguì, finché non entrammo nella mia camera.

Lasciai lo zaino accanto alla scrivania, poi mi girai nella sua direzione. Eravamo a pochi metri di distanza, eppure sembrava che tra di noi ci fosse un dirupo. Si era formato nel momento in cui ero uscita dalla stanza d'ospedale insieme a Wes, e non aveva fatto che aumentare ogni minuto che Rayden ed io avevamo passato a evitare lo sguardo dell'altro.

Mi schiarii la gola, sentendo tutti gli arti pesanti e indolenziti. «Possiamo parlare?»

Rayden non mosse un solo muscolo. Non si irrigidì, non chiese a cosa mi riferivo. Lo sapeva. Forse aveva aspettato quel momento per ore.

Annuì, rigido, e io andai a sedermi sul letto, pregando che venisse al mio fianco.

Lentamente, lo fece. E anche se adesso c'erano solo pochi centimetri a separarci, il dirupo non si era ristretto. Ma non riuscivo più a sopportarlo.

Mi avvicinai a Rayden finché il mio ginocchio non sfiorò il suo, poi gli presi una mano. Quando non si tirò indietro, cominciai a disegnare piccole spirali sulla sua pelle. E solo in quel momento notai le ferite che gli scavavano le nocche. Come avevo fatto a non accorgermene prima?

«Che ti è successo?» chiesi, alzando lo sguardo nel suo. Non aveva avuto quei tagli, la sera prima. Non finché era stato in cucina.

La pioggia nei suoi occhi era diventata grandine. Una grandine violenta e turbinosa che aveva lo scopo di farmi restare distante.

«Niente», rispose. E io sospirai.

Mi voltai del tutto verso di lui, piegando una gamba sul materasso, in modo che fossimo l'una davanti all'altro. Poi, lottando contro la stanchezza e le emozioni che sentivo sul fondo della gola, mi sforzai di sorridere.

«Non te lo chiederò», dissi, sperando che cogliesse la sincerità di cui erano colme quelle parole.

Rayden inarcò un sopracciglio, rivolgendomi un'espressione interrogativa.

«Se quello che ha detto Wes al ristorante è vero», specificai. «Se sei stato arrestato, o se sei stato in prigione, o cosa è successo davvero... non te lo chiederò.»

Le dita di Rayden si irrigidirono sotto le mie. «Non vuoi saperlo?»

Una curva amara tese le mie labbra. «Voglio saperlo così tanto che la cosa mi sta uccidendo», ammisi.

«Allora perché non pretendi una spiegazione?»

Il mio sorriso divenne ancora più amaro, e ricordai una frase che mi aveva rivolto qualche tempo prima.

"Se fai le domande, le persone possono scegliere di non rispondenti. Se invece pretendi quelle risposte..."

«Non voglio forzarti a raccontarmi qualcosa che chiaramente non vuoi rivelarmi», spiegai. «Non voglio *pretendere* niente, non quando si tratta di te. Se vuoi dirmi tutto, ti ascolterò. Ma devi farlo perché lo vuoi, non perché ti senti costretto a farlo.»

La mia risposta lo colse alla sprovvista, e Rayden continuò a studiarmi, a tentare di capirmi. Ma i suoi occhi erano ancora gelidi. «Cosa ti ha detto lo stronzo, prima?»

«Wes?» Aggrottai la fronte. «Niente. Si è scusato per ieri sera. Ha ammesso di aver fatto una cavolata e gli dispiace per come sono andate le cose.»

«Tutto qui?»

Inclinai la testa di lato. «Sì. Cosa pensavi che mi avesse detto?»

«Lui vuole portarti a letto. Non ha cercato di convincerti che sono una specie di criminale e che dovresti stare lontana da me?»

«Anche se lo avesse fatto, non avrebbe importanza.»

«Perché no?»

Mi strinsi nelle spalle. «Perché nessuno potrebbe convincermi a fare una cosa del genere, chef.»

Lo vidi serrare la mascella con forza. «Non sai cosa ho fatto. Non sai se il tuo amico dice la verità. Non sai quasi niente di me. E sei comunque disposta a correre il rischio?»

Quelle parole mi ferirono. «Non è vero che non so niente di te.»

La sua espressione si fece scettica, e io fissai gli occhi nei suoi, avvicinandomi ancora di più.

«So che hai passato un'infanzia difficile, altrimenti non saresti andato via di casa a sedici anni», iniziai a dire, e Rayden sembrò pietrificarsi. «So che sei arrabbiato con il mondo, e che a volte non riesci a contenere tutto quello che provi. So che il motivo per cui ami così tanto la cucina è perché richiede ordine e stabilità, e che odi quando le cose non vanno a modo tuo. Non perché sei arrogante o ti credi un dio, ma perché la cucina è il tuo posto sicuro. È l'unico luogo in cui non può succedere niente di imprevedibile, in cui sei *tu* a controllare tutto. L'unico luogo in cui ti senti davvero al sicuro.» Abbassai lo sguardo sul suo petto, osservando il tessuto nero della divisa. «So che le tue cicatrici non sono state un incidente, ma te le ha inflitte qualcuno. E so che ti fanno ancora male, forse ogni giorno.»

I muscoli di Rayden si serrarono in modo così improvviso che la sua pelle tremò.

«So che, sotto l'aria impassibile che ti ostini a mostrare, sei incredibilmente dolce. Il tipo di persona che sta male nel vedere una bambina alla mensa dei poveri, che lascia dei penny per strada solo per migliorare la giornata di qualcun altro, e che trova crudele cucinare un'aragosta viva.» Mi inumidii le labbra. «So che stanotte hai messo da parte te stesso e la tua rabbia per venire in ospedale, perché sapevi che mi avrebbe fatto stare meglio. Che avevo bisogno di te.»

Deglutii con forza, mentre i miei occhi diventavano umidi.

«So che vorresti disperatamente essere felice, ma che qualcosa non ti permette di esserlo. Ma so anche che, quando sei con me, a volte riesci a ridere.»

Stava trattenendo il respiro, proprio come facevo io.

«Io ti conosco, chef. Magari non so tutto di te, ma so chi sei. E qualunque cosa sia successa quella sera, qualunque sia la verità... per quanto vorrei saperla, posso aspettare.» Puntai lo sguardo sulle nostre mani e intrecciai le dita alle sue. «Perché so che non sto correndo nessun rischio. Non con te.»

280

Lasciai che le mie parole sfumassero fino a trasformarsi in silenzio, e per molti secondi tutto ciò che riuscii a sentire fu il rumore dei nostri respiri. Si rincorsero in un moto incostante, finché non si sincronizzarono, diventando una cosa sola.

Mi chiesi se lo stessimo diventando anche noi. E mi resi conto che non c'era niente che volessi di più.

A fatica, tornai a guardarlo. E tornai a parlare.

«Non importa se cercheranno di convincermi a starti lontana», mormorai in un sussurro. «Non ho intenzione di farlo. Non posso farlo.» La mia voce era incrinata. «Io mi fido di te, chef. E *voglio* te.» Una lacrima mi scivolò sullo zigomo. «Sono tua, ricordi?»

Finalmente, dopo quella che mi sembrò un'eternità, Rayden si mosse. E lasciò la presa sulla mia mano.

Schiusi le labbra, sgranai le palpebre. Ma, prima che una sola fitta di dolore potesse trafiggermi lo stomaco, lui mi strinse la vita e mi sollevò, facendomi sistemare sulle sue gambe.

Mi ritrovai a pochi centimetri dal suo viso, con i palmi contro il suo collo.

«Ne sei sicura, ragazzina?» chiese con tono basso e rauco, asciugandomi la lacrima.

Mi chinai contro il suo tocco, chiudendo gli occhi. «Di che cosa?»

«Di voler essere mia.»

Sorrisi e riaprii le palpebre. «Non è una scelta, chef. È così e basta.»

Il suo sguardo si fece duro. «Anche se non ti racconterò cos'è successo?»

Una vaga delusione mi strisciò in gola, ma annuii e accarezzai la fine barba che gli copriva la mascella e le guance. «Sì.»

«Non posso darti il mio passato.»

La mia delusione aumentò ancora, ma cercai di non fargliela vedere. Lui però mi prese il mento tra due dita e mi fece inclinare il viso verso il suo.

«Ma posso darti il mio presente.»

Quelle parole fecero sussultare il mio cuore. La grandine nei suoi occhi si era sciolta, e ora le sue iridi splendevano come gocce di rugiada illuminate dai raggi dell'alba. E io… io ero racchiusa nel loro riflesso.

«Non ho mai desiderato altro, chef.»

Prima che potessi sorridere, Rayden mi attirò a sé e mi baciò dolcemente. E, non appena le nostre labbra si incontrarono, qualunque abisso ci fosse stato tra di noi si richiuse, permettendoci di essere di nuovo vicini. Inseparabili.

La sua bocca non stava plasmando la mia, la stava venerando. Perché Rayden era un dio, lo era sempre stato. E mi stava rendendo la sua dea.

Si staccò da me, con le dita ancora tra i miei capelli. «Dimmi cosa vuoi», mormorò. «Adesso.»

«Voglio che tu mi stringa, chef. E che non mi lasci andare mai più.»

Rayden aumentò la sua stretta sulla mia vita, intrappolandomi tra le sue braccia, poi si distese, sistemandomi in modo che la mia schiena fosse a contatto con il suo petto.

Mi posò un bacio sul collo, e il suo respiro caldo mi sfiorò l'orecchio. «Lasciarti andare non è mai stata un'opzione, ragazzina.»

Una sensazione bollente iniziò a scorrermi sottopelle, e mi addormentai in quel modo: con il sorriso sulle labbra e la consapevolezza che tutto di me, ormai, apparteneva all'uomo che mi stava stringendo come se volesse fondere insieme i nostri corpi.

~

Qualcosa non andava. Me ne resi conto prima ancora di aprire gli occhi, immersa nel sogno dalle sfumature nere e dorate che stavo facendo.

Il materasso sotto di me tremava, e una morsa dura mi premeva sulla pancia, tanto forte che stavo facendo fatica a respirare.

Mi svegliai di soprassalto, sbattendo le palpebre per riuscire a mettere a fuoco la penombra che mi circondava. E, quando mi resi conto di cosa stava succedendo, un brivido ghiacciato mi risalì il corpo, congelandomi lo stomaco.

«Rayden...»

Il suo braccio era serrato attorno a me, ogni suo muscolo era contratto. E non era il materasso che tremava. Era lui.

«Rayden, cosa succede?» Gli afferrai il polso e lo staccai da me, girandomi nella sua direzione.

E il mio cuore si bloccò.

Le sue ciglia vibravano, i suoi lineamenti erano rigidi, le labbra unite in una smorfia di dolore. E le sue palpebre si muovevano a un ritmo irregolare, sotto al peso dell'incubo che stava facendo.

Scattai a sedere e mi misi in ginocchio al suo fianco, scuotendolo per le spalle.

«Rayden? Svegliati.» Gli presi il viso tra le mani e mi avvicinai a lui. «Apri gli occhi. Devi svegliarti.»

Ma lui continuò solo a sognare e a dimenarsi, come se il suo non fosse un incubo, ma una tortura.

Il panico tornò a graffiarmi la gola e mi misi a cavalcioni su di lui, sperando di tenerlo fermo.

«Rayden...»

Le sue palpebre si strinsero ancora di più, mentre restava intrappolato nella sua mente. E la consapevolezza che quello non fosse davvero un incubo esplose dentro di me con la forza di una granata. Perché sapevo, *sapevo* che era un ricordo. Qualunque cosa lo stesse tormentando, l'aveva vissuta sulla sua stessa pelle. E lo stava facendo soffrire proprio come allora.

«Rayden, ti prego...» Gli accarezzai gli zigomi. «Svegliati.»

Lui però non mi sentiva. La mia voce non riusciva a penetrare la sua prigione. E io non sapevo come aiutarlo.

Continuai a scuoterlo, a chiamarlo, ad accarezzarlo... ma era tutto inutile.

Con un senso di impotenza che mi bruciava la gola, mi chinai su di lui, appoggiando la fronte alla sua. Il mio petto era incollato al suo, i nostri nasi si sfioravano, e i suoi brividi scuotevano perfino le mie ossa.

«Per favore... torna da me.»

Prima che potessi rendermi conto di ciò che stavo facendo, le mie labbra trovarono le sue. Lottai contro i suoi tremiti, contro il suo passato, contro il suo dolore, e gli diedi un bacio brusco e deciso. Un bacio che speravo potesse salvarlo. Dai suoi ricordi e da sé stesso.

Rayden inspirò con forza, il suo corpo si bloccò di colpo. E, quando mi tirai indietro, vidi che ci ero riuscita. Lo avevo strappato dal suo sogno.

Lui aprì le palpebre e le sbatté più e più volte, guardandosi attorno. E, quando i suoi occhi trovarono me, avvertii una pugnalata al petto.

Erano ancora lì, gli stracci sbiaditi del suo incubo. Tra la pioggia nelle sue iridi, come fogli di carta bagnati e dall'inchiostro ormai illeggibile, c'erano i segreti che lui si rifiutava di rivelarmi.

«Ehi», sussurrai, scostandogli alcune ciocche scure dalla fronte sudata. «Va tutto bene», sorrisi, chinandomi di nuovo in avanti.

«Cosa...» La sua voce era quasi afona, e non riuscì a finire la domanda. Stava cercando di capire, di trovare un senso alla realtà nella quale si era risvegliato. E, non appena lo fece, nuovi brividi lo scossero. Ma non era paura, quella volta. Era dolore. Era rabbia. «Cazzo.»

Rayden serrò tutti i muscoli e si portò una mano al viso, premendo con forza due dita sulle palpebre. Mi stava nascondendo il suo sguardo, ma io lo avevo riconosciuto. Era lo stesso che aveva avuto nella sua cucina la prima volta in cui ero rimasta da lui.

"Posso fare qualcosa per aiutarti?" gli avevo chiesto.

La sua risposta mi balenò nella mente senza che dovessi rifletterci.

Quel giorno aveva funzionato. Ero riuscita a farlo stare meglio. Potevo farlo di nuovo.

«Cazzo», imprecò ancora, come se non riuscisse a contenere la bufera dentro di sé.

Lentamente, gli presi la mano e lo costrinsi ad abbassarla. Tutto il suo corpo vibrava, sembrava sul punto di esplodere. E di fare a pezzi anche me. Ma in quel momento la cosa non mi importava.

Rayden era rigido, i suoi occhi duri erano incatenati ai miei. «Non…» cominciò, ma io non lo feci finire. Annullai la distanza tra di noi e unii le labbra alle sue.

Sentii il suo sussulto sorpreso sulla lingua, ma non mi fermai. Continuai a baciarlo piano, dandogli il tempo di tornare a issare le sue barriere ed esiliare i suoi incubi. E capii l'esatto momento in cui iniziò a farlo.

Le sue dita si strinsero attorno ai miei fianchi, il suo corpo si irrigidì. E la sua pelle diventò bollente.

Rayden stava ritrovando la forza di combattere. Di difendersi da qualunque cosa minacciasse di distruggerlo. E sapevo che i miei baci erano ciò che gli serviva per riuscirci.

«Questo aiuta… vero?» chiesi, senza staccarmi da lui.

«Sì», gemette, affondando una mano tra i miei capelli.

Lasciai che prendesse il controllo di quel momento, intrecciando le nostre lingue e rendendo il nostro contatto più intenso.

Era come se stesse sfogando tutta la sua disperazione in quell'unico bacio, usando i nostri corpi per contrastare l'incendio che lo perseguitava.

Non ero certa che il mio cuore fosse in grado di resistere alle sue fiamme senza ridursi in cenere, ma non mi allontanai neanche per un secondo. Perché, se l'unico modo di aiutarlo era gettarmi nel fuoco, lo avrei fatto. Avrei bruciato. Per lui.

Appoggiai i palmi sul suo petto e li feci scivolare verso l'alto, accarezzandogli il collo e giocando con i suoi capelli. Le mani di Rayden si spostarono sulla mia schiena e mi spinsero con più forza verso di sé, finché riuscii a sentire la sua erezione.

I muscoli della mia pancia si contrassero, e io gli regalai un sospiro mentre assaporavo il suo gemito.

«Dio...» mormorò, quando iniziai a strofinarmi su di lui.

Mi staccai dalle sue labbra, raddrizzandomi. E quel movimento bastò ad aumentare la pressione tra di noi, facendoci chiudere le palpebre per contenere le sensazioni che si sprigionarono sotto la nostra pelle.

«Ragazzina...»

Tornai a guardarlo e, quando trovai i suoi occhi colmi di desiderio, rabbrividii.

Con gesti lenti e precisi, iniziai a sbottonargli la giacca nera della divisa. Ogni volta che scoprivo un centimetro di pelle, passavo le dita sui suoi muscoli duri, fino a rivelare del tutto il suo corpo perfetto.

Rayden si alzò sui gomiti per sfilarsela, e io rimasi ipnotizzata dal modo in cui i suoi bicipiti si gonfiarono, e da come i pettorali si contrassero.

Deglutii a fatica, senza riuscire a staccare lo sguardo da lui. «Sei sicuro di non essere un sogno?»

La sua espressione era ancora tesa, ma i suoi occhi avevano ricominciato a brillare con la stessa luce che riusciva sempre ad ammaliarmi. «C'è solo un modo per scoprirlo, ragazzina.»

Mi attirò di nuovo a sé e ripresi a baciarlo. Le nostre labbra ormai sapevano come incastrarsi alla perfezione, e le nostre lingue sapevano esattamente il ritmo a cui inseguirsi e rincorrersi. Proprio come facevano i nostri cuori.

Ma il corpo di Rayden era rigido, lo sentivo. E io volevo cancellare dalla sua mente ogni traccia dell'incubo che aveva fatto.

Posai un bacio sull'angolo della sua bocca. Poi un altro sul collo. Sul petto. Sullo stomaco. Sugli addominali.

La sua pelle sembrava bruciare, e quando ci passai sopra la lingua scoprii che aveva un sapore dolce e salato allo stesso tempo. Il mio gusto preferito.

Continuai a scendere, prendendomi tutto il tempo per assaporarlo. Per assaggiare ogni parte di lui. E, quando arrivai ai suoi pantaloni, un brivido mi risalì la schiena.

Alzai lo sguardo, per vedere se anche lui provava le mie stesse sensazioni, e l'espressione che aveva era la cosa più provocante che avessi mai visto.

Senza smettere di guardarlo, gli sbottonai i pantaloni e abbassai la cerniera, per poi liberare la sua erezione.

Rayden strinse i denti mentre cominciavo a toccarlo. In modo lento. Delicato. Desiderosa di cogliere ogni sua reazione.

Aumentai la stretta. Poi aumentai il ritmo.

«Cazzo», imprecò con tono rauco, serrando le palpebre. Ma le riaprì subito. E capii che neanche lui voleva perdersi un solo istante di quel momento. Un momento che lo stava facendo sentire meglio.

Un sorriso dolce si aprì sul mio viso, e mi abbassai su di lui, prendendo la sua erezione tra le labbra.

Il suono che vibrò nel suo petto mi fece rabbrividire, e le sue dita si intrecciarono ai miei capelli.

«Cristo...» esclamò, mentre passavo la lingua su di lui.

Non mi fermai. Continuai a muovermi e a baciarlo, sentendo la sua pelle scaldarsi a ogni gemito che gli scivolava sulla lingua. Non avevo mai sentito niente di così eccitante, e avrei voluto che non smettesse mai.

«Ragazzina...» Mi tirò piano i capelli e io arretrai, incatenando gli occhi ai suoi.

«Sì, chef?» chiesi, leccandomi le labbra.

La fiamma che si sprigionò nel suo sguardo fu così violenta che io stessa riuscii ad avvertirne la vampata.

Rayden scattò a sedere e mi attirò a sé, riprendendo a baciarmi. Un bacio travolgente tanto quanto l'incendio che ardeva dentro di noi.

Mi sfilò il maglioncino in modo brusco, prima di cercare di nuovo la mia bocca. Poi le sue dita si chiusero attorno ai lembi della mia camicia. Ma, a differenza di ciò che avevo fatto io, Rayden non aspettò di aprire ogni bottone e rivelare piano il mio corpo. Con un unico movimento, la strappò, e i bottoni volarono in ogni direzione, rimbalzando sul pavimento.

La sua lingua spazzò via il mio sussulto, mentre mi slacciava il reggiseno e incollava la mia pelle nuda alla sua.

Capii presto che quelli che ci scuotevano non erano brividi. Erano i nostri corpi che cercavano di distruggersi solo per poter riunire i pezzi in modo diverso e diventare una cosa sola. Ma la verità era che Rayden ed io lo eravamo già. E forse lo eravamo sempre stati, prima ancora di conoscerci.

«Adesso», mormorò rauco contro le mie labbra. «Ti voglio adesso, ragazzina.»

Mi fece togliere i jeans, poi tirò fuori un preservativo dal suo portafoglio e lo infilò, prima di farmi tornare sulle sue gambe.

Quando mi abbassai su di lui, un sospiro strozzato ci fece tremare, e appoggiai la fronte alla sua per cercare di sorreggermi, mentre cominciavo a muovermi.

Rayden mise una mano sul mio fianco e l'altra sul mio fondoschiena, aiutandomi a sostenere quel ritmo.

«Dio, è…»

«Lo so», rispose lui, per poi baciarmi.

Ogni movimento era come ricevere addosso una palla da demolizione. Ci distruggeva, ci lasciava tremanti e senza fiato. Eppure avevamo bisogno di averne ancora. Di crollare insieme e di rimodellarci, senza smettere mai.

«Rayden», gridai, stringendomi a lui finché non ebbi più aria nei polmoni.

Il suo corpo tremò, e lui mi diede un ultimo bacio mentre i suoi muscoli si contraevano.

«Cazzo…» Appoggiò la testa sulla mia spalla e continuò a respirare in modo affannato.

Restammo in quella posizione, l'una tra le braccia dell'altro, finché il sudore non si seccò sulla nostra pelle e il nostro cuore tornò a battere regolare. Alla fine, passai la punta delle dita sulla sua nuca, accarezzandogli i capelli umidi, e Rayden si staccò da me per potermi vedere.

Scrutai i suoi occhi, cercando tra la sua pioggia degli indizi che mi facessero capire se adesso stava meglio. E quando vidi che quelle gocce dense avevano sciolto del tutto i suoi incubi, lasciai andare il respiro che avevo trattenuto.

«Ti ha aiutato davvero», mormorai, più a me stessa che a lui.

Rayden mi tracciò una linea delicata sulla pelle, partendo dalla tempia fino a fermarsi sulla clavicola. «Tu riesci sempre ad aiutarmi, ragazzina.»

Quelle parole rischiarono di farmi esplodere il cuore, e mi resi conto che valevano più di qualsiasi altra cosa potesse dirmi. Più della sua storia, più del suo passato.

Posai i palmi sul suo petto, accarezzandolo piano. «Almeno per uno dei due la cosa ha funzionato.»

Rayden aggrottò la fronte con aria interrogativa, e io sorrisi.

«Io non sono riuscita a capirlo», spiegai. «Se tu sei un sogno o sei reale.» Alzai un dito e seguii il contorno delle sue labbra. «Sei troppo incredibile per essere vero.»

L'espressione di Rayden si ammorbidì, e la sua bocca si curvò in un modo che mi causò brividi fin dentro le ossa.

Mi cinse la vita con forza, finché il mio seno non fu schiacciato contro il suo petto. «Continuo a pensare la stessa cosa di te.»

Le mie guance si fecero più rosse. «Allora forse dovremmo impegnarci di più per trovare una risposta.»

I suoi occhi brillarono e le sue labbra si avvicinarono alle mie, sfiorandole. «Possiamo fare tutti i tentativi che vuoi, ragazzina.»

~

Rayden prese il cartone della pizza dal fattorino e richiuse la porta, prima di tornare in soggiorno e appoggiarlo sul tavolino.

Subito, mi sporsi dal divano e aprii il coperchio, lasciando che nell'aria si diffondesse il profumo di mozzarella e pomodoro.

«Senza offesa per le cucine stellate, ma niente batte la pizza», dissi, mentre il mio stomaco brontolava.

Rayden si sedette al mio fianco e mi guardò. Era più rilassato, adesso. Era di nuovo il Rayden che conoscevo. E mi chiesi se ero veramente riuscita a fargli dimenticare il suo incubo o se con il tempo lui avesse imparato a nascondere ogni sua emozione in modo che risultasse invisibile all'esterno.

Decisi di credere alla prima. Perché la sola idea che Rayden soffrisse in silenzio da anni mi faceva a pezzi dentro.

«Neanche il mio filet mignon?» chiese, ammiccando.

«Forse il tuo filet mignon è l'eccezione», risposi con un sorrisetto, obbligandomi a mantenere intatta l'atmosfera spensierata che eravamo riusciti a creare, mentre prendevo uno spicchio di pizza e davo un morso.

«Quindi, domani hai scuola?» domandò Rayden, più serio.

Il mio stomaco si contrasse, i miei occhi scattarono nei suoi. Cercai di capirli. Di decifrarli. E, quando non ci riuscii, feci cenno di sì. «Mancano poche settimane alla fine», dissi cauta, e lui annuì, pensieroso. «È un problema?» mi ritrovai a chiedere, con voce flebile.

«Cosa?»

«Che io vada al liceo.» Non gli avevo ancora posto quella domanda, non direttamente. Perché la risposta mi terrorizzava.

Rayden mi scrutò. «Dovrebbe esserlo», ammise alla fine, come se lui stesso avesse cercato di vederci come un errore. «Ma non lo è.»

Il sollievo mi invase in modo così intenso che mi sentii soffocare, e Rayden lo notò.

Si avvicinò a me e mi prese il mento tra le dita. «Non me ne frega un cazzo di quanti anni hai, ragazzina. E l'unico motivo per cui ti ho chiesto di domani, è per sapere a che ora esci.»

Mi accigliai, confusa. «Alle tre», risposi. «Perché?»

«Perché adesso so a che ora arriverai a casa mia.»

Una risata liberatoria mi pizzicò la gola. «Non ti prendi neanche più il disturbo di ordinarmelo? Lo dai per scontato e basta?»

«Giusto, scusa.» Puntò gli occhi nei miei, e mi accorsi che quella nelle sue iridi era una pioggia di scintille. «A te piace che ti dia degli ordini.»

Arrossii e scossi la testa. «Sei impossibile, lo sai?»

Curvò un angolo della bocca. «Molti sogni lo sono.»

«Incredibile», commentai, divertita. E, quando mi resi conto che stava per replicare ancora, alzai una mano. «Ti prego, no, non dire niente. Riesco letteralmente a sentire il tuo ego. Mi sta schiacciando.»

Rayden scoppiò a ridere, e un brivido mi risalì le braccia, mentre lo osservavo. I lineamenti morbidi, gli occhi chiari, gli zigomi alzati… per i pochi secondi in cui rise, riuscì a scordarsi di tutto ciò che lo tormentava. E vederlo in quel modo, senza barriere, fu straordinario.

«Vorrei che lo facessi più spesso», sussurrai, e lui mi sentì. Non chiese spiegazioni. Sapeva a cosa mi riferivo.

«Lo sto facendo più spesso, ragazzina. Ed è merito tuo.» Mi spostò una ciocca di capelli dietro l'orecchio. «È uno scambio equo, se ci pensi.»

Sbattei le ciglia. «Scambio?»

Rayden annuì. «Io ti sto insegnando a cucinare. Tu mi stai insegnando a ridere.»

26

Rayden

$\mathcal{A}$lle tre e quindici di quel pomeriggio, l'ascensore nel mio ingresso emise uno squillo, e io attirai Avery a me non appena le porte si aprirono, facendola scontrare con il mio petto.

«Oh», sussultò, colta alla sprovvista. Poi alzò lo sguardo su di me e sorrise. «Ciao, chef.»

La baciai. «Ciao, ragazzina.»

Non ne avrei mai avuto abbastanza. Il sapore delle sue labbra, il profumo dei suoi capelli, il calore del suo corpo... Avery era una dipendenza della quale non avevo alcuna intenzione di fare a meno.

«Sei...» Non finì la frase. Al contrario, aggrottò la fronte, annusò l'aria e guardò alle mie spalle. «Hai cucinato?»

Annuii. «Ho avuto alcune nuove idee per il ristorante. Volevo che fossi la prima ad assaggiarle.»

Lei si illuminò. «Davvero?»

«Davvero.» Intrecciai le dita alle sue. «Vieni.»

293

Senza esitare, Avery mi seguì in cucina, dove la feci sedere su uno sgabello. Davanti a lei avevo già preparato tre piatti, tutti coperti, in modo che non potesse vederli.

«Quindi sei riuscito a trovare l'ingrediente che mancava?» chiese, sfilandosi la felpa e restando con la t-shirt.

«No, questi non c'entrano niente con gli schizzi che avevo progettato.»

Un'espressione soddisfatta le curvò la bocca. «Allora ha funzionato. Farti divertire», specificò.

Feci un sorrisetto e mi sedetti al suo fianco. «Sta a te giudicarlo.»

Senza aspettare oltre, scoperchiai il primo piatto, rivelando un piccolo cucchiaio di ceramica bianca.

«Amuse bouche», spiegai. «Mousse di spinaci e caprino, con granella di noci tostate e una sfoglia croccante di pane all'olio d'oliva.»

Avery osservò la mia creazione con occhi spalancati. Poi, iniziò a spostare lo sguardo da me all'antipasto. «Ma è... è...»

Cercando di trattenere il divertimento, annuii. «Una rivisitazione del tuo piatto a base di spinaci e cracker.» Le porsi il cucchiaio e lei lo prese subito.

Osservai ogni sua più piccola reazione mentre lo assaggiava. Il modo in cui muoveva le labbra, distendeva i lineamenti, chiudeva gli occhi...

«Non ha niente a che vedere con quello che avevo fatto io», commentò con voce bassa. «È incredibile. Davvero, è...» Scosse la testa. «Wow.»

«*Wow*.» Riflettei su quella parola. «Posso fare di meglio.»

Prima che lei avesse il tempo di replicare, sollevai il secondo coperchio.

«Portata principale. Filetto di salmone glassato, con semi di sesamo tostati e insalata fresca di stagione.»

Avery lo studiò. «Glassato con cosa?»

Alzai un angolo delle labbra. «Assaggia.»

Senza farselo ripetere, prese una forchetta e tagliò un angolo del salmone, prima di metterselo in bocca. Dopo un secondo, la consapevolezza le tinse le guance di un rosso acceso e i suoi occhi scattarono nei miei.

«È...» cominciò a dire, stupita e leggermente imbarazzata. «Sciroppo d'acero.»

Appoggiai un gomito sul bancone e mi voltai verso di lei. «Sì, ragazzina.»

Trattenne una risata. «Non ci credo.»

«Com'è?»

«*Com'è?*» ripeté, prendendone un altro boccone. «Mille volte meglio del filet mignon.»

Mi passai la lingua sul labbro inferiore. «Ti avevo detto che potevo fare meglio di *wow*.»

Avery sbuffò divertita e mandò giù un altro pezzo di salmone. «Vorrei dirti che avevi ragione, ma mi sto davvero sforzando di non montare ancora di più il tuo ego.»

Mi strinsi nelle spalle. «È troppo tardi per quello.»

Rise e appoggiò la forchetta nel piatto. «Ci proverò lo stesso. Non sono una che si arrende, ricordi?»

«Vedremo se ci riuscirai», risposi con tono indifferente. «Pronta per il dessert?»

Lei annuì e bevve un sorso d'acqua per sciacquarsi la bocca, mentre io toglievo l'ultimo coperchio. E i suoi occhi si spalancarono. «L'hai fatto tu?» disse, con espressione sorpresa.

«Sembri Julia», la presi in giro, e Avery si riscosse subito.

«No, è che... Voglio dire, è...»

Mi chinai verso di lei. «Sì, ragazzina?»

Serrò le labbra. «Non male.»

Risi e indicai il piatto. «Cannolo di cioccolata fondente con pralinato di nocciole e fior di latte salato.»

Avery sbatté le palpebre. «Fior di latte salato?»

«Perché non puoi scegliere tra dolce e salato, giusto?» La guardai intensamente. «E la cosa che preferisci mangiare è...»

«Il cioccolato al sale», concluse lei in un soffio. «Non riesco a credere che tu abbia fatto tutto questo…»

«Non pensavi che ne fossi in grado?»

«No, non intendevo…» Si interruppe quando vide il divertimento sul mio viso.

«Assaggia, ragazzina. Prima che il gelato si sciolga del tutto.»

Avery mi guardò male per un secondo, prima di tornare a concentrarsi sul piatto. Prese con un cucchiaino un pezzo del cannolo e un po' di fior di latte, poi lo mise in bocca.

Il suo volto restò impassibile. Come se si stesse sforzando di non avere alcuna reazione. E la cosa mi fece quasi impazzire.

«Allora?» chiesi non appena deglutì.

Lei si girò verso di me e fece una smorfia.

«Cosa?»

Invece di rispondere, serrò le labbra con ancora più forza, e la mia schiena si irrigidì.

«Parla, ragazzina.»

«Non riesco a credere a quello che sto per dire», sussurrò. Poi, mi guardò dritto negli occhi. «Mi arrendo.»

Mi accigliai, confuso.

«Inonda tutta Boston con il tuo ego, abbatti i palazzi, sommergici, non mi importa… ma questo», indicò il dessert, «è in assoluto la cosa più buona che sia mai stata preparata dall'essere umano.»

Il sollievo mi invase, ma feci del mio meglio per non mostrarlo. E lei riprese a parlare prima che potessi risponderle.

«Ricordi quella sera al ristorante, quando per la prima volta mi hai portata nel tuo ufficio dopo la chiusura?» domandò, con le guance che si scaldavano.

Subito, le scene di quella serata mi apparvero nella mente. Lei appoggiata su di me. Le sue urla soffocate contro il palmo. Le mie mani sul suo corpo.

«È difficile dimenticarlo, ragazzina.»

«Beh», tagliò un pezzo del cannolo, «questo è meglio.»

Incrociai le braccia al petto e inarcai un sopracciglio. «Non sono sicuro di come reagire.»

Avery rise. «Mi dispiace, è vero.» Prese un altro boccone. «È fantastico. E il fior di latte salato è...» Chiuse un attimo le palpebre, lasciando la frase in sospeso, mentre io continuavo a chiedermi come avrei dovuto prendere le sue parole. «Non mi guardare così», protestò, divertita. «Stavo facendo un complimento al tuo piatto. Voglio dire, assaggia.» Mise del gelato sul cucchiaino e me lo porse.

Sentii delle scintille calde risalirmi la schiena. «Sai che non è così che mi piace assaggiare le cose.»

Gli occhi di Avery si offuscarono per un istante. Prima di brillare. Lentamente, si portò il cucchiaino alla bocca e se lo passò sulle labbra. «Assaggiami, chef.»

Mi alzai e misi le mani sulle sue cosce, che si aprirono per permettermi di avvicinarmi. Poi la baciai, rubando tutto il fior di latte che la sporcava.

La mia lingua cercò la sua, e avvertii il sapore del cioccolato mescolarsi perfettamente a quello del latte e del sale. Ma non era quello che volevo sentire. Io volevo Avery.

«Tu sei più buona di qualunque cosa io possa creare, ragazzina», mormorai in un sussurro rauco.

Mi strinse le braccia attorno al collo. «Forse dovresti mettere me sul menu, allora.»

Scossi la testa, strofinando il naso al suo. «No. Tu sei solo mia.»

Avery intrecciò le dita tra i miei capelli e mi attirò a sé, rendendo quel bacio più intenso. Ma presto, troppo presto, si staccò.

«Quindi, modificherai il menu dell'*Ambroisie*?»

«Questo è il piano», risposi. «Dovrò fare delle prove, insegnare i piatti alla brigata, parlare con Courtney di un'eventuale re-opening...» Feci una breve pausa. «E trovare il modo di far tornare Clarice D'Arnaud al ristorante.»

Avery si raddrizzò di scatto. «Pensi che lo farà?»

Mi strinsi nelle spalle. «Non lo so. Ma una sua recensione positiva aiuterebbe con la guida Michelin.»

«Gli ispettori non dovrebbero essere imparziali?»

«Sì. *Dovrebbero.*»

Rifletté su quella verità. Prima che potesse dire qualcosa, però, una vibrazione si levò nell'aria e Avery mi fece cenno di spostarmi per andare a prendere il telefono nel suo zaino.

Lo tirò fuori e guardò il numero. Poi, con la fronte aggrottata, accettò la chiamata.

«Pronto? Sì, sono io.»

La sua espressione si illuminò, e io restai a osservarla, appoggiato contro il bancone.

«Sì», disse, con voce più acuta del normale. E, non appena se ne accorse, si schiarì la gola. «Sì, sono ancora interessata.»

Sentii i lineamenti del mio viso irrigidirsi.

«Domani è perfetto. Grazie mille.» Riattaccò e si voltò verso di me.

«Chi era?» domandai.

Lei spostò lo sguardo sul suo telefono, prima di riportarlo nel mio. «Il *Savoy Cinema*», rispose. «Avevo mandato il mio curriculum alcune settimane fa, e mi hanno fissato un colloquio domani alle sei.»

«E perché hai accettato?» Il mio tono brusco la colse alla sprovvista.

«Perché mi serve un lavoro», spiegò, come se fosse la cosa più ovvia del mondo. Poi, però, il suo viso si oscurò. «La maggior parte dei risparmi di mio padre è servita per le sue cure mediche. Abbiamo l'assicurazione e tutto, ma...» Sospirò. «Non è stato facile.»

Le tesi una mano e lei la prese, mentre la tiravo contro di me.

«Negli ultimi mesi ho lavorato quanto potevo, ma mi serve qualcosa di stabile. E possibilmente con uno stipendio decente.» Accennò un piccolo sorriso. «Tu non eri il solo lato positivo dell'*Ambroisie*.»

298

«E allora perché vuoi andare a lavorare al cinema?»

Sbatté le palpebre. «Perché mi hai licenziata.» Prima che potessi ribattere e farle notare che non era vero, lei continuò. «Ed è giusto così. Ho risposto male alla sous chef, ho scatenato una scenata in sala, e sono scappata via durante il mio turno senza dare un preavviso o una spiegazione.» Si strinse nelle spalle. «Anche se tu volessi riprendermi, sappiamo entrambi che non posso tornare a fare la cameriera all'*Ambroisie*. Non sarebbe giusto.»

Cazzo, quanto avrei voluto darle torto. Ma non potevo. Avery aveva ragione, non poteva riprendere il suo lavoro di commis.

«Ma, se domani il colloquio va bene, non sarà un problema.» Il suo ottimismo splendeva sul fondo delle sue iridi. «E magari dopo il diploma potrei cercare altro. Qualcosa che abbia a che fare con i ristoranti.»

Un pensiero improvviso mi attraversò la mente. «Cosa farai in autunno? Dove andrai al college?»

Sapevo che stava andando tutto troppo velocemente. Eppure, la sola idea di dovermi separare da Avery mi sembrava completamente fuori questione.

Un sospiro lasciò le sue labbra, e abbassò lo sguardo. «Non andrò al college.»

«Perché?»

Iniziò a giocare con la stoffa della mia maglia, tracciando cerchi sul tessuto nero. «Avrei dovuto iscrivermi al *Culinary Institute of America*, a New York. Sogno quella scuola da quando ero bambina.» Sorrise, solo che quella volta era un sorriso triste. «Ma al momento non posso permettermelo. E potrei fare richiesta per una borsa di studio, ma…» I suoi occhi si fecero più cupi. «Non voglio lasciare Boston. Non finché mio padre è in ospedale.»

Mi sentii improvvisamente la gola gonfia, come se fosse piena di troppe frasi e commenti che mi stavo sforzando di trattenere.

Avrei voluto dirle che potevo aiutarla a trovare una soluzione. Che avrei potuto fare delle telefonate e farla ammettere. Che non era giusto che dovesse mettere in pausa la sua vita per una speranza che avrebbe potuto svanire con il tempo.

Ma decisi di non dire niente. Perché, se le avessi detto che non credevo in ciò che sperava lei, l'avrei ferita. E avrei rischiato di ferire la sua stessa speranza. Non potevo farlo. Non avrei tolto a Avery il suo ottimismo solo perché io non riuscivo più ad averlo.

Le accarezzai una guancia e lei inclinò il viso contro il mio tocco.

«Lavorerò in cucina, prima o poi», sussurrò, come se stesse esprimendo un desiderio. E io avevo tutta l'intenzione di aiutarla a realizzarlo.

«Non ho dubbi, ragazzina.»

27

Avery

«Avanti, sculetta un po' di più», sibilò piano Mandy. «Magari sono fortunata e ti fratturi l'anca.»

Piegai la testa all'indietro per vederla, seduta sullo spalto dietro al mio. «Si sta solo allenando, Dy.»

I suoi occhi infuocati erano ancora puntati su Kelly, che ballava insieme alle altre cheerleader, mentre sul campo i giocatori facevano le loro esercitazioni.

«Non farmi dire per *cosa* si sta allenando. Non voglio essere volgare.»

Repressi il divertimento e lei mi fece cenno di rimettermi dritta.

«Guarda davanti a te, altrimenti viene male.» Riprese a intrecciare le mie ciocche, ma sapevo che non staccava gli occhi dal campo da football. E lo sapevo perché, ogni volta in cui Kelly si girava verso i ragazzi e sorrideva a Trent, le tirava più forte.

«Mi piacerebbe arrivare al diploma con i capelli», mi lamentai.

Lei sospirò. «Scusa. È solo che la odio.»

«Non ne hai motivo, però. Sai che Trent non ti tradirebbe mai.»

Mandy restò in silenzio a lungo. Troppo a lungo. Di nuovo, gettai la testa all'indietro per vedere la sua espressione. Si stava torturando il labbro inferiore tra i denti e sembrava pensierosa.

«Dy?»

Si riscosse. «No, lo so, hai ragione. È solo che… non importa da quanto stiamo insieme. A volte non riesco a credere al fatto che voglia davvero me.»

Le sorrisi. «Lo capisco.»

Il suo sguardo si fece subito malizioso. «Sì, che mi capisci. Notizie dallo chef?» Indicò il telefono accanto a me.

«No. È già al ristorante.» Un senso di tristezza mi invase. «Non credo che riusciremo a vederci molto spesso, da adesso. Quando lui è libero, io sono a scuola. E quando io sono libera, lui lavora.» Mi strinsi le ginocchia al petto. «E se mi prendono al *Savoy Cinema*…»

«Ehi.» Mandy legò la punta della treccia e me la mise sulla spalla, prima di tornare a sedersi al mio fianco. «Troverete un modo per farla funzionare.»

Annuii, anche se non ne ero convinta. La nostra storia era nata da poco. Non ero sicura che fosse abbastanza forte da sopravvivere al vedersi solo una o due volte alla settimana.

«Almeno tu non devi avere a che fare con Kelly», aggiunse Mandy, che stava osservando la cheerleader mentre beveva e lasciava che l'acqua le scivolasse sul collo e sul petto.

«Io devo avere a che fare con qualcuno di peggio. Deelylah.» Un brivido freddo mi scese sulle braccia e mi costrinse a chiudere le dita.

Mandy mi guardò con aria interrogativa. «Aspetta, lavora in cucina, vero?»

«Sì. È la sous chef di Rayden. Praticamente il suo braccio destro.» Appoggiai il mento sulle ginocchia. «Sono una squadra, in cucina stanno sempre accanto…» Mi girai verso Mandy. «E andavano a letto insieme.»

La mia migliore amica sgranò le palpebre. «Oh», commentò. «Beh, cavolo…»

«Già.»

«Credi che sarà un problema?»

«Tu lo crederesti?»

Lei fece un'espressione incerta. «Vorrei rispondere di no e rassicurarti, ma ho appena passato gli ultimi quaranta minuti ad augurare a Kelly una frattura dell'anca solo perché continua a guardare Trent, quindi…»

«Questa è la cosa peggiore. Io non posso neanche sperare che le succeda qualcosa, perché Rayden ha bisogno di lei al ristorante.»

«Non penso che potrei mai essere te.»

Risi. «No, probabilmente no.»

Mandy fece un sorrisetto. «Però, mettila così. Se con Sexychef le cose non vanno bene, hai sempre una seconda opzione pronta a cadere ai tuoi piedi.»

Quando inarcai un sopracciglio, lei indicò il campo.

Wes si stava inumidendo le labbra, prima di tirare indietro il braccio e lanciare il pallone da football che stringeva tra le dita.

«Avete risolto?» mi chiese.

«Più o meno.»

Lui si era scusato, ma io ero ancora arrabbiata per come si era comportato. Per tutto quello che aveva scatenato.

Quella mattina si era di nuovo offerto di raccontarmi ogni cosa, di spiegarmi esattamente ciò che aveva visto suo padre e cosa era successo quel giorno di sei mesi prima. E io avevo dovuto usare tutta la mia forza per rifiutare.

Volevo sapere ciò che era successo. Volevo sapere cosa perseguitava Rayden e lo faceva stare male. Ma Wes non avrebbe potuto raccontarmelo. Lui avrebbe potuto dirmi solo una versione della storia, che probabilmente non avrebbe fatto che confondermi di più.

L'unico che poteva dirmi tutta la verità era Rayden. E anche se aveva messo in chiaro che non me l'avrebbe mai svelata, io ero certa che prima o poi lo avrebbe fatto.

Sarei riuscita a fargli abbassare le sue barriere, alla fine. Nel frattempo, avrei continuato a fidarmi di lui e ad aiutarlo a stare bene. Perché era ciò che aveva più importanza. Il nostro presente, non il suo passato.

«Ottimo», continuò Mandy, annuendo soddisfatta. «Perché ne ho parlato con Trent, e abbiamo deciso che andremo al ballo tutti insieme. Da amici.»

Chiusi le palpebre. «Dy…»

«No, non si accettano obiezioni. Ormai la decisione è presa.»

«Potrei ancora lavorare, quella sera.»

Lei mi fulminò. «Lo giuro su Dio, Avery Shaw, se salti il ballo di fine anno per vendere degli stupidi biglietti a un cinema…»

Il mio telefono squillò prima che potesse concludere la sua minaccia, e io lo presi.

Non appena lessi il nome, piccole farfalle mi solleticarono lo stomaco.

CHEF: *Vieni al ristorante appena puoi.*

«Sexychef?» domandò Mandy, sporgendosi verso lo schermo.

Annuii, ancora confusa. «Mi ha chiesto di andare all'*Ambroisie*.»

«Non dice perché?»

Scossi la testa.

«Magari vuole darti la paga delle ultime settimane. O vuole darti qualcos'altro.» Mi fece l'occhiolino. «Qualunque cosa sia, non dovresti farlo aspettare.»

Mi alzai e presi lo zaino. «Ti scrivo dopo, okay?»

«Va bene. Oh, e in bocca al lupo per il colloquio!»

Le sorrisi, poi le feci un cenno con la mano e scesi la gradinata, per uscire dallo stadio.

Venti minuti dopo stavo percorrendo il vicolo sul retro del ristorante, vicino all'entrata del personale.

Era strano essere di nuovo lì. Due giorni prima, la sola idea di mettere piede là dentro mi aveva fatto vibrare il corpo per la trepidazione. Adesso, invece, ero nervosa. Dopo quello che era successo l'ultima volta, tornare al ristorante sembrava una pessima idea.

Inspirai a fondo, poi strinsi la maniglia e aprii la porta. Non c'era nessuno nella stanza, ma, considerando che ore erano, probabilmente tutti i camerieri si stavano occupando della *mise en place*.

Mi diressi verso il corridoio, chiedendomi dove avrei dovuto cercare Rayden, quando notai che Talya stava camminando nella direzione opposta alla mia.

«Ehi», mi salutò, con un sorriso incerto. «Non mi aspettavo di vederti. Credevo che… beh…» Si strinse nelle spalle.

«Sì, lo so», fu tutto ciò che riuscii a rispondere.

«Dispochef è stranamente di buon umore», mi informò. «E, visto com'è andata sabato, non se lo aspettava nessuno.» Esitò alcuni istanti, continuando a guardarmi.

«Non sono qui per peggiorare le cose», le assicurai. Perché era a quello che stava pensando. Ma, malgrado la mia rassicurazione, il dubbio nel suo sguardo non svanì.

«E allora perché sei qui?» Quella era un'ottima domanda, e non sapevo come rispondere.

«Mi è stato chiesto di venire», mi limitai a dire alla fine, tralasciando il fatto che era stato proprio Rayden a chiedermelo. Anche se non lavoravo più all'*Ambroisie*, non ero certa che lui volesse far sapere di noi due.

«Oh.» L'espressione di Talya divenne un misto tra il sorpreso e il perplesso. «Allora buona fortuna.»

«Grazie», risposi titubante, prima di riprendere a camminare.

Stavo per bussare all'ufficio di Rayden, quando sentii la sua voce provenire dalla cucina.

«Avete una settimana», stava dicendo. «Da martedì prossimo distribuiremo il nuovo menu, e questo vuol dire che dovrete essere in grado di preparare questi piatti a occhi chiusi.»

Mi avviai in quella direzione, senza essere sicura che fosse la cosa giusta da fare. Forse avrei dovuto aspettarlo nel suo ufficio. Ma mi aveva chiesto di andare al ristorante appena potevo, e questo voleva dire che era urgente... giusto?

«Per il re-opening?» chiese una voce femminile, che attribuii a Deelylah.

«Se ne sta occupando Courtney, ma non faremo le cose in grande.»

Quando attraversai la soglia e mi avvicinai al pass, vidi che Rayden era accanto a un bancone con le braccia incrociate, e mi dava le spalle. Sul piano aveva sistemato i tre nuovi piatti che aveva ideato, e davanti a lui era schierata tutta la brigata.

In molti cominciarono a spostare lo sguardo su di me, inclusa Deelylah. Mi aspettavo una reazione tipo "E lei cosa ci fa qui?". Invece, non disse niente. Si limitò a stringere con più forza le braccia al petto e a serrare i denti.

«Inviteremo dei giornalisti e dei critici, e speriamo che...» continuò Rayden, interrompendosi quando notò che la sua brigata era distratta. Si voltò per vedere cosa stessero guardando, e i suoi occhi trovarono i miei.

Cavolo, non sarei dovuta andare in cucina. Era stata una pessima, pessima idea.

Rayden tornò a rivolgersi al suo staff. «Vi ho spiegato come si fanno, adesso assaggiateli.» Indicò i piatti. «Poi cominciate a sistemare le postazioni.»

«Sì, chef», risposero loro, mentre Rayden faceva il giro del pass e veniva da me.

«Andiamo», mi disse. Non aveva sorriso, mi aveva guardata a malapena, e il mio stomaco si attorcigliò.

Strinsi le dita attorno alla tracolla dello zaino e lo seguii nel suo ufficio.

306

Rayden chiuse la porta, poi si avvicinò alla sua scrivania e prese posto, indicandomi la sedia di fronte a lui. «Siediti.»

«Mi devo preoccupare?» chiesi incerta, mentre facevo come mi aveva detto.

Lui si accigliò. «Perché dovresti?»

«Perché ho appena realizzato che il tuo messaggio è l'equivalente culinario di *Dobbiamo parlare*. E questo, sommato al fatto che non mi hai neanche salutata... Mi devo preoccupare?»

Rayden mi osservò per alcuni secondi, poi incrociò le braccia e si appoggiò allo schienale. «Il problema di salutarti, ragazzina, è che poi non credo di riuscire a fermarmi.»

Un brivido mi crepitò sulla schiena. «Oh. Beh, sarebbe davvero un problema.»

«Sì.» Il suo sguardo era duro, ma un angolo della sua bocca si alzò in modo impercettibile.

«Quindi, se non sono qui perché volevi *salutarmi*...» lasciai la domanda in sospeso.

«Sei qui perché voglio che tu firmi un contratto.» Aprì un cassetto alla sua destra, ne tirò fuori un plico di fogli e me lo mise davanti.

Sbattei le palpebre un paio di volte. «Devo smettere di chiamarti *chef* e passare a *Mr Grey*?»

Una scintilla incendiò la pioggia nei suoi occhi. «Non *quel* tipo di contratto», rispose, e io rimasi stupita dal fatto che sapesse di cosa stavo parlando. «Voglio che tu ricominci a lavorare qui.»

Le mie dita, che stavano per prendere i fogli, si fermarono a mezz'aria. «Ne abbiamo già parlato...»

Rayden annuì. «Sì, e hai ragione. Non puoi tornare a fare la cameriera.»

Scossi la testa, confusa. «Non capisco...»

«Sarai la mia assistente. In cucina.»

Il mio cuore si fermò, il mondo smise di girare.

«Durante la settimana inizierai alle cinque e trenta e finirai alle dieci, così avrai tempo per studiare e non sarai stanca il giorno dopo a scuola. Il venerdì e il sabato farai il turno completo. E, da dopo il diploma, lavorerai a tempo pieno», iniziò a spiegare. «Essere la mia assistente vuol dire che, nel primo periodo, ti limiterai a osservare. Guarderai cosa faccio e come lo faccio, studierai ogni più piccolo dettaglio, e resterai in disparte. Niente domande, niente distrazioni. Se avrai delle cose da chiedere, potrai farlo alla fine del turno. Quando ti riterrò pronta, inizierò ad affidarti dei compiti da fare al mio posto, mentre continuerò a supervisionarti.»

La mia bocca era secca, tanto che, anche se avessi voluto, non sarei riuscita a dire una sola parola.

«Nel contratto c'è scritto tutto in modo dettagliato», concluse. «Leggilo con calma prima di firmarlo.»

Abbassai lo sguardo sul foglio, ma non lo vedevo. Era offuscato, come se la mia mente non riuscisse a processare quella vista. Quell'intera situazione.

«I-io non…» Deglutii con forza, poi alzai gli occhi in quelli di Rayden. «Non posso.»

Lui aggrottò la fronte, ma aveva capito a cosa mi riferivo. «Puoi. È già tutto pronto. La domanda è se lo vuoi.»

Continuai a fare del mio meglio per riflettere, mentre il mio cuore andava a mille. «Hai mai avuto un'assistente, prima?»

Rayden mantenne la sua espressione impassibile. «No.»

Il mio stomaco cominciò a sprofondare. «Perché ne vuoi una adesso?»

Il solco sulla sua fronte era sempre più profondo. «Non era questa la reazione che mi aspettavo.»

«Rispondi alla domanda.» Il mio tono era decisamente più duro di quanto avrei voluto, e lui inarcò un sopracciglio. Alla fine, però, mi accontentò.

«È chiaro che a volte ho troppe cose da fare e non sempre riesco a stare dietro a tutto. Quello che è successo con la D'Arnaud ne è il perfetto esempio. Avrei dovuto pensare a questa soluzione molto prima.»

«E perché vuoi me?» Spostai di nuovo gli occhi sul contratto. «Non ho esperienza in cucina. Non sono all'altezza di questo ruolo.»

«Ragazzina, guardami.» Il suo era un ordine, e io obbedii. «Dimmi qual è il problema. Il problema *vero*.»

«Io… Grazie. Sul serio.» Premetti i polpastrelli sul contratto e lo spinsi verso di lui. «Ma non posso firmare.»

Un muscolo della sua mascella si contrasse e, prima che potesse ripetere ciò che mi aveva detto prima, mi corressi.

«Non *voglio* farlo.»

Le mie parole sembrarono coglierlo alla sprovvista. «Credevo che volessi lavorare in cucina.»

Sospirai e mi passai una mano sul collo. «Lo voglio. Più di qualsiasi altra cosa. Ma non così.»

«Così, come?»

«Voglio venire assunta perché me lo merito. Perché ho del potenziale e posso essere utile. Non perché…» Distolsi lo sguardo dal suo, mentre le mie guance diventavano più rosse. Per la prima volta, però, non si trattava di imbarazzo. Era vergogna. Vergogna e frustrazione. «Non perché ti faccio pena», mi costrinsi a dire. «So quello che ho detto ieri.» Ripensai alla conversazione sul *Savoy Cinema*, e al fatto che mi serviva un lavoro per il mio futuro. «Ma non ti ho rivelato quelle cose per farmi assumere da te, o qualcosa del genere. Non ne ho bisogno. Posso farcela da sola. Ce l'ho fatta per tutti questi mesi. E ce l'ho fatta senza ricevere la carità delle altre persone.» Cercando tutta la mia forza, lo guardai. «Quindi, grazie, lo apprezzo davvero tanto.» Sorrisi sincera. «Ma non devi inventarti un nuovo posto di lavoro per aiutarmi. So badare a me stessa.»

Feci per alzarmi, ma Rayden mi fermò. I suoi occhi duri erano fissi su di me, e non riuscivo a scorgere nessuna emozione oltre alla cortina di pioggia che vorticava in modo tempestoso nelle sue iridi.

«Non avevo neanche diciotto anni quando sono diventato capocuoco», disse. «Quando il proprietario del ristorante mi ha offerto quel posto, ho pensato che fosse impazzito. Nella brigata erano tutti più grandi di me, più esperti. Non avrebbero mai preso sul serio un ragazzino che veniva praticamente dalla strada.»

Sentii una fitta al cuore mentre immaginavo Rayden a quell'età.

«E gliel'ho detto. Gli ho detto che non ero pronto.» Si sporse in avanti e appoggiò le braccia sulla scrivania. «Sai cosa mi ha risposto lui? Che quando mi guardava non vedeva la mia età, ma il mio talento. Che quando maneggiavo una pentola o stavo dietro ai fornelli non vedeva il ragazzino incazzato che voleva solo spaccare qualcosa, ma vedeva un leader capace di risolvere anche i problemi che non gli competevano. E, alla fine, mi ha detto che lo avevo deluso, lì, in quel momento, non appena avevo detto di non essere pronto. Se lui mi aveva offerto quel posto, voleva dire che credeva in me, altrimenti non avrebbe messo nelle mie mani ciò per cui aveva lavorato tutta la sua vita. E la domanda che io avrei dovuto pormi non era se mi sentivo pronto, ma se ero in grado di farlo.»

Tornò ad appoggiarsi allo schienale e io non mi persi un suo solo movimento.

«Hai detto che vuoi venire assunta perché te lo meriti. Perché hai del potenziale.» Si passò una mano sul mento. «Ho visto il tuo potenziale il giorno stesso in cui sei entrata nella mia cucina e hai esposto alla perfezione gli ingredienti presenti nei miei piatti. L'ho visto ogni volta in cui ti avvicinavi al pass e ti fermavi a osservare di nascosto la brigata, solo per riuscire a imparare qualcosa di nuovo. E continuo a vederlo ogni volta che prendi in mano un coltello e cucini insieme a me. Tu non ti sentirai mai pronta, ragazzina, ma se non ti reputassi all'altezza di questo ruolo non te lo avrei proposto. Non importa chi sei o cosa c'è tra di noi. Non metterei a rischio il mio ristorante per nessuno.» Fece una breve pausa. «Ma non ha importanza cosa credo io. Perché la risposta puoi darla solo tu. Quindi, ti faccio la stessa domanda che è stata rivolta a me.» Mi fissò intensamente per alcuni secondi. «Ti ho spiegato in cosa consiste il lavoro. Sei in grado di farlo?»

Il cuore mi batteva così forte che lo sentivo pulsare nelle orecchie, mentre la risposta a quella domanda si formava sulla mia lingua e si liberava senza che potessi fermarla.

«Sì.»

Un angolo della bocca di Rayden fremette, come se volesse sollevarsi, ma lui si obbligò a restare impassibile. «Devi dimostrarmelo. Qui. Ora.»

Sbattei le ciglia. «Come?»

Rayden si alzò e si avvicinò a me, appoggiandosi contro la scrivania. «Devi promettermi una cosa.»

Restai a guardarlo dal basso, in attesa.

«Smetti di avere paura, ragazzina.»

Mi accigliai. «Io non...»

«Sì, invece», mi interruppe, prima ancora che potessi concludere la mia replica. «Hai paura che le persone ti vedano diversamente da quello che sei. Hai paura che ti reputino fragile e debole. Per questo hai subito pensato che ti avessi offerto il lavoro per pietà. Hai il terrore che quello che ti è successo possa definire chi sei. E chi diventerai.»

La mia gola si serrò, e sentii qualcosa pizzicarmi gli occhi.

«So che sei riuscita a superare l'incidente e ad andare avanti, ma temi che le altre persone non lo facciano, e che per loro resterai per sempre la ragazza da compatire.» Incrociò le braccia al petto. «E credi che, se non troverai il modo di dimostrare a tutti che si sbagliano e che puoi farcela da sola, avrai la conferma che in realtà avevano sempre avuto ragione e che tu sei davvero debole.»

Sbattei le palpebre, scacciando lacrime che non mi sarei mai permessa di versare.

«Ma sono tutte stronzate. Non sono le altre persone a decidere chi sei o cosa devi fare. Questa è la tua vita, ragazzina. Vuoi ridere? Fallo. Vuoi gridare? Sali in cima a un palazzo e urla fino a perdere la voce. Vuoi realizzare i tuoi sogni? Lotta ogni giorno e non permettere a nessuno di ostacolarti. Al diavolo tutti gli altri. Lascia che parlino alle tue spalle, che ti giudichino. Perché, mentre loro saranno impegnati a criticare la tua vita, tu la starai vivendo. L'unica cosa che devi chiederti è... come vuoi viverla?»

Mille emozioni presero il sopravvento sul mio cuore, che smise di battere.

«Io credo in te, ragazzina. Perché ti vedo. Ti vedo davvero. Vedo la voglia che hai di seguire le tue passioni. Vedo il coraggio con cui affronti ogni giorno. E vedo la tristezza che ti porti dentro, e che non fa che renderti più forte.» Si girò di lato e prese una penna. «Se sei pronta a vederti anche tu, allora firma. Fai un altro passo verso il tuo sogno, perché te lo meriti. Ma devi essere disposta a crederci anche tu. E devi essere disposta ad accettare tutto ciò che ne conseguirà.» Mi porse la penna. «Cosa scegli, ragazzina? La paura o il tuo sogno?»

Mi sentivo pietrificata. Circondata da catene così strette che non mi permettevano di respirare. E mi resi conto che Rayden aveva ragione. Le mie non erano catene... era paura. Per tutto quel tempo, mi aveva bloccata. Mi aveva impedito di fare ciò che volevo veramente. Ma non avevo intenzione di lasciarla vincere. Io ero più forte di così. E, grazie a Rayden, lo avevo ricordato.

Mi alzai, gli sfilai la penna dalle dita e presi il contratto, andando all'ultima pagina.

Quel contratto era più di quanto avessi mai sperato. Era molto più che un solo passo verso il mio sogno, erano chilometri interi percorsi in un battito di ciglia. Ma adesso sapevo di potercela fare.

Trattenni il respiro e ascoltai. Ascoltai il rumore della penna contro il foglio mentre tracciavo il mio nome. Mentre davo una forma al mio futuro. E il mio cuore riprese a battere.

Schiusi le labbra, continuando a osservare le linee di inchiostro blu contrastare il foglio bianco. Alla fine, mi girai verso Rayden. Mi sorrideva.

«Ottima scelta.»

Mi passai entrambe le mani sui capelli. «Sta succedendo davvero?»

Finalmente, lui annullò la distanza tra di noi. Mi strinse la vita e mi attirò a sé. «Sì, ragazzina.»

Una risata leggermente isterica mi vibrò nel petto, e affondai il viso nella sua spalla. «Non… non riesco a crederci…» Scossi la testa, e lui mi strinse più forte.

Quando alzai il viso, vidi che mi stava guardando.

«Grazie», mormorai.

«Aspetta a ringraziarmi. Dicono che io sia dispotico, in cucina», cercò di alleviare l'atmosfera. E ci riuscì.

Inarcai un sopracciglio. «Solo in cucina?»

La sua espressione si fece dura. «Pensi che sia una buona idea offendere il tuo capo?»

«Vorrei baciare il mio capo», ammisi. «Ma non sono sicura che sia consentito.»

Lui chinò la testa, avvicinando le nostre labbra. «È consentito.»

«Anche se rischi di non riuscire a fermarti?»

I suoi occhi brillarono. «Ordinerò alla mia assistente di farlo.»

Mi morsi il labbro inferiore. «Non credo di essere in grado di fare una cosa del genere.»

Rayden sorrise e mi prese il mento tra le dita. «Vieni qui, ragazzina.»

Mi alzai in punta di piedi e unii la bocca alla sua. Lasciai che mi baciasse in modo dolce e intenso, strappandomi ogni respiro e reclamando ogni mio battito. Volevo che li avesse lui. Volevo che avesse ogni singola parte di me. E io non volevo più riaverle indietro.

313

28

Rayden

Schiusi le labbra di Avery e accarezzai la sua lingua con la mia, mentre le mie mani si abbassavano sulla sua schiena.

Quando avevo deciso di assumerla, non avevo immaginato che avrebbe avuto quella reazione. Ma avrei dovuto farlo. Perché avevo imparato a conoscerla, ormai.

Avery non voleva che fosse il dolore del suo passato a definirla. Lei aveva bisogno di essere forte. E aveva bisogno di dimostrare agli altri che poteva esserlo. Per questo si era creata un'armatura fatta di sorrisi e ottimismo, e aveva lottato per sé stessa ogni singolo giorno.

Io non volevo che rinunciasse alla sua armatura. Ma volevo che mi permettesse di combattere al suo fianco. Proprio come lei combatteva al mio.

Fece risalire i palmi sul mio petto e me li premette ai lati del collo, stringendosi a me. Poi, però, si staccò.

«Mi sono appena resa conto di una cosa», sussurrò.

Le scostai una ciocca dal viso. «Cosa?»

«Hai detto che, nel primo periodo, il mio lavoro consiste nell'osservare cosa fai», rispose. «In pratica, mi hai fatto firmare un contratto nel quale accetto di guardarti per ore.»

Alzai un angolo della bocca. «Mi piace quando mi guardi, ragazzina.»

Lei arrossì, ma presto tornò seria. «Credi che alla tua brigata andrà bene avermi tra i piedi?»

«Primo, tu non starai tra i piedi a nessuno. Questo è molto importante», la ammonii.

Subito, Avery annuì. «Giusto.»

«Secondo, questa non è una cosa su cui loro possono avere voce in capitolo. E, in ogni caso, nessuno ha avuto da ridire, quando l'ho annunciato.» Deelylah avrebbe voluto farlo, ma l'avevo fulminata prima che avesse anche solo aperto bocca.

Avery si accigliò. «Aspetta, sanno già che sarò la tua assistente?»

«Sì.»

«Ma non potevi sapere se avrei accettato.»

«Pensi davvero che non sarei riuscito a convincerti?»

Lei sbuffò divertita. «Ho già detto che sei impossibile?»

Le posai un piccolo bacio sulle labbra. «Lo hai accennato.»

«E sanno di… beh…» Si schiarì la gola. «Di noi?»

«Non l'ho specificato, ma credo che ormai la cosa sia ovvia.»

Si rabbuiò, e vidi mille dubbi nei suoi occhi. Aveva paura che la mia brigata pensasse che stessi facendo dei favoritismi. Che l'unico motivo per cui l'avevo assunta fosse per la sua bravura a letto, e non in cucina.

«Ehi, ragazzina», la richiamai. «Cosa mi hai appena promesso?»

Chinò la testa. «Scusa.»

Le misi due dita sotto al mento e le feci rialzare il viso. «Dimostrerai a tutti chi sei. Devi solo darti tempo.»

Lei sospirò, poi annuì. «Okay.»

«A questo proposito…» La allontanai da me e andai verso l'armadio, da dove tirai fuori i vestiti che avevo preparato poco prima. «La tua divisa.»

Avery puntò gli occhi sulla giacca bianca che le stavo porgendo, e ogni ombra scomparve dalla sua espressione. «D-davvero?»

«Tutta la brigata deve averla.»

Un suono acuto le risalì la gola mentre me la strappava dalle mani per ammirarla più da vicino.

«Provala.»

Lei non se lo fece ripetere due volte. Si tolse la maglia che portava e indossò la giacca, chiudendo velocemente i bottoni. Poi abbassò lo sguardo su di sé e accarezzò il tessuto inamidato.

«Come sto?» mi chiese.

Cazzo.

Non avevo mai trovato sexy le divise della cucina, a prescindere da chi le indossasse. Ma su Avery l'effetto era travolgente. Non accentuava le sue curve, non metteva in risalto il suo corpo perfetto. Eppure, non era mai stata tanto bella quanto lo era in quel momento, con addosso la giacca del mio ristorante.

Mi avvicinai a lei, continuando a osservarla. Poi alzai la bandana che reggevo ancora in mano e la misi sulla sua testa, accarezzandole i capelli.

«Sei perfetta, ragazzina.»

Le sue guance erano scarlatte, ma sapevo che quella volta non ero io il responsabile. Era l'emozione del nuovo lavoro. Era la passione che finalmente poteva mostrare a tutti.

«Grazie», disse. «Per ogni cosa.»

«Smetti di ringraziarmi.»

Lei arricciò il naso, prima di fare un passo indietro per tornare a guardarsi. Sembrava una bambina la mattina di Natale, dopo aver scoperto di aver ricevuto la cosa che desiderava di più.

«Quando inizio?» chiese dopo un po'.

«Anche oggi, se vuoi. Altrimenti, domani.»

Avery scosse la testa. «Oggi va benissimo.»

Risi. «Okay.» Poi tornai serio. «Voglio solo mettere in chiaro un'ultima cosa.»

Lei deglutì e annuì, improvvisamente nervosa.

«Quando siamo in cucina, si tratta di lavoro. Tu sei un membro della brigata, io sono lo chef Wade. Non ti tratterò diversamente da come faccio con chiunque altro, e tu dovrai trattarmi come il tuo capo.»

«Certo», rispose subito. «Farò del mio meglio», promise. Poi, fece un sorrisetto. «E obbedirò agli ordini.»

Annullai la distanza tra di noi e mi fermai a un centimetro dalle sue labbra. «Il primo ordine, ragazzina. Non provocarmi mentre lavoriamo.»

Avery annuì. «D'accordo, chef. Aspetterò la fine del turno per farlo.»

Si allontanò prima che potessi baciarla. O che potessi prenderla e piegarla sulla mia scrivania.

«Andiamo?»

~

«Stai saltellando, ragazzina.»

«Lo so.» Avery strinse le mie dita e sorrise. «E non credo di riuscire a smettere.»

Scossi la testa, divertito, e continuai a camminare al suo fianco.

«È stato incredibile», disse per quella che credevo fosse la millesima volta. «Voglio dire, tutta quella precisione, il modo in cui ti muovevi tu, e poi tutti gli altri... È stato...»

Inarcai un sopracciglio. «Incredibile?»

Lei rise e scontrò la spalla con la mia. «Dai, so che mi capisci. Non eri neanche un po' su di giri dopo la tua prima volta in una cucina vera?»

Riflettei. «Dopo la mia prima volta in una *cucina vera*, lo chef ha portato tutta la brigata a bere in un locale. Era la sua tradizione

318

per ogni volta che assumeva qualcuno di nuovo», raccontai. «Non ricordo molto di quella sera.»

Avery mi guardò con un misto di divertimento e perplessità. «Quanti anni avevi?»

«Sedici.»

«E non ti hanno chiesto un documento?»

La sua espressione sconvolta mi fece ridere, e le misi un braccio attorno al collo, attirandola a me.

«Sei adorabile, ragazzina.» Le posai un bacio sulla tempia e, quando mi allontanai, vidi che era arrossita.

«Beh, in ogni caso», continuò, «se non fossi andato a bere, magari avresti saltellato anche tu per strada.»

La guardai di traverso. «Davvero mi ci vedi a saltellare?»

Per un istante, Avery mi studiò. Poi si morse il labbro inferiore, trattenendo una risata. «No.»

Imboccammo il vialetto di fronte a casa sua e lei tirò fuori le chiavi dallo zaino, avvicinandosi alla porta.

«Vuoi entrare?»

Volevo *disperatamente* entrare. E far sì che lei usasse il suo entusiasmo per qualcosa di diverso dal saltellare. Ma non potevo.

Restai alcuni gradini sotto di lei e le presi la vita tra le mani. «Non è una buona idea.»

Si rabbuiò. «Perché no?»

«Perché non troverei la forza di andare via.»

Il nostro viso era alla stessa altezza, e Avery si avvicinò a me, strofinando il naso contro il mio. «E sarebbe un problema?»

Aumentai la presa su di lei, cercando di mantenere l'autocontrollo. «Sì. Perché tu domani devi andare a scuola, e io devo andare presto al ristorante.»

Mi avvolse il collo con le braccia e mise il broncio. Un'espressione fottutamente dolce, che mi fece venire voglia di prenderla in spalla, gettarla su un letto, e trovare un modo per far scomparire quel broncio.

319

«Non posso fare niente per convincerti?» mormorò, posando la bocca sulla mia e muovendola piano.

Un ringhio mi vibrò nel petto. «Quante volte devo dirti di non tentarmi?»

Mi sfiorò le labbra con la lingua. «Ma sto diventando brava a farlo.»

La strinsi a me finché non la sentii sussultare. «Sei molto più che *brava*, ragazzina.»

Le sue dita scivolarono tra i miei capelli, mentre rendevamo quel bacio più intenso.

Scosse elettriche cominciarono a risalirmi la schiena, e piccoli gemiti si formarono nella gola di Avery.

Non c'era niente che volessi più di averla. Di sentire non solo i suoi gemiti, ma le sue urla. Quello che avevo detto, però, era vero. Lei doveva riposarsi, e io non avevo intenzione di essere lo stronzo che le faceva passare la notte in bianco. Perché, dopo averla vista con addosso la divisa del ristorante e aver sentito i suoi occhi su di me per tutta la sera, era esattamente ciò che avrei fatto.

Mi staccai, appoggiando la fronte alla sua. «Devi andare.»

Lei scosse la testa. «Non voglio.»

Puntai gli occhi nei suoi. «Vai, ragazzina.»

Avery fece una smorfia. «Non credevo che mi avresti mai ordinato di fare una cosa del genere», sbuffò. Poi mi diede un altro bacio. Piccolo. Innocente. Proprio come lei. «Buonanotte, chef.»

Ricambiai il suo bacio. «Buonanotte, ragazzina.»

Sciolsi la presa e la guardai entrare in casa, pentendomi di averlo fatto non appena richiuse la porta.

Il mio corpo fremeva ancora con l'agitazione delle ultime ore, e avrei solo voluto riversarla all'esterno, prima che mi soffocasse. Dovetti usare tutta la mia concentrazione per non mandare al diavolo il mio tentativo di essere responsabile, tornare da Avery e sfogare le mie emozioni su di lei.

Affondai le mani in tasca e continuai a camminare nella notte, attraversando le strade buie di Boston. Quella parte della città era silenziosa. Troppo per i miei gusti. Avevo sempre preferito il traffico, le luci abbaglianti, le voci delle persone.

Avevo sempre preferito la vita, al silenzio.

Immagini che mi sforzavo sempre di non ricordare iniziarono a sfocare la mia visione, sovrapponendosi alle strade deserte. Mostravano tutte le volte che avevo trattenuto il fiato, immerso nel silenzio, con la paura di sentire dei rumori.

Scossi la testa e serrai le palpebre, scacciando quei ricordi.

Per un istante mi voltai. Potevo ancora tornare da Avery. Lasciare che offuscasse la mia mente. Implorarla perché mi aiutasse a smettere di rivivere certe situazioni. Ma nel profondo sapevo di aver fatto la scelta giusta ad andarmene.

Chiusi le mani a pugno e ripresi a camminare, allontanandomi sempre di più da lei.

Passarono solo pochi minuti prima che mi fermassi di nuovo. E successe quando un grido acuto e spezzato squarciò l'aria fresca.

«P-posso darvi il portafoglio...»

Aggrottai la fronte e mi guardai attorno, cercando la donna che aveva pronunciato quella frase.

«Brava», rispose una voce profonda, che trascinava le parole in modo innaturale. «Ma non è l'unica cosa che devi darci.»

«V-vi prego...»

«Un ottimo inizio, piccola. Pregaci.»

L'adrenalina si riversò nelle mie vene, cominciando a bruciarmi i muscoli.

«No, per favore, io...»

Uno schiocco, simile al rumore di uno schiaffo, riecheggiò nell'aria, e qualcuno soffocò un pianto.

Senza esitare, seguii le voci, svoltando in un vicolo in cui un unico lampione continuava a sfarfallare, accentuando le ombre scure della notte.

321

Finalmente, li vidi.

Due uomini torreggiavano di fronte a una donna, che aveva la schiena attaccata al muro. Uno dei due reggeva tra le dita una bottiglia di liquore, mentre l'altro aveva le mani sul corpo di lei, che tremava.

Quella scena trasformò il mio sangue in acido. Lo sentii corrodermi le vene e scavarsi una via tortuosa dentro di me, riportando alla vita una voce che cercavo di dimenticare ogni singolo giorno.

"So cosa vuol dire credere di essere in grado di salvare qualcuno. Ma pensi davvero di riuscirci?"

La donna continuava a piangere. «V-vi... v-vi supplico...»

"Andrà sempre a finire nello stesso modo."

La mano dell'uomo si abbassò e cominciò ad alzarle la gonna, mentre l'altro rideva eccitato, tastandosi il cavallo dei pantaloni.

"Nessuno può essere salvato. E tu non cambierai le cose. Perché non è possibile cambiarle."

Per tutta la vita, avevo lottato contro quelle parole. Mi ero rifiutato di crederci. Perché avevo bisogno di sperare che le persone potessero essere salvate. E che le cose potessero essere cambiate.

Così, non mi fermai a riflettere. Non mi domandai se avrei dovuto chiamare la Polizia. Agii e basta.

«Vi state divertendo?» chiesi, avvicinandomi a loro.

Subito, i due uomini si voltarono.

«Levati dalle palle, amico.»

La donna, in lacrime, puntò i suoi occhi arrossati su di me. «Aiutami...» mi supplicò, e la sua voce piena di terrore incrinò qualcosa nel mio petto.

Mantenni la mia attenzione sugli uomini. «Perché non vi levate voi e la lasciate stare?» dissi duramente.

«Non sono cazzi tuoi», biascicò quello con il liquore in mano.

"Tu non cambierai le cose."

Incrociai le braccia. «Temo che lo siano.»

«Senti, stronzo», l'uomo cominciò a camminare verso di me, «non ti conviene metterti in mezzo.»

«Correrò il rischio.»

«Cazzo, Joe, mandalo via», ringhiò l'altro, aumentando la presa sulla donna, che iniziò a piangere con ancora più disperazione.

Quel suono mi stava uccidendo. I suoi singhiozzi, le sue lacrime... erano come pugni al petto che mi frantumavano le costole. E, frantumandole, crepavano anche le mie barriere. Quelle che tenevano repressa la mia oscurità.

La voce di mio padre si fece sempre più forte. Più insistente. E presto si intrecciò al familiare rumore di urla rauche e ossa spezzate.

Sentii la rabbia mescolarsi all'adrenalina. E se prima i miei muscoli avevano bruciato, adesso andarono in fiamme.

Serrai i pugni e strinsi i denti. Ma non sapevo se il mio era un vago tentativo di controllarmi o se era l'ultimo attimo di quiete prima dello scoppio della tempesta.

«Lo hai sentito, stronzo?» riprese lui. «Te ne devi...»

«Vi do un ultimo avvertimento.» Il mio tono era tagliente. «Lasciatela. Ora.»

"Tu non cambierai le cose."

Qualcosa attraversò gli occhi dell'energumeno che continuava ad avvicinarsi. Ma era troppo ubriaco perché quella scintilla potesse essere paura. «Altrimenti? Cosa...»

Non terminò mai la frase. Le mie nocche si scontrarono con la sua mascella e lui cadde a terra.

Una fitta mi risalì il polso mentre un lamento strideva attraverso i suoi denti ingialliti. La bottiglia si infranse al suolo, spargendo schegge di vetro sul cemento lurido, e l'altro uomo fece scattare la sua attenzione su di me.

«Brutto figlio di puttana.» Lasciò andare violentemente la donna, che sbatté contro la parete e rischiò di crollare in ginocchio.

I suoi occhi lucidi trovarono i miei, le sue labbra tremavano. Ma entrambi provammo un moto di sollievo che sarebbe stato impossibile da descrivere.

L'avevo salvata. Era al sicuro. Ci ero riuscito.

Avevo cambiato le cose.

«Vai», le dissi, indicando la strada dietro di noi, più illuminata e trafficata.

Lei non aspettò neanche un secondo. E mentre cominciava a correre per allontanarsi da quell'incubo, l'uomo che aveva cercato di prenderla si lanciò su di me.

Barcollai all'indietro, tentando di mantenere l'equilibrio, e non vidi arrivare il suo pugno destro, che mi colpì con forza al mento.

Una scossa mi fece tremare le ossa, ma quell'elettricità servì solo a smuovere la tempesta che era in attesa di scoppiare nel mio petto.

L'uomo provò a colpirmi ancora, ma quella volta lo fermai. Il suo sguardo era viscido, assetato di sangue. E io lo conoscevo fin troppo bene. Così bene che i lineamenti del suo volto cominciarono a distorcersi, mostrandomi la faccia che perseguitava ogni mio incubo.

Afferrai la sua maglia e lo costrinsi ad arretrare, fino ad attaccarlo al muro. Proprio nel punto in cui lui aveva tenuto la donna.

Finalmente, le iridi dell'uomo mi restituirono ciò che speravo: paura.

«Allora, pezzo di merda», sibilai, tirandogli un pugno. «Ti piace?» Gliene tirai un altro. «Avanti, dimmelo.» Un altro ancora.

Fitte dolorose mi risalirono le nocche squarciate, e la mia visione continuò a sfocarsi.

Passato e presente si fusero in una nuova realtà. Una realtà dentro alla quale mi stavo velocemente perdendo.

«A te piace farlo alle donne indifese, vero?» proseguii. Non riconoscevo più la mia voce. «Ma scommetto che gli fai anche di peggio.» Gli tirai una ginocchiata all'inguine, e lui emise un grido strozzato, piegandosi in avanti e sputandomi addosso gocce di sangue. «Scommetto che...»

Qualcuno mi afferrò da dietro e mi costrinse a staccarmi da lui. Subito, avvertii un colpo secco alla mascella, seguito da un retrogusto ferroso sulla lingua.

L'altro uomo si era rialzato. «Ti ammazzo, lurido figlio di…»

Lo presi per la vita prima che terminasse la frase e lo gettai a terra, mettendomi sopra di lui.

Un pugno alla sua guancia. Uno sul naso. Uno scricchiolio raccapricciante nell'aria. Un rivolo rosso sulla sua pelle.

«Viscidi vermi del cazzo», ringhiai, continuando a colpirlo.

Sapevo che avrei dovuto fermarmi. Che avrei dovuto tornare a pensare lucidamente. Ma non ci riuscivo. E loro non si meritavano che facessi un tentativo.

Il suo viso adesso era del tutto coperto di sangue. Irriconoscibile. E per la mia mente fu fin troppo facile cambiare scenario.

Il vicolo attorno a noi divenne il pavimento lucido del mio ristorante. E l'uomo sotto di me divenne quello di cui avevo progettato la morte per gran parte della mia vita. Lo stesso per il quale ero finito in galera.

«Cazzo, fermati», gridò l'altro uomo, cercando di tirarmi via. «Fermati!»

Sentii le sue mani sulle mie spalle, e mi girai di scatto nella sua direzione.

Avrei potuto fermarmi in quel momento, sperando che avessero imparato la lezione. Ma c'erano ancora troppe emozioni che mi bloccavano la gola. E io avevo bisogno di buttarle fuori prima che mi annientassero.

In meno di un secondo fui di nuovo in piedi, e cominciai a incombere sull'uomo, che adesso arretrava spaventato.

«Fermarmi?» ripetei in un ringhio. «Quando una donna lo dice a te, tu lo fai?» chiesi, avanzando. «Quando ti implorano, quando ti supplicano… tu le ascolti? Ti fermi? O continui?»

Lui sbatté contro la parete. Tremava. Era un cazzo di smidollato che adorava prendersela con chi era più debole solo per fare finta di non essere un rifiuto umano.

«Ti prego…»

La mia collera divampò. «Un ottimo inizio, stronzo», sibilai a un passo da lui, dicendo le stesse parole che aveva rivolto prima alla donna. «Pregami.»

29

Avery

*E*ro sul punto di addormentarmi quando sentii dei tonfi provenire dal portone d'ingresso.

Il cuore mi schizzò in gola e mi tirai a sedere di scatto, con i muscoli freddi e rigidi. Restai immobile per alcuni secondi, mentre i tonfi continuavano, infrangendo la calma silenziosa della casa.

Quella era stata una delle cose più difficili che avevo dovuto imparare dopo l'incidente: dormire da sola. Le prime settimane avevo a malapena chiuso occhio, e a ogni minimo rumore avevo sussultato, spaventata. Con il tempo, mi ero abituata agli scricchiolii naturali del legno, ai suoni di assestamento dei tubi e al vento che fischiava sulle finestre. Ma quelli non erano rumori del genere. In quel momento c'era qualcuno al mio ingresso. Qualcuno che sembrava determinato a buttare giù la porta.

Mi tolsi di dosso le coperte e uscii in corridoio, lasciando la luce spenta. Camminavo in punta di piedi, trattenendo il respiro. E, a ogni passo che facevo, il mio battito accelerava.

Piano, con la bocca secca e le gambe che tremavano, mi fermai davanti alla soglia e mi avvicinai allo spioncino.

E il mio cuore si bloccò.

Girai subito la chiave nella toppa e aprii la porta. «Rayden, cosa sta...»

Un secondo. Passò un secondo da quando la voce morì nella mia gola a quando Rayden si mosse. Un secondo in cui i miei occhi assorbirono ogni suo dettaglio.

I capelli neri attaccati alla fronte sudata. Lo sguardo pieno di emozioni indecifrabili. Il livido scuro sulla guancia. Il taglio profondo che gli spaccava il labbro. E le mani ferite e sporche di sangue.

Ma non ebbi il tempo di sgranare le palpebre, urlare o farmi invadere dalla preoccupazione. Perché Rayden entrò, si chiuse la porta alle spalle e mi baciò.

Sorpresa, confusione, paura... era tutto nel mio petto, e mi stava schiacciando. Ma Rayden non se ne accorse. Le sue dita affondarono tra i miei capelli, le sue labbra modellarono le mie. E un sapore ferroso si disperse sulla mia lingua.

Era sangue. Il *suo* sangue.

«Rayden...» cercai di dire contro di lui, ma non ottenni alcuna risposta da parte sua.

Mi strinse le braccia attorno alla vita e mi sollevò da terra. In modo del tutto automatico, le mie gambe gli avvolsero i fianchi, mentre lui iniziava a camminare nel corridoio.

«Rayden, ehi...»

Mi premette una mano sulla nuca e aumentò la pressione del nostro bacio, scacciando le mie parole con la lingua. I suoi gesti erano bruschi. Duri. Disperati. E io non sapevo come reagire.

Il mio corpo mi stava gridando di sciogliermi contro di lui, abbandonarmi alle sue mani e lasciare che mi rendesse sua. La mia mente mi stava implorando di pensare in modo lucido e chiedergli una spiegazione. E il mio cuore... il mio cuore piangeva. Per Rayden.

Le sue mani erano ovunque su di me, le sue labbra mi stavano divorando e i suoi respiri si facevano sempre più strozzati.

«Rayden, asp…» Di nuovo, non riuscii a finire.

Mi fece distendere sul letto e si mise sopra di me. La mia schiena si inarcò contro di lui, le mie gambe lo strinsero con forza. Ma la mia mente continuava a dirmi di riflettere.

Spostò la bocca sulla mia guancia e cominciò a tracciare una scia di baci sul collo, seguendo la clavicola, per poi scendere fino alla canottiera che indossavo. E io, finalmente, riuscii a parlare.

«Rayden, aspetta.» Intrecciai le dita ai suoi capelli e cercai di tirarlo indietro, mentre lui affondava una mano sotto alla mia maglia e iniziava ad alzarla. «Ti prego. Fermati.»

Quelle parole ebbero l'effetto di un fulmine, che lo colpì con forza e lo riscosse.

Il suo corpo si immobilizzò, le sue labbra si allontanarono da me. E, quando il suo sguardo si puntò nel mio, il mio cuore si spezzò. Perché, per la prima volta, vidi la verità.

Avevo sempre creduto che quella negli occhi di Rayden fosse pioggia, ma non era così. Quelle erano lacrime. Intrappolate dentro di lui da così tanto tempo che lo stavano corrodendo dall'interno. Presto, lo avrebbero sconfitto. E io non avevo la più pallida idea del perché.

Gli accarezzai delicatamente la guancia, attenta a non fargli male. «Cos'è successo?» La mia voce era bassa e scossa, e lo fece rabbrividire.

Appoggiò la fronte alla mia e chiuse le palpebre, nascondendomi il suo dolore. «Ho bisogno di te. Devi aiutarmi, ragazzina.»

Le parole che aveva detto, e il tono che aveva usato, non fecero che ridurre ancora di più in frantumi il mio cuore. Adesso era lì, nel mio petto, in un cumulo di schegge taglienti, e il dolore era insopportabile. Ma era ancora peggio sapere che anche il suo cuore era ridotto in quel modo. E io avrei solo voluto rimettere insieme i suoi pezzi e farlo tornare a battere… Oppure guarire il mio e offrirlo a lui.

«Okay», sussurrai, unendo le nostre labbra. «Sono qui. Sono tua.»

Sono qui.
Sono tua.

Un altro brivido scosse Rayden, che riprese subito il controllo. Di me e di sé stesso.

La sua bocca impose un nuovo ritmo alla mia e le sue mani riplasmarono le mie curve, in modo che si incastrassero ai suoi muscoli duri. Ci stava finalmente rendendo una cosa sola, ed era stupendo e straziante allo stesso tempo. Era *sublime*. Lo stesso sublime racchiuso in lui, e che adesso stava emergendo, smuovendo l'aria e ridimensionando ogni equilibrio.

Mi tolse tutti i vestiti, lasciandomi nuda sotto il suo corpo, e baciò ogni centimetro di me, facendo divampare un incendio sulla mia pelle. Le sue dita mi stringevano un seno, la sua bocca mordeva l'altro, e le fiamme mi risalirono il ventre, trasformandosi in gemiti quando raggiunsero la mia gola.

Sentii la sua zip abbassarsi, qualcosa di alluminio strapparsi, i suoi vestiti cadere a terra. E, alla fine, lo sentii dentro di me.

Gettai la testa all'indietro, cercando di prendere aria. «Rayden...»

Le sue spinte erano brusche, e ognuna era più violenta della precedente. Era come se stesse cercando di riversare fuori ciò che nascondeva sempre dentro di sé. Tutta la sua rabbia, tutta la sua disperazione. Ma quelle emozioni erano radicate così in profondità nella sua anima che, se avesse davvero voluto liberarsene, avrebbe dovuto soffrire. Avrebbe dovuto sanguinare. E io avevo paura di scoprire cosa mi avrebbe spezzata per prima: la sua rabbia o il suo dolore.

«Dio, Rayden...»

Mi spinse un ginocchio verso l'alto e affondò ancora di più, facendomi provare una fitta talmente intensa che un sussulto scappò dalle mie labbra. Stavo tremando, incapace di governare il mio corpo.

Le mie dita erano premute sulla sua schiena nuda, il mio bacino andava incontro alle sue spinte, e il mio cuore tentava invano di rimettere insieme i propri pezzi, per poi sgretolarsi ogni volta in cui una nuova vampata mi avvolgeva.

«Cazzo, ragazzina», ringhiò contro la mia bocca. «Mi fai stare così... bene...»

Mi strinsi più forte a lui. «Allora non smettere.»

Un gemito gli vibrò nella gola, e in qualche modo Rayden riuscì ad andare ancora più a fondo. Ancora più veloce. Finché non fui sicura che stesse incrinando ogni singolo osso del mio corpo. Ed era meraviglioso.

Senza darmi alcun preavviso, però, si fermò e si tirò indietro. Ma la mia confusione durò solo un secondo.

Mi afferrò per i fianchi e mi girò sul letto, mettendomi in ginocchio. Poi, premendo un palmo al centro della mia schiena, mi fece piegare in avanti, prima di affondare di nuovo dentro di me. E ciò che provai in quel momento fu... troppo.

Un grido improvviso mi esplose nel petto, e tutti i miei muscoli si contrassero, cercando di contrastare una sensazione così travolgente che mi impediva perfino di respirare.

«Rayden», gemetti con voce strozzata. «È... è...»

I suoi movimenti accelerarono ancora, e nuove urla filtrarono dalle mie labbra serrate.

«Oh Dio», sospirai, cominciando a tremare.

Ogni millimetro della mia pelle prese fuoco e si ridusse in cenere, mentre vampate incontenibili mi divoravano dall'interno.

Riuscivo a sentire tutto. La pressione delle sue mani sui miei fianchi, il suo respiro caldo sulla schiena, il suo corpo che continuava disperatamente a cercare il mio. Il suo cuore che faticava a battere, il mio che si era arreso. E le nostre anime che non smettevano di unirsi e intrecciarsi, nella speranza che non le avremmo mai fatte allontanare.

Liberai un ultimo grido nella stanza. Un grido che aveva la forma del suo nome e che mi lasciò sulla lingua il suo sapore.

Dopo poco, Rayden si irrigidì, e io gemetti quando diede la sua ultima spinta. La più forte e profonda di tutte.

Per alcuni secondi continuò a muoversi piano, senza smettere di stringermi.

Aspettai che la sua presa su di me si allentasse, che il suo corpo si fermasse. Alla fine mi allontanai, sdraiandomi sul letto e girandomi verso di lui.

Anche nella penombra, vidi il sudore che gli imperlava il viso, le guance arrossate, e le labbra socchiuse per riprendere aria. Ma io volevo vedere gli occhi. Volevo che mi rivelassero se adesso stava meglio. Se si era sfogato davvero e io lo avevo aiutato.

Rayden deglutì, abbassando lo sguardo sulle mie curve nude, e io gli rivolsi un piccolo sorriso, prendendolo per un polso e attirandolo più vicino.

«Vieni qui», mormorai.

Lui non esitò. Si distese sul mio corpo e affondò il viso nell'incavo del mio collo, respirando il mio profumo invece dell'aria.

Lo abbracciai, accarezzandogli la schiena, e gli riversai dei piccoli baci sui capelli e sulla fronte. Poi, aspettai. Aspettai che i nostri cuori tornassero a battere a un ritmo stabile, e che i nostri polmoni riprendessero a dilatarsi in modo completo.

«Dimmi solo che stai bene», lo implorai in un sussurro.

Lui si strinse di più a me. «Sto meglio.»

Il sollievo che provai fu così intenso che mi si inumidirono gli occhi, ma ricacciai indietro le lacrime e restai ferma ad abbracciarlo.

Rayden mi sfiorò la vita, passando le dita sulle mie costole. E, quando abbassai lo sguardo, vedere le condizioni in cui era ridotta la sua mano mi fece gelare il sangue.

Cosa ti è successo, chef?

Premetti le labbra sulla sua fronte, poi lo feci spostare e mi tirai a sedere.

«Torno subito», promisi, in risposta alla sua espressione confusa.

Prima che potesse fermarmi, scesi dal letto e uscii in corridoio. Mi passai le dita tra i capelli, inspirando a fondo nel tentativo di calmarmi. Poi andai in bagno e, senza preoccuparmi di chiudere la porta, mi avvicinai al lavandino e accesi la luce. Cercai nel mobile un piccolo asciugamano pulito, aprii l'acqua fredda e lo bagnai del tutto.

Stavo per tornare in camera, quando incrociai il mio riflesso nello specchio. E sussultai con tanta forza che avvertii una fitta al petto.

La mia pelle era sporca di sangue. Piccoli cerchi rossi costellavano il mio collo, il seno, la pancia. Là dove Rayden mi aveva toccata. Dove mi aveva baciata.

Un brivido mi risalì le braccia, e subito appoggiai l'asciugamano e bagnai una spugna, per cancellare quelle macchie dal mio corpo. Strofinai con forza ogni singolo punto, in modo che non restasse neanche una traccia di rosso. Avevo quasi finito quando sentii un rumore alle mie spalle.

Alzai la testa di scatto e, nel riflesso, vidi Rayden. Indossava solo dei boxer neri e aveva contratto ogni muscolo, mentre teneva gli occhi puntati su di me.

Li sentivo. Bruciavano. E stavano fissando le poche macchie che non ero ancora riuscita a cancellare.

«Ehi», sorrisi, desiderando di avere qualcosa con cui coprirmi.

Lui serrò la mascella, continuando a guardare la mia pancia. Poi, lentamente, si avvicinò a me.

Senza dire una parola, mi sfilò dalle mani la spugna che stavo usando e la sciacquò sotto il rubinetto, tingendo l'acqua di un lieve colore ramato. Poi si chinò e la passò sotto al mio ombelico.

Mi immobilizzai, mentre lui mi puliva.

«Non devi farlo», sussurrai con voce incrinata, ma Rayden non si fermò.

Non appena ebbe finito sulla mia pancia, mi fece voltare, spostandomi i capelli su una spalla. E mi resi conto che le sue dita non mi sfiorarono neanche una volta. Quasi non volesse toccarmi. O avesse paura di farlo.

Trasalii quando sentii la spugna sulla mia schiena. Sui fianchi. Tra le scapole. E mi maledissi per non essermi fatta direttamente una doccia. Gli avrei risparmiato quella visione.

Rayden lavò un'ultima volta la spugna, poi la lasciò nel lavandino e chiuse l'acqua.

Mi girai di nuovo verso di lui, e la sua espressione mortificata fu una freccia scoccata al mio cuore.

«Mi dispiace, ragazzina.»

Scossi la testa e mi avvicinai, finché i nostri corpi non si sfiorarono. «Non hai niente di cui scusarti.» Mi sforzai di mantenere il sorriso, poi indicai l'asciugamano. «Ero venuta a prenderti questo», spiegai. «Dovresti pulire le ferite.»

Lui aggrottò la fronte e spostò lo sguardo sulle sue nocche. Piano, misi un palmo contro il suo e gli feci sollevare la mano, riprendendo l'asciugamano.

Iniziai a tamponarlo, attenta a toccare solo la sua pelle e non i tagli. Ma Rayden, dopo pochi secondi, si tirò indietro dalla mia presa.

Stavo per protestare, quando si girò verso il lavandino, riaprì il rubinetto e mise i dorsi sotto l'acqua corrente.

Osservai quel flusso trasparente scivolare su di lui e portare via tutto il sangue, fino a rivelare completamente le ferite. E, presto, gli squarci che aprivano la sua pelle si scavarono un solco anche sul mio cuore. L'unica differenza era che io non potevo toglierlo dal petto per pulirlo. Avrebbe continuato a sanguinare in silenzio, di nascosto da tutti. Di nascosto da Rayden.

«Forse dovresti andare al pronto soccorso.» La mia voce tremava, e mi schiarii la gola, cercando di mitigarlo.

Rayden chiuse il rubinetto. «Sto bene.»

«Alcuni tagli sembrano profondi», insistetti.

«Ho avuto di peggio.»

Quelle parole rischiarono di togliermi il respiro, e dovetti usare tutta la mia forza per restare calma. «Okay. Come preferisci tu.» Gli sorrisi di nuovo, e lui mi osservò in modo indecifrabile. Mi stava studiando. E io mi affrettai a distogliere lo sguardo.

Ripresi l'asciugamano bagnato, poi mi alzai in punta di piedi e gli pulii il labbro.

Rayden trasalì piano, e vidi i suoi muscoli tendersi.

Anche quella ferita sembrava profonda. E dolorosa.

Di nuovo, emozioni intense mi strinsero la gola. E quella volta lui se ne accorse.

Alzò una mano e la mise sulla mia guancia, sfiorandomi le ciglia all'angolo dell'occhio. «Non piangere, ragazzina.»

Scossi la testa e sorrisi. «Non sto piangendo.»

Le sue labbra si strinsero in una linea sottile, come se si stesse vietando di replicare. Di dirmi che era ovvio che stessi mentendo. Invece di farlo, però, sospirò e mi attirò a sé, cullandomi nel suo abbraccio.

Premetti una guancia contro il suo petto e chiusi gli occhi, inspirando a fondo il suo profumo e beandomi del suo calore, che si mescolava al mio.

«Sei sicuro di stare bene?» sussurrai ancora.

Rayden mi baciò i capelli. «Sono sicuro.»

Annuii e serrai le braccia attorno alla sua vita, stringendomi a lui quanto più potevo. «Okay. Okay…»

Restammo in quella posizione per qualche secondo, o forse qualche minuto. Riuscivo a sentire il suo cuore scandire un ritmo duro, il suo respiro farsi regolare.

Avrei voluto che potessimo rimanere in quella posizione per sempre: uniti e nascosti dal resto del mondo, lontani da una realtà che cercava ogni giorno di farci a pezzi. E che ci stava riuscendo.

Ma sapevo che sarebbe stato impossibile. Così, alla fine, mi tirai indietro e inclinai il viso verso di lui.

«Dovresti mettere del ghiaccio sulle ferite.»

Quando Rayden fece un cenno di assenso, ci lasciammo alle spalle il bagno e ci spostammo nel soggiorno. E mentre io andavo in cucina, gli dissi di sedersi sul divano.

Presi la felpa con la zip che avevo lasciato su una sedia e la indossai, poi tirai fuori una busta di piselli dal freezer, prima di tornare da lui e sistemarmi in ginocchio sul cuscino accanto al suo.

Mi sporsi in avanti e gli appoggiai i piselli ghiacciati sulla mascella, dove il livido diventava sempre più scuro.

Rayden non si mosse, continuò a restare immobile, con gli occhi puntati nei miei.

«Non mi chiedi cos'è successo?» disse piano. Così piano che mi domandai se volesse davvero che lo sentissi.

«Ho promesso che non avrei fatto domande.» Anche se la cosa mi stava uccidendo.

«Sul mio passato. Non sul presente.»

Le mie dita si strinsero attorno alla busta. Riuscivo a sentire la condensa inumidire la plastica e renderla scivolosa.

«Vorrei chiedertelo», ammisi.

«Perché non lo fai?»

«Perché non credo che mi risponderesti.»

Il suo sguardo mi fece capire che avevo ragione. «E a te sta bene?»

«No», dissi in modo sincero. «Vorrei sapere chi è stato. Perché ti ha fatto questo. E se c'è qualcosa che posso fare per aiutarti.»

Rayden socchiuse appena le palpebre. «Dai per scontato che io non abbia colpe.»

«So che non ne hai», risposi convinta.

«Ma pensi comunque che ti nasconderei la verità.»

«No, non penso che tu la nasconda. Penso solo che dirla ti farebbe stare male», lo corressi. «E, visto che so cosa significa, lo rispetto.»

La sua espressione dura si fece più confusa, e mi chiesi come avrei potuto spiegargli ciò che intendevo.

Distolsi un istante lo sguardo, prima di ripuntarlo nel suo. «Dopo l'incidente, le persone non facevano che pormi le stesse domande. *Avery, come stai? Avery, cos'è successo? Avery, come vanno le cose?*» Deglutii. «Quando hanno visto che non rispondevo, sono passati al contrattacco. *Avery, dovresti parlare con qualcuno. Avery, dovresti sfogarti. Avery, dovresti buttare fuori tutto.*» Scossi la testa. «Lo odiavo. Lo odio ancora. Quando le altre persone vogliono costringerti a parlare, quando credono di sapere cosa è meglio per te… lo odio. All'inizio lo faceva anche Mandy», gli raccontai. «E più domande mi faceva, o più consigli mi dava, più io mi chiudevo in me stessa. Era come se volesse obbligarmi ad affrontare il mio dolore, ma non ero ancora pronta a farlo. Lei però non lo capiva. Continuava a pressarmi, e ricordo che io ero arrivata al punto di non volerla più vedere, perché ogni volta che ero con lei mi sembrava di soffocare.»

Rayden si accigliò. «Quindi, non ti sei mai sfogata? Neanche con la tua migliore amica?»

«L'ho fatto, ma con i miei tempi. Quando ha smesso di farmi domande, quando mi ha lasciato il tempo per elaborare tutto… allora mi sono sfogata. Ma l'ho fatto alle *mie* condizioni, seguendo quello che *io* volevo fare.» Sospirai, abbassando il ghiaccio. «Non voglio che tu ti senta soffocare quando sei con me. Non voglio che tu ti allontani solo perché io ti faccio domande a cui non sei pronto a rispondere.» Mi strinsi nelle spalle. «È ovvio che vorrei sapere cosa è successo. Io voglio sapere tutto di te, Rayden. Fino al più piccolo pensiero che ti passa per la testa. Vorrei sapere perché stai male, cosa ti tormenta la notte, perché hai lasciato il *Black Gold*… proprio come voglio sapere cosa hai mangiato a pranzo o se ti è capitato di pensare a me mentre non c'ero.» Accennai un sorriso. «Qualunque cosa ti riguardi mi interessa. Soprattutto quando sei ridotto così…» Passai lo sguardo sulle sue ferite, e il mio cuore sussultò. «Ma te l'ho già detto. Non voglio pretendere niente quando si tratta di te. Non voglio importi di aprirti, se farlo peggiorerebbe come ti senti. Tu stai male, e io sono qui per te, a prescindere da quale sia il motivo.»

Rayden mi osservava con i suoi intensi occhi grigi, come se stesse cercando di decifrarmi. «Come cazzo ci riesci?»

«A fare cosa?»

Lui scosse piano la testa. «A essere così.»

Aggrottai la fronte e abbassai lo sguardo, prendendo la sua mano per appoggiare il ghiaccio sulle sue nocche. «Non so come rispondere a questo», ammisi, con tono basso.

Per alcuni secondi, Rayden rimase in silenzio. Alla fine, però, la sua voce tornò a riempire l'aria tra di noi. «Forse è il mio turno di dare delle risposte.»

30
Rayden

Gli occhi di Avery mi guardavano, in attesa. Non c'era pretesa in quelle iridi color caramello. Non c'era giudizio, né critica. Lo sguardo di chiunque altro sarebbe stato accusatorio. Avrebbero preteso la verità, anche se quella verità non avrebbe fatto bene a nessuno. Men che meno a me. Ma agli altri non sarebbe importato. A Avery, invece, sì.

Lei non aveva fatto domande. Non aveva richiesto spiegazioni. Aveva capito le mie emozioni e mi aveva accolto tra le sue braccia, donandomi tutta sé stessa pur di farmi stare meglio. E ora era lì, davanti a me. Così piccola e delicata… ma con una forza inimmaginabile dentro di sé.

Fu in quel momento che me ne resi conto. O forse lo avevo sempre saputo, ma non avevo avuto il coraggio di ammetterlo.

Avery ed io eravamo due opposti, distanti come il tramonto e l'alba.

Lei, così luminosa e piena di vita. Io, così oscuro e pieno solo di altra oscurità.

Lei, così dolce e innocente. Io, così freddo e violento.

Lei, così fragile fuori, ma estremamente forte dentro. Io... il contrario.

Non importava quanto avessi imparato a recitare bene, quante armature indossassi ogni giorno. Farlo non avrebbe cambiato come stavano realmente le cose. Perché mettere un cristallo distrutto dentro uno scrigno non è sufficiente a ripararne i pezzi. Serve solo a nasconderli. Ma quelli restano affilati, taglienti. E rotti.

Se avessi aperto lo scrigno, se avessi rivelato a Avery tutti i pezzi in cui ero ridotto... lei si sarebbe tagliata con quelle schegge?

Non ero disposto a correre il rischio. Non l'avrei ferita. Ma le dovevo almeno qualche risposta.

«Mentre stavo tornando a casa, ho visto una donna», iniziai a raccontarle, attento a studiare ogni sua più piccola reazione. «C'erano due uomini che la stavano aggredendo.»

Avery trasalì, i suoi occhi si spalancarono.

«Li ho fermati», mi limitai a concludere, senza scendere nei dettagli.

«Oh mio Dio», sussurrò in un soffio. «E come... Voglio dire, lei...»

«È scappata. Sta bene. Credo.» Il dubbio riprese a martellarmi le tempie. «Cazzo, almeno lo spero.»

Avery sembrava rimasta del tutto senza parole, e mi chiesi cosa si fosse aspettata. Perché era ovvio che non era quella la risposta a cui aveva pensato.

«Non... non so neanche cosa dire...» ammise, scuotendo la testa. «Non riesco a crederci.» Si passò una mano sulla bocca, continuando ad avere un'espressione sconvolta sul viso. «Deve essere stato orribile...»

Mi guardò in cerca di conferme, ma io mantenni un'apparenza impenetrabile. Sperai che non leggesse nei miei occhi *quanto* era stato orribile. E che non vedesse il ricordo di ciò che era successo.

Il suo sguardo si fece ancora più preoccupato. «Due uomini?» ripeté piano, come se si fosse resa conto solo in quel momento di cosa significava. E poi esaminò di nuovo ogni mia ferita, con le lacrime che tornavano a inumidirle le ciglia. E lo odiavo, cazzo. Odiavo vederla piangere. Odiavo vederla stare male.

«Erano ubriachi», dissi, senza un reale motivo. Forse volevo solo che smettesse di pensare ai miei lividi. «Non è stato difficile aiutare la donna.»

Avery deglutì. E fece l'ultima cosa che mi sarei aspettato in quel momento.

«Perché stai sorridendo?»

«Perché avevo ragione», mormorò.

«Su cosa?»

«Sul fatto che non avevi nessuna colpa. Non che io avessi dei dubbi.» La fiducia che provava nei miei confronti era dolorosa. «Non ne ho mai su di te.»

Sorrise ancora. E quella volta il suo sorriso trasudava orgoglio. Orgoglio, cazzo. Come se fossi una specie di eroe.

«Dovresti averne, invece», dissi con voce tesa, spostando l'attenzione sulle mie nocche martoriate.

Avery restò in silenzio per un istante. Dopo un po', la vidi chinare la testa e seguire il mio sguardo. Sospirò, poi si avvicinò a me e mi sfiorò le dita. «Se lo sono meritati.»

«Non è così semplice, ragazzina.» Il mio tono era amaro. «Il problema non è fermare gli altri. È fermare me stesso.»

La mia sincerità la fece irrigidire e, quando riportai gli occhi nei suoi, lessi le domande che stavano attraversando la sua mente, come se fossero diapositive proiettate su uno schermo.

Si stava chiedendo quante altre volte mi era capitato di *fermare* qualcuno. E in quali circostanze non ero riuscito a controllarmi.

«Ma l'hai fatto», disse alla fine. «Ti sei fermato.» La sua era un'affermazione, ma capii che aveva bisogno di una conferma. E, quando io annuii, la sua espressione si tinse di sollievo.

Rividi i due uomini barcollare nel vicolo, doloranti e coperti di sangue. Ma ancora coscienti. Ancora vivi.

«Ti senti in colpa», aggiunse. E, di nuovo, la sua era un'affermazione. Solo che quella volta ne era sicura. «Ma non dovresti. Hai salvato quella donna. Se non fossi intervenuto, loro...»

«So cosa le avrebbero fatto. È esattamente il motivo per cui ho rischiato di non fermarmi.» Avrei voluto abbassare gli occhi, ma non lo feci. Sostenni i suoi, sperando che vedesse nei miei ciò che stavo per mostrarle. Perché avevo bisogno che lo capisse. «Volevo che soffrissero. Volevo spezzare ogni singolo osso del loro corpo. E lo voglio ancora.»

Avery deglutì, i suoi lineamenti sembravano pietrificati. Ma non disse niente. Ed era meglio così. Se avesse parlato, non sarei riuscito ad andare avanti. Non sarei riuscito a portare a termine la decisione che avevo preso non appena l'avevo vista in bagno, coperta di un sangue che non avrebbe mai dovuto appartenerle.

«Vorrei essere come mi vedi tu, ragazzina.» La mia voce era diventata più bassa, come se una parte di me non volesse che Avery mi sentisse. «Vorrei essere come sono ai tuoi occhi. Degno di fiducia, qualcuno per cui vale la pena correre dei rischi... ma non è così.»

Lei aggrottò la fronte, cercando di seguire il mio discorso.

«Per questo so che è stato un errore», dissi, sentendo qualcosa rompersi dentro di me. «Venire qui. Da te.»

La sua espressione si fece confusa. Ma il suo sguardo... il suo sguardo stava già tremando. «Di cosa stai parlando?»

Nel giro di pochi secondi, l'aria tra di noi era diventata gelida.

«Sai qual è la cosa che preferisco di te, ragazzina?» domandai. «La tua innocenza. Sei così pura. Così buona. Così... perfetta.»

In una qualsiasi altra circostanza, le sue guance sarebbero diventate rosse. Ma Avery era abbastanza intelligente da intuire cosa stavo per fare, e il suo viso sbiancò.

«Io non lo sono», continuai. «Sono l'opposto. Non ho più niente di puro, ormai. Né di buono.»

«Rayden…»

«L'ho sempre saputo, e ho sperato che non importasse. *Volevo* che non importasse.»

«Cosa…»

«Non posso farti questo, ragazzina», la interruppi ancora. «Non posso rovinarti. Ed è esattamente quello che farei. Quello che sto già facendo.» Rividi ogni singola macchia rossa che le avevo lasciato sulla pelle. E il dolore che le avevo causato subito dopo.

Finalmente, Avery capì. «Non farlo», mi implorò in un sussurro.

«Non vado bene per te», riuscii a dire. «E non ci avrei dovuto mettere così tanto a capirlo.»

I suoi occhi brillarono. Ma, quella volta, la colpa era delle lacrime che li bagnavano. «Non è vero.»

Una goccia trasparente sfuggì al suo controllo e le solcò una guancia, e io dovetti impormi di non avvicinarmi e asciugarla.

«Meriti di avere molto di meglio.» E lo stavo ricordando più a me stesso che a lei.

«Non spetta a te decidere cosa merito.»

«Uno dei due deve farlo. E tu faresti la scelta sbagliata.»

Un'improvvisa durezza irrigidì i suoi lineamenti. «Tu non sei una *scelta sbagliata.*»

«Sì, invece. Lo sono sempre stato.» Non appena dissi quella verità, una fitta mi attraversò lo stomaco. «E lo prova il fatto che io sia venuto qui, dopo quello che è successo.»

«Avevi bisogno di me», replicò, con voce incrinata. E quel suono mi fece molto più male dei pugni che avevo dato e ricevuto quella sera.

«Sono stato egoista. Ma non voglio esserlo con te.»

«Smettila», mi pregò.

Scossi la testa. «Sei giovane, ragazzina. A quest'ora dovresti essere a letto, o al telefono con la tua amica a parlare del ragazzo che ti piace, o a una festa fatta di nascosto. Dovresti essere a un appuntamento con lo stronzo che ha una cotta per te.» Quelle immagini erano come veleno iniettato direttamente nel mio organismo. «Ma non dovresti essere qui a prenderti cura delle ferite di qualcuno.» Feci una breve pausa, cercando il coraggio di dire le parole successive. «Non dovresti stare con me.»

«Ma è quello che voglio.» I suoi occhi erano rossi, bruciavano per lo sforzo di trattenere il pianto.

«Il punto è proprio questo. Non dovresti volermi.» Non importava che Avery fosse l'unica persona che avessi mai voluto al mio fianco. Lei non avrebbe dovuto stare al mio.

«Perché stai facendo questo?» Le sue mani tremavano, ma non potevo toccarla. Non potevo consolarla.

Perché io non posso essere salvato, ragazzina, ma posso salvare te. Posso proteggere te. Dallo schifo che mi porto dentro.

«Perché alla fine ti farei soffrire.»

«Lo stai facendo lo stesso. Adesso», mi accusò. E nel mio petto si aprirono ferite che presero a sanguinare.

«Se restassi continuerei a farlo.»

Lei non sapeva quanto fossero vere le mie parole. Non sapeva che, quando l'avevo vista sporca di sangue, tutte le paure che non ero mai stato disposto ad ammettere erano diventate fin troppo reali. Che vivevo nel terrore che ciò che sognavo di notte si realizzasse e diventasse il mio presente. E io ero disposto a fare qualsiasi cosa pur di tenerla lontana da quegli incubi. Dal mio passato. E, più di ogni altra cosa, dal mio futuro.

«No», disse Avery. «No…»

La guardai a lungo. Mi concessi di imprimere nella mia mente ogni tratto del suo viso. Le guance arrossate dietro alle lacrime. Gli occhi dolci sotto alle ciglia bagnate. I capelli scompigliati in onde morbide.

Avrei voluto chinarmi in avanti, darle un ultimo bacio. Rubarle un ultimo respiro, sperando che quell'ossigeno mi bastasse per il resto della vita. Ma non potevo farlo.

«Mi dispiace, ragazzina», mormorai.

«Cosa…»

Feci per alzarmi, ma lei mi fermò.

«No», disse bruscamente, e il suo tono duro mi colse alla sprovvista. «*No.*»

Fu in quel momento che la vidi. La rabbia. Invase i suoi occhi come una marea dorata, e fece risplendere il caramello nelle sue iridi come se fosse metallo incandescente.

«Non… non riesco a capire cosa sta succedendo. Cosa cavolo sta succedendo, Rayden?»

Si aspettava davvero una risposta. Una risposta che non riuscii a darle.

«Non ti ho mai chiesto niente», proseguì a bassa voce. «Non ho mai preteso spiegazioni. Ma me ne devi una, adesso. Devi dirmi che non stai facendo quello che credo. Che tutto questo è diverso da ciò che sto pensando.»

Di nuovo, aspettò che rispondessi. Ma non servirono parole. Le bastò leggere la mia espressione, e il mondo sembrò crollarle addosso.

«Perché?» sussurrò tremante. «Dimmi perché. Dammi una motivazione valida.»

«Te ne ho già data più di una.»

«No. No, non mi bastano. Perché niente di quello che mi hai detto finora è vero. *Non vado bene per te*, *non dovresti voler-mi…*»

«È così.»

«No», disse ancora. «Quelle sono scelte che spettano a *me*. Sono *io* a decidere se vai bene per me, *io* a decidere se ti voglio. Quindi, a meno che sia *tu* a non volere *me*… devi dirmi cosa sta succedendo.»

Scossi la testa. «Mi dispiace.»

Avery si alzò in piedi e si strinse nella felpa che indossava, e che le arrivava a malapena a metà coscia. Era la prima volta che lo faceva. Che si nascondeva da me. Come se volesse proteggersi. E quello fu il mio colpo di grazia.

«Cosa ti aspetti che faccia, esattamente?» mi sfidò alla fine, puntando gli occhi nei miei. «Pensi che ti dirò che mi va bene? Che ti guarderò uscire da quella porta con la consapevolezza di non rivederti mai più? Che farò la brava bambina obbediente che ti piace tanto?» Le sue guance si fecero più rosse. Era furiosa. Furiosa e ferita.

«Sì», mi ritrovai a dire. E fu come se sentissi il suo cuore spezzarsi. O forse era il mio.

Avery si passò una mano tra i capelli, incredula. «Avanti, allora. Ordinamelo, chef», continuò a sfidarmi. «Imponimi di starti lontana, di smettere di volerti. Di dimenticarti.» Fece un passo nella mia direzione. «Pensi davvero che funzionerà? Pensi che lo farò? Dopo tutto quello che abbiamo passato, dopo quello che ci siamo detti... dopo stanotte...»

«È esattamente per quello che è successo stanotte che dovresti accettare.»

Lei sgranò le palpebre. «Accettare cosa? Di perderti? Di non poter stare più con te solo perché *tu* hai deciso così?»

Mi alzai a mia volta. «Lo sto facendo per te, ragazzina.»

«Stronzate», gridò. «Lo stai facendo per te stesso. Se lo stessi facendo per me, non avresti neanche iniziato questo discorso», ribatté. «Hai detto che sei stato egoista, ma non è vero. Essere venuto qui non ti rende egoista. Ma andartene adesso, quello sì.» La rabbia crepitava sulla sua pelle in brividi irregolari. «Vuoi che io abbia di meglio? Bene. Smetti di prendere decisioni al mio posto e resta. Questo è il *meglio* che voglio avere. *Tu* sei il meglio che voglio avere.»

Chiusi entrambe le mani a pugno, sforzandomi di restare fermo. Impassibile. «No, non lo sono.»

«Smettila!» Si strinse in una mano alcune ciocche di capelli. «Devi... devi smetterla...» Serrò le labbra, reprimendo un singhiozzo, e io avrei preferito centinaia di ossa rotte a tutto quello. Avery continuò a guardarmi, a cercare in me una risposta che mi stavo sforzando di nasconderle. E, dopo qualche secondo, la sua espressione mutò. «Era vero?» chiese alla fine, in un sussurro gelido. «Avevi davvero bisogno di me, stasera? O volevi solo il sesso?»

Quelle parole mi fecero contrarre ogni singolo muscolo.

«E per tutto questo tempo ti è importato di me, o volevi solo qualcuno da scoparti nelle ore libere?»

Una rabbia acida mi scorse sottopelle. Avrei dovuto dirle che era così, che per me non contava niente. Avrei dovuto mentirle. Invece, mi ritrovai a metterla in guardia. «Ragazzina…»

«No, voglio che tu me lo dica», insistette. «Guardami negli occhi e dimmi che non mi vuoi. Che sono solo una distrazione. Uno sfogo. Che tutte le volte in cui hai detto di essere mio mentivi, e che non ti interessa che io sia tua. Dimmi che non ti importa di me.» Avanzò nella mia direzione. «Io conosco già la risposta, ma devi dirla lo stesso. Ad alta voce. Perché devi sentirla tu.»

Aspettò per alcuni istanti, ma io non parlai. E lei cominciò di nuovo a scuotere la testa.

«Ho rinunciato a tante cose nella mia vita, Rayden. E non ho mai potuto farci niente. Ma non ho alcuna intenzione di rinunciare all'unica persona che riesce a farmi stare bene. All'unica persona che mi rende felice.» Le lacrime scorrevano sul suo viso e le scivolavano sul collo, creando scie lucide sulla sua pelle.

«Mi dispiace, ragazzina», fu tutto ciò che riuscii a dire, mentre il suo dolore amplificava il mio in modo quasi insopportabile.

«Smetti di dire che ti dispiace, non voglio le tue scuse!» La sua voce era un grido afono. «Voglio te. Voglio solo te…» Un singhiozzo le fece tremare le labbra. «Non farmi questo, Rayden. Ti prego…» Presto, la rabbia nei suoi occhi sfociò in disperazione. «Non posso perdere anche te…»

Ogni sillaba che diceva era una pugnalata al mio petto. Non sapevo quante ancora avrei potuto sopportarne prima di crollare.

«È la cosa migliore.»

«Migliore per chi?» Aprì le braccia. «Non per me. E neanche per te.»

349

«Sto cercando di proteggerti, ragazzina», ammisi, sperando che finalmente capisse. Che mi permettesse di salvarla. Ma Avery si avvicinò ancora, finché l'aria si tinse del suo profumo.

«E io sto cercando di farti capire che non ho intenzione di rinunciare a te», sussurrò, come se non avesse più forza. «Dovresti conoscermi, ormai. Dovresti sapere che non mi arrendo. Che continuo a lottare, sempre. Soprattutto per le persone che amo.»

Il mio cuore cessò di battere, il mio sangue smise di scorrere.

«Quindi puoi andartene», continuò Avery. «Puoi...»

«Cosa hai detto?» la interruppi, più bruscamente di quanto avrei voluto.

Lei si accigliò. «Che... che puoi andartene?»

Feci cenno di no. E, quando capì a cosa mi riferivo, degluttì a fatica.

«Che ti amo.»

I muscoli della mia schiena si irrigidirono, e in quel momento mi sembrò che il mondo avesse smesso di girare. Che la mia oscurità non esistesse più, e che tutto fosse stato rimpiazzato dalla sua luce.

«Non lo avevi ancora capito?» Scosse piano la testa. «Non ti rendi conto dell'effetto che mi fai? Di come tremo ogni volta che mi sfiori? Quando siamo nella stessa stanza non posso fare a meno di guardarti, di starti vicino. E quando sorridi... Dio, mi basta un tuo sorriso per migliorare la mia giornata e renderla incredibile.» Le lacrime continuavano a lasciare le sue ciglia per gettarsi sulle guance arrossate. «Tu mi rendi felice, Rayden. Mi fai stare bene. Sei tutto ciò di cui ho bisogno... e niente di quello che puoi dire lo cambierà mai.»

La mia bocca si seccò, mentre il mio corpo cercava di capire come avrei dovuto reagire alle sue parole.

«Non so cos'è successo stasera», proseguì. «Non so perché improvvisamente hai deciso di non essere abbastanza, o di non andare bene per me. Ma questo...» Indicò lo spazio tra di noi. «Non è uno sbaglio. E tu non sei una scelta sbagliata. Sei la *mia* scelta.» Fece un altro passo nella mia direzione. «E io continuerò a scegliere te, ogni singolo giorno. Anche se adesso te ne vai. Anche se mi allontani.»

Per tutta la vita avevo aspettato di sentire quelle parole. Per tutta la vita avevo sognato che qualcuno scegliesse me. Ma ora che era successo... cazzo, non sapevo come comportarmi. Perché l'unica cosa che avrei voluto fare era proprio quella che mi stavo vietando anche solo di pensare.

«Non smetterò di lottare per te, Rayden.»

I miei pugni erano così stretti che non riuscivo più a sentirmi le dita. Ma sentivo tutto il resto. Le emozioni che Avery aveva smosso dentro di me. L'oscurità che si contorceva e si agitava, in contrasto alla luce che lei stava portando nel mio petto.

«Non voglio ferirti, ragazzina.»

«Allora non andartene. Ti prego.» I suoi occhi mi stavano implorando. «Resta qui. Con me.»

«Ti farò soffrire.» Sapevo che era così. Lo avevo sempre saputo.

«Niente può essere peggio di questo», rispose Avery. «Dell'idea di non averti.» Avanzò ancora, incerta, fermandosi a meno di un passo da dove mi trovavo io. «Quando mi hai baciata la prima volta, mi hai detto che stavo giocando con il fuoco. Ti ricordi cosa ti ho risposto?»

«Che volevi che ti bruciassi.»

Lei annuì. «Preferisco ridurmi in cenere con te, piuttosto che vivere anche solo un minuto senza il tuo calore.»

Quelle parole mi avvolsero come le fiamme di un incendio. Lo stesso incendio che mi aveva divorato per tutta la vita, e in cui Avery aveva deciso di addentrarsi solo per poter stare al mio fianco. Era stata disposta a questo... per me.

Andando contro a tutto ciò che mi ero ripromesso, alzai una mano e la posai sulla sua guancia.

Quel contatto fece rabbrividire entrambi, come se fossero passati anni interi dall'ultima volta in cui ci eravamo toccati.

Avery inclinò subito la testa, e io le strofinai uno zigomo, asciugandole le lacrime.

«Cosa devo fare per convincerti a starmi lontano?» mormorai.

«Niente. Non c'è niente che puoi fare.» La sincerità nei suoi occhi era sconfinata. «Tu vuoi davvero che ti stia lontana?»

Il mio corpo scelse di rispondere al mio posto, e le mie dita si insinuarono lentamente tra i suoi capelli. Ma la mia mente continuava a implorarmi di fare la cosa giusta. «Dovrei volerlo.»

Un sorriso debole curvò la bocca di Avery. «Non ti ho chiesto cosa credi che dovresti volere», sussurrò, e riconobbi quelle parole. Erano le stesse che le avevo rivolto io in ospedale. «Ti ho chiesto cosa vuoi tu. Vuoi che vada via o mi vuoi con te?»

«Non ho mai smesso di volerti per un solo istante, ragazzina.»

Le sue labbra tremarono ancora. «Allora perché ci stai facendo questo?» Chiuse le palpebre e chinò la testa, appoggiando la fronte al mio petto.

Istintivamente, le mie braccia si strinsero attorno a lei, e Avery posò una mano sul punto in cui batteva il mio cuore.

«Ho bisogno di te, Rayden», sussurrò. «Tu avevi bisogno di me prima. Io ho bisogno di te adesso. E domani. E ogni singolo giorno.» Si spinse con più forza contro di me. «Non lasciarmi.»

Avevo cercato di fare la cosa giusta. Ma ogni singola frase che avevo pronunciato mi era sembrata sbagliata.

Quello, invece… il suo abbraccio, il tepore del suo corpo, il suo respiro sulla mia pelle… *quello* era giusto.

Noi eravamo giusti.

Ma come potevamo esserlo, se io ero tutto l'opposto?

Aumentai la presa su Avery e le diedi un bacio sui capelli. «Sono qui. Sono tuo.» Ripetei le stesse parole che lei aveva detto a me la sera prima, perché erano vere.

Io sarei sempre stato suo. Qualunque cosa fosse accaduta.

Sentii le sue lacrime scorrermi sul petto, il suo corpo esile tremare contro il mio.

«Promettilo», disse con tono incrinato. E, quando alzò lo sguardo, vidi che lo erano anche i suoi occhi. Incrinati. Ridotti in mille pezzi. Ed era colpa mia. «Prometti che non andrai via. Che resterai con me. E che, quando crederai di essere una *scelta sbagliata*, ti ricorderai che sei la sola scelta che io abbia mai fatto. La sola scelta che voglio fare.»

Lo aveva detto ancora. Che ero la sua scelta. Che lei stava scegliendo *me*.

Mi chinai su Avery e le baciai una lacrima, sentendone il sapore salato sulla lingua.

«Promettilo, Rayden», insistette, con la disperazione che ancora le riempiva la voce.

«Posso promettere che farò qualunque cosa per prendermi cura di te, ragazzina», sussurrai, prima di baciarle altre lacrime.

«Non è abbastanza.»

Mi tirai indietro e la guardai, scostandole una ciocca di capelli dal viso. «Posso promettere di fare del mio meglio per proteggerti. E posso promettere di amarti. Ogni giorno.»

Una nuova ondata di lacrime si riversò sulle sue guance, e Avery si sciolse contro di me. «Allora fallo», mi pregò. «Amami, chef.»

Ero certo che prima o poi mi sarei pentito di quella decisione. Ma in quel momento non riuscivo a interessarmene. Perché Avery aveva bisogno di me. E io ero uno stronzo egoista che aveva bisogno di lei. Era sempre stato così.

Trovai le sue labbra e un sospiro risalì dalla sua gola, mentre stringeva le braccia attorno al mio collo, come se volesse trattenermi a sé. Come se avesse paura che potessi andare via. E sapevo che era davvero così.

Le cinsi la vita e premetti il suo corpo contro il mio petto nudo, dandole conferme che speravo di non dover rimpiangere.

Volevo Avery. Volevo averla al mio fianco. Ma non volevo ridurla in cenere.

Lei fece forza sulle mie spalle e si sollevò, stringendomi i fianchi con le gambe. E io continuai a mantenere la mia promessa. Continuai ad amarla. Mentre lei faceva una cosa che non avevo mai provato prima.

Amava me.

31

Avery

Prima ancora di aprire le palpebre, mi resi conto che i miei occhi bruciavano e che la mia gola era del tutto secca. Era quello l'effetto che mi faceva piangere. E avevo pianto tanto, la sera precedente. Mentre Rayden mi baciava. Mentre mi prendeva tra le braccia e mi portava in camera. Mentre asciugava le mie lacrime provocandomi dei brividi. E mentre giurava di amarmi, suggellando quella promessa con il suo corpo.

Mi aveva stretta per le poche ore rimaste della notte, addormentandosi al mio fianco. Avevo ancora il suo sapore sulle labbra. Il suo calore sulla pelle. E volevo che ci restasse per sempre. Volevo che *Rayden* restasse per sempre.

Quando mi aveva detto quelle cose, quando aveva cercato di allontanarsi da me… avevo provato un dolore del tutto diverso rispetto a quello a cui ero già abituata. E non volevo provarlo di nuovo. Non sarei riuscita a riprendermi.

Allungai una mano sul comodino per spegnere la sveglia, poi mi voltai verso di lui. Avevo bisogno di vederlo, di passare la punta delle dita sul suo viso, di sfiorare le sue labbra calde. Ma scoprii presto che non avrei potuto farlo. E il mio stomaco sprofondò.

Il letto era vuoto.

Rayden non c'era.

Scattai a sedere così velocemente che mi girò la testa, mentre mi guardavo attorno. Non c'erano i suoi vestiti sul pavimento. Non c'erano le sue cose sul comodino.

No.

Lo stesso panico violento che mi aveva scossa solo poche ore prima tornò a gelarmi le vene.

Mi tolsi le coperte e scesi dal letto, recuperando la felpa che si trovava ammucchiata sulla scrivania. La indossai e chiusi la zip, poi uscii dalla camera.

Controllai il bagno, il soggiorno, la cucina. Ma di Rayden non c'era traccia.

Era andato via.

«No, no, no…» mormorai nella casa silenziosa, portandomi una mano alla fronte.

Non poteva averlo fatto davvero. Non dopo avermi promesso che sarebbe restato.

E fu in quel momento che mi resi conto che non era vero. Rayden non aveva mai promesso una cosa del genere.

Aveva promesso di prendersi cura di me. Di proteggermi. Di amarmi. Ma non aveva mai detto niente a proposito del restare.

Non credevo di poter piangere ancora, ma i miei occhi diventarono improvvisamente umidi, e le lacrime che li riempirono furono come sale sulle mie ferite aperte.

Avevo bisogno di trovarlo, di andare da lui, di…

La serratura del portone d'ingresso scattò, e il cuore mi schizzò in gola.

Mi voltai subito, ignorando i capelli che mi sferzarono le guance, e le mie labbra si schiusero, come se cercassero un ossigeno che non riuscivo a prendere.

Sulla soglia, con in mano un sacchetto di carta, c'era Rayden.

Il sollievo mi colpì al petto in modo così brusco che buttai fuori tutta l'aria che avevo nei polmoni.

«Ciao, ragazzina.» Aggrottò la fronte. «Cosa…»

Non lo feci finire. Mi gettai su di lui e affondai il viso nel suo petto.

«Ehi.» La sua voce era preoccupata. «Che succede?»

Invece di rispondere, mi limitai a scuotere la testa, abbracciandolo ancora più forte. E questo bastò a fargli capire tutto.

«Cazzo.» I suoi muscoli si irrigidirono. «Credevi che fossi andato via?»

Senza smettere di stringerlo, annuii, e lui sospirò.

«Guardami.» Mise due dita sotto al mio mento e mi fece alzare il viso, incatenando gli occhi ai miei.

Il panico nelle mie vene cominciò a sciogliersi, e il mio cuore riprese a battere a un ritmo normale.

«Volevo prepararti la colazione», spiegò. «Ma hai il frigo letteralmente vuoto.» Accennò un sorriso divertito, cercando di alleviare la tensione. «Da quanto non fai la spesa?»

Una leggera risata isterica mi vibrò sul fondo della gola. «Non ho avuto molto tempo libero, ultimamente.»

Rayden mi passò un pollice sullo zigomo. «L'ho notato. Per questo sono andato al caffè all'angolo.» Alzò la mano in cui reggeva la busta di carta.

«Oh», mormorai, restando incollata a lui. E sentii le mie guance scaldarsi. «Prometto che non sarò così paranoica tutte le volte.»

I suoi lineamenti si ammorbidirono. «Avrei dovuto lasciarti un biglietto.»

«Sarebbe stato carino.»

Mi baciò la fronte, e io tornai ad appoggiare il viso al suo petto, mentre lui mi accarezzava la schiena con la mano libera.

«Hai intenzione di lasciarmi andare?»

«No.»

«Ragazzina», mormorò, chinando la testa. «Di solito con te faccio fatica a controllarmi quando sei vestita. In questo momento, sei mezza nuda. Se vuoi arrivare puntuale a scuola, continuare a strofinarti su di me non è la mossa giusta.»

Sgranai le palpebre e mi staccai da lui, facendo un passo indietro. «Non mi stavo strofinando», protestai.

«Quello che stavi facendo era sufficiente.» Abbassò lo sguardo sulle mie gambe nude e serrò la mascella.

Quando notai la sporgenza nei suoi pantaloni, mi sentii andare a fuoco.

«Cazzo, non arrossire.» Si avvicinò di nuovo a me e io posai una mano sul suo petto, inclinando il viso verso il suo. «Alla fine mi ucciderai davvero.»

Mi alzai in punta di piedi e gli diedi un bacio veloce. «Grazie per la colazione», cambiai argomento.

Rayden mi sorrise, poi intrecciò le dita alle mie e andammo in cucina.

«Non ero certo di cosa preferissi, quindi puoi scegliere», disse, tirando fuori due bicchieri da asporto. «Cappuccino o caramel latte», elencò, per poi prendere altre due buste più piccole, «muffin al cioccolato o al limone.»

Il mio stomaco brontolò e mi sedetti al tavolo. «Caramel latte e muffin al cioccolato», risposi con un piccolo sorriso.

Lui si mise accanto a me e me li passò. «Tieni, ragazzina.»

Lo ringraziai e presi il caffè, mandandone giù un lungo sorso.

«Sei autorizzato a sparire tutte le mattine, se poi torni con queste cose», lo informai, togliendo la carta dal muffin e staccandone un pezzo con le dita. Il gusto intenso del cioccolato mi esplose in bocca, e chiusi le palpebre, passandomi la lingua sulle labbra.

«Tu invece non sei autorizzata a fare cose di questo tipo quando io non posso averti.» La sua voce era dura, il suo sguardo bollente.

Feci un sorrisetto. «Tu puoi avermi sempre, chef.»

Rayden mise una mano sulla mia coscia nuda e cominciò a spostarla verso l'alto, dando vita a scariche elettriche che mi fecero tremare. «Prima o poi la smetterai di tentarmi.»

Presi un altro pezzo di muffin e lo misi in bocca, leccandomi piano le dita. «Non credo.»

Prima che potessi accorgermene, Rayden mi strinse la vita e mi sollevò, facendomi sedere sul tavolo, per poi alzarsi ed entrare tra le mie gambe.

«Ti rendi conto che a me non frega un cazzo se arrivi a scuola in ritardo, vero?» mormorò a un centimetro dal mio viso.

Un brivido mi risalì le cosce, che si strinsero attorno a lui. «Neanche a me importa, chef.»

I suoi occhi brillarono per un istante. Poi, le sue labbra furono sulle mie. Senza preoccuparsi di essere delicato, Rayden le schiuse e intrecciò la lingua alla mia, mentre mi abbassava la zip della felpa e cominciava ad accarezzare la mia pelle accaldata, con gesti dolci, lenti e meravigliosi.

Ma volevo sentirlo anche io. Imprimere il mio tocco su tutto il suo corpo.

Presi l'orlo della sua maglia e gliela sfilai, per poi passare le mani sui suoi muscoli duri. Sui pettorali in rilievo, sugli addominali definiti, sulla V che scompariva sotto ai suoi pantaloni.

«Cristo, ragazzina, sei…»

«Ry?» Una voce riecheggiò nella casa e Rayden si staccò bruscamente da me.

«Cavolo», imprecai, saltando giù dal tavolo e richiudendomi la zip.

«Siamo noi», continuò Mandy. «Dove…» Non appena oltrepassò la cucina, i suoi occhi si posarono su di noi. E si spalancarono. «Oh.»

Alle sue spalle, Trent e Wes si fermarono di botto, con un'espressione stupita e scioccata sul viso. E io avvampai.

«Ehi», dissi, del tutto consapevole che in quel momento indossavo solo una felpa, e che il tavolo non era sufficiente a coprirmi.

Mandy guardò me, poi si soffermò a lungo su Rayden, e alla fine strinse le labbra con forza, cercando di non ridere. «Ti ho scritto.»

Mi schiarii la gola. «Non ho guardato il telefono.»

«Eri impegnata», sghignazzò Trent, e lei gli rifilò una gomitata alle costole.

«È già così tardi?» cambiai argomento.

«Beh, non è *presto*», disse Mandy, che squadrò il modo in cui ero vestita, e io mi strinsi le braccia al petto. Finché non realizzai che, facendolo, la felpa si alzava sulle mie cosce, così presi l'orlo e lo abbassai il più possibile. «Eravamo venuti a portarti questo.» Avanzò verso di me e mise un pezzo di carta sul tavolo.

«È il biglietto per il ballo», spiegò Trent.

Fulminai Mandy, che si strinse nelle spalle. «Che c'è? Loro volevano dartelo a scuola, ma saresti riuscita a perderlo in modo misterioso. Qui non hai scuse.»

«Quale ballo?» chiese Rayden, al mio fianco, e io chiusi le palpebre.

«Il ballo di fine anno», disse subito Mandy con un sorriso furbo. «Sai, quel rito di passaggio indispensabile e importantissimo che in assoluto nessun senior può perdersi», specificò. «Ry non te ne ha parlato? Ha provato a usare la scusa di dover lavorare per non venire, ma adesso che non…»

«Ho un lavoro», la interruppi.

«Ti hanno presa al *Savoy Cinema*?» domandò Trent, felice. «Grande, Ry.» Fece un passo verso di me e alzò un pugno. Poi però ci ripensò e si passò la mano tra i capelli.

«No, lavora per me», annunciò con tono secco Rayden, e mi chiesi cosa stesse pensando di quella situazione.

Wes, che per tutto quel tempo era rimasto in disparte e in silenzio, puntò lo sguardo nel mio. «Sei tornata a fare la cameriera?»

«Ehm, io…»

«È la mia assistente in cucina.» Rayden mi cinse la vita con un braccio e mi attirò più vicina a sé, in modo quasi protettivo.

«Cosa?» gridò Mandy. «E non me lo hai detto?»

Deglutii. «Non ne ho esattamente avuto il tempo.»

La sua espressione divenne maliziosa. «Sì, questo lo vedo.» Spostò la sua attenzione su Rayden. Quella volta, però, non gli osservò il fisico scolpito, e notò il livido violaceo sulla sua mascella. «Wow, che hai fatto?»

Trent rise piano. «Magari a Ry piace violento.»

«Okay», intervenni. «Che ne dite di mantenere la nostra amicizia e andarvene, prima che sia io a buttarvi fuori?»

«Visto?» Trent alzò un angolo della bocca. «Violenta.»

Lo fulminai e lui scoppiò a ridere, mentre Mandy scuoteva la testa e lo prendeva per un braccio.

«Ci vediamo a scuola. Non fare tardi.» Lanciò un'ultima occhiata a me e Rayden, poi si diresse verso il portone.

Per un secondo, Wes restò fermo, con lo sguardo ancora puntato sul mio viso. Poi, senza dire niente, si girò e uscì.

Lasciai andare il respiro che avevo trattenuto e mi portai una mano al viso.

«I tuoi amici entrano spesso in casa tua mentre sei mezza nuda?» La voce di Rayden era dura, e sollevai la testa per vederlo.

«Di solito non sono *mezza nuda*», mi giustificai, ma lui era infastidito. O forse geloso.

«Perché non mi hai detto del ballo?»

Mi accigliai. «Perché non c'è niente da dire. Non ci vado.»

«Perché no?»

«Mi sono persa il momento in cui abbiamo iniziato a fare il gioco delle venti domande?» chiesi, aggrottando la fronte.

«Rispondi, ragazzina.»

Roteai gli occhi. «Devo lavorare.»

Lui scosse la testa. «Il motivo vero.»

«È questo il motivo vero», dissi. «Preferisco passare una serata al lavoro, piuttosto che essere rinchiusa in una sala in cui devo guardare gli altri ballare e divertirsi tutto il tempo.»

Rayden inarcò un sopracciglio. «Quindi il problema è che nessuno ti ha invitata?» Sembrava sollevato. Cosa che cambiò quando io abbassai lo sguardo e arrossii. «Lo stronzo lo ha fatto, vero?» disse a denti stretti, spostando la sua attenzione verso il corridoio, nel punto in cui fino a poco prima si era trovato Wes.

«Non ha importanza. Anche se lo avesse fatto, le cose non sarebbero diverse. L'unica persona con cui vorrei andare al ballo passerà tutta la serata in una cucina.» Mi avvicinai. «Se posso scegliere, scelgo di indossare la divisa e stare con te, invece di mettere uno stupido vestito e starti lontana.»

La sua mascella si contrasse, ma una scintilla attraversò le sue iridi. «Staresti bene in uno stupido vestito.»

Sorrisi e mi alzai in punta di piedi. «Non lo scopriremo mai.» Gli posai un piccolo bacio sulle labbra. «Ma, a proposito di vestiti, devo prepararmi.»

Mi allontanai da lui e andai verso il corridoio. E, per tutto il tempo, sentii i suoi occhi su di me. Occhi che bruciavano, che mi scavavano la pelle. E che avrei voluto continuare ad avere sul mio corpo per sempre.

32

Rayden

«Pulisci meglio», dissi a Avery, che subito riportò indietro il panno e diede un'altra passata, lasciando la ceramica bianca e splendente. «Bene. Adesso cosa devi fare?»

Lei si raddrizzò e osservò il piatto per un secondo. Poi, senza dire una parola, prese il macinapepe e spolverò appena il filetto.

«Chiama il pass.»

Avery fece per avvicinarsi alla campanella, ma si fermò e si voltò verso di me. Schiuse le labbra, come se volesse dire qualcosa.

Incrociai le braccia al petto e inarcai un sopracciglio. «Sì?»

«Manca la salsa.»

Sentii un angolo della bocca fremere per alzarsi, ma mi obbligai a mantenere un'espressione fredda. «Sicura?»

Annuì. «Sì, chef.»

«Avanti, allora.»

Avery fece un cenno di assenso e prese il flacone con il condimento, per poi distribuirlo in modo preciso attorno al filetto.

363

Non appena ebbe finito, mise il piatto insieme agli altri sotto alle luci del pass, li controllò un'ultima volta e, prima di premere la campanella, si girò a guardarmi.

Non ero certo che leggesse l'orgoglio che provavo. Era troppo concentrata per accorgersene.

Annuii una sola volta e lei ricambiò, facendo suonare la campana.

Con la coda dell'occhio, vidi Deelylah scuotere la testa e sbuffare, borbottando piano. «Come se avessimo tempo per certe stronzate.»

La fissai duramente, ma lei era china sulla sua preparazione, così mi voltai verso Avery. Non sembrava averla sentita, e in quel momento stava pulendo il bancone, esattamente come avrebbe dovuto fare.

Durante la settimana, Avery era stata precisa e attenta in tutto ciò che faceva. Che fosse osservarmi, memorizzare i meccanismi o controllare i piatti. Avevo aspettato il sabato prima di decidermi ad affidarle qualche compito più importante, e non me ne stavo pentendo.

Sembrava nata per stare in cucina.

Continuai a supervisionarla per il resto della sera. E, nel momento esatto in cui l'ultimo ticket venne mandato fuori, lei fece un sospiro di sollievo, quasi avesse trattenuto il fiato per tutte quelle ore. Ma non ce n'era bisogno. Non aveva commesso neanche un errore.

«Ottimo lavoro a tutti», dissi, battendo le mani.

«Grazie, chef», risposero loro.

«L'ultimo sforzo, adesso.»

Subito, la mia brigata cominciò a riordinare e pulire. A eccezione di Deelylah.

Si aprì un bottone della divisa e si avvicinò a me. «Possiamo parlare?»

Vidi di sfuggita Avery girare la testa nella nostra direzione, prima di tornare a concentrarsi su ciò che stava facendo.

Aggrottai la fronte ma annuii, sfilandomi i guanti in lattice che avevo indossato per coprire le ferite sulle nocche, ormai quasi rimarginate.

Uscii dalla cucina e andai nel mio ufficio, dove appoggiai la bandana sulla scrivania e mi sedetti, passandomi le dita tra i capelli.

«Ti ascolto», dissi, mentre anche Deelylah prendeva posto.

«Cosa c'è tra te e la cameriera?»

Inarcai le sopracciglia. «Dovrai essere più specifica. Quale cameriera?»

Lei si spostò una ciocca bionda dalla fronte. «Sai benissimo di chi sto parlando.»

«No, considerando che non conosco neanche il nome di metà dei commis.»

Le sue labbra carnose si strinsero in una linea sottile. «Avery.»

«Non è una cameriera.»

«Hai finito di fare così?» sbottò. «Cosa c'è tra voi due?»

Incrociai le braccia al petto. «È per questo che volevi parlarmi? Ti rendi conto che il tuo turno ancora non è finito?»

Deelylah fece una smorfia amara. «Si può sapere che cavolo ti prende, Ray? Da quando accetti chiunque nei tuoi ristoranti? E da quando siamo diventati una maledetta scuola di cucina?» Indicò la porta. «Avery ci toglie solo tempo prezioso e concentrazione.»

«Li toglie a te», concordai. «Se pensassi al tuo lavoro e non a quello che fa lei, non avresti questo problema.»

Deelylah rise. «Wow. Sai, io non vedevo l'ora di iniziare a lavorare con te. Il grande Wade, uno degli chef più giovani ad aver ottenuto le stelle Michelin.» Scosse la testa. «Lavoravi così anche al *Black Gold*? Perché sapevo che eri famoso per portarti a letto la tua brigata, ma non credevo che facessi anche il contrario. Prendere gente qualsiasi dalla strada, scopartela e poi metterla in…»

«Basta così.» Mi alzai in piedi con lo sguardo gelido fisso su di lei, che mi imitò.

«Speri sul serio di ottenere di nuovo un posto sulla guida Michelin se sacrifichi la qualità dei tuoi piatti per stare dietro a una ragazzina che a quest'ora dovrebbe essere a casa a farsi rimboccare le coperte da mamma e papà?»

«Sei davvero gelosa fino a questo punto, Deelylah?»

I suoi occhi si spalancarono. «Gelosa?» Storse la bocca. «Certo. Mi spezza il cuore non farmi più scopare da te su questa scrivania. Era talmente intenso e romantico.» Si portò una mano al petto. Stava facendo del suo meglio per nascondere le sue emozioni, e sperava che il sarcasmo fosse sufficiente. Non era così.

«Hai sempre saputo come stavano le cose.»

«Sì. Ho sempre saputo che non volevi avere relazioni serie. A quanto pare le cose sono cambiate.»

Chiusi i pugni lungo i fianchi. «Abbiamo finito?»

Lei sospirò, poi annuì. «Io sì. È il motivo per cui ho chiesto di parlarti.»

Aggrottai la fronte e le rivolsi uno sguardo interrogativo.

«Ho fatto domanda in un altro posto e mi hanno presa. Considera le mie due settimane di preavviso a partire da oggi.»

I muscoli della mia schiena si contrassero. «Mi stai prendendo per il culo?»

«Voglio lavorare in un ristorante stellato. E, ammettiamolo.» Si strinse nelle spalle. «Questo non lo diventerà.» Senza aggiungere altro, andò alla porta e la aprì, scomparendo nel corridoio.

«Cazzo.» Sbattei un palmo sulla scrivania e una fitta dolorosa mi risalì il braccio, fino a scemare sulla spalla.

Era esattamente ciò che mi serviva. Una stronza gelosa che mandava a puttane la mia brigata.

«Ray?» La voce di Courtney mi spinse ad alzare la testa. «Stavo venendo a dirti che gli ultimi clienti sono andati via, ma ho visto Dee in corridoio. Va tutto bene?»

«Posta un annuncio. Cerchiamo un nuovo sous chef.»

Lei sgranò le palpebre, entrò nell'ufficio e richiuse la porta. «L'hai licenziata?» disse, quasi gridando.

«No. Ha dato le dimissioni.»

Courtney si accigliò. «Ma… perché?»

Non ci fu bisogno che le rispondessi. Lo capì da sola.

«Ti avevo avvisato che assumere Avery avrebbe causato dei problemi.»

«E io ti ho detto che avrei gestito le conseguenze», replicai, duro. «Posta l'annuncio. Inizio i colloqui domenica mattina.»

«Non pensi di riuscire a convincerla a restare?» domandò, speranzosa.

«Non ho intenzione di pregare nessuno di lavorare per me. E non voglio più lei nella mia cucina.»

«Okay.» Si passò una mano tra i lunghi boccoli rossi, poi tornò verso la soglia. «Preparo subito l'annuncio e lo metto online. Solo… Ray?» Esitò un istante. «Non fare stronzate.» Mi rivolse un ultimo sguardo e andò via.

Mi premetti due dita sulle palpebre, imponendomi di respirare. Di calmarmi. Di non fare a pezzi qualcosa.

Non ero arrabbiato perché Deelylah aveva scelto di licenziarsi. Ero arrabbiato per quello che aveva insinuato su Avery. Lei si meritava di stare in cucina. Si meritava il ruolo che le avevo affidato. E non minava il prestigio del mio ristorante. Anzi, io speravo che avrebbe fatto il contrario.

Aspettai che la rabbia sbollisse il più possibile dal mio organismo e, alla fine, tornai in cucina. Quasi tutta la brigata se ne era andata, ma c'era ancora qualcuno alle proprie postazioni. Erano rilassati, chiacchieravano. Ridevano.

«Oh mio Dio, sei incredibile», stava dicendo Avery, mentre guardava Julian affilare a un ritmo disarmante il coltello per il pesce.

«Esibizionista», sbuffò Mathis, roteando gli occhi.

«Sei tu che mi hai detto che non sarei riuscito a farlo così velocemente», si difese Julian.

«No», lo corresse Mathis. «Io ti ho detto che è una cosa inutile. Né a me né a Avery interessava vederti all'opera.»

Il mio chef poissonier scrollò le spalle. «Intanto lei mi ha definito *incredibile*», si vantò, per poi girarsi verso Avery. «Tu invece come te la cavi?»

«Oh, ehm... non sono veloce come te.»

Julian fece un sorrisetto. «In pochi lo sono.»

«Ti rendi conto che vantarti di essere veloce non ti è di aiuto quando cerchi di impressionare una ragazza, vero?» scherzò Mathis. «È la dimensione del coltello che conta, non quanto velocemente viene affilato.»

Avery arrossì e Julian sgranò le palpebre.

«Sai benissimo che non stavo cercando di *impressionarla*», si difese. «Senza offesa, Avery, non sei il mio tipo.»

Mathis ridacchiò. «Più che altro, non sei il suo genere.»

Mi appoggiai allo stipite della porta e incrociai le braccia, continuando a osservarli.

«In ogni caso», proseguì Julian, cambiando argomento, «tieni. Facci vedere cosa sai fare.» Porse a Avery i coltelli e lei li prese.

«Devo proprio?» domandò, titubante.

«Prima o poi Wade ti chiederà di triturare qualcosa, e dovrai affilare, a meno che tu non voglia venire licenziata in tronco.»

Avery sorrise. «Se vuoi fare arte, non puoi disegnare con una matita spuntata», disse, ricordando ciò che le avevo detto durante la nostra prima lezione.

I due chef si guardarono in modo confuso, mentre Avery stringeva entrambe le impugnature. Poi, lentamente, fece passare tutta la lama sull'affilacoltelli, dalla base fino alla punta. Più volte ripeteva quell'azione, più aumentava la velocità. E doveva essersi esercitata, perché i suoi movimenti erano sicuri e precisi.

Cazzo. Con quegli attrezzi in mano, con la divisa addosso, con la bandana ancora sulla fronte... era fottutamente sexy.

«Beh, non sei affatto male», si complimentò Julian.

«Grazie», rispose lei, porgendogli di nuovo i coltelli.

«Non devi avere paura di Wade quando ti chiederà di tagliare qualcosa.»

Avery si accigliò. «Non ho paura di lui.»

I due ragazzi si immobilizzarono.

«Cazzo», imprecò Mathis tra i denti, girandosi a destra e a sinistra. «Parla piano.»

«Ha ragione», concordò l'altro, nervoso. «Non puoi dire certe cose.»

Quella volta fui io ad accigliarmi, mentre lei sbatteva le palpebre, confusa.

«Perché?»

«Vuoi scherzare? Wade si nutre del nostro terrore.»

«Lui vuole… *pretende* che abbiamo paura di lui. E fa in modo che sia così. Credimi.» Mathis si voltò nella mia direzione, e notai che aveva alzato un angolo della bocca. «Vero, chef?»

«Non adori infestare ogni nostro incubo?»

Entrambi trattennero una risata, mentre io inclinavo leggermente la testa di lato.

«Non eravate così simpatici quando vi ho assunti. Altrimenti non lo avrei fatto.»

Mathis sbuffò, Julian rise.

«Tranquillo, chef», disse quest'ultimo. «Non devi ammettere per forza che siamo i tuoi preferiti nella brigata.»

«Lo sappiamo già.» Mathis mi fece l'occhiolino e io nascosi il divertimento.

«Non avete una casa a cui tornare, invece di continuare a stare nella mia cucina?»

Avery puntò gli occhi nei miei e, senza che loro la vedessero, con le labbra mimò "Dispochef".

«Va bene, va bene.» Julian alzò in aria i palmi. «Ci vediamo domani.»

«Buonanotte, Avery. Chef», ci salutò Mathis, e noi ricambiammo.

Non appena si richiusero alle spalle la porta che dava sul vicolo, mi staccai dallo stipite e mi avvicinai a Avery.

«Ciao, chef», disse con un sorriso.

«Ciao, ragazzina.» Le misi le mani sui fianchi. «Com'è andata stasera?»

Lei aggrottò la fronte. «Sai come è andata.»

«Sì, ma voglio sapere cosa ne pensi tu.»

«Beh, a parte il fatto che hai cercato di ingannarmi più volte, dicendomi di chiamare il pass quando il piatto non era finito», mi rivolse un'occhiata accusatrice, «è andata alla grande.»

«Devo insegnarti, in qualche modo. E non ti sei lasciata ingannare.» Le posai un bacio sulle labbra. «Ottimo lavoro.»

«Dovrei essere stanca, però... non lo so, mi sento come se potessi affrontare una maratona, in questo momento.»

Le sorrisi. «Conosco la sensazione. Ma ho in mente qualcosa di più divertente della maratona.»

I suoi occhi brillarono. «Davvero?»

Le presi il labbro inferiore tra i denti e lo morsi piano. «Davvero, ragazzina.»

Un brivido la scosse, e io mi tirai indietro.

«Pronta ad andare?»

Subito, Avery annuì e intrecciò le dita alle mie. «Cosa voleva Deelylah?» Poi esitò. «Voglio dire, se posso saperlo.»

Chiusi la porta a chiave e controllai che la maniglia non si abbassasse. «Ha dato le dimissioni.»

«Cosa? Perché?»

La osservai per un istante, ma non le avrei detto la verità. Perché la verità era una stronzata, e il fatto che Deelylah fosse gelosa non faceva che accentuare la sua poca professionalità.

«Vuole lavorare in un ristorante stellato.»

«Non ha senso», commentò Avery, mentre iniziavamo a camminare. «Sapeva perfettamente di che tipo di ristorante si trattava, quando l'hai assunta.»

«Ha cambiato idea», mi limitai a dire, prendendole una mano. «Non crede che l'*Ambroisie* possa ottenere delle stelle?»

Non risposi, e le sue dita si irrigidirono contro le mie.

«No, non può crederlo davvero.»

«A quanto pare, sì.»

«Quella stronza», sibilò piano, e io la guardai con un sopracciglio inarcato. «Ehi, non siamo più di turno e lei non è più la tua sous chef, quindi posso offenderla davanti a te.»

«Perché, di solito la offendevi alle mie spalle?» chiesi, sentendo un improvviso divertimento.

«Non proprio alle tue spalle... Ma potrei aver sottolineato a Mandy il fatto che non la sopporto. Che è presuntuosa e irritante. E che il mio record è diciassette.»

«Diciassette?»

Annuì. «Diciassette modi diversi per romperle il polso, a cui ho pensato ogni volta che ti ha toccato in cucina.»

Una sensazione di leggerezza mi riempì il petto, e le circondai il collo con un braccio, stringendola al mio fianco. «Sei ancora gelosa di lei?»

Avery mi guardò di sbieco. «No...» mentì, arricciando il naso. «Ma sono comunque felice del fatto che si sia licenziata», sorrise in modo furbo. Presto, però, tornò seria. «Per te invece è un problema averla persa?»

Capii che si riferiva al lavoro, e buttai fuori un lungo respiro. «Sì. Non è facile trovare un sous chef. La cosa migliore da fare sarebbe incaricare qualcuno della brigata di coprire quel ruolo e rimpiazzare la loro postazione. Ma li ho scelti tutti per svolgere esattamente la loro mansione, e non ho alcuna intenzione di rompere l'equilibrio.» Mi passai una mano sulla fronte. «Quindi dovrò fare colloqui, insegnare a qualcuno quel lavoro, spiegare nei dettagli il menu... e non ho tempo anche per questo, adesso.»

Avery appoggiò la testa sulla mia spalla. «Vedrai che troverai una soluzione», cercò di rassicurarmi.

Le baciai i capelli e sospirai.

«E, chef?» Alzò il viso verso il mio. «L'*Ambroisie* otterrà le stelle Michelin. E tu potrai sbatterle in faccia alla stronza.»

33

Avery

«L'ultima settimana è stata assurda, papà», cominciai a raccontare, rannicchiandomi sulla poltrona vicino al suo letto. «Lavorare con Rayden è…» Cercai la parola giusta, ma non ero certa che ne esistesse una abbastanza forte da descrivere tutto ciò che provavo ogni volta che mi trovavo in cucina, al suo fianco. «È un sogno. Mi fa preparare le guarnizioni, mi fa controllare i piatti… e ieri mi ha fatto leggere dei ticket. A *me*.» Mi morsi il labbro inferiore, trattenendo il sorriso.

Stare accanto a lui, mentre mi insegnava come vivere nel suo mondo, era tutto ciò che avevo sempre desiderato, senza neanche saperlo. *Rayden* era tutto ciò che avevo sempre desiderato. E avrei voluto che lui potesse condividere il mio entusiasmo, la mia costante emozione. Ma negli ultimi giorni era teso. Troppo per lasciarsi andare. Per ridere davvero.

«Ancora non abbiamo avuto notizie dalla D'Arnaud», spiegai a mio padre, come se potesse seguire il flusso dei miei pensieri.

«E a Rayden serve una sua recensione per migliorare le cose. Però...» Sospirai. «Credo che per il momento sia meglio così. L'ultima cosa di cui ha bisogno è lo stress di averla in sala. Soprattutto adesso che Deelylah ha dato le dimissioni.»

Involontariamente, una scossa di fastidio mi fece irrigidire la schiena, come ogni volta in cui pensavo a lei.

Sapevo che non aveva deciso di andarsene solo per via della guida Michelin. Perché la vedevo, in cucina. E sentivo il suo sguardo su di me ogni volta che Rayden mi sfiorava, mi parlava, o mi sorrideva.

Deelylah mi odiava. E odiava ancora di più Rayden perché provava l'esatto opposto nei miei confronti.

«Spero che si risolva tutto», continuai, sospirando. «Dopo quello che è successo la settimana scorsa con quegli uomini... Rayden ha bisogno di una tregua.»

Avrei voluto potergliela dare. Ma, quella volta, neanche il mio aiuto era sufficiente. E non importava quanto lui provasse a nasconderlo, quanto si sforzasse di apparire normale. Io percepivo le emozioni che continuavano a scuoterlo. Solo che non ne capivo il motivo. Non fino in fondo.

Di notte gli incubi non lo lasciavano dormire, e di giorno si chiudeva spesso nei suoi pensieri. Nei suoi ricordi.

C'era qualcosa che non mi stava dicendo. Qualcosa che lo tormentava. Era come se si sentisse in colpa per ciò che era successo con i due uomini nel vicolo.

Ma perché?

Quella domanda non faceva che martellarmi le tempie, mentre tentavo di immaginare la scena. Solo che non aveva importanza quanto ci provassi. Qualunque pensiero facessi, le mie conclusioni non cambiavano.

Rayden era un eroe. E non avevo idea del perché si considerasse il cattivo.

Mi sedetti sul letto di mio padre e gli presi una mano, cercando un conforto che non poteva darmi.

«Lui è stupendo, sai, papà?» mormorai, sentendo piccole lacrime inumidirmi le ciglia. «È così buono, così dolce... così incredibile. Qualche giorno fa, al ristorante, un bambino è scappato dalla madre ed è corso in cucina. Rayden lo ha subito preso in braccio e si è assicurato che non si facesse male. E, quando la madre è venuta a scusarsi, lui continuava a ridere e scherzare con il bambino, senza smettere di stringerlo.»

Il cuore si sciolse nel mio petto, proprio come era successo allora.

«Non so perché Rayden si crede un mostro. Vorrei che riuscisse a vedersi per com'è realmente.» Feci una breve pausa, alzando lo sguardo su mio padre. «E vorrei che potessi vederlo anche tu.»

Come ogni volta, aspettai che le sue palpebre tremassero, che si aprissero. Ma quelle restarono chiuse, sigillate da un lucchetto di cui non possedevo la chiave. E la mia gola si strinse.

«Non vedo l'ora di presentartelo...»

«Darà di matto quando lo farai», disse all'improvviso una voce familiare alle mie spalle, e io trasalii con tanta forza che scesi dal letto.

«Cristo, Dy.» Mi portai un palmo sul petto, dove il cuore batteva in modo accelerato.

Lei mi sorrise e avanzò nella stanza. «Che c'è? È vero. Immagina la scena.» Appoggiò per terra la busta di carta che stava reggendo e alzò entrambe le mani in modo teatrale. «Ciao, papà, questo è il mio ragazzo. Ha dieci anni più di me, è il mio capo, ogni tanto è coperto di lividi, e ha dei tatuaggi che probabilmente si è fatto in prigione per un crimine che non vuole rivelarmi», disse, imitando la mia voce. «Adora ricoprirmi di sciroppo d'acero e poi divorarmi come se fossi un pancak...»

Scattai verso di lei e le tappai la bocca, prima che aggiungesse altro. «Mandy», sibilai, assottigliando le palpebre.

Dietro alla mia mano, lei rise. «Ammettilo, ho ragione», disse in modo soffuso, e io abbassai il braccio, roteando gli occhi.

«Cosa ci fai qui?»

«Ultimamente, se non sei al ristorante, sei con Sexychef. Mi mancavi.»

Le sorrisi. «No, intendevo, come facevi a sapere che ero qui?»

Rayden era l'unico a cui lo avevo detto, e mi aveva accompagnata in ospedale prima di andare all'*Ambroisie* per cominciare a fare i colloqui per il nuovo sous chef.

«Me lo ha detto un uccellino.» La sua espressione si fece maliziosa. «Anche se, da quello che ho visto a casa tua, non ha molto di *ino*…»

«Dy!» Di nuovo, guardai verso mio padre.

Lei rise. «Scusa, scusa.»

Solo in quel momento realizzai ciò che intendeva. «Da quando tu e Rayden parlate?»

«Non preoccuparti di questo», mi liquidò. «Pensa solo al fatto che hai una migliore amica straordinaria ed estremamente convincente, che ha persuaso il tuo capo a darti libera la sera del ballo.»

«Tu… cosa?»

«Mi hai sentita. Quindi è ufficiale, non hai più scuse.»

Sospirai in modo stanco. «Mandy…»

«Senti», mi interruppe, avvicinandosi a me. «Gli ultimi mesi sono stati uno schifo. E tu, Ry… sei cresciuta.»

Le sue parole mi fecero aggrottare la fronte.

«Voglio dire», continuò, «sei sempre stata più matura e responsabile di me. E probabilmente di ogni altro nostro compagno. Ma negli ultimi mesi lo sei diventata ancora di più. Ed è una cosa stupenda, non fraintendermi.» Mi rivolse un sorriso dolce. «Ma hai diciotto anni, Ry. Il tuo compito è quello di divertirti. E so che di solito non puoi farlo, ma puoi concederti almeno una sera.» Mi prese una mano e la strinse. «Te lo meriti. E io mi merito di passare qualche ora con la mia migliore amica a offendere il vestito sicuramente troppo provocante di Kelly, a ridere nel vedere la reazione di Mr Presley quando scoprirà che hanno corretto il punch, e a gridare quando Trent verrà eletto re del ballo. Per non parlare del fatto che dovrai impedirmi di commettere

376

un omicidio quando eleggeranno Kelly come regina.» Fece una smorfia, ma presto tornò seria. «In autunno Trent ed io andremo a Philadelphia, Wes andrà a Washington... non ci vedremo più tutti i giorni.» I suoi occhi si arrossarono. «Ma il ballo... quella sarà una serata che non dimenticheremo mai, non importa quanto saremo distanti o se ci sentiremo solo una volta al mese.»

Sbattei le palpebre, scacciando le lacrime che mi offuscavano la vista. «Se ti azzardi a chiamarmi solo una volta al mese, sarò io quella che commetterà un omicidio.»

Mandy rise e mi abbracciò. «Prometto di scriverti tutti i giorni. E di videochiamarti almeno una volta a settimana.»

La strinsi più forte. «Così va meglio.»

Si staccò e si passò le dita sotto agli occhi, asciugandosi le lacrime. «Quindi, questo è un sì? Verrai?»

Mi morsi il labbro inferiore, riflettendo. Alla fine, però, annuii.

Lei saltò su sé stessa e batté le mani, mandando in ogni direzione i suoi riccioli biondi.

«Dovrai aiutarmi a trovare un vestito.»

La sua espressione cambiò. «Sì, ehm, ecco...»

«Cosa?»

Si chinò e prese la busta di carta che aveva appoggiato prima. «Ho un regalo per te.»

Aggrottai la fronte. «Un regalo?»

«Sì.»

«Perché?»

Roteò gli occhi. «Devo avere per forza una motivazione per fare un regalo alla mia migliore amica?» Mi porse la busta e la indicò. «Dai, aprila.»

Titubante, la assecondai. E, quando vidi di cosa si trattava, la mia bocca si spalancò. «Non l'hai fatto davvero», mormorai.

Lei annuì in modo concitato. Era raggiante.

«Dy...» Tirai fuori il vestito nero e oro, lo stesso che avevamo trovato al negozio vintage quando eravamo state al centro commerciale.

«L'ho preso insieme al mio. Non ho saputo resistere. È perfetto per te.»

Ripensai a quel giorno. A come lei aveva fatto chiudere l'enorme busta in modo che fosse impossibile scorgere cosa c'era dentro. Credevo che lo avesse fatto per nascondere a Trent il suo abito. Invece, ero io quella a cui non voleva far vedere le stoffe.

«Non so cosa dire», ammisi con tono flebile. «Non posso…»

«Non iniziare», sbuffò lei, interrompendomi. «E non devi dire niente. Devi solo abbracciarmi e ammettere che sono fantastica.»

Le gettai le braccia al collo. «Sei fantastica. E io ti adoro.» Strinsi la presa, mentre lei la ricambiava. «Grazie, Dy… per tutto.»

~

«Beh, è stato… intenso», dissi ancora senza fiato, mentre Rayden si lasciava cadere accanto a me, sul letto. «Andrà sempre così, d'ora in poi?»

Quando ero uscita dall'ospedale, lui mi aveva chiamata, dicendomi di andare al suo appartamento. E, non appena avevo messo un solo piede fuori dall'ascensore, mi aveva salutata stringendomi a sé e baciandomi fino a farmi perdere del tutto il controllo del mio corpo.

Si alzò su un gomito e mi guardò, con un sorrisetto maledettamente sensuale sul viso. «Ti stai lamentando, ragazzina?»

«No, chef, stavo solo chiedendo.»

Rayden si chinò su di me e mi sfiorò le labbra con le sue. «Bene, perché la risposta è sì.»

Risi e lo baciai, incollando il mio corpo sudato al suo. Poi lui si distese e io mi accoccolai sul suo petto, ascoltando il battito del suo cuore e tracciando con un dito i contorni del suo tatuaggio, attenta a non avvicinarmi alle cicatrici.

«Com'è andata al ristorante?» domandai. «Hai trovato qualcuno?»

«Ho fatto il colloquio a dieci persone», raccontò. «Prima di permettere a uno solo di quegli idioti di entrare nella mia cucina, preferisco restare senza sous chef.»

Fermai la mano in mezzo al suo petto e ci appoggiai sopra il mento, sistemandomi in modo da poterlo vedere. «Erano gli unici candidati?»

«Gli unici che sembravano decenti. Domani ne incontro altri.»

«Magari sarai più fortunato», dissi, incoraggiante.

Lui mi scostò una ciocca dalla fronte. «A te invece com'è andata?»

«Bene. È venuta Mandy in ospedale. A quanto pare, qualcuno le ha detto che ho la serata libera quando ci sarà il ballo.»

La sua espressione si irrigidì. «Sì, e me ne sono pentito subito», ammise.

«Non riesco a credere che tu ti sia lasciato convincere.»

«La tua amica sa essere insistente», si giustificò. «Ma ha anche ragione. Dovresti andare. È una cosa importante.»

Feci una smorfia. «Vorrei che potessi venire anche tu.»

Lui mi accarezzò piano. «Quanto dura?»

Mi accigliai. «Non lo so. Perché?»

«Posso venire a prenderti quando finisce, dopo il turno al ristorante. E possiamo fare insieme l'ultimo ballo, nel parcheggio della scuola.»

Mi sollevai un po' di più. «Lo faresti davvero?»

Rayden mi prese il mento tra le dita. «Farei di tutto per te, ragazzina.»

Il mio sorriso si ampliò, le mie guance si scaldarono, e mi avvicinai a lui per baciarlo. Prima che le nostre labbra potessero toccarsi, però, lo squillo di un telefono trafisse l'aria.

Rayden sbuffò, infastidito. «Torno subito.»

Mi spostai per lasciarlo andare e lo guardai uscire dalla stanza, osservando come si contraevano i suoi muscoli duri a ogni passo che faceva.

Esisteva niente di più perfetto?

Un brivido mi increspò la pelle, e cercai qualcosa da mettermi addosso. I miei vestiti, però, erano ancora sparsi sul pavimento nell'atrio. E nel corridoio.

Mi alzai e, in punta di piedi, raggiunsi l'armadio di Rayden. Il suo profumo mi investì non appena aprii le ante, e per un istante restai ferma a inspirarlo, con gli occhi chiusi e un sorriso stupido sulla faccia. Quando alla fine mi ripresi, passai le dita sui suoi vestiti, sistemati in perfetto ordine.

Trovai una semplice t-shirt nera e la indossai, sentendo l'orlo morbido sfiorarmi le cosce.

Stavo per richiudere l'armadio, quando notai uno specchio in una delle due ante interne. Ma non fu il mio riflesso a colpirmi. Fu la fotografia sbiadita incastrata su un lato.

Mi avvicinai curiosa e la tirai fuori, per vederla meglio. Davanti a una villetta a schiera color crema, con le rifiniture alle finestre in legno bianco, c'era una donna dai corti capelli neri che teneva tra le braccia un neonato addormentato. Lei era raggiante, ma non guardava in macchina. Guardava il suo bambino, come se fosse la cosa più preziosa al mondo.

Girai la fotografia e dietro, sotto alla data, era stata tracciata a mano una scritta: "Leslie e Rayden, 23 May Street, Hartford".

La voltai di nuovo. Era la madre di Rayden. E quello tra le sue braccia era lui, appena nato.

Un sorriso mi distese le labbra, mentre cercavo di assimilare ogni dettaglio della foto. La staccionata immacolata che circondava il giardino. Le tende chiare al di là delle finestre. Le foglie dalle striature rossastre sul prato.

Mi stavo concentrando così tanto su quell'immagine che non mi accorsi di Rayden, che era rientrato nella stanza ed era venuto alle mie spalle. Così, quando mi strinse le braccia attorno alla vita, sussultai e sbattei la schiena contro il suo petto.

«Scusa», dissi subito, sporgendomi per rimettere a posto la foto. Ma le sue dita scivolarono sulle mie e tennero ferma la mia mano, in modo che potesse vederla anche lui.

«Tranquilla, ragazzina.» La sua voce era strana. E, quando alzai lo sguardo sul suo riflesso, vidi che anche la sua espressione lo era. Stanca. Cupa. Quasi… sofferente.

Era la stessa espressione che continuava a nascondermi. Quella che si sforzava di non mostrare. E che nell'ultimo periodo doveva contrastare più spesso del solito.

«L'ha scattata mio padre il giorno in cui ci siamo trasferiti lì», spiegò, cogliendomi alla sprovvista per il fatto che mi stesse raccontando qualcosa del suo passato. E mi chiesi se lo stesse facendo solo perché le emozioni nel suo petto avevano preso a soffocarlo, e lui non riusciva più a respirare. «Avrebbe dovuto essere un nuovo inizio. Più felice.» Il suo corpo si irrigidì. «Non lo è stato.»

Senza aggiungere altro, rimise la foto al suo posto, poi si staccò da me e andò a sedersi sul letto, appoggiando la schiena alla testiera. Aveva indossato di nuovo i pantaloni, ma il suo petto era ancora nudo, e riuscivo a vedere che ogni suo muscolo era in tensione.

Richiusi le ante e andai da lui, mettendomi al suo fianco.

«Mi dispiace», dissi, prendendogli una mano e intrecciando le dita alle sue. «Che tu non abbia avuto un'infanzia felice.»

Lui sbuffò una risata amara. «Non sono io quello per cui ti dovresti dispiacere.»

Le sue parole mi confusero, ma Rayden strinse subito i denti, facendomi capire che non avrebbe voluto dirle. E io non lo avrei costretto a farlo. Dopo qualche secondo, però, lui spostò gli occhi nei miei e mi guardò a lungo. Osservò ogni dettaglio del mio viso, soffermandosi sulle labbra. Quasi volesse imprimere nella sua mente ogni centimetro di me.

Avrei voluto parlare, chiedergli cosa stava succedendo. Ma Rayden mi accarezzò, passandomi un pollice sullo zigomo. E, nel momento in cui sospirò, mi resi conto che avevo avuto ragione.

Qualunque cosa lo tormentasse lo stava schiacciando, e non riusciva più a lottare da solo.

Ora doveva fare una scelta: lasciarsi soffocare o permettermi di combattere al suo fianco.

Restai in attesa, ammaliata e preoccupata dalla lotta nel suo petto, che sembrava farlo a pezzi. Ma, alla fine, lui prese la sua decisione. E il mio cuore diventò incandescente, pronto ad accogliere le fiamme che Rayden stava per condividere con me.

«I miei prima vivevano a New York», iniziò. «Mia madre insegnava in un asilo, mio padre lavorava per l'NYPD. Erano felici.» Fece una breve pausa. «Credo. Questo è quello che mi diceva lei.» Scosse la testa. «Un giorno, c'è stata una rapina in una banca. Mio padre era di servizio. La situazione era critica, i rapinatori avevano preso degli ostaggi e minacciavano di ucciderli se la Polizia non si fosse tirata indietro. C'è stato uno scontro e, nel tentativo di fermare uno dei rapinatori, mio padre ha sparato due colpi.» Le sue dita si strinsero attorno alle mie. «Uno ha preso un rapinatore alla spalla. L'altro ha preso un ostaggio. Una donna incinta. E lei è morta, insieme al bambino.»

Repressi il sussulto che mi era risalito in gola.

«Da quel giorno, lui è cambiato. Il senso di colpa, la rabbia… non lo so. Ha cominciato a bere. Solo che bere non attenuava il suo rimorso. Lo accentuava. E, quando tornava a casa, si sfogava.» Deglutì a fatica. «Ogni tanto su di me. Sempre su mia madre.»

Strinsi le labbra, vietandomi di parlare. Vietandomi di fare anche la più piccola cosa che potesse interrompere il suo racconto.

«Lei cercava di proteggermi, in qualunque modo possibile», continuò. «Se lui se la prendeva con me, mia madre faceva in modo che spostasse l'attenzione su di lei. E quando se la prendeva con lei… beh, lei cercava di non urlare.» Le sue labbra si curvarono in una linea talmente amara che sembrò infettare l'aria. «Ma io la sentivo. Ogni volta. E vedevo i lividi che le coprivano il corpo subito dopo.»

Le lacrime mi invasero gli occhi, e abbassai lo sguardo, sperando che Rayden non le vedesse.

«Crescendo, ho cercato di essere io quello che la proteggeva. Aspettavo che tornasse a casa e lo provocavo, sperando che se la rifacesse su di me. Perché lui si limitava a picchiarmi. Ma a mia madre...» Rabbrividì. «A lei faceva di peggio.» La sua voce si incrinò, e si schiarì la gola. «L'ho implorata mille volte di divorziare. Di andare via da quella casa. O anche solo di denunciarlo.» Alzò un angolo della bocca. «Ma lui era il capo del dipartimento. I suoi colleghi sapevano perfettamente cosa succedeva, e non hanno mai fatto un cazzo.» Sputò quelle parole come se fossero fatte di veleno. «E mia madre... lei lo giustificava. Era la cosa che più mi mandava fuori di testa. Diceva che non era colpa sua, che era solo un periodo, che presto sarebbe tornato a essere come prima... l'uomo di cui si era innamorata e che amava più di qualsiasi altra cosa.» Serrò a pugno la mano libera. «L'ho odiata per questo. L'ho odiata perché aveva scelto di amare quel mostro più di sé stessa. Più di me.»

Una crepa frastagliata attraversò il mio cuore, che si spezzò a metà, irradiando nel mio petto un dolore straziante. Ma cercai di nasconderlo, perché Rayden aveva già il suo dolore a cui pensare. E, per la prima volta, mi stava mostrando quanto fosse profondo.

«Un giorno, avevo sedici anni, lui è tornato a casa più ubriaco del solito. Aveva avuto una rissa nel locale e lo avevano buttato fuori. Non era solo incazzato... era furioso.» Rayden tremava. «Ho provato a calmarlo. Poi, quando ha cominciato a picchiarmi, ho provato a fermarlo. Non ha funzionato. Ha iniziato a dire che gli facevo schifo, che ero una disgrazia. E quando mia madre si è messa tra di noi, lui ha detto che, se solo avesse potuto, avrebbe fatto a cambio con la donna incinta che aveva ucciso. Lei avrebbe dovuto vivere, noi saremmo dovuti morire.»

Mi portai una mano davanti alla bocca, facendo del mio meglio per soffocare i singhiozzi che volevano schiudermi le labbra.

«Ha massacrato mia madre, quella notte. L'ha lasciata praticamente incosciente. E io ho chiamato l'ambulanza», continuò a raccontare, con il tono di voce sempre più flebile. «Sono stato al suo fianco tutto il tempo. E, quando si è svegliata, l'ho supplicata di dire la verità ai medici. Di dire *perché* era in quelle condizioni.» Rise piano. «Ma, nel momento in cui loro le hanno chiesto spiegazioni, lei ha detto di essere caduta dalle scale.» La delusione di quel giorno passato era ancora lì, intrecciata ai suoi lineamenti come un rovo infestante. «Non appena siamo rimasti soli, ho iniziato a urlarle contro. E lei, come al solito, lo ha giustificato. Ha trovato delle scuse per il suo comportamento. E quando mio padre è arrivato in ospedale, con un mazzo dei suoi fiori preferiti in mano, ho capito. Mia madre non lo avrebbe mai denunciato. Non lo avrebbe mai lasciato. Ma io non riuscivo a tollerare il pensiero di restare lì a guardare mentre si faceva uccidere.» Si passò una mano tremante tra i capelli, prima di tornare a stringerla in un pugno. «Le ho parlato un'ultima volta. E le ho chiesto di scegliere. O me o lui. Non poteva averci entrambi.» Deglutì. «Quella sera ho fatto le valigie e sono andato via. Perché lei aveva fatto la scelta sbagliata.»

Scelta sbagliata.

Quelle parole squarciarono l'aria e mi pugnalarono al petto.

Rayden me le aveva già dette una volta, nel soggiorno di casa mia, quando aveva cercato di lasciarmi.

"Tu non sei una scelta sbagliata."

"Sì, invece. Lo sono sempre stato."

Per la prima volta, le vidi sotto una luce diversa. E le capii.

Quella sera, Rayden aveva avuto paura. Paura di potermi ferire. Di farmi soffrire. Per questo aveva cercato di allontanarsi. Non voleva che restassi con qualcuno che avrebbe potuto farmi del male. Non voleva che facessi la *scelta sbagliata*. Come sua madre.

La mia gola sembrava arsa da fiamme vive mentre mi sforzavo di trattenere il pianto che cercava di liberarsi.

Come poteva credere una cosa del genere? Come poteva anche solo pensare di essere sbagliato per me, quando era l'unica cosa giusta e perfetta della mia vita?

«Ho cercato di odiarla anche allora», proseguì. «Speravo che la distanza lo avrebbe reso più facile. Ma ogni sera mi ritrovavo a pensare a lei, a chiedermi come stava. E ogni mattina la chiamavo. Mi bastava sentire la sua voce per sapere cosa era successo durante la notte. Lei non lo ammetteva mai, ma non ce n'era bisogno.»

Incapace di continuare a lottare, lasciai che le lacrime mi rigassero le guance e bagnassero i miei brividi.

«Quando ho iniziato a guadagnare, le ho chiesto di trasferirsi da me. Mi sarei preso cura io di lei. Ogni volta che glielo proponevo, però, lei rifiutava.» Di nuovo, sorrise in modo amaro, tenendo lo sguardo davanti a sé. «Volevo solo aiutarla. Salvarla. Ma non è possibile salvare qualcuno che non vuole essere salvato.»

Aumentai la presa sulla sua mano e gli accarezzai il dorso con il pollice. Ma avrei voluto fare molto di più. Avrei voluto prendere tutte le sue emozioni e toglierglele dal petto, per permettergli di tornare a respirare.

«Con il tempo, ha cominciato a dirmi che le cose stavano cambiando. Che lui stava migliorando. Non la picchiava più, non si ubriacava più. Stavano bene. Io sapevo che non era vero, ma... ho scelto di crederle. Ho deciso di credere alle sue bugie perché non riuscivo più a sopportare la verità», ammise, con il senso di colpa che si riversava fuori dal suo corpo in ondate irregolari. «Quando andavo a trovarla, lei sembrava davvero felice. Era sempre stata brava a recitare. Lui, invece, non c'era mai. Per anni interi non l'ho visto.» Inspirò a lungo. «Fino a qualche mese fa.»

Il sangue si gelò nelle mie vene e mi girai nella sua direzione. E Rayden, finalmente, incrociò il mio sguardo. Le sue guance non erano umide, come le mie. I suoi occhi non erano lucidi, come i miei. Era peggio. Perché le sue iridi, quelle iridi che tanto mi affascinavano e mi lasciavano senza fiato, stavano ancora tenendo in trappola le sue lacrime. E, se non avesse trovato il modo di liberarle, lo avrebbero annegato.

«È tuo padre il motivo per cui hai lasciato il *Black Gold*?»

Rayden strinse le labbra, quasi non volesse rispondere. Ma, dopo alcuni secondi, annuì.

34

Sette mesi prima

Rayden

Odiavo quella strada. Le villette variopinte schierate l'una al fianco dell'altra, i giardini curati e pieni di fiori… Facciate perfette per nascondere l'imperfezione racchiusa tra quelle quattro mura. Erano un inganno, niente di più. Una messinscena che tentava di distogliere l'attenzione dalle tende chiuse, in modo che nessuno potesse guardare al di là delle finestre.

Respirai a fondo l'aria autunnale che entrava dal finestrino e serrai le dita attorno al volante, imponendomi di calmarmi. Dovevo mantenere il controllo. Dovevo farlo per lei.

Parcheggiai di fronte al numero ventitré, osservando la casa nella quale ero cresciuto. L'ennesima villetta perfetta. L'ennesima prova di quanto le apparenze potessero ingannare.

Dopo aver preso la scatola che avevo appoggiato sul sedile del passeggero ed essere sceso dalla macchina, aprii con un piede il cancelletto bianco della staccionata e mi incamminai lungo il vialetto, fermandomi solo una volta raggiunto l'ingresso.

Di nuovo, inspirai a pieni polmoni. Poi, bussai.

Passarono pochi secondi prima che la porta si aprisse, e il sorriso di mia madre mi accolse sulla soglia.

«Rayden», disse, abbracciandomi.

«Ciao, mamma.» Ricambiai la stretta. «Buon compleanno.»

Lei sbuffò e mi lasciò andare. «Non serve che mi ricordi che sto invecchiando», scherzò, facendomi cenno di entrare. «Ma almeno questo ti ha portato qui.»

Il senso di colpa si agitò nel mio petto. «Mi dispiace non poter venire più spesso. Sono impegnato.»

Liquidò le mie scuse con espressione dolce. «Certo che lo sei. Il mio chef stellato.»

Scossi la testa e andai in cucina. «Ti ho portato una cosa.»

«Per me?»

Mi voltai nella sua direzione e inarcai un sopracciglio. «Anche se non vuoi ricordarlo, oggi è comunque il tuo compleanno.»

Lei rise e guardò la scatola bianca che avevo messo sul tavolo. «Non dovevi scomodarti.»

«Aprila e basta, mamma.»

«Sei diventato prepotente, lo sai?» mi prese in giro.

«Sì, beh, fa parte del mestiere.»

Si sedette e io mi avvicinai alla parete, per accendere la luce.

«Oh, no, non…» cominciò, ma io avevo già premuto l'interruttore.

Mia madre sbatté un paio di volte le palpebre per abituarsi alla luminosità, poi si sistemò i capelli attorno al viso.

Subito, qualcosa si smosse dentro di me. Una consapevolezza che avrei voluto ignorare.

Tornai verso il tavolo. «Guardami, mamma.»

Le sue dita, appoggiate sulla scatola, vennero scosse da un fremito. «Mmh? Dai, siediti, sono curiosa di…»

«Guardami.» La mia voce dura la fece immobilizzare. Alla fine, però, sollevò la testa verso di me. E lo vidi.

Aveva cercato di nasconderlo con il trucco, con i capelli e perfino con la luce spenta. Ma non ci era riuscita. Quel livido era lì, sul suo zigomo. Nero come la rabbia che mi scorreva nelle vene.

«Dov'è?» sibilai in un ringhio.

Mia madre si alzò di scatto. «Non è come credi tu.»

«Certo. Non è *mai* come credo io, vero?» la attaccai. «Cosa hai fatto, questa volta? Sei caduta? Hai sbattuto contro uno spigolo? Sei casualmente inciampata sul suo pugno?»

«Rayden.» Non capivo se il suo voleva essere un avvertimento o una supplica. «Dico davvero. Non è stato lui. Sono anni che non succede più.»

Incrociai le braccia al petto. «Speri che ti creda?»

«Sono tua madre», disse, come se questo rispondesse alla mia domanda.

E io sono tuo figlio. Ma non sono certo che la cosa abbia mai contato davvero, per te.

Mi impedii di dirlo a voce alta. Non volevo essere l'ennesima persona che la faceva soffrire.

«Avanti, allora. Come te lo sei fatta?»

Lei sospirò e si lasciò cadere sulla sedia. «Stavo pulendo la cucina. Mi ero scordata di aver aperto uno sportello e, quando mi sono girata, l'ho colpito.»

Una risata amara mi raschiò la gola. «Quindi avevo indovinato.»

«È la verità.» Il suo sguardo era implorante. «Ti prego, possiamo non rovinare questa giornata? Non vieni mai a trovarmi. Non voglio sprecare anche le poche ore in cui sei qui.»

Serrai un pugno, affondando la punta delle dita nel palmo. Lungo tutto il tragitto, mi ero ripromesso di non perdere la pazienza. Di mantenere la calma. Dovevo cercare di farlo. Così, finsi di crederle. Ancora una volta.

Mi sedetti senza dire una parola e continuai a guardarla.

«Allora, come stai? Come vanno le cose al ristorante?»

«Bene.» La mia voce uscì gelida e, quando me ne accorsi, sospirai. «Davvero bene. È sempre pieno, e le critiche sono ottime.»

Lei mi sorrise e si sporse in avanti per prendermi una mano. «Sono così fiera di te.»

«Potresti esserlo di più se un giorno venissi a mangiare lì.»

Il suo sguardo si rabbuiò. «Mi piacerebbe. Ma sai com'è tuo padre, da qui agli Hamptons sono tante ore di macchina e lui non…»

«Non ho detto che deve venire lui. Devi venire *tu*.»

Aggrottò la fronte. «Guido a malapena qui a Hartford, Ray. E il tuo ristorante è lontano, dovrei passare una notte fuori, e tuo padre…» L'agitazione stava scuotendo le sue parole, e io buttai fuori un respiro pesante.

«Lascia stare. Come non detto.»

La sua espressione divenne triste, e si affrettò a cambiare argomento. «Oggi non lavori?»

«No, è chiuso. Lavoro domani.»

«Bene. Bene…»

Indicai la scatola. «Non hai ancora aperto il tuo regalo.»

«Oh, giusto», disse subito, scuotendo la testa.

Piano, sollevò il coperchio bianco, e i quattro lati del contenitore si aprirono, rivelando la meringata al cioccolato fondente e marron glacés che avevo preparato per lei. Sopra, in mezzo alle decorazioni, avevo tracciato con il cioccolato la scritta "Buon compleanno, mamma".

«Rayden, è bellissima…»

Mi alzai e mi avvicinai al mobile della cucina, prendendo due piatti, due forchette e un coltello. «Spero che sia anche buona.»

«Non ho dubbi», disse dolcemente. «Ma non dovevi prenderti questo disturbo, io…»

«Mamma», la interruppi, posando un piatto davanti a lei. «Tu non sei un disturbo.»

Mi sorrise e tagliò due fette, servendo prima me e poi sé stessa.

Osservai la sua espressione mentre prendeva il primo boccone. E, quando vidi il suo stupore, provai una sensazione calda al petto.

«Vorrei dire che è buonissima, ma non ti renderei giustizia», commentò, tornando a guardarmi. «Sai cos'è l'ambrosia?»

Mi accigliai. «Il cibo degli dèi?»

Lei annuì. «Se gli dèi assaggiassero la tua cucina, renderebbero ogni tuo piatto la loro ambrosia.»

Inarcai un sopracciglio, divertito. «Non credi di esagerare?»

«Assolutamente no. E non lo dico solo da madre orgogliosa.»

Per il resto della giornata, nessuno dei due sfiorò argomenti che avrebbero potuto rovinare quelle poche ore insieme, e continuammo solo a chiacchierare di cose spensierate. Ma ogni volta che sentivo una macchina passare davanti alla casa, ogni volta in cui il legno del pavimento scricchiolava, i miei muscoli si contraevano. Lui però non tornò.

«È stato bello vederti», disse mia madre, accompagnandomi verso la porta. «Dovresti...» Inciampò sul tappeto nell'ingresso e io scattai in avanti per impedire che cadesse, prendendola per le braccia.

Un lamento le risalì la gola e, quando si raddrizzò, si strofinò il bicipite, dove l'avevo toccata.

«Stai bene, mamma?» chiesi, allarmato.

«Sì, sì, sono solo inciampata. Visto? Mi capita davvero spesso.» Cercò di sorridere, ma i miei occhi erano ancora puntati sul suo braccio, che lei continuava a massaggiarsi.

«Non ti ho stretta così forte», mormorai piano.

«Come?» Si riscosse e abbassò la mano. «No, io...»

Non mi fermai a riflettere. Mi avvicinai a lei e le abbassai sulla spalla il cardigan che indossava, scoprendole il braccio.

Mia madre si tirò subito indietro, ma non fu abbastanza veloce. Perché li avevo visti. I lividi. Le strisce violacee lasciate da delle dita che l'avevano stretta fino a farla sanguinare dall'interno.

La rabbia che tenevo rinchiusa sul fondo della mia anima cominciò a vibrare, a dimenarsi, a riempirmi.

«Rayden, posso…»

«Non succede più da anni, eh?» ringhiai in un tono che sembrava ghiaccio puro.

«Ti prego, non…»

Era troppo tardi. Avevo già spalancato la porta e stavo correndo verso la macchina.

Mia madre mi seguì, mi chiamò, mi implorò di fermarmi. Ma non lo feci. Al contrario, misi in moto e partii a tutta velocità. E l'ultima cosa che vidi prima che la rabbia prendesse il sopravvento fu il suo corpo tremante nello specchietto retrovisore. E il viso inondato di lacrime.

Guidai per quelle che mi sembrarono ore, setacciando tutta Hartford. Passai davanti alla stazione di Polizia, ai locali che frequentava. Sapevo quali erano i suoi preferiti, e quelli in cui non era più ammesso. E quando alla fine lo vidi, ancora in uniforme e insieme a un gruppo di suoi colleghi, sterzai in modo tanto brusco che rischiai di causare un incidente.

Mentre il suono dei clacson riecheggiava nella strada, fermai la macchina e scesi, dirigendomi verso i poliziotti. Non sapevo cosa avrei fatto. Sapevo solo che quella storia doveva finire.

Alcuni di loro mi notarono prima ancora che li raggiungessi. Anche mio padre mi notò, ma la sua espressione fu solo confusa. Non sorpresa, non spaventata. *Confusa*. Perché non mi aveva riconosciuto. Non aveva più idea di come fosse fatto suo figlio.

«Ehi, che…» cominciò un poliziotto, ma io andai dritto da mio padre e lo spinsi con forza all'indietro, facendolo barcollare.

«Non devi toccarla», ringhiai, fregandomene di tutti quelli che ci circondavano. «Non ti devi neanche azzardare ad avvicinarti a lei.»

«Ma cosa…» Lui si raddrizzò. Era ingrassato dall'ultima volta che lo avevo visto, e adesso molte rughe solcavano il suo volto. Un volto che tentava di nascondere quanto fosse crudele e viscido. Ma io non ci ero mai cascato. «Rayden?»

«È tuo figlio, Donny?»

«Quello che è scappato di casa?»

Mio padre stava fumando. Si avvicinò e cercò di prendermi per un braccio, ma mi liberai facilmente. Non ero più il ragazzino che non riusciva a contrastarlo. Adesso ero più alto, muscoloso e forte di quanto lo fosse mai stato lui.

«Non puoi stare qui», sussurrò a denti stretti, cercando di farsi sentire solo da me.

«Perché no?» domandai. «Hai paura che dica ai tuoi colleghi il motivo per cui sono scappato? O hai paura che gli ricordi di tutte le telefonate che ho fatto di nascosto alla centrale e che loro hanno sempre ignorato?» Avanzai verso di lui. «Quante volte l'hai mandata in ospedale, in questi anni? Quante volte l'hai costretta a mentire e a dirmi che stava bene?»

«Non so di cosa stai parlando.»

«No?» sibilai. «Quindi, i lividi che ha addosso non glieli hai fatti tu?» Mi rivolsi ai suoi colleghi. «Siete andati a bere insieme, nelle ultime sere? Lo avete visto ubriacarsi? Lo avete visto vomitarsi addosso e barcollare fino a trovare per puro caso la via di casa?» chiesi, con voce talmente alta che alcune persone in fondo alla via si voltarono nella nostra direzione. «Sapete cosa fa, quando torna a casa? Sì, lo sapete. Ma non ve ne frega un cazzo, perché lui è il vostro capo. Vero? Voi non...»

Mio padre mi strinse la maglia in un pugno. «Ascoltami bene, figliolo...»

Me lo scrollai di dosso. «Io non sono tuo figlio. E, lo giuro su Dio, presto non avrai più neanche una moglie.» Mi avvicinai, finché il mio viso non fu a pochi centimetri di distanza dal suo. «La porterò al sicuro, lontano da te. Non la vedrai più, non le parlerai più, e non la toccherai. Mai. Più. Ti dimenticheremo. E tu avrai la fine che ti meriti: solo, infelice, e annegato nel tuo stesso vomito.»

Mi allontanai con un movimento secco, mi voltai e tornai alla macchina. Non sapevo come, ma quel figlio di puttana me l'avrebbe pagata. E mia madre... lei l'avrei salvata. Che lo volesse o no.

~

«Ultimo ticket fuori», annunciai, suonando la campanella del pass.

Guardai la cameriera portare via i quattro piatti con i dessert, poi buttai fuori un sospiro.

«Ehi.» Valentin si avvicinò a me. «Stai bene?»

Stavo uno schifo. Quando ero tornato a casa di mia madre, il giorno prima, avevo scoperto che mio padre aveva inviato da lei una volante della Polizia. Non mi avevano permesso di vederla, né di parlarle. E anche se ero abbastanza sicuro che la cosa non fosse legale fino in fondo, alla fine avevo ceduto alle loro minacce ed ero andato via. Perché, che cazzo avrei potuto fare? Se mi avessero arrestato, non le sarei stato di alcun aiuto. E io dovevo farlo. Aiutarla. Proteggerla. Salvarla.

Dopo essere tornato negli Hamptons, non ero riuscito a chiudere occhio. Per tutta la notte, non avevo fatto che rivedere i suoi lividi, mentre pensavo a un modo per portarla via da lì. Il prima possibile. Ma il solo fatto che si trovasse ancora in quella casa con lui mi faceva ribollire il sangue, e avevo rischiato di fare a pezzi il mio appartamento. Ma sapevo di aver bisogno di riflettere lucidamente, se volevo trovare una soluzione.

Dovevo respirare. Calmarmi. E analizzare ogni scenario possibile. Solo così avrei potuto allontanare mia madre da quel maniaco bastardo.

Sospirai e mi rivolsi al mio sous chef. «Sto bene.»

«Senza offesa, ma non sembra. Sei stato distratto per tutta la sera. Che ti prende?»

«Niente», dissi con tono brusco, incrociando le braccia al petto. «E tu dovresti pensare a pulire, o sbaglio?»

Valentin si accigliò. Poi, però, annuì. «Sì, chef.»

394

Presi uno strofinaccio e lo passai sul bancone, buttando via i ticket della serata.

«Rayden?» Lory si avvicinò al pass, e la guardai confuso. La manager della sala raramente veniva in cucina.

«Che succede?» chiesi subito.

«Il tavolo dodici si rifiuta di pagare.»

Inarcai le sopracciglia. «Cosa?»

«Dicono che ti conoscono e che non hanno intenzione di pagare per una cena mediocre e insapore.»

Quella era esattamente l'ultima serata in cui qualcuno avrebbe dovuto farmi girare le palle.

Serrai la mascella e strinsi i pugni, prima di andare in sala. Erano rimasti solo tre tavoli occupati. Una coppia accanto alla finestra. Due signori in abiti eleganti vicino al bancone. E poi il tavolo dodici, a cui erano seduti quattro uomini che riconobbi subito.

Mi fermai di botto, cercando di processare ciò che stava succedendo.

Non era possibile.

«Ray?» disse piano Lory. «Va tutto...»

«Quanto hanno bevuto?» la interruppi.

«Molto. Non ricordo esattamente quanto, ma almeno sette bottiglie. Forse otto. Posso controllare, se...»

Scossi la testa. «Trova un modo educato per far uscire gli altri clienti. Li voglio fuori dal locale entro il prossimo minuto. Poi manda via i camerieri e la brigata e chiama la Polizia.»

Lory sgranò gli occhi. «Cosa sta...»

La guardai duramente. «Fa' come ti ho detto.»

Lei annuì e si precipitò dalla coppia, mentre io mi dirigevo al tavolo dodici.

Non appena mi avvicinai, i quattro uomini si voltarono verso di me. I loro sguardi erano lucidi, i visi arrossati.

«Cosa cazzo ci fai qui?» ringhiai in un sussurro, rivolto a mio padre.

«È questo il modo di salutare il tuo vecchio?»

Misi le braccia dietro la schiena e serrai i pugni, cercando di mantenere un'apparenza calma e controllata. «Fuori dal mio ristorante. Adesso.»

«La biondina voleva farci pagare», continuò lui, trascinando le parole. «Le ho detto che la mia inutile moglie saprebbe scongelare un cibo molto più buono di questo.» Prese il piatto con il dessert mezzo mangiato e me lo porse. Per poi farlo cadere a terra.

La ceramica si frantumò, e schegge affilate si dispersero in ogni direzione.

Contrassi tutti i muscoli del corpo e, con la coda dell'occhio, mi guardai attorno. La coppia era uscita, e gli uomini all'altro tavolo si stavano mettendo la giacca.

«Allora perché non sei rimasto a casa?» mi costrinsi a dire tra i denti, con voce bassa.

«Perché ieri ho avuto modo di assaggiare la tua torta», spiegò. Poi si rivolse ai suoi amici. «Quale cazzo di uomo si metterebbe mai a cucinare una torta?»

Loro scoppiarono a ridere, sputando piccole gocce di saliva sulla tovaglia candida.

«Comunque», continuò, «l'ho buttata nel cesso dopo il primo boccone.»

Affondai la punta delle dita nei palmi, finché la pelle sulle mie nocche sembrò sul punto di squarciarsi.

«Ero curioso di sapere se anche il resto della tua cucina faceva così schifo. Tua madre ne parla sempre bene, mi chiede ogni cazzo di settimana di portarla qui… adesso potrò dirle che non si perde niente.» Una smorfia soddisfatta gli alzò le labbra. Sarebbe riuscito a ferirla anche senza toccarla.

Ecco chi era mio padre. Un bastardo che aveva venduto la sua anima all'alcol e che si era perso così tanto nel suo rimorso che quello lo aveva consumato, fino a cancellare del tutto il suo cuore.

Vidi Lory al telefono. Stava chiamando la Polizia.

«Come hai fatto ad aprire questo posto, eh? A chi l'hai suc-chiato per riuscire a diventare il capo, quando non sai neanche cucinare un cazzo di filetto come si deve?»

I suoi amici risero, e mio padre si sporse di lato.

«L'ha succhiato a te?»

Mi girai e vidi che Valentin si stava avvicinando. Dietro di lui, gran parte della brigata osservava la scena.

«Fuori, Val», ordinai a denti stretti. «Uscite.»

«Ray, che succede?» chiese, preoccupato.

«Allora?» continuò mio padre. «Sei tu quello a cui l'ha suc-chiato mio figlio?»

Tutto il mio corpo si irrigidì.

«Lui è tuo…»

«Valentin, ci penso io», lo interruppi con tono brusco.

«Oh, figliolo, che c'è? Ti sto forse mettendo in imbarazzo da-vanti ai tuoi colleghi?» Una scintilla attraversò i suoi occhi, e io capii di cosa si trattava tutta quella messinscena.

«Quindi è per questo? Ti stai vendicando per le cose che ho detto ieri?»

«Vendicarmi? È una parola *violenta*, non credi?» Si alzò con movimenti incerti. «E io non lo sono. Violento.»

Serrai così tanto la mascella che avvertii più di una fitta al cranio.

«Tu, invece…» Scosse la testa. «Quando ho raccontato a tua madre quello che hai fatto, lei ci è rimasta male, sai? Ha pianto. Non ha smesso neanche quando ho buttato via la tua disgustosa torta. Anzi, ha pianto ancora di più.» Fece un passo nella mia direzione. «Era questo che volevi? Farla soffrire?»

«Non sono io quello che le fa del male.»

«No? E allora perché continua a scegliere me al tuo posto?»

Mi mossi prima di rendermene conto. Prima di poter realizza-re davvero cosa stavo facendo.

Il mio bicipite si contrasse, il gomito si piegò. E il pugno si scontrò con la mascella di mio padre.

Dei sussulti si levarono nella sala e lui cadde sul tavolo, rompendo i bicchieri e rovesciando il poco vino avanzato.

I suoi amici saltarono in piedi, ma lui gli fece cenno di stare fermi, mentre si massaggiava la guancia.

«Ma guarda», mi disse, con una smorfia soddisfatta sulle labbra. «Hai preso da me, dopotutto.»

E la mia mente scattò. Ripensai a ogni pugno che mi aveva tirato. A ogni pugno che aveva tirato a mia madre. Lo vidi sbatterla contro la parete, strapparle i vestiti, farla urlare dal dolore. E sentii quelle urla nelle mie orecchie. I suoi singhiozzi. Le sue suppliche.

Era tutto troppo intenso. E troppo reale.

Ma, quando tornai al presente, mi resi conto che non era stata solo la mia mente a scattare. Lo aveva fatto anche il mio corpo.

Mio padre era disteso sotto di me. Con una mano stringevo la sua maglia, con l'altra lo colpivo.

Pugno dopo pugno, sentivo la sua carne squarciarsi, il sangue bagnarlo, le ossa rompersi.

Per anni avevo sognato di farlo. E anche se una minuscola parte di me mi stava implorando di controllarmi, io la ignorai. Perché volevo tutto quello.

La sua sofferenza, i suoi lamenti… li volevo. Ne avevo bisogno. E non avrei permesso alla mia razionalità di privarmi di quella rivincita.

«Io non… sono come… te», sibilai a fatica. Anche se in quel momento non ci credevo nemmeno io.

Delle voci risuonarono attorno a noi, una donna gridò. Ma io riuscivo a concentrarmi solo sull'espressione di mio padre. Più lo colpivo, più sorrideva.

Perché cazzo sorrideva?

Qualcuno provò a tirarmi indietro, ma lo allontanai con una gomitata. E, dopo un secondo, la vetrina accanto alla quale ci trovavamo andò in frantumi. Chiunque avessi spinto, doveva essere caduto.

Io però non mi fermai per accertarmi di chi fosse o di come stesse. Continuai a prendere a pugni mio padre, riversando su di lui tutta la violenza che aveva usato contro me e mia madre.

Gli restituii ogni dolore. Ogni percossa. Ogni frattura.

Volevo che soffrisse tanto quanto aveva fatto soffrire noi per tutta la vita. E sapevo che non ci sarei riuscito, ma non mi importava. Volevo solo che stesse male. E volevo esserne io la causa.

Non facevano che cercare di allontanarmi. Riconobbi la voce di Valentin, quella dei miei chef de partie, quella degli amici di mio padre. Sentivo le loro mani su di me, ma nessuno era abbastanza forte da tirarmi indietro. Finché a prendermi non fu più di una persona.

Delle dita ferree si serrarono sulle mie braccia, strappandomi dal corpo sanguinante di mio padre. E trascinandomi di nuovo alla realtà.

Le mie nocche erano completamente spaccate, ed ero certo di avere più di qualche osso rotto nelle dita. Ma non ebbi il tempo di controllare le mie condizioni, perché in quel momento qualcosa di freddo si chiuse attorno ai miei polsi.

Erano… manette. Mi stavano arrestando.

Il panico mi riempì lo stomaco come una secchiata di acqua gelida, e cercai di mettere a fuoco la faccia dei poliziotti, o il bagliore rosso e blu delle sirene che si rifletteva sulle schegge di vetro ai miei piedi. Ma non ci riuscii. Perché tutto ciò che vedevo era il volto di mio padre che, a malapena cosciente, continuava a sorridere.

35
Avery

ayden tremava, e io tremavo con lui. Avevo provato sulla mia stessa pelle ogni passaggio della sua storia. Avevo sentito la sua rabbia, che mi soffocava. Il suo dolore, che mi bruciava. E la sua disperazione, che mi opprimeva.

«Cosa ti hanno fatto?» chiesi in un sussurro strozzato. E non sapevo a chi mi riferissi. Forse alla Polizia. Forse ai suoi genitori.

«Ho passato la notte in cella», continuò. «Poi mi hanno lasciato andare. Mio padre non ha sporto denuncia.» Un sorriso amaro gli tagliò il viso. «Non era quello che voleva. No, lui aveva in mente una cosa ben precisa. Era venuto al ristorante con l'intento di provocarmi. Sapeva cosa dire per farmi reagire, e l'ha fatto, davanti ai testimoni che voleva lui.»

«Ma... perché?»

«Per ottenere un ordine restrittivo nei miei confronti.»

Il mio stomaco sprofondò.

«Ha fatto alcune telefonate, ha detto che lo perseguitavo, e poi ha avuto come prova la nostra rissa: lui che non mi ha colpito neanche una volta e si è comportato in modo *educato e civile*, e io che l'ho picchiato.» Si passò una mano tra i capelli. «Mi ha minacciato di rifarsela con mia madre se avessi fatto ricorso. Ho dovuto accettare le sue condizioni. E questo vuol dire che io non posso più avvicinarmi a lui… né a lei.»

«Rayden…»

«Non la vedo né sento da mesi. Hanno cambiato il numero di casa, e lui deve averle bloccato il mio contatto sul cellulare. O forse lo ha fatto lei, non lo so.»

Alzai la sua mano, quella ancora stretta nella mia, e la baciai. Sul dorso, sulle nocche, sulle ferite che si stavano rimarginando. E su tutte quelle che si erano rimarginate molto tempo prima, ma che continuavano a tormentarlo.

«Mi dispiace», sussurrai contro la sua pelle. «Mi dispiace così tanto…»

«È colpa mia. L'ho minacciato di portargliela via, e lui ha trovato il modo di non farlo succedere.»

«No», dissi subito, scuotendo la testa. «Non è colpa tua.» Mi girai di più nella sua direzione e gli posai una mano sulla guancia. Ma Rayden non incrociò il mio sguardo. Forse non voleva che vedessi che non mi credeva. E che si incolpava di ogni cosa.

«Non sono riuscito a tornare al *Black Gold*, dopo quello che è successo», proseguì. «I miei avvocati hanno fatto in modo di mantenere segreto tutto l'accaduto, e la brigata ha dovuto firmare un contratto di non divulgazione. Ma non potevo ricominciare a lavorare lì. Mi sono preso del tempo libero per capire cosa fare. Alla fine, ho lasciato a Valentin il ruolo di capo chef e io mi sono dedicato all'*Ambroisie*. Nuovo ambiente, nuova città… speravo che mi avrebbe distratto. Che sarei stato così impegnato che non avrei avuto modo di pensare a mia madre e a quello che stava vivendo.» Le sue spalle ebbero un fremito. «Ma non è successo. Non importava con chi fossi o cosa facessi, ho continuato a torturarmi ogni fottutissimo giorno. Rivedevo mia madre che piangeva nello specchietto retrovisore, mio padre che sorrideva sotto

402

ai miei pugni...» Il suo volto diventò una maschera di pietra. «Se solo mi fossi trattenuto, se non avessi fatto il suo gioco perdendo il controllo, a quest'ora forse avrei trovato una soluzione. Ma ho mandato tutto a puttane. E per mesi non ho pensato ad altro. Ai miei errori, alle stronzate che ho commesso, alle conseguenze di ciò che ho fatto... Di giorno ci riflettevo, di notte lo sognavo. Non riuscivo ad avere una tregua, ero sul punto di impazzire.» Finalmente, i suoi occhi trovarono i miei. Erano più dolci, adesso. Ma erano anche esausti. «Poi sei arrivata tu.»

I frammenti in cui ormai era ridotto il mio cuore cominciarono a tremare, come se volessero tornare a unirsi.

«Non so come ci sei riuscita, ma hai cambiato ogni cosa.» Mi sfiorò una guancia con le dita, e io mi chinai contro il suo tocco. «Continuo a preoccuparmi per lei. Continuo a pensarla, sempre. E continuo a incolparmi per tutto ciò che è successo. Ma tu lo rendi più sopportabile.» Con il pollice, asciugò le lacrime che non riuscivo a smettere di versare. «Perché, quando sono con te, riesco a prendermi una pausa. A respirare. A concentrarmi solo sul presente, e a scordare almeno per un po' il mio passato. E non hai la minima idea di quanto io abbia bisogno di tutto questo. Di dimenticare. Di vivere davvero. Di...» Il suo sguardo si fece intenso. «Di ridere. Sei riuscita a insegnarmelo, ragazzina.»

Un sorriso flebile mi curvò le labbra.

«Smetti di piangere.»

«È un ordine, chef?»

«Sì.»

«Non so se ci riesco», ammisi. Poi ricacciai indietro le troppe emozioni che mi bloccavano la gola. «Grazie», sussurrai.

«Per cosa?»

«Per avermi raccontato tutto.»

«Avrei dovuto farlo molto tempo fa.» La sua voce era diventata improvvisamente strana. «Ma te l'ho detto, sono egoista. E non riuscivo a sopportare l'idea di perderti.»

Aggrottai la fronte, confusa. «Perdermi?»

La pioggia nei suoi occhi diventò nera, come un temporale scoppiato nel cuore della notte. «Mio padre aveva ragione, ragazzina. Io sono come lui. Ciò che ho fatto lo dimostra. E tu non lo meriti.»

Quelle parole mi colpirono dritte alle costole, lasciandomi senza fiato.

Era questo che temeva, allora. Aveva paura di essere come suo padre, di venire dominato da emozioni tanto violente che non gli avrebbero permesso di controllarsi. Di *fermarsi*. Neanche con me.

«Rayden…»

«Ho provato ad avvertirti. A dirti di starmi lontano.»

«Ma io non voglio farlo. Non *ho intenzione* di farlo.»

La sorpresa nella sua espressione mi fece capire che credeva veramente che mi sarei allontanata, e quella consapevolezza fece gemere la mia anima.

Senza neanche rifletterci, mi mossi e mi sistemai a cavalcioni sulle sue gambe, posando i palmi sul suo collo. Rayden si irrigidì, colto alla sprovvista, ma le sue mani si mossero comunque sulla mia vita, e non ero certa di cosa stesse cercando di fare. Ancorarmi a sé o tenermi a distanza.

Avrei potuto passare ore intere a tentare di convincerlo che non aveva niente in comune con il mostro che lo aveva cresciuto. Che non avrebbe mai potuto ferirmi, né farmi del male. Ma sapevo che non mi avrebbe ascoltata. Così, lo guardai negli occhi e passai un dito sulle sue labbra, tracciandone il contorno perfetto.

«Quello che è successo, quello che mi hai raccontato… Non credevo che potessi amarti ancora di più. Che potessi *volerti* ancora di più. Ma è così», confessai.

Rayden serrò un istante la mascella. Sembrava che stesse tentando di contenere le sue emozioni. «Come puoi volermi ancora? Hai sentito ciò che ti ho detto? Io non sono il bravo ragazzo, qui. Non sono il principe azzurro.»

«Nella mia storia lo sei.» Appoggiai la fronte alla sua. «Non importa se non lo vedi. Perché lo vedo io.» Posai una mano sul suo petto nudo, accarezzando il punto in cui batteva il cuore. «Ti ho visto fin dall'inizio. Ti vedo ogni singolo giorno. E ogni singolo giorno ti voglio di più.»

Rayden scosse la testa. «Sono pieno di rabbia, ragazzina. Pieno di odio. E prima o poi questo mi corroderà del tutto. Mi cambierà. E mi trasformerà in lui.»

Cercai di non piangere. «Allora dammi anche quelli.»

Lo sguardo che mi rivolse era confuso. Confuso e spezzato. E io avevo bisogno di trovare un modo per fargli capire quanto contava per me. E che non me ne sarei andata. Mai. Perché avrei continuato a sceglierlo in ogni momento.

«Io voglio tutto di te, Rayden. Fino alla più piccola sfaccettatura», dissi. «Voglio la tua felicità. Voglio il tuo amore. Voglio le tue risate. Ma voglio anche il tuo odio, la tua rabbia... la tua sofferenza.» Mi avvicinai di più a lui. «Se hai paura che ti possano corrodere, condividili con me. Possiamo portare questi pesi insieme.» Lo accarezzai. «Non devi fare tutto da solo. Puoi lasciare che io ti aiuti. E voglio farlo. *Scelgo* di farlo.»

Alle mie parole, Rayden rabbrividì, e io intrecciai le dita ai suoi capelli.

«Dammi il tuo odio, tutto quello che hai.» Lo baciai piano. «Dammi la tua rabbia, quella che ti fa perdere il controllo.» Un altro bacio. «Dammi le tue lacrime, quelle che non riesci a versare.» Un altro bacio ancora. «Posso piangere io al tuo posto. Posso urlare al tuo posto.» Lo guardai negli occhi. «E posso perdonarti al tuo posto. Perdonare una colpa che non hai, ma che credi di avere. Non devi per forza ridurti in cenere. Possiamo sconfiggere il fuoco insieme. O possiamo bruciare entrambi, non mi importa.»

«Importa a me. Non voglio farti del male.»

«Allora permettimi di stare al tuo fianco. E di aiutarti.»

Lui deglutì, il suo petto si scontrò con il mio. «Come?»

«Te l'ho detto, devi darmi tutto di te.» Trovai di nuovo le sue labbra e gli diedi un bacio lento, cauto. Perché Rayden era ridotto in frantumi, e io non volevo spezzarlo ancora di più. Volevo trovare i pezzi che gli mancavano e fare in modo che tornasse a stare bene.

«È già così, ragazzina», sussurrò sulla mia bocca. «Io sono sempre stato tuo.»

«Allora c'è solo un'ultima cosa che devi fare», sussurrai, aprendo le palpebre per vederlo. «Una cosa a cui non sei abituato. E che credo ti spaventi.»

«Cosa?»

Gli sorrisi. «Io voglio sceglierti, Rayden. Voglio amarti. Ogni giorno.» Mi strinsi di più a lui. «Devi lasciarmelo fare.»

Venne scosso da un brivido e io lo baciai ancora, allo stesso ritmo lento di prima. I baci di Rayden di solito erano pieni di passione, di desiderio, di disperazione. Adesso, invece, volevo baciarlo solo con amore. Volevo che ne sentisse il sapore sulla mia lingua, che assaggiasse ogni emozione che provavo per lui.

Gli avrei dato tutto. Mi sarei svuotata completamente. E avrei fatto spazio per ciò che stava per darmi lui: il suo odio. Lo avrei custodito dentro di me fino a trasformarlo. Fino a renderlo qualcosa di diverso, di migliore. E solo allora gliel'avrei ridato indietro, liberandolo dal peso che lo opprimeva da tutta la vita.

Le sue dita spostarono di alcuni centimetri l'orlo della mia t-shirt e mi strinsero i fianchi nudi. Si stava aggrappando a me, come se fossi la sua ancora di salvezza. E volevo esserlo. Volevo salvarlo. Dal mondo che lo circondava e da sé stesso.

Senza smettere di baciarlo, spostai una mano e trovai l'elastico dei suoi pantaloni, per poi tirarli leggermente verso il basso.

Quando liberai la sua erezione e la presi, Rayden trattenne il respiro. E quando mi abbassai su di lui, gemette.

Iniziai a muovermi piano, andando a tempo con le nostre labbra. Gesti delicati, dolci. Profondi. Esattamente come il mio amore per Rayden.

«Dillo ancora», mi implorò, e io capii subito a cosa si riferiva.

«Voglio te, Rayden», mormorai, passandogli le mani sul petto e sulle spalle. «Sceglierò sempre te. Amerò sempre te.»

Sfiorandomi appena, mi sollevò la maglia e me la sfilò, prima di stringermi al suo petto nudo. Non mi fece accelerare il ritmo. Lasciò che lo amassi a modo mio, che gli mostrassi tutto ciò che provavo nei suoi confronti.

Rubavo ogni gemito che gli vibrava nel petto. Ogni ringhio soffuso che gli sfuggiva dalle labbra. Ogni respiro che faticava a fare. Rubai tutto di lui. Incluso ciò che si era sempre rifiutato di mostrarmi.

In cambio, senza che se ne accorgesse, presi i pezzi del mio cuore e glieli offrii, coprendo con essi le ferite sulla sua anima. Nascosi tutti i tagli e le cicatrici sotto al mio amore. Me ne sarei presa cura io. Li avrei fatti guarire. E avrei fatto stare bene Rayden.

«Cazzo», mormorò con voce rauca, aumentando la presa sui miei fianchi. «Avery…»

Quando disse il mio nome, un sussulto mi fece tremare. Sentirlo per la prima volta sulle sue labbra aveva smosso qualcosa dentro di me. Aveva smosso *tutto*.

Un fuoco incredibilmente leggero si sprigionò sulla mia pelle, avvolgendomi tra le sue fiamme morbide, e Rayden continuò a ripetere il mio nome, mentre entrambi raggiungevamo insieme il limite e ci lanciavamo dall'altra parte.

Non ci saremmo più lasciati, adesso. Perché finalmente eravamo riusciti a fare ciò in cui avevo sperato fin dall'inizio: eravamo diventati una cosa sola. Ci eravamo scelti, e niente avrebbe mai potuto cambiarlo.

Interruppi il nostro bacio e appoggiai la fronte alla sua, cercando di riprendere fiato. Poi passai le dita sulla sua barba corta, fino ad accarezzargli i capelli.

«Ti amo», sussurrai, con gli occhi ancora chiusi.

«Ti amo», rispose lui, abbracciandomi più forte.

Mi chiesi se riusciva a sentire che il mio cuore non batteva più nel mio petto. Era suo, adesso. Era frammentato sulla sua anima. E sarebbe rimasto lì per sempre, a proteggerlo. E ad amarlo.

Voglio te, Rayden.
Sceglierò sempre te.
Amerò sempre te.

36
Rayden

«Sono in ritardo.» Avery corse fuori dal bagno con un asciugamano avvolto attorno ai capelli e un altro stretto al petto. Piccole gocce d'acqua punteggiavano ancora il suo corpo, rendendo lucide le gambe nude.

Abbassai i fogli che stavo leggendo, seduto sul letto, e incrociai le caviglie, continuando a osservarla.

«Sono in ritardo, sono in ritardo, sono in ritardo», ripeté, cercando i suoi vestiti.

Quando trovò i jeans li infilò, ma il tessuto si appiccicò alla sua pelle bagnata, e lei cominciò a saltellare per la stanza.

Trattenni una risata, ma Avery mi sentì.

«Guarda che è colpa tua», disse, fulminandomi.

Aggrottai la fronte. «Io non ho fatto niente.»

«Oh, ti prego, sai benissimo quello che hai fatto», ribatté, e le sue guance diventarono leggermente più rosse.

Amavo il fatto che continuasse a farlo. Ad arrossire. Speravo che non avrebbe mai smesso.

Mi strinsi nelle spalle. «Ne è valsa la pena.»

«Certo, tu non devi sorbirti la sfuriata di Mandy.»

Guardai l'ora. «È mattina. Il ballo è stasera. Perché devi andare da lei così presto?»

Avery trovò il reggiseno e si tolse di dosso l'asciugamano, per poterlo indossare. E io, per un secondo, mi distrassi a guardare le sue curve perfette.

«Perché ha preparato tutta una giornata solo per noi due», rispose. «Farci la maschera al viso, metterci lo smalto, acconciarci i capelli, truccarci… ci vuole tempo.»

Si spostò verso il punto in cui era ammucchiata la sua maglia e la prese. Prima di metterla, però, si fermò.

«È strappata.» Puntò lo sguardo su di me. «L'hai strappata», mi accusò, lanciandomela contro.

Quella volta risi. «Vorrei dire che mi dispiace, ma non è così.»

Fece un sospiro frustrato e si portò le mani tra i capelli.

«Prendine una delle mie», proposi, indicando l'armadio.

Avery si morse il labbro inferiore. «Sicuro?»

Annuii. «Mi piace vederti con addosso i miei vestiti, ragazzina.» E poi, se lo stronzo avesse fatto visita a casa di Mandy, avrebbe visto che lei era mia.

Mi sorrise, poi aprì le ante e tirò fuori una t-shirt nera. «Qualche curriculum interessante?» domandò mentre la infilava.

«Molti lo sono sulla carta. Il problema è vederli all'opera.» Gettai via i fogli che mi aveva inviato Courtney poco prima.

Avrei dovuto fare dei colloqui a metà mattinata e sperare di trovare almeno una persona decente che potesse iniziare subito ad affiancarmi al ristorante. Ma dubitavo di riuscirci.

Era passata un'altra settimana, e il preavviso di Deelylah era ufficialmente terminato.

Quella sera avrei dovuto gestire sia il mio ruolo che il suo, e non avrei neanche avuto Avery ad aiutarmi, visto che le avevo promesso la serata libera per andare al ballo.

Courtney aveva cercato di convincere Deelylah a restare un giorno in più, dato che il sabato era la giornata più impegnativa, ma lei si era rifiutata. Probabilmente le cose sarebbero andate diversamente se glielo avessi chiesto io, ma non avevo intenzione di abbassarmi al suo livello e pregarla.

«Dovrà pur esserci qualcuno di qualificato», disse Avery, facendo un nodo alla maglia sul fianco, in modo che non le stesse troppo lunga.

«Non tra quelli che ho visto finora.»

Lei venne verso il letto e si chinò su di me. «Sei troppo esigente, chef.»

«Pretendo solo la perfezione. Non mi sembra tanto da chiedere. È la mia cucina, voglio il meglio o niente.»

Mi diede un piccolo bacio. «Io ci sono entrata, nella tua cucina. Vuol dire che sono il meglio?»

«Tu sei più del meglio, ragazzina.» Le strinsi il retro delle cosce e la feci cadere su di me.

Avery rise, circondandomi i fianchi con le gambe. «No, sono in ritardo», protestò cercando di allontanarsi, ma io la trattenni.

«Non ti vedrò per tutto il giorno.»

«Non avresti dovuto cedere alle pressioni di Mandy.»

«Posso ancora ordinarti di non andare.»

«E lei farebbe irruzione qui e mi trascinerebbe via per i capelli.»

Finsi di riflettere. «Credo di essere in grado di difenderti.»

Avery strofinò il naso al mio. «Solo perché non la conosci.» Mi baciò, per staccarsi subito dopo e rimettersi in piedi.

Spostai una mano dietro la testa, senza smettere di guardarla, mentre si frizionava i lunghi capelli castani.

«Dovrei?» domandai.

«Cosa?»

«Conoscere meglio i tuoi amici.»

Avery appoggiò l'asciugamano sul mobile e mi guardò incerta, prima di prendere la spazzola. «Se vuoi.»

413

«Voglio che tu ti trasferisca qui.» Quelle parole uscirono di getto, e lei si immobilizzò, sgranando gli occhi.

«Co... ch... eh?» farfugliò.

«Mi hai sentito, ragazzina.» Mi alzai e mi avvicinai a lei. «Dormi qui ogni sera. E ogni mattina ti lamenti perché sei in ritardo e non trovi i vestiti.» Le cinsi la vita con le mani. «Dovresti solo spostare qui il tuo armadio. Il resto non sarebbe molto diverso da come è ora.»

Avery era scarlatta. «Non credi che sia... ehm... presto?»

Inarcai un sopracciglio. «Da quando me ne frega qualcosa di questo genere di cose?»

Lei esitò ancora, anche se le sue labbra si stavano tendendo in un sorriso. Mi chiesi se ne era consapevole.

«Non devi rispondermi adesso. Fai passare l'ultima settimana di scuola. Il prossimo sabato mi darai una risposta.» Le baciai una guancia. «Adesso sei in ritardo. No?»

«Io, ehm... sì. Sì.» Si riscosse e riprese a pettinarsi i capelli, mentre io tornavo sul letto. «Hai mai vissuto con una ragazza?» domandò all'improvviso.

Mi accigliai. «No. Perché?»

Lo stesso sorriso di prima si affacciò sulle sue labbra. «Curiosità.»

Aggrottai la fronte, ma decisi di non insistere. A qualunque cosa stesse pensando, ero piuttosto sicuro che fosse a mio favore.

«Mandami una foto stasera, quando sei pronta. Voglio vederti.»

Lei roteò gli occhi. «Prima o poi imparerai a chiedermele, le cose.»

Curvai un angolo della bocca. «No, non credo.»

Avery sbuffò divertita. «Pensi davvero che sia una buona idea, comunque? Non vorrei che ti distraessi.» Fece un sorrisetto. «E non possono esserci distrazioni in cucina, ricordi?»

«Devo sapere con quanti ragazzini dovrò fare a pugni quando verrò a prenderti.»

I suoi occhi si illuminarono. «Verrai davvero?»

«Ti ho promesso che lo avrei fatto. E che avremmo ballato nel parcheggio.»

Si morse il labbro inferiore, ma il sorriso che aveva era impossibile da nascondere.

«Sembri felice, ragazzina.»

«Lo sono, chef.» Si raccolse i capelli bagnati in una coda alta, poi venne da me e si sedette al mio fianco. «Tu lo sei?»

Le accarezzai una guancia. «Baciami.»

Senza esitare, Avery si chinò e posò le sue labbra sulle mie, provocandomi scosse elettriche in tutto il corpo.

«Sì, ragazzina. Lo sono.»

~

Mostrai i due piatti al ragazzo dalla fronte sudata che continuava a toccarsi i capelli in modo snervante.

«Una è una riduzione di porto, l'altra una riduzione di aceto balsamico», dissi. «Qual è quella di porto?»

Lui fissò le due salse. «Voglio dire, chef, sono praticamente identiche.»

Mi imposi di restare calmo. Se fosse stato per me, lo avrei cacciato dopo i primi due minuti di colloquio. Ma era l'ultimo della giornata, e Courtney aveva insistito perché gli dessi almeno una possibilità. «Non ti ho chiesto questo.»

Si toccò ancora i capelli. «Posso assaggiarle?»

Courtney, dietro di lui, scosse la testa e si portò una mano alla fronte.

«No», risposi in quello che sembrava un ringhio.

«Voglio dire, chef, è difficile così.»

Inarcai un sopracciglio. «Quindi, se al pass arriva un piatto con una riduzione, tu non saresti in grado di determinare se è quella corretta.» La mia non era una domanda.

«Voglio dire…»

415

«Un consiglio», lo interruppi bruscamente. «Smetti di *voler dire* le cose e dille.»

Lui sussultò e annuì. «Sì, beh...» Tornò a guardare le salse. «Direi questa.» Indicò il piatto con la riduzione di aceto balsamico.

«Questa, cosa?»

«Questa è la riduzione di porto.»

Serrai con più forza le dita attorno ai bordi del piatto. «È tutto, puoi andare.»

«Ti faremo sapere», aggiunse Courtney, e io la fulminai, mentre sorrideva al candidato.

«Ah, okay.» Si passò per l'ennesima volta la mano sulla fronte sudata, poi me la porse. «Grazie per l'opportunità.»

Fissai il suo palmo umido. Non lo avrei stretto neanche se mi avessero pagato.

Dopo due secondi, il ragazzo abbassò il braccio, si schiarì la gola e si avviò verso la porta, che richiuse alle sue spalle.

Gettai i piatti sul bancone e guardai Courtney. «Dove cazzo l'hai trovato quello?» Era l'unico di cui non avevo visto il curriculum. Non che quelli che avevo selezionato io mi avessero fatto un'impressione migliore.

«Aveva delle ottime raccomandazioni», si giustificò lei.

«Quale idiota darebbe una raccomandazione positiva a uno così?» Mi avviai fuori dalla cucina e lei mi seguì nel mio ufficio.

«Ci serve qualcuno per stasera», disse per la millesima volta. «Hai bisogno di un sous chef.» Si lasciò cadere su una delle sedie e si massaggiò una tempia. «Muovi qualcuno della brigata. Mathis, Ruben... ti trovi bene con loro e conoscono il lavoro.»

«Se sposto Mathis, non abbiamo nessuno che si occupi della carne. Se sposto Ruben, non abbiamo nessuno che pensi agli antipasti. Nessuno dei due è mai stato al pass, non sanno come funziona *quel* lavoro, e, visto che abbiamo appena introdotto il nuovo menu, sono già abbastanza sotto pressione senza che stravolga i loro compiti.»

Courtney alzò gli occhi nei miei. «Quindi, pensi di riuscire ad affrontare tutte le sere d'ora in poi senza un sous chef?»

Mi appoggiai alla scrivania. «No, devo solo trovare una soluzione.»

Lei sbuffò. «In due settimane non ci sei riuscito.»

«Ci riuscirò.»

Scosse la testa e si passò le dita tra i capelli, raccogliendo le lunghe ciocche rosse su una spalla. «Chiedi a Avery di venire. Non puoi farcela in cucina, di sabato, da solo.»

«Ha la serata libera.»

«E non verrebbe lo stesso se glielo chiedessi?» mi sfidò.

Certo che lo avrebbe fatto. Ma non avevo alcuna intenzione di chiederglielo.

«Credevo che le cose fossero abbastanza serie tra voi due. E credevo che lei tenesse al ristorante. Cosa c'è di più importante di questo?»

Serrai i denti e le rivolsi uno sguardo freddo. Fuori dalla porta, intanto, iniziammo a sentire dei rumori. La brigata e il resto dello staff stavano arrivando.

Mi staccai dalla scrivania. «Tu pensa ai clienti e alla sala. Lascia la cucina a me.»

Uscii e tornai di là, dove vidi i primi chef de partie sistemare le loro postazioni, preparandosi al turno.

Sapevo perché Courtney era agitata. Avevamo ricevuto la seconda visita da parte degli ispettori della guida Michelin, e questo voleva dire che stavano ancora valutando il ristorante. E una delle cose principali da valutare era l'uniformità. Ogni piatto doveva essere perfetto e all'altezza della volta precedente. Non poteva essere più o meno buono, perché la qualità del ristorante non poteva mai variare. Se variava, voleva dire che a un certo punto era stata inferiore. E questo non era accettabile.

Guardai i miei cuochi. Lo staff eccellente che avevo scelto con perizia maniacale. Mi fidavo di loro, e questo bastava. Saremmo arrivati alla fine della serata senza intoppi. Ne ero certo.

Più le ore si susseguivano, però, più l'aria crepitava. Come se ci fosse una tempesta in lontananza che aspettava solo di esplodere. E io non sapevo né come né quando sarebbe avvenuto.

«Rayden?» Courtney si avvicinò al pass mentre sistemavo i contenitori delle spezie e dei condimenti. Mancavano pochi minuti all'apertura, ma noi eravamo pronti. Dovevamo esserlo.

«Sì?» domandai, senza guardarla.

«Ti stanno cercando al telefono.»

Aggrottai la fronte e le rivolsi la mia attenzione.

«Ho passato la chiamata nel tuo ufficio.»

Confuso, aggirai il bancone e attraversai il corridoio. Nessuno mi contattava al ristorante. E, se Courtney mi aveva passato quella telefonata, doveva aver creduto che fosse urgente.

Sollevai la cornetta, con una strana sensazione alla bocca dello stomaco. «Rayden Wade.»

Ed eccolo. Il primo fulmine. Il tuono.

La tempesta.

37
Avery

«Non riesco ancora a crederci», mormorò Mandy mentre mi avvolgeva una ciocca attorno alla piastra.

«Siamo in due.» Avvicinai le ginocchia al petto e le presi tra le braccia, seduta sulla poltrona in camera sua.

«No, davvero, non riesco a crederci», ripeté. «Non so se è una cosa estremamente romantica o folle.»

Mi strinsi nelle spalle. «Entrambe?»

«Cosa credi che gli risponderai?»

Dubbio e indecisione vorticarono nel mio petto. Ma le mie labbra si tesero in un piccolo sorriso. Continuavo a farlo, a sorridere. Ogni volta che pensavo a quello che mi aveva chiesto Rayden. Ogni volta che le sue parole mi riecheggiavano nella mente.

"Voglio che tu ti trasferisca qui."

Mi obbligai a pensare in modo razionale. «Non lo so. Voglio dire, è presto. E io sono… piccola?» Mi uscì più come una domanda che come un'affermazione. «E poi, quando mio padre si sveglierà… non potrei mai lasciarlo solo.»

Mandy mi posò il boccolo caldo sulla spalla e prese un'altra ciocca. «Potreste andarci un po' più piano. Puoi portare da lui qualche cambio, in modo da non dover sempre rubare i suoi vestiti, e restare solo il fine settimana. Un passo alla volta.»

Sì, aveva ragione. Un passo alla volta. Solo che non era quello che volevo. Non volevo Rayden solo il fine settimana. Lo volevo ogni singolo giorno.

«E, quando tuo padre si sveglierà e scoprirà come è cambiata la tua vita, ti rinchiuderà nella tua stanza per il resto dei tuoi giorni, quindi non dovrai più porti il problema.»

Risi. «Non lo farebbe mai.»

«Non lo so. Dipende se ricorderà quello che ho detto l'altro giorno in ospedale.»

Avrei voluto fulminarla, ma non potevo muovermi. E, in quel momento, qualcuno bussò alla porta.

La madre di Mandy si affacciò dopo un secondo. «Ragazze, avete visite.»

«Chi…»

Prima che la mia migliore amica potesse finire, sua madre si fece da parte e lasciò entrare Trent e Wes.

«E voi cosa cavolo ci fate qui?» strillò lei.

Il suo ragazzo trattenne una risata mentre si buttava sul letto. «Tranquilla, piccola. Ho chiesto ai tuoi se eravate già vestite. Ma non lo siete, quindi non stiamo infrangendo nessuna regola, giusto?»

«Sì, ma non… voi… tu…»

Attenta a non bruciarmi con la piastra bollente, mi voltai verso Mandy. Aveva gli occhi fissi su Trent e sembrava a corto di parole. Perché era vero, noi non eravamo ancora vestite. Ma loro sì.

Trent indossava una camicia grigia che metteva in risalto le sue spalle ampie, a cui aveva abbinato dei raffinati pantaloni neri e un gilet in tinta, lasciato aperto. Non portava la giacca, che era sul letto accanto a lui. Anche Wes era estremamente elegante, nel suo completo blu scuro.

«Quello che Dy sta cercando di dire», mi intromisi, «è che è strano vedervi vestiti così, e non con una divisa da football sporca di erba.»

Trent fece un sorrisetto e puntò uno sguardo malizioso sulla sua ragazza. «Che ne pensi, piccola? Ti piaccio?»

Mandy deglutì. «Ry e Wes non vogliono sapere cosa sto pensando in questo momento.»

«No, non vogliamo», disse Weston divertito.

«Neanche un po'», aggiunsi, e Trent sbuffò.

«Perché non andate a farvi un giro, allora?»

Guardai di nuovo Mandy, che sembrava tentata da quella proposta, così schioccai le dita e reclamai la sua attenzione.

«Ehi. Concentrati. Sei tu che hai insistito perché io venissi al ballo, non puoi farmi andare con solo mezzi capelli acconciati.»

Lei si riscosse. «No, giusto, certo, scusa.» Si schiarì la gola e prese un'altra ciocca, avvolgendola alla piastra.

«Guastafeste», disse piano Trent verso di me, e io gli buttai un bacio in risposta.

«Vi siete divertite, oggi?» chiese Wes, appoggiandosi contro il cassettone e affondando le mani in tasca.

Era stata una giornata stupenda. Mandy ed io avevamo chiacchierato, riso, cantato a squarciagola e ballato. Mi era mancato farlo. Mi era mancato anche solo stare con lei.

«Non quanto ci divertiremo stasera», rispose Mandy.

«Cazzo, puoi scommetterci», disse Trent, battendo le mani.

«Ammettilo, non vedi l'ora di essere incoronato re», gli dissi, e lui ammiccò.

«Sì, ma scordati di ballare con la *regina*», sibilò piano Mandy.

Trent si portò una mano al cuore. «Tu sei la mia regina, piccola.»

Wes finse un conato di vomito e io risi della sua espressione. Quando lui lo notò, mi rivolse uno sguardo strano. Quasi sollevato.

Tra di noi le cose non erano ancora tornate del tutto normali, ma non ero più arrabbiata con lui. Ero troppo felice per poter veramente essere arrabbiata con qualcuno.

«Ruffiano», scherzò Mandy, ma la sua voce tradì una vena di imbarazzo.

Posò l'ultimo boccolo sulla mia spalla, poi cominciò a raccoglierli, fissandoli sulla testa con delle piccole pinze dorate.

«Quanto vi manca?» chiese Wes.

«Poco», rispose lei.

Eravamo già truccate, e Mandy aveva acconciato i suoi capelli per primi, visto che li aveva lisciati. Un'impresa che aveva richiesto quasi un'ora.

«Bene, perché dobbiamo essere a scuola tra quaranta minuti.»

Entrambe ci voltammo di scatto verso di lui, e sentii alcuni capelli tirarmi.

«Perché così presto?»

Lui si strinse nelle spalle. «Il coach vuole farci delle foto sul campo mentre siamo vestiti così. Per l'annuario, credo.»

«Oh, okay», disse Mandy, continuando ad appuntarmi le ciocche. «Siamo quasi pronte, comunque.»

«Grandioso», rispose Trent.

Dopo un paio di secondi, lei lasciò i miei capelli e spostò alcuni boccoli sul davanti. «Ecco. Fatto.» Venne di fronte a me e mi esaminò, prima di sorridere.

«Posso vedermi, adesso?» la pregai. Ma mi aveva impedito di guardare il trucco, quindi dubitavo che avrebbe fatto un'eccezione in quel caso.

«No», disse. «Devi vedere l'effetto completo.» Si raddrizzò e si voltò verso i ragazzi. «Andate di sotto.»

«Agli ordini, piccola.» Trent si alzò e le posò un bacio sulla guancia, poi lui e Wes scomparvero fuori dalla camera.

Mandy andò all'armadio e prese i nostri vestiti, passandomi il mio. Due minuti dopo, ero davanti allo specchio, con le dita posate sulla gonna nera, ampia e liscia. Piano, le feci risalire alla vita, dove il tessuto si stringeva e il pizzo dorato decorava il profondo scollo a V, fino a terminare sulle delicate maniche a tre quarti. Non avevo mai indossato niente di più bello.

«Oh, Ry, sei stupenda», sospirò Mandy alle mie spalle.

Quando mi voltai, sgranai gli occhi. «Anche tu.»

Lei si accarezzò il pizzo rosa e sorrise. «Mi sento una principessa.»

«Lo sembri.»

«Lo sembriamo entrambe.» Mi prese una mano e la strinse. «Grazie per aver cambiato idea.»

Ricambiai la stretta. «Sono felice di averlo fatto.»

Si guardò un'ultima volta allo specchio, poi prese la pochette e inspirò a fondo. «Pronta?»

Recuperai il mio zaino, dove avevo messo i vestiti che avevo indossato prima, e annuii. «Pronta.»

Mandy scese le scale per prima, io restai dietro di lei. Là, nell'atrio, ci stavano aspettando i suoi genitori, Trent e Wes. E ognuno di loro rimase a bocca aperta non appena ci vide.

«Cavolo», esclamò Trent.

«Siete…» cercò di dire Wes.

«Oh, le mie bambine», lo interruppe la signora Moore. «Siete un incanto.»

Suo marito sembrava troppo commosso per fare dei commenti, ma il suo sguardo brillava mentre osservava la figlia avvicinarsi.

«Foto», annunciò la signora Moore, prendendo la macchina fotografica.

Mandy roteò gli occhi, ma neanche lei poteva nascondere il sorriso. Così, noi quattro ci stringemmo e lasciammo che sua madre ci accecasse con il flash, mentre ci diceva come metterci in posa.

«Non fate tardi», si raccomandò il signor Moore mentre uscivamo, rivolgendosi a Trent. Poi accarezzò sua figlia. «Sei bellissima.»

423

I suoi occhi si inumidirono. E anche i miei. «Grazie, papà.»

La porta si richiuse alle nostre spalle e ci avviammo verso il pick-up di Trent. Ma, più accorciavo la distanza, più l'eccitazione che avevo provato si trasformava in ansia. E poi in paura. E poi in panico puro.

Le mie gambe si irrigidirono, i miei polmoni si contrassero. E quando loro salirono sulla macchina, io restai fuori, con gli occhi fissi sulla maniglia.

Puoi farcela, mi ripetei mentalmente. *Puoi farcela.*

Deglutii, ma la mia gola era talmente secca che perfino respirare mi risultava doloroso. E la mia mente cominciò ad agitarsi.

Strinsi un istante le palpebre, cercando di scacciare le immagini che fremevano dentro di me, e mi obbligai ad alzare una mano verso la maniglia. Ma, non appena le mie dita la sfiorarono, quelle scene sfondarono le mie barriere e sovrastarono la mia visione.

Vidi un fascio di luce accecante. I vetri rotti che volavano nell'auto. Il sangue che copriva ogni cosa. E gli occhi di mio padre che si chiudevano.

Scattai all'indietro e ansimai, con le lacrime che mi pungevano le ciglia.

«Ry...» Mandy scese di corsa e venne da me.

«Io... i-io...» Scossi la testa in modo frenetico, e lei mi prese le mani.

«Ehi. Ry, va tutto bene.» La mia migliore amica mi abbracciò e io affondai il viso nella sua spalla.

«Non ce la faccio», dissi, a corto di fiato. «Non... non posso...»

Le avevo detto che ci avrei provato. Che sarei andata con loro. Ma non potevo.

«Okay. Okay.» Mi passò un palmo sulla schiena. «Respira», continuò, mentre Trent e Wes la affiancavano.

Annuii e presi un respiro profondo, lasciando che l'aria dissolvesse quelle immagini, come fumo nel vento.

«Respira…»

«Mi dispiace, non…» cercai di dire, ma la mia bocca era del tutto secca, e mi inumidii le labbra mentre mi tiravo indietro.

«Non preoccuparti», mi rassicurò, ma era preoccupata. Preoccupata e triste, proprio come i ragazzi dietro di lei.

Aspettarono per qualche minuto che mi calmassi. Che esiliassi l'incidente nel solito angolo oscuro della mia mente, in cui lo tenevo relegato per tutto il tempo.

Alla fine, quando il mio cuore fu tornato ad avere un battito regolare, Mandy fece un passo avanti. «Va meglio?»

«Sì», mormorai, strofinandomi i palmi sulle braccia. «Credo di sì.»

«Cazzo, meno male.» Trent era pallido, il suo sguardo allarmato.

«Scusate, ragazzi.»

«Non hai niente di cui scusarti, Ry», disse Wes, con tono duro. Poi, però, il suo tono si ammorbidì. «E non dobbiamo andare per forza in macchina. Possiamo andare tutti a piedi.»

«Certo», acconsentì subito Mandy. «Possiamo…»

«No», la interruppi. «È assurdo. Il coach vi sta aspettando per le foto, e rischiereste di rovinarvi i vestiti…»

«Al diavolo il coach», ribatté Trent con una scrollata di spalle. «E Mandy voleva comunque strapparmi di dosso questi vestiti.»

In quel momento mi resi conto di quanto ero fortunata ad avere degli amici come loro. Ma non gli avrei permesso di rinunciare a qualcosa per colpa mia.

«Davvero, non importa.» Puntai lo sguardo in quello della mia migliore amica. «Non voglio avere sulla coscienza le foto della squadra.» Mi sforzai di sorridere. «Voi andate.»

«Non ti lasciamo, Ry», protestò Mandy.

«Devo solo riprendere aria. E camminare.» Sapeva quanto mi calmasse farlo.

«Col cazzo», insistette Wes. «Veniamo con te.»

«Ragazzi, ho…» Sospirai, premendomi un palmo sulla fronte. «Ho bisogno di stare un po' da sola, tutto qui.» Era vero. Ma non mi sembrava comunque giusto che dovessero farsi tutta quella strada a piedi solo perché io non riuscivo a salire su una macchina.

«Ry…»

Strinsi le dita di Mandy. «Starò bene.»

Vedevo nel suo sguardo che avrebbe voluto insistere, ma mi conosceva abbastanza da sapere che non avrei ceduto. «Sei sicura?»

Annuii. «Sono sicura. Andate.»

Loro però non si mossero. Mandy storse la bocca, Trent si passò una mano tra i capelli, e Weston continuò a osservarmi. A studiarmi.

«Non abbiamo possibilità di convincerti, vero?» chiese Trent, e io scossi la testa.

«Sono solo pochi chilometri. Non dovete preoccuparvi.»

Mandy sbuffò. «Sappi che la cosa non mi piace.»

Incurvai le labbra. «Ne prendo nota.»

Esitarono ancora qualche istante. Alla fine, però, si arresero e montarono sulla macchina, continuando a lanciarmi occhiate scettiche.

Trent si sporse in avanti per potermi vedere. «Se hai bisogno di qualcosa, chiama.»

«Sì», gli diede manforte Mandy. «Se ti stanchi, se il vento ti rovina i capelli, se degli idioti per strada ti suonano perché sei uno schianto… tu chiamaci, noi arriviamo.»

«Fanculo il ballo», disse Wes.

«Fanculo il ballo», ripeterono all'unisono Mandy e Trent.

«Tu sei più importante, Ry.»

Sentii una sensazione di calore al petto. «Grazie, ragazzi.»

«Ti scrivo durante il tragitto per sapere come stai», disse Mandy. «E ti aspetto sugli spalti.»

Annuii. «Farò presto.»

Lei posò le braccia sul finestrino, mentre il suo ragazzo metteva in moto. «A tra poco.»

Li salutai con una mano e guardai l'auto allontanarsi, certa che nel giro di poco tempo mi sarei riunita a loro.

Ancora non sapevo che, quella sera, io non li avrei più rivisti.

Mi posai un palmo sullo stomaco e presi un profondo respiro, cercando di calmarmi del tutto. Alla fine, appoggiai a terra lo zaino che avevo su una spalla e tirai fuori le converse, rimpiazzando con quelle i tacchi che indossavo.

«Okay», sospirai, raccogliendo la gonna in modo che non strusciasse a terra.

Ero quasi a metà strada quando mi resi conto che non mi trovavo molto distante dall'*Ambroisie*.

Spostai lo zaino sul davanti e cercai il telefono. Lo avevo lasciato spento per tutto il pomeriggio. E, non appena lo accesi, apparve un messaggio che Rayden mi aveva mandato alcune ore prima.

Chef: *Non dimenticarti la foto.*

Cavolo. Me ne ero completamente scordata.

Controllai l'ora. Il ristorante aveva già aperto, e ormai dovevano essere quasi alla fine del primo turno. Di solito, Rayden si prendeva due minuti di pausa tra un turno e l'altro.

Misi via il telefono e ripresi a camminare. Ma non andai verso la scuola. Andai al ristorante.

Sperai che la mia sorpresa non lo innervosisse, né che lo distraesse. Volevo solo che potesse vedermi. E io volevo vedere l'espressione sul suo viso mentre passava lo sguardo su di me.

Le farfalle mi pizzicarono lo stomaco quando aprii l'ingresso del personale ed entrai. La sala dello staff era vuota, e in lontananza sentivo le voci dei clienti che cenavano.

In punta di piedi, la attraversai e proseguii in corridoio, dirigendomi verso il pass. E, quando lo raggiunsi, mi bloccai.

Mi bastò un secondo per capire che qualcosa non andava.

La cucina era nel caos.

«Avery», esclamò Courtney, al di là del bancone. Da quando lei stava lì invece che in sala?

«Ehi», la salutai incerta, lasciando cadere la gonna a terra. «Cosa…»

«Dimmi che sai dov'è.» Uscì di corsa dalla cucina e si avvicinò a me. Era sudata e l'agitazione che provava le vibrava sulla pelle.

«Chi?» chiesi, confusa.

«Rayden. Dimmi che sai dov'è e che sta arrivando.»

Qualcosa di freddo mi riempì lo stomaco. «Che…» Scossi la testa. «Non è qui?» Guardai di nuovo verso la cucina, dove la stessa agitazione che provava Courtney impregnava l'aria.

Di Rayden non c'era traccia.

«No», rispose lei, in quello che sembrava un lamento. «Non so dove sia. È sparito prima che iniziasse il turno e non risponde al telefono.»

La mia bocca si seccò e i miei muscoli si contrassero. Senza neanche riflettere, presi il cellulare e chiamai Rayden. Dopo un secondo, scattò la segreteria telefonica. Lo aveva spento.

«Non abbiamo lo chef, non abbiamo il sous chef, e di là…»

Interruppi Courtney. «Non c'è neanche Deelylah?»

«Ieri era il suo ultimo giorno», spiegò. «Ho provato a chiederle di venire lo stesso, ma ha già iniziato in un altro posto.» Courtney sembrava sul punto di avere una crisi di panico. «Io non ho idea di quello che sto facendo, i ragazzi stanno cercando di fare del loro meglio, ma durante il primo turno ci hanno rimandato indietro tre piatti e…»

«Tre piatti?» ripetei. Non lo avevo mai visto succedere. Neanche una volta.

Lei si passò una mano sulla fronte. «È un disastro, Avery. Adesso sta iniziando il secondo turno, e Rochel ha detto che a un tavolo si sono seduti degli uomini che continuavano a guardarsi

428

attorno. Ha intravisto dei taccuini mentre si toglievano le giacche. Potrebbero essere...»

«Gli ispettori», conclusi, sconvolta.

Annuì. «Non abbiamo nessuna possibilità di farcela.»

«No, non dire...»

«So che è la tua serata libera», aggiunse senza lasciarmi finire, prima di abbassare lo sguardo su di me. «Oh. E a quanto pare avevi qualcosa di importante da fare.» Tornò a guardarmi negli occhi. «Ma abbiamo bisogno di te. Nelle ultime settimane hai lavorato con Rayden, ti ha insegnato come svolgere il suo lavoro e conosci i suoi piatti, soprattutto quelli nuovi, forse meglio di chiunque altro. Ci servi in cucina.»

Sgranai le palpebre. «Vuoi che io sostituisca Rayden?»

«Conosci qualcun altro in grado di farlo?»

«*Nessuno* potrebbe mai farlo.»

Il mio cuore stava battendo in modo concitato, e non sapevo per cosa avessi più paura: per il futuro del ristorante o per Rayden.

Dove cavolo era? Cosa gli era successo? Stava bene? Doveva stare bene. Avevo bisogno che stesse bene.

Riprovai a chiamarlo. Ma, di nuovo, partì la segreteria.

«Devo trovarlo», mormorai, mentre la preoccupazione mi impediva di respirare.

«Vuoi aiutarlo, lo capisco», disse Courtney prendendomi per un braccio, come se volesse trattenermi. «Ma puoi essergli più di aiuto qui, in cucina.»

«Io non...»

«Courtney?» Rochel si avvicinò a noi. Era pallida e scossa. «So che non vuoi sentirlo, ma...»

«Cosa, adesso?» sbottò la manager.

Rochel deglutì. «Clarice D'Arnaud. Si è appena seduta a un tavolo.»

Il mio stomaco sprofondò, e sembrava che Courtney stesse per svenire.

429

«Stai scherzando?» boccheggiò.

La capocameriera scosse la testa. «Ha prenotato con un altro nome, ma sono sicura che sia lei.»

«Okay.» Courtney iniziò ad annuire. Era del tutto fuori di sé. «Okay. In cucina mancano due membri della brigata, non c'è nessuno che diriga, Rayden è scomparso, e in sala ci sono gli ispettori Michelin *e* la critica che non aspetta altro che stroncare questo posto. Bene. Perfetto. *Grandioso.*» Si passò le mani tra i capelli, scompigliandosi le ciocche.

Non riuscivo a credere a ciò che stava succedendo. Non poteva essere vero.

Perché Rayden non era lì? E la D'Arnaud... Erano settimane che lui sperava che venisse. E lei aveva scelto proprio quella sera? L'unica sera in cui l'intero mondo sembrava essere stato stravolto?

Ci serviva una sua recensione positiva. A *Rayden* serviva.

Ripensai a ciò che aveva detto Courtney. *"Durante il primo turno ci hanno rimandato indietro tre piatti."*

Non potevamo permettere che succedesse ancora. Che gli ispettori o la D'Arnaud rifiutassero una portata. L'*Ambroisie* avrebbe chiuso la mattina successiva. E Rayden... non volevo neanche immaginare come avrebbe potuto reagire a una cosa simile.

Dalla cucina provenne un rumore di vetri rotti. Courtney trasalì, Rochel sussultò. E io strinsi un pugno.

«Okay», mi ritrovai a dire, senza avere la minima idea di cosa stessi facendo.

Loro due si girarono verso di me.

«Okay, resto. Posso provare a...»

Courtney mi abbracciò. «Grazie. Grazie!»

«Non so se ne sono in grado», ammisi onestamente, allontanandomi da lei.

«Rayden lo crede», mi rassicurò. «Altrimenti non ti avrebbe insegnato.»

Sperai con tutta me stessa che avesse ragione.

Alcune cameriere cominciarono a portare i ticket al pass, e io feci del mio meglio per ricacciare indietro la preoccupazione e l'ansia che provavo.

Appoggiai lo zaino per terra e mi chinai, aprendo la zip.

«No. Ti prego, no…» Buttai fuori tutto ciò che conteneva, ma non c'era l'unica cosa di cui avevo bisogno: i jeans. Dovevo averli dimenticati a casa di Mandy. «Cavolo…»

«Va tutto bene?» chiese Courtney.

Niente di quella situazione andava *bene*. Ma doveva esserci una soluzione. Una qualsiasi.

Mi rialzai e sospirai. «Mi serve una giacca e un grembiule», cominciai a elencare, «poi la bandana e… Rochel, la tua pinza.»

La ragazza si acciglò. «Come?»

Porsi una mano. «La pinza che hai tra i capelli. Mi serve.»

«Dagliela», disse duramente Courtney, per poi scomparire nell'ufficio di Rayden.

La cameriera si sciolse subito i capelli e me la passò.

Raccolsi di nuovo la gonna e fissai alcuni lembi sul fianco, bloccandoli con la pinza, in modo che non fosse troppo ingombrante e che mi lasciasse i piedi scoperti. Non appena ebbi finito, Courtney tornò con quello che le avevo chiesto.

Indossai la giacca nera di Rayden e arrotolai le maniche, poi misi il grembiule e mi legai le poche ciocche che mi ricadevano sulla schiena, prima di infilare la bandana. Alla fine, inviai un messaggio veloce a Mandy, entrai in cucina e andai al pass.

«Ragazzi», disse ad alta voce Courtney, che sembrava leggermente sollevata. «Avery è al comando.»

Quelle parole mi fecero contorcere lo stomaco così tanto che rischiai di vomitare, ma dovevo calmarmi. Dovevo pensare in modo lucido e scacciare ogni distrazione dalla mente. Era l'unico modo in cui potevo aiutare Rayden, in quel momento.

Presi un lungo respiro tremante. «A che tavolo sono gli ispettori?» domandai.

431

«All'undici», rispose Rochel. «Ma non sappiamo con esattezza se sono loro.»

«Okay. E la D'Arnaud?»

«Quattro.»

Controllai i ticket davanti a me. Ancora quei tavoli non avevano ordinato. «Va bene. Servi tu la D'Arnaud?»

Rochel annuì.

«Ricordati di indicarle i piatti nuovi. Vuole la creatività, possiamo dargliela.»

Lei fece un cenno di assenso e tornò in sala, mentre Courtney mi offriva un sorriso incoraggiante.

«Buona fortuna.»

Subito, mi tornò in mente ciò che Rayden aveva detto prima dell'inaugurazione, in quella che ormai mi sembrava una vita fa.

"Non vi auguro buona fortuna. Vi auguro buon lavoro. La fortuna non c'entra niente con come andrà la serata. Potete renderla un successo. Ma dovete fare del vostro meglio."

Lo avrei fatto. Avrei fatto del mio meglio. Sperai solo che bastasse.

Rayden, dove sei?

38

Rayden

Le luci sfrecciavano accanto a me, confondendosi agli ultimi bagliori del tramonto, mentre mi lasciavo Boston alle spalle.

Mi chiesi se ci sarei mai tornato. Se avrei mai rimesso piede nella città che mi aveva offerto un nuovo inizio. Perché lo sapevo. Qualunque cosa fosse successa, qualunque cosa avessi fatto… avrebbe comportato una fine. In un modo o nell'altro. Ed ero abbastanza certo che sarebbe stata la mia.

39

Avery

«Tre filet mignon e un salmone glassato», annunciai. «È il tavolo degli ispettori», aggiunsi. Poi mi voltai verso la brigata. «Quanto per i filetti?»

«Quattro minuti», rispose Mathis.

«E tre per il salmone, chef», disse Julian.

Quando mi chiamò in quel modo mi sentii rabbrividire, ma lui alzò il viso verso di me e mi fece l'occhiolino. Era il suo modo di dirmi che potevo farcela. E io *dovevo* farcela.

Ruben posò un piatto al pass. «L'amuse bouche.»

Mi scambiai uno sguardo con lo chef garde-manger, che fece un cenno con la testa prima di tornare alla sua postazione. Era l'ordine della D'Arnaud.

Mi concentrai subito sul piatto e lo pulii, per poi sistemare con estrema precisione le guarnizioni di noci tostate e basilico. Le mie mani tremavano mentre posizionavo ogni singolo ingrediente con le pinze. Doveva essere perfetto. Doveva essere esattamente come lo avrebbe fatto Rayden.

Lo guardai più volte, cercando di trovare un errore, una distrazione. Quando fui certa che non ce ne fossero, suonai la campanella.

Rochel schizzò subito dentro e prese il piatto con cautela.

«Osservala», mi raccomandai, con un tono duro che non avrei mai attribuito a me. «Ogni sua reazione. Devi dirmi cosa fa, come ti sembra e, se ci riesci, cosa si appunta.»

«Sì, Av... Sì, chef... Sì», continuò a correggersi.

«Vai», la spronai, e lei fece come le avevo detto.

Nel frattempo, altri due piatti erano stati messi sul bancone, e passai a controllare e guarnire quelli. Con i cucchiai di legno presi il caviale e lo abbinai alle ostriche, aggiungendo l'emulsione dell'acqua di cottura, poi sistemai al centro dell'altro piatto il croccantino di foie gras in crosta di mandorle, e disposi alcune sfoglie di noci in modo che ricordassero i petali di un fiore.

«Non so se le è piaciuto», disse Rochel, interrompendo la mia concentrazione.

Trasalii piano e alzai lo sguardo su di lei.

«Alla D'Arnaud. Ho cercato di capire le sue espressioni, ma...» Scosse la testa.

Un'altra cameriera si avvicinò a noi, guardando i due piatti davanti a me, destinati al suo tavolo.

«Ha scritto qualcosa?» chiesi, ricominciando a osservare le guarnizioni.

«Sì, ma non sono riuscita a vedere cosa.»

La frustrazione mi vibrò nella gola. Invece di mostrarla, però, annuii. «D'accordo. Cerca di riuscirci con la seconda portata.»

In quel momento mi resi conto che avevo scordato il prezzemolo sulle ostriche. Mi voltai per prenderlo, ma, quando tornai a rivolgermi al pass, i due piatti erano spariti.

«Ehi», gridai, e la cameriera che li aveva presi si immobilizzò, girandosi di scatto verso di me. «Chi ti ha detto che erano pronti?»

Lei sgranò le palpebre. «Scusa... ehm, scusi... credevo che...»

«Ho suonato il pass, per caso?»

Scosse la testa e riappoggiò i piatti al loro posto. «Mi dispiace...»

«Non mi servi dispiaciuta, mi servi concentrata.» Spolverai le ostriche con il prezzemolo e, solo allora, suonai la campanella, puntando uno sguardo duro sulla ragazza. «Vai.»

Iniziavo a capire Rayden, finalmente. La sua precisione, il suo modo di porsi... era inevitabile. Era l'unico modo per far sì che tutto andasse nel verso giusto. Perché, se non prendevi il controllo della nave, quella affondava. E io non avrei mai permesso che l'*Ambroisie* affondasse.

Con il passare del tempo, l'agitazione quasi tossica della cucina scemò, fino a trasformarsi nella solita frenesia alla quale mi ero abituata.

Il mio cuore batteva allo stesso ritmo con cui i cuochi dietro di me trituravano, frullavano o mescolavano, e il sudore mi impregnava la bandana e la base della schiena.

Più ticket leggevo, più spesso la brigata si riferiva a me chiamandomi *chef*. E più piatti mandavo fuori, più io mi convincevo di potercela fare davvero.

Nessuna pietanza tornò indietro, e nessuno mosse delle lamentele. Al contrario, molte cameriere vennero a riferire i complimenti che i loro clienti avevano fatto alla cucina, e questo sembrò risollevare l'animo di tutti.

I tavoli undici e quattro erano quelli che controllavo in modo più minuzioso, osservandoli ancora e ancora finché non ero sicura che non solo raggiungessero la perfezione, ma che la superassero.

Pulii uno sbaffo di cioccolata nel piatto con il cannolo pralinato, poi recuperai il fior di latte salato e lo sistemai in una pallina liscia, spolverandola con granella di nocciole e fiocchi di cioccolato fondente. Alla fine, chiamai il pass.

Rochel arrivò di corsa e lo prese. Non parlò, limitandosi a rivolgermi uno sguardo d'intesa, prima di tornare in sala dalla D'Arnaud.

437

«Ti prego, fa' che le piaccia», implorai in un sussurro, chiudendo un istante le palpebre. Poi mi riscossi e lessi il solo foglio rimasto al pass. «Un mont-blanc, una millefoglie al caffè e un cannolo», annunciai alla brigata. «Ultimo ticket, ragazzi.»

Lo stesso sollievo che provai io si diffuse nell'aria, e molti sospiri si levarono dalle postazioni alle mie spalle.

«Ehi.» Courtney si avvicinò al bancone e mi sorrise. Era ancora agitata, ma non sembrava più sul punto di avere un crollo nervoso. «È quasi finita. Ce l'hai fatta.»

«Com'è andata?»

«Vuoi scherzare? È andata alla grande.» Mi sorrise. «Ci hai salvati.»

«No, com'è andata con gli ispettori. E con la D'Arnaud.»

Lei sospirò. «Non lo so. Gli ispettori hanno parlato a malapena durante la cena, e la D'Arnaud… beh, lo sai. Non si lascia sfuggire niente.»

Quello non era vero. Io ero stata in grado di cogliere le sue reazioni. Mi chiesi se il fatto che loro non ci fossero riuscite fosse un segno positivo. O fosse terribile.

Rochel tornò di corsa da noi, e tutti i miei muscoli ebbero un fremito.

«Che c'è?» chiesi, nervosa.

Lei passò più volte lo sguardo da me a Courtney. «La D'Arnaud vorrebbe parlare con lo chef.»

Il mio cuore si bloccò. «P-perché?»

«Non lo so.»

Guardai Courtney. «Cosa facciamo?»

«Non possiamo dirle di no», rispose, di nuovo pallida.

«Ma Rayden non c'è», constatai l'ovvio.

Rochel annuì, e la mia attenzione si puntò su di lei. «Gliel'ho detto.»

«*Cosa* le hai detto?» domandai cauta, cominciando a sudare freddo.

«Che sfortunatamente lo chef ha avuto un'emergenza ed è stato costretto a lasciare il ristorante.»

Okay. Okay, con quello potevamo lavorarci. «E lei?»

«Ha detto che vorrebbe comunque parlare con chi ha preparato i suoi piatti.»

Entrambe osservarono me.

«No», esclamai subito. «Non posso andare di là.»

«Vuoi essere quella che rifiuta una richiesta della D'Arnaud e che peggiora il suo giudizio sul ristorante?» chiese Courtney. E quello era un colpo basso.

«Ma io…» Spostai lo sguardo sul mio vestito. Come avrebbe fatto a prendermi sul serio? Avrebbe pensato che in cucina fossimo una specie di circo.

«Fallo per Rayden», mi spronò.

Rayden. A cui non avevo smesso di pensare per un solo istante e che mi stava facendo morire dalla preoccupazione.

Avevo continuato ad aspettare che arrivasse, che si presentasse al pass e che salvasse la cucina. Ma non era successo.

Scossi la testa e mi portai una mano alla tempia. «Va bene. D'accordo.»

Mi sfilai il grembiule e lo posai sul bancone, poi mi tolsi la pinza che reggeva la gonna e lasciai che ricadesse ai miei piedi, prima di prendere un respiro profondo e uscire dalla cucina, diretta verso la sala.

Non riuscivo a credere a quello che stava succedendo. E, quando Clarice D'Arnaud alzò lo sguardo su di me, capii che non ci credeva neanche lei.

«Beh, questo è interessante», commentò, fissando perplessa il mio abito, che scompariva sotto alla giacca nera.

Visto che non avevo la più pallida idea di cosa dire, mi fermai al suo tavolo e misi le braccia dietro la schiena, proprio come avevo sempre visto fare a Rayden.

«Mi aspettavo uno chef, invece mi ritrovo Cenerentola in divisa», continuò.

Sì, potevo considerarmi una specie di Cenerentola. Se solo Cenerentola si fosse preparata per il ballo ma avesse passato la serata a cucinare al castello invece che a danzare tra le braccia del principe.

Mi sforzai di sorridere. «Solitamente non lavoro in questo modo», le assicurai, mantenendo la voce bassa e gentile.

Lei appoggiò le braccia sul tavolo e si chinò in avanti. «E perché stasera sì?»

Decisi di essere onesta. Non avrei saputo creare una scusa convincente, lì su due piedi. «Avrei dovuto avere la serata libera, ma lo chef Wade ha avuto un'emergenza e ho dovuto sostituirlo all'ultimo minuto.»

«Spero che non gli sia successo niente di grave.»

Deglutii. Lo speravo anche io. «Vuole che gli riferisca qualcosa?»

«Ero solo curiosa», ammise. «Sono certa che lo chef abbia letto la mia prima recensione sull'*Ambroisie*. L'avevo trovato buono, certo, ma banale. Noioso.» Abbassò lo sguardo sul suo piatto, adesso vuoto. «Ero curiosa di sapere cos'è cambiato. Perché, devo ammetterlo, sono rimasta stupita quando ho saputo del nuovo menu.»

«Lo chef dice sempre che per lui cucinare è come fare arte. E l'arte è impossibile farla senza essere ispirati», risposi.

«Quindi, nelle ultime settimane ha ritrovato l'ispirazione che prima gli mancava?»

Sorrisi. «Non posso rispondere al suo posto. Ma credo che i suoi piatti parlino da soli.»

La D'Arnaud mi fissò per alcuni istanti. «Tu sei la cameriera che mi ha servita l'altra volta.»

La sua non era stata una domanda, e io sgranai le palpebre. Non pensavo che si ricordasse di me. «Sì, sono io.»

«E sei passata dall'essere una cameriera all'essere la sous chef di Wade?»

«Oh, no.» Scossi la testa. «Non sono la sous chef. Sono solo l'assistente.» Mi pentii di quelle parole non appena le dissi, e lei aggrottò la fronte.

«Allora perché non sto parlando con il sous chef, adesso?»

Cavolo.

«Purtroppo, neanche il sous chef è presente, stasera.»

La D'Arnaud si appoggiò allo schienale. «Mi stai dicendo che ho cenato in un ristorante in cui i due capi della brigata sono assenti, e l'assistente ha diretto la cucina?»

Mi sentii gelare. «Non esattamente. Anche se lo chef Wade non era al pass, ha istruito ognuno di noi in modo che potessimo gestire facilmente una situazione di questo tipo.» Non era del tutto vero, ma non c'era bisogno che lei lo sapesse.

«Mmh», rifletté. «Il leader migliore non è quello che guida il suo seguito, ma quello che insegna a ognuno a guidarsi da solo.»

Annuii, attenta a non elogiare troppo Rayden. Sapevo cosa ne pensava la critica dei complimenti non richiesti.

La D'Arnaud continuò a studiarmi, prima di cambiare argomento. «E, dimmi, cosa ha fatto scaturire in Wade questa nuova ispirazione?»

Le mie guance diventarono leggermente più rosse, e sperai che non se ne accorgesse. «Questa è una domanda a cui solo lo chef può rispondere.»

Le sue palpebre si assottigliarono, e avrei voluto sapere a cosa stava pensando. E se aveva capito.

«Spero che la cena sia stata di suo gradimento», dissi, cercando di mettere fine a quella conversazione.

Lei agitò una mano in aria e prese il suo taccuino, chiuso accanto al piatto. «Grazie», si limitò a rispondere, senza lasciar trapelare niente. Quella serata poteva essere stata un successo o un disastro, e io non avevo idea di quale delle due si trattasse.

Chinai appena la testa, poi tornai verso la cucina. Una cameriera stava prendendo gli ordini al pass, dove si erano avvicinati alcuni membri della brigata per controllarli, vista la mia assenza.

441

Quando lei mi passò accanto si fermò, in modo da farmeli vedere. E, non appena io annuii, riprese a camminare e scomparve in sala.

«Ultimo ticket fuori», gridò Mathis, e tutti cominciarono ad applaudire. Era la prima volta in cui lo facevano, e molti occhi erano puntati su di me.

Sentii l'aria mutare, il sollievo avvolgere ogni singola particella di ossigeno. Ma io non riuscii a respirarlo. Perché, adesso che avevamo finito, la mia mente era tornata a concentrarsi solo su una cosa.

Mi avvicinai a Courtney, che subito ricambiò il mio sguardo.

«Allora?» chiese. «Cosa voleva?»

Aggrottai un istante la fronte, poi scossi la testa. «Ah… Non lo so.» Mi guardai sopra la spalla, in direzione della sala. «Voleva sapere come è riuscito Rayden a ideare i nuovi piatti, ma non ha fatto nessun commento», risposi velocemente. Non volevo parlare della critica, in quel momento. «Courtney, cos'è successo con Rayden? Prima che andasse via, dico.»

Lei sospirò. «Non lo so», ammise. «L'ultima volta che l'ho visto gli ho detto che c'era una telefonata per lui, e quando sono andata a cercarlo…»

«Una telefonata? Chi lo ha chiamato?» Il panico tornò a montare dentro di me.

«Non ne ho idea. Mi hanno solo chiesto di lui, dicendo che era urgente.»

«E non si sono presentati? Non hanno detto perché lo volevano?» La mia voce stava diventando acuta.

«No, Avery.»

Mi tolsi la bandana e la posai sul bancone del pass. Poi, feci scattare la testa verso di lei. «Aspetta, possiamo richiamare il numero?»

Lei rifletté e, dopo un attimo, annuì. «Sì, credo di sì.»

Si girò per andare verso l'ufficio e io la seguii, mentre mi sbottonavo la giacca da chef.

Courtney prese la cornetta, digitò alcuni numeri e me la passò.

Il mio cuore batteva direttamente nella mia gola, le mie mani sudavano, e la mia mente continuava a farmi vedere scenari a cui non avrei voluto pensare. Perché, in ognuno di essi, Rayden era in pericolo. Stava male. O era coperto di sangue.

E, quando una voce parlò dall'altro capo della linea, capii che probabilmente era un insieme delle tre cose. O lo sarebbe stato presto.

«*Hartford Hospital*, come posso aiutarla?»

40

Rayden

Le luci avevano smesso di sfrecciarmi accanto, e il tramonto aveva lasciato spazio a una notte buia e priva di stelle.

Nero. Era tutto ciò che vedevo. Perché era in questo che si era trasformato il mio mondo: un insieme di colori che lottavano e si mescolavano, fino a creare una sfumatura così scura che annullava ogni altra cosa.

Quel nero mi stava riempiendo. Lo sentivo scorrermi sottopelle, soffocare i polmoni, avvolgere il cuore. E avvelenare la mia anima. Anche quella era nera, adesso. Tanto nera che non capivo più dove finiva e dove iniziavano le tenebre. Ma forse erano la stessa cosa. Lo erano sempre state.

Un tempo, abbandonarmi all'oscurità mi aveva fatto paura. Perché sapevo che mi avrebbe ucciso. Che avrebbe strappato ogni raggio di sole dalla mia vita e mi avrebbe gettato in un abisso dal quale non avrei più fatto ritorno.

Ma la verità era che avevo abbandonato la luce non appena avevo lasciato Boston, ed ero stato io stesso a imboccare la strada per l'abisso. Avevo scelto il buio. Avevo scelto l'odio. E mi stava bene.

Ero pronto ad accogliere l'inferno a braccia aperte. Ma non ci sarei andato da solo. Perché, se io dovevo bruciare… lui avrebbe bruciato con me.

41

Avery

Non riuscivo più a respirare. I muscoli delle gambe mi bruciavano ed ero certa che la mia milza fosse sul punto di esplodere. Ma non mi fermai. Continuai a correre, reggendomi la gonna tra le mani e ringraziando di non avere addosso i tacchi.

Finalmente, in lontananza vidi il profilo di casa mia, e cominciai a rallentare, anche se i miei polmoni sembravano non essere più in grado di accogliere aria.

Mi tolsi lo zaino e tirai fuori il mazzo di chiavi, poi imboccai il vialetto. Invece di dirigermi verso l'ingresso, però, mi voltai di lato e andai al garage.

Con mani tremanti, cercai la piccola chiave per l'apertura manuale e, quando la trovai, feci scattare la serratura, aspettando che il portellone si aprisse.

La mia macchina era lì, immacolata e coperta da un velo di polvere. Erano mesi che non la vedevo. Che non mi ci avvicinavo neanche.

«Prendiamo la mia auto, papà?» chiesi, mentre ci preparavamo per uscire.

«Assolutamente no. Non faccio guidare la festeggiata.»

«Sicuro? Non puoi bere se prendiamo la tua.»

«Sicuro, peste. La mia è già qua fuori, la tua è in garage. Facciamo prima, così», rispose. «E poi, il tempo non è dei migliori. Preferisco non rischiare.» Mi fece l'occhiolino e io mi finsi offesa.

«Sarei un pericolo al volante, quindi?»

Lui si limitò a ridere e mi posò un bacio sulla fronte. E quel gesto bastò a farmi dimenticare la nostra conversazione, come succedeva ogni volta in cui vedevo mio padre felice.

Scacciai i ricordi che cominciavano ad affollarmi la mente e mi avvicinai allo sportello.

Tutto il mio corpo era scosso da spasmi irregolari, e il mio cuore martellava contro la schiena. Si stava allontanando dal mio petto. Dalla macchina. Perché aveva paura che, se ci fosse salito, si sarebbe spezzato di nuovo.

«Puoi farcela.» La mia voce tremante riecheggiò nel piccolo garage, mentre imploravo le mie braccia perché si muovessero. E le mie dita perché si stringessero attorno alla maniglia.

«Che ti avevo detto? Sta per piovere», disse mio padre quando uscimmo dal ristorante, dopo una delle serate migliori di tutta la mia vita.

Mi coprii la testa con le braccia. «No, ha già iniziato.»

Corremmo verso la macchina e salimmo a bordo, mentre gocce fitte e dense scendevano dal cielo.

«Beh, festeggiata bagnata, festeggiata fortunata. No?»

Una lacrima mi scivolò sulle ciglia e si infranse sullo zigomo, per poi scorrere verso il basso.

«Avanti, Avery, ti prego», mi supplicai, serrando la presa sulla maniglia. E quel gesto sembrò appiccare in me un incendio violento che cominciò a divorare ogni mio muscolo, ogni mio osso.

Era doloroso e orribile, e stavo per spezzarmi. Lo sentivo. Stavo per crollare in ginocchio e piangere tutta la disperazione contro cui lottavo ogni singolo giorno.

«Sarai sempre la mia peste.» Lo sguardo di mio padre era dolce. Dolce e orgoglioso.

Avrei voluto che continuasse a guardarmi in quel modo per sempre. Avrei voluto che quel momento non finisse mai. E, soprattutto, avrei voluto che il camion nella corsia opposta non sbandasse, venendoci addosso.

«Per favore, basta», singhiozzai. «Non pensarci. Non devi pensarci...»

E poi, successe. Il fascio di luce improvviso. Lo stridio dei freni. Gli pneumatici sull'asfalto. L'odore del sangue. E il dolore... così tanto dolore che avevo paura di non riuscire a contrastarlo.

«Smettila. Smettila!» Chiusi le palpebre e scossi la testa, obbligandomi a essere forte. «Puoi farcela», dissi ancora. «*Devi* farcela.» Aprii gli occhi e li puntai sul mio riflesso confuso nel finestrino. «Per Rayden.»

Spalancai la portiera e salii a bordo. Fu come togliere un cerotto. Solo che, sotto a quel cerotto, il taglio era ancora aperto e sanguinante. Ma non avevo tempo di prendermene cura, in quel momento.

Impostai sul telefono l'indirizzo dell'ospedale di Hartford, poi lo sistemai sul sostegno e strinsi il volante.

Farlo fu straziante. Come se fosse circondato di spine, e adesso quei rovi mi stessero risalendo le braccia, aprendo ferite profonde sulla mia pelle. Ma dovevo resistere. Solo per un'ora e mezzo.

Tirai su con il naso e mi asciugai le lacrime, poi misi in moto. E, finalmente, partii.

Le strade di Boston erano quasi del tutto deserte ormai, e fui felice di non dover passare vicino alla mia scuola. Sarebbe stato il caos, lì. Ragazzi felici che gridavano e cantavano a squarciagola, cercando di prolungare il più possibile una delle nottate più belle e indimenticabili della loro vita.

Avrei dovuto essere una di loro. Avrei dovuto passare le ultime ore a ballare con Mandy, prendere in giro Trent e scherzare con Wes.

Ma, in fondo, ero certa che anche la mia serata sarebbe stata indimenticabile. Solo che non sarebbe stata bella. Sarebbe stata un incubo dal quale era impossibile risvegliarsi.

Ogni dieci minuti provavo a chiamare Rayden. Speravo che avrebbe acceso il telefono, che avrebbe risposto e mi avrebbe detto che stava bene. Che *tutto* andava bene. Ma l'unica voce che continuava a parlare era quella della segreteria, e ogni volta il mio stomaco sprofondava un po' di più.

Sapevo che era successo qualcosa a sua madre. E sapevo che lui se la sarebbe presa con suo padre. Avrebbe mandato al diavolo l'ordinanza restrittiva e lo avrebbe cercato, per dargli la lezione che si meritava.

"Il problema non è fermare gli altri. È fermare me stesso."

Le sue parole non facevano che riecheggiarmi nella mente, come un monito incessante che mi spingeva a guidare più velocemente, a trovarlo prima.

Lui non si sarebbe fermato, non quella volta. Si sarebbe lasciato dominare dal suo odio e lo avrebbe rigettato su suo padre. E, in quel modo, avrebbe messo a rischio ogni cosa.

Rayden sarebbe finito in prigione. O peggio. E io non potevo permetterlo.

Dovevo trovarlo. Dovevo fermarlo. Prima che distruggesse la sua vita... e la mia.

Stavo attraversando il Founders Bridge quando il mio telefono squillò, e per la sorpresa mi ritrovai a sterzare, rischiando di uscire dalla carreggiata.

Il mio cuore prese a martellare così forte che sembrò frantumarmi lo sterno, e gocce di sudore freddo mi scivolarono sulla tempia. Ma non potevo permettermi di andare nel panico.

Ripresi il controllo della macchina e ringraziai che il ponte fosse sgombro, fatta eccezione per qualche taxi che guidava nel senso opposto. Poi, finalmente, guardai lo schermo, pronta a rispondere. Ma la delusione mi strisciò in gola. Era Mandy.

Riattaccai e mi accertai che il navigatore fosse ancora attivo, prima di tornare a concentrarmi sulla strada. Le avrei spiegato tutto più tardi.

Dopo cinque minuti, spensi il motore nel parcheggio dell'*Hartford Hospital* e scesi, correndo verso l'ingresso.

Quando entrai, la donna al banco delle informazioni mi squadrò. Non avevo idea di quale fosse il mio aspetto. I capelli dovevano essere un disastro, il trucco probabilmente si era sciolto, e l'orlo del mio vestito era rovinato. Ma non me ne preoccupai, non avevo tempo.

Mi avvicinai a lei e presi un respiro. «Salve. Sto cercando la signora Wade. Credo che l'abbiano portata qui», dissi. «La signora Leslie Wade», specificai.

La donna mi guardò ancora per qualche secondo, poi controllò il monitor. «Wade…» ripeté. «Dovrebbe essere ancora al pronto soccorso. Stanza quindici.» Si voltò e indicò un corridoio. «Là in fondo a destra, segui la striscia rossa sul pavimento.»

«Grazie», dissi, ricominciando subito a correre.

Feci come mi aveva detto e mi ritrovai in un'ala con molte stanze e delle persone ferme nel corridoio. Alcuni aspettavano di essere visitati, altri aspettavano di avere notizie dei propri cari.

Cercai tra di loro gli occhi grigi che mi facevano mancare il respiro, la giacca da chef che cullava tutti i miei sogni. Ma Rayden non era lì.

«Tredici… Quattordici…» continuai a contare le stanze, avanzando sempre di più. «Quindici.»

La porta era socchiusa, e sembrava silenziosa. Senza fermarmi a riflettere, posai le dita su di essa e la spinsi, aprendola del tutto.

Un piccolo lettino dall'aria scomoda si stagliava proprio al centro, circondato da macchinari e carrelli di metallo pieni di cose che non avevo mai visto prima. Ma era vuoto. E nella stanza non c'era nessuno.

«Posso aiutarti?»

Mi voltai di scatto e mi ritrovai di fronte un'infermiera. «Ehm… sì. Sto cercando Leslie Wade. Mi era stato detto che l'avrei trovata qui», spiegai.

«Oh.» L'espressione della donna si rabbuiò. «Sei sua figlia?»

Sapevo come funzionavano gli ospedali. «Sono la nipote.»

Lei mi posò una mano sul braccio. «Mi dispiace tanto, cara. La signora Wade è morta.»

Tutto il mio mondo crollò, e la terra sotto ai miei piedi prese a vibrare.

«N-no…» Barcollai all'indietro, finché non raggiunsi il sostegno del muro.

Non poteva essere vero. Non *doveva* essere vero.

«No…» continuai a dire, sconvolta. «C-come?»

L'infermiera sospirò. «Aneurisma addominale. L'hanno operata, ma non ce l'ha fatta.»

Mi portai una mano alle labbra e scoprii che stavo piangendo. «Mi dispiace davvero tanto.»

«Suo…» Mi schiarii la gola. «Suo figlio era qui?»

Lei rifletté alcuni istanti.

«Alto, capelli scuri, probabilmente vestito di nero…»

«Oh, sì.» Il suo tono era basso. «Sì, certo. È rimasto in sala d'aspetto per ore, anche dopo che i medici lo hanno informato. Forse lo trovi ancora lì.» Mi indicò una saletta in fondo al corridoio e io annuii, superandola e andando in quella direzione.

Una parte di me, quella guidata dal cuore, sperava con tutta la sua forza di trovarlo. Di vederlo seduto nella sala d'aspetto, con la testa tra le mani e il dolore nel petto. Ma l'altra parte, quella razionale, sapeva che era una speranza vana. Che non aveva alcuna importanza quanto lo volessi... Rayden non era lì. Non più.

Il fatto che ne fossi sicura, però, non servì ad attenuare la fitta che provai quando, dopo essere entrata, vidi che avevo ragione.

Lui non c'era.

Mi appoggiai allo stipite della porta, esausta e tremante. Non sapevo più cosa fare. Dove andare. E il panico dentro di me non faceva che aumentare di secondo in secondo, rendendo i miei respiri concitati e le ossa gelide.

Ogni volta che sbattevo le palpebre, vedevo Rayden in preda alla rabbia, con il viso distorto dall'odio e le mani coperte di sangue.

Dovevo trovarlo. Il prima possibile.

Premetti un palmo sulla fronte e chiusi gli occhi, obbligandomi a riflettere.

Qualunque cosa fosse successa alla signora Wade, Rayden avrebbe incolpato suo padre. Se trovavo l'uno, trovavo l'altro.

Ma dove potevo cercarlo? Forse alla stazione di Polizia, forse nei locali più malfamati, forse...

Qualcosa in me scattò.

Nella mia mente balenò una scena della settimana precedente. La foto sbiadita di Rayden e sua madre. E l'indirizzo scritto sul retro.

23 May Street, Hartford.

Le mie gambe si misero in moto prima ancora che glielo imponessi e mi ritrovai a correre ancora una volta, diretta verso il parcheggio.

Sapevo dove andare. Ma una vocina sul fondo della mia mente mi diceva che era già troppo tardi.

42

Rayden

Ombre dense coprivano le pareti della cucina buia, mescolando la loro oscurità a quella che mi scorreva nelle vene. La sentivo fremere sotto la mia pelle, desiderosa di uscire fuori e contaminare il resto del mondo. Del *mio* mondo. E io non vedevo l'ora di lasciarglielo fare.

Mi guardai attorno con un movimento lento. C'erano stati momenti in cui ero stato felice, lì. Momenti in cui mi ero concesso di credere che le cose sarebbero migliorate davvero. Ma l'oscurità si era portata via tutto.

«Mamma, stai bene?» domandai, entrando in cucina.

Lei mi dava le spalle, mentre girava qualcosa in una pentola. Tirò su con il naso e si passò una mano sulla guancia, prima di annuire. «Certo, piccolo.»

Esitante, mi avvicinai e la guardai. «Sei triste?»

Mi sorrise. «È solo la cipolla.» Indicò i resti di una buccia viola sul tagliere.

Mi accigliai. «Le cipolle fanno essere tristi?»

«Le cipolle fanno piangere», spiegò. «E lo sai qual è la nostra regola.»

Annuii subito. «Non possiamo essere tristi in cucina.»

Mi accarezzò. «Esatto.»

Era il nostro rifugio, quello. Lui non ci entrava quasi mai. Le poche volte in cui era a casa mangiava sul divano, con il canale sportivo acceso e una lattina di birra in mano, mentre io e la mamma ci sedevamo a tavola e chiacchieravamo. Mio padre non veniva. Non stava mai con noi. Perché la cucina era un posto solo nostro. Un posto felice.

«Posso aiutarti?» chiesi, con espressione speranzosa.

«Certo, Ray.» Mi sollevò e mi fece sedere sul piano accanto ai fornelli. «Vuoi mescolare tu il sugo?»

Feci cenno di sì e presi il mestolo che mi stava porgendo. Lo girai nella pentola piena di salsa rossa, da cui si levava un profumo incredibile.

Mia madre mi osservò per alcuni istanti. I suoi occhi erano lucidi e arrossati, e aveva un'ombra scura sullo zigomo destro. Sembrava davvero triste. Ma non poteva esserlo, non in cucina.

«Tra poco è il tuo compleanno, sai?»

Mi illuminai. «Davvero?»

Lei rise e annuì. «Cinque anni.» Sospirò, passandomi una mano tra i capelli. «Stai crescendo così in fretta... Il mio piccolo cuoco.»

«Mi piace stare in cucina», dissi, guardando il sugo.

«Lo so. Lo so...» Si strofinò di nuovo una guancia con le dita, e per un secondo mi sembrò che si fosse asciugata una lacrima. «Che torta vorresti?»

Mi strinsi nelle spalle. «Non lo so. Mi piace il cioccolato.»

Mi posò un bacio sulla fronte. «Puoi avere tutto quello che vuoi.»

«Tutto?» ripetei, sorridendo. «Possiamo fare un picnic al parco? Quello con i giochi belli?»

Mia madre rise. «Certo che possiamo.»

Stavo per esultare, quando un pensiero mi attraversò la mente. «Mamma... possiamo andarci solo noi due?» chiesi piano.

Lei sbatté le palpebre. «Non vuoi che venga anche papà?»

Abbassai lo sguardo e scossi la testa. «No.»

«Oh, Ray... ci rimarrebbe molto male se non potesse venire.»

Misi il broncio. «Però se viene fa stare male noi.»

«Non dire così. Ehi.» Mi fece alzare il viso. «Tuo padre ti vuole bene. Lo sai, vero?»

«E ne vuole anche a te?»

Le sue labbra si schiusero, come se non si fosse aspettata quella domanda. Prima che potesse trovare una risposta, però, la porta dell'ingresso si aprì e dei tonfi pesanti riecheggiarono nel corridoio.

Sentimmo l'odore rancido che emanava prima ancora che raggiungesse la cucina.

Mia madre mi rimise a terra velocemente. «Vai nella tua stanza. Ti chiamo quando è pronta la cena.»

«Ma io voglio aiutarti. Voglio stare con te.»

Si sforzò di sorridere, malgrado l'espressione allarmata. «Lo so. Ma possiamo stare insieme più tardi. Adesso vai.»

Mi spinse verso la soglia proprio mentre mio padre entrava. Reggeva in mano una bottiglia di birra quasi finita e aveva il volto paonazzo.

«Oggi hai fatto presto, Donny», sentii dire da mia madre mentre andavo nella mia camera. La sua voce non era felice. Era l'opposto. Stava infrangendo la regola.

«Ho fame», biascicò lui.

«Non è ancora pronto, non...»

Un rumore di vetri rotti filtrò attraverso l'aria, subito seguito da un sussulto di mia madre. E dalle urla di mio padre.

Era furioso. La offendeva. La aggrediva.

Corsi di nuovo in corridoio e andai verso la cucina. Ma era troppo tardi. Mio padre aveva fatto irruzione nel nostro rifugio e

457

lo aveva sporcato. Con la sua presenza, con la sua rabbia. Con la sua stessa oscurità.

La cucina non era più un posto felice. Forse non lo era mai stato davvero. Ma di una cosa ero certo. Anche se mia madre non aveva risposto, io lo sapevo.

Mio padre non le voleva bene. La odiava. Ci odiava entrambi. E io non riuscivo a capire cosa avessimo fatto per meritarlo.

Sentivo le lancette dell'orologio scorrere. Lente e regolari. Inesorabili e spietate.

Quante volte ero rimasto fermo immobile, al buio, ad ascoltare esattamente quel rumore? Quante notti insonni avevo passato in quella casa, con il tempo che avanzava e la mia paura che cresceva?

Credevo che quei giorni fossero finiti. Credevo che *io* ci avessi messo fine, nell'istante esatto in cui avevo scelto di scappare. Di salvarmi. Ma non ero sicuro di averlo mai fatto davvero. Forse era già stato troppo tardi.

Con le lacrime che mi pungevano gli occhi, svuotai il mio armadio e infilai alla rinfusa i vestiti nel borsone nero. Non avevo molte cose, e non mi importava averle. Volevo solo andarmene. Il prima possibile.

Presi un paio di scarpe dal fondo dell'armadio e, per un attimo, mi bloccai, notando una cosa che non vedevo da anni.

Mi inginocchiai sul pavimento, poi spostai uno zaino rovinato e tirai fuori una stoffa bianca e ruvida. Era un grembiule.

Ignorando il cuore che mi chiudeva la gola, passai le dita sulla scritta ricamata sul davanti.

"Little Chef Rayden."

Era stata mia madre a regalarmelo, quando ero solo un bambino. Ricordavo ancora cosa mi aveva detto quel giorno.

"Insegui sempre i tuoi sogni, Ray. Fai ciò che ti rende felice."
Lei non lo aveva mai fatto. Mai.

*Quando era stata l'ultima volta in cui era stata davvero feli-
ce? In cui aveva riso e si era sentita bene? Quando era stata l'ultima mattina in cui si era svegliata senza avere il corpo coperto
di lividi e l'anima sanguinante?*

*Appallottolai il grembiule e lo ributtai nell'armadio. Non lo
volevo. Perché avrei dovuto? In fondo, lei non voleva me.*

*L'avevo implorata. L'avevo supplicata. Cazzo, mi ero perfino
inginocchiato davanti a lei, seduta al tavolo della cucina.*

*Ma mia madre aveva solo pianto. Mi aveva detto che non ca-
pivo, che non avrebbe mai lasciato quella casa, che amava mio
padre...*

*Amava mio padre. Lo amava. Abbastanza da restare a far-
si massacrare di botte. Abbastanza da vivere nella paura e nel
dolore.*

*Ma non amava abbastanza me da darmi un futuro migliore. O
da permettermi di darlo a lei.*

*Mi alzai in piedi e tornai al borsone. Presi le ultime cose di
cui avevo bisogno e chiusi la zip.*

*Mia madre poteva restare lì, se voleva. Poteva continuare ad
arrancare, giorno dopo giorno, passando il resto della sua vita a
nascondere i lividi, in modo che lei stessa potesse fingere di non
averli. Ma io non lo avrei fatto. Non sarei rimasto fermo a guardare mentre lui la faceva a pezzi. Mentre faceva a pezzi entrambi.*

*Misi la tracolla in spalla e andai in corridoio. Mia madre era
ancora in cucina, con il volto tumefatto e una benda sullo zigomo, là dove le avevano messo i punti.*

*Se chiudevo le palpebre, riuscivo a sentire le sue grida rau-
che. Il rumore delle ossa spezzate.*

«Non posso chiedertelo di nuovo», dissi piano.

*Lei trasalì e si voltò nella mia direzione, con gli occhi lucidi
e arrossati.*

*«Non posso», ripetei. Anche se il problema non era farle
quella domanda. Era ascoltare la sua risposta. Il suo no. E quello... quello non potevo più farlo.*

«Rayden...» mormorò in un singhiozzo, alzandosi e venendo verso di me.

Mi strinse in un abbraccio e io restai immobile, con le dita serrate attorno alla tracolla.

Credevo che avrebbe cercato di fermarmi. Che mi avrebbe imposto di rimanere, dicendomi che non potevo andare via di casa, che non potevo lasciare la scuola. E che lei non poteva rinunciare a suo figlio. Ma non lo fece.

«Ti voglio bene», disse, dandomi un bacio tra i capelli. Poi si staccò e mi prese il viso tra le mani, sorridendo. «Ti voglio così bene...»

Annuii, ma non risposi. Non ci riuscivo.

«Promettimi che sarai felice.»

La mia gola si strinse. «Prometto che ci sarò sempre per te, mamma. Qualunque cosa accada.»

Le lancette dell'orologio continuavano a scorrere. Mi avevano spaventato, un tempo. Quando la notte mi terrorizzava. Ma non avevo mai avuto paura del buio. Avevo paura dei mostri nascosti nell'oscurità.

Adesso, io ero quell'oscurità. E avevo solo due strade davanti a me: distruggere un mostro o diventarlo. Forse, avrei fatto entrambe le cose.

Una chiave girò nella toppa. La maniglia si abbassò. E dei passi risuonarono nel corridoio. Non erano cambiati. *Lui* non era cambiato.

Lo sentii barcollare, sbattere contro la parete. E, alla fine, raggiungere la porta della cucina.

«Ciao, papà.»

Mio padre si voltò così velocemente che perse l'equilibrio, e dovette appoggiarsi contro lo stipite per non cadere.

Strinse le palpebre nella mia direzione, cercando di mettermi a fuoco. E non sapevo se era l'alcol a rendere confusa la sua vista o il buio nel quale ero immerso.

«Cosa cazzo ci fai qui?» chiese alla fine, trascinando le parole. Reggeva una bottiglia di scotch in una mano, ed era quasi vuota.

Mi sforzai di guardarlo negli occhi. «È morta.»

Quando l'ospedale mi aveva chiamato, avevo faticato a processare le informazioni. Mia madre si era sentita male ed era riuscita a chiamare un'ambulanza prima di perdere i sensi. Le era scoppiato un aneurisma all'addome, e i paramedici l'avevano subito condotta al pronto soccorso, dove l'avevano operata. Mi avevano detto che era un miracolo. Che la maggior parte delle persone moriva prima ancora di raggiungere l'ospedale.

Avevo superato ogni limite di velocità mentre tornavo a Hartford, e neanche per un secondo avevo pensato all'ordinanza restrittiva. Avevo solo continuato a pensare al fatto che mia madre avesse messo me come suo contatto di emergenza. Non mio padre, l'uomo con cui viveva e che diceva di amare. *Me.* E se l'aveva aggiornato, aggiungendo il numero del mio nuovo ristorante, voleva dire che, malgrado ciò che era successo, lei non aveva mai smesso di credere alla promessa che le avevo rivolto molti anni prima: che ci sarei stato per lei, qualunque cosa fosse accaduta.

Non era stato così, però. Quando ero arrivato, lei si era trovata in sala operatoria. Ed era morta lì, su quel lettino, circondata da estranei. Non c'ero stato per lei. L'avevo lasciata sola. Ancora una volta.

Mi avevano chiesto se volevo dirle addio. Cosa cazzo significava? Non avrei potuto farlo davvero. Perché era morta. Mia madre era morta… e l'ultimo ricordo che avevo di lei era di quando l'avevo vista in lacrime nel mio specchietto retrovisore.

Era quello l'unico motivo per cui, alla fine, avevo accettato di "dirle addio". Per avere un nuovo *ultimo ricordo*.

Avevo assistito ai racconti di altre persone che avevano perso i loro cari.

"Sembrava che dormisse."

"Era così rilassato, così in pace…"

"Era già un angelo."

Beh, nessuna di quelle stronzate era stata vera per mia madre. Perché, non appena mi avevano portato nella sua stanza, la prima cosa che avevo visto erano i lividi sul suo viso. E le nuove cicatrici che lo scavavano.

In quel momento, avevo perso la poca lucidità che mi ero imposto di mantenere. E avevo capito che non sarei riuscito a tornare indietro.

Mio padre mandò giù un sorso di scotch. «Lo so.»

«Lo sai…» ripetei in un ringhio basso.

Ed eccola lì. L'oscurità che usciva fuori e rendeva la penombra ancora più scura.

«Lo sai… Eppure, non eri in ospedale. Non eri al suo fianco.» Mi alzai e gli andai incontro, con passi rigidi e decisi. «Per tutta la sua vita, lei ha sopportato quello che le hai fatto solo per restarti accanto, e tu non sei riuscito a farlo neanche quando era in punto di morte.»

Eravamo così vicini che riuscivo a sentire il suo alito pesante e impregnato di alcol. Era disgustoso.

«Almeno io ci sono stato quando era viva.»

Quelle parole mi fecero più male del taser che aveva usato su di me quando ero un bambino.

«Se io non ci sono stato, è a causa tua! Mi hai obbligato a stare lontano da lei. Mi hai obbligato a lasciarla sola.»

«Obbligato?» ripeté, con una risata amara che avvelenò l'aria. «Sei tu quello che si è arreso. Quello che non ha lottato. Ma in fondo non lo hai mai fatto», sputò con tono crudele. «Ti sei sempre creduto superiore. Dicevi di volerla proteggere, di voler fare in modo che stesse bene…» Mi puntò contro l'indice della mano con cui teneva la bottiglia, e quel liquido sciabordò sul vetro. «Ma hai preferito scappare. L'hai abbandonata.»

Serrai i pugni in morse letali, mentre tutto il mio corpo tremava.

«L'hai *ferita*. Più di quanto abbia mai fatto io», continuò. E vidi nei suoi occhi quanto era soddisfatto in quel momento.

Perché si era reso conto dell'effetto che mi stava facendo. «Ha pianto per notti intere, nella tua camera. E chi c'era lì per consolarla, eh?»

Le immagini di come doveva averla *consolata* mi trasformarono il sangue in schegge di ghiaccio.

«Non hai alcun diritto di venire qui a farmi la predica.» Si avvicinò ancora di più. «Perché tu sei esattamente come me.»

Lo spinsi all'indietro con tutta la forza che avevo, e lui barcollò, scontrandosi con la parete opposta del corridoio.

«Io non ho *niente* di te.» Più ripetevo quella frase, più mi chiedevo se ci avrei mai creduto davvero.

Mio padre gettò via la sua bottiglia, disseminando vetro e liquore su tutto il pavimento. «Hai ragione. Io sono migliore.» Avanzò di nuovo. «Per questo lei ha sempre scelto me. Per questo ti ha lasciato andare, come se...»

Il mio pugno recise il resto della sua frase, e lui cadde a terra, ridendo.

«È tutta colpa tua», gridai. «Se lei è rimasta, è colpa tua. Se è morta, è colpa tua. L'hai uccisa il giorno stesso in cui hai alzato le mani su di lei la prima volta.»

La sua risata sparì, e venne rimpiazzata da una smorfia che conoscevo bene. Trasudava crudeltà. «E tu l'hai uccisa il giorno stesso in cui hai messo piede fuori da questa casa.»

Nero. Tornai a vedere tutto nero. L'oscurità inondò il mio campo visivo e mosse il mio corpo, facendomi gettare in avanti.

Non ero più io a controllare le mie azioni. Ero in balia dell'odio che provavo per l'uomo che adesso si trovava sotto di me.

«Io ho cercato di salvarla», ringhiai, mentre le mie nocche si scontravano con il suo mento. «Ogni cazzo di giorno.»

Nella mia mente apparvero tutte le volte che l'avevo supplicata di lasciare Hartford, cercando di convincerla a cambiare vita... a darsi la possibilità di essere felice.

Mio padre trovò il modo di reagire e mi sferrò un pugno allo zigomo destro. «Non era lei che aveva bisogno di essere salvata.»

463

Sentii nelle orecchie le giustificazioni che mi aveva sempre ripetuto mia madre, quando mi raccontava del senso di colpa che provava mio padre nei confronti della donna incinta che aveva ucciso, e di come disgrazie del genere ti segnano a vita. Ti *cambiano* a vita.

Avevo cercato in lui quel senso di colpa ogni volta che lasciava mia madre sanguinante. Non lo avevo mai trovato.

«Eravamo la tua famiglia.» Lo colpii ancora, alla mascella. «Avresti dovuto salvare *noi*.» Al naso. «Da te stesso.» Al mento.

In qualche modo, mio padre trovò la forza di farci ribaltare. Mi ritrovai disteso sul pavimento, con i suoi pugni su di me.

Sentii la mia pelle lacerarsi, le ossa scricchiolare.

«Nessuno può essere salvato», ansimò, sputandomi addosso saliva e sangue. «Non c'è mai stata speranza per me… e neanche per voi.»

Lo afferrai per la maglia e lo scaraventai via dal mio corpo. «Perché tu ce l'hai tolta tutta.»

Cercò di alzarsi, ma io tornai su di lui, inchiodandolo al pavimento.

«L'hai mai amata, almeno?» Non riconobbi la mia voce mentre gli rivolgevo la domanda che avrei voluto fargli fin da quando avevo imparato a parlare. «Hai mai amato me?»

Nel buio, i suoi occhi brillarono. La crudeltà svanì dalla sua espressione, la rabbia evaporò. E sul suo viso restò un'unica cosa. Un'emozione che non avevo mai visto prima sul suo volto.

Totale e completa sincerità.

«Quando tua madre mi ha detto di essere incinta, è stato il giorno più bello della mia vita.»

Per un istante, solo uno, la mia presa su di lui vacillò.

«Ho pensato che fosse il modo che aveva l'universo di rimettere a posto le cose. Di riportare l'equilibrio.»

Le mie dita cominciarono a tremare, mentre la confusione mi impediva di capire ciò che intendeva.

«Dovevate morire, tutti e due. Così saremmo stati pari. Io avevo privato qualcuno di sua moglie e del figlio... e l'universo mi avrebbe fatto scontare la stessa pena.» Parlava piano, con tono aspro e rauco. «Avrei pagato il mio debito e sarei andato avanti con la mia vita. Senza senso di colpa. Senza odio per me stesso. Sarei stato libero.»

Iniziai a scuotere la testa, implorandolo silenziosamente di fermarsi.

Non era la prima volta in cui lo sentivo dire che ci avrebbe voluti morti. Ma era la prima volta in cui, mentre lo diceva, era del tutto serio. Calmo. Razionale.

«Ho aspettato che moriste. Ogni volta che ricevevo una telefonata, pregavo che fosse dell'ospedale. Ogni volta che rientravo a casa, speravo di trovare tua madre distesa sul pavimento. Ma non è mai successo.»

Puro disprezzo tornò a bruciare nelle sue iridi. E mi resi conto che mia madre si era sempre sbagliata.

Lui non aveva mai odiato sé stesso per ciò che aveva fatto. Aveva odiato noi perché, vivendo, lo avevamo condannato al suo tormento.

«E poi tu sei nato... e lei era così felice... Ma noi non potevamo avere quella felicità. Nessuno in questa casa avrebbe mai dovuto essere felice.»

Credevo che mio padre avesse annientato la mia anima molti anni prima, ma mi sbagliavo. Perché l'aveva appena pugnalata, e io avevo ricominciato a sanguinare.

«Ho fatto quello che dovevo per mantenere l'equilibrio. Per pagare le mie azioni.»

«Pagare le tue azioni?» Ero sul punto di esplodere. «*Noi* abbiamo pagato. Per tutti questi anni, siamo stati *noi* a pagare per il tuo errore.» Lo strinsi più forte. «Ci hai fatti vivere all'inferno solo perché sei un fottuto bastardo che ha sempre avuto troppa paura di affrontare il proprio passato. Ma noi non ci meritavamo l'inferno. *Tu* lo meritavi.» Le mie nocche pulsavano. «E lo meriti ancora.»

Un sorriso raccapricciante gli tese la bocca sporca di sangue. «Mi vuoi morto, vero, figliolo? Proprio come io volevo morta tua madre… e te.» Rise. «Vorresti che fosse venuto a me quell'aneurisma. Che ci fossi stato io in quella sala operatoria.» La sua risata non fece che crescere. «Che fossi stato io a *pagare*. Perché tu… tu sei esattamente come…»

Non lo lasciai finire. Non potevo ascoltare quelle parole, non di nuovo.

Un gemito gli strozzò la gola quando gli tirai un pugno sul naso.

«Vuoi pagare per le tue azioni?» dissi con tono tagliente, sovrastando i suoi lamenti. «Bene. Paga. Per tutto quello che ci hai fatto… *paga*.»

Continuai a colpirlo. *La mia oscurità* continuò a colpirlo. Un pugno dopo l'altro, un livido dopo l'altro. Proprio come quelli che lui aveva sempre lasciato sul corpo di mia madre.

«Dovevi essere tu a morire… sì.» Il mio respiro era affannato. «Ma non al posto della mamma… al posto di quella donna.»

Il buio mi stava inghiottendo, e io mi stavo perdendo tra le sue tenebre. Ma non mi importava. Non volevo più tornare indietro. Non volevo fermarmi.

Fitte violente mi risalivano il braccio, e le mie nocche diventavano sempre più umide. Più bagnate.

Sapevo che era sangue, ma non lo vedevo. Non vedevo niente. Era troppo buio dentro di me perché potessi trovare la luce.

«Vuoi… uccidermi?» gorgogliò lui, sotto alle mie percosse. Quelle parole gli uscirono spezzate. Spezzate e deboli. Ma non smisi neanche per un secondo di colpirlo.

«Voglio…»

«Rayden.» Una voce attraversò l'oscurità, come un fulmine dorato nella notte, e tutti i miei muscoli ebbero un fremito.

C'era qualcuno, lì. Qualcuno che gridava il mio nome, che mi implorava di controllarmi. Ma io non riuscii a staccarmi

466

abbastanza dalle tenebre che mi avvolgevano per capire di chi si trattasse. O per dargli ascolto.

«Rayden, fermati.»

Altri fulmini che squarciavano il mio mondo, altro oro che si mescolava al nero. Ma non era abbastanza da scacciarlo del tutto. Così, continuai ad avventarmi sull'uomo che aveva distrutto la vita di mia madre. E la mia.

«Rayden, ti prego, devi fermarti.»

Conoscevo quella voce. Ero certo di conoscerla. E qualcosa in me cominciò a smuoversi. Era la mia anima che, malgrado le ferite che la coprivano, stava cercando di rialzarsi. Voleva che ascoltassi la voce. Che la riconoscessi. Perché sapeva che era l'unica cosa che ci avrebbe salvati.

«Guardami… Rayden, guardami.»

Delle dita delicate si strinsero attorno alle mie spalle, tentando di tirarmi indietro. E bastò quel contatto perché una luce cominciasse a rischiarare la mia visione.

«Per favore…» Quella supplica era disperata. «Puoi fermarti. So che puoi fermarti.»

Più parlava, più illuminava l'oscurità. Finché la sua luce non mi permise di tornare a vedere.

Vidi mio padre sotto di me, che provava a contrastare i miei pugni.

Vidi il suo volto coperto di sangue, le mie mani completamente rosse.

Vidi la soddisfazione crudele sul suo viso, e i lividi che continuavo a infliggergli.

Ma vidi anche un'ombra accanto a me.

«Ti prego, Rayden. Devi…»

Il mio gomito colpì con forza qualcosa alle mie spalle, e l'ombra al mio fianco sparì. Subito dopo, sentii un sussulto smuovere l'aria, seguito da un tonfo. E da un grido acuto.

Quel suono mi entrò sottopelle e tagliò i fili del mio odio, che mi aveva governato come se non fossi altro che un burattino.

Sbattei le palpebre più volte, riprendendo il controllo del mio corpo, e bloccai un pugno a mezz'aria.

Subito, mio padre arrancò all'indietro, sfuggendo alla mia presa.

Cercai di capire cosa fosse successo. Cosa cazzo avevo fatto. E a chi apparteneva la voce che era riuscita a fermarmi. Ma nel profondo lo sapevo. Sapevo chi aveva parlato... e chi aveva urlato.

Lentamente, mi voltai, terrorizzato alla sola idea di ciò che avrei trovato. E non appena la vidi, distesa a terra e con le lacrime a rigarle il viso, il mio cuore si bloccò. Subito prima di spezzarsi.

«Avery?»

Lei non rispose. Stava sanguinando.

43
Avery

$\mathscr{P}$iccole gocce scarlatte scivolavano sul mio palmo e si riversavano sul pavimento, mescolandosi alle tracce di alcol e bagnando le schegge di vetro che cospargevano il parquet.

Un dolore pungente si irradiava dal taglio e si diffondeva in tutta la mano, obbligandomi a stringere i denti. Ma non avevo tempo di preoccuparmene. Tutto ciò che importava era…

«Avery.»

Alzai la testa di scatto. Rayden era lì, ancora inginocchiato a pochi metri da me. Ma non era più chino su suo padre, e i suoi pugni non lo colpivano più. No, la sua attenzione era puntata su di me. E, non appena i miei occhi trovarono i suoi, tutto il resto perse di importanza.

«Rayden.» Mi tirai in piedi e mi precipitai nella sua direzione, mentre lui mi imitava, confuso e preoccupato.

Gli gettai le braccia al collo prima che potesse dire qualcosa, affondando il viso nel suo petto.

«Ti sei fermato», mormorai, cercando il suo calore. «Sapevo che ti saresti fermato…»

Il suo corpo sembrava una statua di granito, e non ricambiò il mio abbraccio.

«Ragazzina…» La sua voce tremava. Non lo avevo mai sentito in quel modo, prima. Era spaventato. Era del tutto in preda al panico. Mi fece allontanare e, con espressione rigida, mi sollevò il polso, per guardare la mia mano. Non appena vide il taglio, ogni traccia di colore svanì dal suo viso.

Mi affrettai a tirarmi indietro e a chiudere il pugno, ignorando il fastidio intenso che provai.

«Sto bene», lo rassicurai. «Non è niente.»

Lui tese le labbra. E, quando mi resi realmente conto delle sue condizioni, rischiai di crollare.

«Rayden…» sussurrai, avvicinandomi di nuovo a lui e alzando l'altra mano per sfiorarlo. Era pieno di lividi. Di tagli. Di sangue.

Le lacrime mi appannarono gli occhi, mentre mi maledicevo per essere arrivata troppo tardi. Se solo avessi guidato più velocemente, se non avessi perso tempo prezioso… magari avrei potuto risparmiargli quel dolore.

«Come…» cominciai, ma le parole mi morirono sulla lingua.

Dietro Rayden, suo padre si rialzò, appoggiandosi al muro per sostenersi. E quella fu la prima volta che lo vidi davvero.

Ferite profonde gli costellavano la pelle, e un liquido denso e scuro usciva da ognuna di esse. Era ridotto molto peggio di Rayden, eppure non sembrava che la cosa gli importasse, né che stesse male. E mi chiesi se il merito fosse di tutto l'alcol che aveva in corpo.

Rayden seguì il mio sguardo e, non appena si accorse di ciò che avevo visto, si girò di scatto e si mise davanti a me. Mi stava facendo da scudo.

Suo padre si passò un dorso sul labbro e osservò il sangue che gli macchiò la pelle. Non inorridì, non si preoccupò. Al contrario, scoppiò a ridere, provocandosi un nuovo rivolo rosso sul mento.

«Oh, questa volta hai fatto una stronzata», disse con tono basso e divertito. Deformava le parole, e non sapevo se era a causa del liquore o delle percosse. «Non avresti neanche dovuto avvicinarti a me.»

Tutti i muscoli di Rayden si irrigidirono. E anche i miei.

Sapevamo entrambi cosa intendeva. Sapevamo che Rayden aveva infranto la legge, andando da lui. E il modo in cui lo aveva ridotto…

«Spero che ne sia valsa la pena», continuò suo padre, vacillando in modo incerto.

Rayden serrò un pugno, e io posai le dita sul suo braccio prima che rispondesse.

Ci serviva una soluzione. E anche se non sapevo quale fosse, ero certa che continuare quella conversazione… quello *scontro*, non fosse la cosa giusta da fare.

«Ti sbatteranno dentro, figliolo…»

Un panico violento si schiantò su di noi, mentre lui cominciava a camminare con passi malfermi nel corridoio, dirigendosi al telefono fisso attaccato al muro.

Mi sembrava di soffocare. Non potevo perdere Rayden. Non potevo lasciare che lo portassero via.

«Marcirai in una cella», proseguì l'uomo, alzando una mano verso il telefono.

Rayden tremava. O forse ero io.

Continuavo a riflettere, a cercare un modo per risolvere quella situazione. Doveva esserci una soluzione. Qualsiasi cosa…

Sollevò la cornetta e guardò suo figlio. Non c'era amore nel suo sguardo. Non c'era rimpianto, non c'era tristezza. Stava per rovinargli per sempre la vita e ne sembrava… felice. Soddisfatto.

Come faceva Rayden a essere figlio di quel mostro?

Lui, che era così dolce e premuroso. Lui, che era pronto a sacrificare sé stesso pur di proteggere chi amava. Lui, che aveva scelto di amare *me*.

471

Suo padre avvicinò un dito alla tastiera e cominciò a digitare il numero di emergenza.

Nove...

Un'idea si smosse nella mia mente. Un'idea folle, che non sapevo se avrebbe funzionato.

Uno...

Mi staccai da Rayden e mi posizionai davanti a lui. Perché, quella volta, sarei stata io a proteggerlo.

«Può chiamare la Polizia, signor Wade», dissi di getto, e Rayden serrò una mano attorno al mio braccio, come se volesse tirarmi indietro. Ma non glielo permisi.

Suo padre si accigliò, restando con un dito davanti al numero uno. Ma, invece di premerlo, si girò verso di noi. E sembrò che si fosse accorto della mia presenza solo in quel momento.

Raddrizzai la schiena, mostrandomi più sicura di quanto non mi sentissi davvero. «Sarò felice di raccontare cos'è successo», andai avanti. «Dirò di come Rayden era sconvolto per la morte della madre e per questo è venuto qui, cercando il suo conforto. Sperava che, vista la situazione, lei avrebbe capito. In fondo, amavate entrambi la signora Wade.» Continuai a sostenere il suo sguardo, impedendogli di vedere quanto stessi tremando dentro. «Quando siamo arrivati, però, lei era completamente ubriaco. Ha perso la pazienza senza motivo e, mentre Rayden piangeva per la perdita della madre, lei ha iniziato a colpirlo, facendogli perdere i sensi.» Scossi la testa. «Io ho cercato di allontanarla da lui... e lei mi ha attaccata.» Alzai la mano sanguinante. «Poi ha cercato di farmi del male. E io ho provato a contrastarla, ma lei era troppo forte...» Rabbrividii. «Per fortuna, però, Rayden si è ripreso. L'ha fermata... ha difeso me. Non ha avuto altra scelta, voleva salvarmi.»

Sentivo lo sguardo sconvolto di Rayden sul mio viso, ma il mio era fisso su suo padre, i cui occhi lucidi bruciavano.

«Questa volta non ci sono testimoni pronti a schierarsi dalla sua parte», proseguii. «È la nostra parola contro la sua. E se raccontassimo in tribunale di che tipo di persona è lei, di quello che faceva alla signora Wade, del motivo per cui Rayden è scappato di casa… cosa crede che penserebbe il giudice?»

I denti dell'uomo davanti a me si strinsero in modo che sembrava doloroso, ma io non gli permisi di interrompermi.

«Perderebbe tutto. Il suo lavoro, la sua reputazione…»

Le sue dita si serrarono con tanta forza attorno alla cornetta che la plastica scricchiolò.

«Lei può portare a fondo Rayden, signor Wade», conclusi. «Ma io porterò a fondo anche lei.»

Non avevo la più pallida idea di dove avessi trovato il coraggio di fare una cosa simile. Ero senza fiato, il sudore freddo mi imperlava la fronte, e le mie ginocchia erano sul punto di cedere. Ma mi imposi di mantenere la testa alta e l'espressione decisa, ignorando i tremiti violenti che continuavano a scorrermi sulla schiena.

Il signor Wade mi osservò a lungo, e una furia cieca crepitò sulla sua pelle. Lo vidi soppesare ogni opzione, cercare un modo per replicare. Ma l'alcol gli stava annebbiando la mente quanto bastava da renderglielo impossibile.

Alla fine, abbassò la mano e lasciò cadere la cornetta del telefono, che oscillò e si scontrò con il muro, riecheggiando nel corridoio silenzioso.

«Uno di voi due ha le palle», commentò, e io percepii il suo sguardo viscido su ogni centimetro del mio corpo.

Rayden mi cinse la vita e mi attirò a sé. La sua stretta era protettiva, e io mi sentii subito al sicuro. Anche se ancora nessuno di noi due lo era.

«Sei davvero disposta a mentire per lui?» chiese suo padre, avanzando nella nostra direzione.

Le dita di Rayden affondarono con più forza nel mio fianco, e io posai la mano sulla sua, nel vano tentativo di calmarlo.

«Sono disposta a fare qualsiasi cosa per lui», risposi, senza esitare neanche per un secondo. «Ma dire a tutti che persona orribile è lei… quello non sarebbe mentire.»

I lineamenti del signor Wade si tesero, e si fermò a pochi passi da noi. Ci scrutò per qualche istante, come se stesse decidendo quale mossa fare. Quale colpo sferrare. Ma io non gli avrei più permesso di fare del male a Rayden.

«Posso chiamare io la Polizia, se preferisce», dissi. «Spiegherò tutto quello che è successo.»

Il mio era un bluff. Ma lasciai che lui vedesse la sfida nei miei occhi, la determinazione che mi bruciava dentro. E l'amore che mi avrebbe spinta a smuovere qualsiasi montagna pur di aiutare Rayden.

«Non vincerà più, signor Wade. E non importa cosa dovrò dire, cosa dovrò fare... troverò il modo di impedirle di distruggere altre vite.»

Vidi l'esatto momento in cui la collera esplose nei suoi occhi. Come una bomba lanciata su un campo di esplosivi, l'effetto fu devastante. Spaventoso.

Mi chiesi se, per tutti quegli anni, la signora Wade avesse assistito a quella stessa scena. E se anche lei, come me, si fosse ritrovata del tutto pietrificata. Troppo spaventata per scappare. Per mettersi in salvo.

Il mondo iniziò a muoversi al rallentatore, e fui in grado di cogliere ogni dettaglio.

Le narici del signor Wade che si dilatavano. La vena sul suo collo che prendeva a pulsare. E la sua mano che si chiudeva a pugno, pronta a colpirmi. A mettermi a tacere.

Avrei voluto avere la forza di tirarmi indietro e sfuggire a quel dolore, ma ero bloccata. Così, guardai il suo gomito piegarsi, il braccio alzarsi. E le sue nocche...

Rayden mi allontanò con forza, piazzandosi davanti a me. Non mi era mai sembrato tanto alto quanto lo era in quel momento. Protettivo e pericoloso.

«Prova a toccarla. Ad avvicinarti a lei. O anche solo a guardarla, e ti farò rimpiangere di riuscire ancora a respirare.» La sua voce era una lamina di ghiaccio affilata, e io stessa mi ritrovai a rabbrividire. Proprio come fece suo padre.

Riuscivo a vederlo. Vedevo come fissava il figlio, come era cambiata la sua espressione. Non c'era più arroganza nei suoi lineamenti, né divertimento. Forse per la prima volta in vita sua, c'era timore. Perché, finalmente, si era reso conto di quanto fossero diversi loro due.

Il signor Wade era sempre stato mosso dal suo odio. Rayden, invece, era mosso dall'amore. E non esisteva niente di più potente. Di più incredibile e spaventoso. Di più *sublime*.

Ed era vero, il sublime era una forza distruttrice. Ma questo voleva solo dire che Rayden avrebbe raso al suolo il mondo intero per chi amava.

E lui amava me.

Passò un secondo. E un minuto. Alla fine, il signor Wade serrò i pugni e sputò ai nostri piedi saliva e sangue, prima di passarsi l'avambraccio sul mento. E io capii che avevamo vinto. Che era finita. Che ce l'avevamo fatta.

«Ascoltami bene.» Si avvicinò ancora di più a Rayden, annullando quasi del tutto la distanza che li separava. «Tu non verrai al suo funerale. E non rimetterai mai più piede in questa città.»

Posai una mano tra le sue scapole, sentendo quanto erano tesi i suoi muscoli.

«Forse oggi è morta mia moglie... ma mio figlio è morto molti anni fa.»

Rayden diventò di pietra. «Come mio padre.»

I due si osservarono per un tempo che mi parve infinito, e mi chiesi cosa leggevano l'uno nello sguardo dell'altro.

Rabbia? Delusione? Odio?

Sconfitta?

Alla fine, il signor Wade si spostò di lato. Senza rivolgerci un'ultima parola, barcollò verso l'ingresso e uscì dalla casa, scomparendo nella notte. E tutta la tensione che si era creata si dissolse non appena il portone si richiuse alle sue spalle.

Fu come se tornassi a respirare solo in quell'istante, e l'aria mi distese i polmoni in modo improvviso.

Anche Rayden sembrava essere finalmente tornato in sé. Subito, si voltò nella mia direzione. E io, di nuovo, lo abbracciai.

Avevo bisogno di sentirlo, di accertarmi che stesse bene. Che non fosse ridotto ancora più in pezzi del solito.

«Avery…» Ricambiò la mia stretta e io mi sciolsi contro il suo petto, mentre le lacrime mi bagnavano gli occhi.

«Stai bene?» domandai piano, senza allontanarmi.

«Io non…» Lo sentii scuotere la testa e aumentare la presa su di me. E quella risposta bastò a farmi capire ogni cosa.

«Mi dispiace», sussurrai, senza sapere esattamente a cosa mi riferissi. «Mi dispiace…»

Le sue dita affondarono tra i miei capelli e mi costrinsero a tirarmi indietro.

Incatenai gli occhi ai suoi, che erano pieni di domande. Di parole che non sarebbe mai riuscito a dire.

«Cosa…» Si inumidì le labbra, confuso. «Cosa ci fai qui?»

«Io…» Ricacciai indietro le lacrime. «Ho saputo di tua madre», mi limitai a rispondere. «Mi dispiace così tanto, Rayden…» Gli posai una mano sulla guancia e gli accarezzai il livido che si stava formando sotto la barba corta.

Lui aggrottò la fronte, e vidi troppe emozioni vorticare nelle sue iridi. Troppo dolore.

«Non…» Scosse la testa, come se stesse scacciando un pensiero che non voleva fare. Ma quello venne sostituito da un altro, che lo fece irrigidire di colpo. «Sei ferita.» Mi prese il polso sinistro e lo alzò, esaminando il taglio. «Cazzo…»

«È solo un graffio.» E non era per me che ero preoccupata. Non ero io quella che stava male.

Tentai di tirare indietro la mano, ma quella volta lui me lo impedì.

Mi portò in cucina e accese la luce. «Siediti.»

Feci come mi aveva detto mentre lui andava verso il lavello e apriva l'acqua fredda, bagnando un panno. E in quel momento capii cosa stava cercando di fare.

Voleva prendersi cura di me, concentrarsi sul mio dolore… perché non era ancora pronto ad affrontare il suo.

Avrei lasciato che lo facesse. Che mi guarisse, che mi salvasse. Perché sapevo che era ciò di cui aveva bisogno.

Tornò da me e si inginocchiò ai miei piedi. E vederlo lì, in quella posizione, mi spezzò il cuore.

Lentamente, mi prese la mano e tamponò la ferita, evitando il mio sguardo.

Quando toccò il taglio, un sibilo mi risalì la gola ed ebbi un fremito.

«Scusa», disse, provando a essere più delicato.

«Non fa niente», lo rassicurai.

Lo accarezzai di nuovo, chiedendomi cosa dire. Come cominciare il discorso. Solo che sapevo di non poterlo fare. Se lo avessi forzato, in qualsiasi modo, avrei ottenuto l'effetto opposto. Così, mi limitai a sospirare e accennai un sorriso, anche se non mi stava guardando.

«Grazie», dissi alla fine, facendo un cenno verso il palmo, adesso pulito.

«Non farlo, cazzo», ringhiò, con voce dura.

Mi accigliai. «Fare cosa?»

«Questo… Ringraziarmi. Come se fossi una specie di eroe. Non farlo.»

«Rayden…» Il dolore nella mia voce lo scosse e, finalmente, alzò gli occhi nei miei. E vidi che lui stava soffrendo molto più di quanto lo stessi facendo io.

La sua espressione era mortificata, il suo sguardo lucido. «Non volevo colpirti.»

Repressi il pianto che implorava di essere liberato, poi scossi la testa. «Non l'hai fatto.»

«È colpa mia se stai sanguinando.»

«Non è vero.» Gli cinsi delicatamente il viso con la mano sana e gli strofinai lo zigomo. «Niente di tutto questo è colpa tua.»

Lui non si sforzò neanche di provare a credermi, e la pioggia di lacrime nelle sue iridi scintillò. «Vado a prenderti una garza.»

Si alzò e scomparve alla mia vista, per tornare pochi secondi dopo con una valigetta del primo soccorso.

«Questo cazzo di posto non è cambiato di una virgola», mormorò, rimettendosi ai miei piedi.

Io non sapevo cosa dire. Cosa fare per aiutarlo.

Appoggiò la valigetta sul pavimento e tirò fuori del cotone e del disinfettante.

Le sue dita ripresero a stringere le mie, e io cercai in quel contatto il calore di cui avevo bisogno. Di cui avevamo bisogno entrambi.

«Brucerà un po'», mi avvertì prima di medicarmi, e io strinsi i denti mentre l'alcol puliva il taglio. Poi Rayden prese una benda e mi fasciò il palmo, assicurandolo con un pezzo di adesivo.

«Devi disinfettarti anche tu», dissi, guardando le sue mani. E un singhiozzo silenzioso mi graffiò la gola.

Erano messe meglio di quando aveva lottato con i due uomini nel vicolo, ma c'erano comunque molte ferite sulla sua pelle. Ferite che non sarebbero mai dovute esistere.

«Sto bene.» Fece per richiudere la valigetta, ma io lo fermai.

«Per favore.» La mia supplica sembrò fargli male.

Alzò di nuovo gli occhi nei miei, e un sospiro gli sfuggì dalle labbra.

Senza dire niente, mi porse le mani, e io mi chinai a prendere altri batuffoli di cotone, per poi rovesciarci sopra l'alcol.

Li passai su ogni taglio, cercando di pulirli tutti nel modo migliore possibile. Rayden non trasalì neanche una volta, non si tirò indietro. E mi chiesi in quante altre occasioni sua madre lo avesse medicato in quella cucina, proprio come stavo facendo io in quel momento. O in quante occasioni lui avesse medicato lei.

«Ti fa male?» chiesi piano. E non sapevo a cosa mi riferivo.

«No.»

Vederlo in quel modo mi stava uccidendo. Riuscivo a sentire il suo dolore sulla mia stessa pelle, e non sapevo cosa fare. Non sapevo se consolarlo, se trovare il modo di farlo parlare o se distrarlo. Ma, dopo un po', fu lui a rompere il silenzio che ci stava soffocando.

«Ti avevo detto che ti avrei ferita.»

La mia gola si serrò. «Ti prego, non farlo.»

Rayden restò fermo, con la testa bassa e lo sguardo puntato sulla mia mano fasciata.

«Guardami», lo implorai. La mia voce era strozzata, e aspettai che lui mi assecondasse prima di riprendere a parlare. «Hai ragione, sono ferita. Ma non per uno stupido taglio.» Mi chinai in avanti, per stargli più vicina. «Perché tu stai male. Perché stai soffrendo.»

Le sue labbra si tesero in una curva amara. «Non lo merito?»

Trasalii. «No», dissi subito. «No, certo che no.» Mi avvicinai ancora di più. «Ti meriti l'esatto opposto.»

I suoi occhi si addolcirono, le sue spalle si incurvarono.

«E io vorrei avere una soluzione per aiutarti, per farti stare meglio… ma non ce l'ho», continuai.

«Dicevi che c'è sempre una soluzione, in cucina.»

Una fitta pungente mi trafisse il petto. «Questa volta non so quale sia.»

Il dolore sul viso di Rayden frantumò la mia anima in mille pezzi.

«Ma possiamo trovarla. Insieme.» Sfiorai la punta delle sue dita, ancora sulle mie gambe. «Tu però devi smettere di sentirti in colpa.»

Rayden serrò le labbra, come se si stesse impedendo di rispondere, e io sospirai.

«Vi ho sentiti, prima. Tu e tuo padre…»

Nuove lacrime mi risalirono agli occhi, mentre ripensavo al momento in cui ero entrata in quella casa e avevo trovato Rayden sul pavimento, con i pugni sporchi di sangue e lo sguardo perso nella disperazione.

"Vuoi uccidermi?" gli aveva chiesto suo padre.

Avevo fermato Rayden prima che rispondesse. Perché, se avesse detto di sì, lo avrebbe rimpianto per il resto della sua vita. Anche se non era la verità.

«So di cosa hai paura.» La mia voce era diventata improvvisamente flebile. «So che credi di essere pieno di rabbia, pieno di odio…»

Lui si irrigidì e io gli sorrisi dolcemente.

«Ma non è così.» Feci scivolare il palmo sano contro il suo. «Quello che provi non è odio, Rayden. È tristezza. Sei triste perché avresti voluto un padre capace di amare, ma non hai potuto averlo. E sei triste perché pensi che tua madre abbia sempre amato più lui di te.»

Un brivido lo scosse e abbassò di nuovo lo sguardo.

«Io non l'ho conosciuta, ma non credo che sia vero», continuai. «Credo che lei ti amasse così tanto da fare la cosa più difficile di tutte: rinunciare a te. Lasciarti andare per permetterti di stare bene.» Sfilai la mano dalla sua e gli sfiorai la linea della mascella, inclinando il suo viso verso il mio. «Hai paura di essere come tuo padre, ma non lo sei. Sei come tua madre.»

Tutti i suoi muscoli erano contratti.

«Anche tu hai cercato di farlo», gli ricordai. «Hai cercato di allontanarmi perché credevi che fosse la cosa migliore per me. Volevi proteggermi. Proprio come ha fatto lei con te.»

Rayden intrecciò le dita alle mie, ancora sul suo viso. Come se avesse bisogno di un sostegno per non crollare.

«Tua madre ha lasciato che tu andassi via perché era l'unico modo in cui avrebbe potuto salvarti. Se fosse venuta con te, tuo padre non vi avrebbe dato tregua. Vi avrebbe trovati e non avreste mai avuto un attimo di pace. Non sareste mai stati davvero bene. Per questo lei è rimasta qui. Per permettere a te di essere felice.» Repressi un singhiozzo. «E puoi esserlo, Rayden. Puoi essere felice. E triste. E anche arrabbiato, se vuoi.» Gli sfiorai la guancia. «Ma non sarai mai pieno di odio. E non sarai mai come tuo padre.»

Il suo pomo d'Adamo si alzò in modo talmente brusco da sembrare doloroso. Lo vidi riflettere sulle mie parole, lottare contro le emozioni che gli avevano causato. Alla fine, scosse piano la testa.

«Non mi sarei fermato, se non fossi arrivata tu.» La sua voce tradiva una vena di disperazione.

«Sì, invece», gli sorrisi.

Lui aggrottò la fronte. «Come ci riesci? A credere in me. Anche dopo quello che hai appena visto.»

«È esattamente per quello che ho appena visto che credo in te. E non smetterò mai di farlo», promisi, mentre una lacrima sfuggiva al mio controllo. «Ma va bene se tu non credi in te stesso, se pensi di non riuscire a fermarti. Perché io arriverò sempre, ogni volta che avrai bisogno di me. E sarò al tuo fianco quando penserai di non potercela fare da solo.»

Mi osservò per molti istanti, e percepii la lotta che stava infuriando dentro di lui. «Lo avresti fatto davvero?» sussurrò alla fine.

«Cosa?»

«Mentire per me. Dire quelle cose alla Polizia.» Deglutì con forza. «Salvarmi.»

«Non mi hai sentita, prima? Non esiste una singola cosa che non farei per te.»

Rayden rimase in silenzio, come se avesse bisogno di tempo per assorbire quelle parole. Dopo qualche istante, restando in ginocchio, si sollevò e si avvicinò al mio viso.

Lentamente, posò una mano sulla mia guancia e cercò di asciugarla, sfiorandola appena. Sembrava che volesse accertarsi che fossi davvero lì, che fossi reale. Che fossi sua. Ma si muoveva in modo cauto, quasi avesse paura che potessi tirarmi indietro e respingerlo. Quella però era una cosa che non avrei mai potuto fare. E, quando lui lo capì, il suo corpo ebbe un fremito.

«Sei tu, ragazzina», disse, e la sua voce incrinata non fece che aumentare le mie lacrime.

«Sono cosa, chef?» sussurrai.

«La mia soluzione.»

I suoi occhi diventarono lucidi, e lui li chiuse, prima di cercare le mie labbra e attirarmi in un bacio amaro, ma dal retrogusto dolce. Sapeva di ferro e sale. Di amore e tristezza. Quella che, per la prima volta, Rayden stava liberando.

Le lacrime racchiuse nei suoi occhi fecero breccia tra le sue ciglia, e io le asciugai una a una. Con le dita, con i palmi, con le labbra. Gli tolsi il suo dolore e aspettai che si svuotasse, senza staccarmi da lui.

Rayden pianse per sua madre. Per suo padre. Per me. E, per ultimo, pianse per sé stesso.

Quando alla fine interruppe il nostro bacio, la sua presa era salda attorno alla mia nuca, come se volesse continuare a tenermi vicina a sé. O come se non riuscisse a lasciarmi andare.

«Ti amo, ragazzina», mormorò piano, con voce rauca.

«Ti amo, chef.» Appoggiai la fronte alla sua e chiusi le palpebre.

Restammo in quella posizione per minuti interi. Minuti in cui Rayden continuò a soffrire, a lottare per respirare, a tentare di gestire anni e anni di emozioni che aveva sempre represso. Finché, quando si sentì pronto, si allontanò da me e tornò a sedersi sui talloni.

«Sei sicura di stare bene?» mi chiese ancora, sfiorandomi la benda sul palmo.

Annuii. «Sono sicura.»

«Okay. Okay…» Si passò una mano sul viso, poi sospirò. «Dovremmo andare via.»

Tornai improvvisamente consapevole del luogo in cui ci trovavamo e un nervosismo acido mi strinse lo stomaco.

Rayden si alzò, e stava per aiutarmi a fare lo stesso quando la sua espressione cambiò. «Torno subito.»

Lo guardai uscire dalla cucina mentre mi mettevo in piedi, prendendo la gonna in una mano e avanzando verso il corridoio.

Dopo pochi istanti, Rayden riapparve. Stringeva tra le dita una stoffa bianca e, quando si avvicinò, mi resi conto che era un grembiule.

«Andiamo.» Mi mise un braccio attorno alla vita e mi spinse verso l'uscita.

Non si fermò a dire addio alla casa che lo aveva cresciuto. Una casa che aveva infestato ogni suo incubo e nella quale sapevo che non avrebbe mai più rimesso piede.

Eravamo già sul marciapiede quando si fermò sui suoi passi, voltandosi verso di me. «Come sei arrivata qui?»

«Con la macchina.»

«Tu… Davvero?»

Annuii. «Era l'unico modo.»

Schiuse le labbra, ma non ne uscì una singola sillaba. E mi resi conto che aveva capito quanto fosse stato difficile per me affrontare quel viaggio. Ma lo avrei rifatto altre mille volte.

«Non credo di riuscire a guidare di nuovo fino a Boston, però», ammisi, spostando lo sguardo sulla mia auto.

Subito, Rayden scosse la testa. «Non devi farlo. Possiamo andare alla stazione e prendere un treno, se vuoi.»

Riflettei sulla sua proposta, poi mi strinsi nelle spalle. «O possiamo usare la tua macchina.»

«Te la senti?»

Presi un respiro profondo, cercando un coraggio che speravo di avere. «Sì, credo di sì. È solo che preferisco non guidare.»

Rayden mi studiò a lungo, poi annuì. «D'accordo. Domani manderò qualcuno a riprendere la tua auto.» Mi scostò una ciocca dietro l'orecchio, continuando a scrutarmi. «Non riesco a credere che tu sia venuta.»

Mi avvicinai ancora di più a lui. «Te l'ho già detto una volta. Non mi arrendo facilmente quando si tratta delle persone che amo.»

«Cosa cazzo ho fatto per meritarti?» Mi strinse a sé e mi baciò una tempia.

Inspirai il suo profumo, ascoltai il battito del suo cuore. E lasciai che lui facesse lo stesso con me.

Un paio di secondi dopo, si tirò indietro e abbassò gli occhi nei miei. «Ti dispiace se camminiamo un po'? Mi serve qualche minuto prima di mettermi alla guida.»

«Certo.» Raccolsi la gonna e la sollevai. E, per la prima volta, Rayden notò come ero vestita.

«Cazzo», disse in un sospiro brusco, passando gli occhi sul mio corpo. «Sei…» Deglutì.

«Ero meglio qualche ora fa», sorrisi, sentendo le guance scaldarsi.

«Non credo che sia possibile.» Sembrava che non vedesse il mascara che mi rigava le guance, i capelli scompigliati, il vestito rovinato. Vedeva *me*. Nient'altro.

Mi strinsi al suo fianco e lui mi circondò la vita con un braccio, mentre cominciavamo a camminare.

«Com'è andato il ballo?» domandò.

Stava cercando di distrarsi, di pensare a qualcosa di leggero. E io mi chiesi cosa potessi dirgli. Perché non volevo mentirgli, ma non volevo neanche ammettere la verità.

«Ci stai mettendo troppo a rispondermi», disse, con tono più duro. «Che è successo?»

«Niente», lo rassicurai, ma il suo sguardo si fece pungente. E io cedetti. «Non ci sono andata.»

Rayden si acciglò, mentre entravamo in un piccolo parco. «Perché no?»

Osservai il sentiero di ghiaia sotto ai miei piedi, senza sapere cosa fare.

«Ragazzina…» insistette.

«Forse dovremmo affrontare questo discorso domani», proposi. «Solo per…»

«Parla», mi interruppe.

484

Chiusi le palpebre e sospirai, scuotendo la testa. Poi annuii. «Okay.»

Andammo a sederci su una panchina sul limitare di un boschetto e iniziai a rigirarmi tra le dita un lembo della gonna, mentre gli raccontavo della serata appena trascorsa.

«Ero passata al ristorante per salutarti», dissi. «Volevo farti vedere il vestito. Ma tu…»

«Non ero lì», concluse al mio posto, e io annuii.

Gli spiegai di come la cucina era nel caos e che, visto che avevano bisogno di una mano, io ero rimasta per aiutarli.

Dal suo sguardo, mi resi conto che lui non aveva avuto né il tempo né le forze per preoccuparsi anche dell'*Ambroisie*.

Appoggiò i gomiti sulle ginocchia e si passò le mani tra i capelli. «Cazzo, Avery… mi dispiace.»

«No, non devi dispiacerti», dissi subito, cercando di alleviare l'aria troppo tesa. «A parte il fatto che ero così preoccupata per te che ho fatto fatica a pensare a qualsiasi altra cosa, è stato… beh, è stato folle», ammisi, e Rayden voltò il viso verso di me per vedere la mia espressione. Stavo sorridendo. «Non credo di aver mai avuto così tanta adrenalina in corpo in tutta la mia vita», proseguii. «Arrivavano ticket su ticket, e la brigata non si è fermata un attimo, e ogni piatto doveva essere perfetto, e le cameriere continuavano a fare errori…»

Qualcosa brillò negli occhi di Rayden.

«Ma quando sono arrivata alla fine senza che succedesse qualche disastro, mi sono sentita…» Cercai la parola adatta, senza riuscire a trovarla.

«Invincibile», rispose lui.

Annuii. «Sì. Credo di sì.»

Ricambiò il mio sorriso, ma i suoi occhi erano ancora cupi. «Grazie. Per essere rimasta.»

Liquidai la sua frase con un cenno della mano.

«Cos'è successo dopo?»

Mi irrigidii. «Rayden…»

«Avanti, ragazzina, finisci la storia.»

Mi strofinai un palmo sul braccio. Scegliendo con cautela ogni singola parola, gli raccontai tutto. Della telefonata all'ospedale, dell'*Hartford Hospital*, dell'indirizzo sul retro della fotografia.

Non gli permisi di vedere i brividi che mi graffiavano la schiena al solo ricordo di quei momenti. Non gli lasciai intuire il panico che ancora vorticava nelle mie vene.

Rayden ascoltò senza interrompermi. Ma vedevo come contraeva i muscoli della mascella, come stringeva i denti. Alla fine, si premette due dita sulle palpebre. «Mi dispiace davvero, ragazzina», disse ancora.

«Smettila, non…»

«No, Avery.» Il suo tono era brusco, e le mie labbra si serrarono. «Niente di tutto questo sarebbe dovuto succedere. E tu non avresti dovuto affrontare una serata del genere.»

La paura mi arpionò lo stomaco. Lo avrebbe fatto di nuovo? Avrebbe cercato di lasciarmi solo perché pensava che così mi avrebbe protetta?

«Hai dovuto rinunciare al ballo per colpa mia», proseguì. «E sei dovuta salire su una macchina per colpa mia.»

Mi avvicinai a lui. «Non ho fatto queste cose *per colpa tua*. Le ho fatte *per te*. E le rifarei in qualsiasi momento.»

Rayden strinse le labbra, i suoi lineamenti erano rigidi.

«Tu sei più importante di uno stupido ballo. Sei più importante di tutto, chef.»

Lentamente, girò il viso verso il mio. Cercai di capire a cosa stava pensando, cosa gli passava per la mente. E, quando si alzò, sentii il mio cuore sprofondare nel mio petto. Finché Rayden non si voltò verso di me.

«Che stai facendo?» chiesi, incerta.

«Qualcosa di giusto, per una volta. Almeno spero.»

Le sue parole mi confusero ancora di più, e la paura non smise di coprirmi le pareti dello stomaco. Ma Rayden restò lì, con lo sguardo nel mio e il viso impassibile.

«Intendevo davvero quello che ho detto prima», cominciò, con voce bassa. «Non so cosa ho fatto per meritarti. Non so come sia possibile che tu voglia me. Il *vero* me. Perché…» Scosse la testa e distolse un istante lo sguardo. «Cazzo, la maggior parte del tempo neanche io mi voglio. Tu, invece, sì. E tutto quello che hai fatto stasera non fa che dimostrarlo.» Sospirò. «No, non ti merito. Ma ho intenzione di cambiare le cose. Perché ho bisogno di te, ragazzina. E neanche io smetterò mai di lottare per te. Per noi.»

Le lacrime mi bruciarono gli occhi, mentre Rayden tendeva una mano nella mia direzione.

«Non posso rimediare a quello che è successo», spiegò. «Non posso tornare indietro e rimettere tutto a posto. Non posso ridarti la tua serata, i tuoi amici… ma posso mantenere la mia promessa.» Fece un passo in avanti e mi porse una mano. «Questo non è un parcheggio. Ma vuoi ballare con me, ragazzina?»

Il sorriso che mi tese le labbra aveva il sapore dolce e meraviglioso del sollievo, e mi ritrovai ad annuire, incapace di dire anche solo una sillaba. Presi le sue dita e mi alzai, lasciando che Rayden mi portasse sull'erba morbida.

Senza smettere di guardarmi, mi strinse a sé e mise entrambi i palmi sulla mia schiena, mentre io intrecciavo le braccia dietro al suo collo.

Cominciammo a muoverci piano, seguendo il ritmo silenzioso della notte. Il vento che scuoteva le foglie. I grilli che cantavano nel prato. I gufi che sbattevano le ali di tanto in tanto. E i nostri respiri che si completavano a vicenda.

Rayden mi accarezzò. «So che non è come lo immaginavi…»

Scossi la testa, guardandolo negli occhi. «È meglio.»

Attorno a noi non c'era musica, non c'erano luci colorate o altre persone che ballavano. Era un momento solo nostro, in cui le stelle si riflettevano sulla nostra pelle e l'unico ritmo era dettato dal battito dei nostri cuori. Qualunque cosa mi fossi immaginata, non avrebbe mai potuto essere all'altezza di quel momento.

«È perfetto.»

Neanche io smetterò mai
di lottare per te.
Per noi.

44

Rayden

L'alba iniziò a rischiarare il cielo in lontananza, mentre imboccavo l'uscita per Boston. Per tutto il tragitto, Avery aveva parlato senza sosta, e non ero certo di quale fosse stato il suo intento: distrarre me da ciò che era successo o distrarre sé stessa dalle sue paure.

In quel momento, però, stava osservando il panorama fuori dal finestrino, con le ginocchia strette al petto e le palpebre che cominciavano a calarle sugli occhi.

Le posai una mano sulla coscia e la accarezzai. «Dovresti dormire un po'.» Era stata una notte infinita, ed entrambi eravamo a pezzi.

Subito, lei si girò verso di me e scosse la testa. «No, sto bene. E poi siamo quasi arrivati.»

La guardai di sbieco. «Ti porto a casa tua?»

Avery abbassò lo sguardo sulla mia mano e la prese tra le sue, attenta a non sfiorare le ferite sulle mie nocche. «Posso venire da te?»

Il sollievo mi invase il petto. «Certo che puoi, ragazzina.»

Mi sorrise, prima di tornare a fissare fuori.

Ancora non riuscivo a credere a quello che era successo. A mia madre, a mio padre... a lei. Era tutto un cazzo di casino, e non sapevo come lo avrei affrontato. L'unica cosa che sapevo era che avevo bisogno di avere Avery al mio fianco.

«Stavo pensando», dissi, imboccando la strada del molo. «Potremmo...»

Avery si raddrizzò di scatto. «Ferma la macchina.»

Mi accigliai. «Cosa...»

«Rayden, ferma la macchina. Subito!»

Confuso e preoccupato, misi la freccia e accostai, ma Avery scese prima ancora che spegnessi il motore.

Che cazzo succede?

Sbattei la portiera alle mie spalle e le corsi dietro, mentre si precipitava verso il molo. Fu solo quando si fermò che capii la sua destinazione: il baracchino che vendeva i giornali.

«Il *Boston Globe*», la sentii dire senza fiato.

«Ragazzina, cosa...»

«Paga il giornale», mi ordinò lei, indicando l'uomo che ci guardava con fare perplesso.

«Che...»

Avery mi rivolse un'occhiata brusca. «Pagalo e basta.»

Tirai fuori il portafoglio dalla tasca posteriore dei pantaloni e passai tre dollari al giornalaio. Quando mi girai, vidi che Avery aveva cominciato a camminare avanti e indietro, sfogliando le pagine.

Mi avvicinai e la presi per un gomito, spostandola verso la banchina.

«Puoi spiegarmi cosa stai facendo?»

Lei continuò solo a sfogliare il quotidiano, finché non smise di botto. I suoi occhi si spalancarono, le sue labbra si serrarono.

«Ragazzina...»

«O-okay. Okay…» Abbassò il giornale e mi guardò. Sembrava preoccupata. «C'è una cosa che non ti ho detto… riguardo a ieri.»

I muscoli della mia schiena ebbero un fremito. «Cosa?»

Avery deglutì con forza, cercando più volte di evitare il mio sguardo. Alla fine, però, fissò gli occhi nei miei. «Uno dei motivi per cui la cucina era così tanto nel caos…» Prese un respiro, mentre il mio stomaco si contorceva. «C'erano degli ispettori della Michelin in sala.»

Cazzo.

«E poi è arrivata la D'Arnaud.»

L'aria sparì del tutto dai miei polmoni. «Dimmi che è uno scherzo.»

La sua espressione era mortificata. «Volevo dirtelo, ma non…» Lasciò la frase in sospeso e scosse la testa.

In quel momento, capii perché aveva preso il *Boston Globe*. Serrai un pugno contro la coscia, sentendo alcune delle ferite riaprirsi.

«Cosa ha scritto?» La mia voce era bassa e dura.

«Non lo so.» Avery guardò il quotidiano, aperto alla pagina della recensione. «Solo…» Riportò gli occhi nei miei. «Ci ho provato. Davvero. Ho fatto del mio meglio.» Deglutì. «Lo abbiamo fatto tutti.»

E fu allora che me ne resi conto.

Avery non aveva paura del parere della D'Arnaud. Aveva paura di deludere me.

«Non ho dubbi, ragazzina.» Feci un passo verso di lei e la accarezzai. «E hai fatto molto più di quanto avresti dovuto.»

Si sforzò di sorridere, ma i suoi lineamenti erano troppo rigidi per permetterglielo.

Inspirò a fondo la brezza mattutina, come se stesse cercando di calmarsi. O di farsi coraggio. Quando si sentì pronta, sollevò il giornale.

Passò solo un secondo prima che cominciasse a scuotere la testa.

«Non posso leggere.»

La sua espressione mi fece alzare un angolo della bocca, anche se sapevo che il mio era un sorriso stanco. E probabilmente amaro.

«Vieni.» La portai verso una panchina che si affacciava sul mare, dove ci sedemmo. Poi, sospirai. «Dammelo.»

Avery spostò lo sguardo dalla mia mano tesa al *Boston Globe*. «Tu non leggi le tue recensioni.»

«Non ero in cucina, ieri. Quindi credo di poterlo fare.»

Si morse il labbro inferiore. «Sicuro?»

Non risposi. Perché, cazzo, non lo ero. Ma continuai a restare immobile, con il palmo a pochi centimetri da lei.

«Okay», acconsentì alla fine.

Non appena me lo passò, iniziò a rigirarsi un lembo della gonna tra le dita, mentre io stendevo il giornale.

Cazzo, cazzo, cazzo.

Mi passai una mano tra i capelli e guardai Avery. «Pronta?»

Incerta, lei annuì. E io cominciai a leggere.

«Lo chef Wade si vanta di essere un artista, e di creare nella sua cucina delle opere d'arte, invece che delle semplici ricette. Ma ciò a cui ho assistito ieri, nella sala raffinata dell'*Ambroisie*, non ha avuto niente a che vedere con una scultura o con un quadro.»

Avery fermò le dita, che si strinsero attorno alla stoffa nera del suo abito. Non era necessario che alzassi gli occhi nei suoi. Sapevo che erano pieni della stessa agitazione che stava soffocando me.

«No, ieri sera lo chef ha raccontato una favola. Una di quelle favole che ci incantano quando siamo dei bambini e che ci fanno sognare da adulti.»

Qualcosa vibrò nel mio petto, mentre Avery si portava una mano davanti alla bocca.

«Un inizio doloroso per i protagonisti della nostra storia, con un'amuse bouche dagli ingredienti poveri, quasi grezzi. Un cuore

494

di spinaci e caprino protetto da uno scudo di pane croccante, e una granella di noci tostate a simboleggiare i pericoli che lo minacciano. O, forse, i pezzi che quel cuore ha già perso, e che lo hanno spinto a circondarsi di una barriera. È con questo *C'era una volta* che lo chef ha deciso di cominciare il racconto, racchiudendo in un unico boccone un incipit potente e semplice, innocente e forte. Proprio come in ogni favola che si rispetti, dove i protagonisti dal passato umile e tormentato muovono i primi passi verso un futuro più splendente.»

Avery sembrava diventata un blocco di pietra, ma potevo sentire il suo cuore martellare malgrado la distanza. Era come se stesse battendo dentro di me.

«Il loro cammino ci conduce a un filetto di salmone dalla carne tenera e rosea, coperto da una glassa di sciroppo d'acero che, come resina, immortala un momento impresso nel tempo: il primo incontro tra i due protagonisti. Un incontro fatto di dolcezza e nuove scoperte, talmente intimo che il cliente non può che sentirsi di troppo. Eppure, è impossibile smettere di affondare la forchetta nel piatto, assaporando il contrasto tra la morbidezza del salmone e i semi di sesamo che lo ricoprono, come piccole schegge dell'armatura di cui i protagonisti avevano avuto bisogno all'inizio, e che ora possono abbandonare, perché sono al sicuro l'uno tra le braccia dell'altra.»

Avery prese un respiro brusco, e percepii il suo sguardo sul viso. Ma io non riuscivo a staccare il mio dalle pagine.

«La storia continua e ci porta al gran finale, dove il cioccolato fondente crea un ponte tra la dolcezza del pralinato e il salato del fior di latte. Una scelta stilistica che mi ha lasciata perplessa, finché non l'ho assaggiata, scoprendo ciò che lo chef aveva cercato di trasmettere fin dal principio: due opposti, se uniti nel modo corretto, possono creare un insieme perfetto. Esattamente come lo zucchero e il sale nei suoi piatti, o come il buio e la luce nei suoi ristoranti, in cui nero e oro si sono sempre fusi in un equilibrio magistrale.»

Vidi Avery scuotere piano la testa, le sue dita tremare.

«Ed è su questa nota dolce e salata che i protagonisti proseguono verso il lieto fine, lasciando il cliente a fantasticare sulla loro storia, nata dal dolore e finita nella perfezione. Per questo non avrebbe dovuto esserci nessuna sorpresa quando, dopo aver chiesto di poter parlare con lo chef, dalla cucina non è emerso Wade, ma una giovane Cenerentola.»

Alzai lo sguardo su Avery, che mi mostrò un'espressione imbarazzata e quasi colpevole.

«In quel momento non ho potuto fare a meno di chiedermi se Wade fosse stato tanto abile da trasportarmi davvero dentro alla sua favola, o se quella favola non fosse altro che la realtà.»

Stesi di più il giornale, senza perdere il filo del discorso.

«Se la mia prima visita all'*Ambroisie* mi aveva lasciata con una domanda – lo chef Wade è solo una meteora che brilla della luce riflessa delle sue stelle Michelin? – questa seconda visita non solo mi ha fornito la risposta, ma ha fatto sorgere in me una richiesta. E questa richiesta la porgo direttamente a Wade.»

Avery si avvicinò di più, come se fosse sulle spine e la vicinanza potesse farle sentire prima ciò che voleva sapere.

«Ieri sera mi è stato fatto notare che è impossibile fare arte senza essere ispirati. E ogni grande artista che si rispetti non solo segue la propria ispirazione, ma, pur di raggiungerla, è pronto a sacrificare tutto, perfino sé stesso. Perché la sua ispirazione, la sua *musa*, viene sempre prima di ogni altra cosa.»

Guardai Avery e, nonostante le mani ancora davanti alla sua bocca, notai che stava sorridendo.

«Non si lasci scappare la sua musa, chef. La rende un cuoco migliore. Un *artista* migliore. E questa è una cosa per cui vale la pena combattere.»

Deglutii a fatica, mentre troppe emozioni mi premevano sul petto.

«Se siete arrivati a leggere fino a qui e ancora non avete prenotato un tavolo all'*Ambroisie*, non so quali altre parole usare per consigliarvi di farlo. Ma quello che posso dirvi è che prevedo un futuro brillante per questo ristorante. Brillante come le stelle che sono certa otterrà, e che, se lo chef ci delizierà con altre storie, non potranno che essere le prime di intere costellazioni.»

Un suono acuto sfuggì dalla gola di Avery, che cominciò ad agitarsi sulla panchina.

«Dal canto mio, posso assicurarvi che presto tornerò a sedere nella sala nera e dorata dell'*Ambroisie*, dove non vedo l'ora di poter rivivere ancora una volta la favola dello chef e della sua Cenerentola.»

Passò un secondo. Un secondo in cui continuai a guardare la carta stampata, dove l'inchiostro sembrava risplendere. Un secondo in cui cercai di processare tutto quello che aveva scritto la D'Arnaud, chiedendomi se avessi capito bene. Un secondo, prima che Avery si gettasse su di me, salendo sulle mie gambe e stringendomi le braccia al collo.

«Oh mio Dio, oh mio Dio, oh mio Dio», ripeté con voce stridula. «*Oh mio Dio!*» Si tirò indietro e mi prese il viso tra le mani. «Ha adorato i tuoi piatti. Cavolo, non li ha solo adorati, quella recensione è… Oh mio Dio!» I suoi occhi brillavano. «Non riesco a crederci. Voglio dire, non ho mai avuto dubbi su di te e sulla tua cucina, ma… Sono così felice.»

Non risposi, non ci riuscivo. Continuavo solo a pensare e ripensare alle parole della D'Arnaud, tentando di trovare un senso a tutto ciò che avevo letto.

«Te lo meriti, Rayden», mormorò lei, strappandomi alle mie riflessioni. «Ti meriti ogni singola cosa che ha scritto, e ti meriti tutte le stelle che riceverai.»

Appoggiai il giornale sulla panchina e le cinsi la vita tra le braccia, cercando un appiglio sul presente. «Il merito di questa recensione è tuo», dissi. «Eri tu a capo della cucina, ieri.»

Avery scosse la testa. «Ho solo fatto ciò che mi hai insegnato, niente di più. Ma quelle erano le *tue* idee. I *tuoi* piatti.»

Passai lo sguardo sul suo sorriso, incapace di fare pensieri coerenti tra loro. «Davvero le hai detto che sei stata tu a ispirarli?»

«Come? No.» Si tirò indietro. «Voglio dire, lei mi ha chiesto da dove hai preso l'ispirazione, ma io le ho detto che quella era una domanda a cui avresti potuto rispondere solo tu. Non le avrei mai rivelato una cosa del genere.» Si strinse nelle spalle. «Non so come lo abbia capito.»

Non sapevo cosa dire. In più di dodici anni, non solo non avevo mai ricevuto una recensione come quella, ma non l'avevo mai neanche letta riferita a qualche altro chef. Il modo in cui la D'Arnaud aveva scavato nei miei piatti, il modo in cui era andata oltre al semplice sapore per cercare la storia che si celava dietro… Non avevo idea di come reagire.

Avevo messo l'anima in quelle creazioni. Ci avevo messo il mio amore per Avery. E il fatto che qualcuno se ne fosse accorto e lo avesse scritto sul quotidiano più letto di tutta l'area era… assurdo. Mi aveva privato della mia maschera, e adesso era tutto lì, nero su bianco.

La cosa avrebbe dovuto spaventarmi, ma non era così. Perché la D'Arnaud aveva avuto ragione anche in quel caso.

Avery aveva tolto la mia armatura, pezzo dopo pezzo, e aveva frantumato la barriera che proteggeva il mio cuore. Non ne avevo più bisogno. Non adesso che a farmi da scudo avevo le sue mani. I suoi baci. Il suo corpo. E il suo amore.

Mi stava bene che tutta Boston lo sapesse. Che il mondo intero lo sapesse.

Amavo Avery Shaw, e avrei continuato a raccontare la nostra storia con ogni mio piatto. Per sempre.

45

Avery

$\mathcal{S}$tretta tra le braccia di Rayden, con una guancia premuta contro il suo petto, ammiravo i bassi raggi del sole illuminare Boston, al di là del vetro dell'ascensore.

Sentivo i muscoli indolenziti, e le mie palpebre erano sempre più pesanti.

«Vorrei fare una doccia, ma non credo di essere abbastanza forte da superare il divano senza buttarmici sopra e dormire fino a dopodomani», dissi.

Rayden mi baciò i capelli. «Potrei avere una soluzione.»

Inclinai la testa verso di lui e lo guardai, in attesa.

«Posso aiutarti a superare il divano e portarti in bagno. Poi possiamo stare un po' nella vasca e, quando vorrai, possiamo metterci addosso dei vestiti puliti e dormire fino a dopodomani.»

Il sorriso che mi tese le labbra aveva il suo sapore. «Mi sembra perfetto.»

E, meno di quindici minuti dopo, lo fu davvero.

L'acqua calda massaggiava i nostri corpi esausti, e le bolle di schiuma ci solleticavano la pelle, mentre io ero appoggiata con la schiena al petto di Rayden e lui passava le dita sul mio braccio.

Chinai la nuca sulla sua spalla e mi voltai nella sua direzione. «Ricordi quando ti ho detto che odio le persone che mi chiedono sempre come mi sento?» dissi a voce bassa.

Lui spostò gli occhi nei miei e annuì.

«Mi sto sforzando davvero tanto di non essere come loro», ammisi. «Non voglio che tu mi odi.»

Rayden alzò stancamente un angolo della bocca e strofinò il naso al mio. «Non potrei mai odiarti, ragazzina.»

Esitai un istante, poi cedetti. «Come stai?»

Nelle ultime ventiquattro ore erano successe così tante cose che io stessa mi sentivo sopraffatta. Non riuscivo neanche a immaginare come stesse lui.

Buttò fuori un sospiro profondo, e l'aria calda mi sfiorò il viso, facendomi rabbrividire.

«Non lo so», rispose alla fine. Ed era sincero.

Nei suoi occhi, emozioni violente erano in guerra le une con le altre. Tristezza, sconfitta, speranza, felicità. Nessuna riusciva a vincere, ed erano troppe cose da provare tutte nello stesso momento.

«Posso fare qualcosa per aiutarti?»

Lui abbassò la mano con cui mi stava accarezzando il braccio e intrecciò le dita alle mie. «L'hai già fatto. Lo fai ogni giorno.» Mi baciò la fronte e io mi strinsi di più a lui.

«Sai a cosa continuo a pensare?» domandai.

«No. Ma posso dirti a cosa continuo a pensare io.» Con la mano libera, tracciò una linea sulla mia clavicola, fino a scendere in mezzo ai seni e sullo stomaco.

Rabbrividii contro il suo petto. «Credevo che fossi stanco, chef.»

«Non sarò mai stanco per questo, ragazzina.»

Il mio corpo reagì al suo tocco e, anche sott'acqua, la mia pelle andò a fuoco. Ma Rayden si fermò dopo pochi secondi, posando il palmo sulla mia pancia e tornando a guardarmi negli occhi.

«A cosa continui a pensare?» chiese in un sussurro.

«Beh, adesso a un'altra cosa», ammisi, con le guance che diventavano più rosse. E lui rise piano. Una risata appena accennata, una risata esausta. Ma comunque una risata. «Pensavo alla recensione della D'Arnaud.»

Rayden inarcò un sopracciglio. «Sul serio? Pensi a lei in questo momento?»

Arricciai il naso. «Pensavo a quello che ha scritto su di te. Su di noi», precisai. «Dovremmo ritagliare quella pagina e incorniciarla», proposi. «Magari potresti appenderla al ristorante. Oppure potremmo tenerla qui.»

Qualcosa si smosse nei suoi occhi. «O entrambi.»

«E sai a chi dovremmo mandarne una copia?»

Nel vedere la mia espressione, Rayden si accigliò. «A chi?»

«A Deelylah.» Sorrisi in modo perfido, e lui rise. Di nuovo. Ed era un suono incredibile. «Oh, andiamo», continuai, sperando di riuscire a distrarlo ancora un po'. «Il giorno esatto in cui ha smesso di lavorare al ristorante, perché *secondo lei* non sarebbe mai diventato stellato, tu ottieni quella recensione. È…»

«Noi», mi interruppe Rayden, e lo guardai con fare interrogativo. «*Noi* abbiamo ottenuto quella recensione.»

Stavo per ribadire per l'ennesima volta che io non avevo alcun merito, quando lui continuò.

«Vuoi che Deelylah la legga per sbatterle in faccia l'opinione della D'Arnaud, o il fatto che io sono tuo?»

Sentirgli dire quelle parole mi causò un formicolio alla bocca dello stomaco, come ogni volta. Perché continuava a sembrarmi impossibile. Era troppo incredibile e surreale che fosse mio. Che *volesse* essere mio.

«Tecnicamente», risposi, «nella recensione non è specificato chi è Cenerentola. Ma, se tu hai assunto Deelylah, vuol dire che è in gamba, quindi potrebbe arrivarci.» Poi, un pensiero mi attraversò la mente e mi staccai da lui, per vederlo meglio. «Aspetta, all'inizio l'avevi assunta perché era in gamba, vero?»

Rayden aggrottò la fronte. «Per quale altro motivo avrei dovuto assumerla?»

Gli lanciai un'occhiata esplicativa e lui scosse la testa.

«Te l'ho già detto, non metterei a rischio il mio ristorante facendo entrare in cucina qualcuno che non ne è all'altezza.» Mi prese il mento tra le dita. «Ma sei fottutamente adorabile quando sei gelosa, *Cenerentola*.»

Le mie guance avvamparono e tornai ad accoccolarmi contro di lui.

«Ancora non riesco a credere che tu abbia cucinato con il vestito», commentò dopo qualche secondo.

«Non avevo dei cambi», mi giustificai. «La scelta era tra cucinare con il vestito o stare solo con la giacca.»

Il corpo di Rayden si irrigidì. «Cazzo, non so in quale versione sei più sexy.»

Risi e gli rivolsi uno sguardo timido. «Ho anche sgridato una cameriera, sai?»

La sua espressione adesso era un misto tra l'eccitato e il divertito. «Sul serio?»

Annuii. «Non mi sono neanche sentita in colpa. Ha sbagliato e ha rischiato di mandare a monte tutto il lavoro che stavo facendo.»

Lui mi strinse a sé. «Ho bisogno di vedertelo fare.»

«Cosa, sgridare le persone?»

Rayden fece cenno di sì, e i suoi occhi si oscurarono. «E arrabbiarti, dare ordini…» La sua voce era bassa. «Ma non puoi indossare il vestito.»

«Perché no?»

502

«Perché, dopo averti vista fare una cosa del genere, ti trascinerei nel mio ufficio. E non possono esserci gonne ingombranti nel mezzo.»

Sentii una fitta calda al ventre. «Quando vuoi, chef.»

«Martedì sei di turno.» Mi sfiorò il collo. «Potrai farmi vedere come hai gestito la mia brigata ieri.»

«Martedì è tra due giorni», protestai.

Lui annuì. «Sì. Perché sei stanca, ricordi? E vuoi dormire fino a dopodomani.»

Misi il broncio. «Posso cambiare il mio desiderio in *stare a letto con te* fino a dopodomani?»

Rayden inclinò il mio viso verso il suo. «Su questo non c'erano mai stati dubbi, ragazzina.»

Mi posò un bacio sulle labbra. Un bacio dolce e delicato. Un bacio che non servì a placare neanche un po' il bisogno che avevo di lui.

«Possiamo iniziare adesso?» mormorai.

«Possiamo iniziare adesso.»

Rayden mi fece allontanare e uscì dalla vasca.

Piccole gocce d'acqua scivolarono sul suo corpo, percorrendo ogni linea dura, ogni muscolo definito. E io restai ipnotizzata da quella visione, mentre prendeva un asciugamano e se lo legava alla vita.

Mi morsi il labbro inferiore, appoggiandomi con le braccia al bordo della vasca, e lo osservai passarsi una mano tra i capelli. Il modo in cui il suo bicipite si era gonfiato, e il modo in cui adesso le ciocche umide gli ricadevano da un lato…

«Potrei restare a guardarti tutto il giorno, chef.»

Rayden fece un sorrisetto e prese un altro asciugamano, per poi avvicinarsi a me e aprirlo. «La cosa è reciproca, ragazzina.»

Mi alzai, sentendo il suo sguardo bruciare sulle mie curve, e lui mi avvolse nel telo morbido.

Era troppo incredibile e surreale che fosse mio.

«Andiamo, ti prendo dei vestiti.» Mi portò nella sua stanza e aprì l'armadio. E lì si bloccò, trattenendo il respiro.

Stavo per chiedergli quale fosse il problema, quando la risposta a quella domanda mi colpì al petto.

Mi avvicinai di più a Rayden, che teneva gli occhi fissi sulla fotografia di sua madre, e lo abbracciai da dietro, mentre lui staccava la foto dallo specchio e ne accarezzava un angolo con il pollice.

«Potremmo incorniciare anche questa», mormorai, dandogli un bacio sulla spalla.

Rayden annuì, il corpo rigido. «Sì.» La sua voce era rauca.

Lo strinsi più forte e gli lasciai il tempo di pensare, riflettere, stare male. Alla fine, rimise la foto al suo posto e si girò verso i vestiti, senza dire niente.

Non insistetti, né lo pressai. Lo osservai prendere un paio di pantaloni morbidi e porgere a me una t-shirt, che indossai prima di sdraiarmi sul letto, accanto a lui.

I suoi intensi occhi grigi erano colmi di dolore. «Smette mai di fare male?» domandò piano.

Sospirai e abbassai lo sguardo, trovando il suo petto nudo. Lentamente, alzai una mano sul suo tatuaggio e gli sfiorai le cicatrici. Non mi aveva mai detto come gliele aveva causate suo padre, e preferivo non saperlo.

Rayden contrasse i muscoli, e io tornai a guardarlo.

«Queste hanno mai smesso di farti male?» chiesi.

Con gesti quasi meccanici, scosse la testa. «No. Ma non lo fanno sempre.»

«Non è molto diverso. Con il tempo il dolore sbiadisce, e a volte riesci a dimenticarlo. Ma ogni tanto torna, e devi solo aspettare che passi.»

Posai tutto il palmo sul suo petto, nascondendo le cicatrici, e lui mise una mano sulla mia.

«Aspetterai con me, ragazzina?»

«Sempre, chef.»

Ci addormentammo così, con le gambe intrecciate, i volti vicini e le mani a custodire una promessa.

Prima o poi, Rayden avrebbe smesso di soffrire. E io sarei stata proprio lì, al suo fianco, pronta a vederlo ridere.

~

Una strana sfumatura amaranto si fece largo attraverso le mie ciglia, per danzare sotto le palpebre e creare dolci scie dorate.

Storsi il naso mentre cercavo di scacciarla, ma quella continuò a insistere, e presto mi ritrovai del tutto sveglia, immersa nella luce del tramonto e avvolta dal calore di Rayden.

Il suo petto era incollato alla mia schiena, e si muoveva a un ritmo lento e regolare, mentre con un braccio mi stringeva la vita.

Non avevo idea di che ore fossero, ma mi sentivo ancora sfinita. I miei muscoli sembravano essere stati rimpiazzati da cuscinetti di piombo, e la mia gola era completamente secca.

Attenta a non svegliarlo, spostai il suo braccio e mi alzai, andando verso la cucina per bere un bicchiere d'acqua. Stavo mandando giù l'ultimo sorso quando notai il mio zaino appoggiato sull'isola.

«Cavolo, Mandy», dissi all'improvviso.

Non le avevo più scritto, ed ero abbastanza sicura che quella volta mi avrebbe uccisa con le sue stesse mani.

Scattai verso lo zaino e cercai il telefono. Era spento.

Imprecando sottovoce, mi spostai in soggiorno, dove trovai un caricabatterie di Rayden.

Mi sedetti per terra a gambe incrociate e attaccai il cellulare alla presa, riaccendendolo. Non appena inserii il pin, quello cominciò a vibrare, mostrandomi tutti i messaggi che mi erano arrivati e le chiamate a cui non avevo risposto.

Non ebbi il tempo di sentirmi in colpa. Non ebbi neanche il tempo di lasciare che il telefono finisse di contare tutte le chiamate

507

perse di Mandy. Perché, tra quelle chiamate, ne vidi tre che non erano sue. Ma sapevo a chi appartenevano. E me le avevano lasciate molte ore prima.

Il cuore mi schizzò in gola e richiamai immediatamente il numero, con il panico che rendeva ancora più duro e pesante il piombo dei miei muscoli. La mia mente era annebbiata, il mio corpo un blocco di ghiaccio.

Trattenendo il fiato, ascoltai la donna all'altro capo della linea, per poi rispondere solo con monosillabi strozzati. Non mostrai nessuna emozione, anche se le mie dita avevano preso a tremare e la mia gola si era chiusa così tanto che stavo faticando a respirare.

Quando lei riattaccò, io restai immobile, con il telefono ancora contro l'orecchio. Nessun pensiero mi attraversava la mente, nessun muscolo si contraeva sotto la mia pelle.

Continuai a guardare il vuoto per un minuto. Due. Tre. Cercando di capire ciò che mi aveva detto.

Non avevo idea di quello che dovevo fare. Di come dovevo reagire. Alla fine, però, qualcosa riuscì a prendere il sopravvento sulla mia confusione. Una melodia lontana. Una canzone a cui mi ero proibita anche solo di pensare.

"Il mio cuore fa boom boom boom..."

Il mio corpo scattò come una molla e lasciai cadere a terra il cellulare, saltando in piedi e cominciando a correre lungo il corridoio.

«Rayden», lo chiamai, precipitandomi al letto. «Rayden, devi svegliarti.» Misi le mani sulla sua schiena e lo scossi.

Lui mugolò assonnato prima di aggrottare la fronte e aprire le palpebre. Non appena vide la mia espressione, si tirò a sedere, allarmato. «Che succede?»

Indicai il soggiorno, come se la cosa per lui avesse senso. «Io... È...»

«Ragazzina.» Rayden si alzò e si avvicinò a me, prendendomi le braccia con le mani. I suoi lineamenti erano rigidi per la preoccupazione. «Respira.»

Puntai gli occhi nei suoi. «Mi ha chiamata l'ospedale. È mio padre... si è svegliato.»

~

Venti minuti dopo stavo correndo.

Corsi attraverso il parcheggio, dove Rayden aveva lasciato l'auto. Corsi attraverso i corridoi, dove i pazienti e le infermiere mi guardarono con occhi sgranati. E alla fine corsi verso la stanza di mio padre, dove avevo passato ore infinite a piangere e sperare.

Avevo smesso di piangere, a un certo punto. Ma non avevo mai, *mai* smesso di sperare.

Arrivai sulla soglia a corto di fiato e lì mi bloccai, con il cuore che mi martellava nelle orecchie.

La stanza era sempre la stessa. I macchinari attorno al letto erano sempre gli stessi. E anche l'uomo disteso lì sopra era sempre lo stesso. Solo che, in quel momento, i suoi occhi erano aperti. E guardavano me.

«Peste...» mi salutò con un sorriso.

Mi portai una mano alla bocca e scoprii che stavo tremando. «Papà.»

Corsi ancora. Un'ultima volta. Verso di lui.

Gli gettai le braccia al collo e lo strinsi, mentre mio padre sospirava e ricambiava il mio abbraccio.

«Finalmente», disse. «Cominciavo a pensare che ti fossi dimenticata di me.»

Mi tirai indietro e mi asciugai una lacrima dalla guancia. «No, mi dispiace, io...»

«Peste», mi interruppe, dandomi una carezza. «Stavo scherzando.»

La risata che avrei voluto fare uscì più simile a un singhiozzo. «Sei sveglio», dissi piano. «Sei davvero sveglio.»

La sua espressione si rabbuiò. «Mi dispiace averci messo così tanto.»

Scossi la testa e lo abbracciai ancora. «Non fa niente, papà. Sapevo che alla fine lo avresti fatto.»

«Certo.» Mi passò una mano sulla schiena. «Noi non ci arrendiamo mai.»

«Mai», ripetei.

Non riuscivo a crederci. Era lì, era sveglio, stava bene... e io ero felice. Così felice che il mio cuore sembrava sul punto di scoppiare. E, per la prima volta da mesi, non provai neanche una punta di senso di colpa.

Ogni cosa stava tornando al proprio posto, e il futuro smise di spaventarmi. Sapevo che avrei potuto affrontarlo e che ce l'avrei fatta, qualunque cosa mi avesse portato. Perché io non avrei mai smesso di lottare. Di sperare. E di amare.

46

Rayden

«Quindi, avete intenzione di restare così tutta la sera?» domandai, fissando i quattro ragazzi seduti sul mio divano.

«Assolutamente sì», rispose convinta Mandy, soffiando verso l'alto per togliersi dal viso il cordoncino dorato che pendeva dal suo tocco.

«Abbiamo aspettato questo giorno per anni», le diede manforte Trent. «Tutti devono sapere che ci siamo diplomati.»

Inarcai un sopracciglio. «E con *tutti* intendi... me?» Mi osservai attorno, come a sottolineare che non c'era nessun altro, lì.

Mandy si alzò, andò verso la vetrata che mostrava le luci della città e aprì le braccia. «Tutta Boston.»

Scossi la testa, divertito, e mi sistemai sul bracciolo del divano, accanto a Avery. Anche lei indossava ancora il tocco e la toga, e i suoi occhi brillavano con una tale intensità che guardarli faceva quasi male. Ma come una falena attirata dalla luce, non potevo evitare di farlo. Guardarla. Ammirarla. Toccarla.

Le scostai una ciocca dietro la schiena e le passai le dita sul collo, facendola rabbrividire.

«Oggi il ristorante è chiuso?» mi chiese Weston. Non ero entusiasta all'idea di averlo lì, ma Avery aveva insistito, e io non ero stato in grado di dirle di no.

Scossi la testa. «Mi sono preso la giornata libera.»

Avery alzò lo sguardo su di me. «Credi che se la stiano cavando bene?»

«Smettila di preoccuparti, ragazzina.»

Avevo lasciato istruzioni precise a tutti, e mentre Mathis avrebbe tenuto sotto controllo la cucina, Courtney aveva il compito di chiamarmi se qualcosa fosse andato storto. Ormai dovevano essere a metà del secondo turno, e ancora non avevo ricevuto nessuna telefonata.

Lei si morse il labbro inferiore, sembrava preoccupata. «È solo che mi dispiace, non voglio che tu ti senta costretto a…»

Le presi il mento tra le dita. «Non mi sento costretto a fare niente. E non mi sarei perso questa giornata per niente al mondo.»

Avery si sciolse in un sorriso e, se possibile, i suoi occhi brillarono ancora di più.

La cerimonia del diploma era stata lunga, una lista infinita di ragazzini che sfilavano su un palco solo per prendere un pezzo di carta arrotolato. Ma avrei rivissuto da capo ogni singolo istante, pur di rivedere Avery là sopra, con un'espressione talmente raggiante che avrebbe potuto illuminare tutta Boston. Non aveva più paura di mostrare la sua felicità. Ed era fottutamente stupenda.

Al termine della cerimonia avevamo pranzato in ospedale con suo padre, che aveva quasi pianto quando aveva visto sua figlia vestita con la toga, e nel pomeriggio ci avevano raggiunti i suoi amici. Avevano cercato di convincerla ad andare a una festa che si sarebbe tenuta quella sera, ma lei aveva detto di voler stare con me. E, anche se non avevo idea di come fosse successo, alla fine me li ero ritrovati tutti a cena nel mio appartamento.

Avery prese la mano con cui le tenevo il viso e intrecciò le dita alle mie, mentre Mandy tornava verso di noi e si lasciava cadere sulle gambe del suo ragazzo.

«Questo posto è davvero incredibile, Ray», commentò, passando lo sguardo sulla stanza.

Trent si accigliò e Avery si voltò nella sua direzione, con le sopracciglia inarcate.

«*Ray?*» ripeté.

«Che c'è? Ormai siamo praticamente inseparabili.» Mi fece l'occhiolino e sorrise. «E Trent vuole che smetta di chiamarlo Sexychef.»

Trattenni una risata mentre lui la fulminava.

«Se io avessi chiamato Kelly *Sexycheerleader* anche solo una volta, tu mi avresti ucciso. Letteralmente.»

Mandy si mise una mano sul tocco per non farlo cadere e chinò il viso verso di lui. «Esatto. Quindi non farlo mai più.» Gli posò un veloce bacio sulle labbra e lui sospirò, sconfitto.

In quel momento, lo squillo dell'ascensore riecheggiò nell'ingresso, e io mi alzai dal divano.

«Oh, le pizze!» disse felice Mandy.

Andai a pagare il fattorino e appoggiai i cartoni sul tavolino del soggiorno. Poi, ognuno di loro prese uno spicchio, e io li imitai.

«Allora mangi anche cibo normale?» mi domandò Trent, prima di dare un morso.

«Cibo normale?» ripetei.

«Credevo che mangiassi sempre cose raffinate, sai, quelle che piacciono a voi due.» Indicò me e Avery.

«Dopo aver passato una giornata intera in cucina, l'ultima cosa che uno chef ha voglia di fare è cucinare per sé stesso», rispose Avery al mio posto.

«Quindi… cucinate cose raffinate per gli altri ma voi non le mangiate?»

Mi strinsi nelle spalle. «Più o meno, sì.»

Sembrava confuso, ma non chiese altre spiegazioni.

«Il vostro piano per l'estate è continuare a lavorare all'*Ambroisie*?» domandò Weston, e Avery annuì.

«Però mi hai promesso un fine settimana intero insieme, prima che io parta per il college», le ricordò Mandy, puntandole contro la crosta della sua pizza.

Avery storse la bocca. «Non lo so, Dy, devo sentire il mio capo... lo sai quanto è dispotico.» Mi guardò di sbieco e io inarcai le sopracciglia.

I ragazzi risero, mentre Mandy faceva un sorriso furbo. «Il tuo capo mi adora. Posso convincerlo io.» Spostò lo sguardo nel mio. «Vero, Ray?»

«Puoi provarci. Ma non la lascerò andare molto facilmente.»

Avery mi sorrise. «Lo spero, chef», mormorò.

Mandy finse una smorfia esasperata. Poi, qualcosa la fece raddrizzare. «Sapete cosa dovremmo fare?»

Ci girammo tutti verso di lei, in attesa.

«Un brindisi.»

«Voi non avete l'età per bere», ricordai loro.

«Disse quello che si è preso la sua prima sbronza a sedici anni», replicò piano Avery, mettendosi una mano davanti alla bocca.

«Dai, Ray, dobbiamo festeggiare», insistette Mandy, sbattendo le ciglia. «Per favore?»

Sospirai, poi consegnai loro dei flûte e andai a prendere dal frigo una bottiglia di champagne. Quando la stappai, loro applaudirono e mi porsero i bicchieri, in modo che li riempissi.

«Okay, inizio io», disse Mandy. «È stato un anno difficile.» I suoi occhi si spostarono su Avery. «E non sempre è andato come lo avevo immaginato. Ho partecipato a molte meno feste di quante avrei voluto e ho fatto molte meno cose folli di quante avrei pensato. Vorrei dire che comunque è stato un anno perfetto nelle sue imperfezioni, ma non è così.» Di nuovo, sorrise alla sua migliore amica. «Voi, però, lo siete stati. Assolutamente perfetti. E siete riusciti a rendere quest'anno magico ed emozionante. E so che anche quando ci divideremo e andremo al college, quello che condividiamo non cambierà. Quindi, io brindo a voi.» Alzò il suo calice. «All'amicizia.»

«All'amicizia.»

Bevemmo tutti un sorso, e le bollicine mi pizzicarono il palato.

«Tocca a me», disse Trent. «E visto che è tutto il giorno che Mandy continua a scoppiare a piangere, eviterò discorsi strappalacrime.»

Lei rise, asciugandosi un angolo dell'occhio.

«Non ho la più pallida idea di cosa succederà tra alcuni mesi, o tra qualche anno. Ma quello che so per certo è che voi sarete presenti. Quindi, brindo a questo. Al nostro futuro. Insieme.»

«Trent…» Mandy si asciugò un'altra lacrima, mentre noi alzavamo ancora una volta i calici.

«Al futuro.»

«Vi siete presi i brindisi più belli», si lamentò Weston, rigirando lo stelo del flûte tra le dita. «Quindi brindo a questo momento. A essere qui, con voi. A Mandy e Trent per essere riusciti a passare le ultime ore senza levigarsi le tonsille a vicenda.» Inclinò il bicchiere nella loro direzione e noi ridemmo. «A Rayden per averci ospitati, e per non avermi ancora preso a calci per quello che ho fatto al suo ristorante.» Mi rivolse un'espressione di scuse. «E a Avery perché… beh, per tutto.» Le sorrise e lei ricambiò. «A noi.»

«A noi.»

«Okay», disse Avery, schiarendosi la gola. «Mandy ha ragione. È stato un anno difficile, ma non c'è bisogno che lo ribadisca. Voi c'eravate. Mi avete vista al mio peggio e mi avete aiutata a tornare al mio meglio. Non avrei potuto farcela senza di voi.» Alzò lo sguardo su di me. «Senza nessuno di voi. È merito vostro se ho avuto la forza di continuare a sperare. Ed è merito vostro se sono riuscita a stare bene anche quando tutti si chiedevano come fosse possibile.» Si strinse nelle spalle. «Non vi siete limitati a starmi accanto. Avete fatto molto di più.» Prese un respiro e, di nuovo, guardò me. «Quando tutto il mio mondo era in frantumi, mi avete aiutata a vivere. A vivere *davvero*. E io non potrò mai ringraziarvi abbastanza. Quindi, brindo a questo.» Sollevò il suo calice. «Alla vita.»

«Alla vita.»

Le posai un bacio sulla testa e lei si strinse al mio fianco.

«Tocca a te, chef.»

Aggrottai la fronte. «Non è una cosa riservata ai diplomati?»

«Avanti, amico», mi spronò Trent.

«Discorso, discorso», aggiunse Mandy.

«Okay, okay», acconsentii, prendendomi alcuni secondi per riflettere. «Qualche tempo fa, una persona mi ha detto una frase a cui non sono riuscito a smettere di pensare per settimane.» Sfiorai il braccio di Avery, che mi fissava assorta. «A volte sorridere è la cosa più difficile che possiamo fare», citai le stesse parole che era stata proprio lei a rivolgermi. «Non le avevo capite davvero, allora. Ma ho imparato a farlo. *Lei* mi ha insegnato a farlo.» Incatenai i nostri sguardi. «Mi ha insegnato che a volte la vita può essere uno schifo, che possiamo stare male. Ma che siamo noi a scegliere come vivere quel dolore. E, se lo facciamo ridendo, vivere diventerà più facile. La decisione spetta solo a noi.» Gli occhi di Avery diventarono lucidi mentre alzavo il mio bicchiere. «Brindo a questo. All'imparare a ridere.»

«All'imparare a ridere.»

~

Buttai i cartoni vuoti della pizza nel cestino e mi lavai le mani, quando sentii i passi di Avery nella cucina.

«Credevo che i tuoi amici non se ne sarebbero più andati», dissi, voltandomi verso di lei. E mi bloccai, mentre ogni mio muscolo si contraeva. «Non dovevi cambiarti?»

Avery sorrise e abbassò lo sguardo su di sé. Indossava la toga e il tocco. E nient'altro. «L'ho fatto, chef.»

516

Incrociai le braccia al petto e lasciai che il mio sguardo passasse sul suo corpo perfetto, mentre avanzava lentamente verso di me.

«Stai cercando di provocarmi, ragazzina?»

Lei scosse la testa e sbatté le ciglia in modo innocente, fermandosi solo quando il suo petto sfiorò il mio. «No, chef. Se volessi provocarti, farei una cosa del genere.» Mise una mano tra di noi e iniziò a tracciare una linea lenta sui miei pantaloni, per bloccarsi un attimo prima di raggiungere la mia erezione. Poi si alzò in punta di piedi e, al mio orecchio, sussurrò: «Ma non lo sto facendo. E non lo farò. A meno che non sia tu a ordinarmelo».

Con un movimento brusco, le presi la vita e la feci girare, intrappolandola tra il mio corpo e il bancone alle sue spalle.

Sentivo il mio sguardo bruciare, e vidi le mie fiamme riflesse nei suoi occhi.

«Via il tocco, ragazzina.»

Avery si morse il labbro inferiore. Poi si portò le dita alla testa e se lo tolse, gettandolo dall'altra parte della stanza.

Feci risalire il palmo che tenevo sul suo fianco, scivolando sulla sua pelle nuda fino a trovare il seno.

Quando lo strinsi, Avery rabbrividì, ma io continuai a salire, chiudendo delicatamente le dita attorno al suo collo.

«Mi hai chiamato dispotico, prima.»

Lei annuì, senza staccare lo sguardo dal mio.

«Non avresti dovuto farlo.» Infilai un ginocchio tra le sue cosce e lei sussultò, mentre le facevo aprire le gambe. Poi, con la mano libera, iniziai a toccarla, lentamente.

Avery gettò la testa all'indietro, ma io le afferrai la nuca e la costrinsi a restare a un centimetro dal mio viso.

«Occhi nei miei», ordinai.

«Sì, chef», disse in un gemito, aggrappandosi al bancone.

La toccai con più forza, facendole tremare le gambe. Poi sprofondai un dito dentro di lei, facendola urlare.

«No, ragazzina», ringhiai. «Niente urla. Non ancora.»

517

Avery serrò le labbra, mentre mi implorava silenziosamente di andare più veloce. Di darle di più.

Aggiunsi un secondo dito e lei si tappò la bocca con una mano, soffocando contro il suo palmo tutte le grida che avrebbe voluto liberare.

«Toglila.»

«Non...»

«Baciami.»

Senza esitare, Avery obbedì, gettandosi sulle mie labbra e baciandomi con tutta la passione che la stava divorando.

Intrecciai la lingua alla sua e aumentai il ritmo delle dita, assaporando ogni suo gemito, ogni sua preghiera taciuta. Finché tutto il suo corpo prese a fremere e le sue unghie affondarono nelle mie spalle.

«Urla, ragazzina.»

Sentii il sapore del suo orgasmo nel nostro bacio, mentre lei si lasciava andare e si accasciava contro di me, con le ginocchia che tremavano.

La sostenni e lasciai che riprendesse fiato, prima di sollevarla in modo che avvolgesse le gambe attorno alla mia vita.

Avery appoggiò la fronte alla mia e io mi avviai nel corridoio, fino a portarla in camera, dove la feci distendere sul letto e mi tirai indietro per guardarla. La toga nera creava un contrasto netto con la sua pelle accaldata, e il suo petto si alzava e abbassava a un ritmo accelerato, gonfiando il suo seno morbido.

«Sei fottutamente bella, lo sai?»

Le guance di Avery arrossirono. «Dimostramelo, chef.»

Senza staccare gli occhi da lei, mi tolsi la maglia, poi slacciai i jeans e li calciai via.

Avery osservò avidamente ogni mio movimento, percorrendo i miei muscoli e deglutendo con forza.

Con un sorrisetto, mi inginocchiai sul letto e mi abbassai su di lei. Le baciai lo stomaco, l'incavo del seno, il collo, risalendo fino alla sua bocca.

«Ho un ultimo ordine per te, ragazzina.»

Avery mi posò le mani sulla nuca, attirandomi a sé. «Qualunque cosa, chef.»

Incatenai lo sguardo al suo e, sulle sue labbra, mormorai il mio ordine. La mia supplica. «Amami.»

Epilogo
Due anni dopo

I flash della macchina fotografica abbagliò il ristorante, e mi ritrovai a sbattere le palpebre più di una volta, per scacciare gli aloni di luce che continuavo a vedere davanti agli occhi.

«Adesso una in cui siete vicini», disse l'inviato del *Boston Globe.*

Rayden, impeccabile nella sua divisa nera da chef, venne al mio fianco, con l'espressione seria e le braccia incrociate al petto.

«Okay, fermi così», ci istruì l'uomo, prima di scattare un'altra foto. Guardò lo schermo della Reflex e storse la bocca. «Cercate di sciogliervi un po'.»

«Prova a sorridere, chef», mormorai, alzando lo sguardo su di lui.

«Perderei la mia reputazione», scherzò a bassa voce, spostando l'attenzione su di me.

Le mie guance si scaldarono. «Quante volte devo ripetertelo? Non credo che questa sia una cosa possibile.»

Una scintilla attraversò gli occhi di Rayden, e le sue labbra si curvarono in un sorriso.

In quel momento, il flash della fotocamera scattò, ed entrambi ci voltammo verso il fotografo, colti alla sprovvista.

«Okay», disse. «Credo di avere tutto quello che mi serve.» Si rivolse alla sua collega. «Jolene, tu hai altre domande?»

La giornalista che ci aveva appena intervistati fece cenno di no. «Noi abbiamo finito.»

«Perfetto», continuò lui. «Allora vi lasciamo ai vostri festeggiamenti.»

Entrambi vennero a stringerci la mano, e noi ricambiammo.

«Grazie per essere venuti», disse loro Rayden.

«Grazie a lei per aver accettato», rispose la donna.

«E ancora congratulazioni», aggiunse il fotografo.

Rivolsi loro un sorriso grato e li guardai uscire dall'*Ambroisie*.

Malgrado fosse domenica, e quindi giorno di chiusura, c'erano molte persone sparse tra i tavoli, tutte con calici di champagne in mano.

Ma io non riuscivo a concentrarmi sullo sguardo orgoglioso di mio padre, sui sorrisi felici dei miei amici, o sulle espressioni emozionate della brigata. Così, diedi loro le spalle e tornai ad ammirare la placca che avevamo appena appeso al muro. La ragione per cui ci trovavamo tutti lì, quella mattina.

Rayden mi circondò la vita con le braccia e mi fece appoggiare la schiena al suo petto. «A cosa pensi, ragazzina?»

Sospirai, osservando il quadrato rosso di fronte a me. E le tre stelle Michelin che conteneva. «Non riesco ancora a crederci», ammisi.

Quando ci avevano annunciato che l'*Ambroisie* aveva ottenuto le tre stelle, non avevo avuto idea di come reagire: saltare di gioia, urlare a pieni polmoni o svenire. E ancora non avevo trovato una risposta.

Rayden mi strinse con più forza e chinò la testa, sfiorandomi l'orecchio. «Pensi che sia un sogno?» chiese, con voce improvvisamente bassa e rauca. «Perché ricordo un modo divertente per farti capire che è tutto vero.» Si abbassò ancora di più e mi posò le labbra sotto al lobo.

Mi diede un bacio morbido, scatenando brividi in ogni parte del mio corpo. E poi iniziò a succhiarmi piano la pelle, incendiando quei brividi.

«Rayden», protestai, anche se il suo nome mi uscì più come un sospiro. Ma non poteva farmi certe cose lì, davanti a tutti. «Okay, okay. Ci credo.»

Sorrise contro il mio collo. «Ci è voluto poco per convincerti.»

Girai la testa nella sua direzione e lo fulminai, ma lui rise. Rideva spesso, ormai. E ogni volta mi lasciava senza fiato.

Alle nostre spalle, qualcuno si schiarì la gola, e noi ci voltammo.

«Papà», dissi, sciogliendo la presa di Rayden su di me.

«Volevo solo farvi i miei complimenti. Di nuovo.» La sua espressione era dolce. «Sono così fiero di te, Avery.»

Lo abbracciai con forza. «Grazie.»

«La mia peste sous chef», mormorò, passandomi la mano sulla schiena.

Erano trascorsi quasi due anni da quando Rayden mi aveva offerto quel ruolo, e ancora mi sembrava strano definirmi così. Non sempre era facile aiutarlo a gestire il ristorante e intanto proseguire i miei studi part time al *Culinary Institute of America*, ma la fatica di studiare e lavorare valeva ogni secondo che potevo passare lì, con lui.

Mio padre si tirò indietro e spostò lo sguardo dalla placca a Rayden, per poi concentrarsi su di me. «Non ho mai avuto dubbi, sai? Sul fatto che avresti realizzato il tuo sogno.»

«Non ho mai sognato le tre stelle Michelin», dissi. Ed era vero. Forse perché non credevo che sarebbe mai successo. Forse perché non mi era mai interessato ricevere dei riconoscimenti. E, in ogni caso, appartenevano a Rayden, anche se lui insisteva nel dire che era merito di entrambi.

«No», concordò mio padre. «Tu hai sempre sognato molto più in grande. Sognavi di essere felice.»

Le mie labbra si distesero in un sorriso e puntai gli occhi su Rayden, che continuava a fissarmi. «Sì, quel sogno l'ho realizzato.»

L'espressione di mio padre si tinse di commozione, e non riuscì più a dire niente. Al contrario, diede una pacca sulla spalla a Rayden e i due si scambiarono uno sguardo d'intesa. Alla fine, ci sorrise e si allontanò, lasciandoci soli.

Subito, Rayden mi fece girare, stringendomi al suo petto. «È davvero così, ragazzina?» Mi scostò una ciocca dal viso e mi accarezzò il collo. «Sei felice?»

Mi alzai in punta di piedi. «Lo sono ogni giorno con te, chef.»

I suoi occhi brillarono, e Rayden si chinò su di me, catturando la mia bocca in un bacio dolce. Ed era proprio lì, sulle sue labbra. Il mio sogno. La mia felicità. E il nostro per sempre. Insieme.

Rayden

L'ultimo invitato uscì dal ristorante e io chiusi la porta, girando la chiave nella toppa. Poi, finalmente, mi concessi di respirare.

Cazzo, era stata una giornata infinita. Ma ancora non si era conclusa. E speravo di poter cambiare presto quell'*infinita* con *perfetta*.

Mentre attraversavo la sala, aprii il primo bottone della divisa, lasciando che quell'angolo di stoffa ricadesse verso il basso, e mi soffermai a guardare la placca che attestava il riconoscimento delle tre stelle. Era posta accanto alla recensione della D'Arnaud, che Avery aveva fatto incorniciare molto tempo prima.

Passai gli occhi sulla pagina di giornale, cercando il mio passaggio preferito. Quello che rileggevo una volta al giorno e che era diventato il mio mantra.

"Non si lasci scappare la sua musa, chef. La rende un cuoco migliore. Un artista migliore. E questa è una cosa per cui vale la pena combattere."

Era vero. Fino all'ultima parola. Se l'*Ambroisie* aveva ottenuto il massimo delle stelle, il merito era solo di Avery. Ma lei non si era limitata a rendere migliore me. Aveva reso migliore la mia vita. E non sarebbe passato un solo giorno senza che io combattessi per lei.

Mi lasciai alle spalle la sala e passai a prendere una cosa dall'ufficio, mettendola in tasca. Poi cercai Avery.

La trovai in cucina, in mezzo alle postazioni. Era appoggiata a un bancone, e con la punta delle dita tracciava distrattamente dei cerchi sull'acciaio.

Piano, mi avvicinai a lei, che mi sorrise non appena si rese conto della mia presenza.

Mi misi al suo fianco. «Sei pensierosa, oggi.»

«Sto cercando di imprimere nella mia mente ogni secondo di questa giornata. Non voglio dimenticare niente.»

La sua dolcezza continuava a scaldarmi il sangue, ogni singola volta.

«E lo fai in cucina?» chiesi.

«Esiste un posto migliore di questo?» ribatté, prima di appoggiare la testa sulla mia spalla.

Mi guardai attorno, e non potei fare a meno di darle ragione. La calma che ricopriva quelle pareti quando non c'era nessuno presente era incredibile. Era come trovarsi in un limbo fatto di pace, dove ogni cosa era possibile. E dove c'era sempre una soluzione.

Avery inclinò il viso verso di me. «Andiamo a casa?»

Casa. Amavo che definisse così il mio attico. E lo aveva fatto fin dal giorno in cui si era trasferita da me, quella che ormai sembrava una vita fa.

Le cinsi i fianchi con un braccio. «Possiamo restare ancora un po', se vuoi.»

Lei sospirò. «Io resterei qui per sempre.»

Sorrisi e le baciai una tempia, sentendo una strana agitazione dentro di me. «Sai che giorno è oggi, ragazzina?»

Si tirò indietro per vedermi. «Il giorno in cui questa è diventata ufficialmente una cucina stellata?»

Scossi la testa. «No. Beh, non solo.» La presi per mano e iniziai a camminare, portandola con me. «Esattamente oggi, due anni fa, tu sei entrata per la prima volta da questa porta.» La feci fermare e lei passò lo sguardo da me alla soglia.

«Davvero? Oggi?»

«Sì. Eri proprio...» La spostai leggermente a destra, poi arretrai. «Qui.»

Avery sorrise e mi osservò con un misto di dolcezza e divertimento. «Te lo ricordi così bene?»

«Ricordo tutto di te, ragazzina.» Alzai un angolo della bocca. «Pioveva, e tu hai allagato il pavimento», raccontai. «Subito prima di pretendere che ti offrissi il posto da cameriera.»

Le sue guance diventarono più rosse. «Non l'ho *preteso*. Ma non volevo che mi rifiutassi ancora.»

«E sono felice di non averlo fatto.» Mi avvicinai a lei. «Fin da quel giorno, ho capito quanto eri speciale. Quanto eri diversa da chiunque altro io avessi mai conosciuto.» Sollevai una mano e tracciai una linea che dalla sua tempia scendeva sul collo. «Sei forte. Sei determinata. Sei piena di passione. E sei tutto ciò che ho sempre voluto, anche se quel giorno ancora non lo sapevo.»

«Rayden...»

Le posai il pollice sulle labbra morbide. «No. Parlo io.»

Il suo sorriso mi pizzicò il polpastrello.

«Potrei dirti che non riesco a immaginare la mia vita senza di te, ma è molto di più. Non riesco a immaginare di poter respirare, senza di te. Non riesco a immaginare di poter cucinare, senza di te. E non riesco a immaginare di poter ridere, senza di te.» Le accarezzai la bocca, per poi far ricadere la mano lungo il fianco. «Io sono tuo, ragazzina. Lo sono stato fin da quando sei entrata qui e mi hai guardato per la prima volta.»

Qualcosa attraversò il suo sguardo. Una scintilla che incendiò il caramello nelle sue iridi.

«E voglio che tu sia mia», continuai, affondando una mano in tasca. «Dici sempre che prima o poi imparerò a chiederti le cose, invece di ordinartele. Ma, se cambiassi ora, tu non dovresti passare il resto della vita a cercare di insegnarmelo. E io ho bisogno che tu lo faccia. Ho bisogno che passi il resto della vita accanto a me, in ogni momento.»

Presi un respiro e, senza staccare gli occhi dai suoi, mi abbassai, inginocchiandomi davanti a lei.

Avery si portò le dita alla bocca, con le palpebre sgranate.

«Quindi non te lo chiederò.» Tirai fuori la scatolina di velluto nero che avevo preso dall'ufficio e aprii il coperchio, rivelando l'anello di diamanti al suo interno.

Lei sussultò, io sorrisi.

«Sposami, ragazzina.»

Una lacrima scivolò sulla sua guancia, mentre cominciava ad annuire. Si gettò in ginocchio e si avvicinò a me, finché tutto ciò che riuscii a vedere fu il suo sguardo. E ciò che conteneva.

C'era la fine della storia, nei suoi occhi. C'era il nostro futuro. E il nostro lieto fine.

«Sì», mormorò sulle mie labbra. «Sì, chef.»

Era proprio lì, sulle sue labbra.

Il mio sogno.
La mia felicità.
E il nostro per sempre.

Ringraziamenti

Oh, Rayden... io come faccio a riprendermi, adesso? Senza i tuoi "ragazzina", i tuoi sguardi gelidi, i tuoi ordini... Come faccio a metterti sulla mensola della mia libreria e lasciarti lì, sapendo che non riuscirò più a leggerti, come per ogni libro che scrivo? Lo trovo estremamente ingiusto.

Questo libro è nato per caso. Avrei dovuto scriverne un altro prima (se mi seguite, sapete perfettamente a cosa mi riferisco, e probabilmente mi odiate). Ma adesso avete capito come è fatto Rayden. Talmente dispotico che è arrivato nella mia mente come un uragano e non mi ha lasciata in pace finché non ho terminato di scrivere la sua storia. E sono incredibilmente felice di averlo fatto.

Avery, scrivere di te è stato liberatorio. Sei così paziente, così dolce, così riflessiva. E credi così tanto nelle persone che ami che sei disposta ad andare contro a qualsiasi apparenza e aspettare che ti mostrino la loro vera anima, anche se sai già che non contiene un solo grammo di oscurità. Rayden non ce l'avrebbe mai fatta, senza di te. Senza il modo in cui riesci a capirlo anche quando resta chiuso in sé stesso. L'hai salvato. E io non ti ringrazierò mai abbastanza per questo.

531

Rayden, tu sei stato... una scoperta. In ogni senso possibile. Quando ho iniziato a scrivere, ero convinta che questo sarebbe stato un romance abbastanza semplice, 250 pagine di amore, gelosie e altro amore. Poi, però, tu hai iniziato a mostrarmi i segreti che nascondevi. Il tuo passato, le tue paure. Le tue cicatrici. Non avevo la minima idea di chi fossi, il giorno in cui mi sono seduta al pc a scrivere. L'ho scoperto insieme a Avery, e credo di aver sofferto quanto lei nel vedere quanto eri spezzato dentro. Ma Avery ti ha dato dei pezzi del suo cuore per aiutarti... e te li ho dati anche io. Saranno tuoi per sempre.

Ormai lo sapete, i miei personaggi vengono sempre per primi. Ma ci sono altri tre ringraziamenti che devo fare.

Anisa, che posso dirti? Ormai ho finito le parole. (Ahah certo, come se una cosa del genere potesse succedere davvero.) Sei stata la prima a leggere questo libro, e a innamorarti di Rayden. Proprio come sei stata la prima a credere in questa storia, e in tutte le altre che ho scritto. Non credo che riuscirei a farcela, senza il tuo supporto. Quindi, prometto che continuerò a scrivere di personaggi dispotici, arroganti e sexy solo per continuare ad averlo. Ti voglio bene, tanto.

Laura, hai dovuto sopportarmi mentre ti facevo cambiare ogni più piccolo particolare delle illustrazioni. Non so come tu sia riuscita a non mandarmi al diavolo, ma sono veramente felice che tu non lo abbia fatto. Grazie per aver dato un volto a Rayden e Avery! Li adoro. Alla follia.

Per ultimi (anche se dovrebbero venire per primi), voglio ringraziare i miei lettori. Soprattutto, quelli che mi seguono su Instagram. Da quando ho annunciato dell'uscita di questo libro, voi siete stati una presenza costante, e mi avete fatta ridere nei momenti in cui ero più in ansia. Non dimenticherò mai gli indovinelli su quale fosse il titolo che iniziava con "T.M.". E vi assicuro che fino all'ultimo secondo sono veramente stata tentata di cambiare "Taste Me" in "Troppo Manzo".

Vi adoro. Ogni vostro commento, ogni vostro messaggio, ogni vostro sclero... Scrivere non sarebbe lo stesso, senza di voi. Quindi, grazie. Riuscite sempre a migliorare le mie giornate. Spero solo che Avery e Rayden siano stati all'altezza delle vostre aspettative.

Non vedo l'ora di tornare a sclerare con voi per un nuovo libro!

C.

Biografia Autrice

Chiara Cavini Benedetti è nata nel 1996 a Firenze, città che ha poi lasciato per trasferirsi in Scozia.
Quando non è impegnata a svolgere il suo ruolo di caporedattrice, si ritrova ad ascoltare musica a tutto volume mentre litiga con i personaggi di cui scrive, che non seguono mai le trame da lei prestabilite.

chiara_cavini

Chiara Cavini Benedetti – Author

Rompiamo tutte le regole.
Giochiamo con il fuoco.
Insieme.

GRIDA IL MIO
Nome

CHIARA CAVINI BENEDETTI

Della stessa autrice:

Grida il mio nome
Serie Silent Love #1

Sono molte le cose che **Noah Davis** nasconde.
Il suo passato. I suoi demoni. Le sue cicatrici.
Cicatrici così estese che si sono insinuate sotto la sua pelle,
nel tentativo di marchiargli l'anima.

Sono molte le cose che **Amber Riley** nasconde.
I suoi incubi. Le sue paure. La sua voce.
Una voce che non usa da mesi, e che l'ha imprigionata
nel silenzio.

Tutto cambia quando Amber si trasferisce alla Liberty High,
una prestigiosa scuola privata nella piccola cittadina di
Glenwood. È lì che Amber conosce Noah, il ragazzo dal viso
pieno di lividi e dagli occhi cupi come la notte.

Amber dovrebbe stargli alla larga. Lui è pericoloso. È oscuro.
Sembra un angelo caduto che porta i segni dell'inferno sulla
pelle. Avvicinarsi a Noah sarebbe come giocare con il fuoco,
e Amber non può rischiare di bruciarsi, non di nuovo.

Ma quando Noah impara a sentire il silenzio di Amber,
all'improvviso l'inferno perde di importanza.
Fino a quando non minaccia di distruggerli entrambi.

Lei non credeva che i desideri
potessero avverarsi. Io avevo intenzione
di dimostrarle il contrario.

CHIEDIMI UN
Desiderio

CHIARA CAVINI BENEDETTI

Chiedimi un desiderio
Serie Silent Love #2

Per tutta la vita, **Logan Cole** ha indossato una maschera.
Una maschera fatta di arroganza e presunzione, con cui ha
sempre nascosto i suoi segreti al resto del mondo.

Per tutta la vita, **Zoe Morgan** ha costruito delle barriere.
Delle barriere fatte di sarcasmo e risposte pungenti, con cui si
è sempre protetta da chi voleva avvicinarsi troppo.

Quando Zoe comincia a frequentare la prestigiosa Liberty High,
ha un unico obiettivo: stare alla larga dal ragazzo con il
sorriso perfetto e lo sguardo provocante.

Lui è tutto ciò che dovrebbe odiare.
Tutto ciò che non dovrebbe desiderare.

Ma Logan non riesce a fare a meno di lei,
e per Zoe resistergli diventa sempre più difficile.
Vorrebbe solo avvicinarsi a lui quel tanto che basta per
abbassargli la maschera e scoprire cosa nasconde sotto.

Il problema con i desideri, però, è che quando si avverano
non è possibile tornare indietro. E non sempre sono i sogni ad
avverarsi. A volte, sono gli incubi.

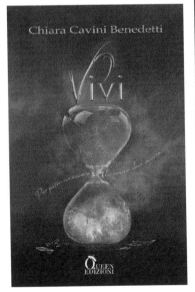

Trilogia della Fenice

Mai parlare del passato. Mai avere opinioni.
Mai uscire dalle mura.

Sono queste le regole che vigono a Hopeland, l'unica città
sopravvissuta all'Ultima Guerra. Chi le infrange viene punito.
O, peggio, viene esiliato. E nessuno può sopravvivere fuori
dalla città. Non adesso che i Demoni popolano il mondo.

Alex è nata e cresciuta a Hopeland, ma non è mai stata brava a
seguire le regole. E quando sua madre viene uccisa e lei stessa
viene condannata a morte, Alex non ha altra scelta se non
scappare e affrontare qualunque pericolo ci sia là fuori.
Ma non tutto è come sembra… e la sua vita potrebbe sempre
essere stata una menzogna.

Adesso, lei è l'unica che può salvare Hopeland. Ma scoprire
tutti i segreti che si nascondono tra quelle mura non sarà facile.

Attraverso ipnosi dolorose, incubi fin troppo realistici e baci
rubati, Alex si ritroverà a dover compiere una scelta:
scappare dal suo destino e condannare chi ama, o affrontare i
suoi demoni personali e rischiare la vita.

Dicono che l'amore spesso porti al dolore.
Lei sarà pronta a soffrire?